LUIGI PANELLA

Der siebte Kreuzzug

AF203155

 GOLDMANN

Buch

Ägypten 1249: Im Spannungsfeld des siebten Kreuzzugs begibt sich der päpstliche Inquisitor Yves le Breton auf die Suche nach einem schicksalhaften römischen Dokument. Aber auch gefährliche Gegner wollen das begehrte Papier an sich reißen, unter ihnen der skrupellose Umberto di Fondi, Abgesandter von Friedrich II., der junge undurchsichtige Emir Baibars und die Tempelritter. Yves le Bretons Auftrag ist mehr als brisant: Denn wer immer das Pergament besitzt, erhält die Macht, das Schicksal von Christentum und Islam für immer zu verändern - und damit die ganze Welt ...

Informationen zu Luigi Panella
und seinen Romanen
finden Sie am Ende des Buches.

Luigi Panella

Der siebte Kreuzzug

Historischer Roman

Aus dem Italienischen
von Ingrid Ickler

GOLDMANN

Die Originalausgabe erschien 2021
unter dem Titel »Nel nome di Dio«
bei Rizzoli, Mailand.

Die Übersetzung dieses Romans wurde vom Centro per il libro
e la lettura del Ministero della Cultura italiano gefördert.

CENTRO
PER IL LIBRO
E LA LETTURA

MIX
Papier | Fördert
gute Waldnutzung
FSC® C014496

Penguin Random House Verlagsgruppe FSC® N001967

1. Auflage
Deutsche Erstveröffentlichung April 2023
Copyright © der Originalausgabe 2021 Mondadori Libri S.p.a., Milano
Copyright © der deutschsprachigen Ausgabe 2023
by Wilhelm Goldmann Verlag, München,
in der Penguin Random House Verlagsgruppe GmbH,
Neumarkter Straße 28, 81673 München
Umschlaggestaltung: UNO Werbeagentur München
Umschlagfoto: © FinePic®, München
Redaktion: Kerstin von Dobschütz
Karte: © Peter Palm, Berlin
BH · Herstellung: ik
Satz: GGP Media GmbH, Pößneck
Druck und Einband: GGP Media GmbH, Pößneck
Printed in Germany
ISBN 978-3-442-49319-7

www.goldmann-verlag.de

Für meine Frau

Die mittelalterlichen christlichen Daten beziehen sich auf den julianischen Kalender, der bis zum Jahre 1582 genutzt wurde und gegenüber dem heute gebräuchlichen gregorianischen Kalender etwa zehn Tage nachläuft.

Humankind cannot bear very much reality.

T. S. ELIOT

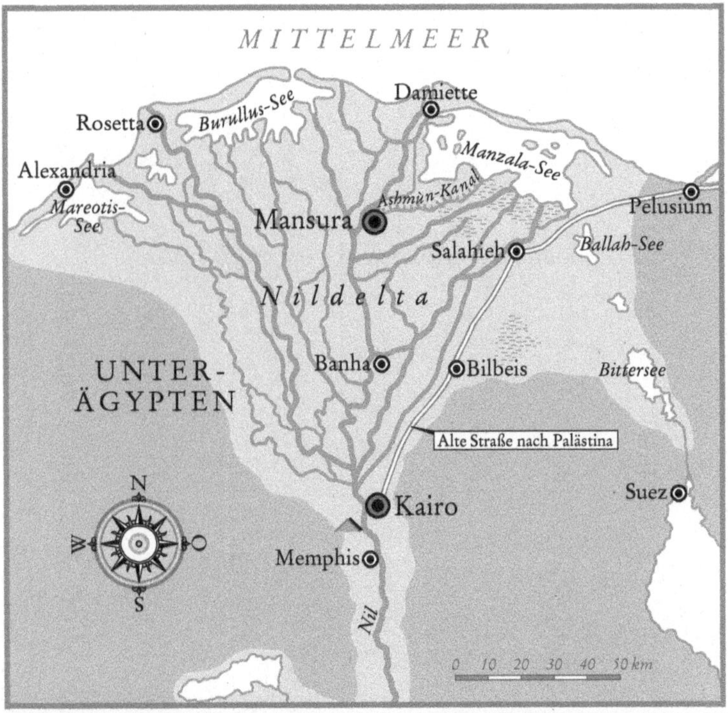

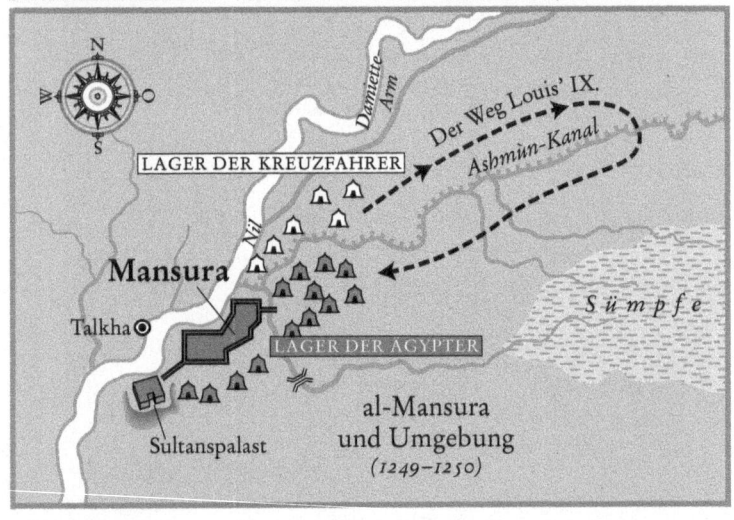

MITTELMEER

Rosetta

Burullus-See

Damiette

Manzala-See

Alexandria

Mareotis-See

Mansura

Ashmûn-Kanal

Pelusium

Salahieh

Ballah-See

N i l d e l t a

UNTER-
ÄGYPTEN

Banha

Bilbeis

Bittersee

Alte Straße nach Palästina

Kairo

Suez

Memphis

Nil

0 10 20 30 40 50 km

N

W

S

N

W

S

Damiette Arm

Der Weg Louis' IX.

Ashmûn-Kanal

LAGER DER KREUZFAHRER

Mansura

Nil

S ü m p f e

Talkha

LAGER DER ÄGYPTER

Sultanspalast

al-Mansura
und Umgebung
(1249–1250)

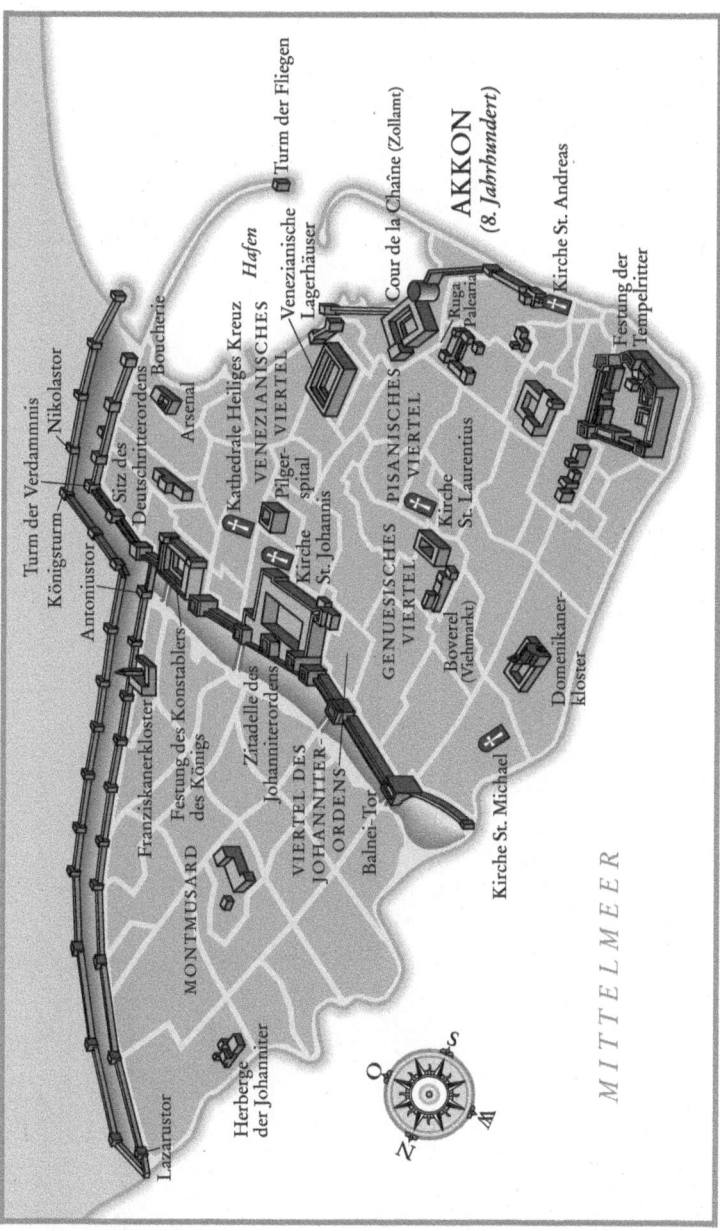

AKKON
(8. Jahrhundert)

MITTELMEER

Turm der Fliegen

Hafen

Venezianische Lagerhäuser

Cour de la Chaîne (Zollamt)

Kathedrale Heiliges Kreuz

Boucherie

Arsenal

Sitz des Deutschritterordens

Nikolastor

Turm der Verdammnis

Königsturm

Antoniustor

Franziskanerkloster

Festung des Konstablers des Königs

Zitadelle des Johanniterordens

MONTMUSARD

VIERTEL DES JOHANNITERORDENS

Balnei-Tor

Herberge der Johanniter

Lazarustor

Pilgerspital

VENEZIANISCHES VIERTEL

Ruga Palcania

PISANISCHES VIERTEL

Kirche St. Johannis

Kirche St. Laurentius

GENUESISCHES VIERTEL

Boverel (Viehmarkt)

Domenikanerkloster

Kirche St. Michael

Kirche St. Andreas

Festung der Tempelritter

Kirche St. Michael

Prolog

Mit einer Fackel in der Hand lief der Legionär zwischen Steinen und Olivenbäumen den Hügel hinunter. Einige Schatten folgten ihm. Der Primus Pilus und somit ranghöchste Zenturio und die fünfzehn Mann der dritten Kohorte der zwölften Legion Fulminata hielten sich zwar abseits des Lichtscheins, doch der Vollmond sorgte dafür, dass sie nicht gänzlich unsichtbar waren.

Der Boden unter ihren Füßen war schwarz und uneben, einer der Männer stolperte und fluchte. Der Zenturio blieb stehen. Es war nur ein Flüstern, aber alle konnten es hören: »Still, beim Herkules!«

Die Lichter der Stadt lagen jetzt hinter ihnen. Doch noch brannten viele Feuer, Menschen saßen um die Feuerstellen, vor allem im Schutz des großen Friedhofs. Dort konnten sie ihn also nicht lassen, auch verbrennen konnten sie ihn nicht. Der Scheiterhaufen würde weithin sichtbar sein, genug trockenes Holz würden sie nach dem starken Gewitter vom Vorabend auch nicht finden. Höhlen aber gab es genug.

Sein Mann blieb stehen. Vielleicht hatte er eine Höhle gefunden. Noch bevor er sie genauer begutachtet hatte, entschied der Zenturio, dass sie schon passen würde. Er hatte es eilig, sich des Leichnams zu entledigen. Wie alle

Soldaten war er abergläubisch und fest davon überzeugt, dass ihnen ihr Tun Unglück bringen würde. In vierundzwanzig Jahren bei der Legion hatte er dennoch keinen einzigen Befehl infrage gestellt.

Absoluter Gehorsam.

Auch das war Roms Größe.

Akkon, 18. Mai 1291

Der alte Mönch öffnete die Augen. Das Schlagen der Trommeln hatte ihn geweckt. Ein bedrohliches Dröhnen, das den Lärm der Wellen, die gegen die Mauern schlugen, übertönte.

Er war allein im *scriptorium* von San Domenico, der Schreibstube des Klosters. Er war eingenickt, und seine Mitbrüder hatten es nicht gewagt, ihn zu stören. Erneut hatte ihn die Vision, die ihn seit Langem quälte, heimgesucht, doch dieses Mal würde es das letzte Mal sein.

Die Trommeln der Belagerer verkündeten der letzten Hauptstadt von Outremer – der Kreuzfahrerstaaten an der Levante –, dass ihre Zeit nach zwei Jahrhunderten abgelaufen war.

Mühsam erhob sich der Mann und ging langsam zum Fenster. Die Stadt erwachte zum Leben, von der Straße drangen aufgeregte Stimmen und Schreie herauf. Ein Gewimmel aus Reitern, Händlern, Priestern und Huren, das es dergestalt bald nicht mehr geben würde.

Seit einigen Tagen war klar, dass der entscheidende Angriff unmittelbar bevorstand. Erst die Eroberung dessen, was vom Turm des Königs übrig geblieben war, dann der Angriff auf das Sankt-Antonius-Tor, den die Tempelritter und die Johanniter mit Mühe abgewehrt hatten – Seite an Seite trotz hundertjähriger Feindschaft. Schließlich der Befehl, dass sich Frauen und Kinder in den Häusern einschließen sollten.

Das nächste Ziel würde der Turm der Verdammnis sein, der Schlüssel zum inneren Mauerring. Mit der abnehmenden Zahl der Verteidiger würden die Sarazenen nicht lange brauchen, um in die Stadt einzudringen. Das Massaker würde beginnen. Gnade erwartete keiner von ihnen. Die Kreuzritter hatten auch keine Gnade gezeigt.

Nahebei zeichneten sich im fahlen Licht der Morgendämmerung die massiven Umrisse des *Templum* ab, der Festung der Tempelritter, mit den vergoldeten Löwen auf den Spitzen der vier Türme neben dem Eingangsturm. Auf der Spitze des Hauptturms brannte ein Feuer: Leuchtsignale an die christliche Flotte, sich der Küste fernzuhalten, um nicht von den feindlichen Wurfmaschinen beschossen zu werden.

Hinter der Festung begannen die Glocken der Kirche St. Andreas zu läuten, als ob sie den Trommeln antworten und die letzte Herausforderung annehmen wollten.

Auf den Straßen eilten einige Tempelritter mit der schwarz-weißen Standarte des Ordens dem Mauerring entgegen. An ihrer Spitze erkannte der Mönch den Großmeister Guillaume de Beaujeu, der sich trotz seiner fast sechzig Jahre immer noch leichtfüßig bewegte. Wie üblich trug er nur eine leichte Rüstung ohne Schild. Einen Augenblick lang sah er ihn wieder als jungen Mann vor sich, schon damals hatte er den gleichen entschlossenen Schritt.

»Dieses Mal wirst du sterben, Guillaume. Möge Gott auch dir gnädig sein.«

Ihm blieb nur wenig Zeit. Er entfernte sich vom Fenster und ging, auf seinen Stock gestützt, ins Innere des Klosters. Kein Mensch war zu sehen.

Von unten hörte er Gesang: *Veni Creator Spiritus.* Komm, Schöpfer, Geist.

Die dreißig Dominikanerbrüder von Akkon waren in der Kapelle versammelt, wo sie zusammen mit den Franziskanermönchen die Nacht im Gebet verbracht hatten. Zu Beginn der Belagerung, vor mehr als einem Monat, hatten die Minderbrüder ihren Konvent Montmusard aufgeben müssen, der zu nah an der Stadtmauer lag. In den letzten Tagen hatten auch zahlreiche Zivilisten bei den Dominikanern Zuflucht gefunden.

Mit unsicheren Schritten ging er bis zur Tür, die ins *dormitorium* führte. Der große Schlafsaal lag im Halbdunkel, aber der alte Mönch brauchte kaum Licht, um seine Zelle zu finden. Es war das einzige Privileg, das die *fratres praedicatores,* die »Predigerbrüder«, ihm gewährt hatten: ein winziges Zimmer für ihn allein. Die Regel der Dominikaner schrieb vor, dass niemand, der Meister des Ordens ausgenommen, einen besonderen Platz zum Schlafen bekam, es sei denn, man hatte ihm etwas Besonderes zur Aufbewahrung übergeben. Sie wussten es zwar nicht, aber genau das war bei ihm der Fall. Die Einrichtung bestand nur aus einem Strohsack, einer Truhe, einem Holzstuhl und einem Tisch, auf dem eine noch brennende Kerze und ein kleines geschnitztes Holzkruzifix standen. Der Mönch hob den Deckel der Truhe an und zog ein Elfenbeinkästchen heraus, in das arabische Schriftzeichen graviert waren. Er kannte ihre Bedeutung: »Es gibt keinen anderen Gott als Gott.« Er stellte es auf den Tisch und betrachtete es. Man nutzte das Kästchen, um den Koran hineinzulegen. Doch in diesem Fall lag etwas viel Schrecklicheres darin, was für immer ein Geheimnis bleiben sollte.

Es waren vierzig Jahre vergangen, nun war das Ende nah.

Er hörte ein Geräusch. Jemand stand hinter ihm.

Kapitel 1

Der Kaufmann

❦

Nilinsel Roda, 14 muharram des Jahres 646 der Hedschra (Kairo, Ägypten, 9. Mai 1248)

Er wäre eine leichte Beute, dachte Ahmed. Sie verfolgten ihn, seitdem er am Nachmittag mit einer Feluke auf der Insel Roda auf dem Bahr – dem großen Fluss Nil, den die Ägypter Meer nennen – angekommen war. Sie beobachteten das Boot, wie sie es immer taten, aber seltsamerweise wurden weder Güter ausgeladen, noch ging jemand von Bord. Die einzige Information, die sie von den Männern am Kai bekommen hatten, war, dass es wohl aus al-Iskandariyya an der Küste kam.

Der Mann hatte gewartet, bis die Dunkelheit hereingebrochen war, dann das Schiff verlassen und war rasch in den übel riechenden und menschenleeren Gassen verschwunden. Ein Fremder, jung und gut gekleidet. Ahmed hatte in sein bärtiges Gesicht geblickt, bevor er sich die Kapuze des Mantels übergezogen hatte. Wahrscheinlich ein italienischer Kaufmann, der nicht wusste, wie gefährlich es war, nachts allein in den Straßen al-Qahiras unterwegs zu sein. Und doch musste er den kleinen Fischerort gut kennen, denn er bewegte sich zielstrebig durch die schmalen, vom Vollmond beschienenen Gässchen.

Ahmed hörte leichte Schritte hinter sich und drehte sich um. Yussuf hatte ihn eingeholt. Omar und Rashid tauchten am anderen Ende der Gasse auf, direkt vor dem Fremden. Sie mussten mit Höllengeschwindigkeit durch das Viertel gerannt sein, um ihn zu erreichen. Ahmed gab ihnen ein Zeichen. Sie würden hier zuschlagen, bevor der Mann in die Nähe des Sultanspalasts kam.

Der Fremde blieb abrupt stehen. Er hatte Omar und Rashid bemerkt, die sich ihm mit langen scharfen Messern näherten. Ahmed und Yussuf gingen schneller und zogen ebenfalls ihre Waffen. Der Mann hörte sie kommen und drehte sich um. Er saß in der Falle. Schrei nur, dachte Ahmed, niemand wird es wagen, dir zu helfen.

Doch der Kaufmann schrie nicht. Er bewegte sich langsam zum Rand der Gasse hin, bis er mit dem Rücken an einer Hauswand stand. Ahmed missfiel die Art, wie er sich bewegte, er schlich wie ein Raubtier. Dann begann der Fremde zu sprechen, auf Arabisch, mit einem Akzent, den die Ägypter nicht kannten.

»Ihr habt den Falschen erwischt. Verschwindet.«

Der gelassene Tonfall des Mannes steigerte Ahmeds Unruhe. Vielleicht sollten sie die Sache besser auf sich beruhen lassen, aber es war zu spät: Omar hatte ihn angegriffen.

Das Mondlicht fiel auf eine Klinge, man hörte einen erstickten Schrei, und Omar griff sich an die aufgeschlitzte Kehle. Er war noch nicht zu Boden gefallen, als der kurze Krummsäbel wie von Zauberhand in der rechten Hand des

Fremden aufgetaucht war und Rashid den Bauch aufgeschnitten hatte. Während der zweite Angreifer zu Boden
ging, trennte ein Säbelhieb Yussufs Gesicht in zwei Teile.
Ahmed blieb allein zurück. Angst packte ihn, aber zur
Flucht war es zu spät. Er schaute auf seine Brust herunter,
aus der der Schaft des Krummsäbels ragte. Mit einer bei-
läufigen Geste zog der Fremde ihn wieder heraus.

Die Stille der Nacht wurde von Schritten auf dem Stra-
ßenpflaster unterbrochen. Männer mit Fackeln tauchten
auf, Mamelucken. Als sie die Toten auf dem Boden und
den bewaffneten Mann sahen, zogen sie ihre Schwerter. Ihr
Anführer, ein wahrer Riese, schrie: »Keine Bewegung!«

Der Fremde hatte nichts dergleichen vor. In aller Ruhe
steckte er den Säbel zurück in die Scheide und wandte sich
an den Hünen: »*Marhaba, Bunduqdari* – hallo, Armbrustschütze.«

»Du?«

Am nächsten Morgen

Die Säule des Glaubens, *al-Malik* as-Salih Ayyub, hob die
Augen von dem Pergament mit dem Siegel Friedrichs II.,
römisch-deutscher Kaiser, König von Sizilien und Jerusalem, und schaute zu dem Boten, der in einem leichten grünen Gewand mit einem gelben Band um die Taille vor ihm
stand. Seinen Mantel trug er über dem Arm. Der Führer
des Heeres, der *atabak al-asakir* Fachr ad-Din, hatte ihn
am frühen Morgen zu ihm gebracht, nachdem er mitten in

der Nacht von einem *Jamdar* der *Bahriyya* – einem hochrangigen Offizier der mamelückischen Garde – auf der Nilinsel Roda geweckt worden war.

Der ägyptische Sultan klang wehmütig.

»Dieses Mal bringen Sie schlechte Nachrichten, ser Berto.«

Der kaiserliche Gesandte dachte, dass er für Sultan Ayyub immer »ser Berto« bleiben würde. Es war nicht das erste Mal, dass Friedrich ihm die Überbringung von Nachrichten an seinen ägyptischen »Neffen« anvertraut hatte, dem Sohn des großen *al-Malik* al-Kamil, genannt Sultan des Friedens. Für den Staufer war er wie ein Bruder gewesen – trotz der Ablehnung des Papstes, der Tempelritter und der Adligen von Outremer, wie die Franken die Gebiete nannten, die sie vor hundertfünfzig Jahren in Palästina und Syrien erobert hatten und die für die Muslime den Namen Bilad al-Sham trugen. Doch diese Mission unterschied sich von den anderen. Niemand durfte wissen, dass ein Mann der *familia*, der Leibwache des Kaisers, eingetroffen war.

Umberto di Fondi, Baron von Acquaviva, hatte sich in Gaeta eingeschifft und sein Ziel dank günstiger Winde nach nur zwanzig Tagen erreicht, ohne einen einzigen Hafen anzusteuern. Auf dem offenen Meer vor Ischia war das Handelsschiff von zwei Kriegsschiffen der kaiserlichen Flotte flankiert worden, die es bis nach Süditalien und Sizilien begleitet hatten und erst umgekehrt waren, als am Horizont die Küstenlinie Nordafrikas aufgetaucht war. Von den Wachtürmen von Ifriqiyya aus gesehen war es nur ein sizilianisches Handelsschiff von vielen, und auch aus der Nähe konnte man nur schwer etwas Ungewöhnliches feststellen. Einem aufmerksamen Beobachter wäre vielleicht die äußerst große Schiffsmannschaft aufgefallen, wobei wohl niemand vermutet hätte, dass das mit der Anwesenheit von dreißig sarazenischen Bogenschützen aus Lucera zu tun haben könnte.

Umberto war drei Tage zuvor in al-Iskandariyya an Land gegangen und hatte die Reise mit einer Feluke den Nil hinauf bis nach Roda fortgesetzt. Der Kommandant der Bogenschützen, Emir Mohamed, hatte seine Begleitung angeboten, doch der kaiserliche Gesandte hatte sich entschlossen, nachts allein von Bord zu gehen, um die Kais zu meiden, an denen die Schiffe der ägyptischen Flotte ankerten. Stattdessen hatte er den Weg durch das Fischerdorf vor al-Fustat genommen, dem alten Kern der ägyptischen Hauptstadt. Seit seinem letzten Besuch vor zwei Jahren hatte sich das Dorf deutlich vergrößert. Der Umzug des Sultans auf die Insel hatte offensichtlich viele Menschen angezogen, nicht alle mit wohlmeinenden Absichten, wie die vier Gauner, die sich tragischerweise das falsche Opfer ausgesucht hatten.

Die Mission war nun erfüllt. Das Pergament lag in den Händen des Ayyub, der es an Fachr ad-Din weiterreichte.

»Sie kommen her.«

Der alte General griff nach dem Bogen und überflog die arabischen Schriftzeichen: »Eines Tages ist der König der Franken mit großem Gefolge auf meinen Gebieten angekommen ... Mein Herr, Säule des Glaubens, du musst gut achtgeben und wissen, dass die Intention dessen, der dich angreift, die Eroberung Jerusalems ist und er zu diesem Zweck erst Ägypten einnehmen muss … Der König der Franken ist überzeugt davon, dass er das Land in kurzer Zeit unterwerfen kann. Dieser Herrscher ist der mächtigste unter allen Herrschern des Westens, angetrieben von einem eifersüchtigen Glauben: Die Wichtigkeit seiner Handlungen als Christenmensch und seine starke religiöse Verbundenheit sorgen dafür, dass er sich gegen jeden stellt … Mein Neffe, ich habe mich vergeblich gegen seine Pläne gestemmt und ihn vor der Gefahr gewarnt, dich anzugreifen. Um ihn wachzurütteln, habe ich vor der Stärke und der zahlenmäßigen Überlegenheit der Muslime gewarnt, der Unmöglichkeit, Jerusalem einzunehmen, ohne vorher die Macht Ägyptens zu schmälern, was beides nicht umzusetzen ist. Ich habe ihn auch daran erinnert, dass ich vor zwanzig Jahren, als ich in den Krieg zog, in deinem Vater einen Mann des Friedens gefunden habe, gerecht und vernünftig. Der Franke teilte meinen Standpunkt nicht. Die Zahl seiner Gefolgsleute steigt. Sie sind mehr als sechzigtausend, und im Laufe dieses Jahres werden sie in Zypern landen.«

Der Sultan und der *atabak* schauten sich an. Umberto erkannte, dass ihre Spione die große Mobilmachung der Franzosen sicher schon bemerkt hatten, aber erst der Brief des Kaisers die Strategie und das Ziel von König Louis verdeutlicht hatte. Doch in seiner Anwesenheit würden sie darüber nicht beraten. Der Tonfall des Ayyub war wie immer freundlich: »Ser Berto, danke dem Kaiser für diese Nachricht. Er weiß, dass wir eine Möglichkeit finden werden, ihm unsere Dankbarkeit auszudrücken. Es wird uns eine Freude sein, dich so lange als Gast zu beherbergen, wie du es wünschst.«

»Danke, mein Herr, die Ehre ist ganz meinerseits, aber ich ziehe es vor, sofort wieder abzureisen. Meine Anwesenheit sollte ein Geheimnis bleiben.«

»Sicher, du hast recht. Du warst nie hier ... *Atabak*, sorge dafür, dass er in Sicherheit ist.«

Fachr ad-Din verneigte sich, um sein Lächeln zu verbergen. Er bezweifelte, dass der kaiserliche Gesandte jemals in Gefahr sein könnte.

»Ich höre und gehorche, mein Herr.«

Der alte Kommandant begleitete Umberto aus dem Saal. Der große Innenhof war nicht wie üblich dicht bevölkert. Man hatte dafür gesorgt, dass kein neugieriges Auge einen Blick auf den Besucher werfen konnte, die Mamelucken blockierten zudem den Zugang zu den Räumen des Sultans. Nur ein Mann stand wartend im Hof: Baibars, der junge Emir der *Bahriyya*, der am Vorabend eingeschritten war. Umberto hatte ihn bei seiner letzten Reise kennengelernt, sodass er bei ihrem gestrigen Zusammentreffen keine Erklärungen abgeben musste. Der Armbrustschütze war kein Mann vieler Worte. Er hatte die Situation sofort erkannt und ihn in die Gemächer von Fachr ad-Din gebracht. Beide wussten, dass das Gold der Tempelritter und der Johanniter viele Taschen füllte, sogar unter den Herrschenden, und dass die Nachricht von der Ankunft eines kaiserlichen Boten für die Spione sehr wertvoll sein würde.

Umberto schaute in die blauen Augen, die ihm aus dem gebräunten Gesicht entgegenblickten. Wie alle Mamelucken war Baibars als Kind ein Sklave gewesen, wahrscheinlich irgendwo aus den Ebenen im Norden. Seine hünenhafte Gestalt und ein kleiner weißer Fleck in einem Auge, ähnlich einem Nadelöhr, verliehen ihm ein wenig vertrauenerweckendes Aussehen. Eben jener Fleck veränderte sein Leben. Einmal hatte er ihm erzählt, dass sein erster Herr, ein syrischer Kaufmann aus Hama, von dem er mit nur vierzehn Jahren gekauft wurde, ihn weiterverkauft hatte, weil er etwas Bösartiges in seinem Auge argwöhnte. Der Käufer war Emir Aydakin al-Bunduqdar gewesen, von dem er den Spitznamen *Bunduqdari* erhalten hatte. Aydakins Vermögen war später von Sultan Ayyub konfisziert worden, der Junge war bei den Mamelucken der *Bahriyya* untergekommen. Das war sein Glück gewesen, dachte Umberto, auch wenn der andere ihm versicherte, es sei allein Allahs Wille.

Der Hüne verneigte sich vor dem *atabak*. Fachr ad-Din erwiderte den Gruß mit einer Handbewegung und wandte sich dann an Umberto: »Mein Herr, Baibars wird dich zum Fluss bringen. Möge Allah über deine Reise wachen und uns die Möglichkeit zu einem Wiedersehen geben. Bitte versichere dem Kaiser meine brüderliche Zuneigung.«

»Ich danke dir, mein Herr. Der Kaiser erwidert deine Zuneigung und hat mir ein Geschenk für dich mitgegeben.«

Umberto löste das Band um seine Taille und faltete es auf. In der Mitte leuchtete der schwarze Adler der Hohenstaufer. Mehr musste er nicht sagen. Der *atabak* kannte die kaiserliche Standarte. Friedrich hatte ihn zum Ritter geschlagen, und er selbst trug das Wappen mit dem Adler auf seiner Fahne.

»Mein Herr, du kannst ihm sagen, dass dieses Geschenk für mich kostbarer ist als ein Diamant.«

Umberto verneigte sich.

»*Salam alaikum,* mein Herr.«

»*Alaikum salam,* ser Berto.«

Baibars deutete auf eine Seitentür im Gang, durch die sie schon gekommen waren.

»Hier entlang.«

Sie liefen die Wendeltreppe hinunter und einen langen Korridor mit Steinboden entlang.

Der Mameluck überragte Umberto fast um Haupteslänge, obgleich dieser nicht gerade klein war.

»Du gehst voraus, ich folge dir bis zum Schiff. Bald werden wir den Hof der *Bahriyya* erreichen. Zieh dir den Mantel über und bleib an meiner Seite.«

»Ich danke dir, aber du musst mir nicht folgen. Tagsüber dürfte es keinerlei Schwierigkeiten geben.«

»Viele haben gesehen, was du gestern Abend getan hast. Nachrichten verbreiten sich rasch in Roda. Ich werde dir folgen, wie es der Wunsch des *atabak ist.*« Er drehte sich zu ihm um und fuhr mit leicht ironischem Blick fort: »Und Schwierigkeiten gibt es immer, ser Berto, das weißt du besser als ich. Kleine oder große. Ich denke, dass deine Anwesenheit hier für große Probleme spricht.«

»Ich bin überzeugt davon, dass es kein noch so großes

Problem gibt, dem du nicht gewachsen bist. Pass auf dich auf, Armbrustschütze.«

»Allahs Wille wird geschehen, wie immer.«

Bevor er hinausging, legte Umberto trotz der Hitze den Mantel an und setzte die Kapuze auf. Gemeinsam überquerten sie den sonnenbeschienenen Hof und verabschiedeten sich voneinander. Der kaiserliche Gesandte verließ die Zitadelle und ging auf das Dorf in Richtung Osten zu. Kurz danach machte sich eine Streife Mamelucken in die gleiche Richtung auf.

Nachdem er ser Berto verabschiedet hatte, war Fachr ad-Din in den Saal zurückgekehrt. Ayyub war in Gesellschaft einer hochgewachsenen jungen Frau in einem leichten blauen Leinengewand, das fast durchsichtig schien. Sie war brünett und hatte dunkle Augen. Die armenische Sklavin des Harems war zur Lieblingsehefrau des Sultans geworden. Shajar al-Durr, der Wald der Perlen, musste keine Wache passieren, wenn sie zu ihrem Mann wollte. Auch die neue Residenz verfügte über Geheimgänge, die das Zimmer des Herrschers mit denen seiner Ehefrauen verbanden.

Der *atabak* strich sich über den mit Henna rot gefärbten Bart und verneigte sich. Die junge Frau lächelte, verbeugte sich ebenfalls und drehte sich um, um das Zimmer zu verlassen, aber der Ayyub gab ihr mit einer Geste zu verstehen zu bleiben.

Shajar setzte sich zu seinen Füßen, und der Sultan ließ nachdenklich seine Finger durch ihr Haar gleiten.

»Es wiederholt sich noch einmal …«

Siebenundzwanzig Jahre zuvor war ein christliches Heer im Bahrdelta gelandet, hatte Dimyat erobert, und der Ayyub, damals gerade mal sechzehn, war von den Ungläubigen gefangen genommen worden. Sein Vater, Sultan al-Kamil, hatte seinerseits Jean de Brienne gefangen genommen, einen der feindlichen Anführer, und die Angelegenheit war mit einem Gefangenenaustausch und dem Rückzug der Angreifer zu Ende gegangen – aber die Säule des Glaubens hatte die Sache nicht vergessen.

Er schaute traurig zu Fachr ad-Din, der vor wenigen Tagen aus Syrien zurückgekehrt war, um ihm vom Fortschritt der Operationen gegen die Sippschaft von an-Nasir Yusuf, Herrscher von Aleppo, zu berichten. Auch er war Ayyubide, aber trotz der Niederlagen der Vergangenheit hatte er sich wieder erhoben, Homs angegriffen und paktierte mit den Ungläubigen, die Bilad al-Sham besetzten.

Der *atabak* täuschte Sicherheit vor: »Wir werden sie noch einmal schlagen, mein Herr. Wir mussten nur erfahren, von wo aus sie angreifen. Jetzt wissen wir es. Wir werden bereit sein.«

»Zuerst müssen wir die Lage in Syrien unter Kontrolle bringen. Yusuf, dieser Hund, ist sicher mit ihnen verbündet und wird versuchen, davon zu profitieren und Dimashq unter seine Herrschaft zu bringen. Wie viel Zeit haben wir noch?«

»Wir wissen, dass die Ungläubigen von Bilad al-Sham ihre Truppen nach Akkon rufen, und der Kaiser schreibt, dass der König der Franken im Laufe des Jahres von Zypern ablegen wird. Wir haben ein Jahr, vielleicht weniger, mein Herr.«

»Dann musst du sofort zurück nach Dimashq und die Sache mit Yusuf regeln. Brauchst du noch mehr Männer?«

Ein großer Teil des ayyubidischen Heeres war bereits in Syrien, die *halqa al-sultaniyya*, die Wache des Sultans. Der *atabak* war fast inkognito zurückgekehrt, nur von einer Gruppe Reiter begleitet.

»Um den Kampf zu gewinnen, brauchen wir mehr Männer und vor allem deine Anwesenheit, mein Herr. Ich bin gekommen, um dich darum zu bitten. Ich bitte dich, diese Frage aufmerksam abzuwägen, auch angesichts der Nachricht des Kaisers. Du kennst dieses Gebiet und deinen Cousin an-Nasir Yusuf besser als ich. Es macht einen Unterschied, deinen Sohn Turan Schah oder mich vor sich zu haben oder aber der Säule des Glaubens zu begegnen.«

Der Sultan dachte nach. Seine Gedanken kreisten nicht um Syrien, sondern um Ägypten.

»Wir müssen die Küste verteidigen, in al-Iskandariyya und Dimyat. Die Mauern verstärken und Truppen schicken ...«

»Sicher, mein Herr. Ich werde mich sofort darum kümmern. Und Syrien?«

»Syrien? Dein Rat ist wie immer weise, mein Freund. Ich werde mit mehr Männern kommen, es wird eine Zeit dauern, sie zu organisieren. Du hingegen wirst sofort nach Dimashq zurückkehren. Wir werden Yusuf ein für alle Mal besiegen und dann den König der Franken empfangen, wie er es verdient ... Und wenn Dimyat wieder fallen sollte, werden wir sie in al-Mansura stoppen.«

Kapitel 2

Das Ende eines Sultans

*Al-Mansura, am Morgen des 13 sha'ban 647
(21. November 1249)*

Fachr ad-Din durchschritt rasch die menschenleeren Räume des Palastes, den Ayyubs Vater zur Zeit der ersten Invasion der Franken hatte bauen lassen, und betrat das Zimmer des Sultans, vor dem zwei *asakir* der *halqa* standen. Als sie ihn sahen, ging einer in das Zimmer und kam kurze Zeit später mit Fath al-Din Ibn Jamal wieder heraus, dem besten Arzt Ägyptens. Er wirkte erschöpft und hatte tiefe Augenringe, nachdem er die ganze Nacht am Bett des Kranken verbracht hatte. Der *atabak* konnte in seinen Augen lesen, dass nichts mehr zu machen war.

Er dachte, dass Allah ihn gerade im schlimmsten Moment auf die Probe stellen wollte. Die Ungläubigen, die ser Berto angekündigt hatte, waren angekommen, und Dimyat hatte sich kampflos ergeben, mit einem Basar voller Waren – die Brücke über den Bahr stand noch.

Der *atabak* wusste, dass er dafür verantwortlich war, auch wenn niemand gewagt hatte, es ihm zu sagen – nicht einmal der Sultan. Ayyub hatte befohlen, dass die Offiziere der von der *Kinaniyya* ausgewählten Truppen, die Dimyat aufgegeben hatten, gehängt werden sollten, aber niemand hatte den Kommandanten der Armee kritisiert. Auch das Eingreifen des Sultans in Syrien war ein Misserfolg gewesen. Ayyub hatte auf die Belagerung von Homs, der Festung an-Nasir Yusufs, verzichten müssen. Der offizielle Grund war die Ankunft eines Abgesandten des Kalifen von Bagdad, um einen Waffenstillstand zwischen den Widersachern auszuhandeln, der wahre Grund der Ausbruch der Krankheit.

Fachr ad-Din war überzeugt, dass die Krankheit seines Herrn ihm das Leben gerettet hatte. Mit dem Feind auf ägyptischem Boden wäre es eine Dummheit gewesen, die Armee führungslos zu lassen, und dumm war Ayyub nicht, sonst wäre er nicht mehr als neun Jahre unter seinen erbarmungslosen Verwandten an der Macht geblieben. Der Sultan wusste genau, dass in einer solchen Situation niemand auf den Befehl eines Todkranken gehört hätte.

Der Arzt verbeugte sich tief.

»*Salam alaikum, atabak*. Danke, dass du gekommen bist. Er möchte dich allein sehen.«

Fachr ad-Din nickte und betrat das Zimmer.

Trotz des Weihrauchs und der parfümierten Kerzen nahm der Gestank ihm fast den Atem. Eine Mischung aus Urin und verfaulendem Fleisch.

Die Säule des Glaubens lag auf einem Lager aus Kissen. Er trug eine leichte Leinentunika, sein Kopf war unbedeckt. Seine wenigen Haare hatte man ihm rasiert, das Gesicht war blass, eingefallen, er schwitzte. Das nekrotische rechte Bein war verbunden. Als er den *atabak* sah, hob der Sultan die Hand ein wenig, um ihn zu begrüßen. Seine Stimme war schwach, der Atem mühsam.

Fachr ad-Din verneigte sich.

»*Salam alaikum,* mein Herr.«

»Was ... machen sie?«

»Sie sind noch in der Nähe von Dimyat, aber sie setzen sich in Bewegung.«

»Richtung al-Qahira oder nach ... al-Iskandariyya?«

»Das ist noch unklar, Herr. Al-Qahira wahrscheinlich. Sie schicken Patrouillen in den Süden.«

»Ja, al-Qahira ... Sie haben schon Dimyat ... einen zweiten Hafen brauchen sie nicht. Dort werden wir sie stoppen.«

»Ich höre und gehorche, mein Herr.«

»Ich habe dich kommen lassen ... um dir zu sagen ... heute wird Fath al-Din mir das Bein abnehmen ... ich muss bei der Schlacht dabei sein.«

»Das könnte keine gute Idee sein, mein Herr, Ihr seid sehr schwach.«

»Nein, ich muss es versuchen ... die Dauer unseres Lebens bestimmt Allah ... ich will nicht am Tag der Auferstehung ohne Bein dastehen ... aber es muss sein, damit ich noch ein bisschen durchhalte und ... den *jihad* ... anführe, wie es mein Vater getan hat.«

Er begann Blut zu spucken.

Der *atabak* dachte an den Gesichtsausdruck des Arztes und wusste, dass er bei der Amputation sterben würde. Es gab keine Zeit zu verlieren.

Er verneigte sich, um sich zu verabschieden, aber Ayyub hielt ihn mit einer Geste zurück.

»Nachricht vom Kaiser?«

»Noch nicht, mein Herr. Die Nachricht müsste ihn erreicht haben, ser Berto ist sicher schon unterwegs. Er muss achtsam sein, um nicht von den Franken gefangen genommen zu werden.«

Der Sultan verzog das Gesicht. Der *atabak* begriff, dass er zu lächeln versuchte.

»Es sind die Franken, die achtsam sein müssen.«

Fachr ad-Din lächelte auch. Die Säule des Glaubens sprach weiter und deutete auf den Schrank zu seiner Rechten.

»Es ist noch da … mit einem Bein schaffe ich es nicht … bringe es nach al-Quds … wenn wir sie geschlagen haben.«

Damiette, am Abend des gleichen Tages

König Louis IX. von Frankreich war allein in der großen roten Zeltkapelle. Er kniete vor dem hölzernen Kruzifix mit dem Zeichen von Saint-Denis und begann zu beten. Die heilige Aufgabe, die Gott ihm vor fünf Jahren aufgetragen hatte, war in die schwierigste Phase getreten. Am nächsten Morgen würde das christliche Heer den Marsch auf Babylon, die ägyptische Hauptstadt, beginnen.

Ein Geräusch riss ihn aus dem Gebet. Er drehte sich um. Geoffroy de Sargines, einer der acht Prud'hommes der königlichen Garde, hatte den Vorhang am Eingang beiseitegeschoben.

»Entschuldigen Sie, Sire. Der Magister ist angekommen.«

Der König stand auf.

»Ich danke Euch. Lasst ihn herein.«

Der Ritter verneigte sich und ging. Nach einer Weile kam ein Dominikanermönch herein, ein hagerer Mann, nicht groß, mit Sommersprossen und einem roten Bart. Er war siebenunddreißig, wirkte aber trotz eines Jahrs Altersunterschied jünger als der König, auch wenn der Haarkranz sich bereits lichtete, was nicht an seiner Tonsur lag, und seine grünen Augen von Falten umrahmt waren.

Yves le Breton, *iudex a domino papa contra haereticos in regno Franciae delegatus,* der Inquisitor des Papstes, deutete eine Verbeugung an.

»*Pax vobiscum,* Friede sei mit Euch, Sire.«

»*Et cum spiritu vestro,* und mit Eurem Geiste, Magister. Für die Versammlung seid Ihr zu spät, die Entscheidung ist gefallen: Wir werden gen Babylon ziehen.«

Yves nickte, er wirkte nicht überrascht. Der König sprach weiter: »Der alte Mauclerc und die Mehrzahl der Barone werden zuerst Alexandria angreifen, um sich des Hafens zu bemächtigen, die ägyptische Flotte zu schwächen und den Nachschub zu sichern. Ihrer Meinung nach können die größeren Schiffe in der Lagune von Damiette nicht ankern. Auch ist es zu gefährlich, sie auf dem offenen Meer zu lassen, wie der Sturm kürzlich gezeigt hat, der mehr als zweihundert Schiffe beschädigt hat, die dort vor Anker lagen. Eine große Zahl ist sogar gesunken. Das wirkt vernünftig.«

»Aber der Graf von Artois ist nicht einverstanden ...«

»Genau. Mein Bruder Robert und ich haben nicht vergessen, dass sich diese Barone vor zwanzig Jahren mit den Engländern gegen unsere Mutter verschworen haben, damit ich nicht den Thron besteigen kann. Sie sind nicht vom wahren Glauben erfüllt wie wir. Robert meinte, es habe keinen Sinn, länger zu warten und eine Niederlage zu riskieren, wie es Jean de Brienne vor dreißig Jahren widerfahren ist, und dass er nur einen Vormarsch auf Babylon akzeptieren würde. Es ist ihre Hauptstadt. Um eine Schlange zu töten, muss man ihr den Kopf abschlagen.«

Der Inquisitor stellte sich die Szene vor. Der Tonfall des Grafen dürfte keinerlei Widerspruch geduldet haben, seine Entscheidung war gefallen. Nur er durfte so mit dem König sprechen. Nicht mal die anderen Brüder, Alfonse, Graf von Poitiers, und Charles, Graf von Anjou, wagten das. Yves le Breton wusste, dass Robert d'Artois das schon immer getan hatte, auch als sie noch Kinder gewesen waren. Im Grunde lagen nur zwei Jahre Altersunterschied zwischen ihnen, aber seine Rolle war nie die des Zweitgeborenen gewesen. Er war hochgewachsen, kräftig, rothaarig und schien das Idealbild des stolzen Ritters wesentlich mehr zu verkörpern als der König selbst. Er war der wahre Held des Kreuzzugs, in der ganzen Armee für seinen Mut berühmt, der ihn in den Augen einiger unbesonnen werden ließ. Der König dagegen hatte ein langes, eingefallenes Gesicht und ging leicht gebeugt, mit dem Schwert war er lange nicht so geschickt wie sein Bruder. Aber wer ihn so gut kannte wie Yves, der wusste, dass die offensichtliche körperliche Unterlegenheit von einem eisernen Willen wettgemacht wurde, der fast so ausgeprägt war wie sein Glaube.

Louis sprach weiter: »Robert hatte recht. Ich habe meine Zustimmung gegeben, und niemand hat mehr den Mund aufgemacht. Wir werden Babylon einnehmen und dann Jerusalem erobern. Außerdem war das von Anfang an unser Plan: den Regierungssitz des Sultans anzugreifen. Wenn die Sarazenen dort besiegt sind, wird es leicht sein, die Heilige Grabstätte zurückzugewinnen. Ich lasse die Königin hier in Damiette, mit einer großen Zahl von Männern. Welche Nachrichten habt Ihr?«

»Der Sultan liegt im Sterben, Sire. Man versucht, es geheim zu halten, aber an Heilung ist wohl nicht mehr zu denken.«

Das Verhör des Emirs der Mamelucken, der an diesem Morgen von einem Spähtrupp Johanniter in einem kurzen Gefecht, in dem alle anderen Ungläubigen ermordet worden waren, gefangen genommen worden war, war vor Kurzem zu Ende gegangen, und der Gefangene hatte alles gesagt, was der Mönch wissen wollte.

»Und der Ungläubige?«

»Ist tot, Sire.«

»Welchen Rang hatte er inne?«

»Emir der hundert Männer der *Bahriyya*, der Mameluckengarde des Ayyub.«

»Wir haben sie vor uns.«

»Ja, Sire. Sie sind rund um al-Mansura. Auch der Anführer der Armee, Fachr ad-Din, den unsere Männer Scecedin nennen.«

»Der Ritter des Kaisers.«

»Ja, Sire.«

Der König schätzte, dass der Dominikaner nicht mit der üblichen genauen Bestimmung begann, zu der Geistliche sich oft verpflichtet fühlten, wenn sie über den Herrscher sprachen. Meist klang das mehr oder minder so: »Friedrich, vom Papst abgesetzt und exkommuniziert, ist kein Kaiser mehr, sondern nur der Wegbereiter des Antichristen, der Bestie, die aus dem Meer kommt.« Der Inquisitor hatte das nicht erwähnt, denn er wusste, dass Louis den Staufer als Ressource im Kampf gegen die Ungläubigen ansah. Nur wenige Monate zuvor, in Zypern, hatte Yves einen Brief geschrieben, in dem der König den Papst bat, Friedrich die Absolution zu erteilen. Aber der Pontifex hatte nicht geantwortet: Aus seinem Exil in Lyon führte Innozenz IV. einen erbitterten Kampf gegen Friedrich, der fünf Jahre zuvor in seiner Exkommunikation gipfelte. Der Inquisitor wusste auch, dass der Papst die Leidenschaft, mit der der Frankenkönig den Feldzug ins Heilige Land vorbereitet hatte, nicht teilte. Er hätte einen Feldzug vorgezogen, um Rom zu erobern, aber das konnte er seinem Schutzherrn gegenüber nicht offen äußern und hatte sich deshalb für die *expeditio crucis,* den Feldzug des Kreuzes, ausgesprochen.

Der Mönch hatte sich die Brandrede vorgestellt, mit der der Papst den Entsendungsbrief verlesen hatte. Sicher hatte er den Schreiber nicht verschont, aber das hatte ihm keine Sorgen bereitet. Er war in guter Gesellschaft. Der Großmeister seines Ordens, Johannes von Wildeshausen, war ein persönlicher Freund des Kaisers, und sein Gehorsam gegenüber dem Heiligen Stuhl hatte zwar dazu geführt, dass er die offiziellen Kontakte abgebrochen hatte, nicht aber die privaten. Yves kannte Johannes schon lange und schätzte ihn sehr. Beide waren Schüler von Mathieu de Bourbon, einem der berühmtesten Inquisitoren des Ordens, Prior des Jakobinerklosters in Paris und vor allem Zeitgenosse und Freund des heiligen Dominikus, bis zu der Zeit, als er in Südfrankreich, wo die Katharerbewegung auf ihrem Höhepunkt war, als Wanderprediger unterwegs war. Außerdem hatte nicht einmal der päpstliche Legat, Kardinal Eudes de Châteauroux, der den Feldzug begleitete, seine Verwunderung darüber verheimlicht, wie besessen Innozenz von Friedrich war. Und für Yves war der Prälat ein Mann des Glaubens. Er war berühmt für seine Predigten, hatte alle Ausgaben des Talmud in Frankreich verbrennen lassen, was bei einem Volk, das sich mit der Ermordung Jesu befleckt hatte, geboten war.

»Wie viele sind es?«, fragte König Louis.

»Das hat er nicht gesagt, Sire ... er ist vorher gestorben. Aber es sind Ayyub, die *Bahriyya* und Fachr ad-Din mit der gesamten Armee.«

»Sie warten in al-Mansura auf uns.«

»Ja, Sire.«

»Gut, Magister, Ihr habt mir einen Grund mehr geliefert, gleich nach Babylon zu ziehen. Wenn Ayyub stirbt, wird die Schlange keinen Kopf mehr haben, und wir werden mit Gottes Hilfe bereit sein, sie mit all unseren Kräften zu schlagen. Wir werden sie alle töten, nach Jerusalem ziehen, und Ihr werdet mit mir an der Heiligen Grabstätte stehen, wenn ich mein Gelöbnis erfülle.«

»Es wird mir eine große Ehre sein, Sire.«

Yves hatte nicht sehr überzeugend geklungen. Er war verwirrt, aber der König bemerkte es nicht. Während Louis weiter ihren zukünftigen triumphalen Einzug nach Jerusalem und den Besuch der heiligen Stätten beschrieb, dachte der Inquisitor daran, wie er in die *peregrinatio crucis,* den Kreuzzug, geraten war. Die Krankheit, die den Herrscher vor fünf Jahren befallen hatte, war schuld daran. Damals dachte er, er würde sterben, und hatte geschworen, dass er – wenn er überleben würde – das Kreuz nehmen und Jerusalem zurückerobern würde, das die Christenheit wenige Monate zuvor verloren hatte. Die Grabeskirche war von den Türken niedergebrannt, die Priester ermordet worden, und man hatte die Gräber der römischen Könige entweiht. Und als ob das nicht gereicht hätte, hatten die Türken und ein ägyptisches Kontingent bei La Forbie, nahe Gaza, in wenigen Stunden die gesamte Armee von Outremer und seinen syrischen Verbündeten verheerend geschlagen. Ein Desaster, die dunkelste Stunde nach der Niederlage bei Hattin sechzig Jahre zuvor. Gott hatte Louis verschont, und seit diesem Moment hatte die Mobilisierung aller Ressourcen des Königreichs begonnen.

Yves hatte die Vorbereitungen des Feldzugs verfolgt, die mehr als drei Jahre in Anspruch genommen hatten. Selbst der Klerus hatte die Sondersteuern zahlen müssen, und jeder Ritter war aufgefordert worden, das Kreuz zu nehmen, während die Franziskaner- und die Dominikanermönche durchs Land gezogen waren und für die Befreiung des Heiligen Grabes gepredigt hatten.

König Louis hatte ihn persönlich als Beichtvater ausgewählt. Er meinte, kein anderer als der brillante Schüler Mathieus, der ihn als Nachfolger auserwählt hatte, wäre ihm würdig. Yves trug seit Kurzem den Titel Magister der Universität Paris. Auch Kardinal Châteauroux hatte der Ernennung zugestimmt. Yves hatte sich sorgfältig auf die *expeditio crucis* vorbereitet, sogar mithilfe seiner Mitbrüder, die er aus Akkon hatte kommen lassen, Arabisch gelernt.

Im August des Vorjahres war er mit dem König an Bord des Flaggschiffs *Montjoie* gegangen, die aus Aigues-Mortes zum größten Feldzug aufgebrochen war, den das französische Königreich jemals unternommen hatte: mehr als hundert Schiffe, zweitausend Reiter und fast zwanzigtausend Soldaten, zu denen sich in Zypern die Soldaten von Outremer gesellten, weitere achthundert Reiter und fünftausend Soldaten. Darunter das berühmte Heer der Tempelritter und der Johanniter, das nach der Niederlage von La Forbie mithilfe der Christen wieder aufgebaut worden war. Jeder Orden verfügte über etwa dreihundert Reiter, die von zwei Männern des Glaubens angeführt wurden: dem Großmeister des Tempelritterordens, Guillaume de Sonnac, und dem Probst der Johanniter, Jean de Ronay.

Louis bemerkte, dass sein Gesprächspartner ihm nicht mehr zuhörte.

»Ihr macht einen erschöpften Eindruck, Magister. Bitte nehmt mir die Beichte ab, denn heute habe ich viel gesündigt.«

Als der Inquisitor das Zelt des Königs verließ, war es bereits dunkel. Sein Mitbruder und Schüler Nicolas de Hannapes wartete am Boden sitzend auf ihn, neben ihm stand die Wache. Als er ihn sah, sprang er rasch auf und klopfte sich den Dreck aus der Kutte. Er war ein junger Mann aus den Ardennen, kaum zwanzig, hochgewachsenen, mit braunem Haar, der Sohn des Barons von Hannapes. Er war Yves' Novize im Jakobinerkloster gewesen und begleitete nach dem Abschluss seiner Studien seinen Meister in der schwierigen Mission, die der Nachfolger Petri dem Orden aufgetragen hatte, das *officium* der Inquisition.

In dem großen, von Fackeln erhellten Lager herrschte rege Geschäftigkeit. Die Abreise war im Morgengrauen vorgesehen, einige Zelte waren schon abgebaut, und die Schildknappen luden Kisten auf die Wagen. Eine Truppe Tempelritter zog in Richtung Süden, das schwarz-weiße Kriegsbanner des Templerordens, der *Beaucéant,* war noch eingerollt. Sie waren auf der Jagd nach den sarazenischen Angreifern, die jede Nacht ins Lager eindrangen und jemanden im Schlaf töteten. Oder war das schon der Beginn des Angriffs? Die Tradition wollte, dass sie die Vorhut bildeten.

Der Inquisitor schaute in den Sternenhimmel und dachte an Mathieu de Bourbon, den Meister, der für ihn wie ein Vater gewesen war. Sicher beobachtete er sie von dort oben, und vielleicht war er besorgt. Seine Bedenken konnten ihm nicht verborgen geblieben sein, als er vor Kurzem im alten Sultanspalast von Damiette den Befehl zur Folter gegeben hatte, wo der Gefangene trotz seiner

Verletzungen versucht hatte, den *quaestiones* Widerstand zu leisten. Fragen: Yves hatte es schon immer seltsam gefunden, die Folter so zu nennen.

Man hatte zu den *bernicles* greifen müssen, Holzringe mit scharfen Zähnen, in denen die Beine der Befragten zerquetscht wurden.

»Verzeiht meine Schwäche, Magister«, sagte er leise.

Nach Bruder Mathieu war das die schlimmste Sünde des Inquisitors: gegenüber den Häretikern Schwäche zu zeigen, und vor allem gegen sich selbst. Nein, er durfte nicht nachgeben, er musste seinem Meister würdig sein, jetzt, da das *officium* auf seinen Schultern ruhte.

Als der Emir gefangen genommen worden war, hatte der König ihm befohlen, ihn auf Arabisch zu befragen. Er hieß Ibrahim, Abraham. Ein Ungläubiger, kein Zweifel, aber kein Häretiker, sogar ein devoter Mensch, auf seine Weise. Man hatte ihn gefangen genommen, als er seine Heimat verteidigte. Das war der Unterschied zu Frankreich, wo er es nur mit Häretikern zu tun gehabt hatte. Schlussendlich hatte er die Wahrheit herausgefunden, der andere war tot, wie immer. Aber sein Zögern war nicht normal gewesen. Deshalb musste er Gott und seinen Meistern in seinen Gebeten um Verzeihung bitten.

Yves senkte den Blick und schaute zu Nicolas. Er erinnerte ihn an sich selbst, als er Schüler von Vater Mathieu gewesen war. Wegen seines Enthusiasmus, aber auch wegen seiner Sanftheit. Er fragte sich, ob sein Schüler sein Zögern bemerkt hatte und ob auch er, wenn er eines Tages an der Reihe war, die Beinschrauben anzulegen, zögern würde.

Der Leichnam des Sultans war gewaschen worden, man hatte ihm königliche Gewänder angelegt. Wie vorauszusehen, hatte die Amputation des Beines zu seinem Tod geführt. Er war allein gestorben. Im Todeskampf waren die Ärzte und die Dienerschaft weggeschickt worden, keiner hatte das Gemach betreten dürfen, damit sich die Todesnachricht nicht verbreitete. Erst am Abend wurde der leitende Arzt gerufen, der den Leichnam waschen durfte.

Der große Raum lag im Dämmerlicht, man hatte ihn gelüftet und parfümiert, aber Fachr ad-Din hatte noch immer den Verwesungsgeruch in der Nase. Der *atabak* konnte die Augen nicht von Shajar al-Durr abwenden, die, als Zeichen der Trauer ganz in Weiß gekleidet, schöner denn je aussah.

Jetzt lag die Macht in ihren Händen, und sie hatte nicht vor, sie sich nehmen zu lassen.

Am frühen Nachmittag war der mächtige Emir Izz al-Din Aybak al-Turkmani, ehemals Kommandant des Mameluckenheeres, jetzt *Jashnkir e Khawanja,* Vorkoster und Schatzmeister des Sultans, bei ihnen gewesen und hatte ihnen die Todesnachricht überbracht. Der gleiche Aybak und der Kommandant der Kavallerie hatten Fachr ad-Din gebeten, in den Zeiten der Invasion an Shajars Seite zu sein, der neuen Herrscherin. Der Alte hatte wegen der anderen anwesenden Emire feierlich genickt. Tatsächlich war die ganze Sache schon vor einigen Tagen vereinbart worden, als Shajar von al-Qahira nach al-Mansura gekommen war und die ganze Nacht mit ihm verbracht hatte.

Die erste Entscheidung der Regenten war es gewesen, den Tod des Sultans geheim zu halten, um die Armee, die schon durch den Fall Dimyats erschüttert war, nicht noch weiter zu demoralisieren. Nicht einmal der ägyptische Vizekönig Husam al-Din würde informiert werden, und die im Palast anwesenden Emire waren verpflichtet worden, das Geheimnis für sich zu behalten.

Am nächsten Tag würde eine Nachricht mit dem *alama*, dem königlichen Siegel des Ayyub, nach al-Qahira gesendet werden, damit sie in der al-Aqsa-Moschee verlesen würde. Man hatte sie vom Sekretär des Sultans verfassen lassen, sodass sie sich von den anderen Nachrichten nicht unterschied. Die Säule des Glaubens teilte darin mit, dass die Franken mit all ihren Truppen gegen Ägypten und die muslimischen Gebiete zogen, um sie zu erobern. Er forderte alle auf, gegen die Ungläubigen zu kämpfen: »Zieht in die Schlacht und kämpft für die Sache Allahs, mit allem, was Ihr seid und was Ihr habt. Es wird das Beste für Euch sein!«

Die zweite Entscheidung war ein Verrat.

Der verstorbene Sultan hielt seinen Drittgeborenen Turan Schah für unfähig und hatte ihn deshalb aus Ägypten ferngehalten und nach Hisn Kayfa in Mesopotamien geschickt. Als Allah seine älteren Brüder zu sich geholt hatte, war es Ayyubs Traum gewesen, den Thron dem Sohn zu überlassen, den ihm Shajar schenken würde, doch der kleine Khalil war viel zu früh gestorben. In jüngster Zeit, mit dem Aufkommen des Wundbrands, hatte er Fachr ad-Din und Shajar gebeten, die Macht nach seinem Tod dem abbasidischen Kalifen von Bagdad zu übertragen, um das alte Kalifat wieder aufleben zu lassen und alle Gläubigen zu vereinen.

Der alte *atabak* und die junge Witwe hatten sich jedoch entschlossen, diesen Wunsch zu ignorieren. Es war besser, den unerfahrenen und eitlen Turan Schah zurückzuholen: Er wäre wesentlich ungefährlicher als der Kalif von Bagdad. Der Kommandant der *Bahriyya*, Faris al-Din Aqtay, war an der Spitze einer Gruppe Soldaten nach Hisn Kayfa aufgebrochen, um den jungen Mann davon in Kenntnis zu setzen, dass er Sultan von Ägypten werden würde. Am nächsten Tag würden alle Offiziere der Armee in al-Mansura versammelt werden, um dem Ayyub, seinem Sohn und Fachr ad-Din die Treue zu schwören, da sie die Staatsgeschäfte leiteten. Um die Allianz zu besiegeln, würde Aybak zum Vizekommandanten ernannt werden. In diesem Augenblick würde der Vizekönig begreifen, aber dann wäre es zu spät, den Herrschenden noch Hindernisse in den Weg zu stellen, und er würde sich ergeben. Der Sarg des Sultans würde in der Nacht auf einem Schiff in eine Zitadelle am Bahr gebracht werden. Erst wenn die Zeit reif wäre, würde er feierlich nach al-Qahira überführt werden.

Fachr ad-Din hatte eine weitere Entscheidung getroffen: Als er vom Tod des Ayyub unterrichtet wurde, hatte er die Wachen und die anwesenden Emire gebeten, nach so vielen Jahren des Dienstes für ihn und seinen Vater allein für den Herrscher beten zu dürfen. Ein mameluckischer *askari* stand schon bereit und übergab ihm ein elegantes Kästchen, in dem ein Koran ruhte. Nachdem er den Raum betreten hatte, hatte er gewartet, bis sich die Tür hinter ihm geschlossen hatte, und dann, mit angehaltenem Atem und ohne auch nur einen Blick auf den Leichnam zu werfen, den Schrank geöffnet. Dabei benutzte er einen Schlüssel, den ihm ein geschickter Handwerker angefertigt hatte und der jedes Schloss öffnen konnte. Kurz danach hatte er den Raum verlassen, Tränen rannen ihm über die Wangen, unter dem Arm hielt er das Kästchen geklemmt. Die Emire, Shajar und der junge *amir,* der die *Bahriyya* in Aqtays Abwesenheit befehligte, wie auch Baibars, der Armbrustschütze, schauten ihm traurig hinterher.

Kapitel 3

Die Furt des Beduinen

❦

Al-Mansura, 8. Februar 1250 (4 dhu l-qa'da 647),
am Morgen

Die Furt war schwerer zu durchqueren gewesen, als es der Beduine beschrieben hatte. Die Pferde hatten schwimmen müssen, und erst in der Mitte des Flusses hatten sie wieder den Grund unter ihren Füßen gespürt. Graf Jean d'Orléans und die anderen waren ins Wasser gefallen und unter dem Gewicht des Kettenhemds und der Waffen untergegangen. Die Uferränder waren durch die große Zahl der Schlachtrösser rutschig geworden, und einige hatten den Halt verloren. Irgendwie hatten sie es auf die andere Seite geschafft, und jetzt, im Licht der ersten Sonnenstrahlen, konnten sie etwa eine halbe Leuge westwärts das große feindliche Lager vor den Mauern von al-Mansura ausmachen.

Es war alles ruhig, die Überraschung war ihnen gelungen.

Ein Reiter im Panzerhemd mit den Lilien auf blauem Grund, ganz ähnlich wie das des Königs, nahm den schweren Helm ab und schaute sich um.

Robert d'Artois spürte, wie bewegt er war, an der Spitze einer so großen schlagkräftigen Armee zu stehen. Dreihundert Ritter, die besten Frankreichs, sechshundert *servientes* und Armbrustschützen zu Pferd, ein Kontingent der Templer mit dreihundert Rittern und zweihundert englischen Reitern.

Der kleine Fluss, den sie gerade überquert hatten, hieß bei den Einheimischen Ashmùn, bei den Franken Tanis. Er hatte sechs Wochen lang den Vormarsch der christlichen Armee entlang des Seitenarms des Nils verhindert, der von Damiette bis zur ägyptischen Hauptstadt reichte. Endlich hatten sie dieses Hindernis überwunden.

Robert lächelte Graf Raoul de Coucy an, der neben ihm ritt, und dachte an die Versammlung im königlichen Zelt vor zwei Tagen, nach der Morgenmesse, die der päpstliche Legat gehalten hatte. Rund um den Tisch, an dem normalerweise das Mittagessen eingenommen wurde, saßen der König, seine Brüder, der päpstliche Legat, die Anführer der Tempelritter und der Johanniter, die wichtigsten Adligen und der Mönch Yves le Breton.

Louis zitterte, seine Stimme klang bewegt: »Meine Herren, ich habe Jocelyn de Cornant befohlen, die Arbeiten am Damm über den Fluss einzustellen. Wir können nicht weiter vorrücken, und wie Ihr wisst, hat das griechische Feuer der Ungläubigen bereits zwei unserer Wurfgeschosse zerstört. Ich möchte Euch anhören, bevor ich eine Entscheidung über das weitere Vorgehen treffe.«

Er hatte Tränen in den Augen. Der Graf von Artois kannte seinen Bruder gut, er konnte fast seine Gedanken lesen: Er war kurz davor, den Rückzug zu befehlen, das Scheitern der Unternehmung zu verkünden, und er weinte, weil er überzeugt war, dass er das Heilige Grab nicht zurückerobern würde, zumindest jetzt nicht. Leise hatte der König fortgefahren: »Vielleicht war es ein Fehler, Ägypten anzugreifen, statt in Akkon vor Anker zu gehen und direkt nach Jerusalem zu ziehen.«

An diesem Punkt war Robert eingeschritten. Eine gewisse Art von Feigheit musste im Keim erstickt werden, außerdem hatte er an diesem Morgen eine wichtige Nachricht erhalten, die sein Bruder noch nicht kannte.

»Sire, jetzt ist es zu spät, noch etwas zu ändern. Jetzt kann es nur noch nach vorn gehen. Wir alle wissen, dass wir keinen Damm bauen können, um den Fluss zu überqueren, wir müssen uns etwas anderes einfallen lassen.«

Der Graf hatte einen Seitenblick auf Humbert de Beaujeu geworfen, seinen treuen Freund. Der königliche Offizier hatte sich geräuspert und an den König gewandt: »Sire, heute Morgen war ein Beduine hier und hat uns informiert, dass er eine Furt über den Fluss kennt, recht tief, aber begehbar. Er will fünfhundert Bezant, also zweihundertfünfzig Livres, um sie uns zu zeigen.«

Ein Murmeln ging durch das Zelt, und jemand rief: »Das ist ein Zeichen Gottes!«

Louis hatte eine Weile geschwiegen, dann hatte er geantwortet: »Eine Furt? Wenn er die Wahrheit sagt und sie uns zeigt, bekommt er sein Geld. Wo ist er jetzt?«

»Er steht draußen, Sire.«

»Sagt ihm Bescheid.«

Der Konstabler hatte das Zelt verlassen. Der Beduine, der draußen bei der Wache wartete, war nicht würdig, persönlich mit dem französischen König zu sprechen. Kurz darauf war Humbert wieder hereingekommen und hatte verlegen ausgesehen.

»Er bringt uns nicht an die Furt, wenn wir ihm das Geld nicht vorher geben.«

Robert hatte gepoltert: »Das ist ein Affront! Treiben wir ihn mit Knüppeln zur Furt, damit er lernt, was es heißt, den Worten eines Königs nicht zu vertrauen!«

Louis hatte Bruder Yves einen Blick zugeworfen, und Robert hatte das Gefühl gehabt, der Dominikaner hätte unmerklich genickt. Der König sagte daraufhin: »Diese Furt, wenn es sie denn gibt, ist die einzige Hoffnung, die wir haben, um Jerusalem zu erreichen. Wir können kein Risiko eingehen, nur weil wir zu stolz sind. Konstabler, gebt dem Mann fünfhundert Bezant und lasst Euch zur Furt bringen. Wenn er lügt, tötet ihn.«

Die Furt befand sich tatsächlich etwa eine Meile östlich des Lagers, gegenüber einem kleinen staubigen Dorf auf der anderen Uferseite.

An diesem Punkt wurde ein Überraschungsangriff beschlossen, der am Dienstag, am Vorabend der Fastenzeit, erfolgen sollte.

Der Herzog von Burgund und die Barone von Outremer würden das christliche Lager bewachen, während das Gros der Armee die Furt im Morgengrauen durchqueren würde, um den Feind zu überrumpeln. Robert würde die Ehre haben, den Angriff zu führen. Eine zweite Schar, mit den Rei-

tern der Provence und der Champagne, wurde der Führung des Grafen von Anjou anvertraut. Die dritte Schar
war die des Königs, mit der Infanterie und den Johannitern
als Nachhut.

Louis hatte strenge Befehle erteilt. Kein Reiter durfte
sich von seiner Abteilung entfernen, und die drei Scharen
würden gemeinsam angreifen, nachdem sie die Furt durchquert hatten. Besonders die Vorhut sollte nicht vorrücken,
bis auch er das andere Ufer erreicht hatte.

Die Moral der Truppe war gut. Gott hatte seinem Heer
die Möglichkeit geben wollen, die Ungläubigen auszulöschen und den Krieg endgültig zu beenden. Die Schlacht,
die später als Schlacht von al-Mansura bekannt werden
würde, stand kurz vor dem Ausbruch.

Ein wenig abseits stand mit seinem noch nassen Pferd auch
Bruder Hugues de Jouy aus dem Tempelritterorden. Er
hatte den Helm abgenommen, und seine von der Sonne
verbrannte Haut war zu sehen. Sein blonder Bart war außergewöhnlich gepflegt, eine Ausnahme von der strengen
Regel, die ungestutzte Bärte vorsah, um nicht der Sünde
der Eitelkeit anheimzufallen. Doch der Reiter war sich sicher, dass der Herr ihm vergeben würde. Er sah in der
Ferne zu den bunten Zelten der Feinde. Zu seiner Rechten
zog sich der Haushofmeister, Bruder Amaury de Troyes,
ein Büschel feuchtes Gras aus dem Kettenhemd. Der weiße
Bart und eine gewisse Fettleibigkeit ließen ihn schon alt erscheinen, dabei war er gerade einmal vierzig Jahre. Er war
nie ein Krieger gewesen, aber sein Geschick in der Verwal-

tung des riesigen Vermögens des Ordens hatte es ihm erlaubt, einen hohen Rang bei den Tempelrittern einzunehmen. Nicht weit entfernt hatten sich die weißen Ritter hinter dem *Beaucéant* aufgereiht, der normalerweise vom Haushofmeister bewacht wurde. Im Moment aber hatte diese Aufgabe der Untermarschall inne, der sie zum Zeitpunkt des Angriffs an den Marschall zurückgeben würde. Dahinter kam Renaud de Vichiers, der Marschall der Tempelritter, der jetzt sein Pferd neben Hugues zum Stehen brachte. Der Helm enthüllte nur seine blauen Augen, seine Stimme klang metallisch: »Kannst du sie sehen?«

Hugues antwortete: »Nein, wir sind noch zu weit weg. Mach dir keine Sorgen, Meister, ich werde sie finden.«

Seine Sicherheit war nur vorgeschoben. Er wollte nicht, dass sein Meister seine Unruhe bemerkte, die die wichtige Mission, die ihm aufgetragen wurde, in ihm weckte. Er wandte sich um, um zu sehen, ob die zehn Reiter, die ihn begleiten sollten, die Furt bereits durchquert hatten. Sie waren alle da, tropfnass, aber bereit. Jeder trug ein zweifarbiges schwarz-weißes Schild, eine Lanze und zwei Schwerter, eines am Gürtel, das andere am Sattel. Durch die schweren Helme konnte man sie nicht auseinanderhalten. Sie hatten nur einen einzigen Auftrag: Bruder Hugues mit ihrem Leben zu verteidigen, was auch immer er tat.

Ein Manipel von Reitern tauchte zwischen den Soldaten auf. Robert d'Artois verzog das Gesicht, als er den Großmeister des Tempelritterordens, Guillaume de Sonnac, erkannte, den Kommandanten der Engländer, William Longsword, den Grafen von Salisbury, und dahinter die

Tempelritter der Eskorte. Dem Grafen von Artois war bewusst, dass der König ihm den Vorstoß nur anvertraut hatte, weil er wusste, dass Meister Guillaume ihn begleiten würde, ein verlässlicher und frommer Ritter, der sein Leben im Heiligen Land verbracht hatte. Die Tempelritter würden als Erste angreifen, Robert würde ihnen folgen müssen.

Sein Bruder war aber noch auf der anderen Uferseite, und er, Robert, hatte die besten Ritter des Reiches an seiner Seite. Wenn er jetzt angreifen würde, würde Louis es ihm danken, und der alte Tempelritter würde ihn nicht daran hindern.

Guillaume de Sonnac brachte sein Pferd vor Robert zum Stehen, der ihn mit einem triumphierenden Lächeln empfing.

»Meister, wir haben sie überrascht!«

Er deutete auf die ägyptischen Zelte. Der Templer antwortete ruhig, während er über die Schulter des Grafen schaute: »Nicht ganz, wie es scheint.«

Aus den christlichen Reihen erhoben sich vereinzelte Schreie. Eine Schar sarazenischer Reiter war aus dem nahen Dorf aufgetaucht, ein Spähtrupp oder Verstärkung, die nach al-Mansura unterwegs war. Sie blieben abrupt stehen, überrascht, die französische Kavallerie auf dieser Uferseite anzutreffen.

Robert drehte sich um, sah sie und zögerte nicht. Das war genau das, was er wollte. Ein weiteres Zeichen des göttlichen Willens.

»Sie haben uns gesehen. Wir müssen angreifen, bevor sie Alarm geben können!«

Er zog den Helm auf, gab dem Pferd die Sporen, umrundete die Schar der Tempelritter und schrie den französischen Rittern ihren Schlachtruf zu: »*Montjoie!*«

Hunderte Stimmen antworteten ihm.

»*Montjoie!*«

Guillaume versuchte, ihn aufzuhalten, und rief mit lauter Stimme: »Graf, der Befehl des Königs ...«

Doch Robert war zu weit vorn und hörte ihn nicht. Oder er wollte ihn nicht hören.

William Longsword wandte sich an den Großmeister: »Wir dürfen sie nicht allein lassen. Das ist Gottes Wille.« Dann ritt er hinter dem Grafen her und hob den Arm als Zeichen für seine Männer, ihm zu folgen.

Die christlichen Reiter begannen sich in Richtung ägyptisches Lager zu bewegen.

Der Großmeister war außer sich vor Wut, aber angesichts der Missachtung der Befehle durch den Grafen hatte er keine andere Wahl. Der Graf von Salisbury hatte recht, er konnte den Bruder des Königs nicht im Stich lassen, aber vor allem konnte er nicht zulassen, dass Roberts Reiter als Erste das Lager erreichten. Guillaume wandte sich an seine Mitbrüder, die noch abwarteten. An ihrer Spitze standen Renaud de Vichiers, Amaury de Troyes und Hugues de Jouy. Ohne sein Pferd anzuhalten, zeichnete er mit der rechten Hand rasch ein Kreuz in die Luft, dann hob er den Arm, um den Angriff zu befehlen.

Renaud de Vichiers gab dem Untermarschall ein Zeichen, der daraufhin mit dem *Beaucéant* nach vorn trat und ihm das Banner überreichte, ganz wie es die Regel vorsah.

Dann drehte er sich zu seinem Schüler um, der sich den Helm aufsetzte.

»Es ist so weit, *Dominus tecum* – der Herr sei mit dir.«

»Amen«, antwortete Hugues leise.

Der Marschall gab ihm noch einen letzten Rat: »Lass nicht zu, dass dir jemand zuvorkommt ... um keinen Preis!«

Hugues nickte. Der Meister erinnerte ihn daran, dass er jeden töten musste, der im Zelt war, egal ob Freund oder Feind. Er gab dem Pferd die Sporen und galoppierte davon. Seine Eskorte folgte ihm.

Auch Renaud rückte jetzt vor. Hinter ihm positionierten sich die sechs Reiter, die die Fahne und den Kommandanten bewachten, sie hatten noch ein zweites zusammengerolltes Banner bei sich, für den Fall, dass das erste verloren gehen sollte. Die Regel sah auch vor, wie ein Angriff der Kavallerie abzulaufen hatte. Der Marschall rief: »*Non nobis!*«

Fast dreihundert Stimmen antworteten unisono mit ihrem Motto: »*Non nobis Domine, sed nomini tuo da gloriam!* – Nicht uns, o Herr, sondern deinem Namen gib Ehre!«

Die Tempelritter rückten in kompakter Formation vor – allerdings nicht an der Spitze des christlichen Angriffs, wie es ihre Pflicht gewesen wäre.

Unterdessen war der Emir, der an der Spitze der hundert ägyptischen Reiter stand, aus Sanhar hinausgeritten. Nachdem er seine Überraschung überwunden hatte, war klar, dass die Furt verloren und Widerstand zwecklos war. Er musste die Armee und die *Bahriyya* in al-Mansura warnen. Er wandte sich an einen seiner Männer: »Ali, gib dem Armbrustschützen Bescheid.«

»Ich höre und gehorche.«

Der *askari* ritt nach Süden, nach al-Mansura, während die Reiter nach einem kurzen Befehl des Emirs in Richtung der Zelte galoppierten. Sie waren leichter bewaffnet als die Franken und hatten rasch einen Vorsprung vor der feindlichen Kavallerie, die fächerförmig ausschwärmte.

Im ayyubidischen Lager vor al-Mansura war es still. Einige der vielen Frauen im Gefolge der Armee waren in Richtung Fluss unterwegs, um Wasser zu holen, sie hatten schmale Krüge auf dem Kopf und waren traditionell verschleiert. Kinder rannten zwischen den Zelten umher, während die *asakir*, alle unbewaffnet, sich um das Feuer versammelten, um Tee zu kochen.

Im runden Zelt mit der Flagge des Herrschers war Fachr ad-Din gerade erwacht. Sein Diener Ahmed färbte seinen Bart mit Henna. Sein Körper war noch muskulös und trainiert, und der *atabak* wollte sich nicht damit abfinden, einen weißen Bart zu tragen. Allerdings waren seine Gedanken woanders. Er schätzte es nicht, seine Pläne zu ändern, und er hatte keine Lösung parat. Gerade hatte er die Nachricht des Kommandanten der *Bahriyya,* Aqtay, erhalten, der mit Turan Schah Richtung Ägypten unterwegs war. Er berichtete, dass der findige Vizekönig Husam al-Din trotz ihrer großen Vorsicht und Geheimhaltung vom Tod des Ayyub erfahren hatte und seinerseits Boten zu Turan Schah geschickt hatte. Außerdem drängte ihn der Eunuch al-Sabih, nach Aqtays Meinung die schwarze Seele von Ayyubs Sohn, zur Eile, indem er ihm zu verstehen gab, dass Fachr ad-Din und Shajar al-Durr die Macht ergreifen wollten. Bei Turan Schah, der sehr misstrauisch war, waren diese Mutmaßungen auf fruchtbaren Boden gefallen, schließlich hatte er den Kommandanten der *Bahriyya* mit jeder nur erdenklichen Freundlichkeit aufgenommen, um alles zu verschleiern, und ihm sogar versprochen, ihn zum Kommandanten der *halqa* zu machen. Fachr ad-Din wusste, dass der Mameluck auf Schmeicheleien nicht hereinfiel, trotzdem musste er so schnell wie möglich mit Shajar sprechen. Er dachte einen Moment an die schöne und nicht greifbare junge Frau. Vielleicht musste er auch ihr bald zeigen, wer der Herr war.

Jedenfalls war Turan Schah dabei, das Kriegsgebiet zu betreten, und konnte leicht das Opfer einer Falle werden. Aber genau das konnte die Lösung sein. Die Reise nach al-Quds, über die er am Vorabend mit dem *qadi* der Heiligen Stadt gesprochen hatte, würde warten müssen. Merkwürdig, dass ser Berto noch nicht angekommen war.

Schreie, ein galoppierendes Pferd, das vor dem Zelt zum Stehen gekommen war, und die laute Aufforderung »Greift zu den Waffen!« rissen ihn aus seinen Gedanken. Etwas Schlimmes ging vor sich.

Einer der Mamelucken der *Jandariyya* der Wache erschien im Zelt.

»Sie greifen uns an, mein Herr. Die Ungläubigen!«

Wie hatten sie den Fluss überqueren können? Wahrscheinlich hatte ein kleines Kontingent mit Booten übergesetzt. Der Emir rannte ohne Rüstung nach draußen, wo komplettes Chaos herrschte. Zwischen den Zelten erkannte er feindliche Reiter, die alles niederstachen, was sich ihnen in den Weg stellte. Von wegen ein kleines Kontingent, sie mussten eine Furt gefunden und sie überrascht haben.

Sein Pferd stand draußen, ein Sklave hielt es fest, es war noch nicht gesattelt. Er musste rasch eine Verteidigungsstrategie organisieren.

»Lasst mich aufsteigen und reicht mir ein Schwert!«

Ein *askari* bückte sich neben dem Pferd, damit er aufsteigen konnte. Auf ein Pferd springen konnte er schon lange nicht mehr. Er griff mit einer Hand nach den Zügeln, mit der anderen packte er den scharfen Krummsäbel, den ein Mameluck ihm reichte. Dann hob er den Blick und erkannte, dass es bereits zu spät war. Ein Manipel von Tempelrittern galoppierte direkt auf ihn zu. Er versuchte, das Pferd anzutreiben, aber sie hatten ihn bereits erreicht. Eine Lanze bohrte sich in seine ungeschützte Flanke, Blut trat aus der Wunde, ein Säbelhieb spaltete ihm den Rücken. Er fiel zu Boden, und das Letzte, was er sah, war der Kopf eines seiner Männer, der durch den Staub rollte.

Hugues de Jouy warf nur einen kurzen Blick auf den alten Mann am Boden. Das musste der Scecedin sein. Er hatte den Kommandanten des feindlichen Heeres getötet, aber das war nicht sein Auftrag. Er stieg vom Pferd, ein Mitbruder griff nach den Zügeln, die anderen umringten das Zelt. Alle rannten panisch Richtung al-Mansura: Männer, Frauen und Kinder. Hugues wusste, dass die christliche Kavallerie an diesem Tag keine Gefangenen machen würde, es würde ein Massaker und keine Schlacht werden. Gefolgt von Bruder Jocelyn de Tours betrat er das Zelt, beide mit ihren blutigen Schwertern. Das Zelt war menschenleer und prunkvoll eingerichtet: Seidenteppiche, vielerlei Waffen, silberne Öllampen, Truhen … die größte stand neben dem Lager. Dort würden sie beginnen.

Ahmed versuchte, nicht zu atmen. Er hatte das Zelt nicht zusammen mit Fachr ad-Din verlassen, sondern sich unter einigen Stoffen versteckt. Um sich zu rechtfertigen, sagte er sich, dass er kein Kämpfer war und seinem Herrn nicht helfen konnte. Jetzt hörte er Geräusche. Jemand durchsuchte die Truhen des Emirs.

In einem anderen Teil des Lagers sagte sich auch Abu Sayef al-Muluk, dass er kein Kämpfer war. Er war nur der Sekretär des mächtigen *qadi* Yussuf as-Salih, der Herrscher von al-Quds und Neffe des Sultans, der nun in seinem Blut vor dem Zelt lag. Die Keule eines Franken hatte ihm den Schädel eingeschlagen. Abu Sayef hatte die Szene beobachtet und war erst dann vorsichtig wieder zum Vorschein gekommen, nachdem die Feinde weitergezogen waren. Er näherte sich dem Körper seines Herrn und versuchte, nicht auf die Hirnmasse am Boden und die aus den Höhlen getretenen Augäpfel zu blicken, die ihn anzustarren schienen.

Er tat so, als wollte er ihn küssen, und löste dabei die goldene Kette mit dem Schlüssel um seinen Hals. Dabei wurden seine Hände blutig, aber vielleicht war das besser so. Er ging wieder ins Zelt, wohl wissend, wo er suchen musste: in der kleinsten der Truhen. Er öffnete sie, nahm die Tasche des *qadi* heraus und kontrollierte, ob alles darin war, dann hängte er sie sich um. Er schielte nach draußen und zog sofort den Kopf wieder zurück. Einige feindliche Reiter galoppierten vorbei, aber sie blieben nicht stehen. Abermals schaute er nach draußen. Das Lager war in den Händen der Ungläubigen. Viele Zivilisten rannten verzweifelt zwischen den Zelten umher und versuchten sich zu retten, während die Franken weiter mordeten. Abu Sayef schlüpfte vorsichtig aus dem Zelt und versuchte nachzudenken. Nach al-Mansura konnte er nicht. Die Armee war in Auflösung, und die Stadt würde bald erobert werden. Er musste nach al-Qahira flüchten, vielleicht gab es noch eine freie Brücke über den Bewässerungskanal. In der Hauptstadt würde er in einer Moschee Unterschlupf finden und sich dort als *alim* – Religionswissenschaftler – ausgeben, der dem Massaker entkommen war. Danach konnte er in Ruhe darüber nachdenken, sich ein neues Leben aufzubauen. Jetzt war er ein reicher Mann.

Kapitel 4

Al-Mansura

❦

Al-Mansura, 4 dhu l-qa'da 647 (8. Februar 1250)

Das Tor zur Straße nach al-Qahira war im Morgengrauen geöffnet worden. Der *askari* galoppierte, ohne anzuhalten, hindurch und rief den Wachen zu: »Die Ungläubigen kommen!«

Er brachte das Pferd im Hof des Sultanspalasts am Ufer des Bahr zum Stehen, sprang aus dem Sattel und fragte atemlos einen der Männer, die auf ihn zugelaufen waren, um ihm die Zügel abzunehmen: »Wo ist der Armbrustschütze?«

»Hier ist er, Soldat.«

Der *askari* wandte sich um. Baibars stand vor ihm, er trug das blau-goldene Panzerhemd der *Bahriyya*. Sein Blick verriet, dass er auf einen triftigen Grund wartete, warum er ohne jede Wahrung der Etikette hier aufgetaucht war.

Der Mann verbeugte sich.

»*Salam alaikum, amir,* ich bin Ali al-Raisuni, von Mohamed al-Shaliks Schwadron. Die Ungläubigen haben den Ashmùn bei Sanhar überquert und greifen gerade das Lager an!«

»Wie viele sind es?«

»Sehr viele, mein Herr. Vielleicht tausend, alle zu Pferd.«

»Hat deine Schwadron sie angegriffen?«

»Nein, mein Herr. Es waren zu viele. Auf meinem Weg hierher habe ich den Emir gesehen, der versucht hat, ihnen zuvorzukommen und das Lager zu warnen.«

»Dazu hätte ein Mann genügt, genau wie du hier.«

Der *askari* wusste nicht, was er antworten sollte. Er kniete sich auf den Boden. Der Armbrustschütze hatte recht. Wenn der Emir die Ungläubigen mit seinen hundert Reitern angegriffen hätte, wäre die Schwadron geopfert worden, aber der Feind wäre lange genug aufgehalten worden, um die Armee im Lager zu warnen. Er hoffte, dass sein Kommandant im Kampf fallen würde und vor allem dass Baibars seine Enttäuschung nicht an ihm auslassen und ihm sofort den Kopf abschlagen lassen würde. Er wartete mit geschlossenen Augen auf das Geräusch des Krummsäbels, aber nichts geschah. Als er die Augen wieder öffnete, war niemand mehr da.

Kurz darauf wurden von einem Turm im Sultanspalast zwei Brieftauben ausgeschickt, die gen Süden flogen. Sie würden al-Qahira und Aybak, dem Vizekommandanten der Armee, verkünden, dass die Franken den Ashmùn überquert und überraschend angegriffen hatten.

Baibars schaute den Vögeln nach, bis sie in der Ferne verschwunden waren. Er machte sich keine Illusionen. Sie würden zu spät kommen. Niemand würde sie retten. Zwischen den Ungläubigen und dem Sieg lagen allerdings noch er und die *Bahriyya*.

Robert d'Artois blieb stehen und steckte das blutige Schwert in die Scheide zurück, während einer seiner Ritter, Fourcaut de Merle, sein Schlachtross festhielt. An seiner Seite befand sich Raoul de Coucy mit einem triumphierenden Lächeln im Gesicht: Das Lager der Ägypter war zerstört, der Boden mit Leichen übersät. Einige Zelte standen in Flammen, und die Überlebenden waren auf der Flucht nach al-Mansura. Seine Männer hatten schon die Holzbrücken über die Bewässerungskanäle überquert, die parallel zum Tanis verliefen. Die Überraschung war gelungen, und die Kavallerie hatte die Ungläubigen umgebracht.

»Krieg ist eben so«, rechtfertigte sich Robert vor sich selbst und schaute zu einem kleinen Jungen, der mit eingeschlagenem Schädel am Boden lag. Dann wandte er sich an Raoul und sagte: »Wir müssen in die Stadt einreiten, bevor sie sich organisieren können!«

Der Graf von Coucy nickte, aber bevor er antworten konnte, hörte er galoppierende Pferdehufe hinter sich und wandte sich um.

Die Tempelritter waren es, Meister Guillaume und seine Eskorte. Auch sein Schwert war blutig. Er steckte es zurück in die Scheide am Sattel und platzte, noch bevor er den Helm abgenommen hatte, heraus: »Messere, dass Ihr vor uns angegriffen habt, ist eine schwere Beleidigung des Ordens. Ich erinnere an Eure Befehle! Wir hätten auf den König warten sollen!«

Nicht einmal Louis wagte es, so mit Robert zu sprechen. »Schaut Euch doch um, das ist der größte Sieg der Christenheit gegen die Ungläubigen seit hundert Jahren!«, zischte der Graf. »Wenn wir Zeit verschwendet hätten, um auf den König zu warten, hätten wir sie nicht überrascht. Und es ist der Wunsch meines Bruders. Wenn er hier wäre, hätte er sich uns angeschlossen. Oder wollt Ihr vielleicht, dass sie sich neu organisieren? Zieht Ihr einen endlos langen Krieg vor, um die Existenz Eures Ordens zu rechtfertigen? Ich nicht. Wenn Ihr Angst habt, mir zu folgen, kein Problem. Ich habe genug Reiter, um zu siegen.«

Guillaume antwortete kalt: »Weder ich noch meine Brüder kennen Angst. Der Orden der Tempelritter muss seine Existenz nur vor Gott verantworten und ganz sicher nicht vor Euch. Wir werden nicht zurückbleiben, aber lasst Euch eins gesagt sein: Keiner erwartet, dass er aus dieser Falle entkommen wird.«

In diesem Moment begann Fourcaut de Merle, vielleicht wegen seiner Schwerhörigkeit oder um seinem Herrn eine direkte Befehlsverweigerung zu ersparen, lauthals zu rufen: »Stürzen wir uns auf sie! Stürzen wir uns auf sie! *Montjoie!*«

»*Montjoie!*«, stimmten Raoul de Coucy und die anderen Reiter rund um Robert ein.

Als die Franzosen das hörten, begannen sie auf al-Mansura zuzureiten. Der Bruder des Königs warf dem Großmeister des Tempelritterordens noch einen empörten Blick zu, griff nach den Zügeln und wandte sich dann ebenfalls in Richtung des Städtchens. Auch er rief: »*Montjoie!*« Raoul und die anderen folgten ihm.

Zum zweiten Mal begriff Guillaume de Sonnac, dass er keine andere Wahl hatte. Er konnte nicht zurückbleiben. Er drehte sich nach Osten und suchte nach den anderen christlichen Truppen. Nichts. Sie mussten noch an der Furt sein. In der Nähe standen Renaud de Vichiers und Amaury de Troyes mit dem *Beaucéant*, um die sich die weißen Reiter scharten, wie es der Regel entsprach. Er ritt zu ihnen, und Raoul empfing ihn zufrieden. »Ein großer Sieg, Guillaume. Alles ist nach Plan verlaufen.« Der Großmeister verstand, dass die Zufriedenheit des Marschalls sich nicht allein auf die Zerstörung des feindlichen Lagers bezog. Wenigstens eine gute Nachricht. Aber es würde die letzte sein.

»Gut, Renaud. *Non nobis Domine ...* Jetzt ist es an uns zu sterben. Dieser Dummkopf reitet nach al-Mansura, und wir dürfen nicht zurückbleiben.«

»Auf diese Weise verlieren wir den Vorteil der Pferde, außerdem lagert dort die Wache des Sultans.«

»Er will nicht hören. Und der König hätte ihn nicht vorschicken dürfen. Aber wir können ihn nicht allein lassen. Das gebietet die Ehre. Wir bleiben zusammen, niemand verliert den *Beaucéant* aus dem Blick.«

Von der Stadtmauer aus erkannte Baibars die Situation sofort. Das Überraschungsmoment war gelungen, das Lager zerstört. Der Boden war mit Leichen gepflastert, viele Zelte standen in Flammen. Auch das Nordtor der Stadt war verloren. Niemand hatte den Mut und die Entschlossenheit gehabt, es vor den Flüchtenden zu verschließen, und eine Gruppe feindlicher Reiter hatte es schließlich erobert. Sie waren von den Pferden gestiegen und warteten auf die anderen, die sich rasch näherten. Vielleicht war das besser so.

Sie mussten die Vorhut sein. Kavallerie und Tempelritter. Er sah den Rest des feindlichen Heeres noch nicht, aber in der Ferne bewegte sich etwas. Sie waren noch an der Furt von Sanhar, und es würde noch etwas dauern, bis sie hier wären. Sie hatten den Fehler gemacht, ihre Truppen zu teilen. Es würde schwer werden, aber vielleicht gab es doch noch eine Möglichkeit, die Katastrophe abzuwenden. Er wandte sich an die drei *asakir* der *Bahriyya,* die mit ihm vom Palast bis hierher gerannt waren. Sie hatten noch weitere achthundert Männer, ausgebildet und zu allem bereit. Er konnte auch auf die *halqa* des Sultans zählen, die aus zweihundert ausgewählten Männern bestand, und auf das, was von der *Jandariyya* übrig geblieben war, das andere Mameluckenregiment, das sich in al-Mansura aufhielt. Leider war Letzteres bei Fachr ad-Din geblieben, und die Männer lagen zum großen Teil tot zwischen den Zelten. Nach seinen Befehlen bezogen die *asakir* Stellung auf den Dächern der Häuser oder bauten Barrikaden in den Gassen, dabei versuchten sie, die Flüchtenden aufzuhalten und neu zu organisieren. Das Labyrinth der Gassen, durch das er eben selbst gerannt war, wäre sein bester Verbündeter. Nach Allah natürlich.

Bevor er sich setzte, warf er einen letzten Blick auf den heranrückenden Feind, als etwas seine Aufmerksamkeit erregte. Einer der Reiter an der Spitze des Manipels, der jetzt fast schon vor den Toren der Stadt war, trug ein Kettenhemd mit gelben Blumen. Die Farben des französischen Königs. Ihn durfte er nicht entkommen lassen.

Robert d'Artois dankte Gott, dass er ihn den Krieg hatte gewinnen lassen. Seine Reiter fluteten durch das Nordtor in die Gassen von al-Mansura, das von Humbert de Beaujeu mit einer Handvoll tapferer Männer gehalten wurde. Auch die Tempelritter folgten ihnen. Der Graf hatte keinen Zweifel daran, dass Guillaume de Sonnac nur neidisch auf seinen Sieg war und niemals auf seinen Anteil des Ruhmes verzichtet hätte.

Robert bog auf die Hauptstraße ein, die breiter war als alle anderen. Sein Ziel war der Sultanspalast, der ganz im Süden der Stadt lag. Die Reiter ritten in Dreierreihen nebeneinander durch die engen Straßen. Vor ihnen lagen umgestürzte Wagen, Balken und Hausrat blockierten ihren Weg. Es war das erste Zeichen von organisiertem Widerstand, seit sie am Morgen den Angriff begonnen hatten. Es hätte schlimmer kommen können, dachte der Graf von Artois. Einige seiner Männer stiegen ab und begannen die Sachen beiseitezuräumen.

Die ersten drei, die sich der Barriere näherten, fielen gemeinsam, durchbohrt von den Armbrustbolzen, die sich ihren Weg durch ihre Panzerhemden gebahnt hatten. Schreie waren zu hören, *»Allahu akbar«*, und die Reiter wurden von einem Hagel aus Pfeilen, Steinen und Lehmziegeln getroffen, der von den Terrassen herabregnete. Direkt neben Robert wurde Graf Érard de Brienne aus dem Sattel geworfen, ein großer Stein hatte seinen Helm getroffen. Noch bevor er aufstehen konnte, trampelte ihn sein scheuendes Pferd nieder, das von einem Bolzen im Hals getroffen worden war.

Sofort herrschte heilloses Chaos. Schreie, Männer am Boden, Pferde, die über die Leiber trampelten. Umzukehren war nicht möglich. Die *servientes* zogen die Armbrüste aus den Satteltaschen und versuchten, auf die Angriffe zu antworten, während einige Reiter abstiegen und die Haustüren einschlugen, doch sie wurden von Lanzenhieben aus dem Inneren getötet. Alle Häuser hatten sich in kleine Festungen verwandelt. Einige Sarazenen stürmten auf die Straße, mit Schilden, Krummsäbeln, spitzen Helmen, blau-goldenen Insignien. Robert bemerkte erst in diesem Moment, dass er diese Farben im feindlichen Lager gar nicht gesehen hatte. Sie hatten hier auf sie gewartet, wo die Pferde nur hinderlich waren. Eine verdammte Falle, genau wie der Tempelritter es vorausgesehen hatte.

Der Graf fluchte und schaute sich auf der Suche nach einem Ausweg um. Ganz in der Nähe bog rechts eine Gasse ab, vielleicht könnte er so das Hindernis umgehen. Er schützte sich mit dem Schild, wendete sein Pferd und ritt in die enge Gasse, gefolgt von Raoul de Coucy, Humbert de Beaujeu und einer Handvoll Reiter.

Den Tempelrittern ganz in der Nähe war es gelungen, den kleinen Platz vor der Sieges-Moschee zu erreichen, die größte der Stadt, unweit des Nils. Auch in ihren Reihen gab es schwere Verluste. Sie nutzten den offenen Platz, stiegen von den Pferden und trieben sie in der Mitte zusammen. Aus den umstehenden Häusern flogen Pfeile und Steine. Der Ausgang des Platzes in Richtung Fluss war von einer Barriere versperrt, die einige von ihnen beiseitezuräumen versuchten, während die enge Gasse, aus der sie gekommen waren, von Leichen und toten Pferden blockiert war.

Guillaume de Sonnacs Gesicht war blutverschmiert. Um besser sehen zu können, hatte er den Helm abgenommen, und das Geschoss einer Steinschleuder hatte ihn am linken Auge getroffen. Die Wunde blutete stark. Einer seiner Mitbrüder hatte ihn, so gut es ging, mit einem Fetzen seines Mantels verbunden.

Renaud de Vichiers lief auf den Großmeister zu. »Guillaume, sie massakrieren uns. Wir müssen hier weg!«

»Wir lassen die Pferde hier und ziehen uns zurück, oder wir brechen die Tür der Moschee auf und verbarrikadieren uns dort.«

In diesem Moment drangen laute Schreie von der Barrikade herüber. Einem Manipel der Tempelritter mit Amaury de Troyes an der Spitze war es gelungen, eine Bresche zu schlagen, sie wurden aber von den Sarazenen empfangen. Kurze Zeit später drangen die Feinde auf die Piazza vor. Renaud dachte, dass er dem Feind jetzt wenigstens in die Augen sehen konnte. Er ließ den Meister stehen und rannte zum *Beaucéant,* um den Gegenangriff zu organisieren.

Foucault de Merle wurde von einem Armbrustbolzen im Gesicht getroffen und fiel vom Pferd. Robert d'Artois verfluchte die Tatsache, dass viele seiner Männer offene Helme trugen, und schwang das Schwert, konnte die Gegner aber nicht erreichen. Sie standen auf den Dächern der Häuser rechts und links der Gasse, in die sie sich geflüchtet hatten. »Kämpft wie echte Männer, ihr Feiglinge!«, schrie er.

Sie verstanden ihn nicht und antworteten mit einem weiteren Hagel aus Pfeilen und Steinen, die die vier Reiter aus dem Sattel hoben. Daraufhin fällte der Graf zwei Entscheidungen. Die erste war, sich zu verstecken. »Steigt ab! Wir ziehen uns in dieses Haus zurück. Brecht die Tür auf.«

Die zweite kostete ihn viel Überwindung. Er wandte sich an Humbert de Beaujeu. »Kehrt um und gebt dem König Bescheid. Wir brauchen Verstärkung. Wir werden hier warten.«

Baibars beobachtete, wie die christlichen Reiter aus dem Viertel auftauchten, genau gegenüber dem Sultanspalast. Im Gleichschritt ritten sie nebeneinander. Anfangs dachte er, dass es sich um den Großteil jener Feinde handelte, die seine Männer nicht hatten aufhalten können. Aber dann fiel ihm auf, dass es nicht mehr als fünfzig oder sechzig waren, mit einer roten Standarte – eine Gruppe, die durch eine Gasse gekommen war, die nicht gut verteidigt worden war. Vielleicht hatten sie auch eine Barrikade durchbrochen.

Genau auf diesem Platz hatten sich die Mamelucken versammelt und Fachr ad-Dins *asakir* neu bewaffnet, die sich nach dem Angriff in die Stadt geflüchtet hatten. Die anderen, die schneller gewesen waren als die Ungläubigen, hatten sich in Lagern im Süden der Stadt gesammelt.

Die gegnerische Reitergruppe hatte sich geteilt und blieb stehen, der Anblick der vielen Soldaten machte sie sprachlos. Baibars hatte das Gefühl, als könnte er die Gedanken des Kommandanten lesen, und murmelte: »Du hast nicht erwartet, uns hier vorzufinden. Jetzt musst du dich entscheiden, ob du dich zurückziehst oder stirbst.« Ein Kriegsschrei war die Antwort. Der Christ war entschlossen zu sterben.

William Longsword, Graf von Salisbury, wusste genau, dass er es mit fünfhundert Mann gegen tausend nicht schaffen würde, aber er wusste auch, dass in den nahen Gassen ein Massaker wütete. Die französische Kavallerie und die Tempelritter wurden abgeschlachtet, fast ohne sich wehren zu können. Es würde keine Gefangenen geben. Die Engländer waren nur dank ihrer Bogenschützen, die die Dächer mit Pfeilen beschossen hatten, bis hierher gekommen. Die anderen hatten die Barrikaden beiseiteräumen und die Verteidiger töten können. Die Verluste wogen trotzdem schwer, und die einzige Hoffnung auf Rettung lag darin, die feindlichen Reihen vor ihnen zu durchbrechen.

Der Kampfschrei »*Saint George!*« hallte das letzte Mal durch diesen ägyptischen Morgen. Die Gruppe drang zwar in die sarazenische Infanterie wie eine Messerklinge ins Fleisch, doch die Feinde waren in der Überzahl. Die Engländer wurden isoliert, aus dem Sattel geworfen und einer nach dem anderen getötet. Dem Pferd des Grafen wurde mit einer Lanze der Bauch aufgeschlitzt, und es ging zu Boden. William war benommen, sein schweres Panzerhemd behinderte ihn, er versuchte wieder aufzustehen, aber die Feinde umringten ihn schon. Zwei hielten ihn fest, der dritte schob die Klinge des Krummsäbels in die Öffnung des schweren Helms, das Blut spritzte.

Es gab keine Überlebenden.

»Platz da, lasst uns durch!«

Der *askari* bahnte sich seinen Weg durch die siegreichen Krieger, die sich um Baibars scharrten, und ging auf ihn zu, während die Männer die rote Standarte mit dem aufgerichteten Löwen der Ungläubigen vom Boden aufhoben. So etwas hatte er noch nie gesehen. Als er die Schreie des Neuankömmlings hörte, schaute der Emir ihn vorwurfsvoll an. Der Bote schien aufgeregt. Er mochte keine Menschen, die ihre Fassung verloren, besonders nicht inmitten einer Schlacht.

»*Amir*, der französische Kaiser sitzt in einem Haus der Medina in der Falle!«

Yves le Breton stieg mit Nicolas de Hannapes und einigen französischen Bogenschützen aus dem Kahn. Ihm fiel die Aufregung der Ritter rund um den König auf. Louis und seine Eskorte hatten gerade das Ufer auf der Südseite erreicht. Hinter dem Schilf hatte Charles d'Anjou nicht etwa die Vorhut, sondern nur die Abdrücke der Hufe von tausendvierhundert Pferden vorgefunden. Der Graf hatte sogleich den König verständigt, der sofort mit dem Pferd durch die Furt geritten war, gefolgt vom Standartenträger mit der Fahne von Saint-Denis. Die beiden Dominikaner hatten indes den erstbesten Kahn genommen. Eine dritte Gruppe, bestehend aus nahezu der gesamten Infanterie der

Armee, wartete noch auf der anderen Uferseite, während die Johanniter auf die Furt zugingen.

Yves und Nicolas erreichten den König, der blass und völlig durchnässt war. Er zitterte und wirkte kleiner als Karl, sein kleinster Bruder, zwölf Jahre jünger als er, von robustem Körperbau und mit einer vorstehenden Nase.

Aus dem feindlichen Lager stieg Rauch auf, viele Männer zu Fuß, humpelnd und verletzt, verließen den Ort. Dieser Anblick bestätigte die schlimmsten Befürchtungen des Königs: »Wir können nicht länger warten, wir müssen weiter.« Und als er Yves sah, fügte er hinzu: »Magister, wartet hier auf die Johanniter und den Grafen von Poitiers. Sagt ihnen, sie sollen uns sofort nach al-Mansura folgen ... und segnet uns, im Namen Gottes.«

Der Mönch zeichnete als Zeichen des Segens das Kreuzzeichen in die Luft. Der König und die Ritter bekreuzigten sich ebenfalls. Daraufhin setzte Louis den goldenen Helm auf, zog sein Schwert aus deutschem Stahl und reckte es in die Luft. Plötzlich schien er seine Stärke wiedergefunden zu haben. Man hörte den lauten Kampfschrei »*Montjoie!*«, und die Gruppe ritt auf al-Mansura zu.

Die beiden Dominikaner blieben allein zurück. Yves schaute der Standarte von Saint-Denis nach, die in einer Staubwolke verschwand. Sie waren noch zu wenige. Er wandte sich um. Auf der anderen Uferseite wimmelte es von Reitern. Schwarze Umhänge und Pferde mit roten Satteldecken. Die Johanniter näherten sich der Furt. An ihrer Spitze, fast schon halb im Wasser, kurz vor der Standarte mit dem weißen Kreuz auf rotem Grund erkannte er

Jean de Ronay, den Ordensführer. Traditionell waren die Johanniter die Nachhut des christlichen Heeres, aber es war offensichtlich, dass an diesem Tag in al-Mansura die Traditionen unwichtig geworden waren.

Während die zweite Gruppe vorrückte, tauchten von links über die Felder zahlreiche Feinde auf, und der Graf von Anjou schrie den Rittern der königlichen Eskorte zu: »Verteidigt den König! Die anderen mit mir! *Montjoie!*«

Fast alle folgten ihm in den Kampf mit dem Feind, während ein Reiter aus al-Mansura auf die Standarte von Saint-Denis zugaloppierte. Durch die Öffnung im Helm versuchte Louis, ihn zu erkennen, aber Geoffroy de Sargines identifizierte ihn zuerst.

»Es ist Humbert de Beaujeu.«

Der französische Konstabler war blutverschmiert, seine Kleidung zerfetzt, er ritt auf einem Pferd mit sarazenischem Zaumzeug. Vor dem König hielt er an. Für Erklärungen war keine Zeit, es war offensichtlich, was geschehen war.

»Sire, der Graf von Artois verteidigt sich in einem Haus in al-Mansura und hat mich ausgeschickt, um Verstärkung zu holen. Wir müssen ihn retten!«

»Reitet voran, Konstabler, ich werde Euch folgen.«

Humbert wendete sein Pferd und gab ihm die Sporen. Sechs Reiter, angeführt von Joceran de Brançon, folgten ihm, dann der König und seine kleine Eskorte. Das Manöver blieb auch einigen Sarazenen nicht verborgen, die sich auf die Gruppe stürzten. Humbert und die Reiter an der

Spitze wurden nicht angegriffen und galoppierten weiter. Um ein paar feindliche Reiter zu vermeiden, wandten sie sich nach links und überquerten eine kleine Brücke. Doch kurz darauf stürzte das Pferd des Konstablers zu Boden, er selbst fiel in den Staub. Humbert rappelte sich hoch und humpelte weiter. Zwei feindliche Reiter stürzten sich auf ihn, doch der Haushofmeister erschlug den einen mit der Axt, der andere floh. Sie waren isoliert. Ganz in der Nähe schlugen sich die Reiter des Grafen von Anjou mit der feindlichen Infanterie herum und schienen in Schwierigkeiten zu sein. Joceran wandte sich an den Konstabler: »Mein Herr, der König ist zurückgeblieben, wir können nicht weiterreiten!«

Humbert fiel zu Boden und schrie verzweifelt auf. Sein Weg nach al-Mansura war zu Ende.

Obwohl sie einen Schrank davorgeschoben hatten und zwei Franzosen sich dagegenstemmten, gab die Tür nach. Die Sarazenen hatten einen Balken als Rammbock benutzt. Einen Augenblick später bohrte sich ein Armbrustbolzen in den Hals des ersten Mamelucken, der sich hineingedrängt hatte. Die anderen ließen den Balken fallen, zogen die Krummsäbel aus der Scheide und schrien: *»Allahu akbar!«* Raoul de Coucy warf die Armbrust beiseite, zog ebenfalls das Schwert und traf einen Angreifer im Gesicht, während einem christlichen Ritter die Kehle durchgeschnitten wurde. Der Graf zog sich in den kleinen Innenhof zurück, wo er auf Robert d'Artois traf, der blutend und ohne Helm auf der letzten Treppenstufe stand, die in den ersten Stock führte. In diesem Moment fiel ihnen einer der Reiter, die auf der Terrasse geblieben waren, vor die Füße. Raoul schaute Robert fragend an, der schüttelte den Kopf. Sie waren allein. Die Mamelucken strömten in den Hof und bauten sich vor ihnen auf, die Armbrüste im Anschlag.

Es wurde still. Dann öffneten sich die Reihen der Sultanswache, und ein Hüne mit einem Krummsäbel erschien. Der Ehrerbietung zufolge, die sie ihm erwiesen, musste es ihr Anführer sein. Robert fielen seine hellen Augen auf, die kalt wie Eis schienen. Das konnte kein Ägypter sein. Der Mann deutete auf die Schwerter der Franzosen und gab ihnen zu verstehen, sie auf den Boden zu werfen. Robert und Raoul schauten sich an.

»Wir sehen uns im Paradies, Raoul. Aber zuerst schicken wir ihn in die Hölle.«

Der andere schrie: »*Montjoie!*«

Die beiden stürzten auf den Kommandanten zu, der unbeweglich stehen blieb. Er hatte das Schwert gesenkt und sah enttäuscht aus. Sie erreichten ihn nicht: Ein Hagel aus Pfeilen durchbohrte sie.

Kapitel 5

Amaury de Troyes

Al-Mansura, 8. Februar 1250

E inige mit Krummsäbeln bewaffnete Sarazenen bewegten sich durch das Gewimmel direkt auf den König
zu. Sie hatten in dem von Pauken und Trompeten umgebenen Reiter mit dem goldenen Helm den Anführer der
Feinde erkannt. Die Männer der königlichen Eskorte versuchten sie aufzuhalten und töteten einige von ihnen, aber
dreien gelang es, zu Louis durchzudringen, und einer von
ihnen packte sein Pferd am Hals und zog es mit sich. Doch
ein Hieb mit einem Schwert aus deutschem Stahl traf ihn
an der Kehle. Ein weiterer Angreifer wurde vom Grafen
von Courtenay aus dem Sattel gehoben und der dritte
durch einen Axthieb des Barons Seignelay niedergestreckt,
der dem König zu Hilfe geeilt war. Louis nickte den beiden Rittern dankbar zu und sah sich um. Die Situation
war schwierig, immer mehr Feinde umringten sie. Auch
auf der Brücke über dem Bewässerungskanal war ein hef-
tiger Kampf im Gange. Joceran de Brançon und eine
Handvoll Männer hielten sie für die zurückweichenden
Kämpfer offen.

Die Hitze wurde unerträglich, alle waren erschöpft. Viele Franzosen hatten sich ins Wasser geworfen, um ans andere Ufer und zum christlichen Lager zu schwimmen, aber nur wenige hatten es geschafft. Der Fluss war voller Leichen, Schilde, Pferdekadaver und ertrinkender Männer.

Louis schaute zur Furt und erblickte dort etwas, was ihn »Gott, ich danke dir« murmeln ließ.

Die Johanniter kamen näher, gefolgt von der Gruppe des Grafen von Poitiers. Auch die anderen sahen sie jetzt. Seine Männer schöpften neue Kraft, während die Sarazenen begannen, sich in Richtung al-Mansura zurückzuziehen. Der Feind wollte keine offene Feldschlacht mit den Christen riskieren.

Renaud de Vichiers war der Letzte in der Reihe. Er drehte sich zu seinen Mitbrüdern um, sah aber keinen weiteren weißen Umhang. Die Gruppe der Tempelritter hatte sich zu Fuß durch die Gassen gekämpft. Sie hatten das Nordtor zurückerobert, nach einem Kampf Mann gegen Mann gegen die Mamelucken. Sie waren auf die Ebene hinausgetreten und mitten im Gefecht der Sarazenen mit den Männern des Grafen von Anjou gelandet, in dem sie weitere Soldaten verloren hatten, bis sie schließlich die Schwadron der Johanniter erreicht hatten. Denn so lautete die Regel des Ordens: Wenn der *Beaucéant* nicht mehr auf dem Schlachtfeld sichtbar war, musste sich der Tempelritter der Fahne der Johanniter anschließen.

Die Johanniter hatten sie gerettet und sich vor allem um Guillaume de Sonnac gekümmert, der mit nur noch einem

Auge weitergekämpft hatte, aber auch um Amaury de Troyes, der aus einer Wunde an der Hand viel Blut verlor. Durch einen Krummsäbelhieb war sie fast vom Arm getrennt und nur notdürftig verbunden worden. Die beiden wurden auf zwei Pferde gehoben und in Richtung Furt geschickt, wo sich ein Arzt um sie kümmern konnte.

Erst jetzt bemerkte Renaud, dass sie nur noch zu fünft waren. Fünf gegen zweihundertneunzig.

Jean de Ronay, der Großmeister der Johanniter, stieg vom Pferd und küsste die mit einem Wildlederhandschuh bedeckte Hand des Königs. Louis fragte ihn sofort: »Meister, was wisst Ihr von meinem Bruder?«

»Sire, leider bin ich mir gewiss, dass Euer Bruder inzwischen im Paradies weilt. Aber seid damit getröstet, dass niemals ein französischer König größeren Ruhm erworben hat als Ihr. Um den Feind zu bekämpfen, habt Ihr einen Fluss durchschwommen, ihn besiegt, ihre Katapulte und ihre Zelte erobert, in denen Ihr heute Nacht schlafen werdet.«

Louis spürte einen Kloß im Hals.

»Ich rühme Gott für alles, was er mir geschenkt hat.«

Er konnte nicht weitersprechen, Tränen traten ihm in die Augen und rannen ihm über die Wangen.

»Der Papst, ich will mit dem Papst sprechen.«

Der Tempelritter mit dem weißen Bart war im Delirium. Blass und blutverschmiert lag er in einem der Zelte, die man nahe der Furt aufgestellt hatte, auf dem Boden, inmitten der vielen anderen Verletzten des Tages. Bis jetzt hatte man ihn nur vor der Sonne schützen und seinen Durst stillen können, mit Wasser aus dem Kanal, in dem immer mehr Leichen und Pferdekadaver trieben. Ärzte gab es keine, nur einige Franziskanermönche, die den Sterbenden mit Gebeten Trost zu spenden versuchten. Die markerschütternden Schreie mischten sich mit den Psalmen, süßlicher Blutgeruch erfüllte die Luft.

»*Pax tecum, fratre* – Friede sei mit dir, Bruder.«

»Eure Heiligkeit, Ihr seid es ... gelobt sei der Herr ... ich sehe das Paradies, es ist wunderbar, doch es ist noch weit ... ich muss es erreichen, aber ich kann mich nicht bewegen ... ich habe sehr schwer gesündigt, Eure Heiligkeit ... die Überheblichkeit des Ordens ... ich habe Gott herausgefordert.«

»Versuche, dich zu beruhigen, Bruder, erleichtere dein Herz, und du wirst es erreichen. Ich bin hier, bei dir, mit der ganzen Kraft Gottes.«

»Das Siegel des Teufels ... es war dabei, entfernt zu werden ... die Spionin Babylons ... Scecedin ... Hugues hat ihn ermordet und es an sich genommen ... erteilt mir die Absolution.«

»Was hat er genommen?«

»Ich kann nichts mehr sehen ... Die Bestie, die aus den Untiefen aufsteigt, steht zwischen uns ... Jerusalem ... Erteilt mir die Absolution.«

»Was hat er genommen? Im Namen Gottes? ... Sagt es mir, verdammt!«

Yves le Breton schüttelte Amaury de Troyes' Körper mit aller Kraft. Vergebens, er war tot. Er hob den Kopf und schaute in Richtung der Ebene, wo man inzwischen nur christliche Flaggen sah. Ihm wurde plötzlich schwarz vor Augen, Schwindel überkam ihn, und trotz der Hitze rann ihm ein kalter Schauer über den Rücken.

»Magister, geht es Euch gut?«

Nicolas, der in der Nähe einem anderen Sterbenden Trost spendete, war näher gekommen, als er die laute Stimme seines Meisters gehört hatte.

»Nein, ich denke nicht.«

Die Sonne war untergegangen und die Schlacht zu Ende. Die Sarazenen hatten sich hinter die Mauern von al-Mansura zurückgezogen, während das christliche Heer Herr über die Ebene voller Toten geblieben war.

Der König hatte sich den Bericht des alten Mauclerc, des Herzogs der Bretagne, angehört. Er war einer der wenigen der Vorhut, der es ins Lager zurückgeschafft hatte – ohne sein Schwert, dafür mit einer blutenden Wunde im Gesicht, gezeichnet von einem Krummsäbel. Er konnte nichts über Roberts Tod sagen, war sich aber sicher, dass er nicht mehr am Leben war. Er war einer der Letzten gewesen, der diese vermaledeiten Gassen verlassen hatte, hinter ihm hatte er nur noch Ungläubige gesehen.

Louis hörte schweigend zu und bedeutete ihm sodann zu gehen. Dann schritt er allein auf das Schilf am Ufer zu: Er wollte nicht, dass seine Männer ihn noch einmal weinen sahen. Yves beobachtete ihn aus respektvoller Distanz. Es war nicht zu leugnen: Der König hatte den Fluss überqueren und das ägyptische Lager erobern können, aber das feindliche Heer war nicht ausgelöscht, und die schrecklichen Verluste in den Reihen der Kavallerie konnten das Ende der *expeditio crucis* bedeuten. Louis schien vom Tod des Bruders tief erschüttert, der von allen als der Urheber dieses Desasters angesehen wurde, auch wenn es sich keiner laut auszusprechen wagte.

Der Inquisitor ahnte, dass die Trauer des Königs nicht allein mit dem schmerzlichen Verlust zu tun hatte, sondern auch mit dem Bewusstsein, dass er der wahre Verantwortliche für das Geschehene war. Er hatte Robert die Führung über die Vorhut übertragen, obwohl er seinen impulsiven Charakter kannte. Er hatte sich zu sehr auf den Großmeister der Tempelritter an seiner Seite verlassen, dem es aber nicht gelungen war, Robert zu bremsen, und der mit ihm diese nie da gewesene Niederlage erlitten hatte.

Der König winkte ihn zu sich. Seine Augen waren tränenfeucht.

»Wo habe ich gesündigt, Magister? Warum hat Gott das alles zugelassen? Mein Bruder und Hunderte von treuen Reitern sind unter den Hieben der Ungläubigen gefallen. Wir sind doch hier, um Jerusalem zu befreien. Warum hat Gott nicht zugelassen, dass wir seine Feinde ein für alle Mal schlagen? Ist das eine Prüfung, die er mir auferlegt, weil mein Glaube nicht stark genug ist? Oder wurde ich bestraft, weil ich nicht in der ersten Reihe das Kreuz auf meinen Schultern getragen habe? Ich verstehe es nicht und bin verstört, Magister. Gott kann nichts Böses gewollt haben ...«

»Sire, in diesem Augenblick haben Euer Bruder und

seine treuen Ritter das himmlische Jerusalem erreicht. Gott wollte sie an seiner Seite. Wie schon der heilige Augustinus sagt: Das Böse existiert nicht, alles gehört zum segensreichen Plan Gottes, der manchmal unverständlich erscheint, sich aber schließlich doch unseren blinden Augen enthüllt. Auch der Herr hat am Kreuz gelitten und ist auferstanden ... Um auferstehen zu können, muss man sterben. Das ist unser Glauben und unsere Kraft.«

Der Inquisitor schaute den König an und fuhr fort: »›Und ich sah das Tier und die Könige auf Erden und ihre Heere versammelt, Krieg zu führen mit dem, der auf dem Pferd saß und mit seinem Heer ... Lebendig wurden diese beiden in den feurigen Pfuhl geworfen, der mit Schwefel brannte. Und die andern wurden erschlagen mit dem Schwert.‹ Unsere Schlacht ist ein Abbild dessen, Sire. ›Wir sehen jetzt durch einen Spiegel in einem dunklen Bild; dann aber von Angesicht zu Angesicht. Jetzt erkenne ich stückweise; dann aber werde ich erkennen.‹ Wir müssen stark sein und die Prüfungen bestehen, die der Herr uns stellt, um unsere Seelen zu stärken.«

»Ihr habt recht, Magister. Wie immer. Und ich habe gesündigt. Einen Moment lang habe ich nicht beachtet, dass all das nur der Wille Gottes ist und er derjenige sein wird, der uns zum Sieg führt. Meine Seele muss noch gestärkt werden ... Ich danke Euch.«

Yves neigte den Kopf zum Dank. Dann fügte er hinzu: »Wisst Ihr, während Ihr gesprochen habt, habt Ihr mich an Magister Mathieu erinnert. Ich habe in Euch die gleiche Kraft gespürt wie in Eurem Meister.«

»Er ist jetzt beim Grafen von Artois, Sire. Sie betrachten uns von oben und segnen Eure Unternehmung.«

Louis hob den Kopf in Richtung Himmel, der sich verdunkelt hatte, als ob er seinen Bruder zwischen den Sternen suchen würde. Yves dagegen fragte sich, was sein Meister getan hätte, wenn er die letzten Worte des Haushofmeisters des Tempels gehört hätte. Er stellte sich die Bestie der Apokalypse vor, die aus der Hölle aufstieg, und sagte sich, dass er keine Zeit verloren hätte.

»Sire, es gibt etwas, über das ich mit Euch sprechen möchte. Nach Informationen, die ich gesammelt habe, wurde der Scecedin heute Morgen von den Tempelrittern getötet. Im feindlichen Lager muss sein Zelt stehen. Erinnert Ihr Euch, das mit der Flagge des Herrschers, von dem unsere Spione berichtet haben? Es wäre nützlich, es zu durchsuchen, bevor die Beduinen es plündern. Ich könnte das übernehmen.«

Der König löste den Blick vom Firmament und sah ihn verwundert an. Der Mönch brachte ihn wieder in die Realität zurück.

»Ja ... Ihr habt recht, Magister. Das Zelt des Scecedin ... Wir können nicht bis morgen warten. Aber es kann gefährlich werden. Sargines und Seignelay werden Euch begleiten. Heute sind schon zu viele Menschen umgekommen, die mir am Herzen liegen.«

Kapitel 6

Das Zelt von Fachr ad-Din

ᥕᥩᥭᥰᥴ

Al-Mansura, in der Nacht vom 8. auf den 9. Februar 1250

D er Mond stand als schmale Sichel am Sternenhimmel. Durch das Trümmerfeld des ägyptischen Lagers huschte verstohlen ein Schatten, der schnell aus dem Sichtfeld der zitternden Flamme von Geoffroy de Sargines' Öllampe verschwand. Beduinen, die das Lager plündern wollten, oder Schakale. Der König hatte befohlen, nur die Katapulte zu bewachen, die der Feind in der Nähe der Bewässerungskanäle zurückgelassen hatte. Mit langen Holzpfählen hatte man sie am Boden befestigt, damit sie der sarazenischen Kavallerie standhielten. Es gab nicht genug Männer, um das ganze Lager zu bewachen, aber am folgenden Tag würden sie aus Booten eine Art Brücke bilden, um beide Uferseiten miteinander zu verbinden und so die Soldaten und die Kriegsmaschinen transportieren zu können. Nach dem Gespräch mit dem Dominikaner war Louis fest entschlossen, al-Mansura einzunehmen und den Bruder zu rächen.

Hinter Sargines bewegten sich Yves und Nicolas, fest in ihre Umhänge gewickelt, mühsam durch das Meer aus Leichen und Trümmerteilen. Schweigend folgten sie Baron von Seignelay, dem größten und kräftigsten Ritter des Königs, und sechs *servientes*.

Der Inquisitor schob den Körper eines Sarazenen mit eingeschlagenem Schädel beiseite, dann den eines Jungen, der von Pferdehufen zertrampelt worden war. Ohne stehen zu bleiben, malte er ein Kreuz in die Luft, um den zweiten zu segnen. Nicolas betete leise weiter, wie er es seit dem Moment tat, als sie das christliche Lager verlassen hatten. Der junge Mönch hatte zwar nicht gewagt, den Befehlen des Magisters zu widersprechen, hielt diese nächtliche Expedition in ein Lager voller Leichen aber für keine gute Idee. Auch wenn sie keine Fackeln bei sich trugen, konnte das Licht der Öllampe zudem von al-Mansura aus entdeckt werden und die Neugier der Ungläubigen und ihrer Krummsäbel auf sich ziehen. Er hatte seine Bedenken geäußert, doch der Magister hatte seelenruhig geantwortet, dass der Mond nicht hell genug schien und sie durch die Hindernisse am Boden nicht durch die Dunkelheit gehen konnten. Sie mussten das Risiko eingehen und hoffen, dass die Flamme nicht bemerkt werden oder einem Beduinen zugeschrieben werden würde. Seitdem hatte Nicolas ununterbrochen Psalmen vor sich hin gemurmelt.

Sargines' Flüstern durchbrach die Stille, der Ritter zog sein Schwert: »Da ist das Zelt, aber dort ist jemand.«

Sie standen vor den Resten des Zeltes, umgeben von Leichen. Aus dem Inneren leuchtete ein Licht, eine Öllampe, die sofort gelöscht wurde. Jemand hatte sie gehört, vielleicht sogar gesehen.

Auch die anderen Franzosen zogen ihre Schwerter. Sargines stellte die Öllampe am Boden ab und gab ein Zeichen, das Zelt zu umstellen. Seignelay und zwei *servientes* schlichen nach rechts, zwei andere nach links.

Yves sagte auf Arabisch: »Kommt heraus, wir wollen euch nichts Böses.«

Stille. Dann sprangen zwei dunkle Gestalten heraus und rannten schreiend auf sie zu: »*Allahu akbar!*«

Spitze Helme und Krummsäbel: Mamelucken, die sich auf die Mönche stürzten. Yves sah einen von ihnen, ein finsterer Blick unter einem dunklen Bart. Der Inquisitor hob instinktiv den Arm, um sich vor der Klinge des Säbels zu schützen, aber der Stahl des sarazenischen Krummsäbels traf auf Sargines' Schwert, der den Hieb abwehrte und sich gleichzeitig auf den Kopf des Angreifers stürzte und ihn mit einem Schlag vom Körper trennte. Ein Schwall Blut schoss hervor. Gleichzeitig brach der zweite Mameluck mit eingeschlagenem Schädel vor Nicolas' Füßen zusammen. Das alles hatte nur wenige Augenblicke gedauert. Aber es war noch nicht vorbei. Hinter dem Zelt, auf der rechten Seite, wurde gekämpft. Man hörte Schwerter klirren, unterdrückte Schreie, rasche Schritte. Schließlich wurde es still.

Sie fanden Seignelay und die beiden *servientes* am Boden liegend. Sargines näherte sich dem Baron, der knurrte: »Greift euch diesen Bastard ...« Sein Gesicht war mit Blut bedeckt, aber er schien nicht schwer verletzt zu sein, nur ein Schlag auf die Nase. Den beiden *servientes* war es schlechter ergangen. Beiden hatte man die Kehle aufgeschlitzt, ihre Panzerhemden waren von schweren Hieben der Krummsäbel durchtrennt.

Zwischen den schwarzen Umrissen der Zelte war niemand zu sehen. Sargines half Seignelay, sich aufzurichten.

»War er allein?«

»Ja, ein Mameluck ... ein Hüne ... schnell und geschickt. So einen habe ich noch nie gesehen. Ich habe ihn an der Seite getroffen, ihn aber nicht verletzt. Vielleicht trug er eine Rüstung.«

Yves meinte: »Oder eine Ledertasche, aus der etwas gefallen ist.«

Der Mönch hob einen zerknüllten Zettel vom Boden auf und einige kleine Objekte aus Metall, die verstreut herumlagen.

»Ich brauche die Lampe.«

Einer der beiden *servientes* brachte sie ihm. Die anderen umringten ihn mit gezogenem Schwert, während Nicolas sich neben die beiden Sterbenden kniete und betete.

Sargines schaute besorgt zur Stadtmauer von al-Mansura und sagte dann zu Yves, der noch immer herauszufinden versuchte, was er aufgesammelt hatte: »Magister, wir haben nicht viel Zeit. Dieser Kerl kann bald mit Verstärkung zurück sein.«

»Ich weiß, mein Herr, wir versuchen, uns zu beeilen, auch weil mir etwas sagt, dass wir in diesem Zelt nichts Brauchbares mehr finden werden. Ich möchte trotzdem einen Blick hineinwerfen. Wie viel Zeit haben wir?«

»So viel, wie jener Kerl braucht, um nach al-Mansura zu

gelangen und einige Männer zusammenzutrommeln. Hoffentlich hatte er kein Pferd.«

»Verstanden. Ich beeile mich.«

Der Diener mit der Lampe war an ihre Seite getreten, und die Flamme beleuchtete die Gegenstände: zwei unbekannte Goldmünzen und einen Papyrus mit arabischen Schriftzeichen. Nur Yves konnte die kleinen Zeichen lesen. Es sah wie ein Brief aus. Er las den Namen des Adressaten und rollte den Papyrus zusammen, dann steckte er ihn zusammen mit den Münzen in die Tasche seines Habits. Anschließend griff er nach der Lampe und untersuchte die am Boden liegenden *servientes*. Beide waren tot. Nicolas war inzwischen aufgestanden. Der Inquisitor hob eine weitere Goldmünze auf und schob mit dem Fuß die Erde beiseite. Mehr war nicht zu entdecken. Er wandte sich an Sargines, der versuchte, Seignelays Nase mit einem Stück Stoff vom Blut zu reinigen.

»Schiebt sie zur Seite.«

»Wir können sie nicht mitnehmen, Magister, wir kommen morgen wieder und holen sie.«

»Ich habe nicht gesagt, dass wir sie mitnehmen, sondern dass wir nachsehen, was unter ihnen liegt.«

Verwirrt schaute ihn der Ritter an, so als ob er das für vertane Zeit hielt, aber der Inquisitor wiederholte entschlossen: »Wir müssen sie zur Seite schieben.«

Sargines nickte und befahl den *servientes*: »Tut, was der Magister sagt.«

Nachdem der Befehl ausgeführt wurde, beleuchtete Yves den Boden und fand in einem Stück, das nicht mit Blut getränkt war, ein kleines rechteckiges Objekt aus dunklem Metall: eine alte Fibel aus Bronze. Er wischte die Erde ab. In ihr war das Bild eines Vierbeiners graviert, wahrscheinlich ein Stier, und einige Buchstaben des lateinischen Alphabets, es sah aus wie IECVI. Auch die Fibel steckte er in die Tasche. Dann ging er ins Zelt.

»Gehen wir rein.«

Sargines warf noch einen Blick Richtung al-Mansura.

»Ich begleite Euch. Ihr anderen bleibt hier und gebt bei der geringsten Bewegung Bescheid.«

Yves war schon durch die Öffnung geschlüpft, aus der der Mameluck gekommen war, der Seignelay mit einem Hieb niedergestreckt hatte.

Das Zelt war mindestens zweimal geplündert worden. Erst die Christen, dann die Mamelucken. Das Feldbett war umgestoßen, der Strohsack lag am Boden, zwei große Truhen mit Kleidung waren umgedreht und ausgeräumt, die Teppiche am Boden zur Seite geräumt worden, um eventuelle Löcher zu finden, in denen etwas versteckt sein konnte. Die Waffen, das Panzerhemd und der spitze Helm des Emirs lagen noch an ihrem Platz. Der Ritter deutete auf eine schwere Schatztruhe mit *Dirhams,* die umgestürzt worden war, der Inhalt lag verstreut am Boden, und sagte: »Was auch immer sie gesucht haben, Geld war es nicht.«

Yves nickte.

»Stimmt. Sie suchten nach etwas anderem, sonst wären sie nicht nur zu dritt gewesen, um eine so schwere Truhe mitzunehmen.«

»Komisch, dass unsere Leute sie heute Morgen nicht mitgenommen haben. Vielleicht haben sie sie nicht gesehen, oder der Angriff auf al-Mansura hat sie davon abgehalten.«

»Oder sie haben etwas anderes gesucht.«

»Aber was, Magister? Ich verstehe das nicht.«

»Ich auch nicht, mein Herr. Ich auch nicht. Aber hier ist nichts Interessantes mehr. Wir können gehen.«

Im christlichen Lager trennten sich die Mönche von der Eskorte und betraten ihr kleines Zelt unweit des königlichen Zeltes. Im Inneren befanden sich nur zwei Strohsäcke, ein sarazenischer Teppich, ein Eimer und eine Öllampe, die vom Diener des Königs bereits angezündet worden war. Ihre Truhen waren auf der anderen Uferseite geblieben. Nicolas ließ sich erschöpft auf ein Lager sinken, aber als er sah, dass sein Meister nach der Lampe griff und die Gegenstände aus der Tasche holte, setzte er sich vor ihn auf den Teppich.

Der Inquisitor begann mit dem Papyrus mit den arabischen Schriftzeichen. Er faltete ihn auseinander und begann zu lesen. Nicolas schwieg. Nach einer Weile legte er sich auf die Seite und schlief ein, dabei schnarchte er leise. Yves hob den Kopf und musste trotz dieses schrecklichen Tages lächeln.

Ein Brief oder, besser, ein Briefentwurf von Fachr ad-Din an Kaiser Friedrich im Auftrag des Sultans. Nach unzähligen Floskeln und Dankesbezeugungen für die »wertvollen Informationen« schrieb der Heerführer:

»Mein Herr ist im Besitz eines für die Christenheit und den Islam sehr wichtigen Dokuments, das in al-Quds entdeckt wurde. Mein Herr bittet deshalb möglichst schnell um die Entsendung einer Vertrauensperson.« Der Text war korrigiert: Das Wort »Vertrauensperson« war durchgestrichen, stattdessen hatte er »ser Berto« geschrieben. Das Datum fehlte. Der Sultan musste bei der Abfassung noch gelebt haben, der Brief musste also mindestens drei Monate alt sein. »Ser Berto« konnte bereits in al-Mansura sein.

Er betrachtete die drei kleinen Goldmünzen. Alle trugen das gleiche Gesicht im Profil, einen Mann mit Stiernacken, einem vorstehenden Kinn und tief liegenden Augen, der Kopf bekränzt mit einer Girlande. An den Rändern stand NERO CAES AUG IMP. Die Rückseite variierte: Auf zwei Münzen war eine Frauenfigur in einem langen Kleid abgebildet, auf der dritten ein Tor mit Querverstrebungen. Auf der einen Münze stand PONTIF MAX TR P VIIII COS IIII PP EX SC. Die Münzen schienen frisch geprägt, obwohl sie mehr als tausend Jahre alt waren.

Nero. Yves erinnerte sich an die Lektüre von Orosius und Grégoire de Tours im Kloster von Saint Jacques. Er hatte den Verrückten vor Augen, der die Apostel Petrus und Paulus mit Kreuz und Schwert zu Märtyrern gemacht hatte. Der erste Verfolger der Christenheit.

Er legte die Münzen auf den Teppich und griff nach der Fibel. Sie war sehr alt, aus Bronze, aber sorgfältig gereinigt. Die Schrift konnte als LECVI oder LEGVI gelesen werden. *Legio sexta*. Sechste Legion.

Yves spürte es wie Blei im Magen, er musste tief durchatmen. Er stand auf und verließ das Zelt, vorher warf er noch einen Blick auf den schlafenden Nicolas. Einige Männer, die um das Feuer saßen, erhoben sich, als sie den Inquisitor sahen. Yves bedeutete ihnen, sitzen zu bleiben, und ließ sich von der Kälte vor dem Sonnenaufgang einhüllen. Im Osten begann der Himmel sich zu färben. Er musste die wenigen Hinweise zusammensetzen, die der Herr ihnen geliefert hatte, um – wie sein Meister immer gesagt hatte – das Mosaik dahinter zu erkennen. Die Tatsache, dass er drei Sultanswächter im Zelt von Fachr ad-Din angetroffen hatte, von denen sich zwei hatten töten lassen, um dem dritten die Flucht zu ermöglichen, konnte – zusammen mit den Worten von Amaury de Troyes – kein Zufall sein. Das Dokument, von dem Fachr ad-Din dem Kaiser geschrieben hatte, musste im Zusammenhang mit den Münzen und der Fibel stehen, die aus der Zeit Neros oder einer kurzen Zeit danach stammten. Ein römisches Dokument über das Christentum und den Islam? Nein, das konnte nicht sein. Der Islam war erst Jahrhunderte nach dem Römischen Reich aufgekommen. Und doch scheint er, laut dem Brief, in al-Quds begründet worden zu sein.

Jerusalem, die Stadt der Städte, in der sich alles vollendet hat.

Die Tempelritter dürften allerdings wesentlich mehr darüber wissen. Er hatte wieder die Worte Amaurys im Kopf: der Hochmut des Ordens, der es gewagt hat, Gott herauszufordern ... die Spionin Babylons ... Scecedin ...

Hugues hat ihn ermordet und es an sich genommen ... die Bestie, die aus den Untiefen aufsteigt ... Jerusalem.

Nur wenige waren aus al-Mansura zurückgekehrt, doch Guillaume de Sonnac hatte sich retten können. Er betete zu Pater Mathieu im Himmel, und wie immer bat er ihn, ihn zu führen.

Kapitel 7

Der Tribun

Rhandeia, achter Tag vor den Iden des März, das Jahr, in dem Gaius Laecanius und Marcus Licinius Konsuln waren, 817 nach der Gründung Roms (8. März 64 n. Chr.)

Keine Wolke war am Himmel zu sehen, doch ein eiskalter Nordwind fegte über die Ebene hinweg, die armenischen Berge in der Ferne waren noch schneebedeckt.

Gnaeus Domitius Corbulo, Kommandant der östlichen Legionen, legte sich den Wolfsfellmantel um die Schultern, der die Lorica bedeckte. Nicht mal in den Wäldern Germaniens, so dachte er, hatte er dermaßen gefroren. Vielleicht war er damals auch einfach nur jünger gewesen.

Die beiden Heere standen sich gegenüber. Auf der einen Seite vier römische Legionen, die dritte, die fünfte, die sechste und die fünfzehnte, mit Hilfstruppen aus Illyrien und den verbündeten Königreichen Sophene, Kommagene und Osrhoene. An den Seiten standen die Flügel der alliierten Kavallerie, alles in allem fünfundzwanzigtausend Männer. Im Zentrum, genau hinter Corbulo und den Legaten der Legion, strahlten viertausend goldene Adler in der Morgensonne, die Insignien und die Götterstatuen waren aufgereiht wie im Mars-Ultor-Tempel in Rom.

Auf der anderen Seite der Ebene, nahe dem Fluss Arsania, erstreckte sich die lange Reihe der parthischen Kavallerie, die in mehrere Schwadronen eingeteilt war, die Kataphrakten – Reiter in schwer gepanzerter Rüstung –, die Bogenschützen, die Armenier und die Adiabenen. Es waren die gleichen Krieger, die im Herbst zwei Jahre zuvor genau an gleicher Stelle den Legaten Lucius Caesennius Paetus mit der vierten und der zwölften Legion zu einem unehrenhaften Rückzug gezwungen hatten – nach einer Belagerung, die sich in ein Massaker verwandelt hatte.

Zwischen den beiden Reihen war eine Holztribüne errichtet worden, mit dem kurulischen Stuhl des Legaten aus Elfenbein, auf dem eine Bronzestatue von Nero thronte. In der Nähe hielten einige Armenier einen großen Stier fest, der mit gefesselten Beinen auf dem Boden lag.

Auf ein Signal hin öffneten sich die Reihen, um einem Kataphrakten Platz zu machen, der auf einem prächtigen schwarzen Hengst ritt. Der armenische König Tiridates, der Bruder des Partherkönigs Vologaeses, ritt im Schritt an den beiden mächtigsten Heeren der Welt vorbei. Vor dem Stier hielt er an und stieg trotz der schweren Rüstung behände vom Pferd. Plötzlich ließen die Männer den Stier los, der sich verzweifelt aufzurichten versuchte, als wüsste er, welches Schicksal ihn erwartete. Tiridates zog ein schmales spitzes Schwert aus der Scheide, länger als das traditionelle Acinaces, ging auf das Tier zu und rammte es in seine Brust, wobei er das Herz durchtrennte. Dann hob er das blutige Kurzschwert in die Luft und schob es bewusst langsam in die Scheide zurück, näherte sich der Tribüne, stieg die vier Holzstufen nach oben, nahm das Diadem ab und legte es der Caesarstatue zu Füßen.

In den römischen Reihen herrschte absolute Stille, nur der Wind war zu hören. Corbulo schloss die Augen und seufzte tief. Es war vorbei.

Seine Strategie war siegreich gewesen. Er hatte die Invasion Armeniens sorgfältig vorbereitet, um die Niederlage von Paetus zu rächen, und dafür alle Kräfte des Imperiums hinter sich gesammelt. Dazu hatte ihm Nero die *potestas proconsulare* und das Oberkommando im Osten übertragen. Die Operation hatte im Winter mit der Zerstörung einiger feindlicher Grenzposten begonnen. Gleichzeitig hatte Corbulo Zenturien zu Tiridates und Vologaeses gesandt und ihnen ein Friedensangebot unterbreitet, sollte sich Armenien unterwerfen.

Mehr als der Inhalt der Nachrichten waren es die Großartigkeit des römischen Heeres und der Ruhm dessen, der sie geschickt hatte, die die Parteien dazu bewogen, das Angebot anzunehmen. Ganz im Gegensatz zu Paetus, der sich ergeben hatte, obwohl er noch hätte standhalten können, und in Rom Ziel von Neros Spott wurde. Der Imperator hatte ihm Gnade zugesichert, um zu vermeiden, dass er, ängstlich wie er war, noch aus Angst vor Strafe krank werden würde.

Corbulo war fast sechzig, hatte nahezu sein ganzes Leben im Krieg verbracht und wusste, dass er selbst in den Augen seiner Feinde als der Größte galt. Er liebte es, die gleiche Stärke wie die antiken Generäle der Republik zu demonstrieren, auch wenn er aus einer Familie stammte, die erst kürzlich in den Senatsrang aufgestiegen war und die soziale Leiter nur dank der geschickten Heiratspolitik seiner Mutter Vistilia nach oben geklettert war. Der junge Domitius war mit der Tochter des mächtigen Senators Cassius Longinus verheiratet worden, seine Schwester, Milonia Caesonia, war sogar die Ehefrau des Imperators Gaius Caesar, genannt Caligula, geworden und hatte sein schreckliches Schicksal geteilt. Sie war mit Mann und Tochter von den Prätorianern niedergemetzelt worden, an dem Tag, als mehr oder weniger zufällig der Onkel des getöteten Imperators, Claudius, zum Herrscher gekürt geworden war. Während der Regierungszeit des Letzteren und seines Nachfolgers Nero, dem Sohn einer Schwester von Caligula, hatte Corbulos Stern nie zu leuchten aufgehört. An der Spitze der Legionen in der römischen Provinz Germania inferior hatte er die Grenze gesichert und die Chauken für ihr Vordringen in Gallien hart bestraft. Vor sechs Jahren war er an die schwierigste Front im Osten geschickt worden, dorthin, wo die Parther die einzige Macht der Welt waren, die es wagte, Rom herauszufordern.

Heute war seine Mission zu Ende.

Beide Seiten hatten an der syrischen Grenze einen Waffenstillstand geschlossen, während Tiridates ihn um ein Treffen gebeten hatte. Als passenden Ort hatte er Rhandeia vorgeschlagen, wo Paetus' Legionen belagert worden waren, als Mahnung für mögliche Konsequenzen einer weiteren Invasion. Corbulo hatte ohne Zögern zugesagt, als Signal, dass die Vergangenheit abgeschlossen war. Beide Kohorten hatten Truppen als Vorhut ausgesandt, um alle Spuren der unglückseligen Schlacht zu beseitigen, einschließlich der Überreste der Gefallenen.

Am vereinbarten Tag, mit nur zwanzig Reitern Eskorte auf jeder Seite, hatten sich Corbulo und Tiridates getroffen. Der Parther war als Erster vom Pferd gestiegen, gefolgt vom alten General. Die beiden hatten einander die Hand entgegengestreckt: Es war das erste Mal, dass dies zwischen einem Arsakiden und einem römischen Feldherrn geschah.

Die Bedingungen des Friedensvertrags waren einfach: Rom würde Tiridates' Herrschaft über Armenien anerkennen, und der König würde sich dem Caesar unterwerfen. Im Grunde würde Armenien geteilt bleiben, aber diese Teile würden sich formal Rom unterwerfen. Tiridates würde die Souveränität des Imperators zuerst vor den beiden Armeen in Rhandeia, dann direkt in Rom anerkennen.

Der Herrscher über Armenien hatte in Übereinstimmung mit seinem Bruder zugestimmt, sich aber ein Jahr Zeit ausgebeten, um die Reise zu organisieren. In der Zwischenzeit würde er eine Geisel nach Rom schicken.

Seine Tochter Anahita.

An diesem Abend blieben Corbulo und Tiridates nach dem Bankett allein im Zelt der Prätorianer mitten im römischen Lager. Sie saßen sich im zitternden Licht der Öllampen gegenüber. Beide hatten den Wein, der in Strömen floss, nicht angerührt. Sie mussten bei klarem Verstand bleiben. Da beide Griechisch sprachen, die Verkehrssprache der östlichen Ökumene, benötigten sie keine Dolmetscher. Tiridates sprach das Thema Rom als Erster an. »Herrscher, wirst auch du zum Caesar reisen?«

Corbulo bemerkte, dass der Parther ihn Herrscher nannte, ein Zeichen des Respekts und der Unterwerfung, vielleicht sogar des Vertrauens.

»Nein, ich werde bei den Legionen bleiben.«

Die Nachricht war deutlich: Wenn die Parther Tiridates' Abwesenheit ausnutzen und ein schmutziges Spiel mit den östlichen Provinzen spielen sollten, würden sie einem erbitterten Gegner gegenüberstehen.

»Und wann wirst du Anahita nach Rom schicken?«

»Sie wird in den nächsten Tagen vom Hafen Augusta abreisen, wo meine Liburne wartet. In einigen Monaten dürfte sie Rom erreichen, das kommt auf die Strömung an«, antwortete Corbulo.

»Wen hast du als Wache für sie ausgewählt?«

»Zwei Männer meines absoluten Vertrauens. Der erste ist Gaius Sallustius Crispus, ein Tribun aus nobler Familie, der Neffe von Ummidius Quadratus.«

Tiridates hatte Ummidius gekannt, der vor Corbulo Statthalter in Syrien gewesen und vor vier Jahren gestorben war.

»Ein junger Mann also.«

Corbulo spürte die Beunruhigung, die in diesen Worten lag. Wäre sein Gesprächspartner beruhigter gewesen, wenn er gewusst hätte, dass der junge Mann den Herrscher persönlich kannte? Sein Großvater war Gaius Sallustius Passienus Crispus gewesen, einer der reichsten Männer der Stadt, der zweite Mann Agrippinas, Neros Mutter. Er beschloss, ihm nichts davon zu sagen. Das würde ihr Gespräch nur komplizierter machen.

»Nein, kein ganz junger Mann. Er ist sechsundzwanzig und seit seinem sechzehnten Lebensjahr in Syrien. Der zweite ist ein Primus Pilus, den auch du gut kennst: Marcus Casperius.«

Der Arsakide wirkte erleichtert. Der Name des Zenturios war in ganz Armenien berühmt. Er hatte mit einer Handvoll Männer die Festung von Gornea verteidigt, die erst kapitulierte, nachdem er allein durch die feindlichen Linien geflohen war, um Hilfe zu holen. Er war von Corbulo oft als Bote zwischen beiden Seiten eingesetzt worden. Dass die Wahl auf ihn gefallen war, bestätigte, dass der Herrscher Anahita seinen besten Männern anvertraut hatte. Der Legat sprach weiter: »Sie werden bei deiner Tochter bleiben und dich in Rom erwarten. Sie wird ein Gast des Caesaren sein. Du wirst sehen, die Stadt wird ihr und auch dir gefallen.«

Gast des Caesaren. Der armenische König war noch immer nicht beruhigt.

»Wie ist Nero? Ist er auch ein Ehrenmann wie du?«

Eine offensichtlich harmlose Frage, die den Römer in Verlegenheit brachte. Die parthischen Spione in Rom kannten den exzentrischen Charakter des Herrschers, und vielleicht noch mehr als das. Es fehlte nicht an Senatoren, die die Geduld mit dem Zither spielenden Herrscher verloren hatten und ihn, Corbulo, für *capax imperii* hielten, das heißt fähig, zur höchsten Macht aufzusteigen, wenn er Nero nur nicht treu ergeben wäre. Das ärgerte den Legaten und bereitete ihm Sorge. Er wusste genau, dass es ihm aufgrund der *novitas* seiner Familie, der Tatsache, dass sie nicht schon seit Jahrhunderten zu den Patrizierfamilien der Stadt gehörte, unmöglich war, Imperator zu werden, höchstens durch einen vernichtenden Bürgerkrieg. Er wusste auch, dass durch Kämpfe der östlichen Legionen untereinander sie sich niemals gegen die des Westens durchsetzen würden. Und wenn Nero Gerüchte seines Missfallens zu Ohren kommen würden, wäre das sein Ende. Niemand, nicht mal Augustus, hätte zugelassen, dass acht Legionen, ein Drittel des imperialen Heeres, sich in den Händen eines Legaten befanden, dem man nicht trauen konnte, und Nero war mit Sicherheit nicht Augustus. Absolute Treue war eine seiner Lebensentscheidungen. Seine Antwort lautete immer: »Der Caesar ist ein sehr intelligenter Mann, der aus einer ausgesprochen noblen Familie stammt. Zu seinen Vorfahren gehören große Herrscher wie Marcus Antonius.«

Der Verweis auf das Triumvirat, durch das Nero von Antonia der Jüngeren abstammte, der Mutter seines Großvaters Germanicus, war nicht zufällig. Der unglückliche General des Caesaren und Rivale von Octavian war vor fast einem Jahrhundert an der Spitze von zehn Legionen in Parthien einmarschiert. Allein durch die Zerstörung der Belagerungsmaschinen, die zurückgeblieben waren, konnten sie zurückgedrängt werden, aber auf dem Schlachtfeld waren sie nicht besiegt worden. Kein Römer war jemals zuvor so tief ins arsakidische Herrschaftsgebiet vorgedrungen, und das hatten die Parther nicht vergessen.

Tiridates hatte verstanden und sah ihm ernst in die Augen. »Der Caesar hat in dir einen guten Diener, Herrscher, aber achte auf meine Tochter …«

An der peloponnesischen Küste, einen Monat später

Die Liburne bäumte sich auf den Wellen und sackte klatschend wieder in die Tiefe, dabei knirschten die Planken, die Ruderer im Unterdeck schrien auf. Der völlig durchnässte Gaius Sallustius Crispus klammerte sich an ein Tau und dachte, dass diese Welle noch höher war als alle anderen zuvor. Besorgt blickte er auf den Kommandanten des Schiffes. Der Mann wirkte ruhig, wie ein Reiter, der es mit einem widerspenstigen Fohlen zu tun hat. Als er bemerkte, dass er beobachtet wurde, lächelte er und meinte besänftigend: »Ganz ruhig, Tribun. Wir schaffen das.«

Regenschwere dunkle Wolken hatten sie überrascht, noch bevor sie sich in einen Hafen oder eine Bucht flüchten konnten. Der Kommandant hatte die Segel einholen lassen und alle nicht benötigten Männer ins Unterdeck gebracht, darunter die Legionäre. Auch Zenturio Casperius hatte sich dorthin zurückgezogen und die Prinzessin und die beiden Hofdamen in die Kabine des Legaten gebracht, die ihnen vorbehalten war. Sallustius war an Deck geblieben in der Überzeugung, dass ein Tribun im Range eines Senators dazu verpflichtet war, auf der Brücke zu bleiben und der Wut von Neptun ins Auge zu schauen.

Er hatte es bedauert. Auf dem Meer hatte er sich noch

nie heimisch gefühlt, und er hatte die Macht des Sturmes unterschätzt. Er hielt das Tau, der Regen prasselte ihm ins Gesicht, und er versuchte, an etwas anderes zu denken, an Rom. Nach zehn Jahren im Osten kehrte er nach Hause zurück. Damals war er mit seinem Großvater mütterlicherseits weggegangen, dann bei Corbulo geblieben. Vor sechs Monaten war sein Vater gestorben, und sein älterer Bruder war *pater familias* – das Oberhaupt der Familie – und Senator geworden. Er war nicht erpicht darauf, ihn wiederzusehen. Schon früher war er arrogant gewesen, jetzt war er sicher unausstehlich. Aber Sallustius war froh, seine Mutter, Ummidia Quadratilla, wieder in die Arme schließen zu können, die in einer großen Villa in Tusculum lebte. Dorthin hatte sie sich zurückgezogen und dem Senator die *domus* – das Stadthaus – auf dem Aventin überlassen, das der Familie der Ummiden gehörte und das die Sallustiuser zu ihrem Wohnsitz erklärt hatten, seit Agrippina nach dem Tod des Großvaters väterlicherseits das großartige Haus in den Horti Sallustiani geerbt hatte. Zuerst jedoch musste er die Mission zu Ende bringen, die ihm der Legat aufgetragen hatte: Anahita zu Domitius zu bringen und in Rom auf die Ankunft ihres Vaters zu warten.

Caesar, nicht Domitius. Er musste aufmerksam sein. Beim Abschied hatte Corbulo ihm mit seinem typischen Gesichtsausdruck gesagt, bei dem man nie wusste, ob er es ernst meinte: »Ich weiß, dass du ihn als Domitius kennengelernt hast, aber jetzt ist er für alle der Caesar, auch für dich.«

Sallustius erinnerte sich noch gut an seinen Spielkameraden Lucius Domitius Ahenobarbus, den Sohn der jungen und wunderschönen Frau seines Großvaters. Ein etwas molliges, schüchternes und ungeschicktes Kind, das von der starken Persönlichkeit seiner Mutter erdrückt wurde. Agrippina hatte schon damals Großes mit ihm vor, das sie später auch durchsetzte, bis auf das Letzte, was ihr das Leben gekostet hatte: durch ihn das Imperium zu regieren.

Bis zu diesem Augenblick war die Mission nicht schwierig gewesen, auch wenn die Eskorte, eine ganze Zenturie und die Anwesenheit von Casperius ihn annehmen ließen, dass er wer weiß welchen Problemen begegnen würde. Sie waren die Küste Asiens und Griechenlands entlanggesegelt, vom Ostwind angetrieben, sodass die Ruderer nicht hatten arbeiten müssen. Das einzige Rätsel war sie, Anahita. Nach fast einem Monat hatte er noch nicht einmal ihr Gesicht gesehen. Sie war immer verschleiert und hielt sich mit ihren Damen abseits. Der Tribun hatte einige Worte mit ihr auf Griechisch gewechselt, aber die Antworten waren einsilbig und oberflächlich gewesen.

Die junge Frau wusste genau, dass sie eine Geisel und kein Gast war.

*Rom, 17. Tag vor den Kalenden des Juni
(16. Mai 64 n. Chr.)*

Sallustius hatte seine Tunika mit dem Laticlavius angezogen, den geschmückten Brustpanzer und den Helm mit den scharlachroten Federn. Marcus Casperius neben ihm schaute sich um, er war noch nie zuvor in Rom gewesen.

Offensichtlich fühlte er sich unwohl. Ursprünglich kam er aus Abellinum. Sie gingen durch einen Flügel der neuen *domus*, die auf dem östlichen Teil des Palatins lag, mit einem Nymphäum, überdacht von einem Portikus aus roten Marmorsäulen. Die Seiten zierten bronzene Delfine, die klares Wasser in die schmalen Seitenbecken spritzten, die wie kleine Bächlein aussahen. Der helle Marmorboden glänzte, er war durchzogen von grünen Adern, die Grashalmen ähnelten. Durch die großen Arkaden konnte man auf den Circus Maximus und den sonnenbeschienen Aventin sehen.

Hinter ihnen ging eine Frau, die von Kopf bis Fuß in ein grünes Seidengewand gehüllt war, ein in Rom seltener Stoff, der der Tochter des Königs von Armenien und der Nichte des Königs der Parther aber durchaus würdig war. In respektvollem Abstand folgten ihr die Hofdamen, die sie auf der langen Reise in die Hauptstadt begleitet hatten.

Zwei Prätorianer blieben an der Seite eines großen Bogens stehen und betrachteten neugierig die orientalische Prinzessin. Sie trugen die Toga, wie es für die im Herrscherpalast diensthabende Kohorte vorgeschrieben war. Darunter jedoch erkannte man die Scheiden der Kurzschwerter, während der Tribun und der Zenturio ihre Waffen am Eingang hatten abgeben müssen. Niemand durfte sich dem Imperator bewaffnet nähern.

Eine Stimme hinter ihnen begrüßte sie: »Ave, Gaius.«

Sie fuhren herum. Der Tribun erkannte ihn sofort. Ein junger Mann mittlerer Statur, mit schmalen Beinen und einem hervorstehenden Bauch kam auf sie zu, die blonden

Haare lichteten sich bereits, seine blauen Augen wirkten wässrig, und seine Wangen waren von einem lichten rötlichen Bart bedeckt. Er trug eine leichte weiße Tunika mit goldenen Stickereien.

Sie standen dem Herrscher der Welt gegenüber, Nero Claudius Caesar Augustus Germanicus. Ihm folgten zwei Männer. Den älteren der beiden kannte der Tribun: Es war Lucius Faenius Rufus, dürr wie ein Stock, glatzköpfig und mit Hakennase, ein groß gewachsener Mann. Der Adlige hatte in der Vergangenheit wegen einer Grundstücksangelegenheit Streitigkeiten mit seinem Vater gehabt und war dann, dank Agrippina, in den Rang eines Präfekten der Prätorianer erhoben worden. Der andere Mann war ein Tribun der Prätorianergarde mit roten Haaren und einer Narbe im Gesicht. Sein Gesichtsausdruck war hart.

Sallustius und Casperius salutierten gleichzeitig.

»Ave, Caesar!«

»Ich freue mich, dich zu sehen, es ist lange her.«

Der Imperator ging lächelnd auf den Tribun zu und umarmte ihn. Der Zenturio Casperius, der als geübter Krieger nicht leicht zu überraschen war, zwang sich zu einem unbeteiligten Gesichtsausdruck. Auch der Tribun der Prätorianer schien überrascht, Faenius Rufus dagegen eher nachdenklich. Wie Corbulo wusste er, dass dieser junge Mann einer der wenigen war, die Nero als Freund bezeichnete. Der Imperator löste die Umarmung.

»Gut siehst du aus, Gaius. Die Luft im Osten bekommt dir. Du hast mir in all den Jahren gefehlt. Übrigens, tut mir leid wegen deines Vaters.«

»Ich danke dir, Caesar, es war ein schwerer Verlust.« Er nickte dem Präfekten zu: »Ave, Rufus.«

Der Mann lächelte und neigte leicht den Kopf, während der Imperator fortfuhr: »Ja, ich weiß, wie sehr er dich, deine Mutter und deinen Bruder geliebt hat. Leider haben die Götter ihn viel zu früh von uns gehen lassen. Wie deinen Großvater in Syrien. Wenn er anstelle des unfähigen Paetus gewesen wäre, hätten wir jetzt nicht all diese Probleme in Armenien. Zum Glück hat Corbulo alles in Ordnung gebracht.« Er unterbrach sich kurz und sprach dann weiter: »Weißt du, Anfang des Jahres wollte ich selbst aufbrechen. Ich hätte nach Griechenland reisen sollen, um an einem Gesangswettstreit teilzunehmen, auch Corbulo hätte bei meiner Darbietung in Korinth dabei sein sollen. Ich hatte sogar daran gedacht, ihm mein Stück zu widmen, als Dank für seine Dienste. Aber dann hatte ich ein Problem und musste die Reise verschieben. Aber es wird sich eine Möglichkeit ergeben, und ich bin sicher, es wird ihm gefallen.«

Alle wussten von der Gesangsleidenschaft des Imperators. Nero ergriff jede Gelegenheit, um die Zither zu spielen, und war überzeugt davon, ein großer Künstler zu sein. Sallustius stellte sich den ernsten Legaten vor, wie er Domitius' Gesangskünsten lauschte, die ihm gewidmet waren, und lächelte. Der Imperator interpretierte das als Zustimmung und deutete auf das Nymphäum: »Hast du gesehen? Es ist noch im Bau. Ich habe es *domus transitoria* genannt, weil es den Palatin mit den Gärten der Mäzene auf dem Esquilin verbindet. Ich versammle hier die wichtigsten Kunstwerke Roms und der Provinzen. Wenn es fertig ist, wird es das schönste Haus der Welt sein.«

Sallustius schaute sich um.

»Es ist wirklich wunderschön, Caesar, atemberaubend.« Er deutete auf Casperius: »Ich stelle dir den Primus Pilus Marcus Casperius vor, ein Held, der sich im Krieg gegen die Parther hervorgetan und mehrere Male sein Leben riskiert hat.«

»Sehr gut. Bravo ...«

Der Imperator war abgelenkt, der Zenturio interessierte ihn nicht. Nach dem Gesang und der neuen *domus* richtete sich seine Aufmerksamkeit nun auf die verschleierte Frau.

»Der Legat schickt dir Prinzessin Anahita, die Tochter des Königs von Armenien und die Nichte des Königs der Parther. Sie wird hierbleiben bis zur Ankunft ihres Vaters, der in etwa einem Jahr nachkommen und sich dir persönlich unterwerfen wird, wie er es schon vor deiner Statue und den versammelten Legionen getan hat.«

Nero sprach sie auf Griechisch an: »Es ist mir eine Ehre, dich zu empfangen, Anahita.«

Die junge Frau hob den Schleier und offenbarte ein Gesicht von perfekter Schönheit. Sie hatte große schwarze Augen, durchdringend und stolz, die unter den langen dunklen Wimpern strahlten, die Nase war gerade, der Mund klein und mit vollen Lippen, ihr Ausdruck würdevoll.

Sie war wunderschön.

Sie kniete vor dem Imperator und sagte: »Die Ehre ist ganz meinerseits, Caesar. Ich überbringe Euch die Hochachtung meines Vaters Tiridates und einen Gruß von König Vologaeses. Mögen Frieden und Wohlstand die Zukunft unserer Völker begleiten.«

Der Gesichtsausdruck der Prinzessin sprach jedoch eine andere Sprache. Dem Tribun kamen die schneebedeckten Berge Armeniens und die Leichen der Legionäre von Paetus wieder in den Sinn, die in Rhandeia begraben waren. Diese Augen sagten ihm, dass es nie Frieden zwischen Rom und den Parthern geben würde. Nur List und Tücke. Der Imperator wandte den Blick ab. Sallustius dachte, dass Domitius sich nicht verändert hatte, trotz der Allmacht des Herrschers konnte er noch immer keiner offenen Herausforderung begegnen. Nero erwiderte etwas pikiert: »Der Frieden Roms garantiert den Wohlstand von Armenien. Ich warte gespannt auf die Unterwerfung deines Vaters. In der Zwischenzeit wirst du mein Gast sein und die Gelegenheit haben, unsere Stadt kennen und schätzen zu lernen. Ich werde für eine angemessene Unterkunft sorgen. Gaius, was hältst du von der *domus augusti*?«

Das Privathaus des Gottes Augustus lag auf dem Palatin, hinter dem Apollotempel, zwischen der neuen *domus* und der *tiberiana*, der aktuellen Residenz des Herrschers. Natürlich war die Entscheidung bereits gefallen, seine Frage war rein rhetorisch. Der Tribun antwortete spontan: »Wie du wünschst, Caesar.«

»Gut.« Der Imperator deutete auf den Prätorianer mit der Narbe. »Subrius Flavus wird sie zusammen mit deinem Zenturio sofort dort hinbringen und dafür sorgen, dass alles zu ihrer Zufriedenheit sein wird. Du bleibst hier und erzählst mir von Corbulos Sieg im Osten und von allem anderen. Bis bald, Anahita.«

Die Prinzessin kniete erneut nieder. Flavus wandte sich an Casperius: »Hier entlang.«

Sallustius blickte der jungen Frau nach. Domitius wollte sie nicht unter seinem eigenen Dach haben.

14. Tag vor den Kalenden des Sextilis
(in der Nacht vom 18. auf den 19. Juli 64 n. Chr.)

Er hatte sich hinter einem Felsen versteckt und achtete darauf, kein Geräusch zu machen. Der parthische Reiter befand sich genau unter ihm, mit gezücktem Bogen. Er könnte es schaffen. Langsam zog er das Schwert aus der Scheide und bereitete sich auf den Sprung vor. Er würde ihn entwaffnen und auf den Kopf schlagen.

»Gaius, wach auf!«

Er schreckte im *cubiculum* der *domus* in Tusculum aus dem Schlaf. Es war noch Nacht, auch wenn bereits ein merkwürdiges Leuchten durch die offene Tür drang, die sich auf das *peristylium,* den von Säulenhallen umgebenen Innenhof, öffnete. Brennende Fackeln. Lisia, der alte Freigelassene seiner Mutter, schüttelte ihn, eine Öllampe in der Hand.

»Gaius, Rom brennt!«

»Was?«

»Ein Feuer!«

Kurze Zeit später betrat ein Mann, der nur ein *subliga-*

culum, eine Art Lendenschurz, trug, den kleinen Raum. Der muskulöse Körper war mit Narben aus unzähligen Schlachten übersät. Wie üblich klang Casperius' Ton nicht so, wie man es von einem Untergebenen erwartet hätte: »Tribun, ein Feuer!«

Der junge Mann sprang aus dem Bett und trat auf den Innenhof hinaus, gefolgt vom Zenturio rannte er rasch in den Garten, von dem aus man in das Tal des Tiber sehen konnte. Am Rand der ersten Terrasse, hinter dem kleinen Tempel, der der Göttin Ceres geweiht war, standen einige Sklaven und sahen in die Ebene hinunter. Keiner achtete auf die beiden halb nackten Männer neben ihnen.

Der Tribun war wie versteinert. Die Stadt in der Ferne schien durch einen Feuerstreifen gezeichnet, und der Nachthimmel glühte im roten Widerschein.

Der junge Mann begriff sofort, dass sich der Brandherd rund um den Circus Maximus befand, unweit der *domus* der Ummiden auf dem Aventin. Seine Mutter war im Haus hinter ihnen in Sicherheit. Aber jemand anders befand sich in großer Gefahr: Die *domus augusti* lag inmitten der Feuersbrunst. »Wir müssen sie da rausholen, Marcus«, wandte er sich an den Zenturio. »Der Imperator ist in Anzio, das Feuer könnte den Palast erreichen, und niemand kümmert sich darum. Was ist mit den Männern?«

»Stehen dir zur Verfügung, Tribun. Ich habe sie schon geweckt.«

Sallustius nickte. Seit der Zeit der Bürgerkriege durften bewaffnete Legionäre die Stadt nicht mehr betreten. Aber dies hier war eine Ausnahme.

»Gut, wir holen sie.«

Als er sich umdrehte, um ins Haus zurückzukehren, fiel sein Blick auf die Ceresstatue in dem Tempel, in dem er sich als Kind oft versteckt hatte. Die Göttin des Ackerbaus sollte für eine gute Ernte auf den Feldern in Casinum sorgen, die seit Jahrhunderten der Familie seiner Mutter gehörten. Sie hielt Weizenähren und eine Fackel in der Hand. Eine Fackel. Der Tribun fragte sich, welche Göttin diesen Feuersturm in der größten Stadt der Welt entfacht hatte.

Kurze Zeit später verließen achtzig Legionäre der sechsten Legion Ferrata in Kriegsformation die *domus*, direkt auf die Flammen zu.

Am nächsten Morgen

Im Wechsel zwischen Rennen und Laufschritt hatten sie nicht lange gebraucht, um Rom zu erreichen. Sie liefen in Zweierreihen durch die Porta Asinaria und dann weiter in Richtung Porta Querquetulana durch die alte Servianische Mauer, die das Caelius-Viertel umgab. Weiter ging es nicht. Der Rauch wurde dichter, die Straßen waren voller Flüchtender und verlassener Karren. Um allzu dichten Verkehr zu vermeiden, sah ein Edikt aus den Zeiten Julius Caesars vor, dass die Versorgung der Stadt in der Nacht vonstattengehen sollte, sodass Roms Straßen nachts voll von Karren und Wagen unterschiedlichster Art waren, die meist von Ochsen oder Eseln gezogen wurden. Wenn nur einer stecken blieb, dann kam keiner mehr durch, die

Straße war blockiert. Genau das war passiert. Die Flüchtenden hatten jedes Umdrehen unmöglich gemacht, und die Fahrer der Karren, meist Sklaven, hatten ihr Gefährt einfach stehen lassen. Unter dem raucherfüllten Himmel wurden die angeschirrten Tiere verrückt.

Sallustius schaute sich um.

»Da kommen wir niemals durch. Wir müssen den Umweg über den Oppius nehmen, den Clivus Suburanus erreichen, dann durch das Suburra-Viertel und das Forum.«

Der Zenturio wusste nicht, von was er sprach, und schlussfolgerte: »Wir haben das Feuer vor uns und links von uns. Uns bleibt nur rechts.«

»Ja, der Circus Maximus und der Caelius-Hügel brennen. Wir gehen nach rechts.«

»Glaubst du, der kaiserliche Palast brennt auch?«

»Nein.«

In Wahrheit wusste der Tribun das nicht genau, aber er musste Anahita retten, die sich genau dort befand, wo der Himmel sich fast rot färbte. Auch Casperius verstand und schwieg.

Auf ein Signal hin bogen die Soldaten nach rechts ab und schlängelten sich durch das tosende Gewoge aus verängstigten grauen Greisen und allein gelassenen Kindern. Es war nicht das erste Mal, dass Rom brannte, aber an ein solches Flammenmeer konnte sich Sallustius nicht erinnern. Paradoxerweise war Rom die am wenigsten römische Stadt des ganzen Reiches. In den Provinzen waren die Städte nach dem durchdachten Muster von Legionärslagern angeordnet, rund um zwei Hauptachsen, Cardo und Decumanus. In den engen und übel riechenden Gassen der Hauptstadt lebten die Millionen Einwohner dagegen fast alle in zweistöckigen *insulae*, meist rechtwinklig angelegten Häuserblocks, die von skrupellosen Spekulanten aus minderwertigem Baumaterial errichtet worden waren. Sallustius hoffte, dass wenigstens die Plätze rund um die Tempel im Zentrum die Flammen in Schach halten würden.

Plötzlich kam ihm ein alter Mann mit roten Augen entgegen, die weißen Haare waren zerzaust, die graue Tunika zerrissen. Er packte Sallustius am Arm und keuchte: »Tribun, haltet sie auf! Sie stecken alles in Brand!«

Er machte sich frei und bemerkte den Patrizierring am Finger des Mannes.

»Was redest du denn da?«

»Weiter vorn, an den Hängen des Caelius, sind Männer mit Stöcken und Fackeln unterwegs, die alle zurückdrängen, die das Feuer löschen wollen … Das sind die gleichen, die heute Nacht alles angezündet haben. Haltet sie auf!«

Sallustius antwortete nicht und ging weiter. Das war nicht seine Aufgabe. Ein Schrei hielt ihn auf. *»Consiste!«*

Das war ein militärisches Kommando, stehen zu bleiben. Er gehorchte und drehte sich um, der alte Mann stand immer noch da wie ein Fels in der Brandung. Er seufzte. Im Grunde brauchte er keine ganze Zenturie. Casperius würde sich darum kümmern. Er ging zurück zu dem alten Mann.

»Wie heißt du?«

»Publius Caecina Severus. Ich war Legat der zwanzigsten Legion in Germanien.«

»Ave. Ich bin Gaius Sallustius Crispus, sechste Legion. Ich habe eine andere Mission, aber der Zenturio wird mit dir kommen. Er war noch nie in Rom, deshalb musst du ihn führen. Wir treffen uns unter der Treppe des Mars-Ultor-Tempels.« Dann wandte er sich an Casperius. »Marcus, nimm dir drei *contubernia* und folge ihm. Es gibt Leute, die Brände legen. Verhafte sie, und zwar lebend.«

Der Zenturio nickte. Sallustius nahm ihn am Arm und murmelte: »Sei vorsichtig. Diese Geschichte gefällt mir nicht.«

Sein Gegenüber nickte und wandte sich an seine Männer: »Drei *contubernia* mit mir!«

Kurz darauf gingen Caecina, Casperius und vierundzwanzig Legionäre voran, Sallustius folgte mit dem Rest.

Er erreichte den Clivus Suburanus, durchquerte das Suburra-Viertel bis zur Kreuzung mit der Vicus Patricius und bog dann in den Argiletum ein, die schmale Straße, die das anrüchigste Viertel Roms mit dem Augustus- und dem Caesarforum verband. Bis in diesen Teil der Stadt waren die Flammen noch nicht vorgedrungen, aber die Bevölkerung floh in Richtung Viminal. Jeder trug ein Bündel mit den wertvollsten Habseligkeiten. Wachen sah man keine, dabei erinnerte sich Sallustius, dass die Kaserne einer ihrer Kohorten ganz in der Nähe war.

Am Ende des Argiletum wurden sie wieder von einer Menschenmenge aufgehalten, die durch die hohen Bogen strömte, die das Suburra-Viertel von den Foren trennte. Ihrer Kleidung nach waren viele davon Sklaven, die aus der *domus* des Palatins flohen. Das war kein gutes Zeichen.

»Wir müssen hier durch auf die andere Seite«, schrie der Tribun, damit ihn seine Männer hörten. *»Ad cuneum sine pila!«*

Die Legionäre formten einen Keil mit den Schilden und hielten die Lanzen nach oben gerichtet. In dieser Formation bewegten sie sich durch die Menge. Wer nicht zur Seite sprang, fiel zu Boden. Kurz darauf durchquerten sie den Bogen auf der linken Seite und kamen geschlossen unter dem Tempel des Mars Ultor an, direkt vor der Augustusstatue, die vor einer Triumphquadriga stand. Im Hintergrund, hinter dem Caesarforum, sah man den in Rauch gehüllten Palatin. Sallustius befahl: »Im Laufschritt, marsch!«

Sie überquerten den südlichen Portikus des Caesarforums und die Via Sacra, gingen unter dem Altar des Gottes Julius hindurch, rechts vorbei an den korinthischen Säulen des Castortempels und links vorbei am Atrium Vestae, dem Haus der Vestalinnen. Sie durchquerten die schmale Porta Romanula in Richtung des Platzes vor der *domus tiberiana* und gingen dann den Vicolo della Fortuna unter seinen Mauern entlang. Das große Anwesen wirkte verwaist. An der Rückseite der Tempel der *Magna Mater* und der *Victoria* bogen sie links ab und standen vor der *domus augusti*. »Der Vater des Vaterlandes« war berühmt für seinen einfachen Lebensstil. Sein Privathaus wirkte zwar geräumig, war aber klein und wurde von den umliegenden Wohnhäusern und marmornen Tempeln fast erdrückt. Den Eingang flankierten Lorbeeren und Trophäen, darüber die Krone aus Eichenlaub mit der Inschrift PP, *Patri Patriae*. Das von

Säulen getragene *vestibulum,* die Vorhalle, beherbergte die Statuen von Venus und Mars mit Eros. Zur Rechten, in der Außenmauer, eröffnete sich ein Springbrunnen mit fünf Becken, in der Mitte eine Nische, gesäumt von einem Relief mit Bacchus und Hermen von Dionysos, in Jung und Alt.

Sallustius löste sein rotes Halstuch, tauchte es ins Wasser und band es sich um Mund und Nase, um besser atmen zu können. Die Legionäre folgten seinem Beispiel. Der Tribun ging durch die weit geöffneten *fauces* und bog ins Atrium mit den Säulen aus Travertin, seine Männer folgten ihm. Es war menschenleer, erstickend heiß und voller Qualm. Er schrie: »Anahita!«

Dann hustete er. Die ersten drei Räume, das *tablinum* in der Mitte und die beiden Seitenflügel waren mit Mosaikfußböden ausgelegt und mit Fresken geschmückt, die mythologische Szenen zeigten. Auch hier war niemand zu sehen, ebenso wenig wie im *triclinium* – dem Speisezimmer auf der rechten Seite.

»Anahita!«

Keine Antwort.

Linker Hand ging eine kleine Tür auf einen völlig verrauchten Flur hinaus. Der Tribun rannte hindurch, bog dann nach links ab und erreichte einen weiteren Innenhof, in dem ebenfalls ein Wasserbecken stand. Von dort öffneten sich einige *cubicula* – die Ruheräume.

»Anahita!«

Die Tür zu einem der Räume öffnete sich, drei in weiße Kleider gehüllte Gestalten traten heraus, die Gesichter mit feuchten Tüchern bedeckt: Anahita und ihre Hofdamen.

Sallustius seufzte erleichtert, während die junge Frau das Tuch vom Gesicht nahm. Sie wirkte ruhig.

»Wir haben dich erwartet. Ich wusste, dass Mithra dich schicken würde.«

»Ehrlich gesagt, Mithra war es nicht. Aber wichtig ist, dass ich dich gefunden habe. Die anderen?«

»Sind geflohen, als das Feuer näher kam. Niemand hat sich um uns gekümmert. Ich habe beschlossen hierzubleiben, ich hätte nicht gewusst, wohin … Wir haben die Tücher immer wieder nass gemacht, um besser atmen zu können.«

»Du hast sehr gut reagiert. Aber jetzt müssen wir gehen, komm.«

Sie gingen mit den Hofdamen und den Legionären zur nächstgelegenen Tür, auch sie stand offen. Heraus kamen sie auf einem Platz hinter dem Apollotempel. »Wartet hier auf mich, ich komme sofort!«, rief ihnen der Tribun zu.

Allein lief er nach rechts. Er musste sich ein Bild der Situation machen, die Vorhalle des Apollotempels – der Pronaos – wäre ideal. Rasch stieg er die Stufen hinauf und drehte sich um, unter sich ein Meer aus Rauch und Flammen. Soweit er das sehen konnte, brannten außer dem Circus auch der Caelius und der Aventin. Die *domus* seiner Familie lag wahrscheinlich schon in Schutt und Asche. Um seinen Bruder musste er sich nicht kümmern. Ängstlich, wie er war, hatte Publius jetzt sicher schon die Stadt Tusculum oder sogar Casinum erreicht. Das Feuer verschlang gerade den Herkulesaltar, die *domus* der Massimi und die *insulae* rund um Velabrum, Richtung Campidoglio, dem

Kapitolsplatz. Der Palatin war durch den Höhenunterschied geschützt, aber die Funken, die durch die Luft flogen, würden früher oder später auch ihn treffen. Der Portikus der Danaiden war verwaist, nur ein schwarz-weißer Hund mit einem rauchenden Zweig im Maul rannte unter der imposanten Apollostatue herum, die neben dem quadratischen Gebäude des *Auguratoriums* stand, dort, wo Romulus die Vision zur Gründung der Stadt gehabt hatte. Er musste zum Marstempel zurück, Casperius auflesen und Anahita nach Tusculum bringen. Schnell rannte er zu seinen Männern zurück, und auf sein Kommando hin setzte sich die Formation wieder in Richtung Foren in Bewegung. Sie kamen an dem Bogen vorbei, den Augustus für seinen Vater Gaius Octavius hatte errichten lassen, überragt von einer Quadriga mit Apollo und Diana, an den Zügeln, um anzudeuten, dass der Gott der wahre Vater des Herrschers gewesen war. Kurz danach erregte ein Tumult in der Nähe der *domus tiberiana* die Aufmerksamkeit des Tribuns. Es kam ihm vor, als würden zwei Gestalten in den Herrscherpalast rennen. Sicher Diebe, die versuchten, die Chance ihres Lebens zu ergreifen, ohne zu ahnen, dass es ihr Tod sein würde. Da Anahita in Sicherheit war, konnte er sich um Rom kümmern. Er hob die Hand, um ihnen zu befehlen anzuhalten, und zog das Schwert.

»Ein *contubernium* mit mir. Die anderen schützen die *kyria* – die Herrin.«

Acht Legionäre folgten ihm, während sich ein Quadrat aus Schilden schützend um Anahita und ihre Damen legte.

Die *fauces* standen offen. Die *domus* war in Eile verlassen worden, viele kostbare Einrichtungsgegenstände lagen bereits verstreut auf dem Boden. Von Anfang an hatte Sallustius es merkwürdig gefunden, dass die Prätorianergarde nicht vor Ort war, aus Sorge um Anahita aber nicht weiter darüber nachgedacht. Jetzt erklärte er es sich mit Neros Abwesenheit. Die Legionäre betraten das weite *peristylium* mit dem großen Wasserbecken in der Mitte. Aus einem der Räume, die davon abzweigten, erklang Lärm wie von metallischen Gegenständen, die auf den Boden fielen. Ein junger Soldat näherte sich leise und schrie dann: »Stehen bleiben!«

Im Zimmer befanden sich nur zwei Personen: Tribun Subrius Flavus und Nero. Als der Prätorianer Sallustius erkannte, steckte er sein Schwert wieder zurück in die Scheide. Der Caesar kniete vor einer der Truhen und wühlte darin herum. Ruckartig hob er den Kopf, und als er seinen alten Spielkameraden erkannte, schien er erleichtert.

»Oh, Gaius. Du bist es, gut, dass du da bist.« Er wühlte weiter.

Sallustius antwortete nicht. Er ließ das Schwert sinken, fixierte dabei Flavus, der ihn anlächelte. Der Imperator stand auf und hielt eine Zither in der Hand.

»Endlich gefunden!«

Er schlug einen Akkord an, streichelte das Instrument wie einen nahestehenden Menschen und erklärte Sallustius: »Sie ist mein Lieblingsinstrument. Ich kann nicht zulassen, dass sie verbrennt. Hast du die Katastrophe gesehen? Als mich ein Bote vom Brand verständigt hat, bin ich in Anzio sogleich aufs Pferd gesprungen und mit Flavus hierhergaloppiert, begleitet von einer halben *turma* der Germanen. An den Poststationen gab es nicht genug Pferde, deshalb wurden wir immer weniger. Am Ende standen nur noch zwei frische Pferde bereit. Den Göttern sei Dank, wir haben es bis hierher geschafft.« Er ging mit der Zither unter dem Arm aus dem Zimmer, und Sallustius befahl seinen Männern, den Caesar zu grüßen. Erst jetzt begriffen die Legionäre, wen sie vor sich hatten.

Sie verließen die *domus,* und Nero schaute in den weißen Himmel. Er wirkte eher aufgeregt als besorgt. »Es ist schrecklich«, murmelte er. »Aber wir werden sie noch schöner wieder aufbauen als zuvor.«

Sallustius gab seinen Männern ein Zeichen, sich ihnen zu nähern. Als der Herrscher Anahita sah, fragte er ihn: »Bist du ihretwegen gekommen?«

»Ja, Caesar. Man hat sie allein gelassen. Aus dem Haus des Augustus sind alle geflohen.«

»Eine Bande von Feiglingen, dafür werden sie bezahlen. Bring sie weg. Ich werde versuchen, die *domus transitoria* zu erreichen, um die Situation dort zu überprüfen.«

»Erlaube mir, dich zu begleiten, Caesar«, antwortete Sallustius. »Es ist unvorsichtig, in diesem Moment allein unterwegs zu sein, auch wenn alle um den Wert deines Tribuns wissen.«

In den Augen des Prätorianers blitzte es. Der Imperator nickte.

»Du hast recht. Wie viele Männer hast du?«

»Eine Zenturie, hier und am Marstempel. Zu deiner Verfügung.«

»Mir reichen zwei *contubernia*. Du bringst die Prinzessin in Sicherheit, am besten ins Haus deiner Mutter außerhalb Roms. Dann kommst du zurück. Wir müssen das Feuer stoppen und die Menschen aufs Marsfeld und zu den Agrippinastatuen bringen.«

»Zu Befehl, Caesar.«

Sobald Nero, Flavus und die Legionäre sich entfernt hatten, stiegen Sallustius und die anderen den Palatin hinab zum Marstempel. Casperius stand mit seinen Männern neben den Steinstufen, der alte Caecina daneben. Alle waren schwarz von Funken und Asche. Sie hatten einen Gefangenen dabei. Ein groß gewachsener und kräftiger Mann um die zwanzig in einer Leinentunika, die früher einmal weiß gewesen sein musste. Jetzt war sie grau von Asche und rot von dem Blut, das ihm aus der Nase tropfte.

Der Tribun schaute Casperius fragend an.

»Wir haben ihn mit zwei anderen gefunden. Sie waren mit Knüppeln bewaffnet und hielten all jene zurück, die versuchten, wieder in die verlassenen *insulae* zu gelangen, um dort Verwandte zu suchen oder etwas zu retten. Einer der Unseren hat ihn mit dem Schild im Gesicht getroffen. Die anderen konnten fliehen. Wir haben sie verfolgt, aber sie wurden unter einer zusammenbrechenden brennenden *insula* begraben«, erklärte der Zenturio.

Caecina deutete auf den Gefangenen: »Es gab heute Nacht viele wie ihn, einige haben sogar neue Feuer gelegt.«

Sallustius bemerkte das Halsband des jungen Mannes.

»Wessen Sklave bist du?«, fragte er. Üblicherweise hing an diesem Band ein Anhänger mit dem Namen des Besitzers, sodass man ihn zurückgeben konnte, falls er geflohen war.

»Er gehört Caesar, Tribun«, antwortete Casperius.

»Was?«

Sallustius näherte sich dem vermeintlichen Brandstifter. Sie waren fast gleich groß. Er packte ihn am Kragen und zog ihn ruckartig zu sich. Auf dem Anhänger war eine Inschrift. TENE ME NE FUGIAM ET REVOCA ME AD DOMINUM MEUM NERONEM CAES AUG – Halte mich auf, damit ich nicht fliehe, und führe mich zu meinen Herrn zurück, Nero Caesar Augustus.

»Was hast du getan?«

»Das, was ich tun musste.«

»Spiel keine Spielchen mit mir, Sklave. Ich habe dich gefragt, was du getan hast.«

Der Sklave wurde feuerrot. Er versuchte, nach der Hand des Tribuns zu greifen, aber es gelang ihm nicht, sich aus seinem Griff zu befreien. Sallustius sagte sich, dass er ihn lebend brauchte. Deshalb ließ er ihn los, stieß ihn zu Boden, zog das Schwert aus der Scheide und bohrte die Spitze in die Wange des Sklaven.

»Also?«

Der junge Mann schrie auf, der Tribun hob die Waffe ein wenig, damit er sprechen konnte. Der Sklave antwortete ihm auf Griechisch: »Es wird aber des Herrn Tag kommen wie ein Dieb; dann werden die Himmel zergehen mit großem Krachen; die Elemente aber werden vor Hitze schmelzen, und die Erde und die Werke, die darauf sind, werden nicht mehr zu finden sein … Wir warten aber auf einen neuen Himmel und eine neue Erde nach seiner Verheißung, in denen Gerechtigkeit wohnt.«

Sallustius war verblüfft. Er fragte ebenfalls auf Griechisch: »Wer hat sie euch versprochen?«

»Unser Herr Jesus Christus.«

»Wer?«

Anahita hinter ihm antwortete: »Er ist ein Christ.«

Der Tribun wandte sich zu ihr um. Auch wenn er in Syrien von der Sekte der Christen gehört hatte, hatte er noch nie einen gesehen. Anahita fügte hinzu: »Es gibt viele unter den Sklaven des Herrschers, dort im Haus, in dem wir gewohnt haben. Ihr Gott ist ein Prediger, der von den Römern in Judäa getötet wurde und dann von den Toten auferstanden ist.«

Der Tribun verzog das Gesicht. Er hatte einen religiösen Fanatiker vor sich. Anahita sprach weiter: »Sie glauben, dass alle Menschen gleich sind, auch die Sklaven.«

Sallustius verspürte einen Knoten im Magen. Es waren schon hundert Jahre vergangen, aber der schreckliche Spartakusaufstand, bei dem Tausende von Sklaven zu den Waffen gegriffen hatten, war noch immer nicht vergessen. In einem System, das auf der Sklaverei beruhte, war ein Aufstand von deren Seite der schlimmste Albtraum, die größte Form des Umsturzes.

Der alte Caecina sprach den Gedanken laut aus: »Das ist ein Feuer. Die Sklaven haben Rom angezündet … das hat nicht einmal Spartakus geschafft.«

Kapitel 8

Umbertos Rückkehr

෴

Al-Mansura, 5 dhu l-qa'da 647 (9. Februar 1250)

Das Kettenhemd war schmutzig und blutverschmiert, aber das Wappen mit den goldenen Lilien auf blauem Grund war noch erkennbar. Vom Minarett der Moschee des Sieges hob Baibars es mit der linken Hand hoch, die rechte tat ihm nach dem Schlag vom vergangenen Abend immer noch weh. Die Menschenmenge aus Mamelucken, *asakir* und Einwohnern, die sich auf dem Platz versammelt hatte, wurde still. Alle sahen den *amir* voller Respekt und Bewunderung an, der, von Allah geleitet, die Niederlage in einen Triumph verwandelt hatte.

Der Armbrustschütze wartete einen Augenblick und begann dann zu sprechen. Seine Stimme erklang kraftvoll wie die des *mu'adhdhin*, der von diesem Minarett aus fünfmal am Tag zum Gebet rief: »Gelobt sei Allah, der Mächtige und Gnadenvolle. Schaut her: Das ist das Hemd des Königs der Franken. Er ist gestern zusammen mit seinen besten Rittern gestorben. Ich zeige es euch, weil man keinen Körper ohne Kopf und auch kein Volk ohne König fürchten sollte. Wir werden, so Allah will, übermorgen, am Freitag, angreifen und sie alle töten, jetzt, da sie ihren Anführer verloren haben … *Allahu akbar!*«

Tausend Stimmen antworteten ihm: »*Allahu akbar!*«

»Eine gute Rede.«

Baibars hörte die Ironie in Umberto di Fondis Stimme, der nur wenige Schritte hinter ihm im Dunkel stand. In seinem weiten Kaftan und mit einem Turban auf dem Kopf wirkte er wie ein Kaufmann. Sie waren allein auf dem Minarett. Umberto fuhr fort: »Ich nehme an, dir ist klar, dass deine Feinde schon bald wissen werden, dass du am Freitag angreifen wirst. Sie hatten sicher ihre Spitzel in der Menge.«

Baibars nickte nachdenklich: »Spione sind überall, ser Berto. Und genau darüber müssen wir sprechen.«

Umberto war noch in der Nacht auf dem Steg des Sultanspalasts von Bord gegangen. Zwei Tage zuvor hatte sein Schiff von Trani aus al-Iskandariyya erreicht. Er war auf einer einfachen Feluke den Fluss hinaufgefahren, zusammen mit vier Fischern, von denen nur einer echt war. Die anderen waren Emir Mohamed und zwei Bogenschützen aus Lucera. Sie waren erst nach al-Qahira gelangt und dann den Nilarm hinab Richtung Dimyat gesegelt.

Kaum hatten Mohamed und er einen Fuß an Land gesetzt, wurden sie von einer Schar Mamelucken umringt, die Kleidung und die Schilde schmutzig und mit Blut bespritzt, hatten sie doch noch bis vor Kurzem gekämpft. Vom Fluss aus hatte der Baron die schwarzen Schatten eines großen Lagers gesehen, das sich fast bis an die Mauern der Stadt ausbreitete. Kein gutes Zeichen für die Ägypter. Die Gruppe wurde von einem jungen Emir angeführt, dem Umberto den Passierschein mit dem Siegel des Sultans gezeigt und ihn dann gebeten hatte, mit ihm oder Fachr ad-Din sprechen zu dürfen. Der Offizier hatte ihn verblüfft angeschaut, dann aber das Dokument studiert, sich verbeugt und gesagt: »Lass die Waffen hier und folge mir. Du allein.«

Als er mit dem Emir und drei Mamelucken in Richtung des Palastes gegangen war, wurde dem Baron klar, dass niemand in al-Mansura in dieser Nacht geschlafen hatte. Die Stadt war voller Menschen, überall brannten Lagerfeuer. Nachdem sie den Palast betreten hatten, hatte ein Emir der *Bahriyya* kurz mit dem jungen Offizier gesprochen, dann einem seiner Männer eine Fackel aus der Hand genommen und sie Umberto vors Gesicht gehalten. Der hatte sich nicht von der Stelle gerührt, auch wenn ihm fast der Bart angesengt wurde. Schließlich hatte sich der Offizier verbeugt. Er hatte den Ritter des Herrschers erkannt, der dem Sultan in der Vergangenheit schon öfter einen Besuch abgestattet hatte: »*Salam alaikum*, mein Herr.«

»*Alaikum salam, amir.*«

»Bitte folgt mir.«

Er hatte ihn zu der großen Steintreppe gebracht, von der aus sie in den ersten Stock gelangten. Im Gegensatz zur Unruhe draußen wirkte der Palast verlassen. Nachdem er ihn in ein Gemach geführt hatte, hatte der Offizier sich entfernt und die Tür hinter sich geschlossen. Umberto war allein geblieben, hatte sich auf ein Kissen gesetzt und gewartet.

Mit dem Sonnenaufgang war Baibars ins Zimmer getreten. Auch er hatte nicht geschlafen, seine Augen waren gerötet, seine Kleider blutverschmiert.

Umberto war aufgestanden.

»Hallo, Armbrustschütze.«

»Ser Berto!«

Sie hatten sich umarmt. Als Umberto seinen rechten Arm berührte, hatte der Emir eine schmerzverzerrte Grimasse nicht unterdrücken können, die sofort dem Ausdruck von »Das passiert, wenn man kämpft« ersetzt wurde. »Wie ich sehe, bin ich in einem besonderen Moment gekommen«, meinte der Baron.

»Das ist ein Zeichen Allahs. Erst kürzlich habe ich mich gefragt, wann du kommen würdest, und jetzt bist du da. Ich brauche Erklärungen von dir. Ayyub und Fachr ad-Din sind tot, und ich weiß nicht, warum sie dich geschickt haben. Gestern haben die Ungläubigen das Lager angegriffen. Ihre Kavallerie ist in al-Mansura eingedrungen, konnte aber nichts ausrichten. Wie hat der Prophet gesagt? ›Ihr, die den Glauben habt, erinnert euch an den Tag, an die Gnade, die Gott euch erwiesen hat, an dem eine Bande von Dieben sich anschickte, euch zu schlagen. An diesem Tag hat er ihre Hände festgehalten. Und fürchtet Gott.‹ Unter den Toten ist auch einer der Brüder des Königs. Anfangs dachte ich, es sei Louis selbst, aber einer meiner Spione hat ihn als seinen Bruder Robert identifiziert. Jedenfalls war sein Kettenhemd ganz ähnlich wie das von Louis, und die Leute glauben, ich hätte den König getötet. Kommt mit mir in die Stadt, dann werden wir uns unterhalten.«

Baibars warf das schmutzige Kettenhemd zu Boden und trat darauf. Auf dem Minarett der Moschee konnte sie niemand hören. Der Emir vertraute nicht einmal seinen Männern und hatte sie unten an der Treppe gelassen mit der strikten Anweisung, niemanden vorzulassen. Der Mameluck setzte sich auf die Bank des *mu'adhdhin* und begann zu erzählen: »Gestern haben die Tempelritter Fachr ad-Din getötet und sein Zelt durchsucht. Doch den Sklaven, der sich dort verborgen hielt, haben sie nicht bemerkt. Sie haben etwas mitgenommen. Der Sklave hat nichts gesehen, er hatte sogar Angst, genauer hinzuschauen, aber als sie weg waren, fiel ihm auf, dass nur das Elfenbeinkästchen mit dem Koran fehlte. Als ich seinen Bericht hörte, dachte ich daran, dass ich dieses Kästchen am Todestag des Ayyub gesehen habe. Der *atabak* hatte es bei sich, als er mit dem Sultan allein war, um zu beten, das hat er jedenfalls behauptet. Heute Nacht bin ich in seinem Zelt gewesen, um zu kontrollieren, ob sich dort etwas Interessantes befindet, aber ich bin von den Franken überrascht worden. Einer von ihnen sprach Arabisch, nicht so gut wie du, aber er kann sich verständlich machen. Meine Männer haben sich geopfert, damit ich flüchten konnte. Ich habe drei von ihnen getötet, erst später ist mir aufgefallen, dass mir beim Kampf einige Gegenstände aus meiner Ledertasche gefallen sind: ein Brief und einige Goldmünzen. Deine Anwesenheit hier bestätigt mir, dass der Brief, den ich heute Nacht gelesen habe, nur eine Kopie des Briefes ist, den Fachr ad-Din und der Ayyub an den Herrscher geschickt haben. Ich hatte nicht erwartet, dass Allah deine Ankunft gerade heute geplant hat, aber besser so. Ich hoffe, du kannst mir diese Geschichte jetzt erklären.«

Umberto nickte. Aber natürlich würde er ihm nicht alles erzählen.

Foggia, 24. Dezember 1249

Man hatte alle aus dem ersten Stock der kaiserlichen Residenz entfernen lassen, sogar die allgegenwärtigen Sarazenen aus Lucera. Umberto war neben dem Eingangsportal stehen geblieben. Seine Reise nach Süditalien war beendet, noch bevor sie überhaupt begonnen hatte. Er war im Morgengrauen unter einem düsteren Himmel aufgebrochen, um dem kaiserlichen Stellvertreter Oberto Pallavicino hundert deutsche Reiter als Verstärkung im Kampf gegen die Rebellen in Parma zu bringen. Sie waren nur wenige Meilen vor der Stadt gewesen, als Richard von San Germano, einer der anderen Ritter der *familia*, auf sie zugaloppiert war. Er war ihm nach Mailand gefolgt, weil Umberto umgehend in den Palast zurückkehren sollte.

Im großen Saal waren nur Friedrich II., Kaiser des Heiligen Römischen Reiches, König von Italien, Sizilien, Jerusalem und Arles, und Bruder Elias von Cortona gewesen, um Weihnachten und den Geburtstag des Herrschers am

26. Dezember zu feiern. Der Geistliche, inzwischen alt und gebeugt, war Teil einer Legende. Er war einer der ersten Gefährten und die rechte Hand des heiligen Franz von Assisi gewesen. Nach dessen Tod wurde er sein Nachfolger und der zweite Generalminister der Franziskaner, zog dann aber die Feindschaft zweier Päpste auf sich. Gregor IX., der Franziskus heiliggesprochen hatte, hatte ihn, unter dem Vorwurf der Häresie, abgesetzt und exkommuniziert. Unter der gleichen Anklage exkommunizierte ihn Innozenz IV. ein zweites Mal. Aber das lag auch an seiner Nähe zu Friedrich II. Dennoch hatte sich Cortona nicht geschlagen gegeben. Weiterhin hatte er seine Franziskanertracht getragen, sich mit einer Gruppe von Gläubigen umgeben und, geschützt von einer kaiserlichen Garnison in seiner Heimat Cortona, Architektur studiert oder es jedenfalls behauptet. Umberto hatte gehört, dass auch Alchemie zu seinen Interessen gehörte, was von den Inquisitoren als Hexerei angesehen wurde.

Friedrich winkte Umberto zu sich heran: »Komm, ich habe eine Aufgabe für dich.«

Der Baron durchquerte den Saal, während der Kaiser langsam auf den Eichentisch zuging, auf dem zwei zusammengerollte Briefe lagen. Er griff nach einem davon und reichte ihn an Umberto weiter. Er war auf Arabisch verfasst, das Friedrich durch seine Kindheit in Palermo gut beherrschte.

»Heute Morgen erhielt ich eine Nachricht meines Neffen, Sultan Ayyub. Obwohl er es gerade mit Louis von Frankreich zu tun hat, schreibt er, er sei ihm Besitz eines außergewöhnlichen und ausgesprochen bedeutsamen Dokuments für die Christenheit und den Islam, das man in Jerusalem gefunden hat. Er bittet mich, dich zu ihm zu schicken, wie schon viele Male zuvor. Du wirst noch heute nach Trani abreisen, von wo du dich morgen früh nach Alexandria einschiffen wirst. Ich habe bereits alle nötigen Vorkehrungen getroffen.« Der Kaiser nahm den zweiten Brief und fuhr fort. »Ayyub hat auch einen Geleitbrief mitgeschickt. Der Bote, ein mameluckischer Emir, hat beide Dokumente versiegelt überbracht. Er wird bis zu deiner Rückkehr mit seinem Gefolge hierbleiben. So will es der Sultan.«

»Ich habe verstanden.«

Die Angelegenheit musste so geheim sein, dass der Ayyub nicht einmal seinen Männern traute und wollte, dass der Emir nicht nach Ägypten zurückreiste und erzählte, wo er gewesen war. Besser so, dachte Umberto, als ihn zu bitten, ihn zu ermorden.

Elias erklärte mit rauer Stimme: »Mein werter Baron, mir ist bekannt, dass du den Sultan gut kennst. Wie du vielleicht weißt, war auch ich im Orient, das erste Mal mit Franziskus vor dreißig Jahren. In Damiette habe ich al-Kamil, den Vater des Sultans, kennengelernt. Er war ein weiser Mann, und vielleicht auch dank uns hat er verstanden, dass Krieg keine Lösung sein kann. Möge Gott ihm in seiner Barmherzigkeit seine Sünden verzeihen. Das zweite Mal war ich vor sechs Jahren dort: Der Kaiser hatte mich geschickt, und bei dieser Gelegenheit hat mich der Herr gesegnet und mich ein Stück des wahren Kreuzes entdecken lassen.« Er deutete auf den Brief des Sultans und fuhr fort: »Das ist ein weiteres Zeichen für die Barmherzigkeit Gottes. Du wirst nicht allein sein, unsere Gebete werden dich begleiten, und unsere Brüder dort unten können dir zur Seite stehen … nimm das.«

Aus der mittleren Tasche der Kutte zog er ein kleines Holzkreuz. Es sah aus wie eines von vielen anderen, aber wenn man es genauer betrachtete, war das Bild Christi eingraviert.

»Es gehörte Franziskus, du gibst es mir bei deiner Rückkehr zurück. Wann auch immer du Hilfe brauchst, in Akkon solltest du noch Rinaldo di Parma vorfinden. Als Franziskus und ich ihn dort zurückgelassen haben, war er noch sehr jung, jetzt führt er das erste Kloster des Ordens im Heiligen Land mit rund sechzig Brüdern. Er dürfte jetzt etwa fünfzig Jahre alt sein, aber das Kreuz wird er erkennen und dich als Bruder behandeln.«

»Ich danke Euch, Magister.«

Umberto griff nach Franziskus' Kreuz, das Elias in seinen zitternden Fingern hielt.

Der Kaiser fügte ungeduldig hinzu: »Dort wirst du viele Menschen vorfinden. Wie du weißt, ist Louis IX. dort und will erst Ägypten und dann Jerusalem erobern. Er kann sich auf die Unterstützung der Tempelritter und der Johanniter verlassen, aber nicht auf die des Deutschritterordens, dessen neuer Großmeister vor einigen Monaten in Akkon gewählt worden ist und der sich noch immer dort befinden sollte. Pass auf dich auf. In diesen Zeiten lauern die Spione überall.«

Eine Taube landete auf der Brüstung. Umberto betrachtete sie, bevor sie wieder wegflog.

»Das ist alles.«

Er hatte Elias und Franziskus' Kreuz aus seinem Bericht ausgespart. Aber es reichte schon, um Baibars nachdenklich zu stimmen.

»Dein Bericht bestätigt meine Befürchtungen. Die Ungläubigen, die Fachr ad-Din umgebracht haben, wussten von dem Dokument, auch wenn es unter stärkster Geheimhaltung übergeben wurde.«

»Kann es nicht sein, dass es sich doch noch irgendwo zwischen den Sachen des Sultans befindet? Bist du wirklich ganz sicher, dass Fachr ad-Din es an sich genommen hatte?«

»Ja, ich sehe es noch vor mir. Er hat es am Todestag des Sultans an sich genommen, Allah habe ihn selig. Deshalb wollte er das Zimmer allein betreten, von wegen beten! Er muss es in das Kästchen mit dem Koran gelegt haben, das er bei sich trug. Und die Ungläubigen haben genau dieses Kästchen geraubt.«

»Du hast gesagt, dass du noch andere Objekte in Fachr ad-Dins Tasche gefunden hast. Könnten sie mit diesem Dokument zu tun haben?«

»Ich weiß es nicht, vielleicht. Eine alte Fibel mit einem Stier oder einer Kuh und einer Inschrift in der Sprache der Ungläubigen, die ich nicht verstehe. Einige Goldmünzen, die ich noch nie gesehen habe, mit Inschriften in der gleichen Sprache und einem Gesicht auf einer Seite, aber ohne die üblichen Kreuze. Eine habe ich noch ...«

Er wühlte in der Innentasche seines Gewands und zog eine Goldmünze heraus, die Umberto sofort erkannte. Der Kaiser hatte viele davon in seiner Schatztruhe. NERO CAES AUG GERM TRIB POT.

»Das ist die Münze eines römischen Imperators. Sie ist mehr als tausend Jahre alt. Vielleicht ist es das Dokument, über das wir sprechen, auch. Wer könnte außer dem Sultan und Fachr ad-Din noch davon wissen?«

»Ich weiß es nicht. Vielleicht Fachr ad-Dins Vize, Izz al-Din Aybak, der jetzt das Oberkommando über das Heer hat, Ayyubs Lieblingsfrau, Shajar al-Durr, Aqtay, der Kommandant der *Bahriyya,* oder auch der Vizekönig Husam al-Din. Aber keiner von ihnen war in den vergangenen Tagen in al-Mansura. Alle befinden sich in al-Qahira, außer Aqtay, der gerade aus Syrien zurückkommt. Es könnte jemand sein, der etwas belauscht hat ...«

»Sicher wurde auch derjenige informiert, der das Dokument in al-Quds gefunden hat. Kam jemand von dort, etwa zu der Zeit, in der der Kaiser den Brief geschickt hat?«

Baibars dachte nach. Dann verzog er das Gesicht und sagte: »Der Gouverneur der Stadt, Mohamed as-Salih, der Neffe des Sultans. Er ist genau in dieser Zeit mit der Verstärkung eingetroffen.«

»Können wir mit ihm sprechen?«

»Er ist gestern in der Schlacht getötet worden. Vielleicht kann uns einer seiner Männer etwas sagen. Die anderen sind von zu hohem Rang, um sie zu befragen.«

»Oder es ist jemand ganz Niedriges, ein Sklave, den niemand beachtet.«

Baibars nickte, und Umberto fuhr fort: »Der Kaiser erwartet meine Neuigkeiten über dieses Dokument, und ich bin es nicht gewohnt, ihn zu enttäuschen.«

»Ich dagegen muss den Verräter finden und diesen Krieg gewinnen. Deine Mission ist nicht zu Ende und wird auch zu meiner, ser Berto. Allah wollte mich und die *Bahriyya* retten, und mit seiner Hilfe werden die Ungläubigen endgültig besiegt werden. Dann werden wir uns Ayyubs Dokument holen und sie zwingen, den Namen des Verräters preiszugeben.«

Als er allein auf die Mole zurückkehrte, dachte Umberto an den Kaiser. Er hatte bei ihrem letzten Treffen stark gealtert gewirkt. Er war immerhin schon fünfundfünfzig Jahre alt, und sein Äußeres war noch nie besonders stattlich gewesen. Er war eher klein, neigte zur Fettleibigkeit und war dabei, seine ehemals roten und jetzt grauen Haare zu verlieren. Umberto erinnerte sich noch an den respektlosen Kommentar eines arabischen Händlers, der meinte, für einen solchen Kerl würde er nicht mal mehr als zweihundert *Dirham* bezahlen. Seine Züge waren gleichmäßig, sein Gesichtsausdruck sollte freundlich wirken, aber seine kalten grünen Augen ließen ihn grausam wirken. Er war gebildet, ein faszinierender Gesprächspartner, aber trotzdem wirkte er nicht sympathisch. Umberto wusste genau, wie egoistisch und durchtrieben dieser Mann sein konnte, unzuverlässig als Freund, grausam als Feind. Und doch war er sein

Herr, hatte ihn wie einen Sohn behandelt, ihn fast noch als Kind zum *vallettus imperatoris* ernannt. Nach dieser verfluchten Nacht vor zwanzig Jahren, die sein Leben für immer verändert hatte, an einem Ort, den es nicht mehr gab.

Kapitel 9

Post fata resurgo

Fondi, nahe dem Kloster von San Magno, 19. Januar 1229

Der Junge stolperte, fiel erneut zu Boden, stand auf und rannte weiter. Jetzt war er schon fast unten im Tal und hörte die Stimmen seiner Verfolger nicht mehr. Es war stockfinstere Nacht. Die Sterne und der Abhang waren seine einzigen Wegweiser auf seiner verzweifelten Flucht gewesen. Der Himmel zu seiner Linken war etwas heller geworden, und vor ihm zeichnete sich der dunkle Umriss des Berges ab, an dessen Fuß das Kloster von San Magno auftauchte. Er hatte den Eindruck, als würde er die Reflexionen des Sees in der Ferne sehen. Fondi war ganz nah.

Schreie hatten ihn mitten in der Nacht geweckt, in dem kleinen Zimmerchen im Haus inmitten des befestigten Städtchens Acquaviva, inmitten der Hügel im Landesinneren. Kurz darauf war seine Mutter Angela aufgeregt im Zimmer erschienen. Sie versuchte, ruhig zu wirken.

»Umberto, versteck dich, so wie du es immer beim Spielen tust! Komm auf keinen Fall heraus, was auch immer passiert. Geh!«

Sie hatte ihm die raue Wolldecke übergeworfen, die auf

seinem Lager lag, und ihn aus dem Zimmer geschoben, die schmale Wendeltreppe hinauf, die aufs Dach führte. Dann hatte sie ihn geküsst und ihn ein letztes Mal in den Arm genommen.

»Bleib ganz ruhig, alles wird gut.«

Sie hatte in Richtung Dach gedeutet und war dann zu dem Zimmer gegangen, in dem seine Schwester Maria schlief.

Umberto war elf Jahre alt und kannte viele Verstecke. Das beste war in einem halb verfallenen Haus neben dem ihren. Man erreichte es über das Dach, über die Spitze eines zerbrochenen Steinbogens. Diesen Sprung hatte er schon viele Male gewagt, ohne seinen Eltern davon zu erzählen. Während er rasch die Treppe hinaufstieg, hatte er gehört, wie die Tür eingetreten wurde, Schreie und das Klirren von Schwertern erklangen. Sie waren im Haus. Vom Hof war Hufgeklapper zu hören. Er war stehen geblieben, hatte durch das kleine Fenster nach unten geschaut und einige Reiter mit Fackeln gesehen. Die Schwerter und die Panzerhemden waren blau mit einem weißen Adler, er hatte sie noch nie zuvor gesehen. Auf der Terrasse war es in dieser sternenklaren Nacht kalt. Er hatte sich in die Decke eingewickelt, aber schnell gemerkt, dass sie ihm nur hinderlich war. Einen letzten Augenblick hatte er noch die Wärme genossen und sie dann fallen lassen. Der Bogen war nicht mehr weit. Bevor er hinaufkletterte, atmete er tief durch und sog die kalte Luft ein, die vom Wald aufstieg. Es war das erste Mal, dass er den Sprung nachts wagte. Er musste ruhig bleiben. Dass der Bogen seinem

Gewicht standhalten würde, wusste er, aber es gab nicht viel Platz, und in der Dunkelheit bestand die Gefahr, dass er fallen könnte. Aber er hatte keine andere Wahl, er musste weiter. Unten konnte er die bewaffneten Männer sehen, die die Menschen aus den Häusern trieben. Drei oder vier Körper lagen in ihrem eigenen Blut vor der Kirche Santa Maria. Zum Glück schaute keiner der Angreifer nach oben.

Am Ende des Bogens angekommen richtete er sich auf. Um sich Mut zu machen, murmelte er, wie immer, bevor er sprang, das Motto seiner Familie: *Post fata resurgo* – nach dem Tod werde ich wiederauferstehen. Dann stieß er sich ab, aber sein Sprung geriet zu kurz, er konnte sich gerade noch am letzten Stein des Bogens festklammern. Eine Weile schaukelte er hin und her, bis er sich schließlich hochziehen konnte. Dann war er in den ersten Stock des verfallenen Hauses hinuntergestiegen, wo früher einmal der zentrale Saal gewesen sein musste, mit einer Gewölbedecke und Fresken an den nun abblätternden Wänden. Durch einen Riss in der Außenmauer war der kleine Platz vor dem Hauseingang zu erkennen.

Als Umberto sah, was sich dort unten abspielte, erstarrte er. Sein Vater, nur mit einem blutigen Nachthemd bekleidet, wurde von zwei Männern aus dem Haus gezogen. Er hatte eine klaffende Wunde nahe dem rechten Auge, der Bart war voller Blut. Nach ihm wurden auch seine Mutter und Maria nach draußen getrieben, leichenblass und beide ebenfalls im Nachtgewand.

Ruggero dell'Aquila, Graf von Fondi, stieg vom Pferd und schaute Baron Riccardo von Acquaviva mitleidig an.

Dieser erwiderte seinen Blick durch das verbliebene Auge. Ruggeros Männer trieben die Bevölkerung des Dorfes zusammen. Der Graf dachte, dass der Verräter vor ihm der Erste wäre, der bezahlen müsste. Dann würde er im Morgengrauen überraschend angreifen und die Rechnung mit Giovanni di Polo, dem unrechtmäßigen Herrscher von Fondi, begleichen.

Es waren sechs Jahre vergangen, seitdem Friedrich II. ihm die Grafschaft entrissen hatte. Er hatte ihn angeklagt, nicht genug Männer für das Kreuzfahrerheer bereitgestellt zu haben, und ihn ins Gefängnis geworfen. Alle wussten, dass dies nur ein Vorwand gewesen war. Er hatte das Versprechen, das Heilige Land zurückzuerobern, gleich zwei Päpsten gegeben, aber lange hinausgezögert. Denn bevor er schlussendlich zur Abreise gezwungen worden war, hatte Friedrich die großen Feudalherren aus dem Weg räumen wollen, die sich während seiner Abwesenheit hätten gegen ihn auflehnen können. Es war kein Zufall, dass auch die Grafen von Caserta und San Severino festgenommen worden waren. Alle Güter der Gefangenen waren vom Scharfrichter des Königreichs Sizilien eingezogen worden, und Ruggero wurde ein Jahr in eine übel riechende Gefängniszelle in Neapel gesperrt. Seine Grafschaft fiel an Giovanni di Polo, einen der Ritter der kaiserlichen *familia*. Nur dank der Fürsprache von Papst Honorius III. hatte Friedrich das Urteil in Verbannung verwandelt, auch wenn sein kleiner Sohn Goffredo als Geisel in Neapel bleiben musste.

Endlich war der Moment der Rache gekommen. Am Vortag war ein Heer aus fünfhundert Reitern, angeführt von Kardinal di Anagni und dem Grafen von Marsica, bei Ceccano ins Königreich eingedrungen. Ruggero dell'Aquilas Mission war es, sich sein Herrschaftsgebiet zurückzuerobern. Dazu musste er Riccardo di Acquaviva ausschalten, der den Durchgang von Ceccano nach Fondi kontrollierte. Der Baron war in der Vergangenheit für die dell'Aquilas eingetreten, aber seltsamerweise nicht von Friedrich festgenommen worden, der ihm sogar seinen Posten gelassen hatte. Mehr musste Ruggero nicht wissen: Er war es, der ihn verraten hatte, vielleicht hatte er sogar gehofft, selbst zum Grafen erhoben zu werden.

Ruggero sagte mit feierlichem Ton, denn er wollte als Instrument der göttlichen Gerechtigkeit wirken: »Hier bin ich, Riccardo. Ich bin gekommen, um mir das zu holen, was mir gehört, und die Gottlosen und die Verräter zu strafen.«

Riccardo hustete, spuckte Blut und antwortete dann mit rauer Stimme: »Mach das mit mir aus und lass meine Frau und meine Tochter gehen. Sie haben nichts damit zu tun ...«

»Das sagst du. Und was wäre das sonst für eine Rache? Dich allein umzubringen wäre nicht genug. Ich habe sechs Jahre auf diesen Augenblick gewartet.«

»Bastard, was willst du tun?«

»Du wirst deine Familie überleben. Aber mach dir keine Sorgen, nur so lange, bis du sie alle hast sterben sehen.«

Riccardo schrie auf und versuchte, sich zu befreien, einer der Soldaten fiel dabei zu Boden. Doch sofort waren vier weitere bei ihm und pressten ihn auf die Erde.

Ruggero lächelte.

»Zieht ihn hoch, er soll das sehen.«

Nachdem Riccardo wieder stand, zog der Graf von Fondi sein schweres Schwert, das er an der Seite trug, und näherte sich Angela. Die Tränen rannen ihr die Wangen hinab, aber ihr Gesichtsausdruck war voller Stolz. Sie würde diesem Mann keine Genugtuung geben. Ruggero riss ihr das Nachthemd vom Leib und hieb ihr das Schwert in den Bauch. Sie fiel auf die Knie, er gab ihr einen Fußtritt und zog das Schwert heraus. Maria schrie kreischend auf. Sie war erst dreizehn, hatte die gleichen dunklen Augen wie ihr Bruder, die gleichen lockigen Haare. Sie war zu jung, um zu sterben. Der Graf drehte sich zu ihr um und rammte ihr ebenfalls das Schwert in den Bauch. Noch einmal schrie sie auf, dann sackte sie zusammen und röchelte.

Der Baron von Acquaviva schrie verzweifelt auf, wie ein Tier, während seine Tränen sich mit dem Blut mischten. Ruggero wischte die blutige Klinge an ihm ab.

»Hattest du nicht auch noch einen Sohn, Riccardo?«

Der Mann schien vor Schmerz verrückt geworden zu sein, er war auf den Boden gefallen und schrie weiter. Er versuchte, zu seiner Frau und seiner Tochter zu kriechen, aber die Soldaten hielten ihn zurück.

»War niemand sonst im Haus?«, fragte ihn der Graf. »Ein Junge von … wie alt ist dein Sohn? Etwa zehn, wenn ich mich recht erinnere.«

Einer der Reiter antwortete: »Nein, mein Herr, da war kein Kind.«

Riccardo rief unter Tränen: »Umberto ist tot, er ist vor zwei Monaten gestorben.«

»Ich glaube dir nicht ... wenn er tot wäre, würdest du mir das nicht sagen. Er versteckt sich hier irgendwo, und du schreist, um ihn zu warnen, aber wir werden ihn finden, keine Sorge. Acquaviva ist klein.« Er rief: »Umberto, komm raus! Komm raus, oder ich bringe deinen Vater um!«

»Lauf weg! *Post fata resurgo!*«, schrie Riccardo.

Stille. Dann ein Geräusch aus dem verfallenen Haus.

Ruggero nickte einem seiner Männer zu, der auf das Haus zurannte. Die Tür war alt, aber sie ließ sich nicht einfach eintreten. Ein zweiter Reiter kam mit einer Axt und begann sie einzuschlagen. Die morschen Holzbretter leisteten keinen Widerstand. Vom Dorfrand war das Wiehern der Pferde und das Rufen der Reiter zu hören, die dort Wache hielten.

»Hey, halt! Bleib stehen!«

Der Graf verstand sofort, was vor sich ging, und rief: »Er ist von der Mauer gesprungen! Haltet ihn auf. Er darf Fondi nicht erreichen!«

Einige Männer rannten zum Dorfausgang.

Ruggero wandte sich an Riccardo, der jetzt nicht mehr weinte. Durch die blutige Maske schien er zu lächeln.

»Sie werden ihn nicht finden ... und du wirst Fondi niemals bekommen ... jetzt kannst du mich auch umbringen.«

Mit einem wütenden Schrei sprang Ruggero auf ihn zu und trennte ihm mit einem Hieb den Kopf ab.

Drei Jahre später, nahe der Abtei Fossanova, an einem
Spätnachmittag im Sommer

Das Geräusch der Zikaden aus dem Wald war ohrenbetäubend, und aus dem Grün der jahrhundertealten Eichen tauchte der Vierungsturm der Abtei auf. Ruggero dell'Aquila stieg in den Sattel und sagte zu seinem Sohn Goffredo, der neben ihm ritt: »Wir sind da. Sicher weiß der Abt bereits, dass wir kommen, und wird uns empfangen.«

Der junge Mann drehte sich zu den Reitern um, um sich zu vergewissern, dass alles in Ordnung war. Goffredo war nach dem Vertrag von San Germano mit dem Papst freigelassen worden. Dank des Friedensvertrags war Fondi wieder an die dell'Aquilas gefallen, die es drei Jahre zuvor mit Waffengewalt nicht hatten erobern können.

Und doch war das Ganze nur ein Waffenstillstand. Im Verborgenen war das Spiel weitergegangen. Auf der einen Seite stand Friedrich der Staufer, der aus dem Osten zurückgekehrt war und die Macht zentralisieren wollte. Auf der anderen Papst Gregor, der den Anspruch des Heiligen Stuhls auf das Reich anmeldete. Und dazwischen die Feudalherren an der Grenze, die nominell dem Herrscher unterstellt waren, aber dem Papst die Treue hielten, um ihre Vorrechte zu bewahren.

Um sich mit ihnen zu treffen, war Ruggero in Fossanova. Ein feierlicher Gottesdienst zu Ehren des neuen Abts wäre die ideale Gelegenheit für eine Zusammenkunft, ohne dass die Spione des Kaisers Verdacht schöpften.

Am Rand des Weges war ein Schrei zu hören, es klang nach einem Jungen: »*Post fata resurgo!*«

Kurze Zeit später bohrte sich der Pfeil einer Armbrust mit einem dumpfen Geräusch in Ruggeros Brust, der sofort zu Boden fiel, ein Hagel aus Pfeilen ging über seiner Eskorte nieder.

Es dauerte nicht lange, dann hörte man davongaloppierende Pferde.

Der junge Goffredo war vom Pferd gefallen, ihn hatte ein Pfeil am Kopf getroffen. Er richtete sich auf und rannte zu seinem Vater, während die anderen sich hinter Schilden und Pferden in Sicherheit gebracht hatten. Er sah sofort, dass er sterben würde, und hob sanft seinen Kopf hoch. Aus glasigen Augen schaute sein Vater ihn an und flüsterte: »Hast du gehört? ... Es ist an der Zeit, meine Sünden zu büßen. Lass mich in Fossanova begraben ... in einer Kutte des heiligen Benedikt ... und hüte dich vor ihm ...«

Kapitel 10

Shajar al-Durr

❧

Al-Mansura, 9. Februar 1250 (5 dhu l-qa'da 647)

Eine der ungeschriebenen Lebensregeln von Renaud de Vichiers, dem Marschall der Tempelritter, lautete, die Inquisitoren zu meiden. Wenigstens so lange, bis sie direkt vor einem standen, wie jetzt vor dem Zelt des Großmeisters Guillaume. Der Templer konnte sich noch gut an seine erste Begegnung mit Yves le Breton in Mont Huimeri in der Champagne erinnern. Das war jetzt elf Jahre her. Schon damals hatte ihn der Schüler von Mathieu de Bourbon beeindruckt. Er hatte in ihm nicht den Fanatismus der anderen Inquisitoren wahrgenommen, sondern nur die reflektierte Entschlossenheit eines gewissenhaften Schülers. Er ließ ihn an einen jungen Wolf denken, der das Jagen erlernt. Nach dem Tod des alten Magisters hatte Renaud ihn oft in Paris angetroffen, in den feierlichen Messen und im Vorzimmer des Königs.

Heute wurde der Inquisitor von seinem jungen Schüler begleitet und hatte mit der typischen falschen Höflichkeit darum gebeten, mit Guillaume de Sonnac sprechen zu dürfen. Der Großmeister war nach einer Nacht voller schrecklicher Schmerzen gerade ein wenig eingenickt. Auch die Ärzte, die der König ihm geschickt hatte, hatten bestätigt, dass sein Auge verloren war.

Der Templer reagierte höflich, aber bestimmt: »Es tut mir leid, Magister, aber er ruht gerade. Ihr wisst, dass er gestern getroffen wurde und ein Auge verloren hat. Kann ich Euch behilflich sein?«

»Das bedaure ich sehr, Marschall. Ich weiß, dass die gestrige Schlacht für alle schwierig war. Mein Mitbruder und ich haben für die stolzen Krieger gebetet, die ins Haus des Vaters zurückgekehrt sind. Wir werden auch dafür beten, dass sich Magister Guillaume bald erholen wird. Ich wollte ihn nicht stören, sondern nur über einige Punkte sprechen, die die gestrige Schlacht betreffen. Zum Glück habe ich Euch getroffen, denn ich bin mir sicher, dass Ihr mir genauso behilflich sein könnt wie Euer Meister. Der König hat mich beauftragt zu prüfen, was sich noch im Zelt des gegnerischen Kommandanten Scecedin befindet. Dort müsste es Dokumente geben, die mehr über die Pläne der Ungläubigen verraten. Nach einer ersten Durchsuchung heute Nacht habe ich feststellen müssen, dass das Zelt bereits durchsucht worden ist. Wie es heißt, waren es Eure Ritter, die Scecedin getötet haben. Deshalb wollte ich wissen, ob Ihr zufällig etwas gefunden habt.«

Renaud fühlte sein Herz jagen. Wie zum Teufel konnte er davon erfahren haben? Er versuchte, seine Überraschung zu verbergen.

»Leider sind wir nur zu fünft aus al-Mansura zurückgekehrt. Sollte jemand aus unseren Reihen Scecedin tatsächlich getötet haben, macht uns das sehr stolz und ist tröstlich für den Orden, aber ich weiß nichts darüber. Ich kann mich aber bei den anderen Überlebenden erkundigen. Einer weilt an der Seite des Magisters, um über seinen Schlaf zu wachen. Wir können ihn sofort befragen. Entschuldigt mich einen Augenblick ...« Der Marschall der Tempelritter ging ins Zelt und kam kurze Zeit später mit einem jungen, kaum zwanzigjährigen Mann heraus, hochgewachsen, mager, mit sanften Zügen, blauen Augen und blonden Haaren, die fast weiß wirkten. Er nickte den beiden Dominikanern zu.

»Pax vobiscum.«

»Et cum spiritu tuo.«

»Das ist Guillaume de Beaujeu«, sagte Renaud, »einer der Ritter, von denen ich sprach. Guillaume, das ist Bruder Yves le Breton, Inquisitor und Beichtvater seiner Majestät. Der Magister möchte gerne wissen, ob einer von uns etwas über die Ermordung des Anführers der Ungläubigen, Scecedin, durch unsere Mitbrüder und über die Durchsuchung seines Zeltes weiß. Kannst du uns etwas darüber sagen?«

Der junge Mann schaute den Inquisitor verwirrt an.

»Leider nein, Magister. Um ehrlich zu sein, wusste ich nicht einmal, dass der Anführer der Ungläubigen so hieß.«

Der Marschall wandte sich an Yves: »Sobald der Großmeister wieder wach ist, werde ich auch ihn und die anderen überlebenden Mitbrüder fragen. Ich werde mich bei Euch melden und Euch berichten.«

Das war eine deutliche Entlassung. Der Dominikaner

verbeugte sich, genau wie sein Schüler, und machte einige Schritte. Dann blieb er stehen und drehte sich noch einmal zu Renaud um. Er fragte, als hätte er sich gerade noch an etwas erinnert: »Entschuldigt, Marschall, ich habe vor einigen Tagen einen Eurer sehr ergebenen und freundlichen Mitbrüder kennengelernt. Wenn ich nicht irre, hieß er Hugues. Ich hoffe, dass er zu den Überlebenden gehört, oder ist er mit den anderen Helden gefallen?«

»Hugues … könnt Ihr ihn beschreiben?«

»Jung, hochgewachsen, helle Haut.«

»Wie viele andere auch. Leider ist kein Hugues unter den Überlebenden. Es tut mir leid, Magister.«

»Mir auch, sehr. Ich werde für ihn beten. *Pax vobiscum.*«

Renaud verneigte sich erneut und schaute den beiden Dominikanern nach, die auf das Zelt des Königs zuliefen. Der Marschall der Tempelritter war beunruhigt. Dieser Mönch wusste zu viel.

Yves lief nachdenklich voran, den Blick gesenkt, die Hände unter der Kutte verschränkt. Nicolas brach das Schweigen: »Magister, Ihr seid nicht überzeugt, dass er die Wahrheit gesagt hat?«

Der Inquisitor hielt den Blick gesenkt.

»Weißt du, Nicolas, vor einigen Jahren wollten einige Novizen in einem italienischen Kloster unseres Ordens einen besonders fleißigen und herausragenden, aber etwas stämmigen Studenten ärgern. Sie lockten ihn aus der Zelle, indem sie riefen, sie hätten einen fliegenden Esel gesehen, um ihn dann auszulachen. Sie hörten auf zu lachen, als er sagte, es wäre wahrscheinlicher, dass ein Esel flöge, als dass ein Mönch nicht die Wahrheit spreche. Dieser Novize hieß Thomas von Aquin. Vor meiner Abreise aus Paris habe ich ihn kennenlernen dürfen und seine Intelligenz und seine theologische Begabung schätzen gelernt. Er ist kaum fünfundzwanzig und bereits der beste Schüler des Magisters Albertus Magnus, der ihn als Assistent ans *Studium generale* geholt hat, das es seit Kurzem in Köln gibt. Das nur, um zu zeigen, dass die Tempelritter gleichsam Mönche sind. Soldaten, aber Mönche, so wie Bernhard von Clairvaux es in seinem verstörenden Text *De laude novae militiae* geschildert hat. Wir sollten nicht lügen, aber ich fürchte, genau das haben sie getan. Was für einen Sinn ergibt es, sich Hugues beschreiben zu lassen, wenn keiner der Überlebenden so heißt? Er wollte nur wissen, ob ich ihn wirklich kenne …«

»Und, kanntet Ihr ihn, Magister?«

»Nein, ich kannte ihn nicht, habe mir aber vorgestellt, wie er aussehen müsste. Ausgehend von der Aufgabe, mit der er betraut war, sollte er jung sein, aber nicht unerfahren, außerhalb des Ordens kaum bekannt, für seine Anführer aber absolut vertrauenswürdig. Der Name klingt französisch, deshalb ist er eher hell als dunkel. Nach ihrer Reaktion zu urteilen, habe ich wahrscheinlich ins Schwarze getroffen. Renaud de Vichiers kannte ihn gut, ebenso wie dieser junge Mann: Hast du gesehen, wie er den Marschall angeschaut hat?«

Yves dachte noch einmal an die letzten Worte von Amaury de Troyes. Er hatte mit niemandem darüber gesprochen, nicht mal mit seinem Schüler. Er war überzeugt, dass der Templer auf dem Totenbett nicht gelogen hatte, immerhin hatte er in seinem Delirium sogar geglaubt, mit dem Papst zu sprechen. Renaud de Vichiers hatte seine Worte gerade bestätigt. Auch wenn die Szene mit dem jungen Mann vor dem Zelt ihn nur von der Fährte ablenken sollte. Es musste nur weniger Worte bedurft haben, ihm zu befehlen, nichts zu sagen. Der Inquisitor hatte gute Gründe anzunehmen, dass Hugues noch lebte. Amaury kam aus al-Mansura, wenn der Mitbruder dort gefallen wäre, wäre er nicht so beunruhigt gewesen. Außerdem suchten auch die siegreichen Sarazenen nach dem, was Hugues gestohlen hatte. Noch einmal bedankte er sich bei Vater Mathieu, bei dem er im Gebet um Unterstützung nachgesucht hatte. Die Wahl, den Templern offen zu begegnen, war genau richtig gewesen. Jetzt wussten sie, dass die Inquisition ihnen auf der Spur war, und würden vielleicht einen Fehler machen ... Al-Mansura war nicht die Île-de-France. Der Herr hatte gewollt, dass in diesen Zeiten und an diesem Ort das schwere *officium* nur auf seinen schwachen Schultern lag, mitten im Krieg. Er musste vorsichtig sein, und vielleicht sollte er auch die Ausbildung seines Schülers vorantreiben.

»Wir müssen diesen Bruder Hugues finden. Er hat etwas aus dem Zelt von Scecedin genommen, das ich gerne sehen würde.«

»Was denn, Magister?«

»Ich weiß nicht. Ich nehme allerdings an, dass es sich um ein sehr altes und sehr gefährliches Objekt handelt.«

»Und wie sollen wir diesen Hugues finden? Die Templer werden es uns nicht verraten.«

»Mein Meister hat mir beigebracht, dass ein Inquisitor vor nichts und niemandem haltmacht. Er dient der Sache Gottes, es gibt keine gerechtere. Die Templer waren nicht allein im Lager der Sarazenen. Auch die Ritter um Robert d'Artois und einige andere haben sich retten können. Wir müssen sie finden. Lass uns zum König gehen.«

Guillaume de Sonnac öffnete sein einziges Auge und sah Renaud de Vichiers, der ihn schüttelte.

»Was ist los?«

»Entschuldige, Guillaume, aber wir haben merkwürdigen Besuch gehabt.«

Der Großmeister des Tempels erhob sich mit einem Schmerzenslaut und setzte sich auf die Pritsche. »Wer war es?«

»Yves le Breton. Er weiß, dass wir Scecedin umgebracht haben, und wollte wissen, wer in seinem Zelt war. Er meinte, er würde für den König Informationen sammeln. Er hat auch nach Hugues gefragt.«

Guillaume war sprachlos. Dann atmete er tief durch und sagte: »Jemand hat uns verraten.«

Die Tempelritter ritten zwei Tage ohne Pause, sie hielten nur an, um die Pferde zu tränken und sie kurz ausruhen zu lassen. Sie hielten sich abseits des Nils und hatten die Helme gegen graue Turbane getauscht, ähnlich wie die der Beduinen, um sich vor der Hitze zu schützen.

Hugues de Jouy hatte sich immer wieder umgedreht, auch wenn er wusste, dass ihnen niemand folgen konnte. Alles war gut gegangen. Nachdem er das Zelt von Scecedin verlassen hatte, waren sie durch das im Chaos versinkende ägyptische Lager in Richtung Nil geritten, wo ein Schiff sie erwartete. Die Pferde hatten sie zurücklassen müssen, aber ihre Mitbrüder würden sie holen. Sie konnten nicht zur Furt zurück, wo alle sie sehen würden. Ein paar Meilen waren sie den Fluss hinuntergefahren, bis das christliche Lager nicht mehr zu sehen gewesen war. Dann waren sie an Land gegangen, wo versteckt zwischen Schilf einige *servientes* mit Pferden auf sie gewartet hatten. Weiter ging es in Richtung Damiette, wo eine Galeere des Ordens bereitlag.

Hin und wieder strich Hugues über das Elfenbeinkästchen in der Satteltasche, dessen Inhalt er kurz überprüft hatte, nachdem er es aus der Truhe des Emirs genommen hatte. Danach hatte er es nicht mehr gewagt. Er wollte die Neugier der Mitbrüder nicht auf sich ziehen, die von alldem nichts wussten. Bald würde es wieder in der Schatzkammer der Templer in einer uneinnehmbaren Festung liegen und auf die Ankunft des Großmeisters und des Marschalls warten.

Das für den König errichtete Zelt war kleiner als der große rote Pavillon auf der anderen Seite des Kanals, aber ausreichend groß, um etwa ein Dutzend Personen Platz zu bieten. Yves ging auf die beiden Wachen zu. Einer von beiden verschwand im Inneren und winkte ihn kurze Zeit später herein. Nicolas wartete draußen, wie immer.

Louis war allein und saß auf einer Bank. Yves bemerkte, dass er erneut glänzende Augen hatte. Die Anspannung belastete ihn, und das war kein gutes Zeichen. Ein Mann in diesem Zustand konnte nicht gewinnen.

»*Pax vobiscum,* Sire.«

»Magister, es tröstet mich, Euch wohlauf zu sehen. Geoffroy hat mir berichtet, dass die Sarazenen heute Nacht versucht haben, Euch zu töten. Ich habe gerade noch weitere schreckliche Nachrichten erhalten. In al-Mansura hat man heute vom Minarett der Moschee aus der Menge Roberts Kettenhemd präsentiert. Es wurde behauptet, es sei meines und ich sei tot. Außerdem haben sie angekündigt, uns am Freitag angreifen zu wollen, auch wenn ihnen bewusst ist, dass unsere Spione uns das natürlich berichten werden. Sie wollen uns herausfordern.«

»Wer führt sie jetzt an?«

»Ein Mameluck, den sie den Armbrustschützen nennen, ein Hüne von einem Mann.«

»Ein Hüne, schnell und gut ausgebildet, das sind die Worte von Monseigneur de Seignelay über den Mann von heute Nacht. Vielleicht war er es, der uns am Zelt des Scecedin entwischt ist und zwei unserer Männer getötet hat.«

»Dann habt Ihr vielleicht den neuen Anführer dieser verfluchten Armee getroffen. Und was hat er dort gewollt?«

»Ich weiß es nicht, Sire, aber ich möchte es herausfinden. Im Zelt muss sich etwas befunden haben, etwas sehr Wichtiges, das haben wir schon gestern geahnt. Vielleicht Informationen, die uns hilfreich sein könnten, um die Ungläubigen zu besiegen und Jerusalem zu befreien.«

»Könnte er es mitgenommen haben?«

»Ich glaube nicht, Sire. Wir haben sie überrascht, und nachdem er auf Monseigneur de Seignelay gestoßen ist, ist er geflohen. Allerdings könnte den Ungläubigen jemand zuvorgekommen sein. Beduinen waren dabei, das Lager zu plündern, aber ich glaube nicht, dass sie schon in diesem Zelt gewesen sind, denn es lag recht viel Geld am Boden, das hätten sie sicher mitgenommen. Aber gestern Morgen könnten die Ritter des Grafen von Artois oder die Templer dort gewesen sein. Ich habe gerade Renaud de Vichiers befragt, aber er wusste nichts. Wenn Ihr erlaubt, könnte ich die Reiter fragen, die Euren Bruder begleitet haben.«

»Aber natürlich, Magister. Ihr kümmert Euch darum. Aber nicht jetzt. Jetzt muss ich mich darauf vorbereiten, den Feinden Gottes zu begegnen, und brauche den Trost Eures Gebets.«

Al-Qahira, in der Zitadelle von Salah al-Din, am Abend des gleichen Tages

Die hochgewachsene brünette Frau, eingehüllt in eine leichte Seidentunika, näherte sich langsam dem Fenster, das auf den Hof hinausging. Dort stieg Emir Izz al-Din auf einen prächtigen schwarzen Hengst und ritt davon, gefolgt von zwei Reitern seiner Eskorte. Sie musste an den verstorbenen Fachr ad-Din denken. Der neue *atabak al-asakir* schien, auch wenn er ebenso alt war wie sein Vorgänger, klüger zu sein als dieser. Vielleicht sogar zu klug. Er hatte sofort und überlegt auf die Nachricht reagiert, die am Nachmittag des Vortags mit einer Brieftaube angekommen war und ankündigte, dass al-Mansura angegriffen wurde und sie Verstärkung brauchten. Da keine weiteren Nachrichten eintrafen, hatten alle das Schlimmste befürchtet, und dieser Eindruck hatte sich durch die Berichte der ersten Flüchtlinge bestätigt, die am Abend die Stadt erreicht hatten. Die Kavallerie der Franken hatte das Heer überraschend noch im Lager angegriffen. Der Aybak hatte, entgegen der Meinung vieler seiner Emire, die Entscheidung getroffen, das Stadttor Bab an-Nasr die ganze Nacht über offen zu lassen, um die Flüchtlinge einzulassen. Sie waren in großer Zahl gekommen, Zivilisten wie auch Soldaten, und hatten über die Ankunft der Ungläubigen in al-Mansura berichtet. Nach einer Nacht voller Angst hatte der Aybak persönlich auf der Stadtmauer gestanden und die feindliche Vorhut erwartet. Bei Sonnenaufgang war jedoch ein *askari* der *Bahriyya* in die Stadt galoppiert und hatte einen großartigen Sieg verkündet. Die Stadt war sofort festlich geschmückt worden, und nach der von den Trommlern verkündeten Nachricht war Jubel ausgebrochen. Danach waren weitere Informationen in die Stadt gelangt, darunter auch über den Tod von Fachr ad-Din. Wie es hieß, schickte Baibars sich an, den Feind anzugreifen.

Baibars. Wie immer hatte sie dieser Name verwirrt. Sie kannte ihn, seit sie Kinder waren und Sklaven des Ayyub, sie im Harem, er in der *Bahriyya*. Mit der Naivität der Jugend hatten sie das Unerhörte gewagt: Sie verliebten sich. Sie erinnerte sich an verstohlene Blicke und heimliche Treffen, den Nervenkitzel, die Liebkosungen, die leidenschaftlichen Umarmungen tief in der Nacht bis kurz vor Sonnenaufgang. Nach den ersten Treffen waren sie unvorsichtig geworden, und fast hätte sie ein Eunuch des Harems entdeckt. Baibars hatte sich hinter einem Vorhang versteckt, bereit, den Eunuchen zu töten. Es war nicht so weit gekommen, aber seit diesem Tag hatte Shajar entschieden, dass das Risiko, sich weiterhin zu treffen, zu groß war.

Seit diesem Tag hatte sie ihm nur flüchtige Blicke zugeworfen, wenn sie sich im Palast begegnet waren und er sich ehrerbietig verbeugt hatte. Dieser junge Mann mit den hellen Haaren durfte ihrem selbst gesteckten Ziel nicht im Wege stehen: den ersten Platz im Harem einzunehmen, Ayyubs Lieblingsfrau und die Mutter seines Erben zu werden und damit die Schwelle der höchsten Macht zu erklimmen. Sogar noch höher – dorthin, wo noch keine Frau bislang gewesen war.

In wenigen Jahren hatte sie viel erreicht, hatte alle Konkurrentinnen aus dem Weg geräumt und in dieser Schlangengrube überlebt.

Und dann war Khalil geboren worden.

Sie erinnerte sich an seine riesigen, weit aufgerissenen schwarzen Augen, daran, wie sie ihn im Arm gehalten und ihm erzählt hatte, wer sie war und woher sie kam, von ihrer Kindheit in den Bergen des Königreichs Kleinarmenien, von ihren Eltern, den Spielen mit ihren Schwestern. Und von dem Tag, als ihr alles genommen wurde, der Angriff auf die Stadt, die Entführung, die Gewalt, der Verkauf an Ayyub, die Demütigungen, bis hin zu den heimlichen Treffen mit Baibars. Sie hatte noch nie mit jemandem darüber gesprochen. Der kleine Junge konnte sie nicht verstehen, aber er lächelte beim Klang ihrer Stimme. In diesem Lächeln lag Shajars ganzes Lebensglück.

Leider hatte die Unfähigkeit der Ärzte des Sultans ihr Khalil nach wenigen Monaten geraubt. Ein plötzliches Fieber, das keiner dieser Scharlatane zu heilen vermochte.

Der schreckliche, zerstörerische Schmerz hatte sie wie in einen unendlichen Brunnen in die Tiefe gezogen. Auch sie hatte sterben wollen, einfach einschlafen und nie wieder aufwachen. Aber schlussendlich war sie wieder aufgestanden. Sie war jung, sie würde noch weitere Kinder bekommen.

Doch wie so oft in Kriegszeiten war es anders gekommen. Ayyub und Fachr ad-Din waren tot, und der Name des Armbrustschützen war als neuer Held des Islam in aller Munde. Sie fragte sich, welche Pläne Gott für die Kinder von einst bereithielt.

Doch dann schüttelte sie den Gedanken ab. Es hatte keinen Sinn, diesen Fantasien nachzuhängen, sie musste klar und überlegt handeln. Nur so war sie die Lieblingsfrau des Sultans geworden und hatte seine Kommandanten auf ihre Seite gebracht.

Am nächsten Tag würde der neue *atabak* mit einer rasch zusammengezogenen Truppe al-Mansura erreichen, aber sie wusste, dass Baibars nicht auf ihn warten, sondern die Sache vor seiner Ankunft zu Ende bringen würde. Auch der junge Turan Schah war noch weit und wurde erst in ein paar Wochen in al-Mansura erwartet. Sie musste konzentriert bleiben und die Aufgabe der beiden Emire zu Ende führen, die in ihrem Bett aufeinandergefolgt waren: die Hauptstadt zu kontrollieren, denn schon immer stand al-Qahira für ganz Ägypten. Danach würde sie weitersehen.

Shajar al-Durr lächelte, und zwei kleine Fältchen erschienen rund um ihre strahlenden schwarzen Augen.

Kapitel 11

Baibars greift an

༄༅

Al-Mansura, 11. Februar 1250 (7 dhu l-qa'da 647)

L ouis hatte befohlen, die Männer um Mitternacht zu bewaffnen und nach draußen zu bringen, damit sie die behelfsmäßige Palisade bewachten, die sie zum Schutz des Lagers errichtet hatten. Nach einem kurzen Gottesdienst war er mit seiner Eskorte an die Spitze des Heeres zurückgekehrt. Yves und Nicolas waren in der Nähe des königlichen Zeltes geblieben. Das Kreuzfahrerheer hatte die Nacht damit verbracht, in die Dunkelheit zu spähen, in der Hoffnung, dass sich die Nachricht über den Angriff am Freitag als falsch herausstellte.

Im ersten Licht der Morgendämmerung war klar, dass dem nicht so war. Mindestens viertausend Sarazenen zu Pferd hatten das christliche Lager umstellt. Hinter ihnen war die Infanterie zu sehen.

Als die Sonne aufgegangen war, öffneten sich die feindlichen Reihen, und ein Reiter tauchte auf. Er trug die blau-goldene Rüstung der Sultanswache und war so groß, dass das Pferd unter ihm fast winzig wirkte.

»Das ist ihr Anführer, er hat Roberts Kettenhemd herumgezeigt«, erklärte König Louis. »Meine Herren, dieser Mann muss heute sterben.«

Nicht weit entfernt hatte auch Yves ihn erkannt.

»Da bist du ja …«

Von der Stadtmauer von al-Mansura aus schaute Umberto di Fondi auf die Soldaten. Um sich vor der Sonne zu schützen, hatte er einen Turban aufgesetzt.

Mohamed war an seiner Seite. Er würde nicht an der Schlacht teilnehmen, aber wenn die Dinge aus dem Ruder laufen und die Stadt erneut angegriffen würde, dann waren sie bereit zu kämpfen. Außerdem war ihre Schlacht gegen die Kreuzfahrer schon lange im Gange.

Eine Gruppe von Mamelucken zu Pferd preschte voran, und der Emir sagte: »Es geht los.«

Umberto schüttelte den Kopf.

»Es ist noch früh.«

Als ob sie ihn gehört hätten, reihten sich die Reiter wieder in die Formation ein. Der Baron fuhr fort: »Baibars möchte sie aufreiben. Deshalb hat er sie über den Tag des Angriffs informiert und gezwungen, sich nachts aufzustellen. Er wird sie bis in die Mittagshitze hinein schmoren lassen, die seine Männer offensichtlich gewohnt sind. Die einzige Chance der Franzosen besteht darin anzugreifen, mit dem Risiko, dass es so enden wird wie vor drei Tagen.«

»Worauf warten sie? Warum kommen sie nicht näher?«, fragte Sargines. Louis drehte sich zu ihm um und warf ihm einen vorwurfsvollen Blick zu, auch wenn er wusste, dass der Ritter die Frustration aller in Worte gefasst hatte. Die Sonne stand inzwischen hoch, und die Sarazenen verlagerten Schwadronen von einer Seite auf die andere, was die christlichen Reihen jedes Mal aufs Neue in Alarmzustand versetzte. Und jedes Mal blieb alles beim Alten, während die Hitze und die Erschöpfung immer mehr zunahmen. Der König wusste, dass er die Schlacht verlor, noch bevor sie richtig begonnen hatte, und dachte darüber nach, aus dem Schutz der Palisaden heraus anzugreifen. Doch der Zweifel, dass vielleicht genau das der diabolische Plan der Feinde sein könnte, ihn in eine weitere Falle zu locken, hielt ihn zurück.

Als die Sonne am höchsten stand, waren aus den feindlichen Reihen endlich die Trommeln, die *nacaires,* zu hören, und die Sarazenen rückten in Richtung der Schwadron des Grafen von Anjou vor, die sich links vom christlichen Lager befand. Die Männer des Grafen waren zu Fuß und wurden mit griechischem Feuer angegriffen, dann von der Kavallerie. Nach und nach begannen sie vor dem Feind zurückzuweichen. Währenddessen griffen Louis und seine Eskorte auf der anderen Flanke an, die Sarazenen parierten.

Die Johanniter und die wenigen überlebenden Templer standen rechts, in Richtung Nil. Dort war auch Guillaume de Sonnac, der darauf bestanden hatte, an der Schlacht teilzunehmen, wegen des Kopfverbands aber nur einen offenen Eisenhut tragen konnte. Die Tempelritter verschanzten sich hinter einem Schutzwall aus dem Holz der erbeuteten Kampfmaschinen der Sarazenen, die sie mit Pinienplanken verstärkt hatten. Nichts, was das griechische Feuer aufhalten konnte. Der Wall ging bald in Flammen auf, und die Feinde warteten nicht einmal, bis es wieder erlosch, um sie niederzurennen.

Renaud de Vichiers erschlug mit dem Schwert einen Sarazenen, dessen Kleider Feuer gefangen hatten, ein weiterer wurde vom jungen de Beaujeu erschlagen, doch es waren zu viele. Guillaume de Sonnac wurde von einer Lanze getroffen und fiel ohne einen Laut nach hinten. Renaud stürzte sich auf den Angreifer und tötete ihn mit einem Säbelhieb, dann beugte er sich über den Großmeister, erkannte aber sofort, dass er tot war. Er hob den Kopf, sah von hinten die Johanniter heranreiten, an ihrer Spitze Jean de Ronay, der zwei Sarazenen tötete, bevor er von den Lanzen der Gegner durchbohrt wurde.

Joceran hatte sie ermahnt, um keinen Preis herauszukommen, aber Isabelle war neugierig. Der Gefechtslärm kam näher, und der Drang, sich das genauer anzusehen, war zu groß. Seitdem sie fünfzehn war, begleitete sie das Heer, jetzt war sie siebzehn und noch nie Zeugin einer Schlacht gewesen. Sie stammte aus Paris, war die Tochter eines der königlichen Metzger, der kurz vor seiner Abreise zur *expeditio crucis* Witwer geworden war. Da er nicht wusste, bei wem er sie hätte lassen sollen, hatte er seine Tochter kurzerhand mitgenommen. Doch dann war auch er bei Damiette gestorben, Malaria, hieß es. Isabelle hatte sich nicht entmutigen lassen. Ihr war sofort klar gewesen, dass es für eine junge Frau wie sie ein Leichtes war, hier zu überleben. Obwohl der König sich öffentlich gegen die Prostitution stellte und sie in mehreren Edikten verurteilt hatte, war auch Louis' Heer keine Ausnahme und hatte wie üblich eine Vielzahl an Dirnen im Gefolge, alle wesentlich unansehnlicher als Isabelle. Die junge Frau, dunkelhaarig, groß gewachsen, blaue Augen und ein ebenmäßiges Gesicht, war zur *Chérie* geworden, eine Ware, die sowohl von Rittern als auch von Priestern geschätzt wurde. Bis sie Joceran de Brançon kennengelernt hatte. Der Haushofmeister des Königs hatte sich in sie verliebt und zu sich genommen. Jede Nacht verbrachte sie in seinem Zelt. Um keinen Skandal auszulösen, musste sie im Morgengrauen zwar wieder gehen, aber seitdem verkaufte sie sich nicht mehr. Abgesehen davon, dass er als Anführer von zwanzig Reitern einen wichtigen Posten innehatte, war der junge Mann auch gut aussehend und freundlich. Als er sich in dieser Nacht die Rüstung angelegt hatte, hatte sie ihn gefragt, ob sie während der bevorstehenden Schlacht in seinem Zelt bleiben durfte, und er hatte zugestimmt, auch wenn sie dann alle sehen würden. Die junge Frau war glücklich. Vielleicht würde sie für immer an seiner Seite bleiben dürfen.

Im Lager wurde gekämpft. In der Nähe erkannte Isabelle Joceran, der von Sarazenen umringt war. Der junge Mann war zu Fuß und beschützte mit einigen Gefährten einen Ritter mit einem liliengeschmückten Panzerhemd, den Grafen von Poitiers, Bruder des Königs. Einer der Franzosen sank nach einem Keulenschlag auf den Helm zu Boden, ein zweiter wurde aus kurzer Distanz von einem Armbrustbolzen durchbohrt. Joceran stürmte auf den Schützen zu und trennte ihm mit dem Schwert fast den Kopf ab. Angesichts des spritzenden Blutes schloss Isabelle die Augen. Als sie sie wieder öffnete, sah sie einen Sarazenen Joceran mit einer Lanze angreifen. Anfangs parierte der junge Mann den Angriff mit seinem Schild, dann aber strauchelte er und stürzte. Im gleichen Moment ging auch der Graf von Poitiers zu Boden, die Sarazenen stürzten sich auf die beiden. Joceran versuchte, sich aufzurichten, aber ein Keulenhieb auf den Rücken warf ihn zurück in den Staub. In diesem Augenblick rannte die junge Frau aus dem Zelt und schrie: »Nein! Lasst ihn!«

Alle drehten sich zu ihr um und hörten auf zu kämpfen. Joceran schrie: »Lauf weg, Isabelle!«

Das waren seine letzten Worte. Ein zweiter Keulenhieb traf seinen Hals, und er fiel wie ein Sack zur Seite. Isabelle blieb wie versteinert stehen. Zwei Sarazenen rannten auf sie zu und hatten sie fast erreicht, als sich ihnen zwei Männer mit blutigen Schürzen in den Weg stellten. Isabelle erkannte die Schlachter des Lagers, die Kameraden ihres Vaters. Sie schlugen den Sarazenen die Schädel ein, weitere Schlachter eilten ihnen zu Hilfe, schwangen Äxte und lange Messer. Ihnen folgten die Frauen, die die Lebensmittel verkauften, auch sie waren mit Messern bewaffnet. Die Sarazenen, die den Grafen gefangen genommen hatten, wurden regelrecht zerstückelt, der Bruder des Königs war wieder frei – als einziger Überlebender der gesamten Schwadron. Isabelle kniete neben dem blutüberströmten

Joceran und weinte wie noch nie in ihrem Leben. Einer der Kameraden ihres Vaters näherte sich ihr und fragte: »Kanntest du ihn schon lange?«

Sie antwortete nicht.

Umberto bemerkte, dass Baibars' Männer zurückwichen. Mehrmals hatte das christliche Heer geschwankt, waren die Reihen fast durchbrochen gewesen, aber das Eingreifen der gut formierten Nachhut hatte die Linien wieder gefestigt. Es war eine aufreibende Schlacht mit massiven Verlusten auf beiden Seiten. Aber das schloss nicht aus, dass es einen Gewinner gab. Er wandte sich zu Mohamed, der zufrieden nickte. Das christliche Heer war zwar nicht besiegt, aber die Ägypter würden die Verluste ausgleichen können, die Invasoren nicht. Die Fortsetzung des Kreuzzugs wurde immer schwieriger.

Die Sonne ging unter, und das christliche Lager war übersät mit Leichen. Yves und Nicolas näherten sich den Tempelrittern, die traurig zu ihren Zelten zurückkehrten. Sie legten den Leichnam ihres Meisters auf einen langen Holztisch. Renaud de Vichiers' Augen waren gerötet und voller Tränen. Bedrückt und gleichzeitig herausfordernd wandte er sich an den Inquisitor: »Er hat uns verlassen … Leider könnt Ihr ihn nun nicht mehr befragen.«

Yves überhörte die Provokation, zeichnete ein Kreuz über dem Leichnam und segnete ihn.

»Es tut mir sehr leid. Er war ein gläubiger und mutiger Mann. In diesem Moment ist er sicher bei Gott.«

Er verneigte sich. Renaud nickte, und die Templer gingen weiter.

Yves schaute ihnen nach. Er fragte sich, ob der Marschall die Zweideutigkeit seiner Worte erkannt hatte. Bei Gott hieß vor Gottes Gericht.

»Für was musst du dich verantworten, Guillaume de Sonnac?«

Vor dem Zelt des Königs versammelten sich einige Ritter, dreckig vom Staub und blutverschmiert. Als er die Dominikaner auf sich zukommen sah, ging Geoffroy de Sargines ihnen entgegen. Er blutete aus der Nase, was ihn aber nicht zu kümmern schien. Er sprach so leise, dass die anderen ihn nicht hören konnten: »Magister, bitte versucht, mit dem König zu sprechen. Ihr seid der Einzige, der ihm wieder Selbstvertrauen einflößen kann.«

»Was ist passiert, mein Herr?«

»Ihr habt es selbst gesehen. Wir haben dem Angriff standgehalten, aber wir haben nicht gewonnen. Der Graf von Anjou und der Graf von Poitiers hätten fast das Schicksal des Grafen von Artois geteilt. Guillaume de Sonnac und Jean de Ronay sind tot, wie viele, zu viele andere auch.«

Der Ritter schaute Yves vielsagend an. Er wollte und konnte nicht mehr sagen.

»Ich verstehe. Wie ist Eure Einschätzung?«

»Magister, wir müssen uns zurückziehen, nach Damiette zurückkehren. Hier können wir nicht vorrücken.«

Der Inquisitor nickte und ging weiter.

Im Zelt des Königs saßen dessen Brüder, die Herzöge der Bretagne und Burgunds, die Grafen von Flandern und Châtillon und der Johanniter Hugues de Revel, ehemals Burgherr von Krak, der nach Jean de Ronays tragischem Tod das Kommando übernommen hatte.

Der König bemerkte Yves und winkte ihn zu sich. »Kommt näher, Magister.«

Der Inquisitor setzte sich neben Mauclerc, den Herzog der Bretagne, und murmelte: »*Pax vobiscum.*« Nicolas hielt sich im Hintergrund.

Louis wandte sich an den Mönch. »Wir beraten, wie es nach dem heutigen Sieg weitergehen soll. Ich sagte gerade, dass wir unserem Gott danken müssen, der uns diese Ehre hat zweimal in einer Woche zuteilwerden lassen. Am Dienstag haben wir sie aus ihrem Lager vertrieben, heute haben wir uns gut verteidigt und sie zurückgedrängt. Gerade sprach der Graf von Anjou.«

Der Bruder des Königs wirkte verlegen.

»Ja, im Grunde hatte ich bereits alles gesagt. Wir sollten auf Verstärkung aus Damiette warten, vor allem auf Pferde, um weiter vorrücken zu können.«

Zustimmendes Gemurmel war zu hören. Yves wusste, dass niemand offen aussprechen würde, was Geoffroy ihm gerade gesagt hatte, selbst wenn es alle dachten. Der Einzige, der es gewagt hätte, war in den engen Gassen von al-Mansura gefallen, und die Weigerung des Königs, die Niederlage einzugestehen, lag auch in diesem Verlust begründet. Robert hatte bei diesem Angriff sein Leben gelassen. Ein Rückzug würde bedeuten, das Opfer des Bruders zu verraten, ganz zu schweigen von dem Eingeständnis, dass diese Mission, die sein Lebensziel war, gescheitert war.

»Nun, meine Herren«, erwiderte der König, »wir werden umgehend eine Botschaft an die Königin in Damiette schicken. Ich werde den Befehl erteilen, wo möglich Pferde beschlagnahmen zu lassen und sie mit allen Männern, die nicht unbedingt zur Verteidigung der Stadt benötigt werden, zu uns zu schicken, die Besatzung der Schiffe eingeschlossen. Ich danke euch.«

Alle verbeugten sich.

Yves wandte sich an Mauclerc. »Entschuldigt, mein Herr. Könnten wir kurz sprechen?«

Pierre de Dreux, hochgewachsen und trotz seiner sechzig Jahre noch kräftig, schaute den Mönch neugierig an. Yves war Bretone, genau wie er, und da die Heimat weit entfernt war, sah er ihn als einen der Seinen an.

»Sprecht nur, Magister.«

»Ich begleite Euch, geht nur.«

»Wie Ihr wollt, lasst uns gehen.«

Die beiden gingen durch das Lager, in dem die Feuer angezündet wurden. Nicolas folgte ihnen mit einigem Abstand.

»Mein Herr, ich führe einige Untersuchungen über die Ermordung des Scecedin in der Schlacht vom letzten Dienstag durch. Wie Ihr wisst, war sein Zelt mit einer gelben Standarte mit dem schwarzen Adler des Kaisers geschmückt. Ihr habt an diesem Tag den Grafen von Artois begleitet. Erinnert Ihr Euch an etwas Besonderes, oder könnt Ihr mir sagen, wen ich noch fragen könnte?«

Der Graf dachte nach.

»Nein, Magister, tut mir leid. Ich erinnere mich an das Zelt, aber dieser Teil des Lagers wurde von Guy de Mauvoisin und den Tempelrittern angegriffen. Ich war erst bei den Kriegsmaschinen und dann in Richtung al-Mansura unterwegs. Die Tempelritter sind leider fast alle tot, aber vielleicht kann Euch Mauvoisin oder einer seiner Männer mehr sagen.«

»Danke, mein Herr. Dann werde ich ihn mit Eurer Erlaubnis aufsuchen.«

Die beiden blieben stehen, Mauclerc zögerte.

»Ja … entschuldigt, Magister, darf ich Euch noch eine Frage stellen, von Bretone zu Bretone?«

»Natürlich.«

»Ihr habt den König gehört. Ihr wisst, dass das heute kein Sieg war, genauso wenig wie vergangenen Dienstag. So können wir nicht weitermachen. Das sagt Euch einer, der fast sein ganzes Leben im Krieg verbracht hat. Wenn wir hier nicht alle sterben wollen, müssen wir uns zurückziehen. Ihr seid der Einzige, der ihn zur Vernunft bringen kann … Das scheint mir, offen gesagt, wichtiger zu sein als der Tod des Scecedin.«

Yves nickte, wie er es bereits bei Geoffroy de Sargines getan hatte. Mauclerc wertete dies ebenfalls als Zustimmung und schien erleichtert. Er lächelte dem Mönch sogar zu, der drehte sich um und ging zu Nicolas.

Yves kannte Guy de Mauvoisin gut, den Herrn von Rosny auf der Île-de-France. Dort hatte der Inquisitor bereits

Häretiker auf dem Scheiterhaufen verbrannt. Er war ein einfacher und geradliniger Mann, schon recht betagt, aber noch nicht so alt wie der Herzog der Bretagne. Er empfing den Mönch mit einem freundlichen Lächeln.

»Welch eine Ehre, Euch hier zu haben, *Magister*. Erlaubt mir, mein Fastenmahl mit Euch zu teilen. Gegrillter Nilfisch.«

Yves schaute zu Nicolas hinüber, wohl wissend, dass der junge Mann nur darauf gewartet hatte.

»Es ist mir eine Ehre, Eure Einladung anzunehmen, mein Herr.«

Sie aßen große wohlschmeckende Flussquappen. Guy ließ zum feierlichen Anlass eine Karaffe Rotwein bringen, der wie durch ein Wunder die Reise, die Hitze und den Krieg überstanden hatte. Nachdem sie über die Gestaltung der Kirche von Rosny nach ihrer Rückkehr nach Frankreich gesprochen hatten, fragte Yves ihn nach Scecedin. Guy dachte einen Moment nach. Wenn der Inquisitor sich für die Angelegenheit interessierte, schienen einige Details, die er bis dato für unwichtig gehalten hatte, doch relevant.

»Wenn ich noch einmal über Eure Frage nachdenke, gab es tatsächlich etwas Seltsames. Wir hatten als Erste angegriffen, und meine Schwadron war in die Mitte des feindlichen Lagers vorgedrungen. Was für ein Massaker wir dort unter den Ungläubigen angerichtet haben, Magister!«

»Ja, ich habe es gesehen«, entgegnete Yves kühl, der an den Jungen mit dem von Pferdehufen eingetretenen Schädel dachte.

Guy fuhr fort: »Während wir mit einigen Sarazenen

kämpften, die ihren Gefährten die Flucht ermöglichen wollten, wurden wir von einer Gruppe von Tempelrittern überholt, die sich nicht weiter um uns gekümmert und uns auch nicht unterstützt haben. Ich habe sie später unweit vom Zelt des Scecedin wiedergesehen. Sie hatten es umstellt. Da sie schon vor Ort waren, habe ich nicht angehalten, sondern bin mit meinen Männern weiter Richtung al-Mansura gezogen, um dort so viele Ungläubige wie möglich umzubringen.«

»Verstehe ... wie viele Tempelritter waren es?«

»Nun ja ... etwa zehn.«

»Kanntet Ihr einen davon?«

»Ich habe keinen erkannt. Sie sahen alle gleich aus mit ihren schweren Helmen und dem Ordensgewand.«

Später, als sie schweigend wieder in ihrem Zelt saßen, wagte Nicolas zu fragen: »Magister, was bereitet Euch Sorge?«

»Vieles, Nicolas. Ich bin überzeugt, dass die Tempelritter, von denen Guy gesprochen hat, schon weit weg sind. Wir indes riskieren, hier noch lange festgehalten zu werden. Außerdem kann ich die Tempelritter nicht ohne einen konkreten Beweis anklagen, und selbst wenn ich es wollte, kann ich Renaud de Vichiers nicht einfach so befragen. Er war Präzeptor in Frankreich, ist gut bekannt mit dem König, und das heldenhafte Opfer von Guillaume de Sonnac und Hunderten von Rittern hat sein Ansehen nur noch mehr gesteigert.«

»Was sollen wir tun?«

»Wir müssen Hugues de Jouy finden. Er ist sicher erst

nach Damiette zurückgekehrt und im Anschluss wer weiß, wohin. Aber wir können auch den König nicht allein lassen, sondern müssen ihn davon überzeugen, sich zurückzuziehen, sonst werden wir Babylon nie erreichen.«

»Sollen wir auf die Befreiung des Heiligen Landes verzichten?«

»Nicolas, wie du weißt, erzählt Matthäus von der Flucht Josefs, Marias und Jesu nach Ägypten, um sich der Verfolgung durch Herodes zu entziehen. Geleitet vom Heiligen Geist verließ Josef das Heilige Land, um den Menschensohn zu retten. Das bedeutet, dass kein Land heilig ist und es gleichzeitig alle sind. Was zählt, ist, wo unser Gott und unser Glauben weilen.«

Nicolas sah ihn entsetzt an. Der Magister hatte beschlossen, welchen Weg sie wählen würden, und war bereits dabei, eine theologische Erklärung zu finden, um sie dem König zu präsentieren. Er hatte das Gefühl, dass gerade Tausende von Männern für etwas ganz anderes gestorben waren, aber er hütete sich davor, das laut auszusprechen.

Unterdessen verbeugte sich Umberto in einem der Säle des Sultanspalasts in al-Mansura vor Izz al-Din Aybak, der mit zweitausend Mann Verstärkung aus al-Qahira gekommen war. Der *atabak* war zu spät gewesen, um an der Schlacht teilzunehmen, aber das schien ihn nicht zu stören. Ganz im Gegenteil, er war sehr gut gelaunt. Baibars saß neben ihm.

»*Salam alaikum*, ser Berto.«

»*Alaikum salam*, mein Herr.«

»Wie geht es dem Kaiser?«

»Gut. Er kämpft weiterhin gegen den gemeinsamen Feind.«

»Warum sind die Gläubigen deines Gottes nur so begierig auf Krieg? Sollte Gott nicht Frieden wollen?«

»Ich sehe mich außerstande, Euch zu antworten, mein Herr. Ich habe mein ganzes Leben im Krieg verbracht.«

Er verschwieg, dass er nicht besonders gläubig war, wusste er doch genau, dass sein Gesprächspartner nur Verachtung für ihn übrighaben würde, wie er es auch schon beim Kaiser erlebt hatte, als er sich zu seinem Atheismus bekannt hatte. Ein Moslem war bereit, Anhänger eines anderen Glaubens zu respektieren und zu verstehen, selbst wenn es um einen erbitterten Feind ging, aber nicht jemanden, der gar keinen Glauben hatte.

Aybak drehte ihm seine Handteller entgegen, als wollte er die Richtigkeit seiner These untermauern, und bot ihm dann einen Platz auf den Kissen am Boden an. Umberto setzte sich, und der *atabak* fuhr fort: »Baibars hat mir von dem Brief *al-Malik* Ayyubs an den Kaiser erzählt, Allah sei ihm gnädig. Ich wusste nichts davon, und leider können weder er noch Fachr ad-Din mir etwas darüber sagen. Wir werden auf jeden Fall Nachforschungen anstellen. Wenn du möchtest, kannst du als unser Gast hierbleiben, und wir helfen dir, deine Mission zu Ende zu bringen. Außerdem wird in wenigen Tagen *al-Malik* al-Muazzam Turan Schah, der Sohn der Säule des Glaubens, hier erwartet. Er würde dich sicher gerne kennenlernen.«

Umberto begriff, dass er ihn vor Ort haben wollte. Sicherlich nicht, damit er seine Mission vollenden konnte, sondern aus einem anderen Grund, vielleicht wegen der Ankunft des neuen Sultans. Er schaute zum Armbrustschützen, der in die Betrachtung des großen Seidenteppichs versunken schien, der den Boden bedeckte, und dachte bei sich, was für ein niederträchtiger Bastard er war.

Kapitel 12

Der Templer

Al-Mansura, 20. Februar 1250

Die Leichen trieben zu Hunderten auf dem Wasser, wurden durch die träge Strömung angeschwemmt entlang der niedrigen Brücke aus Booten, die man konstruiert hatte, um die beiden Lager miteinander zu verbinden. König Louis hatte etwa hundert Männer dafür angeheuert, sie mithilfe von langen Stangen mit Eisenhaken aus dem Wasser zu ziehen. Die Körper der Sarazenen wurden auf der anderen Seite der Brücke wieder ins Wasser geworfen, die der Christen geborgen und in großen ausgehobenen Massengräbern beigesetzt.

Unweit des Ufers beobachtete Renaud de Vichiers das Treiben mit unbeweglicher Miene. Er bemerkte den Kammerherrn des Grafen von Artois, der die Toten zu identifizieren versuchte, was aber unmöglich war, da die meisten Gesichter kaum mehr zu erkennen waren. Zumindest ihr Leiden, so dachte sich Renaud, hatte nun ein Ende.

Die Lebenden hatte dagegen eine andere Katastrophe ereilt. Auch wegen der Fastenzeit waren die Flussquappen aus dem Kanal die Hauptnahrungsquelle des Heeres gewesen. Doch inzwischen war es offenkundig, dass sich die Fische von den Leichen ernährt haben mussten. Nach Meinung vieler war das der Grund für die schwere Krankheit, die sich im Lager ausbreitete: Auf den Beinen bildeten sich schwarze und braune Flecken, das Zahnfleisch faulte. Wenn die Nase zu bluten begann, war der Tod nicht mehr weit. Die Ärzte des Königs waren machtlos, und es verbreitete sich das Gerücht, dies sei die göttliche Strafe für diejenigen, die ihre eigenen Kameraden gegessen hatten. Renaud dagegen war überzeugt, dass das Wasser des Kanals verseucht war.

Mit jedem Tag wurden die Ungläubigen stärker, sie selbst schwächer. Der Marschall des Tempels war informiert worden, dass schon bald der neue Sultan Turan Schah in al-Mansura erwartet wurde. Er war jung und würde sich vor den Mamelucken seines Vaters hüten müssen, aber seine Anwesenheit würde vielleicht zu einem neuen Angriff führen, dem kein Christ mehr standhalten konnte.

Die einzige beruhigende Nachricht kam von Hugues. Wie geplant hatte er sich in Damiette eingeschifft und ihm Jocelyn de Tours zurückgeschickt, einen der Ritter aus seiner Eskorte. Wenigstens er war in Sicherheit.

Er hatte nie am Erfolg seiner Mission gezweifelt. Wie viel Zeit doch seit ihrem Kennenlernen vergangen war! Dabei waren es gerade einmal zehn Jahre.

Der Regen fiel, und das Geräusch der Hufe auf den Pflastersteinen hallte durch die Gassen. Es wurde langsam dunkel, und die wenigen Wanderer machten den sechs Reitern Platz, die in weißen Umhängen mit roten Kreuzen auf der linken Schulter und tief sitzenden Kapuzen durch die Straßen ritten.

Sie waren durch das Nordtor gekommen, hatten die Unterstadt während eines sintflutartigen Regenschauers durchquert und waren dann den Weg hinauf zur Place du Châtel geritten, dem Hügel mit dem achteckigen Bergfried der Grafen der Champagne. Die nass glänzenden Straßen waren schlüpfrig, und nur wenige hätten den Aufstieg gewagt, aber um einen Tempelritter dazu zu bewegen, von seinem Pferd abzusteigen, brauchte es mehr als nur ein paar Tropfen Regen.

Sie überquerten den Platz in der Oberstadt. Vom Steinkreuz tropfte eine Flüssigkeit, die im Halbdunkel wie Blut aussah. Dann bogen sie in die Rue de Jouy und vor dem Stadttor weiter nach links in die letzte Gasse ein, schon fast unter der Stadtmauer.

Sie blieben vor dem massiven Klosterbau La Madeleine stehen, dem Sitz der Tempelritter. Ein großes Haus mit einem kleinen zylindrischen Turm an der Seite.

Während einer seiner Mitbrüder vom Pferd stieg und energisch mit der behandschuhten Faust gegen die Tür donnerte, zog Renaud de Vichiers, Präzeptor der Templer in Frankreich, die nasse Kapuze vom Kopf und betrachtete den Bau. Er sah weniger wie ein Kloster als wie eine kleine Festung aus.

In diesen Zeiten besser so, dachte er.

Tief sog er die nach Regen duftende Abendluft ein. Dort, wohin er aufbrach, würde er das schwerlich erleben können, und doch war er froh über seine Abreise.

Das, was er unweit von hier in Mont Huimeri erlebt hatte, hatte ihn darin bestätigt, dass sich die Zeiten änderten. Er musste sehr aufpassen, vor allem hinsichtlich der *puncta ordinis*, der Ordensregeln, auf die der Gründer Hugues de Payns und seine Nachfolger besonderen Wert gelegt hatten. Sie wollten um jeden Preis den Tempel vor der Welt verschließen, seine Mauern sollten unüberwindbar sein.

Während die schwere Tür geöffnet wurde, sagte er sich, dass die Präzeptur in Provins unter diesem Gesichtspunkt perfekt war. Er stieg vom Pferd, übergab einem Diener die Zügel und betrat den breiten Flur, wo er von Bruder Girard, dem Präzeptor von Provins, empfangen wurde. Insgesamt gab es nur drei Mitbrüder in der kleinen Stadt, unterstützt von sieben *servientes* und etwa zwanzig Familien. Sie mussten sich zwischen diesem Kloster und dem anderen Gebäude des Tempels außerhalb der Stadt, im Val de Provins, aufteilen.

Girard war noch immer ein rüstiger Mann, nur vereinzelte graue Fäden durchzogen seinen dichten schwarzen Bart, obwohl er bereits über fünfzig war. Ganz im Gegensatz zu Renaud, der zwar zehn Jahre jünger, aber schon ergraut war. Der Präzeptor von Provins trug ein weißes

Hemd, ein deutliches Zeichen, dass er gerade schlafen gehen wollte. Er verbeugte sich vor dem Präzeptor von Frankreich.

»*Pax vobiscum.*«

»*Et cum spiritu tuo.*«

»Entschuldigt, dass Ihr warten musstet, ich hatte erst morgen mit Euch gerechnet.«

»Verstehe, wir haben weniger Pausen gemacht.«

»Aha. Ich nehme an, Ihr wollt rasch zurück nach Paris. Als uns die Nachrichten aus Mont Huimeri erreicht haben, konnten wir es kaum glauben. Dann haben wir die Gefangenen gesehen, sie sind durch Provins gekommen und haben die Nacht im Turm des Grafen verbracht. Sie waren kaum wiederzuerkennen. Ich glaube nicht, dass jemand sie angerührt hat, sie sahen vielmehr so aus, als hätte das Bewusstsein ihrer Sünden sie aufgezehrt. Der Haushofmeister, der die Eskorte anführte, hat mir erzählt, der Papst persönlich werde sie richten.«

Es war offensichtlich, dass Girard die Angelegenheit ausführlich besprechen wollte, aber Renaud kehrte gerade von dort zurück, das Thema war ihm unangenehm, und er war müde vom langen Ritt. Er kam sofort auf den Grund seines Aufenthalts zu sprechen. »Ist er da?«

»Ja, Bruder. Seit einer Woche. Er hat seinen Vater begleitet, der aber nicht geblieben, sondern nach Jouy zurückgekehrt ist. Er hat gesagt, dass er ihn hierlässt, damit er über seinen Ruf nachdenkt, und hat uns gebeten, ihn in unsere Gebete einzuschließen. Er entbietet Euch seine Grüße.«

Renaud würde Gilbert de Jouy niemals in seine Gebete

einschließen, und was er mit seinen Grüßen anfangen sollte, wusste er auch nicht.

»Wo ist er jetzt?«

»Er schläft schon. Ich habe ihm gesagt, er solle sich zurückziehen.«

»Ich glaube nicht, dass er das befolgt hat.«

Der Tempelritter bemerkte etwas hinter seinem Mitbruder, der sich jetzt umdrehte. Auf der Schwelle stand ein hochgewachsener blonder Junge mit hellblauen Augen. Er sieht aus wie seine Mutter, dachte Renaud, nur die Augen hat er von seinem Vater. Hoffentlich war er nicht so anmaßend, wie sein Vater es als Jugendlicher gewesen war. Weit zurückliegende Erinnerungen kamen ihm in den Sinn: zwei Jungen, die auf der Blumenwiese am Waldrand mit Holzschwertern gegeneinander kämpften, vor dem kleinen Schloss von Jouy, und ein wunderschönes Mädchen mit grünen Augen, das ihnen dabei zusah.

Vorwurfsvoll ermahnte Bruder Girard ihn: »Ritter, seid gehorsam ... Nichts ist Jesus so teuer wie der Gehorsam. Ich habe Euch angewiesen, ins Bett zu gehen, und das hättet Ihr umgehend tun sollen, denn es steht geschrieben: ›Wer mich liebt, der wird mein Wort halten.‹« Hugues, der jüngste Sohn des Barons von Jouy, einem Dorf von dreihundert Seelen unweit von Provins, machte sofort ein zerknirschtes Gesicht.

»Entschuldigt. Bevor ich mich niederlegen wollte, habe ich meine Gebete gesprochen, und als ich die Pferde und das Klopfen gehört habe, bin ich nach unten gekommen, weil ich dachte, es könnte Meister Renaud sein.«

Der Präzeptor nickte seinem Mitbruder zu, der gerade etwas antworten wollte, und ging auf den Jungen zu. So nah, dass er seinen Atem spüren konnte.

»Hugues de Jouy, ich kenne deinen Vater und deine Mutter schon mein ganzes Leben, aber vergiss nicht, dass du niemanden zum Narren halten darfst, wenn du die Tür des Tempels durchschreiten willst. Mach das nie wieder.«

Der Tonfall war ruhig, aber der Junge hatte den Vorwurf sehr wohl wahrgenommen.

»Ich bitte demütig um Verzeihung. Ich wollte mich über niemanden lustig machen.«

»Du weißt um die Folgen deiner Entscheidung?«

»Ja, Meister, man hat mir alles genau erklärt. Ich bin bereit.«

»Das sehen wir morgen. Jetzt geh in die Kapelle und bete die ganze Nacht. Bitte unseren Herrn, dir zu helfen, in deiner Seele zu lesen und dort die Bescheidenheit und den Gehorsam eines Tempelritters zu finden. Ich sehe dich morgen bei den Laudes.«

Am nächsten Morgen, mitten im Kapitelsaal mit der Gewölbedecke, stand Hugues vor neun Tempelrittern aus Assisi, die auf Stühlen an der Wand Platz genommen hatten. Er trug nur ein leichtes weißes Gewand.

Draußen wachte ein Diener, um zu verhindern, dass jemand zu nahe kam und etwas hören konnte. Das Geheimnis um die Riten des Ordens musste um jeden Preis gewahrt bleiben.

Der Junge hatte die Nacht in der kleinen Kapelle verbracht, allein mit einer Kerze und ohne Bank. Er hatte sich also mit dem Gesicht nach unten und ausgestreckten Armen, wie ein Kreuz, auf den Boden gelegt. Doch nach nicht mal der Hälfte des ersten Vaterunsers waren seine Gedanken abgeschweift. Das Schloss von Jouy. Seine Mutter Blanche, die sich mit tränenfeuchten Augen von ihm verabschiedete. Das Gefühl, als er zum ersten Mal die Ritter mit den weißen Gewändern gesehen hatte. Der Wunsch, auch Templer zu werden, den sein Vater sofort wohlwollend aufgenommen hatte. Die einsamen Unterrichtsstunden mit dem Priester der kleinen Kirche Saint-Aubin, der ihm das Lesen und Schreiben beigebracht hatte. Die harte militärische Ausbildung bis hin zum Ritterschlag samt Ohrfeige. Dann Provins, der Tempel, die Belehrungen durch Bruder Girard und der ernste Blick von Meister Renaud. Würde er den Erwartungen all dieser Menschen gerecht werden können? In Jouy war kein Platz für ihn, das wusste er immer schon. Mathieu, der Erstgeborene, würde Baron werden und sein Leben lang in dem kleinen hölzernen Schloss bleiben, während ihm der Ruhm bestimmt war. Er würde zum mächtigsten Orden der ganzen Christenheit gehören, mit Hunderten von Rittern und unzähligen Burgen; er würde das Heilige Land gegen die Sarazenen verteidigen. Es gab keine edlere Mission als seine, und eines Tages, wenn Mathieu ihn an der Spitze einer Schwadron von weißen Rittern in Jouy ankommen sehen würde, würde auch er verstehen, wessen Schicksal das bessere war … Da wurde er von einem Fußtritt geweckt.

Er war herumgewirbelt. Im Halbdunkel stand Renaud de Vichiers über ihn gebeugt, aber in seinen Augen lag keine Strenge. Einen Augenblick lang war sich Hugues fast sicher, ihn lächeln zu sehen.

Der Moment war gekommen. Renaud stand auf und stellte sich hinter ein Lesepult, auf dem ein großes aufgeschlagenes Buch lag. Die ersten Regeln musste er nicht ablesen.

»Was begehrt Ihr?«

»Wasser und Brot, arme Kleidung und die Bruderschaft im Tempel.«

»Begehrt Ihr die Gesellschaft des Ordens?«

»Ja.«

»Ihr wisst um das große Leid, das auf Euch wartet, die Befehle der Barmherzigkeit und die ganze Strenge des Ordens?«

»Ja.«

An diesem Punkt begann Renaud zu lesen. »Lieber Bruder, Ihr verlangt eine sehr große Sache, denn Ihr seht nur die äußere Schale unseres Ordens. Es ist nur die äußere Schale, wenn Ihr seht, dass wir schöne Pferde und herrliches Geschirr haben, dass wir gut trinken und essen und stattlich bekleidet sind. Aus diesem schließt Ihr, dass Euch sehr wohl bei uns sein wird. Aber Ihr kennt nicht die strengen Vorschriften, die im Inneren sind. Denn es ist eine harte Sache, dass Ihr, der Euer eigener Herr seid, Euch zum Knecht eines anderen macht. Schwerlich werdet Ihr künftig tun können, was Ihr selbst wollt. Denn wenn Ihr im Lande diesseits des Meeres sein wollt, wird man Euch jenseits schicken; wenn Ihr in Akkon sein wollt, wird man Euch senden ins Gebiet von Tripolis, von Antiochien oder nach Armenien; oder man wird euch nach Apulien, nach Sizilien oder in die Lombardei, nach Frankreich, Burgund, England oder in andere Länder schicken, wo wir Häuser und Besitzungen haben. Wenn Ihr schlafen wollt, wird man Euch befehlen zu wachen, wenn Ihr wachen wollt, wird man Euch heißen, zu Bette gehen. Lieber Bruder, um Reichtum und Besitz zu erlangen, müsst Ihr die Gemeinschaft des Hauses nicht erbitten, auch nicht wegen Ruhm und Ehre. Aber wenn Ihr sie erbitten wollt, dann aus drei Gründen: Der erste ist, die Sünden der Welt beiseitezustellen und hinter Euch zu lassen; der zweite, das Werk unseres Herrn zu tun; der dritte, in Armut zu leben und die Strafe auf Euch zu nehmen, auf dieser Welt zu leben, um Eure Seele zu retten. Diese Überlegungen sollten Eurer Bitte zugrunde liegen. Wollt Ihr ab jetzt und Eurer Leben lang des Ordens Knecht und Sklave sein?«

»Ja, Herr, so Gott will!«

»Seid Ihr bereit, den Rest Eures Lebens auf Euren Willen zu verzichten und das zu tun, was Euch von Euren Vorgesetzten aufgetragen wird?«

»Ja, Herr, so Gott will!«

»Dann geht und betet zu unserem Gott, bis er Euch erleuchtet.«

Hugues verließ den Saal, die Tür schloss sich hinter ihm. Renaud las weiter. Die Regel bestimmte alles, oder zumindest fast.

»Meine Herren, Ihr habt gesehen, mit wie viel Leidenschaft dieser ehrbare Mann in unsere Gemeinschaft eintreten will, jetzt und sein Leben lang, als Knecht und Sklave des Ordens. Wenn einer unter Euch einen Grund dagegen kennt, dann sprecht ihn jetzt aus, denn nach seiner Ordinierung wird es nicht mehr geglaubt werden.«

Niemand sagte ein Wort. Renaud und Girard wechselten einen Blick, und Renaud verstand die Botschaft: Er würde nichts sagen, aber er solle noch einmal nachdenken. Er beschloss, den Impuls zu ignorieren, und sprach weiter: »Willigt Ihr ein, dass man ihn in Gottes Namen kommen lasse?«

Bruder Girard antwortete für alle, wie es die Regel vorsah: »Lasset ihn in Gottes Namen kommen.«

Einer der Ritter ging zur Tür, öffnete sie und winkte Hugues herein. Der junge Mann kniete nieder, faltete die Hände und sagte zu Renaud: »Herr, ich bin gekommen vor Gott, vor Euch und den Brüdern, und bitte und ersuche Euch um Gottes und der lieben Frauen willen, mich in Eure Gesellschaft und die Wohltaten des Ordens aufzunehmen als einen, der sein Leben lang Knecht und Sklave des Ordens sein will.«

»Seid Ihr ganz sicher, mein guter Bruder, dass Ihr Diener und Sklave des Ordens werden wollt und Euren Willen denen der anderen unterordnet? Seid Ihr bereit, die beschwerlichen Umstände zu akzeptieren, die im Haus herrschen, und alle Befehle auszuführen, die man Euch gibt?«

»Ja, mein Herr, so Gott will!«

»Meine Herren, steht auf und betet vor Gott und der Mutter Gottes für sein Glück.«

Die Ritter standen auf, jeder betete ein Vaterunser, dann endete Renaud mit dem Gebet des Heiligen Geistes. Daraufhin kamen die vorgeschriebenen Fragen: ob er mit einem Weibe vermählt oder verlobt sei, ob er keinem anderen Orden Gelübde oder Versprechen geleistet habe, ob er einem Menschen in der Welt mehr schuldig sei, als er bezahlen könne, ob er gesund am Körper und ohne heimliche Krankheit sei, ob er jemandem Gold, Silber oder andere Geschenke verheißen habe, um ihm zur Aufnahme in diesen Orden zu verhelfen, ob er keines Mannes Knecht sei, in Bann getan oder ob er bereits ein Ritter sei. Hugues antwortete auf alle Fragen richtig.

»Nun, lieber Bruder, habt wohl acht auf das, was wir Euch sagen werden. Gelobt Ihr Gott und Maria, unserer lieben Frau, Euer Leben lang dem Meister des Tempels und dem Euch vorgesetzten Komtur Gehorsam zu leisten?«

»Ja, Herr, so Gott will!«

»Gelobt Ihr Gott und Maria, unserer lieben Frauen, Eurer Leben lang keusch mit Eurem Leib zu leben, dass Ihr die löblichen Sitten und Gebräuche unseres Ordens, die, welche schon da sind, und die, welche Meister und Ritter hinzufügen werden, halten wollt?«

»Ja, Herr, so Gott will!«

»Gelobt Ihr ferner Gott und Maria, unserer lieben Frau, dass Ihr mit der Euch von Gott verliehenen Kraft und Stärke Euer Leben lang das Heilige Land von Jerusalem wollt erobern helfen, dasjenige aber, so die Christen besitzen, nach besten Kräften helfen wollt, zu bewachen und zu beschützen?«

»Ja, Herr, so Gott will!«

»Im Namen also Gottes und Maria, unserer lieben Frau, und im Namen St. Peters von Rom und unseres Vaters, des Papstes, und im Namen aller Brüder des Tempels nehmen wir Euch auf zu allen guten Werken des Ordens, die vom Anfang an verrichtet sind und bis ans Ende verrichtet werden: Euch, Euren Vater, Eure Mutter und alle von Eurem Geschlecht, die Ihr teil daran nehmen lassen wollt. Desgleichen nehmt Ihr uns auf in allen guten Werken, die Ihr verrichtet habt und verrichten werdet. Wir versichern Euch Brot und Wasser und die arme Kleidung des Ordens und Müh und Arbeit die Fülle!«

Renaud nahm den weißen Mantel mit dem scharlachroten Kreuz, den Girard ihm hinhielt, und ging auf Hugues zu, der immer noch kniete, legte ihn ihm über die Schulter und schloss die Schnur am Hals. Gleichzeitig intonierten alle Ritter den Psalm *Ecce quam bonum*, das Gebet des Heiligen Geistes und das Vaterunser.

Der Präzeptor Frankreichs nickte Bruder Hugues zu, er möge sich erheben, und küsste ihn auf den Mund, wie es Brauch war. Auch Girard trat auf ihn zu und küsste ihn.

Renaud wandte sich an den jungen Mann, dessen Augen vor Rührung glänzten: »Lieber Bruder, unser Herr hat Euch nach Eurem und Eurer Freunde Wunsch in eine so schöne Gesellschaft, wie die Ritterschaft des Tempels ist, geführt. Tragt daher große Sorge und hütet Euch, etwas zu tun, welches Euch derselben verlustig machen könnte, wovor Gott Euch bewahre! Wir wollen Euch jetzt einige Dinge, die uns ins Gedächtnis kommen, sagen, welche den Verlust des Ordens und Kleides nach sich ziehen. Kommt mit.«

Der Meister ging auf eine kleine Tür an der Rückseite des Raumes, gleich gegenüber dem Haupteingang, zu. Der junge Mann folgte ihm. Am Ende eines kurzen Flurs erreichten sie im Seitenturm eine kreisförmige Kapelle, die Hugues bislang nicht bemerkt hatte. Durch einen Spalt im Mauerwerk fiel ein Lichtstrahl ins Innere, in dem sich nur ein Altar mit einem Holzkreuz darauf befand.

Renaud schloss die Tür hinter ihnen und griff wortlos nach dem Kruzifix. Er schaute den jungen Mann an, der eine gewisse Beunruhigung nicht verbergen konnte.

»Glaubst du an das, was hier dargestellt ist?«

»Natürlich.«

Er hielt ihm das Kreuz entgegen.

»Leugne es und spucke darauf.«

»Wie bitte? Ich verstehe nicht, Meister.«

Seine Stimme zitterte.

»Ich sagte, leugne es und spucke darauf. Du hast gerade absoluten Gehorsam geschworen, und du musst alles tun, was ein Anführer von dir verlangt.«

»Nein, das werde ich nicht tun. Ich habe es vor Gott und der Mutter Gottes, im Namen unseres Herrn geschworen. Es zu verleugnen würde bedeuten, all das zu verleugnen, und der Sohn des Barons von Jouy hat nur ein Wort. Alles, nur das nicht, Meister.«

»Es ist notwendig, dass du es tust, Hugues. Es gehört zu den Ordensregeln. Spucke!«

»Ich möchte mit meinem Vater sprechen.«

Der Ton des Präzeptors war ruhig, aber bestimmt: »Du weißt genau, dass dein Vater nicht mehr hier ist. Jetzt gehörst du dem Tempel und musst gehorchen.«

»Nein. Eher bringe ich mich um, Meister.«

Sie starrten einander an, und Renaud las in seinem Blick absolute Entschlossenheit. Das war kein Glauben, sondern eine Frage der Ehre, im Namen des Herrn einen Schwur abgelegt zu haben. Statt zu gehorchen, würde er eher sein Leben geben. Genau wie sein Vater, dickköpfig wie ein Esel. Er beschloss, es anders zu versuchen, und legte die linke Hand auf das Kreuz.

»Spucke wenigstens auf meine Hand.«

Hugues sah ihn hasserfüllt an. Renaud schien seine Gedanken lesen zu können: »Er vertraut mir nicht, er fürchtet, ich könne meine Hand im letzten Moment wegziehen.«

Der junge Mann hatte sich entschieden. Er sammelte Speichel im Mund und spuckte auf den Boden, neben das Kruzifix. Dann kniete er nieder.

»Jetzt könnt Ihr mich ruhig töten.«

Renaud schwieg, dann sagte er: »Lieber Bruder, es kommt nur selten vor, dass ein junger Ritter sofort ins Heilige Land geschickt wird. Die Lage dort wird immer schwieriger, und die Christenheit ist mit anderen Dingen beschäftigt. Der unwürdige Kaiser Friedrich hat, statt zu kämpfen, mit dem Sultan Frieden geschlossen, und Jerusalem ist nur so lange in Christenhand, wie es den Ungläubigen gefällt. Nur wir und die Johanniter sind als Verteidiger von Outremer geblieben, aber die Verluste werden immer gravierender. Wenn einer der Unseren in die Hände der Sarazenen fällt, wird er in der Regel sofort geköpft, denn der Orden zahlt kein Lösegeld. Diejenigen, die weniger Glück haben, werden allen möglichen Foltermethoden unterzogen, damit sie ihren Glauben leugnen. Ich werde dorthin reisen. Man hat mich zum Präzeptor von Akkon bestimmt, und ich soll den Bau einer Festung bei Safed im Landesinneren überwachen. Sie wird die größte von allen werden, sogar größer als Chastel Pelerin. Sobald sie steht, kehre ich nach Frankreich zurück, aber das wird einige Jahre dauern. Du wirst mich begleiten, Bruder Hugues, und wenn du in die Hand der Sarazenen gerätst, Pech für sie.«

Er legte das Kruzifix auf den Altar zurück und ging zur Tür. Bevor er sie öffnete, drehte er sich noch einmal zu dem immer noch knienden und überraschten jungen Mann um. »Nur eins noch. Wenn dich jemand fragt: Du hast alles getan, was man von dir verlangt hat.«

Al-Mansura, 20. Februar 1250

Nein, dachte Renaud, der die schwarzen Banner betrachtete, die von der Mauer hingen, Hugues würde uns niemals verraten.

Zum wiederholten Male fragte er sich, wer der Verräter sein könnte. Er war geradezu besessen davon. Nur vier Menschen kannten den Inhalt der Nachricht, den ihr Spion ihnen von der Entdeckung der Ungläubigen in Jerusalem überbracht hatte: Guillaume de Sonnac, Amaury de Troyes, Hugues und er selbst. Wenn er Hugues ausschloss, blieben nur Sonnac und Amaury. Es war unvorstellbar, dass einer von beiden sie verraten haben könnte, aber es gab keine andere Möglichkeit. Der einzige Trost war, dass keiner von beiden jetzt noch etwas preisgeben konnte.

Er überlegte, ob der Inquisitor mit jemandem gesprochen hatte. Mit dem König? Wahrscheinlich nicht, er hatte keine Beweise und wusste, wie sehr Louis ihn schätzte. Solange Yves le Breton weitersuchte, würde die Frage ungelöst bleiben. Renaud hatte bereits viele Jahre zuvor in Mont Huimeri gelernt, wie gefährlich dieser Mann war. An ihn würde er sich nicht heranwagen, aber er würde Hugues jagen. Vielleicht wäre es das Beste, wenn der Dominikaner al-Mansura nicht lebend verlassen würde.

Ganz in der Nähe, im königlichen Zelt, begann Louis plötzlich zu taumeln. Yves konnte ihn gerade noch am Arm packen und auf einen Stuhl setzen. Vor ihnen standen Geoffroy de Sargines, der Graf von Anjou und ein junger Mann von etwa fünfzehn Jahren, noch bartlos, schmutzig und in Lumpen gehüllt. Er erzählte gerade, dass er als Einziger den Angriff auf ein Schiff des Grafen von Flandern überlebt hatte. Das Schiff, das zu einer Flottille aus Damiette gehört hatte, um dem Heer Nachschub zu liefern, wurde nördlich von al-Mansura von sarazenischen Schiffen angegriffen und zerstört. Er war ins Wasser gesprungen und an Land geschwommen.

Der Graf von Anjou fuhr fort: »Sie haben Schiffe in den

Nilarm gebracht, der von hier nach Damiette führt. Wir müssen Männer dorthin entsenden, um den Nachschub zu sichern.«

Louis, der sich schweigend den Bericht des Jungen angehört hatte, fuhr sich mit der Hand über das Gesicht und murmelte: »Magister, ich hätte gleich auf Euch hören sollen. Das weiß ich jetzt.«

Die anderen schauten zu dem Mönch hinüber, der weiterhin schwieg.

Der Inquisitor hatte drei Tage zuvor lange mit dem König gesprochen, als auf den Beinen des Königs kleine schwarze und braune Flecken erschienen waren. Er hatte ihm erklärt, dass Gott ihn auf den Weg zur Heiligkeit führte, genau wie er es mit den christlichen Märtyrern und seinem Sohn getan hatte, auch ihm hatte er die Qualen am Kreuz nicht erspart. Doch am Ende dieses Weges würde ihn kein Martyrium erwarten, sondern Jerusalem, das himmlische und das irdische. Die Vorfälle der letzten Wochen hatten das Vorhaben Gottes klar aufgezeigt: das Heer des Glaubens ans Meeresufer zurückzubringen. Sie würden mit neuer Kraft zurückkehren und die Ungläubigen endgültig besiegen. In al-Mansura zu bleiben würde dem göttlichen Plan nicht entsprechen.

Louis hatte sich alles nachdenklich angehört und den Mönch dann hinausgeschickt, aber der Angriff auf die Versorgungsschiffe war ein weiteres Zeichen. Er würde sich dem Willen Gottes beugen, wie er es schon sein Leben lang getan hatte.

Kapitel 13

Al-Aqsa

∽❦∼

Al-Qahira, 17 dhu l-qa'da 647 (21. Februar 1250)

Über einen Teppich im großen Saal der al-Aqsa-Moschee gebeugt beendete der *alim* das Gebet zum Sonnenuntergang. Er hatte Allah noch einmal dafür gedankt, ihn vor dem Tod gerettet zu haben, als er jemanden hinter sich spürte. Ohne sich umzudrehen, versuchte er zu erahnen, um wen es sich handelte, als zwei groß gewachsene Männer mit kahl rasierten Schädeln, gehüllt in weite blaue Umhänge, sich auf ihn stürzten. Mamelucken. Sie hatten ihn gefunden.

Abu Sayef al-Muluk, Sekretär des *qadi* von al-Quds, stand langsam auf. Er musste nichts sagen. Einer der Männer griff nach der schweren Tasche, die auf dem Boden stand, und forderte ihn mit einem Nicken auf, den Raum zu verlassen. Während er ihn durchquerte, spürte er, wie ihm der Angstschweiß ausbrach. Die beiden Mamelucken folgten ihm.

Er wurde in einen großen Raum gebracht, an dessen Wänden sich verstaubte Bände mit Gesetzestexten aneinanderreihten. Unter anderen Umständen hätte Abu Sayef, ein leidenschaftlicher Bücherliebhaber, die größte Koran-sammlung der Welt sicherlich bewundert, aber in diesem Moment bemerkte er sie nicht einmal. Er konzentrierte sich auf die beiden Männer, die an einem großen Tisch saßen. Ein mameluckischer Emir und ein, wie es schien, italienischer Kaufmann. Einer der Mamelucken stellte die Tasche auf den Tisch.

Baibars schickte sie hinaus, dann deutete er auf einen Stuhl. Abu Sayef, der immer noch zitterte und aus allen Poren schwitzte, setzte sich.

»Es war nicht leicht, dich zu finden.«

»Mein Herr, an diesem Morgen sind im Lager der *qadi* as-Salih und viele andere Gläubige für den Ruhm Allahs gestorben, Allah sei ihnen gnädig. Allah wollte, dass ich überlebe, und weil al-Mansura voller Ungläubiger war, bin ich nach al-Qahira gereist.«

»Und du dachtest, sie würden uns besiegen.«

»Ich habe nie an unserem Sieg gezweifelt, aber ich bin kein Krieger. Seitdem ich hier Obdach gefunden habe, bete ich unablässig für den Sieg der Gläubigen. Die *ulama* der Moschee können das bestätigen.«

Der Armbrustschütze stand auf, öffnete die Tasche und nahm ein Ledersäckchen heraus. Er schüttete den Inhalt auf den Tisch. Zahlreiche Goldmünzen fielen heraus, einige rollten klirrend auf den Boden. Auch etwas Weißes war darunter, ein zerknittertes Stück Pergament. Baibars griff danach, warf einen Blick darauf und schob mit einem Finger langsam die Münzen auseinander. Dann schaute er zu Umberto und schüttelte bedächtig den Kopf. Keine heidnischen Münzen, nur Dinare des Kalifats von Bagdad, aber trotzdem ein kleines Vermögen.

»Und das hier? Hast du die Münzen als Andenken an deinen Herrn aufbewahrt?«

»Mächtiger Emir, ich habe sie mitgenommen, damit sie den Ungläubigen nicht in die Hände fallen. Ich hätte sie zurückgegeben ...«

»Noch eine Lüge, und ich bringe dich um.«

Baibars' Stimme klang ruhig, aber alle drei wussten, dass er nicht zögern würde, es zu tun.

Abu Sayef war leichenblass mit Schweißperlen auf der Stirn. Er senkte den Blick und legte die rechte Hand auf seinen Kopf.

»Entschuldigt, mein Herr. Ich habe einen Fehler gemacht. Ich habe den Beutel genommen, als ich sah, dass as-Salih tot war, Allah sei ihm gnädig. Ich hätte das Geld sofort zurückgeben sollen.«

Der Mameluck las laut vor: »›Dreihundert Schritte von der kleinen Kirche nach Osten.‹ Was mag das bedeuten?«

»Ich weiß es nicht. As-Salih hat das geschrieben.«

»Wenn er diesen Zettel mit seinem Gold aufbewahrt hat, muss er wichtig für ihn gewesen sein. Welche anderen Wertgegenstände hatte der *qadi* von al-Quds bei sich? Nichts für Fachr ad-Din?«

Der Mann war von der Frage überrascht. Nach einer Weile antwortete er: »Nein, nichts für Fachr ad-Din ... Allah sei ihm gnädig. Da war noch eine Holzschachtel, die der *qadi* seinem Onkel, der Säule des Glaubens, übergeben hat, als wir in al-Mansura angekommen sind. Über den Inhalt weiß ich nichts, aber der *qadi* trug es immer bei sich. Ich weiß nur, dass das Kästchen ihm vom Imam der Qubbat as-Sachra, Ibrahim al-Nasri, übergeben wurde, Allah sei ihm gnädig.«

Baibars blickte zu Umberto, um sich zu vergewissern, dass er verstanden hatte. Der Felsendom war einer der heiligsten Orte des Islam. Die Moschee war von den Umayyaden-Kalifen rund um die Sachra errichtet worden, den Felsen, von dem aus der Prophet seine Himmelfahrt angetreten hatte: die *Isra,* seine geheimnisvolle nächtliche Reise. Zusammen mit der al-Aqsa-Moschee steht sie auf dem Tempelberg in al-Quds.

Der Baron nickte zustimmend. Er hatte die Erzählungen über den Besuch des Kaisers in der Heiligen Stadt mit der goldenen Kuppel gehört. Der Armbrustschütze fuhr fort: »Der Imam ist tot?«

Abu Sayef antwortete leise: »Ja, mein Herr.«

»Wie?«

»Er war schon sehr alt. Er ist plötzlich verstorben, noch vor unserer Abreise.«

»Wie viel Zeit war vergangen, seitdem er das Kästchen dem Emir übergeben hatte?«

»Ein paar Tage.«

»Wie groß war das Kästchen?«

»Nicht sehr groß.«

Abu Sayef beschrieb mit den Händen ein kleines Rechteck, und Baibars dachte, dass der Umfang dem des Elfenbeinkästchens von Fachr ad-Din sehr ähnlich war.

»War es schwer?«

»Nein, ich glaube nicht. Es schien leicht zu sein, aber ich hielt es nie in der Hand.«

»Beschreibe die Situation.«

»Welche Situation?«

»Wie der Imam as-Salih das Kästchen übergeben hat und später den Moment, als es von as-Salih an den Sultan weitergereicht worden ist.«

»Als es an den Sultan ging, war ich nicht dabei. In al-Quds waren wir in der Qubbat as-Sachra. Der Imam erwartete uns und hatte das Kästchen dabei.«

»Hat der Imam etwas zu as-Salih gesagt, als er es ihm überreicht hat?«

Der Mann zögerte und versuchte sich zu erinnern. Baibars fügte hinzu: »Irgendetwas?«

»Ich erinnere mich an nichts Besonderes. Wenn ich mich nicht irre, hat er gesagt, dass er fast die ganze Nacht geschrieben und wenig geschlafen habe. Er sprach von einem Vorhang, der sich gelüftet habe.«

»Was für ein Vorhang?«

»Ein Vorhang im Osten, etwas in dieser Art.«

»Waren noch andere Personen anwesend?«

»Ich glaube nicht, vielleicht der Diener des Imam.«

»Welcher Diener?«

»Der immer an seiner Seite war, den er aus Ägypten mit nach al-Quds gebracht hat.«

»Ist er noch am Leben?«

»Ja, warum?«

»Wie heißt er?«

»Omar.«

»As-Salih hat nie etwas über den Inhalt des Kästchens gesagt?«

»Nein, aber er hat sich deswegen Sorgen gemacht und es nie aus den Augen gelassen. Einmal hat er gesagt, dass das Kästchen auch um den Preis seines Lebens dem Sultan übergeben werden müsste.«

Baibars wandte sich an Umberto, als ob er ihn auffordern wollte, noch eine Frage zu stellen, was dieser auch tat. »Sprach as-Salih Latein, die Sprache der Ungläubigen?«

»Nein, er war ein großer Krieger, aber kein Gelehrter.«

»Und du? Kannst du Latein?«

»Nicht gut, aber ich kann es lesen und mir den Sinn erschließen.«

»Hat as-Salih dich jemals gebeten, etwas aus der Sprache der Ungläubigen für ihn zu übersetzen?«

»Nein, nie, er interessierte sich nicht für die Ungläubigen. Es genügte ihm, gegen sie zu kämpfen.«

»Der Imam von Qubbat as-Sachra beherrschte die Sprache?«

»Ich denke schon. Er war der klügste Mann, den ich jemals getroffen habe.«

»Hat er sich allein mit as-Salih getroffen, um ihm das Kästchen zu geben?«

Wieder schien der Sekretär überrascht, dann antwortete er: »Ja. Sie waren lange allein, ich habe draußen vor der Moschee gewartet.«

»Und danach wirkte dein Herr ganz normal? Schien er besorgt oder zufrieden?«

»Er war ganz und gar nicht zufrieden. Er machte sich Sorgen, weil er das Kästchen bei sich hatte. Als ob es gefährlich wäre.«

»Und wie hat er auf die Nachricht reagiert, der Imam sei tot? War er bestürzt? Überrascht?«

Abu Sayef zögerte wieder, schaute zu Baibars, und das, was er in seinen Augen las, genügte, um weiterzusprechen.

»Nein, überrascht war er nicht, eher resigniert. Er hat nur gesagt, dass Ibrahim al-Nasri, Allah sei ihm gnädig, lange gelebt und viel gesehen hatte.«

»Viel oder zu viel?«

»Er sagte viel. Aber ich glaube, er meinte zu viel und vielleicht …«

»Und vielleicht …?«

»Vielleicht fürchtete er, dass auch er zu viel gesehen hätte.«

Sie waren allein, Abu Sayef war weggebracht worden. Umberto stand auf.

»Warte noch, bis du ihn töten lässt.«

»Er ist ein Dieb und ein Feigling.«

»Ich weiß, aber er könnte uns dennoch nützlich sein. Ein Detail, ein Gesicht. Er ist der Einzige, der etwas gesehen hat und noch lebt.«

»Ja, die Liste der Toten wird länger. Der Sultan, Fachr ad-Din, der *qadi* von al-Quds und der Imam von Qubbat as-Sachra. Wenn ich Templer wäre, würde ich mir Sorgen machen. Und so wird es sein. Ich werde ihn in der Zitadelle einsperren lassen. Wenn wir sicher sind, dass er uns nicht mehr nutzt, wird er sterben. Was hältst du von dieser Geschichte?«

»Der Felsendom, ein leichtes Holzkästchen, Münzen aus der Zeit Neros. Eine Notiz von as-Salih. Der Imam hat ein Dokument gefunden und es dem *qadi* anvertraut, damit dieser es dem Sultan übergibt. Er war ein weiser Mann, vielleicht hat er ja einen Brief beigelegt. Wenn er ausdrücklich davon berichtet, dass er die Nacht schreibend verbracht hat, dann heißt das, dass er das nicht oft getan hat. Es muss wichtig gewesen sein, wie ein Brief, den er dem *qadi* noch mitgeben wollte. Damit hat er sein Todesurteil unterschrieben. Er wusste zu viel, und as-Salih hat ihn umbringen lassen – vielleicht auf Befehl des Sultans, vielleicht auf eigene Initiative, um keinen Zeugen zu haben. Auch wenn der Befehl von ihm kam, hat er möglicherweise einfach den Wunsch seines Onkels vorausgesehen.«

»Was könnte er gefunden haben?«

»Der Kaiser erzählte einmal, dass die Tempelritter zu Zeiten der christlichen Besatzung von Jerusalem ihr Hauptquartier in der al-Aqsa-Moschee aufgeschlagen hatten, auf dem Tempelberg. Sie haben dort Grabungen durchgeführt, aber nichts gefunden, und ich habe gehört, sie hätten sogar Edelsteine verkauft, die sie aus dem Felsen geschlagen hatten. Offensichtlich hatte Euer Imam mehr Glück, oder Pech, wie man in Anbetracht der Umstände sagen muss. Und die Templer haben sich das genommen, was sie für ihr Eigentum hielten. Ich weiß nicht, um was es sich handeln könnte, aber Jerusalem ist durchdrungen vom Christentum und vom Islam. In jedem Fall dürfte es nützlich sein, die kleine Kirche zu finden, die in der Notiz des *qadi* erwähnt wird, und vielleicht auch jemanden, der engen Kontakt zum Imam hatte und dem er etwas anvertraut haben könnte, wie seinem Diener Omar. Im Allgemeinen reden die Gelehrten viel, jedenfalls in meiner Heimat.«

»Im Moment können wir nicht nach Jerusalem reiten, ser Berto, wir müssen erst diesen Krieg gewinnen.«

»Ich könnte allein mit meinen Männern dorthin reisen und in weniger als einem Monat zurück sein. Ich brauche nur einen Führer.«

Baibars stand ebenfalls auf und steckte die Goldmünzen in das kleine Säckchen zurück. Er verzog leicht die Lippen zu etwas, was einem Lächeln nahekam, etwas, das Umberto noch nie an ihm gesehen hatte.

»Du bist jetzt Teil des Krieges.«

Kapitel 14

Turan Schah

❦

*Al-Mansura, Nachmittag des 1 dhu l-hijja 647
(7. März 1250)*

Was will Aybak? Ich bin gerade beschäftigt.«
Der junge Mann mit dem Mardergesicht und
dem dunklen Bärtchen litt unter einem nervösen Tic, der
ihn die linke Schulter hochziehen und das Gesicht ver-
krampfen ließ.

Der dunkelhäutige Eunuch blieb unbeweglich vor al-
Muazzam Turan Schah, dem Sultan von Ägypten, stehen.
Er hatte ihm gerade gemeldet, dass der Kommandant des
Heeres von ihm empfangen werden wollte.

Die Ankunft des neuen Verteidigers der Gläubigen in al-
Mansura am 20 *dhu l-qa'da* war vom Heer mit großem Jubel
aufgenommen worden. Der junge Mann war zu Pferd mit
etwa hundert Reitern durch die schmalen Gassen gezogen,
die Getreuen, die mit ihm aus Hisn Kayfa kamen, darunter
seine eigenen schwarzen Mamelucken, die *al-Muazzami*.
Die Reise war lang gewesen, und sie konnten sich der Verfolgung durch die Männer des Verräters an-Nasir Yusuf von
Aleppo heldenhaft entziehen, so stellte er es zumindest dar.

Die Probleme mit der *Bahriyya* hatten am Stadttor von al-Mansura begonnen. Der neue Sultan hatte dem Kommandanten Aqtay, der ihn bis dorthin begleitet hatte, befohlen, mit seiner Schwadron vor der Stadt zu warten. Er wollte sich dem Heer nicht unter dem Schutz der Mamelucken seines Vaters präsentieren.

Auch die ersten Entscheidungen des jungen Sultans brachten das Machtsystem, das die Emire nach dem Tod des Ayyub errichtet hatten, ins Wanken und dienten nicht der entscheidenden Schlacht gegen die Franken. So war al-Sabih, der Eunuch, der jetzt vor ihm stand, zum *ustadar* ernannt worden, zum Hausvorsteher des Sultans, ein weiterer, Zain al-Din, wurde Anführer der *halqa*, auch wenn Turan Schah diesen Posten während der Reise schon Aqtay versprochen hatte. Die Beförderung der Beamten mit schwarzer Haut war ein Affront gegen die ägyptischen Würdenträger und die Mamelucken, die aus der Türkei und aus Kurdistan kamen. Außerdem hatte sich der neue Sultan zum Erben der immensen Reichtümer des verstorbenen Fachr ad-Din erklärt und sogar von Shajar al-Durr die Juwelen zurückgefordert, die sie von seinem Vater geschenkt bekommen hatte.

»Mein Herr, soll ich ihm sagen, dass Ihr ihn nicht empfangen könnt?«, fragte al-Sabih.

Turan Schah wurde von einem weiteren Tic geplagt, dann antwortete er: »Nein, lass ihn reinkommen.«

Der Eunuch verließ den Saal und kam kurze Zeit später mit Aybak zurück, der sein Schwert am Eingang zurücklassen musste. Hinter ihm positionierten sich zwei *al-Muazzami* mit gezücktem Schwert vor der Tür.

Aybak verneigte sich.

»*Salam alaikum,* mein Herr.«

»*Alaikum salam, atabak.* Was verschafft mir die Ehre deines Besuchs?«

»Ser Berto, der Abgesandte des Kaisers, wartet draußen. Als ich Euch informiert habe, dass er in der Stadt ist, habt Ihr den Wunsch geäußert, ihn zu sehen.«

»Ach ja, richtig. Lass ihn eintreten, du kannst gehen.«

Aybak würde diesem Treffen nicht beiwohnen.

Kurze Zeit später kniete Umberto vor dem Sultan nieder. Nur die schwarzen Mamelucken waren noch im Saal.

»Komm näher. Ich habe schon viel von dir gehört. Man hat mir gesagt, dass du der beste Krieger des Kaisers bist und dass mein Vater, Allah sei ihm gnädig, dir vertraut hat. Das, muss ich gestehen, hat mich am meisten überrascht. Mein Vater hat nur selten jemandem vertraut. Mir zum Beispiel nicht.«

Umberto trat näher. Der Sultan wurde von einem weiteren Krampf heimgesucht und fügte hinzu: »Ich weiß, dass der Kaiser meinen Vater vor der Invasion der Franken gewarnt hat. Hat er dich hierhergeschickt, damit du ihm später berichten kannst, wie wir sie besiegen werden?«

Der Baron begriff sofort, dass anscheinend niemand den Sultan über seine Mission informiert hatte. Er musste sich entscheiden. Wenn er ihm davon erzählen würde, würde er seinen gefährlichsten Gastgeber in Verlegenheit bringen. Wenn er nichts sagen würde, würde ihn das vor seinem neuen Herrn in Schwierigkeiten bringen. Aber er konnte auch nicht ganz ausschließen, dass Turan Schah Bescheid wusste und sich seiner Aufrichtigkeit versichern wollte. Da er aber gewohnt war, rasche Entscheidungen zu fällen, zögerte er nicht.

»Mein Herr, Ihr Vater hat dem Kaiser geschrieben und um meine Anwesenheit hier gebeten.«

Damit hatte er nicht gelogen, aber auch nicht alles gesagt – wobei er auch nicht alles hätte wissen müssen. Der junge Mann vor ihm krampfte erneut. Dann verwandelte sich die Grimasse in ein Lächeln.

»Mein Vater wusste, dass die Ungläubigen besiegt werden würden, auch wenn Fachr ad-Din sich vor meiner Ankunft hat überraschen lassen und das mit seinem Leben bezahlen musste. Jetzt liegt das Schwert des Verteidigers der Gläubigen fest in meinen Händen, und es wird keine weiteren Fehler mehr geben. Erzähl mir vom Kaiser. Wie alt ist er? Es ist unglaublich, dass er *al-Malik* al-Kamil gekannt hat, den Vater meines Vaters, der ihn wie einen Bruder geschätzt hat, Allah sei ihm gnädig. Stimmt es, dass er ausgesprochen kultiviert und Herr eines unglaublichen Harems ist?«

Die Augen des jungen Mannes glänzten gierig, wieder zuckte er zusammen. Umberto fragte sich, ob sein Interesse mehr der Kultur oder dem Harem galt.

»Der Kaiser ist fünfundfünfzig Jahre alt, aber trotz seines hohen Alters bei guter Gesundheit. Er war schon immer sehr neugierig, das ist das Geheimnis seiner großen Kultur. Gerade erst hat er eine Abhandlung über die Falkenjagd geschrieben, aber ich bin Soldat und weiß zu diesem Thema nichts beizusteuern. Aktuell muss er eine Herausforderung auf Leben und Tod mit dem Papst bestehen, aber ich bin sicher, dass er als Sieger hervorgehen wird.«

Turan Schah nickte.

»Der Papst. Ist das der gleiche, der die Franken hierhergeschickt hat? Warum lässt der Kaiser ihn nicht töten? Man hat mir gesagt, dass du ein geschickter Mörder bist, ser Berto. Du könntest es übernehmen.«

»Mein Herr, wenn der Kaiser es mir befiehlt, werde ich es tun. Aber bis jetzt habe ich diesen Befehl noch nicht bekommen. Vielleicht weil man sofort einen neuen Papst wählen würde …«

Turan Schah schaute ihn misstrauisch an und fragte: »Und wen wirst du töten?«

Am nächsten Tag

Im Schatten seines Zeltes drehte Yves die römische Fibel in seinen Händen, als würde die Berührung ihm helfen, das Geheimnis der LEG VI, der sechsten Legion, zu lüften. Was hatte sie mit Amaurys Delirium zu tun? Und mit Nero? Im Lager gab es keine Geschichtsbücher. Niemand hatte gedacht, dass so etwas im Nildelta von Nutzen sein könnte.

Es war leichter, sich zu überlegen, wo Bruder Hugues nun sein könnte. Irgendwo in Outremer. Dort hatten die Templer uneinnehmbare Festungen und waren faktisch keiner Herrschaft unterstellt. Chastel Pelerin, Safed, Akkon. Renaud de Vichiers wusste sicherlich Bescheid, aber wie sollte man ihn zum Reden bringen? Er wandte sich erneut an Mathieu de Bourbon: »Was würdest du tun, Magister? Würdest du mit einem Kreuz in der Hand den Marschall der Templer im Namen Gottes verhaften, um den Preis, für verrückt gehalten zu werden? In Mont Huimeri hast du geduldig gewartet, bevor du zugeschlagen hast. Sicher, Renaud de Vichiers ist keiner, der sich überraschen lässt.«

Nicolas betrat das Zelt.

»Es ist unglaublich, Magister, ich habe gerade gesehen, wie ein Ochse für achtzig Lira verkauft wurde. Schafe und Schweine kosten dreißig und ein Scheffel Wein zehn.«

Das waren hundert Mal höhere Preise als sonst üblich.

»Das ist der Mangel, Nicolas. Gestern haben unsere Schiffe sieben sarazenische Brandschiffe entdeckt, die in einem der vielen Kanäle zwischen hier und Damiette auf der Lauer lagen. Hoffen wir, dass das unsere Leiden lindern wird. Außerdem haben wir Fastenzeit: Brot und Käse reichen aus.«

»Es gibt Barbiere, die das abgestorbene Zahnfleisch aus dem Mund der Kranken pulen, damit sie etwas zu kauen und zu essen haben. Es ist schrecklich.«

Yves legte die Fibel in die Tasche zurück.

»Wir sind gerade im Aufbruch, wir ziehen ans andere Ufer des Kanals. Die Arbeiten, um die Brücke zu befestigen, sind abgeschlossen, und das Heer kann ins Lager des Grafen von Burgund umziehen. Dann reisen wir weiter nach Damiette. Der König hat bereits das Datum festgelegt: die Woche vor Ostern.«

Louis wollte den Rückzug nicht wie eine Niederlage aussehen lassen. Deshalb hatte er beschlossen, die Enden der Schwimmbrücke zu befestigen, damit alle Soldaten sicher auf die andere Uferseite gelangten. Diese hölzerne Barbakane war groß genug, um von beiden Seiten mit einem Pferd darüberreiten zu können. Außerdem war er entschlossen, den Weg auf dem Fluss wieder freizumachen, die Aufbringung der sieben Brandschiffe war ein guter Anfang, auch wenn die feindliche Besatzung fliehen konnte.

In den nächsten Tagen würden vierzig Versorgungsschiffe, eskortiert von zehn Galeeren, Damiette in Richtung al-Mansura verlassen, um den Rückzug zu sichern. Sie würden auch die Verwundeten aufnehmen, die nicht zu Fuß gehen konnten.

Der Inquisitor stand auf und schulterte die Tasche.

»Räum deine Sachen zusammen, ich warte draußen auf dich.«

Er verließ das Zelt und sah sich um. So geschäftig war es im Lager lange nicht zugegangen. Alle waren froh, endlich abziehen zu können.

»Die Franken haben den Rückzug angetreten, die Zeit für einen Angriff ist günstig.«

Turan Schah schaute den Aybak überheblich an und antwortete: »Das habe ich erwartet. Meine Ankunft hat Louis deutlich gemacht, dass sein Untergang unabwendbar ist und er sich kampflos zurückziehen muss.«

Der Sultan zuckte erneut.

Aybak blieb ruhig, auch wenn er mit jedem Tag mehr verstand, warum die Säule des Glaubens diese arrogante Nervensäge weit weggeschickt hatte.

»Mein Herr, Ihr habt mich gebeten, Euch zu informieren, weil Ihr die Schlange persönlich zerquetschen wolltet.«

»Ja, natürlich. Aber nicht heute. Mein treuer Zain al-Din wird den Angriff führen, und du wirst ihn dabei unterstützen. Er wird dich sofort aufsuchen. Sammle die Männer und warte am Stadttor auf ihn.«

»Ich höre und gehorche.«

Aybak verneigte sich und verließ den Raum, dabei versuchte er, seine Wut zu unterdrücken. Es war unerhört, dass der Heereskommandant dem Anführer der *halqa* unterstellt war.

Der Tross war noch damit beschäftigt, den Fluss zu überqueren, als die Sarazenen angriffen. Die Schlacht auf der Südseite mit der Nachhut war blutig. Louis hatte entschieden, als einer der Letzten die Brücke zu überqueren, und war mit Charles d'Anjou und Gaucher de Châtillon sowie einer Schwadron Johanniter noch am anderen Ufer geblieben. Richtung Nil konnten sie die schwarzen Streifen der griechischen Feuerkugeln sehen, die von den Galeeren abgefeuert wurden. Die Feinde griffen sie auch vom Fluss aus an.

Die beiden Dominikaner überquerten die Schwimmbrücke unter einem Hagel aus Pfeilen. Als sich einer genau vor Yves in ein Brett bohrte, sprang er instinktiv zur Seite.

In diesem Moment spürte er etwas an seinem rechten Arm, und ein Pfeil traf den Franziskaner, der vor ihm ging, in den Rücken. Der Mönch sackte nach vorn. Nicolas umfasste das linke Handgelenk des Meisters.

»Magister, sie bringen uns um!«

Yves schüttelte ihn ab. Er hasste es, wenn man ihn berührte, und außerdem stimmte irgendetwas nicht. Er murmelte: »Dann ist es Gottes Wille. Bleib auf jeden Fall unten.«

Der rechte Ärmel seines Gewands war zerrissen, aber er war nicht verletzt. Er kniete neben dem Franziskaner nieder, der mit weit aufgerissenen Augen am Boden lag. Der Pfeil hatte ihn zwischen den Schulterblättern getroffen und sich durch die Brust gebohrt. Nicolas kniete ebenfalls am Boden, ohne den Sinn darin zu verstehen. Diejenigen, die ihnen folgten, machten einen Bogen um sie.

Yves betrachtete die Schwimmbrücke. Die Männer, die sie bewachten, waren ein leichtes Ziel und mussten in Deckung gehen. Noch aber waren keine Sarazenen auf dem Wall zu sehen. Die feindlichen Pfeile wurden aus der Ferne in die Luft geschossen und fielen mehr oder weniger zufällig in Richtung Boden, meist jedoch ins Wasser. Der Pfeil aus der Armbrust jedoch war nicht vom Himmel geregnet. Es war ein gezielter Schuss, und das Ziel war sicher nicht der arme Mönch gewesen. Jemand versuchte, ihn aus dem Weg zu räumen, und er brauchte keine große Fantasie, um sich vorzustellen, wer es war.

Nicolas' Stimme riss ihn aus seinen Überlegungen. »Magister! Er ist tot, wir können hier nicht bleiben.«

Nicolas hatte recht. Yves stand auf und schaute sich demonstrativ um, als wollte er den Schützen herausfordern, sich zu zeigen, was er aber nicht tat. Der Inquisitor ging weiter.

Renaud de Vichiers war ungehalten. Das wäre eine einmalige Möglichkeit gewesen, sich des Inquisitors unauffällig zu entledigen, ein Pfeil mitten in einer Schlacht. Keiner hätte sich darüber weitere Gedanken gemacht, und der Tod von Yves le Breton wäre einer von vielen gewesen. Als er die beiden Mönche beim Überqueren der Schwimmbrücke beobachtet hatte, hatte er nicht gezögert, einem seiner Männer die Armbrust aus der Hand gerissen, war rasch auf den Wall der Befestigung gestiegen, das Gesicht durch den schweren Helm verdeckt. In dem Durcheinander der Schlacht und den herabregnenden Pfeilen der Sarazenen hätte ihn niemand beachtet. Er hatte sorgfältig gezielt und geschossen, aber der Mönch hatte sich unvermittelt zur Seite bewegt, und er hatte sein Ziel verfehlt. Die Dominikaner hatten sich sofort geduckt und hinter den nachfolgenden Männern versteckt – als wüssten sie, woher der Pfeil kam. Sinnlos, es noch einmal zu versuchen. Renaud stieg ruhig wieder hinab und schloss sich seinen Männern an.

Baibars trug keinen Helm, seine schwarzen Augen glänzten. Umberto betrachtete ihn amüsiert. Sie standen auf dem Landungssteg des Sultanspalasts, wo der Emir gerade gelandet war und den Baron willkommen geheißen hatte.

»Wir haben sieben Galeeren auf der Höhe der Moschee des Sieges gestoppt und uns wie Falken auf die Versorgungsschiffe gestürzt, zweiunddreißig konnten wir mitsamt der Besatzung erobern. Weniger als zehn konnten entkommen.«

»Bist du auch *amir al-bahr* – ein Admiral – geworden, Armbrustschütze?«

»Mach keine Witze. Der Sieg über die Flotte der Ungläubigen gebührt dem Bahr und war eine der schwierigsten Aufgaben. Der *atabak* hat sie mir übertragen, was mir eine große Ehre war.«

»Ich weiß, ich weiß, entschuldige. Apropos Aybak, ich habe gehört, dass der Angriff auf die Schwimmbrücke vom neuen Kommandanten der *halqa* angeführt wurde.«

Baibars antwortete nicht, spuckte stattdessen auf den Boden. Dann sagte er: »Gehen wir.«

Die beiden liefen durch al-Mansuras Gassen, während die Sonne bereits unterging. Auf Anweisung des neuen Sultans war das Hauptquartier der *Bahriyya* nicht mehr im Palast untergebracht.

Essensduft erfüllte die engen Gassen, es roch nach Gewürzen und gegrilltem Schaffleisch. Beim Anblick des Armbrustschützen verneigten sich die Entgegenkommenden.

Baibars sagte lange nichts, dann meinte er: »Du kennst die Franken und weißt, wie sie denken. Was werden sie tun?«

»Sie haben keine andere Wahl, als zu verhandeln. Aber es wird dauern, bis sie das akzeptieren werden.«

Louis war erschöpft von der Schlacht, die noch bis zum Sonnenuntergang währte und bei der er an vorderster Front gekämpft hatte. In den letzten vier Wochen, so dachte sich Yves, war der König um zehn Jahre gealtert, und er fragte sich, ob er je wieder zu Kräften kommen würde.

Es war tief in der Nacht, und die übliche Versammlung im Zelt des Königs war gerade zu Ende gegangen. Der Rückzug ins Lager des Grafen von Burgund war mit weniger Verlusten einhergegangen als befürchtet. Die Barbakane war niedergebrannt worden, auf der gegenüberliegenden Uferseite wachte eine Kompanie von Armbrustschützen. Der Kanal bildetet jetzt die Verteidigungslinie, auch wenn die Brücke aus Schiffen nicht zerstört worden war. Eine katastrophale Nachricht war indes der Verlust der Versorgungsschiffe. In der Versammlung hatte es wie immer unterschiedliche Meinungen gegeben. Der päpstliche Legat und der Graf von Anjou hatten vorgeschlagen, sofort nach Damiette aufzubrechen. Guy d'Ibelin, wie alle Männer von Outremer mit Sinn fürs Praktische, hatte dagegen – um Zeit zu gewinnen und auf neuen Nachschub zu warten – Verhandlungen mit den Ungläubigen ins Spiel gebracht.

Mit den Ungläubigen verhandeln. Die Niederlage eingestehen. Der König hatte geantwortet, dass Christus nie mit dem Teufel verhandelt hatte. Dann hatte er sie alle entlassen, nur Yves sollte bleiben.

Als sie unter sich waren, bekreuzigten sie sich zum Abendgebet. Dann hatte der König den Mönch gefragt: »Was denkt Ihr darüber?«

»Sire, jetzt nach Damiette aufzubrechen und dem Heer in diesem Zustand einen solchen Marsch zuzumuten wäre das Ende. Wir brauchen Nachschub und die Eskorte von allen noch verfügbaren Galeeren.«

»Ja, Ihr habt recht. Immerhin liegt der Kanal zwischen uns und den Ungläubigen. Morgen werden wir eine Nachricht nach Damiette schicken und um Nachschub bitten ... Gibt es sonst noch etwas?«

Louis war das Zögern des Inquisitors nicht entgangen.

»Ja, Sire. Es geht um ein Thema, das von Eurer Seite einer eingehenden Betrachtung verlangt. Es ist meine Pflicht, mit Euch darüber zu sprechen. Wir müssen verhindern, dass die Ungläubigen uns angreifen, während wir so schwach sind. So könnten viele gute Christen gerettet werden, die Gott Euch anvertraut hat ...«

»Sicher, aber das liegt nicht in unserer Hand. Vielleicht greifen sie noch einmal an, vielleicht kommen sie den Nil hinauf und fallen uns in den Rücken.«

Yves' Schweigen war Antwort genug. Louis fuhr fort: »Ihr schlagt Verhandlungen vor? Aber ich bin nicht wie Friedrich. Ihr habt gehört, was ich zu Guy d'Ibelin gesagt habe: Unser Herrgott hat niemals mit dem Teufel verhandelt.«

»Unser Herrgott hat nicht mit dem Teufel verhandelt, aber gesprochen hat er mit allen, auch mit den Sündern, und ihnen damit die Möglichkeit gegeben, die Wahrheit zu erkennen und zu konvertieren. Vielleicht können wir mit den Ungläubigen sprechen, um das Heer zu retten. Ohne Zugeständnisse zu machen. In ihrer Religion muss man einen Waffenstillstand akzeptieren, wenn der Feind ihn anbietet, und das können wir tun. Wir könnten sogar einen Austausch vorschlagen: Jerusalem gegen Damiette. Vor dreißig Jahren, zu der Zeit der *expeditio crucis* von Jean de Brienne, waren sie dazu bereit.«

Der König dachte lange nach. Dann murmelte er: »Segnet mich, Magister. Wir werden mit diesen Menschen sprechen, aber das müsst Ihr übernehmen. Ihr seid der Einzige, dem ich vertraue und der ihre Sprache spricht ... Jerusalem ... Wenn sie akzeptieren und wir Jerusalem im Tausch gegen Damiette bekommen, dann hätte ich nicht versagt. Ich hätte mein Versprechen erfüllt. Wer wird Euch begleiten? Wohl die Großmeister der Orden, Renaud de Vichiers und Hugues de Revel. Beide sprechen Arabisch und sind den Umgang mit den Ungläubigen gewohnt.«

»Wie Ihr wünscht, Sire. Vielleicht wäre auch Monsieur de Sargines hilfreich.«

»Aber er spricht kein Arabisch.«

»Wir könnten übersetzen. Er hat große Erfahrung, Sire, das ist eine wichtige Gabe.«

»So sei es. Verfasst in meinem Namen eine Nachricht und bittet um ein Treffen mit unseren Vertretern. Ich werde mein Siegel daruntersetzen.«

Im Morgengrauen verließ Yves das Zelt. Nicolas schlief auf dem Boden vor dem Lagerfeuer, an dem sich die Ritter des Königs wärmten. Der Inquisitor tippte ihn mit dem Fuß an. Der junge Mann schreckte hoch, schaute ihn mit weit aufgerissenen Augen an, stand auf und taumelte ihm hinterher. Yves dachte, dass auch er etwas schlafen musste. Als der König Renauds Namen genannt hatte, hatte er überlegt, ob er versuchen sollte, ihn von der Mission auszuschließen, sich dann aber dagegen entschieden. Der Templer hatte schließlich das gleiche Problem wie er: Keiner konnte den anderen im Augenblick offen angreifen. Immerhin hatte er vorgebaut, als er Geoffroy ins Spiel gebracht hatte – und das nicht nur wegen seiner Erfahrung. Dessen Schwert hatte ihm schon einmal das Leben gerettet.

»Sie werden al-Sabih und Zain al-Din treffen.«

Turan Schah war offensichtlich sehr zufrieden. Aybak hatte ihm gerade König Louis' Nachricht überbracht, in der er um ein Treffen bat. Der Sultan hatte daraufhin den Kommandanten des Heeres von den Verhandlungen ausgeschlossen und stattdessen nur schwarze Eunuchen ausgewählt.

Aybak versuchte es noch einmal: »Wenn Ihr es wünscht, mein Herr, kann ich auch gehen.«

»Du hast eine zu wichtige Position, *atabak*. Wenn wir den Heereskommandanten persönlich schicken, könnten sie das als Zeichen der Schwäche deuten. Außerdem entsenden die Franken auch keine hochrangigen Vertreter, immerhin kommen sie zu uns und wissen nicht, wie wir sie empfangen werden. Sie können nicht sicher sein, dass sie unsere Gäste sind, sie sind Feinde und haben die Länder der Gläubigen angegriffen.«

Der Sultan krampfte. Aybak begriff, dass weiteres Insistieren zwecklos war. Da kam ihm eine Idee.

»Ich höre und gehorche. Beherrschen die klugen und tapferen Männer, die Ihr schickt, die Sprache der Ungläubigen?«

»Nein, ich glaube nicht. Aber ist das wichtig? Viele Ungläubige sprechen unsere Sprache, sie werden sicher jemanden schicken, der sich verständlich machen kann.«

»Das glaube ich auch, mein Herr, aber es könnte sehr nützlich sein zu hören, was sie in ihrer Sprache bereden, ohne zu ahnen, dass wir sie verstehen.«

Der Sultan krampfte erneut.

»Ich wusste gar nicht, dass du neben deinen unzähligen Fähigkeiten auch die Sprache der Ungläubigen beherrschst.«

Aybak ignorierte seinen Sarkasmus.

»Nein, mein Herr. Ich spreche ihre Sprache nicht, aber unter uns gibt es einen, der das tut. Ser Berto könnte als mameluckischer Emir verkleidet am Treffen teilnehmen.«

Der Sultan dachte nach. Der Gesandte des Kaisers hatte ihm gefallen.

»Wäre er dazu bereit? Immerhin gehört er auch ihrer Religion an.«

»Ich glaube nicht, dass er irgendeiner Religion angehört.«

Aybaks Stimme verriet ein gewisses Missfallen, aber das schien Turan Schah zu amüsieren.

»So sei es. Wenn er dazu bereit ist, besorgst du ihm ein Mameluckengewand. Ich könnte ihn zum Kommandanten über tausend Männer ernennen oder sogar zum Anführer der *Bahriyya*. Was meinst du?«

Das sollte eine weitere Provokation sein, aber wieder einmal tat Aybak so, als bemerkte er sie gar nicht.

»Ich höre und gehorche.«

Kapitel 15

Die Verhandlungen

ᘓᘓᘔᘓᘓ

Al-Mansura, 11. März 1250 (5 dhu l-hijja 647)

Bei Sonnenaufgang erreichten Yves und Nicolas die am
nördlichen Ende der Schwimmbrücke errichtete Barriere. Eine Gruppe von Bogen- und Armbrustschützen
hielt Wache. Sie alle verbeugten sich vor dem Inquisitor,
der mit der rechten Hand ein Kreuz in die Luft zeichnete.
Er war schon seit der Dämmerung auf den Beinen, nach
den Laudes hatte er rasch etwas Brot und Käse gegessen, im
Moment ihre einzige Verpflegung. Nicolas gähnte. Yves
schaute ihn mit einer Mischung aus Wohlwollen und Vorwurf an. Er hatte ihm schon so oft gesagt, dass ein Mönch
nie Müdigkeit zeigen durfte, aber auch er hatte nur wenig
geschlafen, die Zusammenkunft im Zelt des Königs hatte
sich bis spät hingezogen.

Das Treffen mit dem Feind sollte an diesem Morgen am
Südufer des Kanals stattfinden, in einem Zelt, das neben
den Überresten der schwimmenden Brücke aufgestellt
worden war. Die Sarazenen hatten bereits einen Durchgang durch die verkohlten Überreste geschlagen. Yves versuchte, sich die genaue Position des Armbrustschützen vor-

zustellen, der den armen Franziskaner getötet hatte. Fast meinte er, ihn vor sich zu sehen, wie er zielte, das rote Kreuz auf dem weißen Panzerhemd. Nicolas' Stimme riss ihn aus seinen Gedanken.

»Sie kommen.«

Er drehte sich um. Geoffroy de Sargines, Hugues de Revel und, kurz dahinter, Renaud de Vichiers kamen näher, alle unbewaffnet. Er konzentrierte sich auf den Großmeister der Templer. Er kam allein, mit entschlossenem Schritt und hatte sich in den schneeweißen Mantel des Ordens gehüllt, als wollte er sich noch vor der Kühle der Nacht schützen. Der Templer schloss zum Inquisitor auf und fragte ihn: »Seid Ihr schon lange hier? Ich hatte verstanden, dass wir uns bei Sonnenaufgang treffen.«

»Macht Euch keine Gedanken, Ihr habt genau richtig verstanden. Wir sind es gewohnt, sehr früh aufzustehen, und ich habe die Zeit genutzt, um mir die Überreste der Schwimmbrücke anzusehen. Vorgestern wurde ich auf der Brücke von einem Armbrustpfeil gestreift, der den Mönch vor mir getötet hat. Ich versuche nachzuvollziehen, wie das geschehen konnte, denn es war ein gezielter Schuss, und auf dieser Seite der Wehranlage standen keine Sarazenen.«

Es klang nicht wie eine Anklage, aber sein Gegenüber hätte es als solche auffassen können. Doch Renaud war niemand, der sich in die Karten schauen ließ. Auch er blickte jetzt auf die Reste der Holzkonstruktion auf der anderen Uferseite und nickte.

»Das kann leider passieren. In der Hitze des Gefechts

muss irgendein Stümper einen Pfeil abgeschossen haben. Das war nicht das erste Mal und wird nicht das letzte Mal sein. Ihr habt Glück gehabt, Magister. Für den Mönch tut es mir leid. Kanntet Ihr ihn?«

»Nein, aber er war trotz allem unser Bruder.«

»Sicher, wir werden für ihn beten. Wenn Ihr wollt, können wir weiterreiten.«

Für den Templer war das Thema erledigt. Yves wandte sich an Nicolas: »Warte hier auf uns.« Dann sagte er zu den anderen: »Meine Herren, möge Gott uns begleiten, uns leiten und den Geist der Ungläubigen verwirren.«

»Amen«, antworteten sie im Chor.

Dann bekreuzigten sie sich und ritten Yves über die Brücke hinterher.

»Die beste Garantie wäre der König.«

Der *ustadar* al-Sabih hatte den Satz fast beiläufig ausgesprochen. Yves übersetzte, und Geoffroy de Sargines antwortete: »Daran ist überhaupt nicht zu denken! Bevor wir den König als Geisel hierlassen, sollen sie uns lieber alle töten.«

Das Treffen dauerte bereits Stunden. Die vier christlichen Gesandten hatten zwischen zwei Reihen *asakir* der *halqa* hindurchreiten müssen, bevor sie vor dem Zelt, das für das Treffen vorbereitet worden war, auf eine Delegation aus drei Personen trafen: einem dunkelhäutigen Mann mittleren Alters in einer prächtigen schwarzen Seidentunika, der sich als *ustadar* al-Sabih vorgestellt hatte, dem Anführer der *halqa,* Emir Zain al-Din, auch er dunkelhäutig, und einem Mamelucken in einem blau-goldenen Kettenhemd. Vor allem Letzterer erregte die Neugier des Inquisitors. Er war etwa dreißig, hatte durchdringende dunkle Augen und einen kurzen schwarzen Bart, schien kein Ägypter, eher Türke zu sein, wie viele mameluckische Emire. Er schien sehr aufmerksam, aber schweigsam, und als der Inquisitor ihm eine direkte Frage gestellt hatte, hatten die anderen beiden geantwortet. Yves hatte daraus geschlossen, dass er nicht dabei war, um zu verhandeln. Was wollte er dann bei diesem Treffen?

Das Gespräch hatte für die königlichen Gesandten äußerst zufriedenstellend begonnen. Yves hatte recht: Für Turan Schah war Damiette wichtiger als Jerusalem, so wie er es beim Großvater des Sultans erlebt hatte. Nach nicht enden wollenden Wortgefechten hatten die Abgesandten des Sultans dem Tausch zugestimmt. Darüber hinaus würde sich der Sultan um die Verletzten und sogar um die Kriegsmaschinen des christlichen Heeres kümmern, bis Louis wiederkommen und sie abholen könnte. Dann hatte man die Abgesandten des Königs gefragt, welche Garantien sie für die Rückgabe von Damiette geben würden. Yves hatte, wie bei der gestrigen Versammlung vereinbart, geantwortet: Ein Bruder des Königs, der Graf von Anjou oder der Graf von Poitiers, würde als Geisel bei ihnen bleiben. Daraufhin hatte der *ustadar* den Vorschlag mit dem König gemacht, der Geoffroy so aufgebracht hatte.

Yves fuhr ihn an, duzte ihn und sagte im Pariser Dialekt: »Reg dich nicht auf! Sie verstehen alles, was wir sagen!«

Ihm war aufgefallen, dass der Mameluck Geoffroy bei

seinen Worten aufmerksam gemustert hatte. »Ich weiß nicht, wer du bist«, folgerte Yves, »aber ich habe verstanden, warum du hier bist.« Dann wandte er sich an den *ustadar* und entgegnete freundlich: »Der König hegt große Zuneigung für seine Brüder. Jeder von ihnen ist ihm wichtiger als er selbst.«

Al-Sabih lächelte süßlich.

»Da bin ich mir sicher, aber für uns haben sie nicht den gleichen Wert. Der König wäre die beste Garantie für die Einhaltung der Abmachungen.«

»Mein Herr, wie Ihr Euch sicher vorstellen könnt, haben wir nicht die Macht, das zu entscheiden. Wir werden Eure Frage an den König weiterleiten.«

»Sie werden uns den König niemals geben.«

Umberto hatte deutliche Worte gefunden und sie direkt an Turan Schah gerichtet. Er war immer noch als Emir verkleidet. Kaum war das Treffen zu Ende gewesen, hatten die drei Mitglieder der ägyptischen Delegation den Sultan aufgesucht, der sie mit Aybak im Palast erwartete. Al-Sabih hatte das Treffen zusammengefasst.

Turan Schah wirkte wenig überrascht.

»Das hatte ich mir schon gedacht. Was für einen Eindruck hattest du, ser Berto?«

»Mein Herr, wie der *ustadar* bereits gesagt hat, wurde ihre Delegation von einem Mönch angeführt. Er hat sich als Yves le Breton vorgestellt. Ein Inquisitor. Vielleicht habt Ihr schon von ihnen gehört: Sie gehen grausam gegen Ketzer vor, die sie oft bei lebendigem Leib verbrennen lassen.«

Die anderen nickten, als läge das in der Natur der Sache. Umberto überraschte sich bei dem Gedanken, dass seine Gesprächspartner einen feindlichen religiösen Fanatiker eher akzeptieren konnten als einen Gottlosen. Er fuhr fort: »Sie nannten ihn ›Magister‹, und die Ehrerbietung, die sie ihm entgegenbrachten, lässt darauf schließen, dass er dem König sehr nahesteht, vielleicht sogar einer seiner Beichtväter ist. Er hat auch begriffen, dass ich sie verstehe, und am Ende einen französischen Dialekt benutzt. Mein Eindruck ist, dass sie in ernsthaften Schwierigkeiten stecken, aber immer noch glauben, glimpflich davonzukommen. Sie sind bereit, Dimyat gegen al-Quds zu tauschen, halten einen solchen Tausch sogar für einen großen Erfolg. Aber, wie gesagt, den König würden sie uns niemals als Geisel überlassen. Auf jeden Fall ist ihr wichtigstes Ziel, Zeit zu gewinnen, vielleicht erwarten sie Verstärkung.«

Aybak schaltete sich ein. »Sie haben immer noch viele Schiffe in Dimyat, sie könnten noch einmal versuchen, den Bahr hinaufzusegeln.«

Turan Schah hatte mit geschlossenen Augen zugehört. Als er sie öffnete, sah er sehr zufrieden aus: »Sie haben sich zum Rückzug entschlossen, der durch die Schiffe abgesichert werden soll. Sie versuchen nur, Zeit zu gewinnen, weil sie einem weiteren Angriff nicht standhalten würden.«

Aybak rief: »Dann lasst sie uns sofort angreifen und zu Ende bringen, was wir begonnen haben.«

Der Sultan krampfte und sah ihn misstrauisch an.

»Ich entscheide, wie wir vorgehen werden. Wir warten ab und greifen an, sobald sie sich bewegen. Dann sind sie am schwächsten und auf den Kampf nicht vorbereitet, dann wollen sie nur ihre Haut retten. Ihr könnt gehen.«

»Ich höre und gehorche.«

Aybak und alle anderen verneigten sich. Umberto dachte bei sich, dass dieser junge Mann nicht so dumm war, wie alle glaubten. Aber seine Selbstgerechtigkeit würde ihn zu Fall bringen. Niemand durfte sich erlauben, Aybak in dieser Weise zu behandeln, nicht einmal ein Sultan.

Al-Qahira, 10 dhu l-hijja 647 (16. März 1250)

Die verschleierte junge Frau, die in einen leichten schwarzen Umhang, einen *jilbab,* gehüllt war, lief leichtfüßig und rasch durch das Labyrinth aus Gassen neben dem Bahr. Bald würde es Abendessen geben, es roch nach gegrilltem Hammel und Gewürzen. Es waren kaum noch Passanten unterwegs, ganz anders als am Tag, wo es hier von Menschen nur so wimmelte. Das Tor des großen Hauses stand einen Spalt offen. Sie schlüpfte hinein, und die Pforte schloss sich hinter ihr.

Shajar al-Durr würdigte den Mann am Eingang keines Blickes und überquerte den Innenhof, der mit weiß-blauen Fliesen gepflastert war, die Mitte schmückte ein Springbrunnen. Aus einem Zimmer im Erdgeschoss drang Licht. Die junge Frau trat ein. Baibars erwartete sie schon.

»*Marhaba,* Shajar.«

»*Marhaba, Bunduqdari.* Danke, dass du gekommen bist. Es ist lange her …«

Die sinnliche, etwas zögerliche Stimme ließ ihn erschaudern.

»Stimmt ... aber du wirst mich nicht gerufen haben, um über die Vergangenheit zu sprechen, nehme ich an«, antwortete er, ohne einen gewissen Groll in der Stimme verbergen zu können. »Wir waren Kinder.«

Shajar ging auf ihn zu und berührte den Zipfel des blauen *hizar,* seiner Tunika. Er konnte den Duft ihrer Haut riechen.

»Ich habe dich nie vergessen.«

»Du hast inzwischen Karriere gemacht. Der Sultan, dann Fachr ad-Din, jetzt Aybak, und ich bin sicher, das waren nicht alle ...«

»Ich war dazu gezwungen, es ist wie ein wilder Tanz: Wenn du stehen bleibst, fällst du zu Boden.«

»Es ist der Tanz der Macht, Shajar. Und du beherrschst ihn trefflich. Warum hast du mich rufen lassen?«

»Weil ich gehört habe, dass du die Franken bei al-Mansura besiegt hast, und ich dem Wunsch, dich zu sehen, nicht widerstehen konnte.«

»Bin ich plötzlich auch würdig, mit dir zu tanzen?«

»Rede nicht so. Du weißt genau, dass du der Einzige bist, den ich wirklich geliebt habe. Wir waren keine Kinder, wir waren Sklaven. Heute ist das, was du Macht nennst, und das, was wir unter so vielen Opfern erreicht haben, unsere Freiheit.«

»Ich glaube nicht, dass Macht jemals irgendwen befreit hat. Vielleicht nur noch mehr zum Sklaven.«

»Ich fühle mich nicht wie eine Sklavin, Armbrustschütze. Ich bin frei, und als freie Frau sage ich dir, dass ich dich immer noch will.«

»Das ist gefährlich.«

»Zwischen uns war es immer gefährlich, nicht nur heute. Das weißt du, und du wusstest es, als du meine Einladung angenommen hast … jetzt bist du hier. Wenn Aybak das herausfindet, dann lässt er uns beide umbringen, egal was du jetzt sagst oder tust. Und dann soll es das doch auch wert sein, meinst du nicht?«

Sie kam immer näher.

»Zieh mir den *jilbab* aus, darunter bin ich nackt.«

Kapitel 16

Isabelle

Zwischen al-Mansura und Damiette, 6. April 1250
(2 muharram 648)

D er Tag der Abreise war gekommen. Die Dunkelheit der Nacht würde die Evakuierung des Lagers erleichtern, und die Matrosen würden Feuer am Ufer anzünden, um den Weg zu den Schiffen zu weisen. Der König hatte den Befehl gegeben, die Seile der Brücke zu kappen, aber ein Hagel aus Pfeilen von der anderen Uferseite verhinderte dieses Vorhaben.

Für die Sarazenen schien die Abreise ein Signal zum Angriff zu sein: Zum Trommelwirbel stürmten sie voran und schrien »*Allahu akbar!*«. Sechzig Bogen- und Armbrustschützen versuchten den Rückzug zu decken. Die Angreifer an der Spitze wurden zwar getroffen, die nachfolgenden Soldaten aber ritten über ihre Körper und kümmerten sich nicht weiter um die Pfeile. Als sie bei den Verteidigern angelangt waren, gab es einen kurzen Kampf, den keiner der Franken überlebte. Anschließend rannten die *asakir* zu den Zelten des christlichen Lagers, das bereits halb verwaist war. Dort waren nur noch Kranke, die nicht transportiert werden konnten. Sie wurden sofort getötet. Eine Menschenjagd begann. Die Ersten waren die weniger Schwerverletzten, die auf die Schiffe gebracht werden sollten. Dabei dienten die Feuer der Matrosen auch den Angreifern zur Orientierung. Wie Wachhunde, die ihre Herde verteidigen wollen, stürzten sich die Johanniter der Eskorte auf den Feind, doch sie wurden überwältigt und massakriert. Nur wenige erreichten die Schiffe.

Isabelle hatte das Lager mit dem Treck verlassen. Karren gab es keine mehr. Die Ochsen, die sie hätten ziehen sollen, waren trotz der Fastenzeit geschlachtet und gegessen worden. In der Nacht waren sie von einem Sarazenentrupp angegriffen worden. Es hatte viele Tote gegeben, unter den Flüchtenden war Panik ausgebrochen. Einige hatten jegliche Orientierung verloren, waren sogar umgekehrt und dem Feind direkt in die Arme gelaufen. Isabelle war mit Elaine und Marie unterwegs, den jungen Frauen, mit denen sie das Zelt und nach Jocerans Tod auch das Gewerbe teilte. Sie hatten sich in einem der zahlreichen Bewässerungskanäle versteckt und gewartet, bis die Sarazenen wieder abgezogen waren. Dann hatten sie ihren Marsch fortgesetzt. Über den Himmel waren brennende Pfeile gezuckt, die man von den Schiffen aus abgefeuert hatte. Der Fluss konnte also nicht weit sein, und Isabelle hatte verstanden, dass sie den Fluss auf ihrer linken Seite haben mussten, wenn sie den richtigen Weg nehmen wollten.

Im Morgengrauen waren sie auf eine Gruppe von etwa hundert Mann gestoßen, darunter auch Zivilisten und Geistliche. Ihnen hatten sie sich angeschlossen.

Yves wischte sich mit dem Ärmel der Tunika den Schweiß von der Stirn. Die Sonne stand hoch am Himmel und brannte auf sie nieder. Der König war hinter ihm, er saß auf einem kleinen Gaul mit einer seidenen Satteldecke, Baron de Seignelay führte die Zügel. Louis umklammerte den Sattelknauf. Vornübergebeugt, mit gesenktem Kopf murmelte er Gebete. Er stank nach Kot. In der Nacht war er mehrere Male ohnmächtig geworden. Die Ruhr hatte ihn so sehr gequält, dass sie ihm die Rückseite seiner Hose aufgeschnitten hatten, damit er nicht ständig anhalten und vom Pferd steigen musste, um sich zu erleichtern. Alles, was vom mächtigsten Heer der Christenheit übrig geblieben war, umgab ihn, dezimiert in Hunderte von Rinnsalen wie der Nil.

Der König hatte sich geweigert, die Galeere zu besteigen, die den päpstlichen Legaten und den Mauclerc fortgebracht hatte. Er würde, so hatte er verkündet, die Seinen nicht verlassen. Aber die Seinen hatten ihn verlassen. Geblieben waren ihm nur seine Eskorte und die Reste der Schwadron von Gaucher de Châtillon, Männer in zerfetzten Kleidern, fast alle zu Fuß. Am frühen Morgen hatte die sarazenische Kavallerie angegriffen und sich dem König genähert. Sargines hatte sie mit seiner Pike abgewehrt, und jemand hatte ihn mit einem Diener verglichen, der seinen Herrn mit einem Besen gegen die Fliegen verteidigt. Yves und Nicolas hatten nichts tun können, außer zu beten. Die Sarazenen waren zurückgeschlagen worden, aber sie verfolgten sie aus der Ferne. Und es wurden immer mehr.

Sie befanden sich vor einem Dorf mit Lehmhäusern, und Geoffroy wandte sich an den König: »Sire, vielleicht sollten wir anhalten und versuchen, etwas Proviant zu finden.«

Louis starrte ihn nur wortlos an. Yves schaltete sich ein.

»Er ist zu müde. Wir können nicht weitergehen. Handelt nach bestem Gewissen, möge Gott uns schützen.«

Sargines nickte und schrie so laut, als ob der Befehl vom König selbst käme: »Wir rasten in diesem Dorf!«

»Es ist vorbei, wir haben ihn.«

Zain al-Dins Tonfall verriet Erleichterung. Auf seinen Wink hin lösten sich zwei Manipel Reiter und umstellten das Dorf.

Neben dem Kommandanten der *halqa* nahm Baibars den spitzen Helm mit den blau-goldenen Federn ab. Es war glühend heiß. Er zog einen weißen Stoff aus seiner Satteltasche und wand es sich wie einen Turban um den rasierten Schädel. Aybak hatte ihm befohlen, Zain al-Din bei der Verfolgung des Frankenkönigs zu begleiten.

Unterdessen verbreiteten zahlreiche Boten die Siegesnachricht. Der nächtliche Marsch hatte das feindliche Heer völlig zerfasert. Die Schiffe, die den Bahr hinuntergefahren waren, waren beim Anblick der ägyptischen Schiffe geflohen und hatten an Land Tausende von verzweifelten Männern zurückgelassen. Die mutlosen Ungläubigen ergaben sich kampflos.

»Langsam, ganz langsam.«

Seignelay und ein weiterer Ritter hoben den König aus

dem Sattel und trugen ihn in eine Hütte, aus der sie vorher die Bewohner vertrieben hatten. Im ersten Raum standen wenige Möbel, auf dem Boden lag ein alter schmutziger Teppich in verblassten Farben. Dort legten sie Louis ab. Nach ihnen betraten Yves, Nicolas, Geoffroy und die anderen die Hütte. Louis hatte die Augen geschlossen. Bei seinem Anblick verzog Brisac, der königliche Arzt, das Gesicht. »Wahrscheinlich«, so sein Urteil, »erlebt er den Abend nicht mehr.«

Auch eine junge Frau, die ihnen seit heute Morgen gefolgt war, hatte sich ins Zimmer geschlichen. Als sie die Worte des Arztes hörte, kniete sie sich ganz selbstverständlich auf den Teppich, griff nach Louis' Kopf und bettete ihn in ihren Schoß. Den Gestank schien sie gar nicht wahrzunehmen.

Alle waren wie versteinert.

Geoffroy wollte sie gerade wegstoßen, aber Yves, der sie anstarrte, als hätte er gerade einen Geist gesehen, legte ihm die Hand auf den Arm. Genau in diesem Moment schlug der König die Augen auf und blickte in das engelsgleiche Gesicht über ihm. »Meine liebe Frau«, murmelte er, »Ihr seid wunderschön.«

»Magister ...«, flüsterte Geoffroy Yves zu, »das ist eine Hure. Man nennt sie *Chérie*.«

Der Mönch wandte den Blick nicht von ihr ab und entgegnete mit heiserer Stimme: »Jetzt ist sie ein Trost für den König. Denkt an die Sünderin im Lukasevangelium. Jesus schickt sie nicht weg, und sie benetzt die Füße des Herrn mit ihren Tränen, trocknet sie mit ihren Haaren und erfährt Vergebung und Erlösung. Wer sind wir, diese Frau zu entfernen?«

Geoffroy sah ihn erstaunt an. Yves dachte, dass er ihn womöglich für einen Feigling halten könnte, aber keiner hier würde ihn verstehen.

Nicolas spürte seine Verwirrung.

»Magister, fühlt Ihr Euch nicht wohl?«

Der Inquisitor antwortete nicht. Er war leichenblass, schüttelte erst den Kopf, dann ging er auf die Frau zu, die weiterhin die Haare des Königs streichelte.

»Wie heißt du?«

»Isabelle, Vater.«

»Woher kommst du?«

»Aus Paris.«

»Und wie bist du hierher geraten?«

»Ich bin die Tochter von Meister Jean, dem Schlachter. Er starb in …«

Ein Mann stürzte ins Zimmer. Es war Graf Philippe de Montfort von der königlichen Eskorte. »Wir sind umzingelt!«

Geoffroy lief sofort zur Tür, Yves und Nicolas folgten ihm.

Ein Trupp der feindlichen Kavallerie hatte das Dorf umstellt. Im Moment standen die Sarazenen unbeweglich unter der sengenden Sonne, aber so würde es nicht bleiben. Die Männer von Graf von Châtillon waren aus dem Haus getreten und versuchten, eine Barrikade zu errichten. Der Inquisitor kniff die Augen zusammen und betrachtete die Sarazenen. Einer kam ihm bekannt vor. Sargines zog sein Schwert.

»Unter diesen Umständen können wir mit dem kranken König nicht fliehen. Es bleibt uns nur, kämpfend zu sterben.«

»Dass wir im Kampf sterben werden, ist sicher, mein Herr. Aber nicht heute. Wartet hier auf mich.«

Yves ging ins Haus zurück und schüttelte den König vorsichtig.

»Sire?«

Louis öffnete die Augen und lächelte Isabelle zu. Als er den Mönch bemerkte, lächelte er auch ihn an.

»Magister, Ihr auch im Paradies? Ihr habt mir so oft gesagt, dass wir hier enden werden. Habt Ihr die Heilige Jungfrau gesehen?«

»Sire, entschuldigt, aber wir sind noch immer im Tal der Tränen, und das ist nicht die Heilige Jungfrau, sondern eine junge Frau aus Paris. Die Sarazenen haben uns umstellt und sind uns zahlenmäßig weit überlegen.«

Der König versuchte, sich hochzuziehen, war aber zu schwach. Sein Kopf sank in Isabelles Schoß zurück. Yves fuhr fort: »Strengt Euch nicht so an. Sie werden von einem Emir befehligt, den ich aus al-Mansura kenne. Einer der Ratgeber des Sultans. Wenn Ihr einverstanden seid, kann ich versuchen, mit ihm einen Waffenstillstand auszuhandeln, auch wenn wir dieses Mal, so fürchte ich, die Bedingungen nicht diktieren können.«

Louis zögerte nicht: »Ich bin einverstanden. Geht, möge Gott Euch segnen.«

Yves verließ das Zelt und ging zu Sargines und Montfort.

»Der König ist einverstanden. Wir können einen Waffenstillstand mit ihrem Anführer aushandeln – der Emir, den wir in al-Mansura kennengelernt haben und den ihr sicher schon erkannt habt.«

Geoffroy musterte den Feind und antwortete, ohne sich umzudrehen: »Nein, ich habe ihn nicht erkannt, aber er ist es tatsächlich, der Anführer der Leibwache des Turan Schah. Und der neben ihm sieht aus wie der Hüne, der sie befehligte, als sie uns im Februar angegriffen haben.«

Yves horchte auf.

»Baibars. Der Gleiche, der aus dem Zelt von Scecedin geflohen ist?«

Das war das dritte Mal, dass sich ihre Wege kreuzten. Dieses Mal sah er ihn endlich aus der Nähe.

»Nun ja, möglich. Es könnte gefährlich werden, Magister, wir begleiten Euch.«

»Ihr bleibt beim König. Sire de Montfort wird mich begleiten.«

Der Mönch drehte sich zum Grafen um.

»Gehen wir.«

»Magister, ich komme auch mit!«

Nicolas rannte ihnen nach.

»Nein, du bleibst hier.«

Der Tonfall duldete keinen Widerspruch. Außerdem, wenn die Sarazenen sie umbringen würden, dann wären auch die anderen nicht mehr lange am Leben.

Zwei Männer kamen auf sie zu. Zain al-Din erkannte sofort den Mönch, den Berater des Königs. Er wurde von ei-

nem bewaffneten Soldaten begleitet. Er sagte zu Baibars:
»Sie wollen einen Waffenstillstand. Komm.«

Er ließ sein Pferd im Schritt gehen, Baibars folgte ihm.

Auf halbem Wege trafen sie sich. Die beiden Emire blieben im Sattel sitzen. Yves begrüßte sie auf Arabisch.

»*Salam alaikum.*«

Zain al-Din wünschte ihnen keinen Frieden, der Koran verbot den Frieden mit den Ungläubigen. Möglich war nur ein begrenzter Waffenstillstand, nicht länger als zehn Jahre.

»Ich freue mich, dich bei guter Gesundheit zu sehen.«

»Ganz meinerseits, *amir.*«

Yves deutete auf Baibars.

»Ich habe das Gefühl, den Emir neben dir schon einmal gesehen zu haben. Auch dir wünsche ich Frieden.«

Zain al-Din antwortete: »Emir Baibars al-Bunduqdari von der *Bahriyya* ist ein großer Krieger, den du vielleicht auf dem Schlachtfeld gesehen hast. Wie können wir dir helfen?«

»Der König bittet um einen Waffenstillstand.«

Marcel, der Diener aus Châtillons Schwadron, litt unter Hitze und Durst und suchte Schatten hinter einer der Hütten des Dorfes. Während der letzten Schlacht war er am Arm verletzt worden, und der Schmerz war höllisch. Es war sinnlos weiterzumachen. Wenn er noch die Hoffnung aufrechterhalten wollte, nach Hause zurückzukehren, um seine Frau und seine beiden kleinen Kinder wiederzusehen, mussten sie sich ergeben und hoffen, dass die Sarazenen sie gehen lassen würden. Aus der Ferne hatte er das Treffen zwischen Vater Yves und den Sarazenen beobachtet. Sicherlich hatte er ihnen im Namen des Königs ihre Kapitulation angeboten. Als er sah, dass der dunkelhäutige Emir vom Pferd stieg, schloss er daraus, dass die Niederlage akzeptiert worden war. Es galt, keine Zeit mehr zu verlieren. Marcel schrie mit aller Kraft, die ihm geblieben war: »Ritter, ergebt euch! Das ist ein Befehl des Königs! Rettet das Leben des Königs!«

Alle nahmen an, dies sei tatsächlich ein königlicher Befehl, und legten die Waffen nieder. Als die Sarazenen das sahen, gaben sie den Pferden die Sporen, ritten ins Dorf und nahmen sie gefangen. Nur Gaucher de Châtillon leistete Widerstand. Mit gezogenem Schwert tötete er zwei Sarazenen, während er »Châtillon!« schrie. Dann bohrte sich eine Lanze in seine Kehle.

»Was machen die denn da?«

Yves und Montfort verstanden nicht, was vor sich ging. Der Emir hatte den Waffenstillstand angenommen, war vom Pferd gestiegen und wollte als Zeichen des Respekts für ihren Vertrag dem Mönch gerade den Ring überreichen, den er am Finger trug, als Lärm aus dem Dorf ihre Aufmerksamkeit erregte. Die Franzosen hatten die Waffen niedergelegt, und die muslimische Kavallerie galoppierte auf die Häuser zu. Sie hatten sich ergeben. War der König etwa tot?

Zain al-Din schaute zu Baibars und steckte den Ring zurück an seinen Finger.

»Meine Herren, ich kann niemandem einen Waffenstillstand anbieten, der sich schon ergeben hat. Ihr seid frei und könnt gehen, wohin ihr wollt. Ich werde den König holen.«

Er stieg wieder auf sein Pferd und fügte erklärend hinzu: »Ihr seid die Botschafter.«

Er galoppierte davon. Baibars und der Inquisitor schauten sich an, und jeder las Neugier in den Augen des anderen, dann folgte der Mameluck dem Emir. Yves sah ihnen nach und fragte sich, woher dieser Mann mit den hellen Augen wohl stammte und was es mit dem weißen Fleck auf sich hatte.

Montfort hatte von ihrem Gespräch auf Arabisch kein Wort verstanden.

»Was geht hier vor, Magister?«

»Unsere Männer haben sich ergeben, ich weiß nicht, warum. Wir als Botschafter sind frei. Wir können gehen.«

»Und was wird aus ihnen?«

»Sie werden sie töten oder für ein Lösegeld am Leben lassen. Ich weiß es nicht. Kommt. Wenn der Emir sein Wort hält und wir gehen können, wohin wir wollen, dann sind wir selbst inmitten von Gefangenen frei. Außerdem versteht hier niemand die Sprache des jeweils anderen.«

Yves ging entschlossen in Richtung Dorf, gefolgt von Montfort, der noch immer nichts verstand.

Als sie vor der Hütte ankamen, in der sie den König zurückgelassen hatten, wurde dieser gerade herausgebracht. Sargines und Seignelay hielten ihn untergehakt, während Baibars und die anderen Mamelucken in Blau und Gold mit gezückten Krummsäbeln einen Korridor bildeten. Es schien ihm etwas besser zu gehen, er konnte sogar einige Schritte machen. Yves sah Nicolas nahe der Tür. Der Kommandant der *halqa* verzog das Gesicht, als der Gestank des Königs zu ihm drang, dann kniete er nieder und murmelte etwas Unverständliches.

Louis schaute den Emir verwirrt an.

»Im Namen des mächtigen und barmherzigen Allah, bitte folgt mir und sagt Euren Rittern, sie sollen sich ruhig verhalten.« Es war Yves' Stimme. Alle drehten sich zu ihm um. Der König schaute ihn mit Tränen in den Augen an.

»Magister, es ist vorbei ...«

»Nein, Sire, es ist nie vorbei. Bleibt stehen. *Qaf!*«

Er hob die Kutte an und rannte auf zwei Sarazenen zu, die Isabelle gepackt hatten und in eine Hütte zerren wollten. Es war offensichtlich, was sie vorhatten. Die junge Frau versuchte, sich zu befreien, aber ohne Erfolg. Keiner der Ritter würde auch nur einen Finger rühren, um eine Prostituierte zu retten.

Als er den Mönch sah, stürzte einer der beiden Sarazenen nach vorn und schwenkte den Krummsäbel, während der andere weiter Isabelle umklammert hielt.

Yves blieb stehen und sagte auf Arabisch: »Im Namen Gottes, lasst sie los.«

Der Mann hob den Säbel und richtete ihn auf die Kehle des Dominikaners.

»Du darfst den Namen Gottes nicht aussprechen, du bist nur ein dreckiger Ungläubiger.«

»Vielleicht kann ich nicht im Namen Gottes sprechen, aber der Prophet hat gesagt, dass den Frauen Respekt gebührt. ›Im Namen Allahs, des Allerbarmers, des Barmherzigen. Ihr Menschen! Fürchtet euren Herrn, der euch aus einem einzigen Wesen geschaffen hat, und aus ihm das entsprechende andere Wesen, und der aus ihnen beiden viele Männer und Frauen hat sich ausbreiten lassen. Fürchtet Allah, in dessen Namen ihr einander zu bitten pflegt, und die Blutsverwandtschaft.‹«

Der *askari* und der Inquisitor starrten einander an, die Aufmerksamkeit aller war auf sie gerichtet. Es war, als hätte der immer noch erhobene Säbel plötzlich die Hand gewechselt. Baibars gab einen knappen Befehl, den Yves nicht verstand. Der Sarazene ließ den Säbel sinken, warf dem Dominikaner einen hasserfüllten Blick zu und ging von dannen. Der andere hatte bereits die Frau losgelassen, die sich weinend in die Arme des Mönches warf.

Yves stieß sie von sich. Der Körperkontakt hatte ihn verwirrt, aber was ihn noch mehr irritierte, war die Tatsache, dass die junge Frau aufs Haar einer anderen glich, die ihm vor vielen Jahren das Gesicht und die Kutte mit Blut befleckt hatte.

Kapitel 17

Der Schüler

Mont Huimeri, 13. Mai 1239
(Mont Aimé, Champagne, Frankreich)

Alles war bereit in dem sanft abfallenden Lager vor der Burg der Grafen der Champagne, eingefasst von dem Vorgebirge, das die bewaldete Ebene zwischen Reims und Troyes dominierte. Das erste Licht der Morgendämmerung leuchtete noch zart.

Der junge Dominikanermönch zog die schwarze Kapuze zurück, um besser sehen zu können. Er entdeckte ein mit Sommersprossen bedecktes Gesicht mit einem weichen roten Flaum. Er zuckte zusammen. Das musste die noch kühle Morgenluft sein? Oder doch die Person, die vor ihm stand?

Aus den Diözesen Reims und Sens waren Tausende von Menschen herbeigeströmt, um dem Schauspiel beizuwohnen. Sie sammelten sich am Rand des Lagers, Dutzende bewaffnete Männer hielten sie zurück. Die Ehrengäste waren noch nicht aus der Burg gekommen, allen voran der Hausherr Thibaut, Graf der Champagne und König von Navarra. Auch der Erzbischof von Reims, Henri de Dreux, der Präzeptor der Tempelritter in Frankreich, Renaud de Vichiers, fünfzehn Bischöfe und die wichtigsten Adligen der Region würden anwesend sein.

Der Mönch zählte sorgfältig die Pfähle, unter die bereits ordentliche Reisigbündel gelegt worden waren, und rannte den Hügel hinauf zu seinem betagten Mitbruder Mathieu de Bourbon, der unter einer großen Eiche auf ihn wartete.

»Hundertdreiundachtzig, Magister.«

Der alte Inquisitor nickte und schaute seinen Mitbruder an, in dem er eine jugendliche Verwirrung spürte, die aber gleich wieder verschwunden war. Keine leichte Aufgabe, die Gott ihnen gegeben hatte.

»Es sind Ketzer, Yves. Sie verdienen kein Mitleid. Das Feuer wird sie von ihren Sünden reinigen. Außerdem sind wir nicht ihretwegen hier … also hundertdreiundachtzig. Hast du es bemerkt? Einer oder, besser, eine fehlt. Und wir wissen auch, wer.«

Yves le Breton schaute ihn ergeben an und dachte, dass der Magister wie immer recht hatte. Er durfte den Schwächen des Teufels nicht erliegen. Ketzerei und Korruption auszulöschen, wo auch immer sie sich verborgen hielten, das war eine heilige Mission, und er musste Gott danken, dass der Herr ihm als Führer Magister Mathieu an die Seite gestellt hatte.

Mathieu schaute über seine Schulter und kniff die kurzsichtigen Augen zusammen, um besser sehen zu können.

»Ist er das?«

Yves drehte sich um.

»Ja, Magister. Das ist Robert le Bougre.«

Einige Männer stiegen vom Schloss zum Lager hinab. Zwei von ihnen waren Brüder aus ihrem Orden, der eine, Robert, klein und rundlich, der andere, Giacomo, war hochgewachsen und sein Schatten. Ihnen folgten drei bewaffnete Männer, die Eskorte, die der König dem vom Papst delegierten Inquisitor zur Seite gestellt hatte.

Robert kannte die Sünde der Häresie aus eigener Erfahrung, als junger Mann war er Teil einer katharischen Sekte in Mailand gewesen. Aus dieser Zeit stammte sein Beiname le Bougre, der Bulgare, da Bulgarien von Bogomilen und Katharern heimgesucht worden war. Danach hatte er die Häresie verleugnet, war in den Orden der Predigerbrüder eingetreten und hatte Jagd auf die Ketzer gemacht. In ganz Nordfrankreich hatten die Scheiterhaufen gebrannt. Man sagte, er habe außerordentliche Fähigkeiten, Geständnisse zu erpressen, und könne sogar Familienmitglieder dazu bringen, gegeneinander auszusagen. Er war sogar so weit gegangen, gegen einige Adlige vorzugehen, darunter, so wurde gemunkelt, sogar der mächtige Graf der Champagne, den man verdächtigte, den Sekten auf seinem Besitz gegenüber zu nachsichtig zu sein. Der fanatische Fleiß des Bulgaren hatte deshalb bei den örtlichen Kirchenoberen für Irritationen gesorgt, sodass der Papst vor fünf Jahren festgelegt hatte, dass die Brüder in einer Erzdiözese nur auf Anfrage des Erzbischofs tätig werden durften.

Das Wirken von Bruder Robert für den Schutz des Glaubens in diesen dunklen Zeiten war aber so wertvoll, dass der Papst ihm vor einem Jahr ausdrücklich sein Mandat als Inquisitor bestätigt hatte. Der junge und streng gläubige König Louis war der Meinung, dass die einzige Art und Weise, mit einem Häretiker umzugehen, die war, ihm ein Schwert in den Bauch zu rammen. Er hatte dem Bulgaren eine bewaffnete Eskorte zur Verfügung gestellt, damit er vor Attentaten geschützt war, denen leider bereits einige Inquisitoren zum Opfer gefallen waren. Mathieu hatte seinem jungen Schüler erklärt, dass die Präsenz der königlichen Soldaten eine Art war, Graf Thibaut, der vor einigen Jahren zum König von Navarra gekrönt worden war, zu verstehen zu geben, dass auch sein großer und blühender Besitz Teil des Königreichs Frankreich war und in diesem Land, nach Gott, allein Louis herrschte.

An diesem Morgen schickte Robert le Bougre sich an, seinen Triumph zu erleben.

So etwas hatte es noch nie gegeben. Hundertdreiundachtzig Häretiker würden alle zusammen bei lebendigem Leib verbrannt, nachdem sie vor dem Kirchengericht verurteilt worden waren, zu dem auch, nach dem Willen König Louis', Mathieu de Bourbon gehörte. Man hatte sie in allen Diözesen des Nordens festgenommen. Ehemals hatten sie zu einer manichäischen Sekte gehört, die von Augustinus aus Afrika vertrieben worden war und sich in der Champagne festgesetzt hatte. Dort war der Anführer einer Räuberbande zu ihnen konvertiert. Die Gruppe hatte sich in Mont Huimeri niedergelassen, gut versteckt in den Wäldern. Dort stand allerdings auch die Burg des Grafen der Champagne. Das war der von Gott bestimmte Platz, und Robert le Bougre hatte ihn für die endgültige Reinigung der Häretiker ausgewählt.

In letzter Zeit war in diesem Gebiet eine alte Manichäerin mit Namen Arborea beobachtet worden, die gemäß den Sektenregeln weder Fleisch noch Eier und Käse zu sich nahm. Die Bevölkerung sah in ihr aufgrund ihres Verzichts und ihrer Kasteiung eine Art Heilige. Jeden Sonntag trafen sich Menschen bei ihr, auch wenn sie nicht an die Eucharistie glaubte. Arborea war vor einigen Jahren festgenommen und verbrannt worden, aber die Häresie hatte weiter bestanden, denn sie hatte einen Sohn hinterlassen, Tibaldo, der ebenfalls festgenommen worden war und den das gleiche Schicksal erwartete.

Der Anführer der Häretiker war aber ein anderer, der selbst ernannte Erzbischof von Moranis, ein Mann um die fünfzig, groß gewachsen und kräftig, mit noch schwarzem Bart, der beim Prozess aber in einem erbärmlichen Zustand gewesen war. Die *quaestiones,* denen er unterzogen worden war, waren grausam gewesen. Yves wusste, dass dieses Vorgehen *ad eruendam veritatem* – also zur Wahrheitsfindung – nötig war. Das war eines der ersten Dinge gewesen, die ihm der Magister erklärt hatte, als er noch ein Novize gewesen war: Der Einzige, der die Wahrheit kannte, war der Angeklagte, und die Aufgabe des Inquisitors war es, sie ans Licht zu bringen, auf die eine oder die andere Art. Der Häretiker aber hatte der Folter standgehalten. Um ihn nicht zu töten, hatten die Männer des Bulgaren ihr Werk nicht vollenden können. Für das Schauspiel ganz zum Schluss brauchten sie ihn lebend.

Aus den Aussagen der Komplizen war jedoch deutlich geworden, dass sich die Sekte nicht nur in der gesamten Region ausgebreitet hatte, sondern auch unter dem Einfluss der Katharerbewegung stand, die sich im Süden Frankreichs unter dem Schutz des mächtigen Grafen von Toulouse ausbreitete und auch noch nicht gänzlich ausgerottet war, trotz militärischem Eingreifen und Scheiterhaufen. Yves hatte die Hinterhältigkeit des angeblichen Bischofs stark beeindruckt. Um keine Aufmerksamkeit auf die Aktivitäten der Sekte zu ziehen und seine Anhänger nicht dazu zu zwingen, über ihren perversen Glauben zu lügen, der die Institutionen und Sakramente der katholischen Kirche leugnete, hatte er einigen Schülern Beinamen gegeben: Taufe, Heilige Kommunion, Heilige Maria, Heilige Kirche, Römisches Recht und Hochzeit. In den Befragungen hatten die Häretiker dergestalt behauptet, an die Kirche und das Kirchenrecht zu glauben. Das hatte den Inquisitoren natürlich bewiesen, wie gefährlich die Vorgänge waren, die auf den Ländereien des Grafen der Champagne stattfanden. Der Bischof von Moranis und seine Vetteln sollte deshalb aus gutem Recht die göttliche Strafe treffen.

Eine andere junge Frau, kaum mehr als zwanzig Jahre alt, eine gewisse Roxanne, die während des Prozesses von Robert le Bougre befragt worden war, hatte erklärt, dass sie in der Nacht des Karfreitags, während sie an der Seite ihres Mannes geschlafen hatte, bis nach Mailand gebracht worden war, wo sie bei der Messe die versammelten Häretiker bedient hatte. Während ihrer Abwesenheit hatte ein Dämon, der ihr Aussehen angenommen hatte, fleischlichen Verkehr mit ihrem Mann gehabt, der in allen Einzelheiten vor Gericht beschrieben worden war. Eine unglaubliche Geschichte, dennoch hatten der Bulgare und die anderen Richter die junge Frau für glaubhaft gehalten. Alle waren tief beeindruckt gewesen. Nur Mathieu hatte Yves einen Blick zugeworfen, völlig emotionslos, wie man es ihm beigebracht hatte.

Bruder Robert hatte auch eine andere junge Frau entlastet, die sogenannte »Äbtissin« von Provins namens Giselle. Der Inquisitor hatte erklärt, die Frau habe ihre Sünden gebeichtet und versprochen, die Namen vieler anderer Ketzer preiszugeben.

Yves sah, dass der Bulgare sie bemerkt hatte und mit seinem unverwechselbar schwungvollen Gang auf sie zukam. Sein Bruder Giacomo indes begleitete die Wachen zu den Pfählen.

»*Pax vobiscum.*«

Statt mit dem üblichen »*Et cum spiritu tuo*« zu antworten, zitierte Mathieu Jeremia: »*Pax erit vobis, non veniet super vos malum.* – Es wird euch wohlgehen, es wird kein Unheil über euch kommen.«

Robert war einen Moment lang perplex. Er war ein Mann, der die Gedanken seines Gegenübers in fast diabolischer Weise lesen konnte, und etwas in Mathieu beunruhigte ihn. Der alte Mönch in der Dominikanerkutte schien zu spüren, dass der Häretiker von einst noch nicht ganz ausgemerzt war. Vielleicht weil der alte Inquisitor in der Zeit, in der der Bulgare in Mailand gewesen war, Menschen wie ihn auf dem Scheiterhaufen verbrannt hatte. Eine instinktive Verbindung zwischen Jäger und Beute, die die Veränderung in ihrem Leben nicht berührt hatte, und wenn, dann nur oberflächlich.

Der Bulgare bemühte sich trotzdem, unterwürfig zu sein, wie es unter den Brüdern des heiligen Dominikus Pflicht war.

»Ihr seid früh auf den Beinen, Magister.«

»Weißt du, Robert, in meinem Alter schläft und isst man wenig. Das Problem ist, Yves für die Vigilien aus dem Bett zu bekommen, aber er wird sich daran gewöhnen. Wie hast du geschlafen? Ich habe dich bei den Laudes nicht gesehen.«

»Ich habe die ganze Nacht kein Auge zugetan, Magister. Ich musste die letzten Vorbereitungen treffen.«

Just in dem Moment, als er sich zu dem mit Pfählen übersäten Lager umdrehte, wurde ein weiteres Kreuz aufgestellt. »Heute ist ein großer Tag. Für die Kirche und für unseren Orden. Die Reinigung der Champagne von der häretischen Irrlehre. Der Abschluss jahrelanger harter Arbeit *ad maiorem Dei gloriam* – zur größeren Ehre Gottes. Ich hätte ohnehin nicht schlafen können.«

»Stimmt, das kann ich mir vorstellen. Wann werden sie herunterkommen?«

»Schon bald. Sie sammeln sich bereits im Burghof und warten nur auf mein Zeichen. Wo werdet Ihr sein, Magister? Es wäre mir eine Ehre, Euch zwischen König Thibaut und Erzbischof Henri an meiner Seite zu haben.«

»Ich bleibe lieber unter diesem Baum. Ich mag die

Menge nicht. Meine Glieder sind müde, und bald schon steht die Sonne hoch. Von hier aus kann ich alles gut sehen.«

Der Bulgare war verblüfft. Noch nie hatte ihn jemand als Teil einer Menge betrachtet, aber er hatte keine Zeit für weitere Erklärungen. Und nicht von diesem Mann.

»Wie es Euch gefällt, Magister. Mit Eurer Erlaubnis werde ich jetzt nachsehen, ob alles bereit ist.«

Mathieu nickte ihm zu, und der Inquisitor ging raschen Schrittes in Richtung des Kreuzes davon. Kurz darauf lief einer seiner Männer den Hügel hinauf und hob die Hand. Das war das Zeichen.

Eine lange Prozession schritt den Hügel hinunter. An der Spitze ein Kreuz, gefolgt von zwei Priestern und anderen Geistlichen, dann die Standarten des Königs von Frankreich und des Königs von Navarra sowie des Grafen der Champagne, später kamen Thibaut neben dem Erzbischof, die Bischöfe, einige Tempelritter und die Barone der Region. Hinter ihnen, mit großem Abstand, die Häretiker, die aneinandergebunden waren und von ihren Wächtern grob vorwärtsgestoßen wurden. Yves hatte sie bereits während des Prozesses gesehen: arme Leute, unwissende Bauern, ein paar Handwerker der Schmiede- oder Webkunst.

Der Bulgare erwartete sie in feierlicher Pose neben dem Kreuz, die Hände unter der Kutte wie zum Gebet gefaltet. Er wirkte größer als sonst, und Yves bemerkte, dass er sich auf eine kleine Bodenerhebung gestellt hatte.

Die Ketzer wurden an die Pfähle gebunden. Einige schrien, andere weinten, viele wirkten abwesend, wie gelähmt. Zwei oder drei versuchten, kaum dass ihre Fesseln gelöst wurden, zu fliehen, aber sie wurden sofort gefasst und wieder zu den Pfählen gebracht. Die Menge sah gebannt zu, während unter dem Kreuz Robert le Bougre, Thibaut, der Erzbischof und der Präzeptor der Templer, umgeben von Standarten, Geistlichen und Soldaten, die Autorität verkörperten.

Mathieu de Bourbon saß am Boden und beobachtete die Szene voller Gleichgültigkeit. Yves betete hingegeben im Stehen: »*Pater noster, qui es in caelis, sanctificetur nomen tuum, fiat voluntas tua ...*«

Eine kraftvolle Stimme erhob sich über alle anderen. Bereits an den Pfahl gebunden, wandte sich der Bischof von Moranis ein letztes Mal an seine Gefolgsleute: »Habt keine Angst! Ihr seid gerettet, weil ich euch freispreche! Nur ich werde verdammt sein, denn es gibt niemand Höheren, der mich freisprechen kann.«

Bei diesen Worten riss Robert einem Diener eine brennende Fackel aus der Hand, ging auf den Häretiker zu und schwenkte die Fackel wie ein Schwert. Yves hatte das Gefühl, als würde die Vorahnung der Mutter des heiligen Dominikus wahr werden: Sie hatte von einem schwarz-weißen Hund mit einer Fackel im Maul geträumt, der die Welt in Brand setzte. Er murmelte: »Ich bin gekommen, Feuer auf die Erde zu werfen; was wollte ich lieber, als dass es schon brennte!«

Mathieu sah zu, die Augenlider halb geschlossen. Er wirkte fast erheitert.

»Das ist nicht Dominikus' Hund, Yves.«

Unterdessen stand der Bulgare vor dem Bischof. Nachdem er die Fackel in den Himmel gereckt hatte, reichte er sie einem Diener, der sie sofort an ein Reisigbündel unter dem Pfahl hielt. Die vorgeschriebene Prozedur war gewahrt, erlaubte es doch die päpstliche Bulle Mönchen nicht, die Strafe selbst zu vollstrecken.

Andere Fackeln entzündeten die Feuer. Sofort erhoben sich kreischende Schreie, die sich in fürchterliches Wimmern verwandelten. Schon bald verdeckte der Rauch die Szene. Das Holz war noch feucht von der Nacht, das Atmen fiel schwer.

Der Rauch ruinierte das so sorgfältig arrangierte Schauspiel, daran hatte keiner gedacht. Auf der anderen Seite waren noch nie zuvor so viele Menschen auf einmal öffentlich verbrannt worden, sodass man Lehren daraus hätte ziehen können. Thibaut, der Erzbischof und die anderen Gäste stiegen rasch zum Schloss hinauf und versuchten, es nicht allzu überhastet aussehen zu lassen. Robert le Bougre und Bruder Giacomo blieben allein zurück, erst nach kurzem Zögern folgten sie ihnen. Auch die Menschenmenge ging langsam auseinander und löste sich dann enttäuscht vollends auf.

Durch die dichten Rauchwolken erkannte man nur die Flammen und das große Kreuz, das etwas Gespenstisches hatte.

Der Rauch reichte nicht bis zur Eiche, und Yves konnte nicht umhin zu denken, dass der Magister das alles vorausgesehen hatte und sich deshalb nicht von dort wegbewegt hatte. Es begann nach verbranntem Fleisch zu stinken, auch wenn der Wind in die andere Richtung wehte. Yves brach das Schweigen: »Es ist vorbei, Magister.«

»Ja, so ist es. ›Und wenn jemand nicht gefunden wurde, geschrieben in dem Buch des Lebens, der wurde geworfen in den feurigen Pfuhl.‹ Jetzt sind wir dran.«

Zwei Tage später

Das Knarren einer Tür durchbrach die nächtliche Stille des Schlosses. Bruder Giacomo schob eine in einen schwarzen Umhang gehüllte Gestalt hindurch, deren Gesicht von einer Kapuze verdeckt war. Dann schloss er die Tür und hielt davor Wache.

Der kleine Raum wurde von zwei brennenden Kerzen erhellt, die zu beiden Seiten eines Kruzifixes standen. Robert le Bougre erhob sich von seinem Lager und ging auf Roxanne zu. Er löste das Band, das ihren Umhang zusammenhielt, der daraufhin zu Boden glitt. Die junge Frau war nun nackt und zitterte vor Kälte.

Giacomo hatte sie aus dem Verlies geholt und dem Wächter gesagt, der Meister wolle sie verhören. Dann hatte er sie ins Zimmer des Bulgaren gebracht, wie er es schon so oft mit ihr und anderen Frauen getan hatte.

Die weniger Willigen waren zwei Tage zuvor verbrannt worden. Roxanne und die Äbtissin Giselle waren verschont worden, sie sollten noch weitere Informationen liefern. Die Entscheidung über Roxanne hatte der Bulgare erst in der Nacht vor der Verbrennung getroffen, nachdem ihm die junge Frau gezeigt hatte, dass ihr Tod ein großer Verlust für ihn wäre.

Roxanne war wunderschön. Sie war hochgewachsen, hatte schwarze Haare und blaue Augen. Und sie war klug. Sie hatte gespürt, dass der einzige Weg zum Überleben darin lag, dem allmächtigen Magister Robert gefällig zu sein. Deshalb hatte sie nicht gezögert, vor Gericht die Zusammenkunft der Häretiker in Mailand und die fleischliche Vereinigung ihres Mannes mit dem Dämon in ihrer Gestalt zu schildern, wie man es von ihr verlangt hatte.

Der Bulgare zog sein Nachtgewand aus und war ebenfalls nackt. Er zog sie an sich und umfasste ihre üppigen Brüste. Dabei murmelte er etwas Unverständliches in einer fremden Sprache. Roxanne hatte noch nie ein Wort in italienischem Dialekt gehört, und vor der Ankunft der Inquisitoren hatte sie auch noch nie von Mailand und Häretikern gehört.

Der Bulgare drückte sie aufs Bett, legte sich auf sie und begann zu stöhnen. In seiner Lust bemerkte er das dumpfe Geräusch von draußen nicht. Einen Augenblick später wurde die Tür aufgerissen, und das Licht einer Fackel fiel auf ihre nackten Körper.

Robert le Bougre wandte sich mit einem Schrei ab, ein kehliger Laut wie von einem tödlich verwundeten Tier. Zwei *servientes* in liliendekorierten Kettenhemden packten ihn, hoben ihn hoch und präsentierten ihn in seiner erregten Blöße Mathieu, Yves und dem Erzbischof von Reims, der sich bekreuzigte. Andere *servientes* von König Louis warteten vor der Tür. Einer von ihnen hielt den leichenblassen Giacomo fest und presste ihm eine Hand auf den Mund.

Mit ernster Stimme erklärte Mathieu de Bourbon: »Robert, kraft meiner Autorität, die mir von Gregor, dem obersten Diener des Herrn, verliehen wurde, enthebe ich dich deines Amtes als Richter über die Häretiker. Das Kapitel des Predigerordens wird deinen Ausschluss veranlassen. Du wirst unter der Aufsicht des Königs bleiben, und der Heilige Vater wird über dein Schicksal entscheiden.«

Der Bulgare versuchte verzweifelt, sich zu verteidigen: »Magister, ich kann alles erklären. Diese Hexe hat mich verzaubert. Es ist der Dämon, der ihr Aussehen angenommen hat, wie sie es bereits vor Gericht gestanden hat.«

»Erspare uns weitere Beleidigungen unserer Intelligenz«, antwortete Mathieu unbeirrt. »Diese Hure ist deine Komplizin. Sie weiß nicht mal, wo Mailand liegt, und hat nur die Lüge wiederholt, die du ihr in den Mund gelegt hast. Aber du kannst beruhigt sein, wir kümmern uns auch um sie. Jemand erwartet sie schon seit zwei Tagen.«

Mathieu gab den Wächtern ein Zeichen, die den Bulgaren hinter sich herzogen.

Roxanne hatte sich erhoben und schaute ihn verständnislos an. Sie verstand kein Latein, wusste aber instinktiv, dass sich ihre Situation nicht verbessert hatte.

Als Yves den Körper der jungen Frau sah, wurde er in den Strudel der Sünde gezogen. Mit einer raschen Geste hob er den Umhang vom Boden auf und bedeckte ihre Nacktheit. Doch eine flüchtige Berührung ihrer Schulter steigerte seine Erschütterung nur noch mehr.

Er begann im Geiste ein Gebet zu sprechen, das erste, das ihm in den Sinn kam: *»Ave dulcissima et immaculata Virgo Maria, gratia plena, Dominus tecum. Benedicta tu in mulieribus ...«*

Er zwang sich, den Blick von der Frau abzuwenden, und schaute zu seinem Meister. Was er sah, war ebenso großartig wie fürchterlich, er würde den Anblick nie vergessen. Der Schatten der brennenden Fackel fiel auf das Gesicht des alten Mannes, die vorstehende Nase ließ ihn aussehen wie einen Raubvogel. Yves spürte die Kraft, die von ihm ausging und die nun ihn langsam durchströmte. Er schwor sich, zu werden wie er und unnachgiebig und energisch gegen die Feinde Gottes vorzugehen.

Ein Blick des Magisters zu einem der Bewaffneten genügte, um Roxannes Schicksal zu besiegeln. Der Wächter stellte sich hinter die junge Frau, zog einen Dolch und schlitzte ihre Kehle schnell, fachmännisch und ohne jede Emotion von einem Ohr zum anderen auf. Warmes Blut spritzte auf Yves' weiße Kutte, und mit einem nahezu obszönen Geräusch entwich die in der Lunge verbliebene Luft. Die junge Frau sank zu Boden, auf ihrem Gesicht blieb ein verblüffter Ausdruck.

Kapitel 18

Befragungen

Al-Mansura, 18. April 1250 (14 muharram 648)

In einem großen, von einer weißen Lehmmauer umgebenen Innenhof hatte man die gefangenen Christen versammelt. Es waren Ritter, Priester und arme Leute. Alles Männer. Die Frauen hatte man an anderer Stelle zusammengetrieben, wie es der islamischen Moralvorstellung entsprach. Sie waren bei ihrer Ankunft sorgfältig registriert worden, die Adligen, für die man noch Lösegeld verlangen konnte, hatte man bereits fortgebracht. Männer, für die niemand zahlen würde, darunter auch die Tempelritter und die Johanniter, würden als Sklaven verkauft werden. Der Gestank nach Urin, Kot und Schweiß war so stark, dass die muslimischen Bogenschützen, die auf der Mauer standen und Wache hielten, sich die Enden ihres Turbans vors Gesicht gebunden hatten. Es gab keinen Schutz vor der erbarmungslos brennenden Sonne, und die Eimer voll schmutzigem Wasser, die man ihnen am Morgen gebracht hatte, waren längst leer. Einige Gefangene hatten die Qualen nicht überlebt, andere hatten sich gewehrt und waren von Pfeilen durchbohrt worden.

Renaud de Vichiers und seine Mitbrüder saßen nahe der Mauer, wo sie Schutz vor der Sonne gesucht hatten, die jetzt allerdings im Zenit stand. Man hatte sie vor drei Tagen in al-Mansura und Damiette festgenommen. In der Nacht des Rückzugs waren sie an Bord eines Ordensschiffs gegangen, doch der starke Nordwind hatte sie im Morgengrauen in einen der vielen Kanäle getrieben. An Land hatten sie feindliche Reiter gesichtet, und Renaud hatte den Befehl gegeben, mitten im Fluss zu ankern, damit sie dort warten konnten, bis der Wind sich legte, um dann weiterzusegeln. Doch vom Nil aus waren vier sarazenische Galeeren auf sie zugefahren. Daraufhin hatte der Marschall die Ritter um sich versammelt. Sie waren nur noch zu acht. Mit etwa dreißig Jahren war Jocelyn de Tours nach ihm der Älteste, der Jüngste, Guillaume de Beaujeu, war erst achtzehn. Wie immer nahm Renaud kein Blatt vor den Mund: »Wir haben keine Chance zu entkommen. Sollen wir uns den Truppen zu Land oder denen zu Wasser ergeben?«

Mit erhitztem Gesicht hatte Guillaume geantwortet: »Meister, verzeiht meine Dreistigkeit, aber da Ihr uns fragt: Ich bin anderer Meinung.«

Resigniert hatte der Marschall ihn angeblickt, dieser junge Mann erinnerte ihn an Hugues. »Und was schlägst du in Gottes Namen vor?«

»Ich denke, wir müssen im Kampf sterben, dann kommen wir gemeinsam ins Paradies.«

Sie hatten nicht auf ihn gehört und sich den Sarazenen auf den Galeeren ergeben, im Glauben, dass sie dort zusammenbleiben konnten, während man sie an Land trennen und als Sklaven an die Beduinen verkaufen würde. Und so waren sie in diesem rot glühenden Innenhof gelandet.

Als die Sonne sank, tauchten weitere schussbereite Bogenschützen auf den Mauern auf, und Stille legte sich über die Gefangenen. Quietschend öffnete sich das Eisentor, und ein paar schwarz gekleidete Armbrustschützen stellten sich in einem Halbkreis vor ihnen auf. Ihnen folgten zwei dunkelhäutige Mamelucken und andere *asakir* mit gezogenen Krummsäbeln, die ein Dutzend willkürlich aufgegriffene Gefangene vor sich herschoben.

Nach einer Weile waren von draußen Schreie zu hören. Unruhe breitete sich im Innenhof aus.

»Was ist da los?«, fragte Jocelyn de Tours besorgt.

Renaud antwortete ruhig: »Sie zwingen sie, unseren Glauben zu verleugnen. Diejenigen, die sich weigern, werden getötet.«

Guillaume de Beaujeu murmelte die Worte, die man ihm beim Eintritt in den Orden mitgegeben hatte: »Es ist notwendig, dass du es tust.«

Renaud dachte an die Initiation von Hugues in Provins zurück und meinte dann: »Vielleicht lassen sie uns keine andere Wahl. Sie hätten uns auch sofort töten können. Wie in Hattin. Saladin ließ allen Tempelrittern und Johannitern den Kopf abschlagen, ohne sie irgendetwas zu fragen.«

Er zog es vor, seinen Mitbrüdern den Satz vorzuenthalten, den er dabei gesagt hatte: »Ein schlechter Christ kann niemals ein guter Moslem werden.«

Kurz darauf betrat ein junger mameluckischer Emir in einer blau-goldenen Uniform den Hof, eskortiert von etwa zwanzig Männern, die direkt durch die Menge auf die Templer zugingen. Er wusste, dass der Älteste unter ihnen Arabisch sprach, und wandte sich an Renaud, der ihm aufmerksam zuhörte. Dann übersetzte er für die anderen: »Wir sollen mit ihnen kommen.«

Die Templer wurden umstellt und gezwungen, den Emir zu begleiten. Vor dem Hof blieben sie stehen. Man wollte, dass sie sich das Schauspiel anschauten, das sich dort abspielte.

Einige Gefangene standen in einer Reihe, rechts und links flankiert von schwarz gekleideten Sarazenen mit gezogenen Krummsäbeln. Einer nach dem anderen wurde vor einen alten *alim* mit weißen Haaren und weißem Bart gezerrt, auch er in Schwarz gekleidet. Der Boden vor ihm war von Blut getränkt. Daneben waren einige Körper aufgeschichtet, in einem Korb lagen abgetrennte Köpfe.

Vor dem alten Mann stand ein Ritter mittleren Alters in einem zerfetzten und dreckigen Kettenhemd, auf dem noch das gelb-blaue Schachbrettmuster zu sehen war. Renaud erkannte ihn kaum: Es war Gerard de Josselin, der Haushofmeister des Mauclerc.

Ein kleiner gebeugter Gefangener in einer blauen Tunika in sarazenischem Schnitt fungierte als Dolmetscher. Er erinnerte Renaud an einen Johanniter, den er auf seiner Mission in Krak anlässlich des Baus der Festung Safed kennengelernt hatte. Vielleicht war er tatsächlich jener Mann, den man vor sechs Jahren in La Forbie gefangen genommen hatte, der seinem Glauben abgeschworen und überlebt hatte. Seinen Namen wusste er nicht mehr, vielleicht Jean?

Mit müder Stimme fragte der *alim* den Haushofmeister: »Glaubst du an Gott, der gefangen, gefoltert, getötet wurde und am dritten Tage auferstanden ist?«

Nachdem der Abtrünnige übersetzt hatte, antwortete der Ritter, der genau wusste, was ihm bevorstand, herausfordernd: »Ich glaube an unseren Herrn Jesus Christus, der für uns gestorben und auferstanden ist, damit wir erlöst werden.«

»Willst du deinen Glauben ablegen und ab jetzt im Glauben an den Propheten, des einzig wahren Gottes, leben?«

»Ich werde meinen Glauben niemals verleugnen.«

»Wie du wünschst. Dein Jesus ist für euch gestorben, und jetzt wirst du für ihn sterben. Mach dir aber keine Sorge: Wenn er wirklich die Macht hat, dich auferstehen zu lassen, wirst du bald wieder zum Leben erwachen ...«

Der Alte machte ein Zeichen. Der Mann in der Tunika hatte noch nicht einmal fertig übersetzt, als der Haushofmeister mit einem einzigen Säbelhieb geköpft wurde. Aus dem Rumpf, der wie ein Sack zu Boden sank, spritzte das Blut. Der Kopf wurde aufgehoben und in den Korb geworfen.

Ein weiterer Gefangener wurde nach vorn geschoben, dieser trug die Farben der Schwadron von Charles d'Anjou.

Der Emir der *Bahriyya* schaute zu den Templern. Sie

wirkten ungerührt, aber er wusste, dass das für sie erst der Anfang war.

»*Ha nahn!* – Lasst uns gehen!«

»Um uns vor den dunklen Mächten zu schützen, schicke uns alle Engel und Erzengel, oh Herr. Schicke uns Erzengel Michael, den heiligen Gabriel, den heiligen Raffael, sodass sie bei uns sind und diesen armen Sünder schützen, du, der du ...«

»*Asif* – Verzeihung!«

Der Eunuch al-Sabih betrat, ohne anzuklopfen, das Zimmer, in dem Louis und Yves beteten. Sie befanden sich in einem der größten und komfortabelsten Häuser in al-Mansura. Es gehörte Ibn Luqman, dem obersten Sekretär des Ayyub, mit großen Räumen, die sich um einen Innenhof gruppierten. Sie wurden streng bewacht: An der Außenmauer standen nicht weniger als hundert *asakir*, während sich der *ustadar* al-Sabih, die rechte Hand des Sultans, mit rund zwanzig schwarzen Mamelucken der *al-Muazzami* sogar im Haus niedergelassen hatte. Auch wenn eine Flucht unmöglich war, war Louis die Schande nicht erspart geblieben: Als wäre er ein gemeiner Verbrecher, hatte man einen seiner Füße in Ketten gelegt. Er war jedoch mit duftendem Rosenwasser gewaschen worden, und der Sultan hatte ihm ein schwarzes Seidengewand mit goldenen Knöpfen nähen lassen. Außerdem war es Yves gestattet worden, als Beichtvater und Dolmetscher bei ihm zu bleiben. Nicolas hingegen war bei den anderen Gefangenen, mehr wusste man von ihm nicht. Yves hatte sich bei al-Sabih erkundigt, der ihm geantwortet hatte, dass er sich informieren würde.

Dem König ging es körperlich besser, allen Unkenrufen zum Trotz. Sein Seelenzustand indes war schlechter denn je. Die größte Expedition der Christenheit mit dem Ziel, die heiligen Stätten zu befreien, war vollends gescheitert – mit Tausenden von Toten und einem Heer von Gefangenen. Yves war überzeugt, dass nur sein tiefer Glauben den Herrscher davon abhielt, sich das Leben zu nehmen.

Louis glaubte, dass Gott ihn einer Prüfung unterziehen wollte, und betete deshalb ununterbrochen, die Realität um ihn herum schien er kaum noch wahrzunehmen. Er hatte kein einziges Mal nach seinen Brüdern oder nach seiner Frau Marguerite gefragt, die kurz vor der Niederkunft stand. Nur nach einer Person hatte er sich erkundigt.

»Magister, wisst Ihr, was aus der ergebenen jungen Frau geworden ist, die wir getroffen haben? Ich habe nur eine vage Erinnerung an sie, aber ihr Gesicht hat mir tiefen Frieden geschenkt, und ich würde sie gerne wiedersehen. Wie war ihr Name noch?«

»Ich weiß es nicht, Sire.«

Der König starrte ihn verblüfft an.

»Habt Ihr mir nicht gesagt, dass sie aus Paris kommt?«

»Ich glaube nicht, Sire. Nein.«

In dieser Nacht hatte Yves wie so oft kaum Schlaf gefunden. Er hatte den König belogen, und ein Mönch durfte nicht lügen. Auch wenn sein Meister sagte, dass manchmal, während des *officium,* ein Inquisitor die Wahrheit *ad maiorem Die gloriam* auslassen durfte. Hiermit aber hatte Gott nichts zu tun.

Der Mönch übersetzte die Worte al-Sabihs: »Sire, mein Herr, *al-Malik* Turan Schah al-Muazzam, Verteidiger der Gläubigen, fragt, ob Ihr freigelassen werden wollt.«

Der König nickte. Das hatten sie erwartet. Wer weiß, was sie im Gegenzug dafür haben wollten. Er antwortete vorsichtig: »Natürlich möchte ich wieder frei sein und bin bereit, alles zu tun, was in meiner Macht steht und was vernünftig ist, aber dann müssen auch alle anderen Christen, die mich begleitet haben, befreit werden. Männer und Frauen. Ich werde niemanden aus meinem Gefolge in der Sklaverei zurücklassen.«

»Im Tausch gegen Eure Freiheit verlangt mein Herr die Festungen Bilad al-Shams, das, was Ihr Outremer nennt.«

Als Louis die Übersetzung hörte, schwieg er. Ohne die Festungen wäre Outremer am Ende. Er antwortete entschieden: »Das kommt nicht infrage.«

»Darf ich es ihm in meinen Worten erklären, Sire?«, fragte Yves den König.

»Sicher, aber es muss klar sein, dass ich nicht eine einzige Festung abtreten werde.«

Der Mönch wandte sich an den *ustadar*: »Der König von Frankreich hat keine Macht über die Festungen von Bilad al-Sham, weil die Barone Vasallen des Königs von Jerusalem sind, und das ist Kaiser Friedrich.«

Der Inquisitor hatte das Gefühl, ein Zauberwort benutzt zu haben: Friedrich. Al-Sabih wechselte das Thema. »Und die Festungen der Templer und der Johanniter?«

Yves übersetzte die Frage, woraufhin Louis wiederum antwortete: »Die Antwort ist die gleiche. Das kann und das will ich nicht.«

Wieder wählte der Mönch eine freie Übersetzung: »Seht, mein Herr, der König erinnert mich daran, dass der Kastellan, wenn ihm eine der Festungen der Orden anvertraut wird, auf die Reliquien schwört, dass er sie niemals gegen das Leben eines Menschen tauschen wird. Der Preis der Freiheit kann nicht mit einer Festung bezahlt werden.«

Der *ustadar* wirkte enttäuscht.

»Das werde ich meinem Herrn berichten. Ich bedauere das sehr. Mir würde es überhaupt nicht gefallen, sollte jemand versuchen, den König umzustimmen, indem er ihm das anlegt, was Ihr *bernicles* nennt. Die solltet Ihr kennen. Wir haben sie – und ähnliches Spielzeug – in Eurem Lager gefunden.«

Yves übersetzte nicht, sondern antwortete sofort: »Damit hat der König nichts zu tun. Das wisst Ihr genauso gut wie wir.«

»Ja, aber es gibt genug Menschen, die es nicht wissen. Es wäre schade, wenn der König für die Schuld anderer büßen müsste. Die Schuld von Menschen wie Euch zum Beispiel.«

Er fixierte Yves. Der Inquisitor hielt seinem Blick stand und übersetzte alles.

Louis antwortete voller Stolz: »Ich bin ihr Gefangener. Sie können machen, was sie wollen, aber sie bekommen keine einzige Festung von mir.«

Al-Sabih fuhr fort: »Ich werde meinem Herrn berichten.

Wenn Ihr einmal, rein hypothetisch, darüber nachdenkt: Welche Summe wärt Ihr für Eure Freilassung zu zahlen bereit, neben der Rückgabe von Damiette?«

Yves übersetzte.

»Wenn es sich um eine vernünftige Summe handelt, werde ich meine Gattin Marguerite darum bitten, sie zu zahlen, damit ich und meine Männer freigelassen werden.«

Der *ustadar* wirkte erstaunt. Dass der König eine Frau um Geld bitten musste, erschien ihm unbegreiflich.

»Warum müsst Ihr das Geld von Eurer Frau erbitten? Könnt Ihr nicht selbst bestimmen, dass das Lösegeld bezahlt wird?«

Nach der Übersetzung erklärte Louis: »Seht, mein Herr, Ihr kennt meine Frau nicht. Ich weiß nicht, ob sie tun wird, was ich wünsche, denn obwohl sie meine Frau ist, hat sie doch das Recht, selbst über ihr Handeln zu bestimmen.«

Al-Sabih war nur noch erstaunter. Diese Franken schienen wirklich merkwürdige Sitten zu haben. Er verbeugte sich jedoch und ging.

Die Tür war nur angelehnt, und aus dem Inneren drang ein schwacher Lichtschein. Yves trat vorsichtig ein. Die Zelle in der Festung auf dem Mont Huimeri war die gleiche, aber die Bogenschützen hatten ihre Gesichter verhüllt und hielten Mathieu de Bourbon gefangen. Der Magister war vollkommen nackt. Der magere Körper des alten Mannes sah aus wie ein vertrockneter weißer Wurm, aus seinem zahnlosen Mund hing ein Speichelfaden. Hinter ihm stand ein Dominikaner, die Kapuze tief ins Gesicht gezogen, und schwenkte eine Fackel.

Als er ihn eintreten sah, bat ihn der Magister mit kaum hörbarer Stimme: »Rette mich, Yves ... rette mich.«

Der Mönch drehte sich langsam um, und Yves erkannte die schwarzen Haare, das engelsgleiche Gesicht, die blauen Augen und den üppigen Busen von Roxanne, aber es hätte auch Isabelle sein können. Die junge Frau lächelte triumphierend. Das Blut pulsierte immer noch aus der durchtrennten Kehle und tropfte auf die Kutte. Ihre Stimme klang männlich: »Ich warte auch auf dich, Yves le Breton ...«

Er schreckte aus dem Schlaf hoch. Es dauerte eine Weile, bis er wusste, wo er sich befand. Es war tief in der Nacht. Er stand auf und öffnete das Fenster, um sich zu beruhigen. War das ein Albtraum gewesen oder eine Nachricht aus der Hölle? Er suchte eine Antwort im Gebet und schaute in den Sternenhimmel. *Pater noster, qui es in caelis ...* Am Ende war für ihn klar, dass Mathieu de Bourbon ihn mit einer letzten Mission betraut hatte.

Als man ihm die schwarze Kapuze abnahm, zwinkerte Renaud de Vichiers ein paarmal, um sich wieder an das Licht zu gewöhnen. Die Fackel erhellte einen großen Raum mit weißen Steinwänden und einer Gewölbedecke. Es sah aus wie der Stall eines Schlosses, ohne Möbel und Fenster. Er war mit einer Kette an einem Eisenring in der Wand fixiert. Heute Morgen hatte man ihn auf eine Galeere gebracht, die sofort abgelegt hatte. Sie waren unter Deck untergebracht, und nachdem sie etwa einen halben Tag gerudert waren, hatte das Schiff angelegt, dem Lärm und Geschrei zufolge in einem Hafen. Erst in der Nacht hatten sie – mit einer über den Kopf gezogenen Kapuze – von Bord gehen dürfen. Auf einem Karren waren sie an einen ruhigeren Ort gebracht worden. Dort war Renaud lange allein geblieben und hatte vergeblich versucht, sich einen Reim auf diese Behandlung zu machen.

Jetzt standen vor ihm zwei Emire der *Bahriyya*. Den kleineren kannte er. Er war Teil der Delegation des Sultans gewesen, hatte aber kein Wort gesagt. Yves le Breton zufolge war er ein Dolmetscher, der Französisch und Latein beherrschte. Der andere war ein Hüne mit hellen Augen und kahl rasiertem Kopf. Er hatte ihn noch nie vorher gesehen, aber trotzdem bestand kein Zweifel, dass er vor Baibars stand, dem Mann, der sie vor al-Mansura fast ausgelöscht hatte. Er begann zu sprechen: »Ich weiß, dass du meine Sprache sprichst und einer der Anführer der Templer bist, Renaud de Vichiers. Wir wollten erst mit dir reden, bevor wir uns mit den anderen unterhalten. Von dem, was du uns erzählen wirst, hängt auch ab, ob deine Kameraden am Ende der Gespräche, die wir mit ihnen führen werden, noch am Leben sein werden.«

»Was wollt ihr?«

»Deine Männer haben sich etwas genommen, das uns gehört. Ein Elfenbeinkästchen, in dem ein Koran aufbewahrt wird. Es war im Besitz von Fachr ad-Din, Allah sei ihm gnädig. Ihr habt ihn umgebracht und das Kästchen aus seinem Zelt gestohlen. Ihr müsst es samt Inhalt zurückgeben. Wo ist es?«

»Ich weiß nicht, wovon du sprichst. Alles, was wir bei uns haben, war auf dem Schiff. Frag deine Männer danach.«

»Das Schiff wurde durchsucht, aber dort war nichts.«

Renaud tat überrascht: »Wollt ihr mir damit sagen, dass wir wegen eines Elfenbeinkästchens hier sind?«

»Du weißt genau, dass es nicht um das Kästchen, sondern um dessen Inhalt geht«, antwortete Baibars mit ernster Stimme. »Wo ist es?«

»Ich sage es noch einmal: Ich weiß nicht, wovon du sprichst. Als wir al-Mansura angegriffen haben, habe ich das Zelt Fachr ad-Dins nicht mal aus der Ferne gesehen. Ich war nicht dort, und ich weiß auch nicht, wer dort war. Es war ein sehr schwerer Tag, das weißt du genauso gut wie ich.«

»Damit hilfst du weder dir noch deinen Männern.«

Renaud überlegte, wie er Zeit gewinnen könnte.

»Meine Mitbrüder können davon gar nichts wissen. Sie waren in Damiette und haben al-Mansura erst nach der Schlacht erreicht. Wir waren damals zu fünft, keiner von ihnen war dabei. Wenn es, wie du behauptest, Tempelritter waren, die das genommen haben, was du suchst, dann müssen sie kurz danach gestorben sein.«

»Das bedauere ich sehr. Du hast es so gewollt.«

Baibars ging zur Tür und verließ den Raum. Der andere Emir blieb unbeweglich sitzen. Renaud wandte sich an ihn: »Ihr macht einen Fehler. Wir wissen nichts über dieses Kästchen. Aber wenn ihr uns tötet, verliert ihr eine große Summe an Lösegeld. Der Templerorden ist sehr reich.«

Der Mann antwortete in perfektem Latein: »Versuchst du, mich zu bestechen?«

Renaud antwortete ebenfalls auf Latein: »Wie es scheint, wimmelt es in Ägypten nur so von Abtrünnigen. Du bist der zweite in zwei Tagen.«

»In Ägypten wimmelt es von allen möglichen Leuten. Dieben, Spionen ... und falschen Christen mit dem roten Kreuz.«

»Du bist kein Dolmetscher, und du bist auch kein Gefangener aus La Forbie. Wer bist du?«

»Ist das wichtig?«

Renaud verzog das Gesicht. Der Emir fuhr fort: »Der Prediger und die anderen in al-Mansura nannten dich Meister. Bist du auch Großmeister der Templer?«

»Der Meister ist tot.«

Renaud wusste, dass dieser Mann das Vertrauen des Sultans und der Emire genießen musste, da Turan Schah ihn zum Teil von Baibars' Delegation gemacht und Baibars ihn mit ihm allein gelassen hatte. Ein Spion von hohem Rang und wahrscheinlich ein Abgesandter einer wichtigen Persönlichkeit. Aber wer? Die Antwort war nicht schwer. Es gab nur einen einzigen Menschen in der gesamten Christenheit, der eine solche Wertschätzung durch die Sarazenen erfuhr: Friedrich der Staufer, der Exkommunizierte, der Wegbereiter des Antichristen. Wenn dem so war, dann hatte er den lebenden Beweis vor sich, dass der Herrscher mit den Ungläubigen gemeinsame Sache machte, gegen König Louis und die gesamte Christenheit. Er zwang sich, sich nichts anmerken zu lassen, auch wenn dieser Mann sich so verhielt, als ob es schon sicher wäre, dass keiner der Gefangenen hier lebendig herauskam. Er wünschte sich nichts sehnlicher, als dass die Rollen umgekehrt wären und er das Verhör führen könnte.

»Was willst du tun? Mich foltern? Ich werde dir nichts sagen können, was ich nicht weiß.«

»Warum denkst du nicht an deine jungen Gefährten?«

»Das wäre eine Geste purer Feigheit. Sie sind unschuldig.«

»Hier ist keiner unschuldig, Renaud de Vichiers. Weder du noch ich noch Fachr ad-Din noch die jungen Männer, die willigen Opfer der Muslime. Aber du hast die Chance, sie zu retten, Meister. Hast du nichts zu sagen?«

»Mögest du im Höllenfeuer brennen.«

»Das mag sein, aber ehe ich dort ankomme, wirst du schon eine Weile dort gewesen sein.«

Al-Mansura, am nächsten Morgen

»Eine Million Goldbezant.«

Yves übersetzte die Höhe des Lösegelds, die von al-Sabih übermittelt worden war, und Louis fragte: »Und das entspricht welcher Summe?«

»Etwa fünfhunderttausend Livres.«

Das kam zwei Jahreseinkommen der französischen Monarchie gleich.

»Bittet ihn zu schwören, dass der Sultan all unsere Leute freilässt, wenn wir zu zahlen bereit sind«, sagte der König.

Al-Sabih legte sich die Hand auf die Brust: »Das Wort meines Herrn gilt.«

Als er die Übersetzung hörte, erklärte der König: »Gut, Ihr könnt dem Sultan mitteilen, dass ich einverstanden bin. Ich werde fünfhunderttausend Livres für die Befreiung meines Gefolges bezahlen und Damiette gegen mich selbst eintauschen. Es ist dem König unwürdig, seine Person gegen Lösegeld einzutauschen.«

Yves übersetzte, und al-Sabih verneigte sich.

Der Inquisitor fügte auf Französisch hinzu: »Sire, glaubt Ihr, dass die Königin über so viel Geld verfügt?«

Der König war einen Moment lang sprachlos, auch wenn er seine Verblüffung zu verbergen suchte. Yves, der seine finanzielle Situation besser kannte als er, dachte, dass es seiner großzügigen Art entsprach, mehr auszugeben, als er besaß.

Louis antwortete ruhig: »Ihr habt recht, Magister. Als wir Damiette verlassen haben, waren dreihundertfünfzigtausend Livres auf der *Montjoie*. Selbst wenn meine Frau sie nicht ausgegeben hat, würden immer noch hundertfünfzigtausend fehlen.«

Der Dominikaner hatte schon eine Lösung parat. Er würde es Renaud de Vichiers heimzahlen. Zwar nicht mit einem Pfeil aus einer Armbrust, aber es würde ihn trotzdem schmerzen.

»Vielleicht könnten wir die Templer um ein Darlehen bitten. Es heißt, dass ihre Schiffe in Damiette gut ausgestattet sind, selbst noch nach der Niederlage von al-Mansura. Ihr Kommandant, Bruder Étienne d'Ostricourt, ist der Schatzmeister des Tempels. Sie werden sicher erfreut sein, sich an Eurem Opfer zu beteiligen.«

Louis nickte.

»Sicherlich. Eine hervorragende Idee, Magister. Sagt diesem Mann, dass sie Renaud de Vichiers kein Haar krümmen dürfen, falls sie ihn gefangen genommen haben, damit er die Summe organisieren kann. Hoffen wir, dass er sich retten konnte.«

»Hoffen wir, Sire …«

Der Mönch wandte sich an den *ustadar:* »Es ist unabdingbar, sofort einen Gefangenen zu finden: den Marschall der Templer, Renaud de Vichiers, und alle anderen Ritter, die bei ihm sind. Wie Ihr wisst, verfügen die Templer über ein großes Vermögen, und der König plant, mit ihrer Hilfe das Lösegeld zu bezahlen. Deshalb brauchen wir sie, damit sie mit den Kommandanten der Templer in Damiette verhandeln.«

Al-Sabih verbeugte sich und verließ den Raum.

Yves folgte ihm auf den Hof und rief ihm nach. »Verzeiht mir, mein Herr.«

Der *ustadar* wandte sich um.

»Sprecht.«

»Ich muss Euch um zwei Gefallen bitten. Mein Mitbruder und Schüler, Nicolas de Hannapes, von dem ich Euch schon berichtet habe … bitte lasst ihn mit uns frei.«

»Natürlich, kein Problem. Ich habe ihn schon suchen lassen. Und der zweite?«

Der *ustadar* spürte das Unbehagen des Mönches.

»Nun … im Dorf, in dem der König gefangen genommen wurde, war auch eine junge Frau, die ihm geholfen hat ... Ihr Name ist Isabelle, aber man kennt sie auch unter dem Namen *Chérie*. Etwa zwanzig ... Wir alle ... wir alle schätzen sie sehr. Wir möchten uns sicher sein, dass es ihr gut geht und auch sie bald frei ist.«

Al-Sabih nickte verständnisvoll.

»Eure Fürsprache für eine junge Frau aus dem Dorf Munya wird sicher nicht unbeachtet bleiben. Ich habe schon Anweisungen erteilt, Ihr könnt unbesorgt sein.«

Rawda, am Nachmittag des gleichen Tages

Umberto hatte schon oft den schrecklichen Anblick eines gefolterten Körpers ertragen müssen, das letzte Mal vor etwa einem Jahr, als der Kaiser seinen Logotheten und Freund Pier delle Vigne mit einem glühenden Eisen hatte blenden lassen, weil er des Hochverrats für schuldig befunden wurde. Er hatte aber noch nie jemanden gesehen, der bei lebendigem Leib gehäutet wurde.

Die Befragung der Templer begann am Morgen, als Baibars in die Kaserne der *Bahriyya* zurückkehrte, in dem inzwischen unbewohnten Palast des Ayyub auf der kleinen Insel Rawda.

Im Erdgeschoss befanden sich drei Ställe, die durch weite Bogen miteinander verbunden waren. Im ersten waren sieben junge Templer an einer Wand festgekettet. Sie waren völlig nackt. Vor ihnen stand ein Dutzend mit Lanzen bewaffnete Mamelucken. Im nächsten Raum wurden die Befragungen durchgeführt. Im letzten befand sich Renaud. Er war geknebelt, damit er nicht mit seinen Männern sprechen und sie zum Durchhalten auffordern konnte. Umberto war nicht zu sehen, konnte aber alles hören. Er war in Begleitung eines *asakir*. Man hatte ihm gesagt, dass er nur die Hand heben müsste, wenn er wollte, dass die Befragung seiner Mitbrüder ein Ende haben sollte.

Als Erstes wurde ein etwa zwanzigjähriger magerer junger Mann mit rotem Bart ins Zimmer geführt, begleitet von drei *asakir*. Sie banden ihn mit Händen und Füßen an die Eisenringe in der Wand.

Baibars begann auf Arabisch, denn die meisten Templer und Johanniter im Orient beherrschten diese Sprache: »Wie heißt du?«

Der Mann schüttelte den Kopf und antwortetet auf Latein: »Ich verstehe nicht.«

Umberto übersetzte. Er tat es nicht freiwillig, hatte aber keine andere Wahl.

»Wie heißt du?«

»Gerard de Senlis, *Miles Templi.*«

Die nächste Frage kam sofort zum Punkt.

»Was weißt du über ein Elfenbeinkästchen für einen Koran? Es wurde während der Schlacht in al-Mansura von einigen Templern aus dem Zelt von Fachr ad-Din entwendet.«

»Nichts. Ich kenne diesen Fachr ad-Din nicht.«

»Denk besser noch einmal darüber nach. Bist du dir sicher?«

»Natürlich bin ich mir sicher!«

»Es tut mir leid, mein Herr …«

Es bedurfte nur eines raschen Blickes: Einer seiner Emire verneigte sich vor Baibars, zog ein sehr scharfes gebogenes Messer und ging auf den Templer zu. Gerard de Senlis schrie auf und versuchte, sich loszumachen, doch zwei *asakir* hielten ihn fest. Der Mann schnitt ihm ein Stück Fleisch aus dem Arm. Das Blut spritzte nur so aus der Wunde. Der junge Mann schrie verzweifelt auf, woraufhin ihm einer der *asakir* eine Ohrfeige gab. Aus dem Nebenzimmer begannen die Templer zu schreien: »Bastarde! Feiglinge!«

»Nun?«, fragte Umberto noch einmal.

»Ich weiß es nicht! Ich bin erst nach der Schlacht in al-Mansura angekommen, mit Verstärkung aus Damiette. Zuvor habe ich die Schiffe bewacht!«

So ging es weiter: Ein Streifen Fleisch nach dem anderen wurde herausgeschnitten, Fragen, Blut und Schreie, Fragen. Irgendwann sagte Umberto zu Baibars: »Schluss damit! Das ist die Hölle. Es hat keinen Sinn weiterzumachen.«

»Die Hölle, in die sie sich selbst gebracht haben, ser Berto. Aber du hast recht.«

Baibars gab dem *askari* ein Zeichen, der dem jungen Templer die Kehle durchschnitt. Mit einem erstickten Laut ging er zu Boden, ein Schwall Blut drang aus der Wunde. Die *asakir* banden ihn los und zogen ihn in den ersten Raum, wo sie von lautstarken Schreien und Beschimpfungen der anderen Gefangenen empfangen wurden. Der Armbrustschütze tauchte unter den Bogen auf und deutete auf einen anderen Gefangenen, der der älteste unter ihnen zu sein schien. Etwa dreißig, hochgewachsen, kräftig, schwarzes Haar und schwarzer Bart.

Sie zerrten ihn in den zweiten Raum. Der Mann war leichenblass und zitterte. Sie banden ihn an der Mauer fest mit der Blutlache direkt unter seinen Füßen, woraufhin er wie ein Kind zu weinen begann. Er war zwar groß und kräftig, aber sehr viel schwächer als sein Leidensgenosse zuvor.

Baibars sprach ihn auf Arabisch an. »Versuche, ein Mann zu sein, Ritter. Wie heißt du?«

Der Gefangene antwortete: »Jocelyn de Tours.«

»Was weißt du über ein Elfenbeinkästchen, das einige Templer aus Fachr ad-Dins Zelt gestohlen haben, am Tag der Schlacht von al-Mansura?«

Der Gefangene zögerte.

»Also?«

Der *askari* mit dem noch blutigen Messer näherte sich, und als die Klinge seine Haut streifte, platzte er auf Arabisch heraus: »Ich war dabei! Die anderen nicht, sie wissen nichts, auch der arme Gerard, den ihr eben massakriert habt, war nicht dabei und wusste nichts. Ein nutzloser Tod … Es war Hugues de Jouy. Er hat das Kästchen genommen. Wir hatten nur den Befehl, ihn zu beschützen.«

Umberto und Baibars wechselten einen Blick. Der Armbrustschütze fragte: »Wer wir? Erzähl mir alles von Anfang an.«

»Am Dienstagmorgen haben ich und neun andere Ritter den Befehl erhalten, Bruder Hugues de Jouy zu folgen und zu beschützen, was auch immer passiert. An diesem Tag sollten wir die Vorhut bilden, wie immer, aber der Graf von Artois preschte vor, und wir mussten ihm folgen. Hugues sagte, wir sollten uns beeilen, um vor den Männern des Grafen im Lager zu sein. Hugues wusste genau, wie er seinen Weg in dem Labyrinth aus Zelten finden musste. Er war nicht daran interessiert, die Sarazenen anzugreifen, wollte nur als Erster beim Zelt von Scecedin sein. Wir haben es auch geschafft. Es hatte eine schwarz-gelbe Flagge, wie die des Kaisers ...«

Er hielt inne, noch unentschlossen, ob er etwas erzählen sollte, dass viele seiner Gegenüber irritieren könnte. Baibars' Blick zum *askari* mit dem Messer ließ ihn fortfahren: »Ein alter Mann mit bloßem Oberkörper stieg in den Sattel, einige Mamelucken halfen ihm. Wir haben ihn ... niedergestreckt. Wir wussten nicht, dass es der Scecedin war. Das hat uns Hugues später erzählt. Ich war auch im Zelt, habe aber nur zugesehen, den Rest hat Hugues gemacht. Er hat die Truhen durchsucht und aus einer von ihnen ein geschmücktes Elfenbeinkästchen herausgeholt. Dann hat er es geöffnet, um den Inhalt zu kontrollieren, es gleich wieder zugemacht und uns gesagt, dass wir wieder gehen könnten.«

»Was war in dem Kästchen?«

»Ich weiß es nicht. Er hat es so geöffnet, dass ich den Inhalt nicht sehen konnte. Warum, weiß ich nicht.«

Umberto dachte, dass der Grund offensichtlich war. Dieser Hugues musste gewusst haben, dass es mit dem Mut seines Mitbruders nicht weit her war und er plaudern würde, so wie er es in diesem Moment tat.

»Fahr fort!«

»Wir sind aus dem Zelt getreten und direkt in Richtung Nil geritten. Dort haben wir die Pferde zurückgelassen und ein Schiff bestiegen. Weiter im Norden, nach unserem Lager, warteten einige *servientes* mit frischen Pferden auf uns. Auf diese Weise haben wir auf Umwegen Damiette erreicht. Hugues hat dort ein Schiff des Ordens bestiegen.«

»Mit welchem Ziel?«

»Akkon, glaube ich, aber sicher bin ich mir nicht.«

»Und du? Warum bist du zurückgekehrt?«

»Ich sollte dem Meister darüber berichten, dass Hugues sich eingeschifft hatte. Nur das.«

»Welchem Meister?«

»Dem Meister des Ordens, Guillaume de Sonnac, aber als ich ankam, war er schon tot.«

»Und wem hast du die Nachricht dann überbracht?«

»Renaud de Vichiers.«

»Hat er dir etwas geantwortet?«

»Nein, nichts.«

Umberto schaute erneut zu Baibars. Das war der Beweis, dass Renaud über alles Bescheid wusste, sonst hätte er um weitere Erklärungen über Hugues und sein merkwürdiges Verhalten gebeten. Der Baron sagte: »Ich glaube, im Moment mag das reichen. Ich würde stattdessen gerne noch mal mit dem Marschall sprechen.«

Baibars wollte gerade antworten, als ein junger Emir, der eine Hundertschaft kommandierte, den Raum betrat und sich vor dem Armbrustschützen verbeugte.

»Mein Herr, ich habe eine dringende Nachricht für Euch.«

Baibars beugte sich zu ihm, und sie sprachen kurz miteinander. Dann wandte er sich an Umberto und sagte leise: »Aybak hat uns mit einer Taube eine Nachricht gesandt. Er hat mir befohlen, die Templer sofort nach al-Mansura zurückzubringen. Vor allem möchte er Renaud de Vichiers. Lebend.«

Umberto verstand sofort, was vor sich ging.

»Das Gold der Templer muss jemandes Gier geweckt haben. Aber dieser Mann ist der Einzige, der die Wahrheit kennt und etwas über den Verbleib des Kästchens weiß. Und er weiß sicher auch, wer der Spion ist, nach dem du suchst.«

»Ich werde versuchen, mit Aybak zu sprechen, aber jetzt kann ich nichts tun, und das weißt du auch. Ich höre und gehorche …«

Kapitel 19

Staatsstreich

Lager des Sultans im Süden von Dimyat, 16 muharram 648 (20. April 1250)

D er Krummsäbel köpfte sirrend die fünf Kerzen auf dem Silberleuchter.

»Genau so werde ich es mit der *Bahriyya* und ihren Komplizen machen: Aybak, Aqtay, Baibars, Husam ad-Din und diese Hure Shajar al-Durr!«

Turan Schah ließ die Waffe auf ein Kissen fallen, einer seiner Tics suchte ihn heim.

Er wandte sich an al-Sabih, der reglos vor ihm stand. »Sie haben alles getan, damit ich von ihnen abhängig bleibe.«

»Ich weiß nicht, mein Herr. Aybaks Erklärungen waren eher vage. Er sagte, die Templer wären nach al-Rawda gebracht worden, um befragt zu werden.«

»Befragt über was? Und warum wusste ich davon nichts? Nein. Sie wollen das Gold, oder sie wollen die Zahlung des Lösegelds verhindern, um Zeit zu gewinnen. Sie haben geahnt, dass der Krieg am Ende auch ihrer sein wird. Und jetzt haben sie sie nach al-Mansura zurückgebracht?«

»Ja, mein Herr. Sie halten sie im Palast gefangen.«

»Wir müssen sie hierherbringen, zusammen mit dem König und den wichtigsten Adligen. Wie viele meiner *al-Muazzami* sind in al-Mansura?«

»Diejenigen, die den König bewachen, mein Herr. Zwanzig Männer.«

Es war ein wichtiges Unterfangen. Insgesamt waren es weniger als hundert *al-Muazzamis*.

»Dann schicke weitere zehn dorthin, zusammen mit vierhundert *asakir.*«

Turan Schah näherte sich dem Fenster des hölzernen Turms. Vom großen Lager zu seinen Füßen drang der Duft von gegrilltem Fleisch nach oben, täglich wurden Hunderte von Schafen und Ziegen geschlachtet, um das Heer zu versorgen. Leise zischte er: »Es gibt nur wenige Männer, denen ich vertrauen kann. Sobald das alles vorbei ist, müssen wir andere ausbilden.«

Wer angenommen hatte, dass Turan Schah sich nach dem Sieg über die Ungläubigen sofort an die Spitze seiner Truppen gesetzt und voller Energie der Rückeroberung von Dimyat gewidmet hätte, wäre enttäuscht worden. Der Sultan hatte al-Mansura mit dem Heer verlassen und war mit ihm nach Norden gezogen, aber dann in Fariskur geblieben, nicht weit von Dimyat entfernt. Dort hatte er das Lager aufgeschlagen und eine befestigte Residenz für sich selbst errichten lassen, die man aus Pinienstämmen gebaut und mit bunten Baumwollstoffen bezogen hatte. Dort gab es auch ein Zelt, in dem alle, die zu Turan Schah wollten, ihre Waffen abgeben mussten. Von dort betrat man ein zweites Zelt, das als Audienzzimmer fungierte und mit dem kleinen Turm verbunden war, durch den man in einen Innenhof gelangte. Um ihn vor neugierigen Blicken zu schützen, war er mit blauem Stoff überdacht worden. In seiner Mitte stand der höchste Turm, der einen Ausblick auf die gesamte Ebene erlaubte. Dort, umgeben von kostbaren Möbeln, hatte sich der junge Sultan eingerichtet. Ein eingezäunter Gang verband den Turm mit dem Fluss, an dessen Ufer eine kleine Mole mit einem weiteren Pavillon errichtet worden war.

Der Eunuch wusste, dass Turan Schah mindestens drei gute Gründe hatte, sich so zu verhalten, auch wenn er keinen davon zugeben würde. Zuallererst waren die Türme von Fariskur mit wenigen Männern sicherer und leichter zu verteidigen als der Palast in al-Mansura. Außerdem konnte der Sultan von hier aus behaupten, dass er durchaus bereit wäre, die Franken in Dimyat anzugreifen, obwohl er das überhaupt nicht vorhatte. Wie er seinen Männern schon erklärt hatte, war die Stadt faktisch bereits erobert worden, und es gab keine Notwendigkeit, noch weitere *asakir* zu verlieren. Der dritte Grund war, dass der junge Sultan in diesem Turm machen konnte, was er wollte, und zwar mit einigen jungen Männern der *al-Muazzami*, die er vor allem ihres Aussehens und weniger ihrer militärischen Fähigkeiten wegen ausgesucht hatte.

Er fühlte sich sicher und wollte die Friedensverhandlungen mit dem König so schnell wie möglich abschließen, um danach die offene Rechnung mit den Emiren begleichen zu können, hinter denen sich der beunruhigende Schatten von Shajar al-Durr verbarg. Neuen Informationen zufolge hatte die junge Witwe sogar eine Affäre mit Aybak.

Die Entführung der Templer hatte auch seine letzten Zweifel beseitigt und war der Grund für einen fulminanten Wutanfall. Im Moment waren ihm nur die Kerzen zum Opfer gefallen, aber al-Sabih wusste, dass bald noch anderes durchtrennt werden würde.

Al-Mansura, zwei Tage später, am Abend

»Sire, Ihr werdet an Christi Himmelfahrt, dem 5. Mai, freigelassen«, verkündete Yves dem König. »Der *ustadar* ist mit einigen Galeeren gelandet und wird uns ins Lager des Sultans nahe Damiette bringen. Von dort wird uns unser Schiff abholen. Auch Eure Brüder, die Herzöge, die Grafen, die Templer und die Johanniter werden mitkommen. Alle anderen bleiben Gefangene, bis auch das restliche Lösegeld bezahlt wurde.«

Louis wirkte erleichtert und antwortete: »Danken wir Gott, Magister. Er hat unser Leiden abkürzen wollen. Unsere Gebete wurden erhört. Und diese junge Frau? Was ist mit ihr? Habt Ihr Euch informiert?«

Yves antwortete brüsk: »Sire, entschuldigt bitte, aber im Moment haben wir Wichtigeres zu tun. Ich habe noch keine Nachricht über ihr Schicksal. Kommt, sie warten auf uns.«

Er sagte sich, dass er ihn dieses Mal nicht angelogen hatte. Trotzdem bat er Gott um Verzeihung für sein Schweigen, denn er hatte dem König sein Treffen mit al-Sabih vorenthalten.

Aybak hatte sich Umbertos Bitte, den Anführer der Templer noch einmal befragen zu dürfen, schweigend angehört. Sie waren im selben Saal im Palast von al-Mansura wie bei ihrem ersten Treffen. Es war finster, nur eine einzige Fackel brannte. Der *atabak* hatte auf einem Kissen Platz genommen, Umberto und Baibars waren stehen geblieben.

Der Heereskommandant seufzte und schüttelte den Kopf.

»Ser Berto, du weißt, dass die Entscheidung nicht von mir abhängt. Es war ein Befehl des Sultans. Jetzt ist der Templer zusammen mit dem König und den Adligen in Fariskur. Turan Schah sagte, dass er ihn am ersten Tag des *safar*, also im zweiten Monat unseres Kalenders, freilassen wird. Ich nehme an, so wird es auch kommen. Das ist, wie es scheint, bei den Christen ein Feiertag.«

»Himmelfahrt ...«

»Stimmt, ich vergaß, dass auch du Christ bist. Oder irre ich mich?«

Umberto hätte ihm gerne geantwortet, dass er schon so viel Schlimmes gesehen hatte, dass er an nichts mehr glauben konnte, aber sein Gegenüber hätte ihn nicht verstanden. Also schwieg er, und Aybak zog es vor, nicht nachzuhaken.

»Die Franken werden Dimyat aufgeben und eine Million Goldbezant an Turan Schah zahlen. Oder besser, achthunderttausend. Eine großzügige Geste des Sultans, weil der König keine einzige Münze für seine Befreiung hatte zahlen wollen, da er dies für würdelos hielt. Wie du siehst, tauschen sie Nettigkeiten aus.«

»Mein Herr, wie ich dir bereits gesagt habe, ist dieser Templer die einzige Spur, die wir haben, um die mir vom Kaiser anvertraute Mission zu einem Ende zu bringen.«

»Sicher, deine Mission ... Du hast ja gesehen, dass ich alles getan habe, um dir zu helfen und dem Kaiser einen Gefallen zu tun. Wir haben auch Boten zu ihm ausgeschickt, um ihn von der Verhaftung des Königs in Kenntnis zu setzen. Wenn es nach uns ginge, wäre der Templer immer noch in deinen Händen. Das Problem ist Turan Schah. Er erinnert mich an meinen Onkel al-Adil. Er macht die gleichen Fehler, und es besteht durchaus die Gefahr, dass er auch das gleiche Ende nimmt. Weißt du, wer al-Adil war?«

Umberto schüttelte den Kopf, auch wenn er ahnte, in welche Richtung Aybaks Worte gingen. Der Emir fuhr fort: »Er war Ayyubs älterer Bruder. Nach dem Tod seines Vaters al-Kamil – Allah sei ihm gnädig – wurde er zum Sultan und schickte Ayyub ins Exil. Doch sein Lotterleben sorgte dafür, dass Ayyub und Fachr ad-Din seiner Macht ein Ende setzten und ihn ins Gefängnis warfen, wo er nicht lange überlebt hat. Damals war ich Kommandant der *Bahriyya*. Ich erinnere mich noch gut an diese Zeiten, die den heutigen sehr ähnlich sind.«

Umberto warf Baibars einen Blick zu, dessen Gesichtsausdruck unergründlich war. Es war alles geplant. Vielleicht war sogar die Tatsache, dass Renaud de Vichiers ihm
entwischt war, nicht zufällig gewesen. Er tat so, als hätte er
ihn nicht verstanden.

»Gibt es einen Bruder, der Turan Schahs Platz einnehmen könnte?«, fragte er.

Aybak lächelte.

»Unser Herr Ayyub hatte einen weiteren Sohn, er hieß
Khalil, aber Allah hat ihn noch als Kind zu sich gerufen.
Aber es gibt seine Mutter. Und dann gibt es uns. Und
dich.«

»Ich? Was sollte ich denn tun?«

»Du hast mich gut verstanden, ser Berto. Das, was du
am besten kannst: töten. Töte Turan Schah, und du sollst
den Anführer der Templer bekommen.«

Fariskur, 2. Mai 1250

Zusammen mit den anderen gefangenen Christen saß Nicolas unter einer Sonnenplane an Deck einer der vier sarazenischen Galeeren, die vor dem großen Lager des Sultans
ankerten. Nur der König und wenige Begleiter, so hatten
sie gehört, waren an Land gebracht worden.

Vielleicht wäre das Ganze bald vorbei, es war wirklich
hart gewesen. Als Nicolas als Dominikanermönch erkannt
worden war, hatten die Sarazenen ihn misshandelt und geschlagen. Der schrecklichen Selektion auf dem glühend

heißen Hof von al-Mansura war er nur knapp entgangen. Bevor er an die Reihe kam, waren sie des Tötens müde gewesen und hatten kurz darauf die Templer weggebracht. Im Anschluss hatte man sie in ein dunkles, feuchtes Gefängnis gebracht. Aber Nicolas hatte nicht aufgehört zu beten und nie die Hoffnung verloren. Stets gedachte er der Worte seines Meisters am Tag der Gefangennahme: »Sei beruhigt, Gott ist bei uns und wird uns befreien. Hör niemals auf zu beten.«

So stand es geschrieben, es konnte nicht anders sein: »*Invoca me in die tribulationis tuae, eripiam te et magnificabis me – Rufe mich an in der Not, so will ich dich erretten, und du sollst mich preisen.*«

Als der Tag kam, an dem er abgeholt wurde, hatte er sich folglich nicht gewundert, dass sein Name zusammen mit denen der wichtigsten Männer Frankreichs genannt wurde: des Herzogs von Burgund, des Grafen von Soissons und anderen. Sicher war es das Werk des Magisters. Also war er am Leben, und es ging ihm gut. Vor der Einschiffung in al-Mansura hatte er ihn von Weitem gesehen. In Gesellschaft des Königs war er dabei, ein Schiff zu besteigen, eskortiert von schwarz gekleideten Sarazenen. Nicolas hatte laut »Magister!« gerufen und sich damit Stockhiebe der Wachen eingehandelt. Yves aber hatte sich umgewandt, die Hand zum Gruß erhoben und einen Moment lang gelächelt. Sie würden es schaffen.

Die Aufmerksamkeit des jungen Mannes richtete sich nun auf ein Boot, das den Nil hinunterfuhr und dann neben ihnen anlegte. Kurz darauf stiegen zwei Sarazenen mit blau-goldenen Kettenhemden an Bord. Der Kommandant kam herbeigelaufen, sie unterhielten sich kurz mit ihm und zeigten ihm einen Zettel. Der kleine, dickbäuchige Mann verbeugte sich daraufhin und brachte sie unter Deck. Als die beiden wieder nach oben kamen, schoben sie einen alten humpelnden Mann mit Bart und langen Haaren vor sich her, bekleidet nur mit einer Art Sack. Nicolas erkannte Renaud de Vichiers. Er hörte ihn auf Arabisch vor sich hin brabbeln, es klang, als würde er fluchen. Unter weiteren Verbeugungen des Kommandanten brachten sie ihn fort.

Etwas später an diesem Abend begann im Palast des Sultans der Empfang, mit dem Turan Schah die bevorstehende Kapitulation von Dimyat feiern wollte. Neben den zwei dunkelhäutigen Eunuchen, al-Sabih und Zain al-Din, waren die wichtigsten Emire und Würdenträger vertreten, darunter Aybak, Baibars, der Kommandant der *Bahriyya,* Aqtay und der Vizekönig Husam ad-Din. Alle hatten am Eingang ihre Waffen abgeben müssen, zahlreiche Mamelucken der *al-Muazzami* umstanden das Zelt.

Aybak warf erst Baibars, dann Aqtay einen besorgten Blick zu. Alle dachten dasselbe: Dies war der ideale Ort für ein Massaker.

Al-Sabih näherte sich langsam dem Anführer des Heeres, wie eine Katze der Maus.

»Du hast gar nichts gegessen. Beunruhigt dich etwas, *atabak*?«

»Nein, nichts Besonderes ... Dies sind schwierige Tage.

Ich bin erst dann wieder beruhigt, wenn die Ungläubigen unser Land verlassen haben.«

Der Eunuch fragte: »Glaubst du, die Franken haben etwas vor?«

»Du weißt genau, dass sie falsche Schlangen sind, zu allem fähig. Wird ihr König gut bewacht?«

»Sicher. Er ist gleich hier im Nebenzelt, im Blick der *al-Muazzami*.«

»Sind noch andere Männer bei ihm?«

»Nur der Mönch und sein Diener.«

Turan Schah, in ein prächtiges grünes Seidengewand gekleidet, ergriff das Wort, nicht ohne zuvor wieder von einem Krampf geschüttelt zu werden.

»Mit der Hilfe Allahs, des Mächtigen und Barmherzigen, wurde das Heer der Ungläubigen, die es gewagt haben, das Heilige Land des Islam anzugreifen, ausgelöscht. In wenigen Tagen wird Dimyat uns kampflos übergeben werden, zusammen mit dem gesamten Gold der Ungläubigen. Der König der Franken wird zum Imam der Ungläubigen gehen und ihm berichten, dass es ein Fehler war, Ägypten anzugreifen. Sie werden nicht zurückkommen. Nachdem Allah seinen Willen so deutlich gezeigt hat, werden sie weder die Kraft noch den Willen haben, unser Land zu erobern. Der heutige Sieg ist ein Jahrhunderte während er Sieg. Ein Sieg für die Ewigkeit. Ich habe euch hier versammelt, um euch persönlich zu danken. Ein jeder wird dafür so entlohnt werden, wie er es verdient.«

Es war eine mondlose Nacht. Die beiden *al-Muazzami,* die die kleine Mole bewachten, bemerkten das sanfte Kräuseln der Flussoberfläche nicht. Wenige Augenblicke später tauchte ein dunkler Umriss hinter einem von beiden auf und schlitzte ihm mit einem sauberen Schnitt die Kehle auf. Dem anderen blieb nicht mal Zeit zu begreifen, was vor sich ging, bevor er mit dem gleichen kurzen Krummsäbel getötet wurde. Er fiel nach vorn und klammerte sich an Umberto, der den Fall abbremste, damit er keinen Lärm machte. Das warme Blut, das sich mit den Fluten mischte, spritzte auch auf die dunkle Leinentunika des Barons.

Um zum Schatten zwischen den Schatten zu werden, hatte er sich Gesicht und Hände mit Kohle geschwärzt. Langsam zog er den Krummsäbel eines der Gefallenen aus der Scheide, bewunderte seine herausragende Verarbeitung und tauschte ihn gegen seine eigene Waffe. Dann lief er lautlos über die Mole, näherte sich vorsichtig dem Zelteingang, aus dem das schwache Licht einer Laterne drang. Im Inneren zählte er vier weitere schwarze Mamelucken. Zwei schienen auf den Kissen zu dösen, die anderen beiden spielten Schach. Nun ging alles blitzschnell: Mit einem Sprung stürzte sich Umberto auf die Schachspieler, ein Kopf rollte zu Boden. Der andere schrie auf, doch nur kurz, dann fiel auch sein Haupt. Die beiden anderen Mamelucken schreckten hoch, aber es war zu spät. Der erste starb mit durchgeschnittener Kehle wie seine beiden Gefährten zuvor, der zweite mit einem Krummschwert in der Brust. Umberto sah sich um. Es war niemand mehr da. Er nahm die Lampe, ging auf die Mole und schwenkte sie hin und her. In der Dunkelheit warteten schon zwei Schiffe auf das Signal, um näher zu kommen.

Der Empfang ging dem Ende zu. Turan Schah warf einen wissenden Blick zu al-Sabih, krampfte kurz und verließ dann das Zelt, gefolgt von einem schwarzen Mamelucken, der eine Fackel und das Schwert des Sultans in einer mit Smaragden verzierten Scheide trug. Durch den Holzturm gelangten sie in den Innenhof. Er war menschenleer, was Turan Schah merkwürdig vorkam. Dort sollten ihn doch seine Männer erwarten. Einen Augenblick später wurde der *al-Muazzami* von einem blonden Hünen zu Boden geworfen. Baibars griff nach der Scheide, zog das Krummschwert heraus und stach auf Turan Schah ein. Der Sultan stolperte nach hinten. Um sich zu schützen, riss er instinktiv die rechte Hand nach oben. Der Schlag traf ihn in der Mitte zwischen den vier Fingern und spaltete ihm die Hand bis hinunter ans Handgelenk, während der *al-Muazzami* sich wieder aufrappelte und auf den Armbrustschützen warf. Der Sultan, der die erste Überraschung überwunden hatte, umklammerte mit der linken Hand die von Blut triefende rechte. Schreiend rannte er ins Audienzzelt: »Hilfe! Helft mir! Baibars hat versucht, mich umzubringen!«

Aybak trat vor. Sein ruhiger Tonfall stand in starkem Kontrast zu der hysterischen Stimme des Sultans. Die verletzte Hand schien ihn nicht zu interessieren.

»Das kann nicht sein. Bist du sicher, dass es kein Franke oder ein Jude war?«

Turan Schah schrie mit schriller Stimme: »Es war Baibars! Er ist da draußen! Er will mich töten! Ruft einen Arzt!«

Im Zelt verbreitete sich Unruhe. Auf ein Zeichen von Zain al-Din zogen die *al-Muazzami* ihre Krummsäbel, sechs als Schutz für den immer noch schreienden Sultan, den sie wegführten. Al-Sabih versuchte währenddessen, die Blutung an der Hand mit einem Stofffetzen zu stoppen.

Im Zelt verblieben etwa zwanzig schwarze Mamelucken, die drohend die unbewaffneten Emire umringten. Aybak, immer noch die Ruhe in Person, fragte Zain al-Din: »Was wirst du tun?«

»Baibars hat versucht, unseren Herrn zu ermorden, Ihr habt mit ihm gemeinsame Sache gemacht. Ihr seid alle Verräter.«

Vom Innenhof drangen Schreie und das Geräusch sich kreuzender Klingen herüber. Zain al-Din verkündete: »Der Armbrustschütze bezahlt bereits dafür. Jetzt seid Ihr an der Reihe.«

Vom Eingang antwortete ihm eine unverwechselbare Stimme: »Da wäre ich mir nicht so sicher.«

Baibars stand mit Turan Schahs Krummsäbel in der Hand auf der Schwelle, hinter ihm die Mamelucken der *Bahriyya*, schwer bewaffnet mit Armbrüsten. Und schon schossen die Pfeile in Richtung der *al-Muazzami*, vier oder fünf von ihnen wurden sofort durchbohrt. Die anderen warfen sich Schutz suchend zu Boden, aber nur wenige Augenblicke später waren die *Bahriten* schon über ihnen. Ein

Kampf zwischen den schwarzen Mamelucken aus dem Palast und den Männern, die die Templer und Robert d'Artois geschlagen hatten, war verhindert worden. Einer nach dem anderen wurden die *al-Muazzami* umgebracht. Nur Zain al-Din blieb versteinert zurück, nur er war noch am Leben. Aybak griff nach dem Schwert eines Gefallenen und ging auf ihn zu.

»Du kannst nie sagen, wen es wirklich trifft.«

Mit einem schnellen Hieb bohrte er ihm die Klinge in die Brust. Der Kommandant der *halqa* fiel auf die Knie, das Gesicht vor Hass verzerrt. Einen Moment lang verharrte er bewegungslos, dann quoll ihm ein Blutschwall aus dem Mund. Er verdrehte die Augen und starb.

Von draußen hörte man das Geräusch der *nacaires*. Jemand rief nach dem Heer.

Aybak und Aqtay erreichten den Innenhof, angeführt von einem Dutzend *Bahriten* mit Fackeln. Baibars kam ihnen entgegen. Am Boden lagen mehrere schwarz gekleidete Gestalten. »Wo ist er?«, fragte der *atabak*.

Der Armbrustschütze deutete auf den Turm.

»Er hat es bis hinein geschafft und sich dort mit al-Sabih und den verbliebenen *al-Muazzami* verbarrikadiert. Jetzt lässt er die Trommeln schlagen, um Hilfe herbeizurufen.«

»Wie viele *al-Muazzami* sind es?«

»Eine Handvoll, einige haben es zusammen mit dem Sultan in den Turm geschafft, die anderen haben sich geopfert, um ihm die Flucht zu ermöglichen. Vielleicht sind auch noch ein paar andere Männer im Turm.«

»Entzündet das Feuer. Wir haben keine Zeit zu verlieren, schon bald steht das Heer vor den Toren.«

Aqtay schaltete sich ein: »Ich gehe nach draußen und spreche mit den Emiren. Ich werde ihnen sagen, dass die *nacaires* die Niederlage von Dimyat verkünden.«

Ganz in der Nähe, im Zelt des Königs, hatte Yves einen seiner unzähligen Albträume. Er war allein und steckte in einer Spalte fest, zwischen riesigen überhängenden Felsen. Eine Schwadron Tempelritter zu Pferd galoppierte auf ihn zu. Er spürte, wie die Erde unter ihnen bebte, doch er konnte sich nicht bewegen. Er hob die Hand, um sie im Namen Gottes aufzuhalten, aber ohne Erfolg.

Der König schüttelte ihn, und er schreckte aus dem Schlaf hoch. Das Geräusch galoppierender Pferde war real, von draußen waren aufgeregte Schreie zu hören.

»Da geht etwas vor, Magister. Los, schnell, befragt die Wachen.«

Der Mönch erhob sich von seinem Lager, ging auf den Zelteingang zu und schaute nach draußen. Die schwarzen Mamelucken der Wache wirkten nervös. Reiter galoppierten in Richtung Damiette. Von den Türmen des Sultans erhellten Flammen die Nacht. Er verließ das Zelt und ging auf den Emir zu, der die Wache befehligte. »Was geht hier vor?«

»Dimyat scheint gefallen zu sein, mehr weiß ich auch nicht. Bitte geht wieder ins Zelt zurück.«

Yves kehrte zum König zurück.

»Sire, es heißt, Damiette sei gefallen.«

»Das kann nicht sein. Sie können doch nicht so verrückt sein, sich gerade jetzt zu ergeben.«

»Stimmt. Hier muss etwas anderes vorgefallen sein.«

»Was ist das für ein Licht? Brennt es?«

Die Baumstämme und die Stoffbespannung des Turms brannten wie Zunder. Al-Sabih war tot, ihn hatte während der Auseinandersetzung im Innenhof ein Armbrustpfeil getroffen, dann war er am Rauch erstickt. Aber Turan Schah war jung, er wollte leben. Mit der verbundenen Hand hielt er sich am Geländer fest und rannte die Stufen herunter, mit der linken presste er sich ein feuchtes Tuch vors Gesicht. Er durchquerte die Flammen unversehrt und bog in den Gang ein, der den Turm mit der Mole an der Bahr verband. Er würde in den Fluss springen und bis zu den Galeeren schwimmen, die noch vor Anker lagen. Dort würde er Hunderte von Männern vorfinden, die dann die Rechnung mit der *Bahriyya* begleichen würden.

Hinter sich hörte er die Stimmen seiner Verfolger. Er rannte durch das Zelt am Fluss, ohne die Leichen am Boden zu beachten. Als er dann auf der Mole stand, bemerkte er einen Schatten hinter sich. Turan Schah erkannte ihn, auch wenn er sein Gesicht geschwärzt hatte.

»Du bist also gekommen, um mich umzubringen.«

»Nein. Du bist bereits tot.«

Einen Augenblick war Turan Schah wie gelähmt, dann warf er sich ins Wasser. Er japste und schrie vor Schmerzen: Mit seiner verletzten Hand konnte er nicht schwimmen. Zwei *Bahriten* sprangen ihm hinterher, zogen ihn aus dem Wasser und warfen ihn auf den Anlegesteg. In diesem

Augenblick kam Aqtay mit gezogenem Krummschwert aus dem Zelt gerannt. Ohne auch nur einen Moment zu zögern, rammte er ihm das Schwert in die Brust und riss ihm das Herz heraus.

Die schwarzen Mamelucken, die das Zelt des Königs bewachten, waren umstellt, entwaffnet und durch andere Wachmänner mit blau-goldenen Kettenhemden ersetzt worden. Ein etwa vierzigjähriger Emir mit einem gepflegten Spitzbärtchen stellte sich dem König als ihr Kommandant namens Faris ad-Din Aqtay vor. Er zeigte ihm seine blutige linke Hand.

»Was wollt Ihr mir geben? Ich habe Euren Feind getötet, der Euch umgebracht hätte, wenn er weiter am Leben geblieben wäre ...«

Yves übersetzte, und der König sah ihn schweigend an.

Am nächsten Morgen

Schnellen Schrittes ging Umberto zwischen den Zelten hindurch. Nachdem er sich gewaschen und sein Emirgewand angelegt hatte, war er mit Baibars auf die Galeere gegangen, die als Gefängnis genutzt wurde, um Renaud de Vichiers in Empfang zu nehmen und das in Rawda begonnene Gespräch weiterzuführen.

Mit dem Sonnenlicht am nächsten Morgen war im Lager wieder Normalität eingekehrt. Die Emire des Heeres waren vor Aybak und Vizekönig Husam ad-Din auf die

Knie gefallen, alles Männer, die den Tod Ayyubs betrauert hatten. Es schien, als hätte Turan Schah nie existiert. Die rauchenden Balken und der zerfetzte Körper, der den Schakalen und Geiern am Ufer des Bahr überlassen worden war, schienen einer Zeit anzugehören, die keiner je erlebt hatte. Der junge Mann, der zwei Monate lang Sultan von Ägypten gewesen war, hatte den Großteil seiner Untertanen noch nicht einmal gesehen.

In dieser langen Nacht hatte Umberto sich die Bewunderung der neuen Herrscher erworben. Selbst Aybak, der normalerweise nur selten ein Wort des Lobes aussprach, hatte ihn umarmt, als er noch schwarz geschminkt und blutverschmiert gewesen war, und gesagt: »Du bist ein großer Krieger, ser Berto.« Aqtay hatte ihm lediglich auf die Schulter geklopft, was für ihn schon viel war, während Baibars, der ihn besser kannte als alle anderen, mit der für ihn typischen Ironie angemerkt hatte: »Ich habe dir gesagt, dass du jetzt Teil dieses Krieges bist.«

Umberto hatte ihn zum Teufel geschickt.

Der Kommandant des Schiffes hatte sich ein Dutzend Mal verneigt und stammelte: »Ich bedauere, mein Herr, aber ... der Gefangene wurde gestern von zwei *Bahriten* abgeholt. Sie hatten einen Brief mit dem Siegel des Aybak bei sich, mit dem Befehl, ihn zu übergeben.«

Baibars fragte alarmiert: »Ein Brief mit Aybaks Siegel? Wo ist er?«

»Sie haben ihn mir gezeigt und wieder mitgenommen, genau wie den Templer. Alle haben ihn gesehen.«

Baibars und Umberto tauschten einen Blick. Der Mann sagte die Wahrheit. Auch wenn er etwas schmierig wirkte, war er kein Narr und hatte nicht zufällig erwähnt, dass es viele Zeugen für die Übergabe gab.

Sollte Aybak Renaud in Sicherheit bringen wollen, damit er niemandem sonst in die Hände fiel? Unwahrscheinlich, aber sie mussten es überprüfen. Der Armbrustschütze nickte.

»Ich danke dir.«

Die beiden drehten sich um und gingen an Land. Den jungen Dominikanermönch, der die Szene vom Deck aus beobachtet hatte, bemerkten sie nicht.

Baibars schickte einen Emir der *Bahriyya* mit einer brüsken Geste fort. Es gab keinen Zweifel.

»Er ist geflohen, jemand hat ihm geholfen.«

Umberto schaute ihn ernst an.

»Einer der deinen, Armbrustschütze. Jemand, der über das Siegel des Kommandanten deines Heeres verfügt.«

»Das Siegel könnte gefälscht gewesen sein. Dieser Mann konnte seine Echtheit nicht überprüfen. Er hat zwei Männer gesehen, die als *Bahriten* gekleidet waren, genau wie du, dann den Brief mit dem Siegel, das hat ihm gereicht. Aber der Punkt ist ein anderer.«

»Das stimmt. Wenn der Spion der Templer das alles organisiert hat, dann ist er ein großes Risiko eingegangen. Bis jetzt wissen wir nur, dass es sich um jemanden handeln muss, der über das Dokument aus al-Quds Bescheid weiß, und dass es Fachr ad-Din nach Ayyubs Tod an sich genommen hat, der es wiederum in das Elfenbeinkästchen zurückgelegt hat. Jetzt muss dieser Jemand auch wissen, dass Renaud de Vichiers nicht mit den anderen befreit wurde, sondern erst noch befragt werden sollte. Kurz gesagt, er musste unser Abkommen kennen, Armbrustschütze. Und wir waren nur zu dritt. Du, ich und Aybak. Bist du sicher, dass dieses Siegel gefälscht war, oder bist du etwa der Spion der Templer?«

Kapitel 20

Der Preis eines Königs

ᕲᕭᕲ

Al-Qahira, 30 muharram 648 (4. Mai 1250)

Im Thronsaal von Salah al-Din war alles bereit. Shajar al-Durr trug einen spektakulären blauen Seiden-*jilbab* mit goldenen Stickereien und wartete inmitten des Saales. Rechts von ihr waren die Eunuchen des Hofes aufgereiht, links die dreißig *Bahriten*, die in den letzten Tagen als Wächter auf der Festung über sie gewacht hatten. Eine Fanfare im Hof verkündete den Beginn der Zeremonie.

Shajar konnte sich vorstellen, was draußen passierte. Vor ihrem inneren Auge sah sie Baibars Stufe für Stufe die mit bunten Stoffen geschmückte Treppe nach oben steigen, bis zu ihr.

Als Erster betrat natürlich Aybak den Raum, in einem strahlend blauen Kettenhemd. Shajar suchte den Blick des Armbrustschützen. Er stand neben Aqtay in der ersten Reihe, vor den Emiren, die tausend Mann befehligten.

Der *atabak* kniete nieder. Die Emire hatten ihn zum neuen Herrscher über Ägypten bestimmt. Hierarchisch gesehen stand das Amt Vizekönig Husam ad-Din zu, und man hatte ihm als Ranghöchsten unter den Männern des

Sultans die Herrschaft auch angeboten. Aber das war eine Formalie gewesen: Da der erfahrene Husam die Dynamiken der Macht bis ins Detail kannte, hatte er sofort abgelehnt – und damit sein Leben und seinen Posten gerettet. Die Einladung war in der Folge an den Aybak gegangen, der angenommen hatte. Aber trotzdem musste der Schein gewahrt werden, im Inneren und vor allem außerhalb Ägyptens, damit die dynastische Tradition fortgesetzt werden konnte. Die Ayyubiden von Dimashq und der Kalif von Bagdad waren bereit, gegen die Soldaten Partei zu ergreifen, die ihren Herrn getötet hatten.

Deshalb stand Aybak nun vor Shajar al-Durr. Der Heereskommandant ergriff das Wort: »Meine Dame, ich bin hier, um Euch mitzuteilen, dass nach der Strafe, die Allah dem Usurpator wegen seiner unzähligen Verfehlungen erteilt hat, entschieden wurde, dass Ihr, Khalils Mutter und Ehefrau der Säule des Glaubens *al-Malik* as-Salih Ayyub, Allah sei ihm gnädig, *Malikat al-Muslim* – Sultanin der Moslems – werden sollt. Ihr werdet zur Mutter des Khalil ernannt, und diesen Namen wird das königliche Siegel tragen, mit dem Ihr die Dekrete unterzeichnet, und die *khutba* in al-Qahira und in ganz Ägypten wird in Eurem Namen gesprochen werden …«

Aybak sprach weiter, aber Shajar hörte nicht mehr zu. Ihr Herz schlug rasch. Sie hätte schreien und die Fäuste in den Himmel recken wollen, aber sie blieb bewegungslos stehen. Sie war es gewohnt, ihre Gefühle zu verstecken. Es war vollbracht, ihr war das Unmögliche gelungen: Die kleine armenische Sklavin aus dem Harem war zur Sultanin Ägyptens geworden. Alle wussten, dass es so etwas noch nie gegeben hatte. Zum allerersten Mal stand eine Frau an der Spitze der Macht. Sie suchte Baibars' Blick, um ihren Triumph mit ihm zu teilen. Aber der Armbrustschütze starrte zu Boden.

Fariskur, einen Tag später

Drei Emire, die sie nie zuvor gesehen hatten, erwarteten Louis und Yves auf großen Teppichen, die man vor dem Zelt ausgelegt hatte. Der in der Mitte trug einen gepflegten weißen Spitzbart, die beiden anderen waren jünger und hatten einen schwarzen Kinnbart. Auch der König und der Mönch setzten sich. Um sie herum standen blau-golden gekleidete Mamelucken.

Der ältere Emir sprach, Yves übersetzte: »Eure Hoheit, ich bin Husam ad-Din, Vizekönig und Gouverneur von al-Qahira. Ich werde den Schwur auf den Vertrag im Namen der Sultanin der Moslems, Mutter des Khalil, und des Heereskommandanten Izz al-Din Aybak vornehmen.«

Die Namen der neuen Herrscher, dachte Yves. Die Sultanin kannte er nicht, aber da das Heer die Macht übernommen hatte, war es offensichtlich, dass Aybaks Name auch dabei war. Er fragte sich, welches Ende sein Freund al-Sabih genommen hatte. Kein gutes wahrscheinlich. Der Vizekönig sprach weiter: »Wir schwören Euch, dass all diejenigen, die den Vertrag nicht respektieren, für ihre Sünden büßen und barhäuptig nach Mekka pilgern müssen, genau wie diejenigen, die ihre Frauen verleugnen und sie mehrmals zurücknehmen, und solche, die Schweinefleisch essen.«

Louis fragte den Mönch: »Sind das verlässliche Schwüre?«

»Es gibt keine verlässlicheren, Sire. Nach ihrem Gesetz kann niemand die Ehefrau verstoßen und dann wieder ein Anrecht auf sie anmelden, es sei denn, sie hatte Umgang mit einem anderen Mann.«

Nach dem Schwur überreichte ein Sarazene Louis ein Papyrus. Dort war eine Formel auf Latein zu lesen, die offensichtlich ein Renegat übersetzt hatte. Es stand zu lesen, dass der König bei Vertragsbruch entehrt sein würde wie ein Christ, der Gott und die Mutter Gottes verleugnet, der die Kommunion mit den zwölf Aposteln verlässt mit allen Heiligen, Männern und Frauen. Sollte der König den Vertrag nicht respektieren, würde er entehrt werden wie ein Christ, der Gott und seine Gebote verleugnet und als Zeichen seiner Verachtung auf das Kreuz spucken und es treten würde.

Louis antwortete: »Mit den ersten Punkten bin ich einverstanden, aber auf den letzten werde ich niemals schwören.«

Yves übersetzte, und Husam ad-Din antwortete: »Wir haben auf all das geschworen, was Ihr gehört habt. Es ist beleidigend, wenn Ihr es nicht tut. Wer einem Vertrag zustimmen will, sollte damit keine Probleme haben. Sonst könnten wir denken, Ihr hättet anderes im Sinn. In diesem Fall wäre es besser, alle zu köpfen, bei Euch angefangen.«

Nach der Übersetzung antwortete Louis: »Sagt ihnen,

dass sie tun und lassen können, was sie wollen. Ich sterbe lieber als guter Christ, als mit dem Zorn Gottes zu leben.«

Nachdem der Mönch übersetzt hatte, rief der Emir zur Rechten des Vizekönigs ungehalten: »Bruder, du bist es, der ihm diese Flausen in den Kopf gesetzt hat. Ich werde dir den Kopf abschneiden und ihn in seinen Schoß legen.«

Yves antwortete nicht, sondern flüsterte dem König zu: »Sie glauben, ich würde Euch anstiften.«

Der Emir erhob sich, packte Yves am Arm und schob ihn in Richtung Zelt, während der König seinerseits aufstand, um ihn davon abzuhalten.

»Halt. Lass ihn los, du Feigling.«

Zwei Mamelucken griffen ein und packten ihn. Louis verstummte, war es doch unerhört, den König überhaupt zu berühren. »Lasst ihn los«, schaltete sich augenblicklich Husam ad-Din ein.

Sie lösten den Griff, versperrten ihm aber den Weg zum Zelteingang. Im Zelt indes fiel der Mönch auf die Knie und begann zu beten.

»*Veni Creator Spiritus …*«

Der Emir zog sein Krummschwert aus der Scheide, wurde aber von einer Stimme am Eingang gestoppt: »Er hat geschworen.«

Auf der Schwelle stand der dritte Emir, und Yves wurde wieder nach draußen gebracht. Der Vizekönig wirkte zufrieden. Auch Louis, der immer noch stand, war erleichtert. Der Mönch sagte: »Sire, Ihr hättet Euch nicht gezwungen fühlen müssen zu schwören.«

Louis sah ihn ernst an und antwortete: »Seid unbesorgt, Magister, ich habe auf meine Weise geschworen, und ich glaube, sie haben nichts davon verstanden. Und jetzt sprecht mich frei von dieser Sünde.«

Husam ad-Din näherte sich und verbeugte sich vor dem König, als wäre nichts gewesen.

»Eure Hoheit, entschuldigt die etwas brüsken Manieren der Emire. Sie sind Soldaten und glauben, alles mit Gewalt lösen zu können. Einige von ihnen haben nicht mal den Koran gelesen. Sonst würden sie die Worte des Propheten kennen: Du wirst ganz gewiss finden, dass diejenigen, die den Gläubigen in Freundschaft am nächsten stehen, die sind, die sagen: ›Wir sind Christen.‹ Morgen werdet Ihr frei sein. Es tut mir leid, Euch unter diesen Umständen kennengelernt zu haben. Ihr seid ein weiser und hingebungsvoller Mann. Das habt Ihr gerade bewiesen.«

Aus dem Tonfall konnte man schließen, dass er die freie Auslegung des Schwurs durch den König durchaus bemerkt hatte, es aber vorzog, ihn nicht weiter zu bedrängen. Der Vizekönig fuhr fort: »Es war unabänderlich, dass es so endet. Darf ich Euch fragen, warum Ihr über das Meer gefahren seid, um in dieses Land voller Moslems zu kommen und glaubt, Ihr könntet es mit Waffengewalt erobern und sein Herr werden? Das ist das größte Risiko, dem Ihr Euch und Eure Untertanen aussetzen könnt.«

Bei der Übersetzung verzog Louis das Gesicht zu einer Grimasse, er antwortete ihm nicht. Husam ad-Din fügte hinzu: »Denkt daran, dass in unserem Gesetz das Zeugnis eines Mannes, der mehrere Male dieses Meer überquert und sein und das Leben seiner Untergebenen aufs Spiel setzt, nichts gilt.«

Der König fragte: »Warum?«

»Weil wir aus diesem Verhalten schließen, dass er ein Narr ist und deshalb kein Zeugnis ablegen kann.«

Als Yves übersetzt hatte, lächelte der König bitter und sagte: »Sie haben recht ... Sie haben wirklich recht.«

Im Morgengrauen des folgenden Tages

Damiette wurde den Sarazenen übergeben, als eine ägyptische Galeere mit Geoffroy de Sargines an Bord an der Mole des Flusses festmachte und er sich mit dem königlichen Befehl zur christlichen Festung aufmachte. Die wenigen Soldaten, die noch in der Stadt verblieben waren, flüchteten sich auf die Schiffe. Von der Galeere aus gingen zweihundert Sarazenen an Land, übernahmen die Kontrolle über die Mole und signalisierten dies den Schiffen, die noch am Abend zuvor im Fluss vor Anker gegangen waren. Die Königin, die in der Gefangenschaft ihres Mannes einen Sohn zur Welt gebracht hatte, Jean-Tristan, war wegen gesundheitlicher Schwierigkeiten bereits nach Akkon aufgebrochen, nur etwa fünf Tage auf See entfernt.

König Louis ging in der Nähe der Brücke von Bord, die die beiden Teile der Stadt miteinander verband – die Stadt, die er vor sechs Monaten erobert hatte und jetzt an die Moslems zurückgab. Man hatte dort ein Zelt für ihn errichtet.

In der Zwischenzeit durchsuchten die Sarazenen die Straßen und Häuser. Als sie Korbflaschen mit Wein fanden, tranken sie ihn, den Regeln ihrer Religion zum Trotz. Gruppen von betrunkenen Soldaten zogen daraufhin plündernd durch die gerade befreite Stadt. Vor allem die Kranken, die nicht auf die Schiffe verladen wurden, aber laut Vertrag gepflegt werden sollten, hatten darunter zu leiden. Auch die Kriegsmaschinen wurden zerstört und das gesalzene Schweinefleisch auf die Straße geworfen. Danach wurde alles verbrannt: das Holz der Maschinen, das Fleisch, die Toten.

Bald schon wehten die Fahnen des Sultans über allen Türmen von Damiette, während die christlichen Schiffe noch vor Anker lagen. Sie waren beladen und bereit zum Ablegen. Am Himmel sammelten sich weiße Rauchwolken, der bittere Geruch von verbranntem Fleisch erfüllte die Luft.

Der König und die anderen Gefangenen versammelten sich vor dem Zelt. Louis umarmte seine Brüder, und auch Yves und Nicolas fanden wieder zueinander. Der junge Mann weinte vor Rührung. Er war fast nicht wiederzuerkennen, so mager, zerlumpt, bärtig und langhaarig, wie er war, außerdem stank er nach Ziegenbock.

»Magister, endlich. Bis zuletzt haben sie gedroht, uns alle umzubringen.«

»Es ist nicht gesagt, dass sie es nicht doch noch tun werden. Dieser Gestank in der Luft sagt das nur zu deutlich. Aber wenn wir bis hierhin gekommen sind, dann werden wir es mit Gottes Hilfe auch wieder herausschaffen.«

Yves sah sich um. Auch die anderen Gefangenen befanden sich in einem erbärmlichen Zustand. Die wichtigsten Adligen Frankreichs schienen alle überlebt zu haben, aber nach ihnen suchte er nicht. Der arme al-Sabih hatte sein Versprechen nicht halten können: Isabelle war nicht unter ihnen. Das hatte auch der König bemerkt.

»Magister, ich sehe diese junge Frau nicht, die …«

Ein Schrei unterbrach ihn.

»Da sind sie! Da sind sie!«

Alle blickten auf den Fluss. Eine Genueser Galeere ruderte auf sie zu. An Bord schien sich nur ein einziger, weiß gekleideter Mann zu befinden. Als er Louis erblickte, pfiff er. Binnen Kurzem erschienen Dutzende von Armbrustschützen, die an Deck Position bezogen und anlegten. Viele Sarazenen suchten Schutz. Nur die blau-goldenen Mamelucken neben dem König blieben ruhig.

Es war das Schiff, das sie abholen sollte.

Der Graf von Poitiers würde als Geisel vor Ort bleiben, bis nicht mindestens zweihunderttausend Livres bezahlt wären, die Hälfte des Lösegelds.

Während die Genueser und die Mamelucken sich mit schussbereiten Waffen musterten, legte die Galeere an, und eine Holzplanke wurde auf die Brücke gelegt, um den Einstieg zu erleichtern. Als Erster ging der König an Bord, ihm folgten die anderen.

Auf dem Schiff wurde er von Renaud de Vichiers begrüßt, der ein blütenweißes Ordensgewand angelegt hatte. Er verneigte sich vor dem Souverän. »Sire, gelobt sei Gott, der Euch seinem Volk wiedergegeben hat.«

Drei Tage später

Vom Deck der am Kai festgemachten Galeere aus betrachtete Louis die Stadt. Er war in das schwarze Atlasgewand von Turan Schah gekleidet, Yves stand neben ihm. Langsam erloschen die Feuer der Scheiterhaufen, von den Minaretten drang der Ruf zum Abendgebet. Damiette war wieder Dimyat.

Der König hatte geschworen, nicht eher abzureisen, bis sein Bruder wieder an seiner Seite weilte, und war deshalb an Bord geblieben. Sein einziger Schutz waren achtzig Genueser Armbrustschützen und die wenigen Überlebenden seiner Leibgarde. Die anderen Adligen waren auf christliche Schiffe gebracht worden und die meisten, darunter Mauclerc, die Grafen von Flandern und von Soissons, schon auf dem Weg nach Frankreich – trotz Louis' Bitte, noch zu warten.

In diesem Moment hätten die Sarazenen den König erneut in ihre Gewalt bringen können, das hatte der Kommandant der *Bahriyya* dem Inquisitor an diesem Morgen deutlich zu verstehen gegeben.

Louis hatte den Dominikanermönch zu ihm geschickt, um gegen die Nichteinhaltung des Vertrags zu protestieren. Der Mönch war mit Sargines und Nicolas an Land gegangen und hatte die Mamelucken gebeten, mit dem kommandierenden Emir sprechen zu dürfen. Nach langem Warten waren sie von Aqtay empfangen worden. Yves hatte die Verwunderung des Königs über die andauernden Vertragsverletzungen zum Ausdruck gebracht: die getöteten

Verletzten, die zerstörten Kriegsmaschinen, das verbrannte Fleisch. Die Antwort des Kommandanten war beunruhigend gewesen: »Sagt dem König, dass ich es zwar sehr bedauere, aber nichts dagegen unternehmen kann. Sagt ihm auch, dass er, solange er in unserer Gewalt ist, solche Gefühle für sich behalten soll. Alles andere könnte seinen Tod bedeuten. Wenn er weit weg ist, wird er sich an das Geschehene erinnern und darüber nachdenken können, dass es ein Fehler war, uns anzugreifen.«

Für sie war er immer noch ihr Gefangener.

Seit dem Morgen des Vortags wurde auf der *Montjoie* das Geld gezählt. Das Gold wurde gewogen, immer auf zehntausend Livres. Sie waren bis hundertsiebzigtausend gekommen. Mehr gab es nicht. Vor etwa einem Monat hatte die Königin, um zu verhindern, dass die Pisaner und die Genueser abreisten und Damiette unbewacht ließen, ihre Vertreter an ihr Wöchnerinnenbett kommen lassen mit dem Versprechen, dass sie für ihre Verpflegung aufkommen würde. Das kostete sie hundertsechzigtausend Livres. Weitere Tausende waren in den letzten Monaten ausgegeben worden.

Sargines näherte sich dem König.

»Es fehlen dreißigtausend Livres.«

Ohne sich umzudrehen, murmelte Louis: »Geht, Magister.«

Kurz darauf legte eine Schaluppe längsseits der *Templum Domini* an, das Flaggschiff der Templer, das in der Lagune des Nildeltas vor Anker lag. Eine Strickleiter wurde heruntergelassen, und Sargines ging an Bord, es folgten Seignelay, der Marschall von Frankreich, Jean du Mez et d'Argentan, Yves und Nicolas, wobei Letztere etwas mit ihren Kutten zu kämpfen hatten.

Ein Tempelritter kam ihnen entgegen. Er war mittelgroß und mager, hatte kastanienbraune Augen und einen weiß melierten Bart. Bruder Étienne d'Ostricourt, der Schatzmeister des Tempels, kommandierte die kleine Templerflotte, die das unterlegene Heer nach al-Mansura gebracht hatte.

Er kam aus der Präzeptur in Paris und kannte den Inquisitor und die Männer des Königs gut. »*Pax vobiscum*, Magister«, wandte er sich an den Dominikanermönch. »Seid Ihr wegen des schrecklichen Unfalls hier?«

»Nein, Bruder Étienne, von welchem Unfall sprecht Ihr?«

»Ich dachte, Ihr wüsstet davon. Unser armer Mitbruder Jocelyn de Tours, ein tragisches Unglück. Er hat die Gefangenschaft und die Folter der Sarazenen überlebt, um dann so zu sterben ...«

»Was ist geschehen?«

»Er wurde heute Morgen unweit des Schiffes aus dem Wasser gefischt. Er hatte heute Nacht Wache und muss dabei ins Wasser gefallen und ertrunken sein. Es gab keine Strömung, sodass der Körper nicht abgetrieben ist.«

Yves sah Renaud de Vichiers aus dem Schiffsinneren kommen. Es blieb ihm noch Zeit für eine Frage an Bruder Étienne: »Wo ist der Körper jetzt?«

»Wir haben ihn in die Kapelle gebracht, wir können ihn nicht in ungeweihter Erde begraben. Wir werden die Beerdigung an Bord abhalten und ihn morgen auf offener See bestatten, wenn wir dieses …«

»Ein wirklich tragischer Unfall. Doch wann der Herr uns zu sich ruft, liegt nicht in unserer Hand.« Renaud de Vichiers hatte seinen Mitbruder unterbrochen und das Gespräch an sich gerissen.

Yves wandte sich an den Marschall des Tempels: »*Pax vobiscum*. Ich freue mich, Euch wiederzusehen, auch wenn die Umstände, nach dem, was Bruder Étienne berichtet, leider nicht die glücklichsten sind. Beten wir, dass der tragische Tod Eures Mitbruders der letzte sein wird und unser aller Hoffnung, die wir nach Eurer mutigen Flucht vor den Sarazenen geschöpft haben, nicht schmälert. Auch unser guter König war tief beeindruckt von Eurem Mut.«

Renaud hatte berichtet, dass ihm die Flucht gelungen war, weil er die beiden Sarazenen, die ihn gefoltert hatten, töten konnte. Er hatte sich ein Pferd besorgt und war über Nacht nach Damiette geritten.

»Nun, der Herr hat mir die Möglichkeit zur Flucht geschenkt, und ich habe sie genutzt. Nichts geschieht ohne den Willen Gottes«, wiegelte der Templer ab.

»Daran habe ich keinen Zweifel.« Yves deutete auf Nicolas: »Mein Schüler, Nicolas de Hannapes, war dabei, als die Sarazenen Euch vom Schiff geholt haben. Er erinnert sich noch gut an Euren elenden Zustand. Ihr habt sie sicher geschickt täuschen können, sodass sie Eure Kräfte unterschätzt haben und Ihr das Überraschungsmoment nutzen konntet. Das war sicher nicht einfach. Nach Nicolas' Beschreibung waren es zwei Mamelucken, ihre besten Männer.«

Renaud warf Nicolas einen verlegenen Blick zu.

»Sie müssen mich tatsächlich unterschätzt haben. Wahrscheinlich war es der Wein, der ihren Verstand vernebelt hat. Das Wichtigste ist, dass ich fliehen konnte. So viele unserer Mitbrüder hatten dieses Glück nicht.«

An diesem Punkt schaltete sich Geoffroy de Sargines ein, der bereits ungeduldig mit dem Fuß auf Deck getrommelt hatte. Für ihn war das lediglich ein simpler Austausch von Höflichkeiten.

»Entschuldigt, Magister, aber vielleicht solltet Ihr Meister Renaud und Bruder Étienne den wahren Grund Eures Besuchs nennen. Der König erwartet uns.«

Renaud ignorierte ihn und wandte sich an den Inquisitor: »Wie können wir Euch nützlich sein, Magister?«

»Wie Ihr wisst, sammelt der König das Lösegeld, um seinen Bruder und die anderen Gefangenen, die noch in der Hand der Sarazenen sind, zu befreien. Er hat geschworen, dass er Ägypten nicht eher verlassen wird, ehe der Graf von Poitiers frei ist. Er hat alles verfügbare Gold zusammengetragen, aber es fehlen noch dreißigtausend Livres. Da ich Eure Großzügigkeit kenne, habe ich ihm vorgeschlagen, Euch um ein Darlehen zu bitten. Deshalb schickt mich der König, um Euch um dreißigtausend Livres zu bitten und Euch im Voraus seiner Dankbarkeit zu versichern.«

Voller Entsetzen rief Étienne d'Ostricourt: »Magister, der Ratschlag, den Ihr dem König gegeben habt, war weder gut noch vernünftig. Ihr wisst sehr wohl, dass wir einen Schwur leisten, die erhaltenen Summen immer nur an die Spender zurückzugeben, die sie uns anvertraut haben.«

Seignelay legte seine Hand auf den Knauf seines Schwertes und antwortete: »Bruder Étienne, Ihr seid hier auf diesem Schiff in Sicherheit gewesen, während wir uns durch Scheiße und Blut gekämpft haben. Ihr könnt Euch nicht einmal vorstellen, welches Leid viele fromme Christen immer noch erdulden müssen. Unter diesen Umständen kann Euer Schwur nicht gelten. Zweifelt Ihr etwa daran, dass Ihr das Geld zurückbekommen werdet? Außerdem haben wir das Recht, die Summe, um die der König Euch bittet, zu beschlagnahmen. Notfalls sogar mit Gewalt.«

Étienne warf Yves einen empörten Blick zu, als ob er ihn um eine Bestätigung bitten wollte. Der Dominikaner nickte.

»Monsieur de Seignelay hat die Angelegenheit sehr grob, aber zutreffend dargestellt. Ich bitte Euch, uns in den Laderaum des Schiffes zu bringen und die benötigte Summe an uns zu übergeben.«

Étienne antwortete: »Ich werde Euch nirgendwohin bringen.«

»Meine Herren. Es hat keinen Sinn zu streiten, nach all dem Leid, das wir erduldet haben«, schaltete sich Renaud ein. »Bruder Étienne hat unser Konzept schon erläutert: Wir haben geschworen, das Geld nur an diejenigen auszuhändigen, die es uns überlassen haben. Aber auch der Baron war deutlich: Wenn wir das Geld nicht freiwillig herausgeben, werdet Ihr es Euch mit Gewalt nehmen. Das ist weder außergewöhnlich noch verwerflich. Nehmt Euch mit Gewalt, was Ihr braucht, und wir werden uns nicht zur

Wehr setzen. Außerdem werden wir das, was wir dem König heute leihen, in Akkon wiederbekommen.«

Étienne schaute ihn verblüfft an, und auch Yves fragte sich, warum er so willfährig war. Seignelay, Sargines und Jean du Mez et d'Argentan verschwendeten mit solchen Überlegungen keine Zeit, sondern deuteten sie als das, was sie waren: Sie hatten freie Hand. Sie wandten sich in Richtung Schiffsinneres, Yves und Renaud folgten ihnen, und auch Étienne ging ihnen nach. Nur Nicolas blieb an Deck, während zwei *servientes* des Königs die Strickleiter hinaufkletterten.

Es war nicht schwer, die Kabine zu finden, in der die große und mit Eisenbändern gesicherte Holztruhe stand. »Wo ist der Schlüssel?«, fragte Seignelay.

Étienne gab zurück: »Ich werde Euch keinen Schlüssel geben.«

Der Baron entdeckte ein Beil auf dem Boden. Er griff danach und erklärte: »Das wird wohl der Schlüssel des Königs sein.«

Wieder einmal schaltete sich Renaud ein: »Seigneur de Seignelay, ich sehe, dass Ihr uns Gewalt antun wollt, deshalb werde ich Euch den Schlüssel geben.«

Kurz darauf stand die Truhe offen, und Jean du Mez et d'Argentan stieg nach oben, um die *servientes* zu holen, die das Umladen übernehmen würden. Sargines und Seignelay begannen die Goldlivres zu zählen.

Yves und Renaud beobachteten die Szene. »Ihr habt große Weisheit bewiesen«, sagte der Inquisitor.

»Es wäre ebenso unsinnig wie ungerecht gewesen, sich

dem Wunsch unseres guten Königs zu widersetzen. Ich bitte Euch, ihm meine tiefe Ergebenheit auszudrücken.«

Der Dominikaner bemerkte, dass er so laut gesprochen hatte, dass auch Sargines und Seignelay ihn hören konnten. Er traute ihm nicht und wollte sichergehen, dass seine Nachricht den König auch erreichte. Plötzlich wurde ihm der Grund für seine Großzügigkeit klar. Mit dem Tod Guillaume de Sonnacs war der Posten des Großmeisters des Ordens vakant geworden. Renaud de Vichiers war natürlich der Kandidat für seine Nachfolge, aber da die Templer von Outremer stark dezimiert waren, würden die Mitbrüder aus den mächtigen *commanderies*, den französischen Komtureien, über den offenen Posten entscheiden. Außerdem konnte Renaud es sich nicht leisten, Louis' Unterstützung zu verlieren. Dreißigtausend Livres sind ein guter Preis, dachte Yves und antwortete: »Ich werde dafür sorgen, Ihr könnt beruhigt sein. Wenn es Euch recht ist, würde ich jetzt gehen. Die Männer des Königs werden das Geld zählen und anschließend auf die *Montjoie* bringen.«

Der Marschall des Tempels verbeugte sich. Es war offensichtlich, dass er über Yves' Weggang erleichtert war.

»Ich werde Euch begleiten.«

Nach einigen Schritten fasste sich Yves an die Stirn, als hätte er etwas vergessen. Renaud erinnerte sich daran, dass er in al-Mansura die gleiche Scharade gespielt hatte, als er nach Hugues gefragt hatte, und erstarrte.

»Entschuldigt, aber fast wäre ich gegangen, ohne vor dem Leichnam Eures armen Mitbruders ein Gebet gesprochen zu haben.«

»Macht Euch keine Sorgen, Magister. Ihr habt sicher Wichtigeres zu tun, und wir haben schon für ihn gebetet.«

»Keine Aufgabe kann wichtiger sein, als für die Seele eines würdigen Tempelritters zu beten. Es ist so, als ob ich für Hunderte von Mitbrüdern beten würde, die in den letzten Monaten ihr Leben für das Kreuz geopfert haben. Ich bitte Euch, bringt mich zu ihm.«

Renaud blieb daraufhin nichts anderes übrig, als den Mönch zum Heck des Schiffes zu begleiten. Währenddessen fragte der Inquisitor: »War Euer armer Mitbruder in al-Mansura?«

»Ja.«

»Wie, sagtet Ihr, war sein Name, Jocelyn de Tours?«

»Ich habe keinen Namen genannt.«

»Ah, stimmt, das wird wohl Étienne gewesen sein.«

Sie betraten die kleine Kapelle im Heck der Galeere. Der Leichnam war zwischen zwei großen brennenden Kerzen aufgebahrt, vor ihm kniete ein blonder Ritter. Yves erkannte Guillaume de Beaujeu, den jungen Mann, den er in al-Mansura getroffen hatte. Der ungehaltene Blick, den Renaud ihm zuwarf, entging ihm nicht.

Guillaume stand rasch auf, bekreuzigte sich und ging. Seine Augen waren feucht.

Yves näherte sich dem Körper und betrachtete ihn aufmerksam, als wollte er sich vergewissern, ob er ihn gekannt hatte. Er war etwa dreißig, ein dunkler Kerl. Yves berührte seine Stirn, um ihn zu segnen.

Dann fragte er: »Der arme Ritter. Hat ihn niemand schreien hören, als er ins Wasser fiel?«

»Leider nein, wirklich Pech. Er muss sich den Kopf angeschlagen haben.«

Der Inquisitor berührte ihn noch einmal.

»Ja, Ihr habt recht, sein Genick ist gebrochen. Er muss gegen etwas sehr Hartes geprallt sein. Wahrscheinlich hatte er schon das Bewusstsein verloren, als er ins Wasser fiel.«

Renaud schlug einen ernsten Ton an: »Vermutet Ihr, es war kein Unfall, Magister?«

»Wie kommt Ihr darauf? Es kann ja nur ein Unfall gewesen sein … Da ist noch eine andere Sache, die ich nicht verstehe. Bruder Étienne sagte, dass Euer Mitbruder die Folter der Sarazenen überstanden hatte, aber ich sehe gar keine Anzeichen dafür, weder im Gesicht noch an den Händen.«

»Ihr seid der Folterexperte, Magister. Wenn Ihr sagt, dass da keine Spuren sind, dann muss Bruder Étienne sich geirrt haben.«

Yves blieb unbeirrt.

»Stimmt. Er muss sich geirrt haben. Oder auch nicht. In meiner beschwerlichen Funktion habe ich schon oft *quaestiones* durchführen müssen, und manchmal musste die säkulare Gewalt auch auf Folter zurückgreifen, so wie es das Konzil vorschreibt. Sie ist jedoch nicht erforderlich, wenn der Befragte gesteht. Dieser Mann könnte die Folter überlebt haben, weil er gestanden hat, genau wie Bruder Étienne es gesagt hat …«

Renauds Gesicht erschien im Kerzenlicht leichenblass.

»Ich kann Euch nicht folgen, Magister.«

»Macht Euch keine Gedanken, das müsst Ihr auch nicht.

Requiem aeternam dona ei, Domine, et lux perpetua luceat ei.
Requiescat in pace. Amen. Herr, gib ihm die ewige Ruhe.
Und das ewige Licht leuchte ihm. Lass ihn ruhen in Frieden. Amen.«

»Amen.«

Kurz darauf, als das Boot sich wieder von der *Templum Domini* entfernte, beugte Nicolas sich zum Meister hinunter,
so nah, dass dieser instinktiv zurückwich.

»Magister, ich muss Euch etwas erzählen. Während Ihr
dort unten wart, habe ich Euch nach einer Weile gesucht.
Dabei bin ich auf den jungen Ritter gestoßen, Guillaume
de Beaujeu, der in einer Ecke saß und weinte. Ich ging zu
ihm hinüber, und er hat die Arme um mich geschlungen,
mich ganz fest gehalten und weiter geweint. Als ich versucht habe, ihn zu trösten, hat er mir ins Ohr geflüstert:
›Sag deinem Meister, dass man ihn umgebracht hat.‹ Jocelyn war mit Hugues in al-Mansura.«

Kapitel 21

Akkon

༄ৡৣ৵

Akkon, 27. Mai 1250

D as Schiff fuhr langsam in den überfüllten Hafen ein und machte zwischen dem Arsenal und der Boucherie fest. Es trug die Flagge von Gaeta, dem Verbündeten Pisas, der ein ganzes Stadtviertel von Akkon kontrollierte. Die Männer des Zollamts, der sogenannten Cour de la Chaîne, schöpften keinerlei Verdacht, als sie an Bord gingen. Es war ein italienisches Schiff wie so viele andere auch, das aus Alexandria kam. Der Krieg hatte den Handelsverkehr zwischen Ägypten und Outremer nicht beeinträchtigt. Weiterhin ankerten die Kriegsschiffe aus Frankreich, Genua und Venedig mitten in der Bucht, um das Be- und Entladen der Handelsschiffe nicht zu behindern.

Sobald das Schiff vertäut war, ging Umberto allein von Bord. Es war nicht angeraten, Sarazenen mit zu dem Ort zu nehmen, zu dem er unterwegs war. Er hoffte, dass die Wegbeschreibung, die ihm der Schiffskommandant Filippo di Traetto gegeben hatte, auch wirklich stimmte. Passanten wollte er lieber nicht fragen.

Er war noch nie vorher in Akkon gewesen. Die Stadt lag

auf einer kleinen Halbinsel, umgeben von starken Festungsanlagen, insbesondere in Richtung Hinterland. Über die Dächer der Stadt ragten die Türme der zahlreichen Kirchen und Burgen. Der Kommandant hatte ihm erklärt, dass die Stadtteile zwischen den militärischen Orden und den italienischen Händlern aufgeteilt worden waren. Das größte Viertel gehörte den Venezianern und erstreckte sich fast über den gesamten alten Hafen. Dann war da noch das Viertel der Genueser, der Pisaner und der Templer. In den letzten Jahrzehnten war außerhalb der Mauern ein neuer Stadtteil namens Montmusard entstanden. Dorthin war er unterwegs.

Als er das Festland betreten hatte, traf ihn ein wildes Gemisch aus Gerüchen, das die salzige Meeresbrise überlagerte: gebratener Fisch, Gewürze, Abfälle. Auf dem Kai wimmelte es nur so von Menschen. Träger, die Schiffe ent- und beluden, Soldaten und Prostituierte, dazu Stimmen in allen möglichen Sprachen, manche bekannt, andere hatte er noch nie gehört. Italiener, Marseiller, Araber, Griechen und Kastilier. Niemand kümmerte sich um den Kaufmann, der durch eine schmale Gasse in Richtung Stadtmauer ging. Kurz darauf sah er zu seiner Rechten eine Festung, auf der eine große weiße Fahne mit einem schwarzen Kreuz herabhing, der Sitz des Deutschritterordens. Er war auf dem richtigen Weg. Er ging weiter, bog nach links, dann nach rechts in Richtung Sankt-Antonius-Tor ab, das die Altstadt mit Montmusard verband. Nicht weit entfernt tauchte eine kleine, an die Stadtmauer gebaute Burg auf, über der die Lilienstandarte des französischen Königs wehte. Hier wohnte König Louis. Filippo di Traetto hatte es das Schloss des königlichen Konstablers genannt. Dort sollte eigentlich die gelbe Standarte mit dem schwarzen Adler des Kaisers – und Königs von Jerusalem – wehen, aber Umberto wusste, dass man in ganz Akkon nicht eine einzige finden würde.

Durch das Tor hindurch betrat er Montmusard. Die Verteidigung stand in Outremer an erster Stelle, sodass man die Häuser nicht in unmittelbarer Nähe zur Mauer gebaut hatte. Eine breite Straße führte im Westen direkt zum Meer, sodass vor den Gräben unter den Verteidigungswällen noch ausreichend Platz blieb. An der Ecke zwischen der inneren und der äußeren Mauer lag auf einem kleinen Platz sein Ziel: ein großes Haus aus weißen Backsteinen mit einer angrenzenden Kirche. Das Kloster der Franziskaner, ein Orden, den Franz von Assisi und Elias von Cortona vor dreißig Jahren gegründet hatten.

Das Holztor war verschlossen. Er klopfte. Der rotgesichtige Mönch, der ihm das Tor einen Spaltbreit öffnete, sah ein kleines Holzkreuz vor sich.

»Ich muss mit Bruder Rinaldo sprechen.«

Rinaldo di Parma hielt das Holzkreuz von Franz von Assisi in den Händen. Seine hellblauen Augen konnten seine Gefühle nicht verbergen, seine Stimme indes war fest.

»Ich hätte nicht gedacht, dass ich dieses Kreuz jemals wiedersehen würde. Wie geht es Elias?«

Rinaldo musste, so hatte es ihm Elias gesagt, fast fünfzig sein, sah aber jünger aus, vielleicht weil er dünn war, keinen Bart hatte und die weißen Haare um die Tonsur ganz kurz trug. Sie waren allein in der Bibliothek, durch deren Fenster zum Kreuzgang Lichtstrahlen fielen.

Umberto antwortete: »Man kann wohl sagen, dass die Exkommunikation ihn nicht gebrochen hat, aber er ist inzwischen sehr alt geworden. Er lässt Euch Grüße ausrichten.«

»Niemand sollte seine Zeit überleben. Wenn er mit Franziskus gestorben wäre, würde er heute auch ein Heiliger sein und kein exkommunizierter Häretiker.«

»Seiner Meinung nach haben die Päpste Franziskus' Botschaft nicht hören wollen. Sie hätten ihn heiliggesprochen, um ihn besser verraten zu können. Elias ist überzeugt, dass Gott irgendwann einen Papst schicken wird, der alle an diese Botschaft erinnern wird.«

Rinaldo nickte.

»Da hat er nicht ganz unrecht, schau dir nur den Prunk an, in dem viele Geistliche leben. Dabei steht geschrieben: ›Wer sich nicht lossagt von allem, was er hat, der kann nicht mein Jünger sein.‹ Aber auch Elias hat Fehler gemacht. Wahre Armut ist eine Geisteshaltung und geht über das Materielle hinaus. Es ist die Bescheidenheit, und bescheiden war er nie. Nach Franziskus' Tod ist er der Faszination der Macht erlegen, und seine Verbindung mit deinem Kaiser ist Teil davon. Ich glaube nicht, dass Friedrich in Armut lebt oder immun gegen Verführungen ist. Auf der anderen Seite glaube ich aber auch nicht, dass die Gerüchte wahr sind, die bis hierher gedrungen sind. Elias soll sich der Alchemie und der Zauberei verschrieben haben. Die Kurie kann wirklich perfide sein.«

Er schwieg, als würde er auf die Bestätigung seiner Aussage warten. Aber Umberto war nicht ganz sicher, ob sein Gesprächspartner tatsächlich glaubte, die Gerüchte seien falsch. Auch Rinaldo schien von einer großen Neugier getrieben zu sein, was nicht zum Bild eines Mönches passte, der sich ausschließlich dem Gebet und der Predigt verschrieben hatte, während er auf die Apokalypse wartete. Er entschied sich trotzdem, ihn in seiner Haltung zu bestätigen. »Nein, das glaube ich auch nicht, Bruder Rinaldo. Ich habe ihn niemals so etwas sagen hören oder Entsprechendes tun sehen.«

»Natürlich, offensichtlich nicht.«

Der Franziskaner wirkte abwesend. Vielleicht dachte er darüber nach, dass sich Elias gegenüber Umberto nichts hatte anmerken lassen. Aber das Zögern dauerte nur einen Augenblick. Dann fügte er hinzu: »Kommen wir zu dir, Umberto di Fondi, falls das dein richtiger Name sein sollte. Denn ein Kaufmann bist du nicht, oder?«

»Der Name stimmt, mit dem Rest habt Ihr recht. Ich bin kein Kaufmann und war es noch nie. Ich gehöre zur *familia* des Kaisers. Er hat mich mit einer Mission betraut, und dafür brauche ich Eure Hilfe.«

»Tatsächlich ... Und was kann ich als armer Minderbruder für Friedrich den Staufer, den vom Papst abgesetzten Herrscher, Häretiker und Exkommunizierten tun?«

Umberto entschied, dass er ihm vertrauen konnte. Aber er würde vorsichtig sein.

»Das, was ich Euch jetzt sage, steht unter dem Sakrament der Beichte.«

»So sei es.«

»Am Heiligabend hat der Kaiser eine Nachricht von Sultan Ayyub von Ägypten erhalten. Er sei, so schrieb Ayyub, im Besitz eines außerordentlichen Dokuments, das man in Jerusalem gefunden habe und das von größter Wichtigkeit für das Christentum und den Islam sei. Ich reiste nach Ägypten und fand mich inmitten eines Krieges wieder. Um es kurz zu machen: Dieses Dokument wurde nach dem Tod des Sultans dem Heereskommandanten Fachr ad-Din anvertraut und dann von einem Templer gestohlen. Er heißt Hugues de Jouy und hat den *atabak* in al-Mansura getötet. Er handelte im Auftrag der Ordensanführer, des verstorbenen Großmeisters Guillaume de Sonnac und des Marschalls Renaud de Vichiers, die von der Existenz des Dokuments durch einen ihrer Spione in Ägypten wussten. Das Dokument wurde vom Imam der Qubbat as-Sachra, Ibrahim al-Nasri, an den *qadi* der Stadt übergeben, der es wiederum dem Sultan anvertraut hat. Ich kenne den Inhalt nicht, aber es könnte aus der Römerzeit stammen, da man in diesem Zusammenhang auch einige Goldmünzen mit Neros Konterfei gefunden hat. Der Imam hat das so in einem Brief beschrieben.«

Rinaldo schlug mit der Faust auf die Stuhllehne.

»Dann hat es der alte Ungläubige schließlich doch geschafft! Ich kenne Ibrahim al-Nasri gut, ich habe ihn mehrere Male in Jerusalem getroffen und oft mit ihm Schach gespielt. Auch wenn wir unterschiedlichen Glaubens sind, darf ich ihn einen guten Freund nennen. Er hat unter der Qubbat as-Sachra Grabungen durchführen lassen, ebenso wie die Templer. Einmal sagte er mir, dass sich seiner Meinung nach unter dem heiligen Felsen des Islam nicht nur der Herodestempel befände, sondern auch die Überreste eines römischen Tempels und es einen Gang zu einer antiken Festung, der Antonia, gäbe, von der Flavius Josephus oder Yusifus, wie er ihn nennt, berichtet hat. Er rühmte sich, all seine Werke auf Griechisch gelesen zu haben, trotz der arabischen Übersetzungen. Dieser Josephus war ein Judäer, der sich während der Revolution mit den Römern verbündet hatte, die mit der Zerstörung des Tempels endete. Schlussendlich ist Ibrahim ein Mann des Friedens und von großer Bildung.«

»Er war es. Er ist tot, wahrscheinlich hat man ihn eben wegen seiner Entdeckungen umgebracht.«

Rinaldo schwieg, die Nachricht traf ihn tief. Dann murmelte er ein Gebet und bekreuzigte sich.

»Das bedaure ich sehr. Er war ein guter Mensch und hat nie jemandem etwas zuleide getan. Was könnte er so Gefährliches gefunden haben? Ein Dokument aus der Römerzeit, von immenser Wichtigkeit für die Christenheit und den Islam ...«

»Kommt Euch da etwas in den Sinn?«

Rinaldo schaute ihn überrascht an.

»Umberto di Fondi, da gibt es wenig zu überlegen. Zu dieser Zeit und an diesem Ort gab es für die Christenheit nur ein einziges Ereignis: den Leidensweg, den Tod und die Auferstehung Christi.«

»Dann hat es mit Jesus zu tun?«

»Etwas anderes kann ich mir nicht vorstellen.«

»Alle, die mit diesem Dokument in Kontakt gekommen sind, sind tot, außer Hugues de Jouy. Ich nehme an, er ist in Akkon. Ich brauche Eure Hilfe, um ihn und Renaud de Vichiers zu finden.«

»Du hast sie bereits gefunden. Renaud de Vichiers ist der neue Großmeister des Tempels und Hugues de Jouy der neue Marschall. Sie wurden vor wenigen Tagen gewählt, mit der Unterstützung von König Louis. Sie befinden sich in der Stadt, in der Festung des Templerordens, bewacht von mindestens hundert Männern.«

Umberto verzog keine Miene.

»Gut, dann werde ich in die Festung eindringen. Werdet Ihr mir helfen?«

Rinaldo zögerte, bevor er antwortete: »Ich werde tun, was ich kann. Aber nicht wegen dieses Sünders Elias und auch nicht wegen deines Kaisers.«

»Warum dann?«

»Deswegen. Und nur deswegen.«

Er umklammerte das Kreuz von Franziskus so fest, dass seine Fingerknöchel weiß hervortraten.

Am Nachmittag des nächsten Tages

Renaud de Vichiers und Hugues de Jouy standen allein auf dem Eckturm der Templerburg hoch über dem Meer. Der Großmeister blickte gedankenverloren auf eine Welle, die sich aufbäumte und dann an der Mauer brach. Ohne den Blick von der Gischt abzuwenden, sagte er: »Hast du jemals darüber nachgedacht, dass wir mit dieser Festung das Meer aufhalten? Wer weiß, wie lange noch ...« Dann kehrte er zu ihrem ursprünglichen Gesprächsthema zurück. »Der Vorhang des Tempels, der das *sancta sanctorum* – das Allerheiligste – bedeckte, war im Osten. Das war offensichtlich, aber Helena wusste das nicht.«

Hugues meinte: »Also könnte er immer noch dort sein.«

Renaud schaute auf die nächste Welle, wartete, bis sie brach, und murmelte: »Stimmt ... ›Und ich sah einen Engel vom Himmel herabfahren, der hatte den Schlüssel zum Abgrund und eine große Kette in seiner Hand. Und er ergriff den Drachen, die alte Schlange, das ist der Teufel und der Satan, und fesselte ihn für tausend Jahre und warf ihn in den Abgrund und verschloss ihn und setzte ein Siegel oben darauf, damit er die Völker nicht mehr verführen sollte, bis vollendet würden die tausend Jahre.‹ Die tausend Jahre sind vorbei, Hugues, auch wenn der Teufel nicht so aussieht, wie wir es erwartet haben, und er wird alles tun, um uns aufzuhalten. Du musst gehen, meine Abwesenheit würde in Akkon bemerkt werden. Du wirst dorthin reisen, nachdem du in Damaskus gewesen bist.«

»Kann ich nicht auf direktem Weg dorthin?«

»Nein, zuerst musst du zu Diya al-Din. Es gibt Neuigkeiten, und seine Männer kontrollieren jetzt Jerusalem. Du wirst morgen früh abreisen und nur Mitbrüder zu Pferd mitnehmen. Viele haben wir nicht mehr, aber wir sollten nichts riskieren. Vielleicht ist es besser, wenn die Jüngsten hierbleiben.«

»Um welche Neuigkeiten geht es?«

»In Damaskus sind zwei Emire der ägyptischen *Bahriyya* aufgetaucht und haben die ayyubidische Garnison der *Qaymariyya,* die fast ausschließlich aus Kurden besteht, gebeten, auf eine Allianz zu schwören. Diya al-Din hat sie festnehmen und schlagen lassen. Die Syrer werden die Regentschaft der schönen Witwe wie auch die von Aybak niemals anerkennen.«

»Das bedeutet Krieg.«

»Aber auch unsere Rettung. Outremer ist zu schwach, um einem Angriff der verbündeten Truppen standzuhalten, selbst mit dem König in Akkon. Von den zweitausendachthundert Rittern, die er bei seiner Ankunft in Ägypten hinter sich wusste, sind kaum noch hundert am Leben. Wir müssen unseren Mann in der *Qaymariyya* nur überzeugen, sich mit an-Nasir Yusuf in Aleppo zu verbünden. Deshalb musst du dorthin. Zu diesem Zeitpunkt werden sich die ayyubidischen Syrer und die ägyptischen Mamelucken gegenseitig töten und keine Zeit mehr für uns haben.«

»Aber der König möchte sich die Ägypter gewiss nicht zum Feind machen, sie haben noch viele seiner Männer in ihrer Gewalt.«

»Der König ist von Schuldgefühlen wegen seines Scheiterns zerfressen und hat seine Weitsicht verloren. Er denkt nur an die Gefangenen und macht sich vor, Outremer zu retten, indem er die Stadtmauern und Festungen verstärken lässt. Ihm ist nicht klar, dass die wahre Verteidigung die Spaltung des feindlichen Lagers ist, das heißt das Bündnis zwischen Aleppo und Damaskus gegen Ägypten.«

»Und doch hat er Euch bei der Ernennung des Groß-meisters unterstützt ...«

»Wer hätte es sonst werden sollen? Etwa dieser Schwach-kopf Étienne d'Ostricourt? Selbst der Prediger musste sich damit abfinden, dass es keine Alternative gab.«

»Der Inquisitor?«

»Genau. Hast du bemerkt, wie er dich angesehen hat, als ich dich dem König vorgestellt habe? Er hat mich in al-Mansura nach dir gefragt, obwohl er dich noch nie gesehen hatte. Ich weiß nicht, wie er es gemacht hat, aber er weiß etwas. Allerdings nicht genug, um uns offen anzuklagen. Als ich ihn vor vielen Jahren kennengelernt habe, war er noch sehr jung. Ich weiß nicht, warum, aber ich hatte schon damals das Gefühl, dass wir uns früher oder später gegenüberstehen würden. Und jetzt ist es so weit. Wir dür-fen ihn nicht unterschätzen. Er ist der intelligente Schüler eines erbarmungslosen Mannes. Ich habe versucht, mich von ihm zu befreien, aber es ist mir nicht gelungen. Jeden-falls bis jetzt nicht.«

»Soll ich mich darum kümmern, Magister?«

»Nein. Du musst abreisen, außerdem wäre es zu gefähr-lich. Er ist einer der Beichtväter des Königs. Die Ermor-dung eines Inquisitors durch einen Anhänger der Assassi-nen läge allerdings in der Natur der Sache. Ich werde mit Ismail sprechen.«

Hugues nickte.

»Wir haben Nachricht aus Ägypten. Sie betreffen den Renegaten, von dem ich dir erzählt habe, dem Getreuen des Kaisers«, fuhr der Großmeister fort. »Er hat Alexandria auf einem Handelsschiff aus Amalfi verlassen, das bis jetzt dreimal die Flagge gewechselt haben dürfte. Das offizielle Ziel ist Trani, aber wahrscheinlich ist es bereits hier. Ein weiterer gefährlicher Gegner.«

Hugues strich über den Knauf seines Schwertes an seinem Gürtel.

»Ich habe keine Angst vor ihm.«

Renaud seufzte. Es war immer dasselbe.

»Es geht nicht darum, ob man Angst hat oder nicht, sondern darum zu verstehen, mit wem man es zu tun hat. Und dieser Mann und sein Herr sind eine üble Klientel.«

»Was gedenkt Ihr zu tun, Magister?«

»Er möchte vor allem mich. Er hat mich aufgespürt wie ein Wolf seine Beute, und nur durch ein Wunder bin ich ihm entkommen. Ich werde vorsichtig sein und mich nicht allein durch Akkon bewegen. Aber nach dem, was dieser Feigling von Jocelyn erzählt hat, wird er auch nach dir suchen. Ein Grund mehr, so schnell wie möglich abzureisen.«

Er hielt inne, schaute erneut einer Welle nach und fuhr dann fort: »Natürlich versuchen wir, ihn zu fassen. Aber es gibt nicht viele in der Stadt, an die wir uns wenden können. Vielleicht die Ritter des Deutschen Ordens, aber die sind trotz der Exkommunikation eng mit dem Kaiser verbunden. Aber wir haben gute Freunde dort, die uns sofort informieren würden. Oder die Franziskaner: Ihr Kloster ist ein Nest von Häretikern, bei Rinaldo di Parma angefangen, einem Schüler von Elias von Cortona, dem Komplizen von Franziskus. Ich habe schon Befehl gegeben, ihr Haus in Montmusard im Auge zu behalten.«

Ein Blitz erleuchtete das Kloster des Dominikanerordens, dessen Silhouette sich deutlich von den schwarzen Wolken am Himmel abhob. Das Unwetter hatte gerade erst begonnen, die Regentropfen hüpften auf dem Pflaster der Straße, die vom Viertel der Templer an der Kirche Saint Michele vorbei nach Montmusard führte. Das Licht fiel auch auf zwei Gestalten, die in Mäntel gehüllt, die Kapuzen tief ins Gesicht gezogen, eng an den Häuserwänden entlang durch den Regen rannten. Man hätte sie für zwei Mönche halten können, die es eilig hatten, in ihr Kloster zu kommen. Am Tor angekommen klopfte einer der beiden, und sofort öffnete ihnen der Mönch an der Pforte. Vom Eingang ging es zum Kreuzgang. In der gegenüberliegenden Ecke des Säulengangs lag eine Treppe, die ins erste Stockwerk zu den Schlafsälen führte. Links lag der Eingang zur Kapelle, rechts zweigten drei Räume ab. Die beiden Männer schlüpften ins zweite Zimmer, den Speisesaal, der von einer Fackel an der Wand und zwei Kandelabern auf einem Eichentisch erleuchtet wurde. Dort lag auch ein dickes Buch. Yves le Breton hob den Blick von den *Etymologiae* des Isidor von Sevilla und schaute zu Nicolas und Guillaume de Beaujeu, die ihre Kapuzen abzogen und die nassen Umhänge ablegten. Etwas außer Atem begrüßte ihn der junge Templer: »*Pax vobiscum,* Magister.«

»*Et cum spiritu tuo.* Danke, dass ihr gekommen seid.«

»Wenn sie mich entdecken, bin ich tot. Wir haben nicht viel Zeit.«

»Ich weiß, wir werden uns beeilen. Fangen wir mit der wichtigsten Frage an: Was habt ihr aus dem Zelt des Scecedin in al-Mansura mitgenommen?«

»Das weiß ich nicht. Die Einzigen, die das wissen und noch am Leben sind, sind Renaud de Vichiers und Hugues de Jouy. Es befand sich in einem Elfenbeinkästchen, in dem man einen Koran aufbewahrt, und darin ist es meines Wissens noch immer. Die Sarazenen wollten es unbedingt zurück. Sie haben Gerard de Senlis zu Tode gefoltert ... ihn lebendig gehäutet. Und dann kam Jocelyn, und weil er nicht das gleiche Schicksal erleiden wollte, hat er ihnen das wenige erzählt, was er wusste. Das hatte er mir auch schon erzählt. In al-Mansura sollte er Meister Renauds Mündel, Hugues de Jouy, begleiten, der das Kästchen im Zelt des Emirs an sich genommen hatte, nachdem er ihn getötet hatte. Jocelyn hat ihn nach Damiette gebracht und ist dann zurückgekehrt, um dem Meister Bericht zu erstatten.«

Yves dachte an Hugues de Jouy, den blonden Ritter mit dem arroganten Gesichtsausdruck, den Renaud de Vichiers dem König stolz als neuen Marschall des Tempels vorgestellt hatte. Als er seinen Namen gehört hatte, hatte er genau gewusst, dass das der Mann war, den er suchte. »Jocelyn de Tours hat also sein fehlendes Schweigen bei den Sarazenen mit dem Leben bezahlt.«

»Ja. In dieser Nacht in Damiette hat Renaud ihm befohlen, an Deck Wache zu halten. Am nächsten Morgen war er tot, die Hinweise auf einen Genickbruch habt Ihr selbst erkannt.«

»Warum haben die Sarazenen nicht gleich Renaud selbst gefoltert?«

»Es ist etwas geschehen, ein sarazenischer Emir ist aufgetaucht und hat unsere Peiniger unterbrochen. Soweit ich es verstanden habe, brauchten sie ihn lebend. Vielleicht haben sie mit uns angefangen, um Renaud zum Reden zu zwingen und uns so zu retten.«

»Das ist möglich.«

Der Inquisitor konnte eine gewisse Bewunderung für die Verhörtechnik des Feindes nicht verhehlen und fragte sich, ob er selbst es gewesen war, der Renaud und seine Ritter gerettet hatte, als er dem König vorgeschlagen hatte, die Templer um das restliche Lösegeld zu bitten. Er fuhr fort: »Wer führte die Befragung durch?«

»Zwei Emire der *Bahriyya*. Meister Renaud kannte sie beide. Die Fragen hat Baibars gestellt, ein Hüne mit rasiertem Kopf und blauen Augen. Der andere war ein christlicher Renegat. Der Magister hat es mir nicht gesagt, aber ich glaube, er hatte schon mit ihm gesprochen.«

»Ein Abtrünniger … kannst du ihn beschreiben?«

»Groß gewachsen, muskulös, auch wenn er neben Baibars klein wirkte, dunkler Kerl, gepflegter schwarzer Bart, dunkle kalte Augen.«

Yves nickte. Das war der Dolmetscher. »Hat Renaud jemals über mich gesprochen?«

»Nicht in meiner Gegenwart, Magister. Aber nach jedem Zusammentreffen mit Euch wirkte er nachdenklich.«

»Eine letzte Sache noch. Was war da zwischen dir und Jocelyn?«

»Ich weiß, dass mich das in Euren Augen zu einem Sünder macht.« Guillaume schaute zu Nicolas und sagte dann: »Wir ... wir haben uns geliebt.«

Yves schüttelte den Kopf. Sodomie war in allen religiösen Orden verbreitet, auch in seinem, und die Templer waren dagegen sicherlich ebenfalls nicht immun.

Verleumdungen zufolge war diese Praxis im Orden sogar weit verbreitet, saßen auf dem Siegel der Templer doch zwei Reiter gemeinsam auf demselben Pferd. Auch zu diesem Thema erinnerte sich der Inquisitor an die Lehren von Mathieu de Bourbon. Für ihn musste diese Perversität ausgerottet werden. Doch viele seiner Mitbrüder machten sich der Nachsicht schuldig. Ein berühmtes Beispiel war ein Satz des Erzbischofs Adalbert von Bremen, *si non caste, tamen caute* – wenn schon nicht keusch, dann wenigstens rechtens –, was auch im mächtigen Dominikanerorden zur Regel wurde.

»Und Renaud de Vichiers und Hugues de Jouy, lieben sie sich auch?«

»Ich weiß nicht, Magister. Sicher ist Renaud Hugues sehr verbunden, aber ich glaube nicht, dass es sich dabei um diese Art Liebe handelt.«

Man hörte den Hahn krähen, den ersten in dieser Nacht. »Geht.«

Nachdem er Guillaume zum Tor gebracht und ihm nachgesehen hatte, bis er verschwunden war, kehrte Nicolas zu seinem Meister unter dem Vorbau des Kreuzgangs zurück. Yves ging langsam zum Eingang der Kapelle, dort würden bald die *vigiliae* beginnen. Die Hände hatte er unter der Kutte gefaltet. Einige verschlafene Mönche kamen langsam die Treppe hinunter.

»Und nun, Magister?«

Yves stellte sich die gleiche Frage, hatte aber noch keine Antworten.

»Lass uns in die Kirche gehen und beten«, sagte er. Er würde seinen Meister um Hilfe bitten.

Die Antwort kam im Morgengrauen. Klar, scharf und deutlich wie ein Diamant.

Exsurge, Domine, et judica causam tuam. – Mach dich auf, Gott, und führe deine Sache. Der Wahlspruch der Inquisition.

Yves betrachtete das Kruzifix an der Wand der Kapelle über dem kleinen Altar. »Danke, Magister.« Er stand auf und bekreuzigte sich.

Mehr brauchte er nicht.

Kapitel 22

Der Schatz des Tempels

Akkon, 29. Mai 1250

Die Stadt war nicht groß, und so fanden sich Yves und Nicolas zwei Wochen nach ihrer Ankunft schon sehr gut zurecht. Sie verließen nach den Laudes das Dominikanerkloster, ohne zuvor geschlafen zu haben, und liefen durch die schmalen Gassen, die langsam zum Leben erwachten. Nach dem Viehmarkt der Boverel gingen sie die Rue de la Carcaisserie hinunter, vorbei am nördlichen Rand des genuesischen Viertels. Die Straße war vom nächtlichen Regen noch nass und glitschig. Danach waren sie an der massiven Kaimauer des Johanniterklosters vorbeigekommen, die einzige Festung der Stadt, die ähnlich groß war wie die der Templer. Schließlich waren sie in die Gasse neben der Kirche Santa Croce eingebogen, die bis zur Festung des Konstablers führte. Die *servientes* am Eingang hatten sich vor dem Inquisitor verneigt, der sie daraufhin wie üblich segnete.

Den ganzen Weg war Yves rasch ausgeschritten und hatte dabei kein einziges Wort gesprochen, die Hände hielt er in der Tasche seiner Kutte vergraben. Er achtete sorgsam darauf, nicht auf irgendwelchen Unrat zu treten, der überall auf den Straßen herumlag. Nicolas kam der Magister verändert vor, finsterer. Ein Albtraum jedoch konnte es in dieser schlaflosen Nacht nicht gewesen sein.

Wie zuvor blieb Nicolas im Innenhof, und Yves stieg in den ersten Stock hinauf. Louis war gerade aus der Morgenmesse in der Kapelle zurückgekehrt und saß im Waffensaal hinter einem großen Tisch, auf dem zahlreiche Pergamente herumlagen. Vor ihm stand Geoffroy de Sargines. Als er den Mönch erblickte, hellte sich die Miene des Königs auf.

»Magister!«

Yves zeichnete ein schnelles Kreuz als Zeichen des Segens in die Luft. Der König übersah das Leuchten in den Augen des Inquisitors und sprach weiter: »Ich bin froh, Euch zu sehen. Ich hoffe, Ihr fühlt Euch in Eurem Kloster wohl, aber ich muss zugeben, dass Ihr mir fehlt. Euer Gebet und Eure Ratschläge sind ein Trost für mich. Dass der Herr Euch gerade jetzt schickt! Ich habe just Nachricht aus Paris erhalten. Die Königinmutter bittet mich, nach Frankreich zurückzukehren. Das Königreich sei in großer Gefahr. Henry III. von England muss von meiner Gefangennahme durch die Sarazenen erfahren haben, und als ob der Opfertod des Grafen von Salisbury und meines Bruders nichts zählen würden, greift er erneut Poitou an. Offensichtlich hat ihm die Lektion von vor acht Jahren noch nicht gereicht ... Was habt Ihr? Stimmt etwas nicht?«

Endlich hatte der König den ernsten Gesichtsausdruck des Mönches bemerkt.

»Sire, der Herr schickt mich nicht wegen der Ränke des

Königs von England, sondern wegen einer Frage von außerordentlicher Dringlichkeit. Im Namen Gottes, als *iudex a domino papa contra haereticos in regno Franciae delegatus* ersuche ich Euch, Hugues de Jouy, den Marschall des Tempels, festzunehmen und mir zu überstellen, damit ich ihn den *quaestiones* unterziehen kann.«

Louis war völlig verblüfft, auch Geoffroy schien verstört.

»Aber, Magister, das verstehe ich nicht ...«, erwiderte der König leise, »das wäre unerhört. Der Marschall des Tempels ... Was bringt Euch dazu, mich darum zu bitten?«

Yves steckte eine Hand in die Mitteltasche seiner Kutte, zog die kleinen Goldmünzen und die Bronzefibel aus al-Mansura hervor und warf sie klirrend auf den Tisch des Königs. Die Münzen rollten zu Boden, die Fibel blieb liegen.

»Monsieur de Sargines wird sie wiedererkennen. Es sind die Münzen und die Fibel, die ich in al-Mansura auf dem Boden gefunden habe. Baibars hat sie bei der Auseinandersetzung mit dem Baron von Seignelay verloren, auf seiner Flucht aus dem Zelt des Scecedin. Sie stammen aus der Römerzeit, auf den Münzen ist Neros Konterfei zu sehen, des Teufels Gesandter und Verfolger der Christen, Mörder der beiden heiligen Petrus und Paulus. Auf der Fibel ist LEG VI, sechste Legion, eingraviert. Aber das waren nicht die einzigen Gegenstände aus dem Zelt. Ich habe Kenntnis, dass Hugues de Jouy nach der Ermordung des Scecedin ein Dokument an sich genommen hat, dass die Sarazenen in Jerusalem ausgegraben haben, um es gegen den wahren Glauben zu benutzen. Baibars will es um jeden Preis zurück. Deshalb hat er einen Templer in Ägypten zu Tode gefoltert und hätte auch die anderen getötet, wenn Turan Schah ihn nicht davon abgehalten hätte, wahrscheinlich wegen Eurer Bitte, sie unbehelligt zu lassen, damit sie das Lösegeld stellen konnten. Ein weiterer Templer, der mit Hugues de Jouy in al-Mansura war, ist unter unklaren Umständen zu Tode gekommen. Der Wille Gottes ist es, dass Ihr den Marschall des Tempels festnehmen lasst und mir übergebt, damit der Antichrist nicht die Macht übernimmt!«

»Um was für ein Dokument handelt es sich?«

Yves machte eine strategische Pause, bevor er antwortete. Seine Worte klangen hart und eindringlich: »Es könnte sich um einen Brief vom Teufel persönlich handeln.«

Stille legte sich über den Raum. Der Inquisitor wusste, dass er alle Zweifel ausgeräumt hatte, sein Meister hatte ihm in dieser Nacht genau das zu verstehen gegeben. Wer im Namen Gottes spricht, muss niemandem etwas beweisen. Die Macht Gottes verwandelt jeden Zweifel in Wahrheit.

Louis war erschüttert und schockiert, er hatte das Gefühl, als stünde nicht Yves le Breton, sondern der alte Mathieu de Bourbon vor ihm. Mit zitternder Hand griff er nach der Fibel, hob dann eine Münze vom Boden auf. Sargines sammelte die übrigen Münzen ein und reichte sie dem König, der Neros Profil betrachtete.

»Ein Brief des Satans ... von den Sarazenen in Jerusalem entdeckt. Um was handelt es sich genau, Magister?«

»Eben das muss ich herausfinden, Sire.«

»Können wir nicht mit Renaud de Vichiers darüber sprechen?«

Der Mönch hatte diese Frage erwartet. Louis vertraute Renaud, er kannte ihn, seitdem er in Frankreich Präzeptor gewesen war, und er schätzte dessen Mut während der *expeditio crucis*. Außerdem hatte er die Hindernisse überwunden, die Étienne d'Ostricourt wegen der Bereitstellung des Lösegelds in den Weg gestellt hatte. Der König hatte die Kandidatur Renauds zum Großmeister unterstützt, der Templer war Pate von Jean-Tristan, seinem jüngsten Sohn. Inzwischen waren die Königin und der Kleine in Chastel Pelerin, der Festung der Tempelritter südlich von Akkon, in Sicherheit.

Der Inquisitor antwortete: »Renaud ist mit Hugues de Jouy sehr verbunden, und Gott erlaubt keine Schwäche, von niemandem. Wir müssen es tun. ›Gieß deine Ungnade über sie aus, und dein grimmiger Zorn ergreife sie.‹«

Der König senkte den Blick.

»Amen.«

Yves hatte es gewusst. Louis würde es niemals wagen, einen Inquisitor herauszufordern.

Der Franziskanermönch mit der grauen geflickten Samttasche und der tief ins Gesicht gezogenen Kapuze, die ihn gegen die Sonne des späten Maitages schützte, näherte sich dem Schiff.

Das musste es sein, dessen war er sich sicher. An Bord war keinerlei Geschäftigkeit erkennbar, es wurde weder etwas ein- noch ausgeladen. Die Laufplanke blieb eingezogen, während zwei dunkelhäutige Männer vom Deck aus das Geschehen auf dem Kai beobachteten – zu vorsichtig, um richtige Matrosen zu sein.

Er sprach sie auf Arabisch an: »Ich muss den Ritter sprechen.«

Einer von ihnen verschwand, ohne ein Wort zu sagen. Kurz darauf wurde die Laufplanke an Land geschoben.

Während er an Bord ging, dachte Rinaldo di Parma, dass er für manche Dinge mittlerweile zu alt war. Hierher zu kommen, ohne verfolgt zu werden, war ein wahrer Kraftakt gewesen.

Als seine Mitbrüder bemerkt hatten, dass das Kloster überwacht wurde, hatte er weitere Besuche von Umberto ausgeschlossen. Deshalb hatten am Morgen zwei Mönche mit übergezogenen Kapuzen das Kloster verlassen und den Weg zum Meer eingeschlagen, beide hatten Almosenbeutel dabei. Kurz darauf war ihnen ein dritter Mönch gefolgt. Am Balnei-Tor waren die ersten beiden stehen geblieben und hatten miteinander geplaudert, als eine Schwadron der Templer langsam an ihnen vorbeiritt. Der dritte hatte sich ihnen angeschlossen, ein paar Worte beigesteuert und sich dann nach unten gebeugt, um seine Sandale zu richten. Die beiden anderen waren schließlich durch das Tor in die Altstadt gegangen, vorbei an der Kirche Saint Michele und am Dominikanerkloster, waren nach links in die Gassen des Genueser Viertels eingebogen bis zur Kirche San Lorenzo. Dann erreichten sie das venezianische Viertel, liefen mitten hinein in den großen und überfüllten Markt. Dort boten

Geschäfte Waren aus aller Welt feil: Gewürze, Teppiche, Keramik, Stoffe, sogar Seide aus dem Orient. Die Luft war erfüllt von den unterschiedlichsten Düften. Dort hatten sie sich getrennt. Rinaldo di Parma war lange in einem Geschäft für religiöse Pilgerartikel geblieben, voller unglaublicher Reliquien, die gegen Gold aufgewogen in irgendeiner französischen oder italienischen Kirche ein Objekt der Verehrung werden würden. Dann hatte ihn sein Weg noch weiter nach Süden geführt, bis zum Markt der Pisaner und dem Cour de la Chaîne, wo er wieder auf seinen Mitbruder getroffen war, von dem er sich in Montmusard getrennt hatte. Er hatte ihm bestätigt, dass ihnen niemand folgte. Der alte Novize Franziskus von Assisi, wie er sich gerne nannte, hatte es endlich geschafft: Er war im Hafen angekommen, wo das Schiff nahe dem Arsenal vor Anker lag.

Rinaldo kletterte an Bord, stieg die Leiter unter Deck hinunter und stand vor dem ziemlich überraschten Umberto.

Lächelnd begrüßte ihn der Mönch: »*Pax et bonum* – Friede und Glück.«

»Wie habt Ihr das Schiff gefunden?«

»Mit Gottes Hilfe ist alles möglich. Ich bin den Kai entlanggelaufen, es war nicht schwer. Es musste ein Schiff des Königreichs Sizilien sein, davon gibt es gerade nicht viele in Akkon. Lass übrigens das nächste Mal etwas ein- oder ausladen.«

Umberto war amüsiert.

»Wie es scheint, muss sich Gott bei einem Mann wie Euch wenig anstrengen.«

»Gott strengt sich nie an, ganz im Gegensatz zu einem alten Mönch ...«

»Kommt näher.«

Umberto führte ihn in die Kabine am Heck. Ein Lager, ein Tisch und zwei Stühle waren am Boden angeschraubt, um auf See nicht zu verrutschen, durch ein kleines offenes Fenster drangen der intensive Salzgeruch des Meeres und der Gestank des Hafens. Sie setzten sich, und Umberto fragte: »Was ist los?«

»Zwei Dinge. Erstens ist jemand so sehr an unserem bescheidenen Haus interessiert, dass er es überwachen lässt.«

»Wie habt Ihr das bemerkt?«

»Letzte Nacht sind zwei Mitbrüder in der Dämmerung aus dem Haus gegangen, um an den Laudes im Patriarchat teilzunehmen, als sie zwei Männer bemerkten, die auf der Straße herumlungerten. Sie taten so, als würden sie weitergehen, aber dann kamen sie wieder zurück. Wie Ihr wisst, liegt unser Haus an einer abgelegenen Straße: Sie hatten keinen Grund, sich dort aufzuhalten, es sei denn, um uns zu beobachten. So etwas ist noch nie vorgekommen. Die einzige Erklärung ist Euer Besuch vor einigen Tagen. Ich frage mich, wie sie davon erfahren konnten. Ausgeschlossen, dass es einer meiner Mönche war, außerdem waren wir allein in der Bibliothek.«

Umberto schaute instinktiv zur Tür.

»Sind sie Euch bis hierher gefolgt?«

»Nein, meine Mitbrüder haben das überprüft, außerdem bin ich nicht auf direktem Weg gekommen, sondern habe einen weiten Bogen gemacht.«

Umberto dachte laut nach: »Es können nur die Templer gewesen sein. Sie wissen von mir und haben einen Spion in Ägypten, der scheinbar über alles informiert ist. Vielleicht haben sie mich erkannt, als ich von Bord gegangen bin, oder sie überwachen alle meine möglichen Kontakte in der Stadt. Ein Grund mehr, sich zu beeilen.«

»Da ist noch eine zweite Sache. Aber ich muss Euch zuvor daran erinnern, dass Selbstmord eine Todsünde ist.«

»Wenn wir etwas mehr Zeit haben und ich eine aufrichtige Beichte ablegen werde, dann werdet Ihr sehen, dass ich einige Sünden begangen habe, und zwar alles Todsünden. Macht Euch keine Sorgen über die einzige, die ich Euch nicht gestehen kann.«

»Ich habe eine Nachricht erhalten. Es gibt eine Möglichkeit, den Tempel unbemerkt zu betreten, und zwar durch einen Geheimgang, der die Festung mit dem Hafen verbindet. Ein unterirdischer Gang, der etwa sechshundert Ellen lang ist und in einem Haus in der Ruga Palearia endet, eine Gasse zwischen dem Pisaner Markt und der Cour de la Chaîne, wenige Schritte vom Meer entfernt. Es ist das zweite Haus nach dem Bäcker an der Ecke, es wird immer überwacht. Im Gang selbst wird es sicher eine Wache geben, aber ich weiß nicht, wo. Ich weiß auch nicht, wo genau der Gang im Tempel endet.«

»Wie viele Männer befinden sich im Haus?«

»Das weiß ich auch nicht. Aber ich glaube nicht, dass es viele sind. Ihre Hauptverteidigung ist ihre Diskretion.«

»Wenn Ihr das alles in zwei Tagen herausgefunden habt, ist das aber nicht die beste Verteidigung.«

Der Mönch lächelte.

»Die Templer sind geradezu besessen von Geheimhaltung. Aber man kann nicht am Rand des Pisaner Viertels wohnen und denken, dass die Pisaner, die in steter Angst vor den Genuesern und den Venezianern leben, das nicht mitbekommen und nicht wissen, was sich dort verbirgt. Als ich meine Mitbrüder über die Templer befragt habe, hat Bruder Gilberto, der aus Pisa stammt, mir von einem Pisaner erzählt, der ihm das Geheimnis des Ganges vor langer Zeit anvertraut hatte.«

»Unterschätze niemals einen Franziskaner ...«

»Ein Fehler, den viele machen. Leider verwechselt man Bescheidenheit oft mit Naivität.«

»Könnt Ihr einem meiner Männer das Haus zeigen? Das wäre gut.«

»Ich bin heute Morgen mit Bruder Gilberto dort gewesen. Er wird Euch begleiten.«

»Gut, dann erzählt mir jetzt, was Ihr mir über die Templerfestung erzählen könnt ...«

»Sicher, aber zuerst habe ich ein Geschenk für Euch.«

Er öffnete den Beutel und zog ein altes Franziskanergewand aus grober Wolle heraus, dessen ursprüngliche aschgraue Farbe zu staubgrau verblasst war. Auch eine Kordel war dabei.

»Es sollte Euch passen. Es ähnelt dem Gewand von Franziskus, er hat es entworfen. Es symbolisiert das Kreuz, und um alle Versuchungen des Teufels fernzuhalten, hat er es aus besonders rauem Stoff hergestellt, der das Fleisch und all seine Versuchungen und Sünden quält, und damit es außerdem so armselig ausschaut, dass niemand einen darum beneidet.«

Mit einem Lächeln überreichte er Umberto das Gewand. »Wann auch immer Ihr beschließt, zu bereuen oder zu konvertieren, kommt zu mir.«

Als Rinaldo mit Mohamed die Laufplanke überquerte, schaute er sich um. Bruder Gilberto stand ganz in der Nähe und hatte ihn bereits bemerkt. Leise flüsterte er dem Mitbruder zu: »Geh zu dem Haus in der Ruga Palearia, er wird dir folgen. Wenn du angekommen bist, knie dich hin und richte deine Sandale. Dann geh weiter.«

Gilberto nickte.

Rinaldo ging langsam nach Montmusard zurück und bat Gott um Vergebung für seine Sünden. Er hatte die Templer noch nie gemocht, sie waren ohne jede Bescheidenheit, gierig nach Reichtum und Macht, und Umbertos Bericht hatte ihn tief getroffen. Trotzdem hatte er das Gefühl, einem Wolf das Tor zum Tempel geöffnet zu haben.

Der junge Tempelritter Armand de Villiers rannte die Steintreppe herauf und kam außer Atem im *scriptorium* im ersten Stock des Mittelturms der Festung an, wo Renaud de Vichiers gerade einen Brief an den Präzeptor in Safed diktierte. Der Meister warf dem Störenfried einen missbilligenden Blick zu, den der junge Mann ignorierte.

»Magister ... die Inquisitoren!«

»Was meinst du damit?«

»Unten stehen zwei Dominikanerbrüder zusammen mit

Monsieur de Sargines und einige Soldaten des Königs. Sie haben gesagt, sie seien Inquisitoren des Papstes, und haben nach Bruder Hugues gefragt.«

Während er rasch nach unten ging, versuchte Renaud nachzudenken. Aus der Deckung zu kommen und den König auf seine Seite zu bringen war der einzige Schritt, der Yves le Breton noch geblieben war. Die Zahlung eines Teils des Lösegelds, seine Wahl zum Großmeister, die Taufe von Jean-Tristan und die Gastfreundschaft gegenüber der Königin und ihrem Kind in Chastel Pelerin: All das hatte ihn hoffen lassen, dass der König sich nicht gegen ihn wenden würde, nicht einmal um seinem Lieblingsmönch zu gefallen. Aber es gab keinen Zweifel. Wieder einmal hatte sich der König dem Dominikaner unterworfen. Er konnte zwar nichts Konkretes in der Hand haben, aber Renaud wusste genau, wie das Ergebnis der *quaestiones* ausfallen würde. Ein entschlossener Inquisitor brachte das ans Licht, was er wollte. Er sah den Mönch wieder im Visier seiner Armbrust und ärgerte sich, dass er ihn verfehlt hatte. Aber sein Moment würde noch kommen. Zum Glück war Hugues bereits abgereist.

Yves le Breton und sein Schüler standen im Innenhof der Festung vor dem Haupteingang unter dem Turm mit den vergoldeten Löwen. Geoffroy de Sargines und etwa zwanzig Armbrustschützen waren bei ihnen, schussbereit, als ob sie einen bewaffneten Widerstand fürchteten. Ihnen gegenüber hatte sich ein Spalier aus Templern gebildet. Weitere *servientes* warteten vor dem Eingang, die Hände an den Schwertknäufen. Viel war von der Garnison nicht übrig. Al-Mansura lastete noch immer schwer auf ihnen, und Hugues hatte die vierundzwanzig besten Ritter mitgenommen. In Akkon waren nur die ganz Jungen geblieben, die *servientes* und die Türken. Währenddessen hatte sich die Nachricht ihrer Ankunft bereits in der gesamten Festung verbreitet, und weitere Männer kamen aus dem Turm, angeführt von Guillaume de Beaujeu.

Renaud sah im Blick des Inquisitors, dass sein Besuch dieses Mal anders verlaufen würde. Besser so, sagte er sich. Er hatte die falsche Freundlichkeit dieses Mannes satt. Einen Moment lang verspürte er den Wunsch, ihn zu töten, ihn mit eigenen Händen zu erwürgen. Aber er zwang sich zur Ruhe. Den Inquisitor des Papstes und die Soldaten des Königs zu töten würde das Ende des Ordens bedeuten. Aber freundlich sein musste er nicht mehr.

»Darf ich fragen, wie Ihr dazu kommt, eine Festung der Templer zu betreten wie ein Schloss der Sarazenen?«

»Ihr dürft fragen, was Ihr wollt, aber ich muss Euch nicht antworten. Als vom Papst beauftragter Richter gegen die Häretiker, im Namen Gottes, bitte ich Euch, Bruder Hugues de Jouy an Monsieur de Sargines herauszugeben, damit ich ihn befragen kann.«

»Bruder Hugues ist der Marschall des Tempels und sicherlich kein Häretiker. Ich sehe keinerlei Veranlassung, warum Ihr ihn befragen solltet.«

»Ich wiederhole, dass es nicht an Euch ist, die Gründe Gottes zu beurteilen. Widersetzt Ihr Euch dem Papst und dem König Frankreichs?«

Renaud schaute zu Geoffroy, als ob er bei ihm Unterstützung suchen würde, aber der Ritter verzog keine Miene. In der spannungsgeladenen Stille begannen die französischen Armbrustschützen, sich langsam zu verteilen. Sie legten an. Die Templer taten das Gleiche, doch sie waren zahlenmäßig unterlegen. Yves schien seine Gedanken zu lesen und merkte an: »Draußen stehen weitere zweihundert Mann.«

Renaud winkte verächtlich ab und antwortete: »Euer Verhalten ist unverständlich, aber das müsst Ihr vor Gott und dem Papst verantworten. Ich kann mir nicht vorstellen, welche Lügen Ihr unserem guten König erzählt habt, damit er Euch unterstützt. Erinnert Euch an das Ende von Robert le Bougre.«

»Auch Ihr wart in Mont Huimeri. Denkt an das, was in al-Mansura geschehen ist, und fragt Euch, wer von uns mehr riskiert.«

»In al-Mansura? Ich kann Euch nicht folgen. Außerdem ist Bruder Hugues nicht mehr hier.«

»Wo ist er?«

»Auf einer Mission gegen die Sarazenen und zum Schutz der Pilger, zum Ruhme Gottes. Er ist im Morgengrauen mit einer Gruppe Reiter aufgebrochen. Fragt die Stadtwache, sie müssten am Balnei-Tor und in Montmusard vorbeigekommen sein.«

»Ruft ihn zurück!«

»Zuerst will ich wissen, wessen er angeklagt ist.«

»Er steht unter dem Verdacht der Häresie.«

»Häresie? Unmöglich! Das ist verrückt.«

»Ihr wisst genau, dass es das nicht ist, und es steht Euch

auch nicht an, darüber zu urteilen. Wie auch immer, wir müssen sein Zimmer und alle Orte, die er besucht hat, durchsuchen.«

»Gerne, durchsucht, was Ihr wollt, Ihr werdet nichts finden. Dann werde ich zum König gehen.«

Renaud hatte den Ton eines Mannes angeschlagen, der sich damit abgefunden hatte, ungerecht behandelt zu werden, tief im Inneren aber war er sich seines Sieges gewiss. Es war gut, dass er vorsichtig gewesen war. Sie würden nichts finden, und das würde gegen den Inquisitor sprechen. Sobald sie gegangen waren, würde er Ismail zu sich rufen lassen und Hugues eine Nachricht schicken: Er sollte sich von Akkon fernhalten, bis die Angelegenheit Yves le Breton endgültig aus der Welt geschafft war.

»Hier ist nichts, Magister …«

Geoffroy hatte geflüstert, aber Yves wusste, dass Renaud de Vichiers es nicht zu hören brauchte. Das peinlich berührte Gesicht des königlichen Ritters sagte alles. Sie standen im dritten Stock eines der Rundtürme mit Blick aufs Meer. Es war der südlichste Turm, der in Richtung der Kirche Sant' Andrea wies. Die Tür, die Tag und Nacht von zwei *servientes* bewacht wurde, war aus schwerem Holz, nur der Großmeister, der Marschall und der Schatzmeister hatten einen Schlüssel. Ein einziger Raum nahm das gesamte Stockwerk ein, getragen von Säulen mit verzierten Kapitellen und einer Gewölbedecke, das Licht fiel durch viele schmale Schlitze in der massiven Wand. Auf dem Boden stapelten sich hölzerne Schatztruhen mit Eisenbeschlägen, genau wie die auf der *Templum Domini.* Sie hatten jede einzelne geöffnet, alle waren sie prall gefüllt mit goldenen Byzantinermünzen aus Konstantinopel, französischen Livres d'or, sarazenischen Dirhams, Sakralgegenständen in Gold und Silber, Juwelen jeder Art und Größe. In den Regalen an den Wänden reihten sich Handschriften, Inkunabeln und antike Schriftrollen. Der legendäre Schatz der Templer.

Dann hatten sie Hugues des Jouys Zelle durchsucht und ein Strohlager mit einer Baumwolldecke und einem hölzernen Schrank mit Ordensgewändern vorgefunden, ein Kruzifix und zwei gekreuzte Schwerter hingen an der Wand. Im Anschluss hatte der Inquisitor verlangt: »Ich will Eure Schatzkammer durchsuchen.«

Die Schwere der Anschuldigung, die sich hinter diesem Befehl verbarg, war offensichtlich. Das, was sie suchten, hatte nicht allein mit Hugues zu tun, sondern betraf den gesamten Orden. Beide wussten, dass es so war. Yves hatte erwartet, dass er auf Widerstand treffen würde, aber Renaud erwiderte nur knapp: »Folgt mir.« Da wusste er, dass das Elfenbeinkästchen auch dort nicht zu finden war. Sie mussten es sehr gut versteckt haben. Mit den Durchsuchungen würden sie nichts erreichen. Er musste auf andere Methoden zurückgreifen, Renaud vielleicht direkt beschuldigen, doch dabei würde ihn niemand unterstützen. Er hatte keine konkreten Beweise, und es war eine Sache, den unbekannten Hugues de Jouy der Häresie anzuklagen, eine andere, den Großmeister des Tempels, den persönlichen Freund des Königs und Paten seines Sohnes.

Es gab etwas in diesem Raum, was ihn neugierig machte. Die Bücher. Warum wurden sie hier aufbewahrt? Handelte es sich vielleicht um ketzerische Texte?

Er ging zu einem Regal und zog den nächstbesten Kodex heraus. Da es kein Lesepult gab, musste er ihn auf den Boden legen. Er kniete sich hin und schlug ihn auf. Es war die Abschrift der Regel des heiligen Benedikt aus der Abtei Montecassino. Die Miniaturen waren prunkvoll in Gold gearbeitet, ein Zeichen für den Reichtum der Abtei, der allein halb Mittelitalien gehörte. Er legte den schweren Band zurück, ging zu einem anderen Regal und zog eine Schriftrolle heraus. Renaud ermahnte ihn: »Seid vorsichtig. Das Material ist sehr empfindlich.«

Yves legte sie auf den Boden und begann sie vorsichtig auszurollen. Der Text war griechisch, er erkannte einige Passagen aus dem Johannesevangelium. Ein Objekt von unschätzbarem Wert. Renauds Gefasstheit verriet ihm, dass er nichts finden würde. Selbst wenn der Tempel über verbotene Bücher verfügte, dann nicht hier zwischen den Schatztruhen. Er ging jeden Band einzeln durch in der Hoffnung, doch noch etwas zu finden. Er dachte dabei an das, was er dem König erzählen würde. Es wäre nicht schwer: Hugues de Jouy hatte sich der Verhaftung durch Flucht entzogen, ein offensichtliches Schuldeingeständnis.

Als die Dominikaner mit ihrer Eskorte die Festung der Templer verließen, ging die Sonne gerade unter. Die zweihundert Mann vor den Toren hatte es natürlich nie gegeben, auch wenn Yves so überzeugend über sie gesprochen hatte, dass sogar Nicolas an ihre Existenz geglaubt hatte. Er lief neben dem Meister her, dessen Blick wie üblich auf den Boden gerichtet war, um nicht in Unrat zu treten.

»Er hat gesagt, er kommt morgen.«

Yves nickte. Dieser blonde junge Mann war ihre einzige Hoffnung.

Kapitel 23

Der Geheimgang

Akkon, in der Nacht vom 29. auf den 30. Mai 1250

In der sternenklaren, mondlosen Nacht waren nur die Umrisse der Häuser zu erkennen. Unter den hohen Mauern der Cour de la Chaîne waren zwölf dunkel gekleidete Seemänner mit ihren Segeltuchsäcken auf den Schultern angekommen. Um nicht unnötig aufzufallen, waren sie nach und nach an der Grenze zwischen den Stadtvierteln der Pisaner, Genueser und Venezianer eingetroffen, dem am strengsten bewachten Bezirk der ganzen Stadt.

Auch wenn Gaeta und Pisa Verbündete waren, hatte Umberto es vorgezogen, die Pisaner nicht ins Vertrauen zu ziehen, da die Spione der Templer überall zu sein schienen. Auch die Pisaner Wachen hätten ihnen Schwierigkeiten bereiten können.

Mit einem Feuerstein zündete Mohamed eine Öllampe an und reichte sie Umberto. Der Baron hakte sich beim Emir unter, und gemeinsam wankten sie wie zwei betrunkene Seemänner die Straße in Richtung Ruga Palearia hinunter. Rinaldos Angaben zufolge war es das zweite Haus neben dem Bäcker, wo schon gewerkelt wurde. Es war ein flacher Bau wie viele andere auch, nicht mehr als fünfzig Schritte vom Hafen entfernt. Das einzig Auffällige war ein riesiges Tor, das in keinem Verhältnis zur Größe des Hauses stand. Von außen war kein einziges Fenster zu sehen. Kein Licht. Zuerst einmal mussten sie ins Haus gelangen. Etwas weiter vorn, beim nächsten Haus, standen zwei gemauerte Bogen, die früher einmal ein aufgestocktes Gebäudeteil gestützt haben mussten. Umberto musste unwillkürlich an die Festung Acquaviva und seinen Sprung zurückdenken. Er ging an die Mauer unter den Bogen, um zu urinieren, dabei betrachtete er sie näher. Wie in der ganzen Stadt waren die Steine nicht glatt, sondern wiesen zahlreiche Einkerbungen und Risse auf. Er reichte Mohamed die Lampe und flüsterte ihm auf Arabisch zu: »Ich mach dir auf, geh die Gasse fünfzig Schritte weiter, dann dreh dich wieder um.« Kaum war er aus dem Lichtschein getreten, kletterte Umberto geschickt wie eine Katze die Hauswand hinauf. Er stieg auf den Bogen, sodass er sich auf gleicher Höhe mit der Terrasse des Templerhauses befand. Die Entfernung nach drüben schätzte er auf etwa vier bis fünf Ellen. Die Hausbewohner würden ein Geräusch auf dem Dach hören, vielleicht würde sogar jemand nach dem Rechten sehen, aber sicherlich nicht sofort Alarm auslösen. Er musste das Risiko eingehen. Er murmelte: »*Post fata resurgo*«, und sprang. Mit einem Salto landete er auf der Terrasse und versuchte, den Aufprall abzufedern. Aber ganz gelang es ihm nicht, man hatte ihn sicher gehört. Er blieb stehen, zog sein Schwert und versteckte sich nah der Steintreppe, die in den kleinen Innenhof hinunterführte. Am

Boden kauernd war er bereit zu kämpfen. Kurze Zeit später tauchte der Schein einer Laterne auf, auf der Treppe waren Schritte zu hören, wohl von einer recht kräftigen Person. Tatsächlich tauchte ein Mann auf der Terrasse auf, nur mit einer Hose bekleidet. Umberto packte ihn an den Schultern, presste ihm die Hand auf den Mund und durchtrennte ihm im Nu die Kehle. Der Mann glitt zu Boden, Blut spritzte auf Umbertos Gewand, die Lampe fiel zu Boden. Umberto betrachtete den Toten: ein junger Mann mit dunklem Bart, die Augen und der Mund weit aufgerissen. Einen Moment lang glaubte er, einen Fehler gemacht zu haben. »Jean?«, hörte er eine Stimme im Hof rufen. »Alles in Ordnung?«

Wie viele es wohl waren? Nur einer, vielleicht zwei. Wenn er näher kommen würde, würde er ihn sehen, er musste blitzschnell sein, schauen und springen. Er ging zum Rand der Terrasse. Kurz bevor er sprang, sah er einen weiteren jungen Mann, auch er halb nackt, mit einem Schwert in der Hand. Er hatte sich nicht getäuscht. Bevor der andere reagieren konnte, landete er und bohrte ihm sein Schwert in die behaarte Brust. Der Mann gab ein tiefes Grunzen von sich, sackte zusammen und stützte sich auf sein Schwert. Mit großem Lärm fiel es zu Boden, es folgte wieder Stille. Umberto betrat das Haus. Ein großer von einem Kerzenleuchter erhellter Raum, ein Strohlager, vier Stühle und ein Tisch, auf dem ein Stück Brot, ein halb leerer Krug Wein, zwei Trinkbecher und ein Teller mit Käse und Datteln zu sehen waren. Zwei braune Tuniken mit dem roten Kreuz hingen sorgfältig an einem Haken an der

Wand. *Servientes* der Templer. Wer weiß, was sie gerade vorhatten. Die beiden Tuniken brachten ihn auf eine Idee. Er ging zur Tür. Wie erwartet war sie besonders stabil, aus Holz und Eisen, mit einem Balken verschlossen. Er öffnete sie, und die neun Männer schlüpften rasch herein. Zwei würden draußen Wache halten. Während die anderen Armbrüste und Schwerter aus den Säcken holten, inspizierte Umberto das Zimmer auf der Suche nach dem Zugang zum Geheimgang. Es dauerte nicht lange. Der halbe Fußboden ließ sich öffnen, darunter befand sich eine lange Steintreppe mit niedrigen, weit voneinander entfernten Stufen. Er nahm eine Kerze aus dem Leuchter und ging ein paar Stufen nach unten. Dort befand sich ein Raum, der sich in einen breiten Gang mit Gewölbedecke öffnete. Er lag im Dunkeln. Die Templer hatten solide gebaut und mehr an den Krieg zwischen den Stadtvierteln von Akkon als an eine Flucht in Richtung Hafen gedacht. Hier konnte man mit der Kavallerie durchreiten.

»Es geht um einen Franziskaner, Ismail. Er heißt Yves le Breton und wohnt im Kloster seines Ordens. Er ist mittleren Alters, vielleicht fünfunddreißig, etwa so groß wie ich, dünn, mit rotem Bart und grünen Augen. Er ist immer mit seinem jungen Schüler unterwegs, nicht mal zwanzig, bartlos und etwas größer als er.«

Im kleinen *scriptorium*, das von zwei Kerzen erhellt wurde, die im Zimmer des Großmeisters standen, wandte sich Renaud de Vichiers an einen schwarz gekleideten Mann mit kantigen Gesichtszügen und einem Spitzbart.

Alle kannten ihn als Adnan, den Teppichhändler von Montmusard, und würden sich wundern, ihn hier mitten in der Nacht im Gespräch mit dem Großmeister des Tempels zu sehen. Tatsächlich war sein richtiger Name Ismail, und er war der Abgesandte von »Sheikh al-Jabal« in Akkon, dem Alten vom Berge, geheimnisvoller Anführer der Sekte der *Hashishin,* der Assassinen, die vor hundertfünfzig Jahren von Hassan-i Sabbah gegründet wurde. Er war Sohn eines persischen Kaufmanns und hatte zusammen mit dem Dichter Omar Khayyam in Nishapur studiert und schiitische Koranschulen der fatimidischen Sultane in Ägypten besucht, erreichte so den höchsten Wissensstand auf dem »wahren Weg« des schiitischen Islam in seiner ismailitischen Variante. Im Kampf gegen die Sunniten hatte er die als uneinnehmbar geltende Festung Alamut in den Bergen erobert und erhielt fortan den Titel »Sheikh al-Jabal«. Von dort aus hatte sich die Sekte in Persien und Syrien ausgebreitet und zählte über fünfzigtausend Anhänger. Sie zeichneten sich durch blinden Gehorsam und die absolute Entschlossenheit aus, ihre Opfer, meist sunnitische Moslems, zu töten – häufig unter dem Einfluss von betäubenden Substanzen. Die Gefahr, ihr eigenes Leben zu verlieren, nahmen sie in Kauf. Die Beziehung zu den Templern bestand seit etwa einem Jahrhundert, mit Höhen und Tiefen. Geknüpft wurde sie aus wirtschaftlichen Gründen zu Zeiten des zweiten Großmeisters, Robert de Craon. Die Sekte zahlte an die Templer einen Tribut, um das Land der Grafschaft Edessa und das Fürstentum Antiochia bebauen zu dürfen. Danach hatten sich die Verbindungen weiterentwickelt und vertieft und betrafen auch politische sowie religiöse Aspekte. Die gemeinsame Tendenz, die Gebote der jeweiligen Glaubensrichtungen in besonderer Weise auszulegen, hatte ihre Bindung verstärkt, selbst die formelle Zurechtweisung des Templerordens durch Papst Gregor vor fünfzehn Jahren hatte daran nichts geändert. Schon einige Male hatten die Assassinen den Templern unbequeme Personen aus dem Weg geräumt, wie Konrad von Montferrat, Anwärter auf den Thron von Jerusalem, der auf der Straße nach Tyrus zu Tode gekommen war. Jetzt sollte der Inquisitor an die Reihe kommen.

Ismail hörte sich Renauds Bitte ungerührt an. Für ihn war der Mönch ein Opfer wie jedes andere auch, aber seine Ermordung würde »Sheikh al-Jabal« in eine günstige Position gegenüber dem Großmeister bringen.

»Wann?«

»So bald wie möglich. Und pass auf, er könnte bewacht werden. Hast du jemand Geeigneten an der Hand?«

Der Ismaelit lächelte schweigend. Renaud begriff, dass er immer jemanden an der Hand hatte.

Jérôme de Vichy, Soldat des Tempels, verfluchte die Feuchtigkeit, die ihm bis in die Knochen kroch, und ging näher an die brennende Fackel an der Wand heran, um sich zu wärmen. Er befand sich am Ende des unterirdischen Ganges, unter dem Mittelturm der Templerfestung, hinter einem massiven Eisentor. Der Gang lag unter dem Meeresspiegel, und die Mauern trieften vor Feuchtigkeit. Der Boden war voller Morast, stets von einem Fuß Wasser bedeckt. Normalerweise hielten nur zwei *servientes* Wache, aber seit einigen Tagen waren sie zu sechst. Anfangs hatte Jérôme das nicht verstanden. Schon lange wurde in den dunklen Gefängniszellen keiner mehr festgehalten, in der Stadt war alles ruhig. Als an diesem Morgen aber die Soldaten des Königs und die Inquisitoren aufgetaucht waren, hatte er begriffen, dass die Zeiten sich geändert hatten. Er hatte den Besuch der Dominikanerbrüder dann mit einem Ereignis in Verbindung gebracht, das ein paar Nächte zuvor stattgefunden hatte. Bruder Hugues de Jouy hatte eine Kassette in eine leere Zelle gebracht und die Tür abgeschlossen. Am nächsten Morgen hatte der Marschall die Verstärkung der Wache befohlen. Vielleicht wollte er die Kassette beschützen. Es musste mit diesen seltsamen Riten der Tempelritter zu tun haben. Jérôme durfte nicht daran teilnehmen, aber er war nicht dumm und hatte sich schon oft gedacht, dass einfache Gebete nicht der Grund für die außergewöhnliche Geheimniskrämerei der Templer sein konnten.

Plötzlich erregte ein Licht im Gang seine Aufmerksamkeit. Dort näherte sich jemand. Sein erster Gedanke war, die anderen zu alarmieren. Er drehte sich um und rannte die niedrigen Steinstufen nach oben in den zentralen Raum des Kellergeschosses. »Kommt!«, rief er seinen Kameraden zu und bemühte sich, nicht zu schreien. »Es ist jemand im Gang.«

Er rannte wieder hinunter und sah, dass das Licht näher gekommen war. Es rührte von einer Fackel, die zwei Tempelritter beleuchtete: Der eine trug den zweiten offensichtlich leblosen Mann auf dem Rücken. Das musste Claude sein, der Träger Jean. Irgendetwas stimmte nicht.

Jérôme nahm den Schlüsselbund von einem Nagel in der Wand und rief den Kameraden auf der Treppe zu: »Es sind Claude und Jean, Claude geht es nicht gut!«

In diesem Moment rutschte Jean aus, beide Männer fielen zu Boden, die Fackel erlosch. Der Gang lag wieder im Dunkeln. Jérôme nahm die brennende Fackel von der Wand, steckte den Schlüssel ins Schloss und öffnete die Eisentür, in dem Moment tauchten auch seine Kameraden dort auf. Alle eilten zu den am Boden liegenden Männern.

Die Pfeile kamen aus dem Dunkel geschossen, und vier von ihnen fanden ihr Ziel. Andere *servientes* wurden zu Boden geworfen, ohne zu wissen, was sie eigentlich getroffen hatte. Schwarze Schatten mit Schwertern tauchten behände aus der Dunkelheit auf und töteten sie. Sarazenen. Es war unglaublich. Der Mann, den Jérôme für Jean gehalten hatte, stand auf, während ein weiterer Templer geköpft wurde und zu Boden ging. Jérôme erkannte, dass er allein war, und er verstand auch, warum sie ihn nicht umgebracht hatten. Die Fackel: Sie spendete den Sarazenen Licht. Sofort warf er sie ins Wasser, sodass nur aus dem Raum oben an der Treppe noch Licht nach unten drang. Der Templer rannte zum Tor. Wenn er es wieder schließen konnte, wäre er gerettet. Er schrie, so laut er konnte: »Alarm! Die Sarazenen!«

Er würde es nicht schaffen, sie waren schneller als er. Er spürte, wie seine Beine gepackt wurden. Er fiel auf den Boden, sein Gesicht sank ins dunkle Wasser. Er versuchte verzweifelt, sich zu befreien, aber es war zwecklos. Sie zogen ihn hoch, gerade als er panisch dachte, er würde ertrinken. Zwei Sarazenen hielten ihn an den Armen, die anderen waren durch das Tor gelangt und hatten sich mit gezogenen Waffen an der Tür positioniert. Der als Soldat verkleidete Mann stand vor ihm, ein Blick dunkel wie die Hölle, und hielt ihm ein Schwert an die Kehle. Ruhig erklärte er ihm auf Französisch: »Wenn du noch einmal schreist, töte ich dich.«

»Was wollt Ihr?«

»Hugues de Jouy. Wo ist er?«

»Er ist heute Morgen mit einer Schwadron abgereist.«

Die Enttäuschung, die sich auf dem Gesicht des Mannes abzeichnete, verhieß nichts Gutes.

»Tötet mich nicht! Wenn Ihr nach der Kassette sucht, ich weiß, wo sie ist.«

Kurz darauf öffnete sich langsam die schwere Zellentür. Mohamed drehte sich zufrieden zu Umberto um. Es war ihm gelungen, mit einem gebogenen Eisendraht das Schloss zu öffnen, sodass sie die Tür nicht mit lauten Axthieben aufbrechen mussten. Der Baron schien überrascht und kommentierte sein Vorgehen amüsiert auf Arabisch: »Du hast eine Zukunft als Dieb!«

Im Inneren fiel das Licht der Fackel auf eine kleine Holztruhe mit Eisenbeschlägen. Umberto hob sie hoch. Sie war leicht, fast als wäre sie leer. Er schüttelte sie und spürte, wie ein fester Gegenstand gegen die Wände prallte. Er zeigte das Schloss Mohamed, der dieses Mal nur ein paar Hiebe mit dem Schwert brauchte, um die Kassette zu öffnen.

Umberto hob den Deckel. In der Kiste lag ein geschnitztes Elfenbeinkästchen. Er berührte es fast zärtlich. Dann zog er es heraus und öffnete es. Darin lag ein vergilbtes Pergament, mehr nicht. Er verschloss das Kästchen wieder und übergab es Mohamed.

»Nimm dir fünf Männer und bring das zum Schiff. Gib es um keinen Preis aus den Händen.«

Er verließ die Zelle. In dem engen, feuchten Gang hielten zwei Bogenschützen den Templer fest, sie hatten ihm einen Knebel in den Mund gesteckt, damit er nicht schrie. Umberto ging auf ihn zu und nahm ihm den Knebel aus dem Mund.

»Und jetzt bring mich zu Renaud de Vichiers.«

Ismail war gerade gegangen, und Renaud zog zufrieden und müde seine Tunika aus. Ein anstrengender und im Endeffekt positiver Tag: Hugues war weit weg, der Dominikaner hatte nichts gefunden und würde diesen Affront mit seinem Leben bezahlen. Er musste nur die Beziehung zum König wieder verbessern, aber das würde nicht schwierig sein. Nun hatte er sich ein paar Stunden Schlaf verdient, auch wenn die Sonne bald aufgehen würde. Er würde nicht an den Laudes teilnehmen. Geduld.

Umberto öffnete die Tür am Ende der breiten Treppe, die vom unterirdischen Gang in den Turm führte. Ein Saal mit Säulen und Gewölbedecke, der mit Fackeln beleuchtet wurde. Er war leer. Der Soldat hatte also die Wahrheit gesagt. Er stand mit seinen Männern immer noch unten an der Treppe. Umberto ging wieder zu ihm zurück und zog ihn hoch. Bevor er die Tür öffnete, flüsterte er: »Vergiss nicht: Ein Laut, eine falsche Bewegung, und du bist tot.«

Jérôme de Vichy machte sich keine Illusionen. Der Abtrünnige würde ihn ohnehin umbringen. Während sie die Wendeltreppe zum Zimmer des Großmeisters nach oben stiegen, stieg auch seine Verzweiflung. Um diese Zeit war niemand hier. Die Wachen standen draußen und im unterirdischen Gang. Dass es jemand bis hierher schaffen könnte, ohne entdeckt zu werden, hatte sich niemand vorstellen können. Plötzlich waren Schritte auf der Treppe zu hören, und sie standen vor Adnan, dem Kaufmann von Montmusard, der die beiden *servientes* passieren ließ. Es war nicht das erste Mal, dass Jérôme ihn nachts in der Festung sah. Er hatte gemutmaßt, dass es um eine Liebesbeziehung zu einem Ritter ging. Das Schicksal meinte es nicht gut mit ihm: Der Teppichhändler war der Letzte, der ihm hätte helfen können. Aber er hatte keine Wahl, er musste es versuchen. Er warf sich also nach vorn und packte den Kaufmann am Arm.

»Adnan, das ist ein Abtrünniger, die Sara…«

Mehr konnte er nicht sagen, bevor sein Genick brach.

Mit gezücktem Krummsäbel betrachtete Umberto den Mann vor ihm, den der Soldat Adnan genannt hatte und der einige Stufen über ihm stand. In seiner Rechten hielt er einen Dolch und schaute ihn an, fast wie ein Raubtier. Der Baron wusste sofort, dass er keinen Kaufmann vor sich hatte. Schließlich hatte er sich selber oft verkleidet, trug jetzt sogar ein Templergewand. Der leblose Körper zwischen ihnen behinderte ihre Bewegungsfreiheit. Mit einer blitzschnellen Bewegung suchte sein Säbel Adnans Kehle, aber der Gegner parierte den Schlag. Das war schon lange nicht mehr vorgekommen. Sofort konterte der Mann, versuchte, den Dolch in Umbertos Bauch zu rammen, aber der konnte ihm gerade noch ausweichen, indem er sich flach an die Wand presste. Adnan sprang elegant einige Stufen nach unten, neben eine Fackel an der Wand, löste sie mit der linken Hand und richtete sie wie ein Schwert gegen Umberto. Langsam stieg er die Treppe hinunter. Er hatte sich beim Hochgehen jedes Details gemerkt.

Nein, ein Kaufmann bist du ganz sicher nicht, dachte Umberto. Nicht viele wussten so zu kämpfen. Vielleicht ein Ismaelit oder einer der syrischen Ayyubiden. Aber Zeit zum Nachdenken blieb ihm nicht. Er musste sofort wieder nach unten. Da der Soldat tot war, wusste er nicht, wo sich Renauds Zimmer befand. Doch zwischen ihm und der Flucht stand dieser Mann.

Adnan griff ein weiteres Mal an. Das Krummschwert war jedoch länger als der Dolch. Er ließ ihn die Fackel fallen lassen und zielte auf die Brust. Um das zu vermeiden, zuckte Adnan zurück, sprang auf den Treppenabsatz und rollte zu Boden. Umberto sprang ebenfalls, aber der andere hatte sich geschmeidig wie eine Katze schon wieder hochgerappelt. So hatte der Baron zumindest wieder mehr Bewegungsfreiheit.

Von oben drang eine Stimme zu ihnen.

»Was geht hier vor? Wer ist da?« Jemand rannte die Treppe nach unten und entdeckte den Leichnam auf den Stufen. Augenblicklich war ein »Zu den Waffen!« zu hören.

Kurz darauf tauchte ein kräftiger Templer mit einem Schwert in der Hand auf dem Treppenabsatz auf. Umberto drehte ihm den Rücken zu und schrie auf Französisch: »Er ist ein Ismaelit, er will den Großmeister töten!«

Nach einem Hieb ins Leere zielte er wieder auf Adnans Brust, doch der wich erneut aus, die Klinge zerriss nur das schwarze Seidengewand. Umberto erkannte, dass er keine Zeit mehr hatte. Er rannte die Treppe ins Erdgeschoss nach unten und rief: »Ich hole Hilfe! Lasst ihn nicht entkommen!«

Adnan schrie ebenfalls, aber auf Arabisch, und parierte den ersten Schwerthieb des Soldaten, der jetzt auf ihn zukam: »Nein, bleib stehen, er ist der Verräter!« Aber er wusste, dass es nicht sehr wahrscheinlich war, dass man ihm glaubte. Alles sprach gegen ihn, schließlich hatte er sich mitten in der Nacht mit einem anderen Templer duelliert. Er wich einem weiteren Säbelhieb aus und traf mit seinem Dolch die Schläfe des Soldaten. Der Mann schwankte, dann kippte er auf die Knie und brach auf dem Boden zusammen. Der Ismaelit hoffte, ihn nicht getötet zu haben, das wäre ein Ärgernis für den Meister. Rasch stieg er hoch in den zweiten Stock, während die Alarmrufe durch die gesamte Festung hallten.

Renaud war noch wach und pinkelte gerade in den Nachttopf, als jemand energisch gegen seine Tür klopfte.

»Wer ist da?«

»Ismail. Macht auf!«

Dieser Tonfall gefiel ihm nicht. Er griff nach seinem Schwert, das an der Wand lehnte, und löste mit der linken Hand den Balken, der seit ein paar Tagen seine Tür versperrte.

Der Ismaelit war außer Atem. Renaud sah ihn erstaunt an.

»Was ist los?«

»Im Turm ist ein Verräter. Er ist wie einer deiner *servientes* gekleidet, kämpft aber nicht wie ein Templer. Ehrlich gesagt kenne ich nur wenige, die so kämpfen wie er. Er hat einen Soldaten getötet und dann versucht, auch mich umzubringen.«

»Unmöglich!«

»Der Leichnam des Templers liegt noch draußen. Ich bin gerade die Treppe runtergegangen, sie stiegen nach oben. Zwei *servientes*. Plötzlich hat der eine mir zugerufen: ›Das ist ein Abtrünniger!‹ Aber der andere hat ihn erschlagen. Vielleicht waren sie auf dem Weg hierher …«

Renaud verstand.

»Etwa dreißig, mittelgroß, dunkler Kerl, schwarzer Bart und dunkle Augen?«

»Du kennst ihn?«

»Leider ja. Wo ist er jetzt?«

»Ich weiß es nicht. Er ist nach unten gelaufen, nachdem er einen anderen Templer gegen mich aufgehetzt hat, den ich dann unschädlich machen musste. Ich hoffe, ich habe ihn nicht umgebracht.«

»Warte hier auf mich.«

Nur im Nachtgewand, das Schwert noch in der Hand, verließ der Großmeister das Zimmer und trat auf die Treppe hinaus. Nach wenigen Stufen stieß er auf den Leichnam des Soldaten. Es war Jérôme de Vichy. Hoffentlich täuschte er sich, aber normalerweise gehörte er zu den Wachen im unterirdischen Gang. Er rannte nach unten. Im Erdgeschoss stieß er auf Guillaume de Beaujeu, der nach oben unterwegs war.

»Meister! Wir werden angegriffen!«

»Ich weiß. Wo sind sie?«

»Sie kamen aus dem unterirdischen Gang und haben alle Wachen umgebracht.«

»Komm mit.«

Vor der Kellertür standen zahlreiche Diener, die ihnen sofort Platz machten. Unten trafen sie auf Armand de Villiers, der den Kopf schüttelte.

»Dort sind nur Leichen. Sechs unserer Männer.«

Renaud hörte gar nicht zu. Er griff nach einer Fackel an der Wand, rannte durch den Gang und öffnete eine der Zellen. Guillaume und Armand folgten ihm. Er blieb erst vor der offenen Tür stehen, dann ging er hinein. Genau wie er befürchtet hatte. Die Truhe lag aufgebrochen am Boden. Verflucht!, dachte er.

»Armand, wie viele Tote gibt es?«

»Sechs, Meister, alle, die Wache gestanden haben.«

»Nein, es gibt noch einen weiteren. Jérôme de Vichy liegt oben. Der Renegat muss durch den Gang gekommen sein. Nehmt alle verfügbaren Männer und verfolgt ihn.«

»Aber wer hat das getan?«, fragte Armand.

Guillaume murmelte: »Und ich sah, und siehe, ein fahles Pferd. Und der darauf saß, dessen Name war: der Tod, und die Hölle zog mit ihm einher.«

»Hör auf«, polterte Renaud. »Er ist aus Fleisch und Blut, ein Emissär des Kaisers. Du hast ihn schon gesehen, Guillaume. Er war mit Baibars bei den Folterungen dabei, verkleidet als mameluckischer Emir. Wahrscheinlich ist er nicht allein, in jedem Fall ist er sehr gefährlich. Wenn ihr ihn nicht findet, findet sein Schiff, es muss ein Handelsschiff sein, das erst seit Kurzem in der Stadt ist. Es könnte jede Flagge tragen. Findet ihn und bringt es mir …« Er schaute seine Mitbrüder an und entschied, dass es keinen Sinn hatte, das Geheimnis weiter zu wahren: »Bringt mir das Elfenbeinkästchen von Fachr ad-Din zurück, mitsamt dem darin enthaltenen Manuskript!«

Der Morgen graute, und in der Stadt und im Hafen begann es, gewohnt geschäftig zu werden. Sobald die Laufplanke an Land geschoben worden war, ging Umberto mit seinen Männern an Bord.

Schiffskommandant Filippo di Traetto erwartete sie bereits.

»Ist Mohamed schon da?«

»Ja, Euer Hochwohlgeboren.«

»Wo ist er?«

»Unter Deck, in Eurer Kabine.«

»Gut, bereitet das Ablegen vor, bald wird hier der Teufel los sein.«

»Schau dir dieses Schiff an.«

Guillaume deutete auf ein Handelsschiff, das langsam auf den Ausgang des Hafens zusegelte. Er und Armand standen auf dem Kai vor dem venezianischen Markt, sie kamen aus dem Haus in der Ruga Palearia. Das Schiff trug keine Flagge, und es lag nicht tief im Wasser, ein Zeichen dafür, dass es nicht beladen war. Das war seltsam. Kein Handelsschiff verließ Akkon ohne Ladung.

Armand nickte.

»Das könnte es sein. Gib auf der *Templum Domini* Bescheid und schicke jemanden auf den Kai, um zu sehen, welche Richtung das Schiff einschlägt. Ich informiere mich bei der Cour de la Chaîne.«

Kurz darauf verließ auch die Galeere der Templer den Hafen und nahm die Verfolgung des Schiffes aus Gaeta auf.

Kapitel 24

Das Elfenbeinkästchen

❧

Akkon, 30. Mai 1250

Der Seemann kam durch das Tor des heiligen Antonius und ging langsam über den Platz vor dem Franziskanerkloster, bog dann in die Straße zum Meer ein. Der Franziskanermönch mit der ausgebleichten Kutte und der tief ins Gesicht gezogenen Kapuze war unterdessen auf dem Weg zum Kloster. Er war einer der Letzten, der mit dem Almosenbeutel zurückkehrte. Der Bettler, der am Boden vor dem Eckhaus kauerte, beachtete keinen der beiden. Besser so, dachte Mohamed, der als Seemann verkleidet an ihm vorüberging. Kurz danach blieb er stehen, um ihn sich genauer anzusehen. Wenn der Mann aufgestanden wäre, würde er nicht lange genug leben, um weiterzugehen. Dem *amir* von Lucera hatte ein Blick genügt, um zu wissen, dass dies kein echter Bettler war. Zu wohlgenährt.

Der Mönch klopfte unterdessen an die Tür.

»Ich hätte nicht gedacht, dich so rasch wiederzusehen. Ehrlich gesagt war ich der festen Überzeugung, dich gar nicht wiederzusehen, weil du an Bord deines Schiffes bist.«

Rinaldo und Umberto saßen allein am Tisch in der Bibliothek. Der Baron von Acquaviva antwortete: »Nachrichten verbreiten sich schnell in Akkon.«

»Vor allem für uns Franziskaner ...«

»Was habt Ihr erfahren?«

»Heute Morgen sind in aller Frühe Templer aus dem Haus in der Ruga Palearia gekommen und haben im Stadtviertel der Pisaner für Unruhe gesorgt. Es waren mindestens fünfzig Mann, *servientes* wie Türken. Die Pisaner befürchteten einen Überfall und wollten gerade die Kirchenglocken läuten lassen, als zwei Ritter des Kommandos bei ihnen aufgetaucht sind und alles erklärt haben. Sehr jung, fast noch Kinder. Seltsam, dass sie eine so große Gruppe angeführt haben. Sie haben erklärt, dass sie in Richtung Hafen unterwegs sind, um dort nach einem Dieb zu suchen. Mit fünfzig Männern einen Dieb suchen ... Was mag der wohl gestohlen haben?« Rinaldo schaute sein Gegenüber intensiv an, dann fügte er hinzu: »Kurz darauf hat ein Schiff abgelegt, und eine Galeere der Templer hat die Verfolgung aufgenommen.«

Umberto wollte mit diesem Mann nicht über den Tod sprechen. Deshalb war es auch unwichtig, ihm zu sagen, dass auf Befehl Baibars' zwei ägyptische Galeeren aus Alexandria aufgebrochen waren und noch südlich der Templerfestung Chastel Pelerin kreuzten. Wenn Filippo di Traetto es bis dorthin schaffen würde, wäre die Galeere der Templer kein Jäger mehr, sondern die Beute.

»Hugues de Jouy ist abgereist und dürfte die erfahrensten Ritter mitgenommen haben, deshalb hatten die beiden

Jungen das Kommando. Nach al-Mansura sind nicht mehr viele Männer übrig.«

»Wie ist die letzte Nacht verlaufen?«, fragte der Franziskanermönch.

Umberto öffnete den Beutel und nahm das Elfenbeinkästchen heraus.

»So ist sie verlaufen: Das ist das Korankästchen von Fachr ad-Din.«

Rinaldo blieb der Mund offen stehen.

»Wie hast du es gefunden?«

»Reines Glück oder mit Hilfe Gottes. Ihr könnt es Euch aussuchen.«

»Hm … Hast du jemanden getötet, um es zu bekommen?«

»Um es zu bekommen nicht, aber fragt bitte nicht weiter.«

Rinaldo erstarrte. »Was willst du von mir?«

Umberto öffnete das Kästchen und nahm vorsichtig eine Pergamentrolle heraus, die er dem Mönch überreichte.

»Helft mir, das hier zu verstehen.«

Yves le Breton war verwirrt. Er saß im Speisesaal des Dominikanerklosters und fragte Nicolas, der vor ihm stand: »Wo hast du ihn getroffen?«

Nicolas antwortete ein wenig verlegen: »Ganz in der Nähe, Magister. Im Badehaus nahe dem Balnei-Tor. Er meinte, dort würden wir nicht auffallen.«

Yves kniff die Augen zusammen, wie er es manchmal während der *quaestiones* tat.

»Ihr habt also die Kleider abgelegt, um ein Bad zu nehmen?«

»Das musste sein.«

»Habt ihr euch berührt?«

»Nein!«

Die Stimme war fest, aber Yves hatte zu viele Verhöre geführt, um eine Lüge nicht zu erkennen. Er setzte einen ernsten Gesichtsausdruck auf.

»Nicolas, es ist offensichtlich, dass dieser junge Templer nach dem Tod seines Meisters ein Auge auf dich geworfen hat. Dem wirst du doch nicht nachgeben?«

Der junge Mann errötete.

»Magister, Ihr selbst habt mir aufgetragen, sein Vertrauen zu gewinnen ...«

»Nur das Vertrauen, Nicolas, nichts anderes. Vergiss das nicht. Ich habe dir gesagt, dass Guillaume das Werkzeug Gottes sein kann, um uns zur Wahrheit zu führen, aber er ist auch von dämonischen Leidenschaften besessen, für die er sich eines Tages wird verantworten müssen. Du darfst dich nicht anstecken lassen. Du bist ein Bruder des Dominikanerordens und verkörperst die Gerechtigkeit Gottes.«

»Ja, natürlich. Ich werde daran denken, Magister.«

»Das nächste Mal triffst du ihn woanders. Was hat er dir gesagt?«

»Er hat mir eine unglaubliche Geschichte erzählt. Heute Nacht ist man in die Festung der Templer eingedrungen. Sie kamen durch einen unterirdischen Geheimgang, der mit einem Haus am Hafen verbunden ist, haben viele Wachen getötet und das Elfenbeinkästchen des Scecedin geraubt. Darin befand sich ein Pergament, das Renaud de Vichiers unbedingt zurückhaben möchte.«

»Was für ein Manuskript?«

»Das weiß Guillaume nicht. Renaud hat das nicht näher erklärt.«

»Wer war es?«

»So wie es aussieht, ein Emissär des Kaisers. Ein Mann um die dreißig, dunkle Haare, dunkler Bart, mit Komplizen. Guillaume hat sie bis zum Hafen verfolgt, aber sie sind an Bord eines Handelsschiffs aus Gaeta entkommen. Eine Galeere der Templer versucht sie einzuholen.«

»Ein Emissär von Friedrich?«

»Guillaume meinte, er habe ihn in Ägypten getroffen. Er war während der Folterungen an Baibars' Seite.«

Yves dachte an den Dolmetscher in al-Mansura. Das war er also. Er kannte sogar seinen Namen. Ser Berto, um dessen Entsendung Fachr ad-Din in seinem Brief an den Kaiser gebeten hatte. Dass Friedrich mit den Sarazenen gemeinsame Sache machte, war klar, weil er ihm für die erhaltenen Informationen dankte. Er nickte.

»Ich habe ihn auch schon getroffen. In al-Mansura gab er sich als mamelukischer Emir aus. Und Hugues?«

»Er ist abgereist, genau wie Renaud de Vichiers gesagt hat, und momentan in Damaskus. Die Templer wollen einen Friedensvertrag zwischen den Syrern, Diya al-Din und an-Nasir Yusuf unterstützen, um sie gegen die ägyptischen Mamelucken aufzuhetzen.«

»Genau das, was der König ihnen verboten hat. Wird er zurückkommen?«

»Nein, Magister. Er wird nach Jerusalem reisen. Um neue Anweisungen zu bekommen, ist allerdings ein Halt in der Festung der Templer in Safed vorgesehen. Guillaume wird morgen früh dorthin abreisen.«

Yves stand auf und sagte: »Wir müssen zum König. Morgen früh muss alles bereit sein. Auch wir werden nach Safed reiten und Guillaume folgen.«

»Da ist noch etwas, Magister.«

»Und zwar?«

»Guillaume hat gehört, dass letzte Nacht noch ein Mann in der Festung war, der dort nicht hingehört. Ein gewisser Adnan, ein Perser, der in Montmusard Teppiche verkauft. Er ist dort recht bekannt. Man hat ihn im Zimmer des Großmeisters gesehen, und er ist in aller Stille gegangen, während Guillaume den Dieb verfolgt hat. Dieser Teppichhändler hat mit dem Eindringling gekämpft und ihm Paroli geboten.«

Yves schüttelte den Kopf. »Ein Teppichhändler hätte diesem Mann keine Minute Paroli bieten können. Das war ebenso wenig ein Teppichhändler, wie der Emissär des Kaisers ein Mameluck war. Renaud de Vichiers hat etwas anderes vor ...« Er dachte erneut an den toten Franziskaner vor ihm auf der Brücke von al-Mansura zurück. Vielleicht würde er es wieder versuchen, war aber zu feige, es selbst zu tun. »Komm, wir gehen zum König, bevor er zu Bett geht.«

Kapitel 25

Christen

Rom, am Morgen des fünften Tages vor den Kalenden des August (28. Juli 64 n. Chr.)

Im Pronaos des Apollotempels lehnte Gaius Sallustius an einer der sechs Marmorsäulen und betrachtete den Aschehaufen, der einmal Rom gewesen war. Das Heiligtum war von den Flammen verschont geblieben, und Nero war mit den Priestern im Kultraum des Tempels, um nach Vulcanus und Ceres auch Apollo zu danken. Etwas weiter unten spazierte der Zenturio Casperius durch den Säulengang der Danaiden und bewunderte die große Marmorstatue des Gottes.

Die Brände waren endlich unter Kontrolle. Der erste hatte sechs Tage angedauert und erst an den Hängen des Esquilin haltgemacht. Erst durch die Zerstörung ganzer Gebäudeblöcke waren Lücken geschaffen worden, die die Flammen nicht überwinden konnten. Der zweite Brand war zwei Tage danach in einem ganz anderen Viertel ausgebrochen, in den Emilianischen Gärten des Prätorianerpräfekts Ofonius Tigellinus, der das Amt gemeinsam mit Faenius Rufus innehatte.

Von den insgesamt vierzehn Stadtbezirken existierten nur noch vier, drei waren vollständig zerstört, von den übrigen zeugten nur noch Ruinen. Unzählige Tempel waren verbrannt, darunter auch der Tempel der Luna des Servius Tullius, die Ara Maxima und der Herkulestempel, der Jupitertempel des Romulus und der Tempel der Vesta mit den Penaten des römischen Volkes.

Viele beschuldigten Nero, das Ganze organisiert zu haben, um seine architektonischen Großprojekte verwirklichen zu können. Es ging das Gerücht, dass er, während Rom von den Flammen verschlungen wurde, das Proszenium des Palatium bestiegen und dort mit seiner Kithara den Fall Trojas aus der *Ilias* besungen hatte. Sallustius bezweifelte das, hatte Domitius die Kithara doch vor seinen eigenen Augen gerettet. So war Nero an diesem Tag bei seinen Legionären geblieben, hatte versucht, den Kampf gegen die Flammen zu organisieren, und den Menschen, die ihr Heim verloren hatten, seine persönlichen Gärten und Häuser auf dem Marsfeld zur Verfügung gestellt. Auch am nächsten Tag war Sallustius auf Bitten des Imperators ständig an dessen Seite gewesen, nachdem er Anahita in Tusculum mit zwei *contubernia* in Sicherheit gebracht hatte. Natürlich wusste er nicht, was Nero in der flammenhellen Nacht getan hatte. Vielleicht hatte der Künstler in ihm dem Drang, vor einem einzigartigen Schauspiel zu singen, nachgegeben, aber das milderte nicht seine Trauer. Vor allem die schweren Schäden an seiner neuen *domus transitoria* schmerzten ihn wie auch der Verlust unzähliger und unersetzlicher Meisterwerke, die dort gelagert waren. Er hatte bereits Botschafter zu den Legaten und Präfekten in Griechenland, Asien und Ägypten ausgesandt mit der Bitte, ihm weitere Exemplare oder Kopien der zerstörten Objekte zu schicken. Von den verbrannten *insulae* und den Tausenden von Toten sprach er hingegen nicht, wiederholte stattdessen immer wieder, dass er die Stadt schöner aufbauen würde als je zuvor.

Die Suche nach den Verantwortlichen war nach dem Aufkommen der Gerüchte noch einmal beschleunigt worden. Der Sklave, den Casperius festgenommen hatte, war den Prätorianern übergeben und gefoltert worden. Seine Antworten waren wirres Gefasel gewesen über das Feuer als Strafe der Götter gegen die Gottlosen. Auch gegen die Anhänger der christlichen Sekte gab es Indizien. Sie lebten zum großen Teil im jüdischen Viertel, auf der anderen Seite des Tiber, wo sie vor den Flammen verschont geblieben waren. Auch hatten sie nicht an der Zeremonie zur Besänftigung der Götter teilgenommen. Deshalb waren gerade zwei Kohorten der Prätorianer unter dem Kommando von Subrius Flavus dorthin unterwegs, um sie alle festzunehmen.

Der Tribun dachte an den Moment zurück, in dem der Prätorianer den Gladius in die Scheide zurückgesteckt hatte, als er in das Zimmer in der *domus tiberiana* gekommen war. Ungewöhnlich war auch, dass die diensthabende Kohorte vom Palatin abgezogen worden war, bevor die Flammen dorthin gelangt waren. Und er fragte sich, wer wohl den Befehl dazu gegeben haben konnte.

Seit einigen Tagen nagte der Zweifel an Sallustius. Wollte

Flavus Nero etwa gerade umbringen, und er hatte es mit seinem Eingreifen verhindert? Unbewusst hatte er gespürt, dass Domitius in Gefahr war, und ihm seine Begleitung angeboten. Verrat zu erkennen war vielleicht eine typische Eigenschaft der Sallustianer. Er trug den Namen des berühmten Historikers, der unter anderem ein Werk über die Catilinarische Verschwörung gegen die Republik verfasst hatte, und in der Familie ging das Gerücht, dass in der schwierigen Übergangsphase nach dem Tod des Augustus ein gewisser Sallustius Crispus eine entscheidende Rolle gespielt hatte. War etwa eine Verschwörung gegen den Imperator im Gange? Es wäre nicht das erste und auch nicht das letzte Mal. Er musste verstehen, was da vor sich ging.

Er fragte sich, ob die Brände jemandem genutzt hatten. War es klug, dass ausgerechnet Subrius Flavus die Anhänger der Sekte festnehmen würde? Es wäre besser, wenn er ihre Anführer befragen und zuvor mit Anahita sprechen würde, die sich augenscheinlich mit ihren Riten gut auskannte. Er hatte keine Zeit zu verlieren. Er rief den Zenturio: »Marcus!«

Casperius kam rasch die engen Stufen des Tempels nach oben gelaufen.

»Zu Diensten, Tribun.«

»Es ist Zeit, dass Anahita nach Rom zurückkehrt. Die *domus augusti* ist nicht beschädigt, und sie kann dort wieder einziehen. Dieses Mal werden wir sie bewachen, ich habe den Caesar um eine Sondererlaubnis gebeten. Schicke sofort jemanden nach Tusculum.«

Casperius warf Sallustius einen komplizenhaften Blick

zu. Wahrscheinlich dachte er, dies sei nur eine Ausrede, weil der Tribun die junge Frau gerne um sich haben wollte. Als er darüber nachdachte, überraschte ihn die Erkenntnis, dass dies durchaus wahr sein könnte, wobei er das aber niemals zugegeben hätte.

»Ich gehe selbst, Tribun.«

»Nein. Ich will, dass du beim Imperator bleibst, wie ich das bis jetzt getan habe. Ich weiß, dass dir das merkwürdig vorkommen mag, aber du musst aufpassen und darfst ihn nicht mit den Prätorianern allein lassen.«

Casperius wurde wieder ernst.

»Ist dir etwas Seltsames aufgefallen?«

»Vielleicht. Aber ich habe nichts Konkretes in der Hand.«

»Und wo gehst du hin?«

»Ich suche danach.«

Er trennte sich von Casperius und ging in Richtung Tiber, überquerte die Ponte Fabricio, den Vicus Censorii auf der Tiberinsel und die Ponte Cestio. Am Ende der Brücke standen einige Prätorianer, die beim Anblick des Gewands mit dem Laticlavius des Tribuns salutierten. Er dachte, dass sie ihm mit dieser Geste zeigen wollten, wie mutig sie waren. Dabei hatten diese Soldaten noch nie einen Krieg erlebt. Das letzte Mal, dass eine prätorianische Kohorte an einer Schlacht teilgenommen hatte, musste vor fast fünfzig Jahren gewesen sein, in Idistaviso in Germanien. Wenn er sich vorstellte, dass diese Männer hier einigen Kataphrakten gegenüberstehen würden, musste er lächeln.

Er war in Trastevere angekommen. Es fiel ihm nicht schwer, sich in dem quirligen Stadtviertel mit den engen Gassen zurechtzufinden, früher war er oft hier gewesen. Es war so ganz anders als die große *domus* auf dem Aventin, in der er aufgewachsen war und die es jetzt nur noch in seiner Erinnerung gab.

Er traf auf Prätorianer, die eine dicht gedrängte Gruppe Menschen eskortierte: Männer und Frauen, Alte und Kinder. Sie wirkten ruhig und friedlich, gewiss nicht wie gefährliche Brandstifter. Er fragte einen Zenturio: »Wo bringt ihr sie hin?«

»In die Kaserne der siebten Wachkohorte hier ganz in der Nähe.«

»Wo ist Subrius Flavus?«

»Weiter vorn, folgt der Straße bis zum offenen Platz.«

Kurz danach wurden unter einer *insula* weitere Menschen zusammengetrieben. Flavus führte die Operation an, als ob er sich in einer eroberten armenischen Stadt befinden würde, die Narbe in seinem Gesicht wirkte noch bedrohlicher. Als er den Freund des Imperators auf sich zukommen sah, versuchte er, seine Überraschung zu verbergen und sich freundlich zu zeigen.

»Ave, Sallustius. Wem verdanke ich deine Anwesenheit unter diesem Pöbel?«

»Wie du weißt, waren es meine Legionäre, die die christlichen Sklaven festgenommen haben. Ich möchte dem Caesar nützlich sein, indem ich die Anführer der Sekte befrage, um herauszufinden, in welcher Verbindung sie zu dem Brand stehen. Hast du sie schon festgenommen?«

Der Prätorianer zögerte, bevor er antwortete. Es gefiel ihm nicht, dass der Tribun sich einmischte, aber dessen persönliche Beziehung zu Nero ließ ihm nur wenig Spielraum.

»Wir haben einige befragt, um mehr über ihre Anführer herauszufinden, sagen wir es mal so. Einer ist gestorben, bevor er antworten konnte, der andere meinte, es gäbe zwei von ihnen. Einer wird Kefa gerufen, ein sehr alter Jude, von dem man sagt, er sei der erste Schüler des Sektengründers gewesen, eines gewissen Chrestos oder Christus, der nach ihren Worten von den Toten auferstanden ist. Der andere heißt Saulus, besser bekannt als Paulus. Er ist römischer Bürger und stammt aus Kilikien, ein alter Bekannter. Er ist ein Unruhestifter, der schon vor einigen Jahren gefangen genommen und nach Rom gebracht wurde, nachdem er in Hierosolyma das Volk aufgewiegelt hatte. Leider wurde er freigelassen und ist ganz offensichtlich wieder aktiv. Es scheint, als wäre er das Herz der Sekte. Es ist mir gelungen, beide festzunehmen, bevor sie fliehen konnten. Wir haben auch mehrere Briefe gefunden.«

»Briefe?«

»Ja, auf Griechisch, die sie erhalten und geschrieben haben. Du kannst sie lesen, wenn du willst. Ich habe sie in die *castra praetoria* bringen lassen.«

»Wo sind diese Anführer jetzt?«

»Im Tullianum. Die anderen lasse ich in …« Sie wurden vom Aufschrei einer Frau und einem dumpfen Schlag unterbrochen. In ihrer unmittelbaren Nähe war eine junge Frau von der *insula* gefallen und lag nun bewegungslos in einer Blutlache, die sich unter ihr ausbreitete.

Eine Männerstimme rief von oben: »Tribun, sie hat sich nach unten gestürzt, um sich der Festnahme zu entziehen!«

Subrius verzog das Gesicht und murmelte: »Vielleicht hat Gott ihr zu erkennen gegeben, was sie erwartet.«

Drei Tage später

Es war das erste Mal, dass Sallustius Anahita mit entblößtem Haupt sah. Ihre Haare waren schwarz, glatt und sehr lang. Sie hatte sie zu einem Zopf zusammengebunden, über den sie nachdenklich die Finger gleiten ließ, während der junge Mann sie mit dem Verdacht konfrontierte, der auf den Christen lastete. Sie saßen in dem abgelegenen Arbeitszimmer, das Augustus im ersten Stock hatte einrichten lassen und das man nur über eine hölzerne Wendeltreppe erreichen konnte. Hier waren immer noch viele seiner Schriftrollen zu finden.

Nachdem die Bewohner des jüdischen Viertels zusammengetrieben worden waren, bereitete sich der Tribun auf die Befragung ihrer Anführer vor. Nero hatte nichts dagegen einzuwenden, dass er mit den Christen sprach, bevor sie gefoltert wurden. Er war in die *castra praetoria* gegangen und hatte ihre Briefe untersucht. Es handelte sich vor allem um Kopien der Briefe des Paulus, aber auch einige von Simon, genannt Petrus, waren darunter. In seiner Sprache lautete sein Name Kefa, was ebenso wie Petrus »aus Stein« bedeutet. Er war einer der ersten Apostel Christus.

Anahita war erstaunt.

»Ich habe schon viel von den Christen gehört, in Armenien und auch hier. Soweit ich das verstanden habe, lehnen sie Gewalt ab. Ihr Christus hat sich am Kreuz für die Rettung der Menschen geopfert und ist dann von den Toten auferstanden.«

»Nur er?«

»Bis jetzt nur er. Die anderen werden am Ende der Zeit auferstehen.«

»Das verstehe ich nicht. Warum kann der Tod dieses Jesu die Menschen retten? Und was für einen Sinn hat es, am Ende der Zeit aufzuerstehen? Ist es dann nicht zu spät?«

»Der Tod Christi ist die Voraussetzung für seine Auferstehung und die Rettung der Menschen. Es ist das Versprechen des ewigen Lebens, das durch den Tod und die Auferstehung möglich ist. Ist das etwa wenig, Gaius Sallustius?«

»Woher weißt du das? Bist du etwa auch Christin?«

Die junge Frau zögerte, als ob sie nachdenken würde, was sie sagen sollte und was nicht. Dann fuhr sie fort: »Nein, ich bin keine Christin. Ich glaube an Mithra. Viel kann ich dir nicht sagen, aber das Opfer Jesu, der rettet und wieder aufersteht, erinnert an wesentliche Punkte unseres Glaubens: die Opferung des Stieres durch den Gott Mithra, der von der Jungfrau Anahita geboren wurde. Das Blut des Tieres ist die Grundlage des Lebens und erlaubt es dem Licht, über die Dunkelheit zu siegen.«

»Entschuldige, aber das ist doch beides absurd. Ich verstehe, dass das Opfer eines Menschen, der von den Toten aufersteht, ein gutes Argument für die These einer Erneuerung eines göttlichen Werkes ist, aber das mit dem Stieropfer verstehe ich nicht.«

»Das musst du nicht verstehen«, antwortete Anahita, »du musst nur wissen, dass einige Punkte des christlichen Glaubens an meinen Glauben erinnern. Aber das sind keine gewalttätigen Leute, ich glaube nicht, dass sie Rom angezündet haben.«

»In jeder Religion gibt es Fanatiker. Vielleicht haben einige Menschen Aussagen zu wörtlich genommen und versuchen, sie praktisch umzusetzen ...«

Dem Tribun fielen einige Passagen aus den Briefen ein, die er gelesen hatte. Er dachte auch an Tiridates, der den Stier in Rhandeia getötet hatte, und erkannte die religiöse Bedeutung dieser Geste: Sich Rom zu unterwerfen war wie der Tod, aber es würde ihn stärker machen als je zuvor. Er versprach sich, nach seiner Rückkehr mit Corbulo darüber zu sprechen. Aber nicht mit Anahita. Das Letzte, was er jetzt brauchte, war, dass sie ihn als feindlichen Kommandanten ansah. Er fragte nach ihrem Vater, an den er in den letzten Tagen oft gedacht hatte.

»Wann kommt dein Vater?«

»Das kann ich nicht genau sagen. Wie du weißt, habe ich seit meiner Abreise aus Armenien keine Nachricht von ihm. Er hat mir gesagt, dass er nicht mit der römischen Flotte, sondern zu Pferd kommen würde, begleitet von seinen besten Kriegern. Ich denke, er wird im Frühjahr aufbrechen. Ich weiß nicht, wie lange die Reise dauert.«

»Mit Gefolge mindestens sechs Monate, vielleicht länger. Es hängt davon ab, wie viele Pausen sie machen. Wenn er im Frühjahr abreist, sollte er binnen einem Jahr hier sein.«

»Und was wird dann passieren?«

»Er wird sich dem Caesaren unterwerfen, wie er es schon gegenüber seiner Statue in Rhandeia getan hat. Dann bist du frei, mit ihm nach Armenien zurückzukehren. Du wirst heiraten und Kinder bekommen. Ich nehme an, du hast schon einen Bräutigam?«

»Ja, Vologaeses.«

»Der König der Könige?«

»Seinen Sohn. Er ist noch jung, kaum älter als ich. Mein Vater hat mich ihm versprochen, als wir noch Kinder waren.«

»Dann wirst du Königin der Parther.«

»Wenn es Mithras Wille ist ...«

»Was für ein Mensch ist er?«

»Du wirst ihn kennenlernen, er wird meinen Vater nach Rom begleiten. Und du, Gaius? Was wirst du tun?«

»Ich warte, bis du wieder an der Seite deines Vaters bist, dann kehre ich zu meiner Legion zurück.«

»Und wir werden uns nie wiedersehen?«

»Wer weiß? Das wissen nur Janus und Mithra. Die Menschen wissen nicht, was auf sie wartet. Ich dachte immer, das sei ungerecht, aber inzwischen denke ich, dass es gut so ist. Vielleicht sehen wir uns wieder, wenn wir alt sind.«

»Oder wenn wir Wolken am Himmel sind ...« Die junge Frau lächelte. »Ich kann mir dich nicht als alten Mann vorstellen, Gaius.«

»Das geht mir mit dir genauso. Wer weiß, ob du dich dann noch an mich erinnern wirst.«

»Ich werde mich immer an dich erinnern. Ich werde mir vorstellen, wie du in Tusculum lebst und zusammen mit deinen vielen Enkelkindern beobachtest, wie die Sonne über Rom untergeht.«

Sallustius legte langsam seine Hand auf die ihre, und sie entzog sie ihm nicht.

Das Gefängnis Tullianum lag unter dem Kapitolshügel, in der Nähe des Concordiatempels, hinter dem Caesarforum und der Kurie. Dort waren schon viele Feinde Roms erdrosselt worden, darunter Jugurtha und Vercingetorix, nachdem sie beim Triumphzug in Ketten vorgeführt worden waren, auch die Komplizen Catilinas und, in jüngster Zeit, der Prätorianerpräfekt Seianus und seine Kinder.

Als Junge hatte Sallustius natürlich das Werk seines berühmten Vorfahren auswendig lernen müssen, in dem auch die Beschreibung der Zelle vorkam, die er jetzt betrat: »Im Gefängnis gibt es einen Raum, der Tullianum genannt wird, wenn man ein wenig zur Linken emporsteigt, ungefähr zwölf Fuß unter der Erde. Er ist ringsum von dicken Mauern umgeben und von einem Gewölbe bedeckt, das von Steinbogen gehalten ist. Durch Verwahrlosung, Finsternis und Geruch aber ist sein Aussehen scheußlich und grässlich.«

Eine perfekte Beschreibung, auch hundert Jahre später.

Vor dem Tribun stand ein alter, recht kleiner Mann mit einem weißen Bart und einem fast zahnlosen Mund. Er musste einmal sehr kräftig gewesen sein, war jetzt aber von den Jahren gebeugt, er war mindestens siebzig und wirkte schwach. Nur sein Blick hatte nichts an Intensität eingebüßt. Sein Latein war nur schlecht, sein Griechisch zwar korrekt, aber die Aussprache kaum verständlich. Er musste es erst spät gelernt haben. Sallustius sprach ihn auf Griechisch an: »Ich bin Sallustius Crispus, Tribun der sechsten Legion. Und wer bist du?«

»Das solltest du wissen, du hast mich festnehmen lassen.«

Das war kein sehr vielversprechender Beginn. Nach einer so provokanten Antwort hätte Sallustius sein Gegenüber normalerweise geohrfeigt, aber Anahita hatte ihn überzeugt, das Gespräch zu suchen. Deshalb antwortete der Tribun ruhig: »Man hat mir gesagt, dass du Simon bist, genannt Kefa. Petrus, der Anführer der Christen.«

»Ich bin kein Anführer. Ich bin nur ein Apostel Jesu Christi.«

»Wer ist Jesus Christus?«

»Der Sohn Gottes, der Messias und unser Erlöser.«

»Hast du ihn gekannt?«

Der Alte schwieg, seine Augen füllten sich mit Tränen. Als er antwortete, brach ihm fast die Stimme: »Ja, ich habe ihn gekannt. Er hat mich als Schüler auserwählt, ich habe ihn bei seinen Predigten in Galiläa und Judäa begleitet, ich war mit ihm in Jeruschalajim und wurde Zeuge seiner Leiden, seines Todes am Kreuz und seiner Auferstehung in der Herrlichkeit Gottes.«

»Wie meinst du das, Auferstehung?«

»Auferstehung von den Toten, Bruder.«

Sallustius hatte bereits in den Briefen immer wieder von der Auferstehung gelesen und war überzeugt, dass sein Gegenüber und seine Anhänger den Verstand verloren haben mussten. Aber er musste ihn zum Sprechen bringen, um dann zu seinem eigentlichen Thema zu kommen: dem Brand und den Brandstiftern.

»Hast du ihn von den Toten auferstehen sehen?«

»Ich habe alles gesehen, Bruder. Ich habe drei Jahre an seiner Seite verbracht. Ich habe ihn am Kreuz sterben sehen. Ich habe sein leeres Grab gesehen. Ich habe ihn als Auferstandenen gesehen.«

»Hm. Und wie war er, als Auferstandener?«

»Wie du und ich.«

»Genau wie der Mensch zuvor, als er noch lebte?«

Der Alte schien zu zögern, dann sagte er: »Sicher, wie der Tag auf die Nacht folgt, genau wie zuvor.«

»Hast du ihn berührt?«

»Ich musste ihn nicht berühren, ich war mir gewiss, dass es keine Halluzination war, aber es gab welche, die ihn berührt haben.«

»Wen?«

»Einer seiner Jünger und einige Frauen, die ihn geliebt haben.«

»Hat er sich auch dem Volk und den Römern gezeigt?«

»Nein.«

»Warum nicht? Wenn er sich allen gezeigt hätte, hätte er bewiesen, dass er unsterblich ist wie die Götter. Und dann wären wir jetzt alle Christen …«

»Weil Gott niemandem etwas beweisen will und muss. Gott muss dich nicht überzeugen, Tribun. Er hat dir durch Jesus die Erlösung geschenkt. Du kannst entscheiden. Gott hat ihn auferstehen lassen und hat gewollt, dass er sich nur uns, seinen auserwählten Zeugen, zeigt.«

»Und wo ist er jetzt?«

»Er ist zum Himmel aufgestiegen, zurück ins Haus seines Vaters.«

»Und wer ist sein Vater? Gott?«

»Natürlich.«

»Aber Gott kann kein Vater sein.«

»Aber so ist es, Gott ist Vater, und er liebt uns.« Der Alte schien sich an etwas zu erinnern. »Er hat seinen Sohn geschickt, um die Sünden der Welt auf sich zu nehmen, wie ein unbeflecktes Lamm. Das Vermächtnis, das er uns hinterlassen hat, hat unseren Glauben unverbrüchlich gemacht, er bewahrt es im Himmel für die Erlösung am Zeitenende.«

»Das verstehe ich nicht. Du hast vom Himmel gesprochen … ist Gott im Himmel?«

»Gott ist überall.«

»Stimmt es, dass ihr auf einen neuen Himmel und eine neue Erde wartet?«

»Ja. Ein neuer Himmel und eine neue Erde, auf der Gerechtigkeit herrscht.«

»Und was wird aus dieser alten und ungerechten Erde?«

Petrus hatte verstanden, worauf der Römer hinauswollte, und antwortete direkt: »Ich weiß, was du wissen willst. Wir haben Rom nicht angezündet, Tribun. Die

Botschaft Gottes ist allein eine der Liebe und des Friedens.«

»Wir haben eure Briefe gefunden. Dort ist vom Feuer Gottes die Rede, das die Stadt der Sünden zerstört und die Erde auflöst, um den neuen Himmel und die neue Erde zu schaffen. Die Diener Gottes wären wie Feuerflammen, und das Ende aller Dinge wäre nah. Was haben Feuer und Zerstörung von Städten mit Liebe und Frieden zu tun?«

»Das ist der Tag des Jüngsten Gerichts. Dies sind Passagen aus der Heiligen Schrift des Volkes Israel, die es seit Anbeginn der Zeit gibt. Es geht nicht um das Feuer der Menschen, sondern um das Feuer Gottes.«

»Das Feuer ist immer gleich und brennt immer gleich ... Diese Briefe lassen auch vermuten, dass eure Gemeinschaft von Fanatikern durchsetzt ist und dass du und die anderen Anführer, vor allem Paulus, euch deshalb Sorgen macht. Sonst würden diese Mahnungen zur Vorsicht, zum Respekt vor dem Kaiser, zur Unterwürfigkeit der Sklaven keinen Sinn ergeben. Kannst du ausschließen, dass einige Fanatiker beschlossen haben, diese Stadt anzuzünden und nicht das Jüngste Gericht abzuwarten?«

»Keiner kann sich Gott widersetzen, das wäre eine schwere Sünde.«

»Du hast mir nicht geantwortet, Kefa. Kannst du das ausschließen?«

Die beiden sahen sich in die Augen. Sallustius hatte das Gefühl, als schaute er ihm direkt in die Seele, dann sagte der Alte ergeben, aber fest: »Kein Christ kann Rom angezündet haben.«

»Und trotzdem dürftet ihr Rachegefühle gegenüber Rom haben. Hat nicht der Präfekt von Judäa Jesus ans Kreuz schlagen lassen?«

Kefa schüttelte den Kopf, als hätte sein Gegenüber das Offensichtliche nicht verstanden.

»Selbst Pontius Pilatus war ein Instrument Gottes. Er hätte Jesus nicht freisprechen können. Der Menschensohn musste gekreuzigt werden, um am dritten Tag auferstehen zu können. Rom hat nur den Willen des Vaters ausgeführt, warum sollten wir deswegen Groll hegen?«

»Willst du damit sagen, dass Pontius Pilatus mit Jesus einer Meinung war?«

»Das war er nicht, er kannte ihn nicht einmal. Ich sage nur, dass euer Präfekt ein Werkzeug Gottes war. Er hat einen Unschuldigen verurteilt, aber wenn er ihn entlassen hätte, hätte sich Gottes Wille nicht erfüllt.«

»Dann hat Pilatus diesen Glauben erst möglich gemacht?«

Petrus antwortete nicht, und der Tribun wechselte das Thema. »Welche Meinung hatte euer Jesus zur Sklaverei? In den Briefen heißt es, die Sklaven sollen ihren Herren gehorchen. Also sind nicht alle Menschen Brüder?«

»Es gibt keinen Unterschied zwischen Herren und Sklaven. Jeder Mensch ist ein Kind Gottes. Auch die Herren haben einen Herrn im Himmel und werden sich vor ihm verantworten müssen, wie sie ihre Sklaven behandelt haben.«

»Wie viele Christen gibt es denn unter den Sklaven Caesars?«

»Ich habe noch nie jemanden gefragt, ob er frei ist oder ein Sklave. Sie sind alle meine Brüder.«

»Gibt es auch unter den Prätorianern Christen?«

Der Mann war jünger als Kefa, um die sechzig. Er war klein, fast kahl, hatte einen grau melierten dünnen Bart und eine hervorstehende Nase. Seine dunklen klugen Augen fixierten den Tribun. Er teilte die Zelle mit anderen Gefangenen, deshalb hatten ihn die Wachen in einen Raum neben dem Eingang gebracht, wo Sallustius auf ihn wartete.

Paulus von Tarsus schien neugierig auf seinen Besucher zu sein. Deshalb stellte er – in perfektem Griechisch – auch die erste Frage. Seine Stimme klang etwas nasal: »Warum bist du hier?«

»Mein Name ist Gaius Sallustius Crispus. Ich komme aus Syrien.«

»Du kommst von weit her. Ich bin dort geboren, in Tarsus, und habe lange in Syrien gelebt, in einem vergangenen Leben.«

»Man sagte mir, du seist römischer Bürger.«

»Das stimmt, ich habe das Bürgerrecht von meinem Vater geerbt.«

»Als Bürger wirst du die Situation gut verstehen. Während des Brandes haben meine Männer unter den Brandstiftern einen Sklaven Caesars festgenommen. Er war Christ und erzählte von einem neuen Himmel und einer neuen Erde. Ich habe deine Briefe und die von Kefa gelesen: Ihr erwähnt beide die Zerstörung der Tempel durch das Feuer.

Das Viertel, in dem ihr zusammen mit den Juden lebt, blieb vom Feuer unversehrt, und an den Dankeszeremonien für die Götter habt ihr auch nicht teilgenommen. Ich rate dir, mich davon zu überzeugen, dass ihr es nicht wart, sonst wirst du bald die Zerstörung deiner Sekte erleben.«

»Wenn du meine Briefe gelesen hast, dann weißt du, dass wir jede Form von Gewalt verabscheuen.«

»Eure Briefe wecken in mir genau den gegenteiligen Gedanken. Du und Kefa, ihr nennt euch friedlich, aber eure Religion birgt ein Gewaltpotenzial, dessen ihr euch bewusst sein müsst. Du hast geschrieben, dass nach dem Gesetz fast alles mit Blut gereinigt wird und dass ohne Blutvergießen keine Vergebung geschieht. Deine Briefe sind voller Verweise auf das Opfer Christi und auf Blut. Du sagst sogar, dass ein wütendes Feuer bereit wäre, die Widersacher zu verzehren, und Vergeltung an denen geübt wird, die Gott nicht kennen und dem Evangelium Jesu nicht gehorchen.«

»In diesen Briefen habe ich auch dazu aufgefordert, nicht müde zu werden, Gutes zu tun, voll Eifer nach Frieden mit allen und nach der Heiligung zu streben, ohne die keiner den Herrn sehen wird. Ich habe geschrieben, dass die Christen sich den Obrigkeiten, die die Macht haben, unterordnen, dass sie gehorsam und zu allem guten Werk bereit sein sollen.«

»Genau dieser Punkt hat mich stutzig gemacht. Für alle von Gott Auserwählten, die an Jesus Christus glauben, wird es Vergebung, Ruhe und Frieden geben. In einem Wort, Vollkommenheit. Für alle anderen das Feuer.«

»Das Feuer, das vom Himmel kommt, haben auch schon die Heiligen Schriften der Juden erwähnt. Das Feuer, das ich meine, ist der Heilige Geist, der Geist Gottes, der nicht zerstört, sondern rettet ...«

»Das sind Konzepte, die für einen Sklaven nicht leicht zu verstehen sind. Wie ich schon Kefa sagte, kannte dieser nur eine einzige Art des Feuers.«

»Ich bin schon seit vielen Jahren unterwegs, um allen Menschen die Botschaft der Liebe und der Erlösung zu bringen, vor allem den einfachen Menschen. Selig sind, die da geistlich arm sind; denn ihrer ist das Himmelreich, sagt Unser Herr. Auch die Verweise auf Blut beziehen sich auf das Opfer Christi, der unsere Sünden auf sich nimmt. Er ist das Opfer, nicht der Täter.«

»Aber ist der Täter nicht derselbe Gott? Kefa hat mir gerade gesagt, dass sogar Pontius Pilatus, auch wenn er es nicht wusste, ein Werkzeug Gottes war. Warum opfert Gott seinen Sohn? Ich muss an das Opfer des Erstgeborenen in Karthago denken, aus den Geschichten von Diodorus, die ich als Kind gelesen habe. Schreckliche Geschichten, die allein schon die Zerstörung der Stadt durch die Römer gerechtfertigt haben.«

»Aber im Gegensatz zu den Karthagern opfert Gott seinen Sohn, um ihn wiederauferstehen zu lassen. Um uns zu zeigen, dass man nur durch den Tod Erlösung findet und auferstehen kann.«

»Hast auch du den Auferstandenen gesehen?«

»Nein, gesehen habe ich ihn nicht, auch wenn ich ihn schon viele Male getroffen habe. Das erste Mal in Syrien, nachdem ich anderen ganz ähnliche Fragen gestellt habe, wie du sie mir jetzt stellst, in einem Gefängnis wie diesem. Seitdem hat er meinen Weg geleitet. Ich werde ihn sicher nach meinem Tod wiedersehen, in der Herrlichkeit Gottes ...«

Es war tief in der Nacht, als Sallustius das Tullianum verließ und den Clivus lautumiarum entlang zur *domus* auf dem Palatinhügel ging. Kefa und Paulus hatten seine Zweifel an einer möglichen Beteiligung einer fanatischen Gruppierung, die außer Kontrolle geraten war, nicht ausräumen können, und wie es aussah, schien das Ende der Sekte unvermeidlich. Er würde Domitius von seinen Befragungen erzählen und dafür sorgen, dass die beiden nicht gefoltert würden. Als Grund würde er sagen, er wolle sie noch einmal vernehmen.

Die Eingänge und der Außenbereich der *domus augusti* wurden von seinen Legionären überwacht. Zwei *contubernia* übernahmen die Wache, die anderen standen zusammen mit Casperius bereit für den Imperator, untergebracht waren sie in der Kaserne der dritten Wachkohorte auf dem Viminalhügel. Er ging in Richtung *cubiculum,* seinem Schlafraum, eines der Zimmer, das an den Innenhof und die Rückseite des Apollotempels grenzt. Obwohl er den Helm und den ledernen Brustpanzer abnahm und die Tunika auszog, wurde er den Gestank des Tullianums nicht los. Er brauchte ein Bad, aber die Thermalbäder Roms waren alle zerstört oder dienten als Unterkunft für die Evakuierten aus den zerstörten Stadtvierteln. Das Plätschern des

Wassers aus dem Springbrunnen im Atrium brachte ihn auf eine Idee. Die *domus* lag in tiefer Dunkelheit, keiner würde ihn sehen. Er zog sich ganz aus, schlich hinaus und tauchte lautlos ins kalte Wasser. Es war ein herrliches Gefühl, er blickte hinauf in den Sternenhimmel und fragte sich, wo der Gott von Paulus und Kefa in dieser Julinacht wohl sein mochte. Da ließ ihn ein Geräusch zusammenzucken. Eine weiß gekleidete Gestalt tauchte neben dem Springbrunnen auf.

Das Gewand glitt zu Boden, und Anahita stieg völlig nackt zu ihm ins Wasser. Ohne ein Wort zu sagen, schmiegte sie sich dicht an ihn.

Am Morgen des dritten Tages vor den Iden des Oktober
(13. Oktober 64 n. Chr.)

Das junge, in ein Gazellenleder gehüllte Mädchen war allein. Sie stand bewegungslos inmitten der Arena, unter dem hohen ägyptischen Obelisken, den Caligula nach Rom hatte bringen lassen. Um sie herum lagen Leichen und Raubtiere, die sich an ihnen weideten. Sie war vielleicht dreizehn, nicht älter. Wie erstarrt fixierte sie die riesige Löwin, die im Begriff war, sie anzugreifen. Es waren noch sechs weitere Löwen in der Arena, die bereits ihre Eltern und all ihre Kameraden getötet hatten. Sie waren in Nubien gefangen worden, ein Frachtschiff hatte die Tiere nach Ostia gebracht, gerade noch rechtzeitig, damit sie an den Spielen des *dies imperii* Neros teilnehmen konnten, dem zehnten Jahrestag seiner Machtergreifung. Da der Circus Maximus nicht zur Verfügung stand, fanden sie im Gaianum, dem vatikanischen Zirkus, statt. Die Tiere hatten tagelang nichts zu essen bekommen, sodass beim Anblick von Nahrung der Hunger größer war als die Angst vor der Menschenmenge. Nach anfänglichem Zögern waren sie in die Arena gesprungen und hatten eine Gruppe Christen zerfleischt.

Während sich die Löwin langsam auf sie zubewegte, begann das Mädchen zu singen: eine schöne, melodische Stimme. Das Raubtier hielt inne, ebenso wie die Zuschauer auf den Holztribünen. Von seinem Thronsitz aus gab Nero Faenius Rufus ein Zeichen, der wiederum einen Befehl erteilte. Einen Augenblick später rannten zwanzig Prätorianer in enger Formation in die Arena und hielten die brüllenden Bestien mit ihren Lanzen in Schach. Das Mädchen wurde von einem Zenturio ergriffen und unter dem Johlen des Publikums fortgebracht.

Sallustius, der auf der Tribüne hinter dem Imperator saß, dachte, dass Domitius einen außergewöhnlichen Instinkt für die Stimmung des Volkes besaß. Das Mädchen den Bestien zu überlassen wäre unpopulär gewesen, das hatte er sofort gemerkt. Vielleicht würde er sie trotzdem umbringen lassen, aber in diesem Moment hatte er all seinen Großmut bewiesen.

Die Spiele dauerten schon Stunden. Nero hatte sich anfangs als Wagenlenker verkleidet unter die Menge gemischt, dann mit einem von prächtigen weißen Hengsten gezogenen Streitwagen die Arena durchquert und war schließlich auf die Tribüne gestiegen, wo die Konsuln, die Prätorianerpräfekten, die Flamines und andere Autoritäten ihn erwarteten. Er wollte sich als ein Herrscher präsentieren, der vom Volk aus den höchsten Gipfel der Macht erklimmt, und nicht als das, was er war: der Abkömmling einer Familie, die schon seit Julius Caesars Zeiten die Geschicke Roms bestimmte.

Nach den Streitwagenrennen kamen die Höhepunkte der Spiele: die Exekution der Christen, die man als Urheber des Brandes ausgemacht hatte. Viele waren bereits gekreuzigt und verbrannt worden und hatten wie Fackeln die Nacht erleuchtet. Die anderen waren in Gruppen der *damnatio ad bestias* vorbestimmt: Sie wurden den wilden Tieren zum Fraß vorgeworfen.

Sallustius stand auf. Bald wäre er an der Reihe. Während er in Richtung der *carceres* auf der Westseite der Arena ging, dachte er an sein Gespräch mit Nero zurück.

»Nun, Gaius, wie ist es passiert?«

»Das Feuer ist in den Werkstätten unter den Arkaden am Circus Maximus ausgebrochen, zwischen dem Aventin und dem Caelius, genau unter der *domus transitoria*. Dort waren entflammbare Güter gelagert, und das Feuer hat sich dementsprechend rasch ausgebreitet.«

»Dann war meine *domus* das Ziel.«

»Dafür gibt es keine Beweise, aber es ist möglich. Wenn das Feuer mit Absicht gelegt wurde, dann ist das erste denkbare Ziel genau das. Man weiß nicht, ob es an einer oder an mehreren Stellen ausgebrochen ist. Ich gehe von

Letzterem aus, da die Flammen sich rasend schnell im gesamten Gebiet ausgebreitet haben, und das bereits in der ersten Nacht. Das zweite Feuer, das in dem Vorort Aemiliana und den Gebieten des Tigellinus gewütet hat, wurde mit Sicherheit gelegt.«

»In diesem Fall war das Ziel mein Präfekt ...«

»Auch das ist möglich. Viele haben berichtet, dass anlässlich des ersten Feuers mit Stöcken und Fackeln bewaffnete Männer andere davon abhalten wollten, die Flammen zu löschen. Als man sie nach dem Grund fragte, antworteten sie, sie würden nur Befehle befolgen. Einige meinten, sie hätten deine Sklaven und sogar Prätorianer erkannt. Tatsache ist, dass mein Zenturio einen Sklaven festgenommen hat, der in den Thermen der *domus transitoria* gearbeitet hat. Es kursieren Gerüchte, du hättest das Feuer legen lassen, um deine *domus* größer und schöner als zuvor wieder aufbauen zu können.«

»Was für ein Mist. Dazu hätte ich Rom nicht anzünden müssen, und ich hätte niemals zugelassen, dass die Flammen meine Kunstwerke in der *domus transitoria* zerstören!«

»Wie du weißt, hat sich auch das Gerücht verbreitet, du hättest im Angesicht der brennenden Stadt vom Untergang Trojas gesungen.«

Nero antwortete darauf nicht, sondern fragte: »Und was denkst du?«

»Der festgenommene Sklave war Christ, und in seinem Delirium hat er aus blindem Fanatismus gehandelt. Er ist unter der Folter gestorben, ohne den Namen seiner Auftraggeber preiszugeben. Aber klar ist, dass jemand den

Brand als Gelegenheit nutzt, das Wohlwollen des Volkes dir gegenüber zu zerstören.«

»Du meinst, es waren Verschwörer, die sich mit den Christen zusammengetan haben?«

»Die Sache mit den Christen ist kompliziert. Ich habe ihre Anführer befragt und ihre Briefe gelesen. Es ist eine Sekte von Fanatikern, die davon überzeugt sind, dass die Toten auferstehen können.«

»Ja, davon habe ich gehört. Es gibt Leute, die an alles glauben ...«

Der Imperator wirkte nachdenklich, und Sallustius schwieg. Nero fuhr fort: »Weißt du, Gaius, ich hatte eine Tochter, Claudia Augusta. Wunderschön, sie war das größte Glück meines Lebens, aber sie ist mit kaum vier Monaten gestorben. Heute wäre sie über ein Jahr alt. Ich habe ihr einen Tempel geweiht, ihr Gedichte geschrieben, aber es wäre ein schöner Gedanke, sie eines Tages wiederzusehen.«

Er schwieg. In seinen Augen standen Tränen. Dann schüttelte er sich und fuhr fort: »Aber leider wird es so nicht sein ... Die Botschaft dieser Fanatiker ist mächtig, Gaius, weil sie den Schwachpunkt unseres Menschseins berührt: die Vorstellung, im absoluten Nichts zu enden und die Menschen, die man liebt, niemals wieder in die Arme schließen zu können.«

»Caesar, ich habe den Bericht des Präfekten von Judäa, Pontius Pilatus, über die Kreuzigung Jesu Christi gesucht. Wenn ein solcher Bericht existiert hat, dann befand er sich in den Archiven der Provinzen, die bereits in die *domus transitoria* verlegt worden sind. Und die sind als Erste verbrannt.«

»Und noch vieles mehr, leider.«

»Die Christen sind auch davon überzeugt, dass es keinen Unterschied zwischen Freien und Sklaven gibt.«

»Wir wissen beide, dass sie in dieser Hinsicht recht haben, Gaius. Männer und Frauen sind gleich, genau wie Freie und Sklaven. Die Sklaverei ist nur ein System, damit das Imperium funktioniert.«

»Das stimmt, aber wir wissen auch, dass eine Diskussion darüber für Rom noch zerstörerischer wäre als der Brand.«

»Das stimmt. Dann glaubst du, es waren die Christen?«

»Ich glaube, es waren fanatische Christen, die wahrscheinlich ohne das Wissen ihrer Anführer beschlossen haben, die Stadt zu zerstören, die sie für den Ort der Sünden halten. Eine Art vorgezogener Jüngster Tag, den sie so sehr erwarten. Unter deinen Sklaven, vielleicht sogar unter den Prätorianern, muss es solche Fanatiker gegeben haben.«

Nero dachte nach. Es waren nicht die Christen, die ihm Sorgen bereiteten.

»Aber da ist noch etwas anderes, oder?«

»Dafür habe ich keine Beweise, nur Vermutungen. Wenn die Brandstifter in deinem Palast unter den Sklaven waren, dann ist es möglich, dass das jemand mitbekommen hat, ihnen geholfen oder sie zumindest benutzt hat, um deine Person in Misskredit zu bringen und dir die Gunst des Volkes zu rauben.«

»Dann könnte der Brand der Auftakt eines Aufstands sein?«

»Das ist möglich, Caesar.«

»Ich danke dir, mein Freund. Wir werden ganz besonders aufmerksam sein und uns inzwischen um diese Sekte kümmern. Du hast gesagt, dass ihr Gründer in Judäa gekreuzigt wurde. Ich möchte, dass man ihren Anführer hier in Rom kreuzigt. Und du wirst das übernehmen.«

»Ich, Caesar?«

»Natürlich. Während der Spiele der *decennalia*, bei der meine zehnjährige Regentschaft gebührend gefeiert wird. Als Künstler habe ich die Szene schon vor Augen: Der Anführer der Sekte wird von unseren Legionären gekreuzigt, genau wie ihr Gründer. Und nur deine Legionäre sind gerade in Rom.«

»Es ist so weit, Kefa ...«

In der Zelle neben der Arena hob der Alte den Blick. Er stand halb nackt, die Haare zerzaust, mit langem Bart zwischen vierundzwanzig Legionären, drei *contubernia* in Kriegsausrüstung mit den Insignien der Zenturie. Die Sklaven in der Arena hielten das *patibulum* bereit.

Petrus wandte sich auf Griechisch an den Tribun: »Ich bin bereit, aber ich bin es nicht würdig zu sterben wie er. Töte mich mit dem Schwert.«

Sallustius zögerte und antwortete dann wenig überzeugt: »Du wirst gekreuzigt, der Caesar hat es so entschieden.«

»Aber ich kann nicht gekreuzigt werden wie der *rabbi*. Ich bin nur ein armer Sünder.«

»Warum sagst du das? Bist du nicht der erste seiner Jünger gewesen?«

Der Alte zögerte, schüttelte den Kopf, als wäre er unentschlossen, ob er sprechen sollte. Dann wiederholte er nur: »Ich bin es nicht würdig zu sterben wie er.«

Da war noch etwas, das ihn schmerzte. Nicht der Gedanke an den Tod, vielleicht Reue, aber das würde er einem Römer niemals anvertrauen. Sallustius beschloss, seinen letzten Wunsch zu respektieren.

»Dann wirst du auf andere Weise gekreuzigt«, entschied er.

Petrus verstand nicht. Der Tribun ging auf ihn zu, legte ihm die Hand auf die Schulter und drückte sie.

Der senkrechte Pfahl war schon aufgestellt worden, direkt unter dem Obelisken. Die Löwen waren verschwunden. Sallustius wandte sich zu den Sklaven und befahl: »Bindet das *patibulum* nach unten. Wir werden ihn kopfüber kreuzigen.«

Der Alte wurde als Anführer der fanatischen Brandstifter vorgestellt, und als er, flankiert von Legionären, die Arena betrat, schrie die Menge ihm Schmährufe zu. Der Tribun betrachtete sein Gesicht. Er ging festen Schrittes. Als er die blutigen Überreste seiner zerfleischten Gefährten am Boden liegen sah, war er sichtlich schockiert. Ein Legionär schob ihn in Richtung Obelisk. Als er das umgekehrte Kreuz sah, verstand er. Sie hoben ihn hoch und banden ihn fest. Sie hätten ihm die Handgelenke und die Füße ans Kreuz nageln müssen, aber Sallustius hatte befohlen, die Nägel nur ins Holz zu treiben. Aus seiner extremen Perspektive suchte Petrus die Augen des Tribuns, der ihm zunickte, wie um ihn zu beruhigen. Dann zog er den Gladius aus der Scheide und rammte es ihm mit einer raschen Geste in die Brust. Das Publikum hatte ein so schnelles Ende nicht erwartet und äußerte sein Missfallen. Sallustius achtete nicht darauf. Er hob das blutige Schwert in Richtung Caesar, steckte es in die Scheide zurück, erteilte das Kommando Stillgestanden und verließ mit den Legionären in Formation die Arena. Auf dem Weg starrte er vor sich hin und hoffte, dass Kefa bei seinem Gott angekommen war.

Als er am Abend in die *domus augusti* zurückkehrte, fand der Tribun Anahita im gleichen *cubiculum*, in das sie sich auch am Tag des Brandes geflüchtet hatte. Er hatte sie einmal gefragt, warum sie sich diesen düsteren Ort zum Gebet ausgesucht hatte, aber sie hatte nur ausweichend geantwortet. So wie er es verstanden hatte, war Mithra kein Gott des Himmels wie der christliche, sondern lebte in einer Höhle.

Er wartete im Atrium auf sie und betrachtete den nächtlichen Oktoberhimmel. Es herrschten milde Temperaturen, wie man sie zu dieser Jahreszeit nur in Rom erleben konnte. Er dachte an das erlösende Blut Jesu, an das Blut des Stieres von Mithra, an Kefa und an Paulus. Letzterer war römischer Bürger und konnte nicht gekreuzigt werden: Ein Prätorianer hatte ihn außerhalb der Stadt mit dem Schwert erstochen.

Er fragte sich, ob all das Blut, das an diesem Tag vergossen worden war, jemanden erlöst hatte. Er bezweifelte es. Die alten römischen Götter kamen ihm sanfter vor als die Götter aus dem Osten.

Kurz darauf trat Anahita an seine Seite. Sie spürte seine Verwirrung.

»War es schwer?«

»Ich habe einen unschuldigen alten Mann getötet. Es gibt Einfacheres.«

Die junge Frau ergriff seine Hand.

»Es war Gottes Wille. Wir leben so lange, wie Gott es vorherbestimmt hat.«

»Weiß Gott auch, was aus uns werden wird?«

»Gott weiß alles, Gaius.«

»Ich möchte nicht glauben, dass ich nur eine Marionette bin, um das auszuführen, was andere für mich bestimmt haben. Ich möchte meine eigenen Entscheidungen treffen, und ich habe beschlossen, bei dir zu bleiben. Dich nicht gehen zu lassen.«

»Eine Arsakidin und ein Römer? Das werden sie nie zulassen, weder die Menschen noch Gott. Wir können nur den Moment genießen, in dem Bewusstsein, dass es zu Ende sein wird, wenn mein Vater hier ankommt. Wir können jeden Tag genießen und in Erinnerung behalten.«

Der Tribun zog sie an sich.

13. Tag vor den Kalenden des Mai, Jahr der Konsulats von Nerva Silianus und Atticus Vestinus, 818. Jahr nach der Gründung Roms (19. April 65 n. Chr.)

Der Legionär rannte in die *domus augusti*, während Sallustius gerade das Haus verließ, um den Cerestempel zu besuchen, wo an diesem Tag Spiele in Anwesenheit des Kaisers stattfinden sollten. Außer Atem verkündete er: »Der

Zenturio schickt mich, du sollst sofort zu Caesar in die Servilianischen Gärten kommen.«

»Was ist passiert?«

»Ich weiß es nicht, aber alle prätorianischen Kohorten sind in Alarmbereitschaft versetzt worden.«

»Alle?«

»Ja, Tribun.«

Seit Claudius' Tod war das nicht vorgekommen.

»Gehen wir.«

Vor seinem Aufbruch befahl er den Legionären der Wache: »Schließt euch im Haus ein. Niemand kommt oder geht, bis ich zurück bin.«

Die *domus* des Servilianus lag außerhalb der Porta Capena, am Anfang der Via Appia. Nero war seit einigen Tagen dort, um die Aufbauarbeiten nach dem Brand zu überwachen. Auf dem Weg bemerkte der Tribun ungewöhnlich viele Prätorianer zu Pferd. Am Eingang der *domus* flankierten germanische Wachen die Prätorianer.

Casperius war mit einigen Legionären im Atrium versammelt. Sallustius musste nicht weiter fragen.

»Man hat eine Verschwörung aufgedeckt. Caesar erwartet dich im *tablinum*. Komm.«

Der Eingang wurde von zwei Germanen bewacht. Während Sallustius das Zimmer betrat, kamen Faenius Rufus und Ofonius Tigellinus mit ernsten Mienen gerade heraus. Als Nero ihn sah, rief er ihm entgegen: »Du hattest recht, Gaius, es gab eine Verschwörung. Sie wollten mich töten, heute, während der Spiele zu Ehren der Göttin Ceres. Der designierte Konsul Plautius Lateranus sollte sich vor mich

knien und mich um etwas bitten, dabei meine Beine um-
fassen und mich zu Boden bringen – und die anderen hätten mich niedergemetzelt. Statt meiner sollte Piso an die
Macht kommen.«

Der Tribun kannte Senator Gaius Calpurnius Piso: ein
sehr reicher Mann, der zu einer der nobelsten Familien
Roms gehörte und mit den Scipionen und den Liciniern
verwandt war. Dennoch war er als Epikureer mehr für
seine Lustbarkeiten als für seine Politik bekannt, er liebte
griechische Tragödien und die Frauen. Er hatte eine wun-
derschöne Ehefrau, die er einem Freund ausgespannt hatte.
Sallustius hätte ihm niemals eine Verschwörung zugetraut.

»Wie wurden sie entdeckt?«

»Gestern haben sich zwei Freunde Pisos, Scevinius und
Antonius Natalis, lange im Haus von Scevinius beraten,
der am Ende des Treffens sein Testament gemacht hat. Er
schien sehr nervös, weil das Messer, das er für diese große
Geste vorgesehen hatte, nicht richtig scharf war. Deshalb
hat er einen seiner Freigelassenen, einen gewissen Milichus,
entsandt, um es umgehend schärfen zu lassen. Anschließend hat er ein Abendessen gegeben, um seinen treuesten
Sklaven die Freiheit und Geld zu schenken, und das, obwohl er schwer verschuldet war. Er machte einen sehr an-
gespannten Eindruck, wie vor einem gefährlichen und
wichtigen Ereignis. Der Freigelassene ahnte, dass etwas
nicht stimmt, und beschloss, ihn zu verraten. Heute Morgen bei Sonnenaufgang kam er hierher und sagte, er habe
schreckliche Nachrichten. Man hat ihn zu Epaphroditus,
meinem Freigelassenen, gebracht und mir sogleich alles

berichtet. Ich habe Scevinius sofort verhaften lassen, der aber alles geleugnet und behauptet hat, Milichus habe sich das nur ausgedacht. Zur Sicherheit habe ich auch Natalis holen lassen. Scevinius und er wurden getrennt über den Inhalt ihres gestrigen Treffens befragt, und die Antworten stimmten nicht überein. Ich wollte sie beide foltern lassen, aber schon beim Anblick der Instrumente hat Natalis ausgepackt und die Namen Piso und Seneca genannt.«

Nero lächelte zufrieden. Sallustius kannte den Grund: Seneca, Moralphilosoph in der Öffentlichkeit und reicher Wucherer im Privaten, war der Lehrer gewesen, den Agrippina für den jungen Domitius ausgewählt hatte. Genau wie sie hatte auch Seneca den Fehler gemacht zu glauben, durch ihn regieren zu können. Um nicht das gleiche Ende wie Agrippina zu nehmen, hatte er sich jedoch inzwischen zurückgezogen. Jetzt erlaubte es seine Beteiligung an dieser unglaublichen Verschwörung, dass sich der ehemalige Schüler für immer von ihm befreien konnte.

»Eine Gruppe von Senatoren war es also?«, fragte Sallustius.

»So sieht es aus. Tatsächlich wurde vor einem Monat der Kapitän einer Quinquereme der Flotte zu Misenum, Volusius Proculus, angeklagt, sich einer Freigelassenen genähert zu haben, einer gewissen Epicharis, die ihn zur Teilnahme an einer Rebellion gegen mich angestachelt hatte. Die Freigelassene wurde sofort festgenommen, hat aber alles geleugnet. Heute Morgen ist mir das wieder eingefallen. Ich habe sie deshalb foltern lassen, aber sie hat weiterhin geschwiegen. Offensichtlich ist sie abgehärteter als die Weichlinge von Senatoren, die allein beim Anblick der Folterinstrumente zu reden beginnen.«

Sallustius war verblüfft.

»Ich glaube nicht, dass nur Senatoren beteiligt sind, Caesar.«

»Was meinst du damit?«

»Ich spreche als Soldat. Ohne die Unterstützung der Armee kann man so etwas nicht organisieren und erfolgreich durchführen. Dein Onkel Caligula wurde von den Prätorianern ermordet, und auch bei dem Versuch, Claudius aus dem Weg zu räumen, standen Messalina und Silius die Wachmannschaft und der Prokurator der Gladiatorenschule zur Seite. Wenn sich diese Epicharis einem Offizier der Flotte angenähert hat, kann das nur bedeuten, dass die Verschwörer militärische Unterstützung gesucht haben.«

»Also gibt es noch mehr Beteiligte?«

Sallustius dachte an die Szene in der *domus tiberiana*.

»Ja, Caesar. Aber du kennst Piso besser als ich. Er kann nicht der Kopf dieser Verschwörung sein.«

Nero war beunruhigt. Er wusste, dass der Tribun recht hatte. »Was machen wir jetzt, Gaius?«

Zwei Tage später

Der Scharfrichter griff nach dem glühenden Eisen und näherte sich damit Scevinius' Brustkorb. Die Befragung fand in einem der Zimmer der *domus* von Servilianus statt und wurde auf ausdrücklichen Wunsch des Kaisers von Faenius

Rufus persönlich durchgeführt. Sallustius lehnte an einer Wand und beobachtete das Geschehen.

In der Stadt herrschte Angst, die Prätorianer nahmen alle fest, die in irgendeiner Weise mit den Verschwörern in Verbindung gestanden hatten. Einige, darunter Piso und Seneca, hatten sich das Leben genommen, andere, wie Plautius Lateranus, waren brutal getötet worden. Den Festgenommenen wurde Freundschaft mit den Verschwörern vorgeworfen, flüchtige Begegnungen oder sogar die gemeinsame Anwesenheit auf einem Fest oder bei einer Aufführung. Nur die Freigelassene Epicharis hatte den Peitschenhieben und dem glühenden Eisen widerstanden, mit denen man sie zu brechen versucht hatte. Am zweiten Tag der Befragungen wurde sie wegen der ausgekugelten Gliedmaßen auf einer Trage zur nächsten Folterung getragen. Sie hatte ein Band gelöst, das um ihre Brust gewickelt war, eine Schlinge daraus geformt, an die Trage gebunden und sich die Schlinge um den Hals gelegt. Dann hatte sie sich fallen lassen: Sie war sofort tot.

Das Eisen war jetzt so nah an Scevinius' Brust, dass er die Hitze spüren konnte. »Zum letzten Mal«, fragte ihn Faenius Rufus leise: »Wirst du uns alles erzählen?«

Der Mann starrte wie hypnotisiert auf das glühende Eisen, dann grinste er und schaute sein Gegenüber an.

»Niemand weiß mehr als du, Rufus. Du könntest dem Caesar ruhig deine Dankbarkeit beweisen und ihm alles erzählen ...«

Der Prätorianerpräfekt murmelte etwas und gab dem Scharfrichter das Zeichen weiterzumachen, doch Sallustius löste sich von der Wand und befahl: »Stopp! Weg mit dem Eisen!«

Der Scharfrichter gehorchte. Scevinius stöhnte auf, er würde ohnehin sterben, aber nicht allein. Der Tribun ging auf den Gefangenen zu und deutete auf Rufus.

»Er ist der wahre Anführer, nicht wahr?«

Scevinius nickte. Faenius Rufus hätte reagieren können, leugnen, aber er schwieg, völlig erstarrt, wie ein Tier in der Falle. Dann wirbelte er herum, rannte zur Tür und landete direkt in Casperius' Armen, der draußen schon auf ihn wartete. Rufus versuchte, sich zu befreien, aber der Zenturio hielt ihn ohne größere Anstrengung fest. Sallustius kam auf ihn zu: »Hast du uns etwas zu sagen, Präfekt?«

Der Tribun der Prätorianerkohorte, Subrius Flavus, lag in Ketten vor dem Imperator, sein Gesicht war von den vielen Schlägen blutverschmiert. Faenius Rufus hatte angesichts der angedrohten Folter alle Namen der beteiligten Tribune und prätorianischen Zenturionen genannt, die an der Verschwörung beteiligt waren. Es waren viele, auch solche, die zuvor erbarmungslos die gefangen genommenen Verschwörer niedergemetzelt hatten.

Sallustius hatte ins Schwarze getroffen: Die wahre Verschwörung war die unter den Militärs. Er war es auch, der Domitius vorgeschlagen hatte, Scevinius und Rufus während der Befragung direkt aufeinandertreffen zu lassen. Das umfangreiche Geständnis des Präfekten enthüllte des Weiteren die Pläne der Prätorianer für den lebenslustigen Schauspieler Piso, der die Senatoren für das Komplott gewinnen, den Tumult nach der Ermordung Caesars aber nicht hätte überleben sollen. Der neue Herrscher wäre der alte Seneca geworden, die tatsächliche Macht hätte allerdings in den Händen von Rufus und seinen Männern gelegen.

Subrius Flavus stand als Erster auf der Liste. Als er gesehen hatte, dass sein Anführer festgenommen worden war, war er heimlich zum Ausgang der *domus* geschlichen, vielleicht um zu fliehen oder einen Aufstand der prätorianischen Kohorte zu organisieren. Die Prätorianer an den Eingängen aber waren durch Germanen und Sallustius' Legionäre ersetzt worden, mit dem Befehl, niemanden herein- oder herausgehen zu lassen. Der Tribun hatte es mit Gewalt versucht, war aber gescheitert.

Sallustius bemerkte, dass der Prätorianer nicht im Mindesten etwas wie Reue zeigte. Vielleicht war es ein Fehler gewesen, ihn vor allen von Domitius befragen zu lassen. Er hatte dem Mann, der seit Jahren an seiner Seite gewesen war, nur eine einzige Frage gestellt: »Warum?«

»Weil ich dich hasse. Kein Soldat hat dir ergebener gedient als ich, so lange, wie du es verdient hattest, geliebt zu werden. Aber seit du deine Mutter und deine Frau getötet hast und Wagenlenker, Schauspieler und Brandstifter geworden bist, habe ich dich gehasst.«

Nero wurde feuerrot im Gesicht und schrie: »Schluss damit! Bringt ihn weg!«

Die Befragung war zu Ende. Flavus wurde von den Germanen weggeschleppt. Es war vorgesehen, ihn in den Servilianischen Gärten seines Kollegen Veianius Niger hinrichten zu lassen, um dessen Treue zu prüfen. Sollte Veianius sich weigern, würde es zwei Leichen geben.

Nero verließ ebenfalls das Zimmer. Sallustius dachte über Flavus' letzte Worte nach. Es lag etwas Wahres darin. Nero hatte tatsächlich seine Mutter umbringen und seine erste Frau Claudia Octavia, die Tochter von Claudius und Messalina, verstoßen, ins Exil bringen und dann töten lassen. Dass er als Wagenlenker und Schauspieler auftrat, wusste jeder. Aber ein Brandstifter? War das das letzte Gift eines zum Tode Verurteilten? Und wenn die Flammen doch nicht durch den Gott der Christen und der Verschwörer, sondern vom Imperator selbst gelegt worden waren? Man würde es nie herausfinden. Flavus würde all diese Antworten mit ins Grab nehmen.

Auch Sallustius ging langsam auf den Ausgang zu. Alle machten ihm Platz. Erst jetzt fiel ihm auf, dass er, ohne es zu wollen, zu einem der gefürchtetsten Männer Roms geworden war.

Neapel, Iden des Januar im Jahre des Konsulats
von Gaius Suetonius und Luccius Telesinus, 819 Jahre
nach der Gründung Roms (13. Januar 66 n. Chr.)

Trotz der winterlichen Jahreszeit lag Neapel im prallen Sonnenschein. Doch nicht einmal ihre Strahlen konnten Sallustius' Seele erwärmen. Um ihn herum wurde alles für das Treffen von Nero und Tiridates vorbereitet. Der armenische König war neun Monate zuvor mit einem gewaltigen Gefolge aufgebrochen: mit dreitausend parthischen Reitern und sechs römischen Kohorten. Begleitet wurde der König von seiner Frau, die anstelle des traditionellen Schleiers einen goldenen Helm trug. Auch Anahitas Brüder und ihr zukünftiger Ehemann Vologaeses waren dabei. Die riesige Prozession war in den Städten Mazedoniens, Illyriens und Süditaliens festlich empfangen worden. Der Imperator hatte weder Kosten noch Mühen gescheut, damit es ihnen an nichts fehlte, man sprach von achthunderttausend Sesterzen pro Tag. Aber Sallustius wusste, dass diese Reise immer noch günstiger war als ein weiterer Krieg.

Vom König wurde erwartet, vor Caesar niederzuknien. Als man ihn allerdings darum bat, dies unbewaffnet zu tun, gab es Komplikationen. Tiridates hatte sich geweigert, Tigellinus war unnachgiebig geblieben. Die Erinnerung an das Vorhaben von Plautius Lateranus war noch nicht verblasst. Schließlich hatte man einen Kompromiss erzielt: Tiridates würde den Acinaces tragen, sein Schwert indes würde man so befestigen, dass er es nicht aus der Scheide ziehen konnte.

Sallustius hielt das für Unsinn. Tiridates hatte keinerlei Grund, Caesar umzubringen, würde er damit doch sich und seine ganze Familie töten.

Seine Mission war fast zu Ende, bald würde er zu seiner Legion zurückkehren. Er wusste nicht, wie Corbulo ihn empfangen würde. Das, was zwischen ihm und Anahita vorgefallen war, würde ihm, wenn er es wüsste, gar nicht gefallen, und etwas sagte ihm, dass ihm auch seine Rolle in der Aufdeckung der Verschwörung missfallen würde. Aber das war nicht sein Problem. Der Tag, den er nie hatte erleben wollen, war gekommen.

Am Abend zuvor war er zur *domus* am Ufer der Bucht geritten, die einst Agrippina gehört hatte. Von dort würde im Morgengrauen Anahita mit ihrem Gefolge nach Neapel aufbrechen. Er hatte sie im *peristylium* getroffen, wo sie, eingehüllt in eine dicke Wollstola, spazieren ging. Sie lächelte traurig.

»Ich habe dich erwartet, Gaius.«

»Das ist nicht gerecht. Es darf nicht so enden.«

»Was hast du dir denn vorgestellt?«

»Lass uns heiraten. Wir könnten nach Tusculum oder Casinum ziehen, wo meine Mutter ein großes Haus mit viel Grund besitzt. Wir könnten ein ruhiges Leben führen, als Grundbesitzer, zusammen mit unseren Kindern. Ich könnte mit dem Imperator sprechen, er kann nicht Nein sagen, und mit deinem Vater.«

»Du träumst mit offenen Augen. Mein Vater würde das niemals zulassen. Ich wurde als Kind dem Sohn des Königs der Könige versprochen. Ihm einen Römer vorzuziehen wäre ein schwerer Affront und das Ende meiner Familie. Mein Onkel Vologaeses hat schon Menschen für wesentlich weniger töten lassen. Auch dein Freund Nero kann nicht zulassen, dass ein neuer Krieg zwischen den Parteien ausbricht. Nein, Gaius, in diesem Leben soll es nicht sein. Vielleicht im nächsten.«

Sallustius wusste, dass sie recht hatte, aber er konnte es einfach nicht akzeptieren.

»Und wenn wir zusammen fliehen? Jetzt sofort, zu Pferd. Wir reiten weit weg, verstecken uns und beginnen ein neues Leben.«

»Sie würden uns finden und töten, das weißt du ganz genau.«

»Aber ich liebe dich!«

»Ich liebe dich auch, Gaius.« Anahitas Augen füllten sich mit Tränen.

»Was können wir dann tun?«

»Uns heute Nacht noch einmal lieben. Ich werde in Rom meinen Cousin heiraten, aber es wird dein Sohn sein, der eines Tages der König der Könige der Parther sein wird …«

Die Quinquereme der kaiserlichen Flotte zu Misenum ruderte gen Süden. Der Rhythmus der Trommel, die den Ruderern den Takt vorgab, hallte in Sallustius' Kopf wider, vom Heck versuchte er, den Rauch über dem Vesuv von den Wolken zu unterscheiden. Anahita sah die gleichen Rauchwolken, irgendwo zwischen Neapel und Pozzuoli, wohin Nero und Tiridates unterwegs waren, um den Gladiatorenspielen zu Ehren des Gastes beizuwohnen. Der Tribun hatte es vorgezogen, gleich abzureisen, nachdem er die junge Frau ihrem Vater überantwortet hatte, vor den Augen des Imperators und vor Vologaeses, einem jungen dunkelhaarigen Mann, der nicht sehr aufgeweckt aussah. Tiridates hatte sich auf Griechisch bei ihm bedankt: »Corbulo hatte mir zugesichert, Anahita in sichere Hände zu geben. Er hat sich nicht geirrt. Ich danke dir, Tribun, dass du meine Tochter beschützt hast, auch in schwierigen Momenten.«

Sallustius hatte schweigend genickt. Dann hatte er sich mit einem militärischen Gruß verabschiedet, sich umgedreht und war gegangen.

Am Abend hatte er sich auch von Nero verabschiedet. Der Imperator wusste von seinem Verhältnis mit Anahita, hatte sich aber nie eingemischt. Nur einmal hatte er ihn scherzhaft vor den Gefahren orientalischer Gifte gewarnt. Bei ihrer Verabschiedung war er deutlicher geworden: »Du wirst uns verlassen, Gaius. Das ist schade, aber vielleicht besser so. Eine Luftveränderung wird dir guttun und dir helfen, den Verlust deiner Freundin zu verschmerzen. Ich schätze sehr, wie klug du mit der Situation umgehst, und bitte dich, über deine Zukunft nachzudenken. Du bist jetzt bereit, das Kommando über eine Legion oder eine Provinz zu übernehmen. Aber du bist auch einer der wenigen, denen ich vertrauen kann, und ich würde dich gerne in Rom sehen, als Kollege oder Nachfolger von Tigellinus in der Prätorianerpräfektur. Wir werden uns bald wiedersehen. Nach dem Sommer habe ich vor, nach Griechenland zu reisen, eine lang aufgeschobene Reise, und dann werden wir über deine Zukunft entscheiden. Bei meiner Vorstellung im Theater von Korinth wird auch Corbulo anwesend sein. Apropos, ich muss dich um noch einen Gefallen bitten, mein Freund.«

Sallustius hatte nichts dazu gesagt. Er kannte ihn zu gut und wusste, dass der Kaiser ihm nicht ohne Grund Honig ums Maul schmierte. Nero sprach weiter: »Versuche herauszufinden, wie Corbulo zu dem steht, was hier passiert ist. Unter den Verschwörern war niemand aus seiner Familie, aber er steht acht Legionen vor, und wir können kein Risiko eingehen.«

»Corbulo war dir immer loyal verbunden, Caesar.«

»Ja, ich weiß. Wie du dir vorstellen kannst, werde ich ständig über die Vorgänge in seinem Lager informiert, aber nicht über das, was in seinem Kopf vorgeht. Leider. Das musst du herausfinden, Gaius, und mir in Griechenland darüber berichten.«

Deshalb also ließ er ihn gehen.

Zwei Delfine sprangen aus dem Wasser und folgten dem Schiff eine Weile, sie schwammen nebeneinander an der Wasseroberfläche, bevor sie wieder in den Fluten verschwanden. Er fragte sich, ob so wohl auch ihr nächstes Leben aussehen würde.

Hierosolyma, am Tag vor den Nonen des Juni
(4. Juni 66 n. Chr.)

Die beiden Kohorten der zwölften Legion Fulminata und die Hälfte der Kavallerie hatten die Stadt fast erreicht. Hierosolyma lag in Sichtweite auf der Spitze eines Hügels, wie eine große weiße, von Türmen flankierte Festung.

Sallustius ritt an der Spitze, vor den Insignien und neben dem Kommandanten, Zenturio Primus Pilus Metilius. Im Gegensatz zu Casperius war er ein Feigling, der seine Karriere mehr mit Speichellecken gegenüber seinen Vorgesetzten denn mit Mut auf dem Schlachtfeld vorangetrieben hatte. Außerdem war die Zwölfte nicht gerade berühmt für ihre kämpferischen Leistungen und hatte sich nur knapp vor ihrer Zerschlagung unter Caesennius Paetus retten können. In den vergangenen Jahren hatte sie sich in Syrien wieder aufgebaut, aber mit den fast gleichen Zenturionen, die in Rhandeia davongelaufen waren.

Der Tribun war vor vier Tagen in Caesarea angekommen, und Corbulo hatte ihn ausgeschickt, um die Situation in Judäa und die Berichte des Präfekten Gessius Florus zu überprüfen. Schon seit mehreren Monaten kamen die geforderten Tribute nicht mehr regelmäßig bei der kaiserlichen Verwaltung an, es gab Gerüchte, Florus würde sich persönlich bereichern. Das wäre nichts Neues. Es war leider üblich, dass die Regierenden der Provinzen zu ihrem Vorteil wirtschafteten. Ein berühmter Fall war der von Publius Quinctilius Varus, einem der Vorgänger seines Großvaters als Statthalter von Syrien. Es hieß, er sei bei der Amtsübernahme arm und Syrien reich gewesen, während nach seiner Abreise Syrien arm und er reich geworden wäre. Danach hatte er versucht, das gleiche Prinzip bei den Germanen anzuwenden, die aber hatten ihn in der Schlacht vom Teutoburger Wald mitsamt drei Legionen umgebracht.

Caesar war besorgt über die jüngsten Zusammenstöße zwischen den Griechen und den Juden, die in der Ausweisung der Juden aus der Stadt gegipfelt hatten. Dies hatte jedoch Unruhen in Hierosolyma zur Folge, und Florus war mit der zusätzlichen Kohorte und der ihm zur Verfügung stehenden Kavallerie bereits vor Ort. Sallustius hätte in der prächtigen Residenz des Präfekten am Meer warten oder sich der Verstärkung anschließen können, die gerade im Aufbruch war. Er hatte sich aus zwei Gründen entschieden, sie zu begleiten. Zum einen wollte er die Situation in der Hauptstadt Judäas klären, auf der anderen Seite einen Blick in die Archive des Prätoriums werfen, um Klarheit in die Geschichte des Auferstandenen zu bringen.

Außerdem schien Corbulo nicht gerade begeistert zu sein, ihn wiederzusehen. Ganz im Gegenteil. Er hatte die erste Gelegenheit genutzt, ihn wieder fortzuschicken. Neros Spione würden in Rom berichten, dass im Hinblick auf das kaiserliche Vermögen eine heikle Untersuchung in Judäa notwendig wäre und man den besten Mann schicken müsste, aber Sallustius wusste, dass dem nicht so war. Er hatte es sofort an der Art begriffen, wie der Legat ihn begrüßt hatte. Er war höflich, aber kühl gewesen, ganz anders als die väterliche Zuneigung, die er ihm beim Abschied vor zwei Jahren entgegengebracht hatte. Der Tribun fragte sich, was man Corbulo berichtet hatte. Der Kommandant des östlichen Heeres hatte gute Informanten in Rom, vielleicht hatte er nicht nur von seinem Auftreten in der Öffentlichkeit, sondern auch von seinem Privatleben erfahren. Von der Bitte des Imperators konnte er nichts wissen, gänzlich ausgeschlossen aber war auch das nicht. Deshalb seine Mission nach Judäa. Dann käme die nächste. Vielleicht nach Ägypten, nach Pontus oder wer weiß, wohin. Vielleicht hatte der Kaiser mit seinem Verdacht recht gehabt?

Ein Reiter im Galopp erregte seine Aufmerksamkeit. Er brachte das Pferd vor Sallustius und Metilius zum Stehen und schien verblüfft, einen Tribun vor sich zu sehen.

»Ave, Tribun, ich bin Lucius Fonteius Capito. Der Präfekt Florus hat mich geschickt, um Euch mitzuteilen, dass die Stadt kurz vor einer Revolte steht. Er bittet Euch, in Kriegsformation zu marschieren und nicht auf die Begrüßung der Judäer zu antworten, denn sie werden versuchen, Eure Linien zu durchbrechen, um Euch zu entwaffnen und anzugreifen.«

Das geht ja gut los, dachte Sallustius. Er gab Metilius ein Zeichen, der die nötigen Befehle erteilte. Die tausend Legionäre nahmen die befohlene Formation ein, mit der sie das feindliche Gebiet betreten würden: die zweite Kohorte an der Spitze, dann die von Ochsen gezogenen Wagen, die von einem *manipulus* der dritten Kohorte geschützt wurden, die mit den beiden anderen die Nachhut bildeten. Die hundertfünfzig Reiter teilten sich in zwei seitliche *turmae*.

Kurz danach kamen den Soldaten Tausende von Judäern entgegen. Ihnen voran schritten Priester mit den heiligen Schriften und die Kitharaspieler. Sie riefen ihnen auf Griechisch Begrüßungen entgegen. Vielleicht sollte dies keine Provokation sein, wirkte aber so. Niemand antwortete, und die ersten Soldaten bahnten sich einen Weg durch die Menschen hindurch. Nicht lange, und die Begrüßungen verwandelten sich in Schimpftiraden gegen Florus, dann folgten Steinwürfe gegen die römischen Schilde. Auf ein Signal von Sallustius hin rückte die Kavallerie vor, die Lanzen nutzten sie als Stöcke. Einige Judäer wurden umgestoßen und endeten unter den Hufen der Pferde, andere flohen. Als die Legionäre die Stadttore passierten, bemerkten sie, dass die Bewohner sich auch gegen Florus' Truppen auflehnten. Von den Dächern flogen Ziegel, Steine und andere Gegenstände. Einige römische Soldaten wurden getroffen, viele Pferde scheuten und ließen das Chaos nur noch größer werden.

Der Einzug in die Stadt verwandelte sich in eine Schlacht.

Sallustius sah einen alten Priester mit zerschmettertem Kopf in einer Blutlache am Boden liegen und befahl Metilius: »Lass die Männer nicht in die Gassen ausschwärmen. Die *manipuli* bleiben kompakt. Sie halten ihre Position und besetzen die Häuser in der Nähe.« Dann wandte er sich an Capito. »Bring mich sofort zu Florus.«

Der Präfekt von Judäa, Gessius Florus, gehörte zum Ritterstand und schien äußerst überrascht, Gaius Sallustius Crispus vor sich zu sehen, einen Tribun im Rang eines Senators, persönlicher Freund des Kaisers und, als ob das nicht schon genug wäre, auch noch von Corbulo gesandt, dem mächtigsten Mann der östlichen Provinzen, dank der *potestas proconsulare*.

Sie befanden sich in einem der Säle des prächtigen Palastes von Herodes, in der Nähe der drei Türme Hippicus, Phasael und Mariamne, die zusammen mit der Stadtmauer und der Festung Antonia die Verteidigungsmauer von Hierosolyma bildeten. Der Hausherr, König Agrippa, war in Ägypten, um dem neuen Präfekten der Provinz seine Aufwartung zu machen. Sallustius kam gleich zur Sache: »Florus, erkläre mir, was hier vorgeht!«

»Das habt Ihr selbst gesehen. Die Judäer begehren auf. Schon vor einigen Tagen haben meine Männer einen Aufstand niederschlagen müssen. Jetzt heißt es, sie würden den Säulengang niederreißen, der den Tempel mit der Festung auf der anderen Seite der Stadt verbindet. Es war der Wunsch der Götter, dass Ihr gerade heute eintrefft. Mit vereinten Kräften können wir sofort angreifen und ihren Tempel erobern, ein echtes Schlangennest.«

»Wie viele Männer hast du zur Verfügung?«

»Zwei Hilfskohorten, eine in der Garnison hier vor Ort und eine, die ich mit nach Caesarea gebracht habe, mit dreihundert Reitern.«

»Und wie viele Einwohner hat Hierosolyma?«

»Etwa hundertzwanzigtausend.«

Sallustius verzog das Gesicht. Die römische Streitmacht verfügte über nicht einmal mehr als zweitausend Mann.

»Die Bewohner, die wir vor der Stadt getroffen haben, schienen keine feindseligen Absichten zu hegen. Erst als wir deine Anweisungen befolgt haben, ist die Situation eskaliert.«

»Das war eine Falle. Sie wollten Euch hinterhältig angreifen, Eure Waffen an sich bringen und Euch umbringen.«

»Das mag sein, aber ich will mir erst ein eigenes Bild machen, bis ich in einer solch großen Stadt und mit den Männern der zwölften Legion, die ich noch nicht kenne, einen Krieg beginne. In den Gassen können wir nichts ausrichten, und wenn wir scheitern, besteht die Gefahr einer Revolte in ganz Judäa. Ich schlage vor, dass wir zunächst hierbleiben und uns organisieren. Vielleicht können wir in den nächsten Tagen einen detaillierten Angriffsplan erarbeiten. In der Zwischenzeit schicken wir Reiter zum syrischen Statthalter Cestius Gallus mit der Bitte um Verstärkung.«

Florus nickte. Der »Vorschlag« des Gesandten von Corbulo war offensichtlich ein Befehl.

Später, tief in der Nacht, wälzte sich Sallustius auf seinem Lager hin und her. In dem großen Zimmer, das man ihm zur Verfügung gestellt hatte, konnte er nicht schlafen. Es war so ganz anders als die Zelte der Legionäre oder die für die Nachtruhe bestimmten *cubicula* in römischen Häusern. Jemand klopfte an die Tür.

»Wer ist da?«, fragte der Tribun. Der wachhabende Legionär betrat, mit einer Fackel in der Hand, das Zimmer und schloss die Tür hinter sich. Mit leiser Stimme sagte er: »Eine junge Frau, die behauptet, sie sei Prinzessin Berenike, möchte Euch sprechen, Tribun.«

Sallustius warf sich schnell die Tunika über und legte die Beinlinge an, dann entzündete er eine Fackel an der Wand.

»Lass sie hereinkommen.«

Der Legionär verließ das Zimmer, und einen Moment später trat eine junge Frau ein. Für einen Moment hatte Sallustius Anahita erwartet, aber sie war ganz anders: groß gewachsen, braune Locken, spitze Nase. Nur die dunklen Augen erinnerten an seine Prinzessin. Sie trug eine eng anliegende weiße Seidentunika, die ihre Körperformen betonte.

»*Shalom*, Sallustius Crispus.«

»Du kennst mich?«

»Euren Namen, ja, und ich weiß, wer Euch geschickt hat. Und sogar, wessen Freund Ihr seid.«

»Aber ich weiß nichts über dich …«

»Ich bin Berenike, Stiefschwester von Agrippa, König von Judäa und treuer Vasall Caesars. Entschuldige, dass ich Euch um diese Stunde behellige, aber ich musste Euch allein treffen.«

»Warum?«

»Weil ich die Einzige bin, die Euch erzählen kann, was in den letzten Tagen in Jeruschalajim geschehen ist. Ich war in der Stadt, um nach einer schweren Krankheit ein Gelöbnis einzulösen, als ich Zeugin des Massakers wurde.«

»Welches Massaker?«

»Florus hat es befohlen, er hat alles ins Rollen gebracht. Zuerst hat er unser Volk aus Caesarea vertrieben, dann hat er aus dem Tempel siebzehn Talent Gold genommen. Das hat natürlich den Zorn des Volkes erregt. Daraufhin ist er persönlich mit seinen Soldaten aufgetaucht und hat von der Versammlung die Herausgabe jener Männer gefordert, die sich gegen ihn gewandt haben. Die Priester haben geantwortet, dass es nur junge Männer gewesen seien, die bereits Buße getan hätten. Dennoch hat Florus Truppen auf den oberen Platz geschickt mit dem Befehl, sie zu töten. Diese Bestien haben auf unglaublich grausame Weise Hunderte von Menschen getötet. Sie hätten auch mich getötet, wenn meine Wachen mich nicht hierhergebracht hätten. Wie eine Bittstellerin habe ich mich sogar barfüßig vor Florus' Gericht begeben, um dem Einhalt zu gebieten, aber vergeblich. Er hat weiter ungerührt Unschuldige zum Tode am Kreuz verurteilt. Bis heute sind es mehr als sechshundert.«

»Und warum sollte er das tun?«

»Weil er sich einen Teil der Tribute, die Caesar zugestanden hätten, in die eigene Tasche gesteckt hat. Um die gestohlenen Beträge zu ersetzen, hat er die Talente aus dem heiligen Schatz genommen. Im Angesicht der Proteste hat er dann entschieden, dass nur der Ausbruch einer großen Revolte seine Missetaten decken könnte. Ich habe schon an Cestius Gallus in Antiochia geschrieben und ihm berichtet, was vorgefallen ist. Weder ich noch meine Brüder wollen eine Revolte, die auch für Rom unheilvoll wäre. Schickt Florus und seine Männer sofort weg und bleibt selbst mit der Kohorte hier, die heute die Nachhut war und nicht gekämpft hat. Dann sollten sich die Gemüter wieder beruhigen.«

»Aber mit einer einzigen Kohorte kann ich die Stadt nicht kontrollieren.«

»Mein Bruder hat zweitausend Reiter und andere Truppen, die deine Legionäre unterstützen können. Noch mehr Römer in der Stadt zu lassen würde die Situation nur schlimmer machen, und in diesem Fall würden auch vier Kohorten nichts nutzen.«

Sallustius stellte fest, dass die junge Frau sehr gut über seine Streitkräfte informiert war. Und doch hatte sie recht.

Wenn sich die Stadt erheben würde, könnten sie kaum etwas ausrichten. Der Tribun sah ihr fest in die Augen und sah die von Anahita in ihnen. Er beschloss, ihr zu vertrauen.

Am Morgen, drei Tage später

Vom höchsten Turm der Festung Antonia aus bewunderte Sallustius die goldene Kuppel des Tempels von Hierosolyma. Es war ein einzigartiger Anblick. Nicht mal in Rom oder Griechenland hatte er etwas Vergleichbares gesehen. Selbst die scharfen Spitzen am höchsten Punkt, um Vögel abzuwehren, waren aus Gold. Der Tribun konnte den Tempel nicht betreten, ohne neue Unruhen auszulösen, aber die Vorstellung des jüdischen Gottes, dessen Namen nicht ausgesprochen werden durfte, der unsichtbar und unerreichbar war, machte ihn neugierig. Im Innersten und Heiligsten des Tempels, das nach Osten nur von einem riesigen Vorhang verschlossen war und das man das Allerheiligste nannte, befand sich nichts.

Nach Florus' Abreise war Ruhe in die Stadt eingekehrt, es wurde mit dem Wiederaufbau des Säulengangs begonnen, der die Festung mit dem Tempel verband. Die Festung Antonia war von Herodes errichtet worden und verdankte ihren Namen dem Triumvirat Marcus Antonius, der den König Judäas geschützt hatte. Nicht einmal als Antonius' Erzrivale Octavian an die Macht gekommen war, wurde der Name geändert. Sie stand in der nordwestlichen Ecke des Tempels, war quadratisch, mit Türmen an den Ecken. Der höchste überragte den Tempel auf der Höhe des Vorhofs der Heiden. Im Inneren sah es aus wie in einem Königspalast, mit prächtig eingerichteten Räumen, Säulengängen, Bädern und einer großen Kaserne. Man hatte sie als Verteidigung für den Tempel gebaut, gleichzeitig stellte sie aber auch eine Gefahr für den Tempel dar. Meist war eine Hilfskohorte dort stationiert, die während der Feste unter den Säulengängen Aufstellung nahm, um Unruhen zu vermeiden. Im Augenblick bestand die Wache nur aus einem *manipulus* der dritten Kohorte der zwölften Legion und zweihundert Soldaten von Agrippa. Die anderen beiden *manipuli* waren mit Metilius unterwegs und kontrollieren den Palast des Herodes und die Türme in der Nähe. Florus wurde von den Legionären der zweiten Kohorte und der Hilfskohorte begleitet. Alle, bis auf einen, der unten auf Sallustius wartete.

Die Sonne strahlte jetzt intensiver, und der Tribun ging auf den Hof. Als er ihn kommen sah, trat der alte Zenturio vor und salutierte.

»Ave, Tribun.«

»Ave, bist du der Verwalter der Archive?«

»Valerius Rodicus, erste Kohorte Judäas. Zu Euren Diensten.«

»Du bist kein Judäer.«

»Nein, Tribun, ich bin Grieche.«

»Seit wann bist du hier?«

»Seit fast dreißig Jahren.«

»Warst du auch unter der Herrschaft von Tiberius Caesar hier?«

»Nein, so alt bin ich nicht. Ich bin unter Gaius Caesar zur Armee gekommen.«

»Kannst du lesen?«

»Natürlich, sowohl Latein als auch Griechisch, sonst könnte ich diese Arbeit nicht verrichten.«

»Hör gut zu. Ich habe darum gebeten, dass du in der Stadt bleibst, weil ich die Berichte eines alten Prozesses einsehen muss, der sich hier in Hierosolyma zu Zeiten von Pontius Pilatus abgespielt hat, gegen einen gewissen Jesus Christus.«

Der Alte schien erstaunt.

»Hast du schon von ihm gehört?«

»Jeder hier hat schon von Yoshua ben-Hazri, Jesus, dem Nazarener, gehört. Er hatte nicht viele Anhänger unter den Judäern, viele seiner Gefolgsleute wurden in den letzten Jahren getötet.«

»Genau der. Du musst mir die Berichte besorgen, die seine Person betreffen.«

Der Zenturio öffnete mit einem großen Bronzeschlüssel die Tür. Sie betraten einen großen Raum, an dessen hohen Wänden Regale standen, die mit zylinderförmigen Behältern gefüllt waren. Mit einem Stock schob Valerius Rodicus die Vorhänge beiseite, damit Licht ins Zimmer fiel. Alles war sehr staubig, und Sallustius musste husten. Der Zenturio griff nach einer Leiter, stellte sie an ein Regal und stieg nach oben.

»Das ist nur ein Lager. Der Prätor ist nicht in Antonia,

und der Präfekt hält immer seltener Gericht in Hierosolyma. Er bleibt lieber in Caesarea«, erklärte er, um den etwas vernachlässigten Zustand zu rechtfertigen.

»Außer in den vergangenen Tagen.«

Der Alte lachte. »Ich glaube nicht, dass es von den letzten Prozessen Berichte gibt, bei mir ist jedenfalls nichts angekommen.«

Sallustius blieb ernst, und das Lächeln des Alten erstarb.
Im Regal hatte er nichts gefunden. Er stieg flink nach unten und versuchte es an einer anderen Stelle. Für sein Alter
war er erstaunlich agil. Dieses Mal hatte er mehr Glück.

»Hier sind die Berichte aus der Zeit von Pontius Pilatus.
Ihr müsst etwas Geduld haben, ich muss sie alle durchse-
hen.«

»Wir haben genug Zeit. Reich sie mir herüber.«

Nach und nach öffnete Sallustius die Behälter, überflog
rasch den Inhalt und warf die Dokumente zu Boden. Endlich entdeckte er den Namen *Nazarenus*. Er hielt inne, um
zu lesen. Es war genau das, was er gesucht hatte: Er hielt
den Bericht in Händen, den Pontius Pilatus an Tiberius geschickt hatte, dessen Original in der *domus transitoria* verbrannt war.

Nach der Lektüre kam ihm ein Gedanke. Und wenn jemand Rom angezündet hatte, nur um diesen Bericht zu
vernichten?

Nachdenklich rollte er das Pergament zusammen und
steckte es in den Behälter zurück.

»Das nehme ich mit. Schauen wir, ob es noch mehr
gibt.«

Sie fanden sonst nichts. Als er ging, verabschiedete sich der Tribun nicht, sondern sagte nur: »Räum das wieder auf.«

Sechster Tag vor den Kalenden des Sextilis (27. Juli 66 n. Chr.)

Seit zwei Tagen wurde Antonia belagert. Hierosolyma hatte sich gegen Agrippa und die Versammlung aufgelehnt und sie der Komplizenschaft mit den Römern verdächtigt. Cestius Gallus wiederum hatte nichts getan, um den Krieg zu vermeiden, er hatte sogar mit der Mobilisierung der Zwölften und der Hilfstruppen weitere vierzig Talente als Tribut für Caesar verlangt. Für die Judäer kam dies einer Provokation gleich, aber Sallustius wusste, dass dem nicht so war und dies auch nicht vom Statthalter ausging. Der Wiederaufbau Roms lastete auf den Provinzen, und wenn Nero das Gold des Tempels gesehen hätte, wären seine Forderungen noch höher ausgefallen.

Just dort im Tempel war die Revolte ausgebrochen. Einige Priester hatten die täglichen Opfer zu Ehren Caesars verweigert. Daraufhin hatten Agrippas Soldaten eingegriffen, waren aber von der schreienden und metzelnden Meute auf den Straßen überwältigt worden. Denn die Rebellen waren gut ausgerüstet mit Lanzen, Schwertern, Schilden und Bogen, die sie einige Tage zuvor in der Festung Masada, einer Felsenfestung etwa sechzig Meilen südlich von Hierosolyma entfernt, geraubt hatten.

Agrippa hatte die Kavallerie eingreifen lassen, nach langen, erbitterten Kämpfen in der Oberstadt hatte sich die Reiterei am Ende aber zurückziehen müssen. Daraufhin hatte der König Sallustius eine Nachricht geschickt und bot sich an, mit Berenike die Stadt zu verlassen und sich ihm anzuschließen. Der Tribun hatte abgelehnt. Seine Ehre und die Ehre Roms ließen das nicht zu. Er würde die Festung so lange verteidigen wie möglich und sich dann zurückziehen. Beim Bau des Tempels, der Antonia, des Palastes und der Türme hatte Herodes auch ein Tunnelsystem vorgesehen, das die Gebäude miteinander verband. Mit der Zeit gerieten die unterirdischen Gänge in Vergessenheit, waren eingestürzt oder baufällig, aber unter dem Hauptturm und dem Palast gab es einen, der noch gut erhalten war. Auf diese Weise hätte Sallustius' *manipulus* Metilius und den Rest der Kohorte erreichen können.

Sallustius' Männer hatten Nahrung, genug Waffen und eine Zisterne voll Wasser. Sie würden monatelang bis zur Ankunft von Gallus ausharren können. Das wussten auch die Judäer und beschlossen, nicht zu warten.

Der Angriff kam von allen vier Seiten. Mit langen Leitern erklommen sie die Mauern, während ein massiver Stamm als Rammbock an der Tür eingesetzt wurde.

Der Tribun hatte eine Zenturie auf dem Bollwerk positioniert, eine andere war mit ihm im Innenhof verblieben und stand, wenn nötig, bereit. Trotz des Pfeilhagels hielt das Tor nicht lange stand, und eine Masse Judäer strömte in den Hof. Die Zenturie startete einen Gegenangriff, und ein grausamer Kampf begann.

Sallustius rammte sein Schwert in den Bauch eines jungen Mannes und kickte ihn mit einem Fußtritt beiseite. Er wich einer Lanze aus, ergriff die Waffe, riss sie dem Rebellen aus der Hand und schlug ihm mit seinem Schwert auf den Kopf. Die Rebellen waren zwar in der Überzahl, hatten aber nicht mit einer so entschlossenen Gegenwehr gerechnet. Sie wichen zurück, während auf der anderen Seite die Zenturie vom Bollwerk in den Hof hinabstieg, verfolgt von Angreifern, denen es gelungen war, über die Mauer zu klettern. Sallustius war klar, dass der Moment des Rückzugs gekommen war. Er schrie das vereinbarte Signal: »*Taurus!*« Der Stier war das Symbol seiner Legion und erinnerte ihn an Anahita. Die Legionäre sammelten sich am Hauptturm. Sallustius blieb bei den Männern, die den Eingang schützten und Befehl hatten, den Rückzug zu decken. In diesem Moment traf ihn ein Wurfspeer in die rechte Seite unterhalb des Brustpanzers und ließ ihn zu Boden sinken. Ein unerträglicher Schmerz durchfuhr ihn, er blutete stark. Ein Zenturio half ihm wieder auf die Beine. Die kleine Amphore, die er immer an einer Schnur um den Hals trug, war zu Boden gefallen, mühsam hob er sie auf. »Beeilt Euch, Tribun«, rief ihm der Zenturio zu, »wir halten sie zurück!«

Sallustius betrat den Turm und lief die Treppen zum unterirdischen Gang hinunter, dabei stützte er sich an den Wänden ab. Einige Legionäre überholten ihn und ließen ihn hinter sich, während hinter ihnen die Kampfgeräusche leiser wurden. Er presste sich die Hand auf die Wunde und versuchte, schneller zu laufen, aber der Schmerz war zu stark. Er hatte einen Haufen Fackeln an den Eingang des

Ganges legen lassen, noch waren einige da. Er nahm sich eine davon, entzündete sie und ging weiter. Die Kräfte verließen ihn, er hörte nur seinen eigenen Atem. Vor ihm teilte sich der Gang, und er meinte Anahitas Stimme zu hören, die von links nach ihm rief: »Gaius, Gaius ...« Er schrie: »Wo bist du? Ich bin hier!«

Er folgte der Stimme, bis ihm klar wurde, dass er den falschen Gang genommen hatte. Im zitternden Licht der Fackeln meinte er eine Silhouette zu sehen, einen alten Mann mit weißem Bart, gekleidet in einer weißen Tunika. Als er sich ihm näherte, erkannte er ihn: »Kefa!« Doch der Mann drehte sich um und ging davon. Sallustius versuchte, in dem immer enger werdenden Gang schneller zu laufen. Er fühlte nicht einmal mehr den Schmerz, konnte ihn aber trotzdem nicht einholen. Er schrie: »Warte auf mich! Ich weiß, was passiert ist ...«

Ihm wurde kalt, sehr kalt, dann stolperte er und fiel zu Boden. Als er sich an einem Balken nach oben ziehen wollte, gab dieser nach, und krachend stürzte die Decke ein. Die Steine begruben ihn unter sich.

Kapitel 26

Der Bericht von Pontius Pilatus

C. Pontius Pilatus Praefectus Iudaeae Tiberio Iulio Caesare Imperatori salutem dicit.

Ich schreibe Euch aus Hierosolyma, wo ich wie jedes Jahr an den Festlichkeiten teilnehme, die die Judäer Pessach nennen. Das Fest zieht viele Menschen an, es sind dreimal mehr in der Stadt als üblich. Besonders geschäftig geht es im Bereich des Tempels zu, da dort die seltsamen Riten dieses Volkes gefeiert werden. Aus diesem Grund habe ich dort die Kohorte der zwölften Legion, die aus Syrien von der Festung Antonia zur Verstärkung eingetroffen ist, positioniert. In den Kalenden des April, direkt vor dem Fest, kam es in der Stadt zu Unruhen mit einigen Toten. Zwei Zeloten aus den Reihen der Rebellen wurden in diesem Zusammenhang festgenommen. Am gleichen Tag erregte ein Tumult im Innenhof des Tempels die Aufmerksamkeit der Legionäre aus Antonia. Nachdem mich der Zenturio Primus Pilus verständigt hatte, veranlasste ich sofort Untersuchungen, auch mithilfe unserer Spione. Wie es aussieht, wurde der Tumult von einem der vielen Prediger provoziert, der wegen der Festlichkeiten nach Hierosolyma gekommen war: Er hat die

Tische der Geldwechsler umgeworfen und die Vogelhändler, die Tiere für die Opferungen verkauften, angegriffen. Die judäischen Wachen konnten ihn nicht bremsen und auch den Menschenauflauf nicht verhindern, der sich um ihn herum gebildet hatte. Der Prediger ist ein bekannter Aufwiegler aus Galiläa, ein gewisser Nazarener, der, von Aberglaube und aufrührerischen Ideen durchdrungen, durch Galiläa und Judäa zieht und behauptet, der Sohn Gottes zu sein. Er sei der lang erwartete Messias, der die Judäer vom Joch Roms befreien wird. Einige Tage zuvor war er auf einem Esel in die Stadt geritten gekommen und von den Pilgern als Sohn Davids, des alten Königs der Judäer, begrüßt worden. Das Ganze gründet auf einer alten Prophezeiung, nach der der Befreier von Hierosolyma auf einem Esel in die Stadt einziehen würde. Nachdem ich das alles wusste, habe ich die Kohorten in Alarmbereitschaft versetzt und den höchsten judäischen Hohepriester Kajaphas zu mir bestellt, um ihn zur Rechenschaft zu ziehen. Auf meine Frage, warum die Tempelwächter den Agitator nicht festgenommen und die Menschenmenge aufgelöst hätten, antwortete er mit seiner für ihn charakteristischen Hinterhältigkeit, dass es nicht um einen Aufstand, sondern nur um eine Diskussion über die Einhaltung der Riten ging. Er hat das Problem entweder unterschätzt oder war selbst darin verwickelt. Bei einer solch großen Menschenansammlung kann jede Auseinandersetzung gefährlich werden. Ich habe Kajaphas befohlen, den Agitator aufzuspüren und an seiner Verhaftung mitzuwirken, ansonsten würde ich den Hohen Rat der Komplizenschaft bezichtigen. Er musste also einwilligen. In der Nacht des vierten Tages vor den Nonen des April hat der Primus Pilus mit einer Zenturie und einigen judäischen Kohorten den Agitator gefasst, der sich auf einen Berg außerhalb der Stadtmauern zurückgezogen hatte. Am Morgen des folgenden Tages habe ich ihn in camera – *unter Ausschluss der Öffentlichkeit* – vor Gericht gestellt und zusammen mit den verhafteten Zeloten zur Höchststrafe wegen Hochverrats verurteilt. Die Strafe wurde unverzüglich auf dem Berg hinter dem Tempel vollstreckt, sodass die Kreuze für alle sichtbar waren – als Warnung, welches Schicksal auf jene wartet, die sich Rom entgegenstellen. Am Nachmittag haben mich einige Mitglieder des Hohen Rates um das Crurifragium gebeten, damit die drei Leichname vor dem Abend abgenommen werden konnten. Da nach Sonnenuntergang der Feiertag beginnen würde, fürchteten sie, dass die Leichen während der Nacht befleckt werden könnten. Deshalb habe ich die drei töten und vom Kreuz nehmen lassen. Am nächsten Morgen wurde mir jedoch berichtet, dass der Agitator von einem Mitglied des Hohen Rates mit allen Ehren in einem Felsengrab beerdigt worden war. Ich befahl daher dem Zenturio, ihn in aller Heimlichkeit noch in der gleichen Nacht heimlich fortzuschaffen und in einer nahe gelegenen Höhle zu beerdigen. Das Zögern von Kajaphas und die Umstände des Begräbnisses lassen vermuten, dass der Hohe Rat vom Tod des Agitators profitieren wollte, um eine Revolte anzuzetteln, aber ich glaube, dass mein entschlossenes Handeln diesen Plan vereitelt hat. In der Stadt ist es mittlerweile ruhig, und nach den Festlichkeiten leert sie sich auch wieder. Ich werde bald nach Caesarea zurückreisen, aus den genannten Gründen lasse ich die Kohorte der Legion aber noch einige Zeit hier, um die Antonia zu überwachen.

Ich habe auch L. Pomponius Flaccus von all dem berichtet.

Vale. Id. Apr.

Kapitel 27

Corpus Domini

Akkon, 30. Mai 1250

Das Gesicht von Rinaldo di Parma war kreidebleich. Seine Hände, die das Pergament in der Hand hielten, zitterten heftig. Er blickte auf und sagte mit brüchiger Stimme: »Das kann nicht sein. Das ist eine Fälschung.«

»Warum?«, fragte ihn Umberto ruhig.

»Weil unser Herrgott gestorben und wieder auferstanden ist.«

»Aber von Auferstehung steht hier nichts.«

Der Mönch hörte ihn nicht.

»Paulus hat geschrieben, dass ohne die Auferstehung Jesu Christi unsere Verkündigung leer und unser Glaube sinnlos wäre. Wir wären dann auch als falsche Zeugen Gottes entlarvt, weil wir im Widerspruch zu Gott das Zeugnis abgelegt haben: Er hat Christus auferweckt. Alles, was wir sind, beruht auf der Auferstehung. Nicht auf der Erweckung der Toten wie bei Lazarus, dem Jüngling von Naïn oder der Tochter des Jaïrus, die unser Herr erst zum Leben erweckt hat und die dann wieder eines natürlichen Todes gestorben sind, sondern es geht um den endgültigen Sieg über den Tod und das ewige Leben. Ohne die Auferstehung wäre Jesus nur ein Mensch, ein außergewöhnlicher Mensch natürlich. Ein großer Botschafter der Liebe und des Friedens, wenn man so will auch ein Prophet, ein Philosoph, aber nicht Christus, Gottes Sohn.«

»Aber könnte die Auferstehung nicht etwas Spirituelles gewesen sein, eine Auferstehung der Seele und nicht des Körpers?«

Rinaldo di Parma musterte sein Gegenüber aufmerksam und voller Respekt. Der Gesandte des Kaisers war sicher kein Theologe, aber ein intelligenter Mann, der sich schon einige kluge Fragen gestellt hatte.

»Christus ist leibhaftig auferstanden«, antwortete er mit fester Stimme. »Natürlich bedeutet die Auferstehung das Eintreten in eine neue Dimension der Liebe und des Friedens und kann auch mit einer Verwandlung einhergehen. Nach Lukas haben die beiden Apostel, die den auferstandenen Jesus in Emmaus gesehen haben, ihn nicht erkannt; Johannes sagt Maria Magdalena, er habe ihn mit einem Gärtner verwechselt, Matthäus schreibt, dass einige Zweifel hatten, als sie ihn gesehen haben. Das wäre nicht zu erklären, wenn Jesus seine Gestalt behalten hätte. Aber wir wissen, dass es um eine körperliche Auferstehung geht, Thomas hat ihn berühren wollen, und dass das Grab deshalb leer gewesen sein muss. Wenn dieses Pergament authentisch ist und die Wahrheit erzählt, dann wäre das eine andere Erklärung für das leere Grab, die Gerüchte der Judäer, dass der Körper von Jesus von seinen eigenen Jüngern entwendet worden ist, wäre wahr. Nach tausendzweihundert Jahren.«

»Aber Jesus hatte keine ehrenvolle Bestattung.«

Rinaldo meinte: »Nun ja, das ist das Unverständnis des Nikodemus.« Umberto sah ihn fragend an, und er fügte hinzu: »Wie Ihr wisst, liefern die Evangelien nicht alle die gleiche Beschreibung. Nach Markus hat Josef von Arimathäa, Mitglied des Hohen Rates, am Abend Pilatus um Jesu Körper gebeten. Pilatus fragte sich, ob er wohl schon tot sei, und schickte den Zenturio aus, um es zu überprüfen. Josef kaufte ein Leintuch, hüllte unseren Herrn darin ein und legte ihn in ein Felsengrab. Matthäus fügte hinzu, dass das Grab frisch ausgehoben war und eben für jenen Josef von Arimathäa bestimmt war. Man verschloss es mit einem großen Stein. In der Version des Lukas heißt es, dass die Frauen, die mit Jesus aus Galiläa gekommen waren, Josef folgten, das Grab sahen und beobachteten, wie man den Toten hineinlegte. Sie kehrten in die Stadt zurück, um Aromen und Salben zuzubereiten. Am Samstag hielten sie Ruhe, und am Sonntag fanden sie den Stein zur Seite gerollt, das Grab leer. Sie sahen zwei Männer in glänzend weißen Kleidern, die ihnen die Auferstehung verkündet haben. Johannes hingegen beschreibt ein Begräbnis an anderer Stelle, dabei spielt Nikodemus eine Rolle, einer der Anführer der Juden, den Jesus einmal als Gelehrten Israels genannt hat. Er ist mit Josef von Arimathäa bei Jesus gewesen und hat etwa dreißig Kilogramm einer Mischung aus Myrrhe und Aloe mitgebracht, um seinen Körper damit einzureiben, dann hat man ihn nach jüdischem Brauch mit Leinentüchern umwickelt. Unser Herr wurde daraufhin in ein neues Grab gelebt, in einen Garten nahe der Hinrichtungsstätte.«

Rinaldo schwieg, aber Umberto hatte noch immer nicht verstanden.

»Und dann?«, fragte er.

»Der Punkt ist, dass im Evangelium des Johannes Jesus von zwei hohen judäischen Persönlichkeiten begraben wurde, Mitgliedern des Hohen Rates, die riesige Menge an Myrrhe und Aloe, die Nikodemus mitgebracht hat, muss damals etwas außergewöhnlich Wertvolles gewesen sein, einzigartig. Myrrhe ist eines der Aromen, die die Heiligen Drei Könige unserem Herrn gebracht haben, und wird oft in der Bibel erwähnt, im Hohelied, in den Psalmen, der Genesis und dem Exodus. Aloe gilt seit der Antike als magische Pflanze, ein Allheilmittel. Die Bibel spricht davon, Aristoteles und Plinius, und wie es scheint, wurden in Ägypten zu Zeiten von Moses die Bandagen der toten Könige darin getränkt, um ihnen das ewige Leben zu garantieren. Vielleicht stammt daher die jüdische Bestattungstradition. In jedem Fall war das ein Begräbnis in allen Ehren. Darauf spielt dieser Text an. Er bestätigt die Version von Johannes, was aus römischer Perspektive zu Unruhe geführt hat ...«

»Wurde das Grab nicht bewacht?«

»Matthäus berichtet, dass am Tag nach dem Begräbnis die obersten Priester und die Pharisäer zu Pilatus gingen und ihm sagten, Jesus hätte behauptet, drei Tage nach seinem Tod aufzuerstehen. Sie baten ihn deshalb, das Grab bewachen zu lassen, damit seine Jünger den Körper nicht stehlen und das Gerücht der Auferstehung verbreiten würden. Pilatus lehnte das ab und schlug den Hohen Rat als

Grabwache vor, wenn sie es denn für nötig hielten. Sodann versiegelten sie den Eingang des Grabes mit einem Stein und stellten einen Wachposten auf. Der Evangelist beschreibt weiter den Besuch von Maria Magdalena und der anderen Maria am Sonntag, dem ersten Tag der neuen Woche. Die beiden Frauen erlebten ein großes Erdbeben und sahen einen Engel des Herrn, der vom Himmel herabkam, den Stein vor dem Grab beiseitewälzte und sich darauf setzte. Er leuchtete hell wie ein Blitz und trug ein schneeweißes Gewand. Die Wächter stürzten vor Schreck wie tot zu Boden. Der Engel sagte ihnen, sie sollten keine Furcht haben und dass Jesus nicht mehr dort sei, weil er von den Toten auferstanden wäre. Die Auferstehung hatte also schon stattgefunden, ohne dass die Wachen und die Frauen etwas davon bemerkt hatten. Die Soldaten haben dann den Hohepriestern von dem Geschehen erzählt, und diese haben sie bezahlt, damit sie behaupten, die Jünger hätten den Toten in der Nacht, während sie schliefen, weggebracht. Die anderen Evangelisten schreiben weder etwas von der Bitte der Judäer, Pilatus möge das Grab bewachen, noch über das Auftauchen des Engels bei den Wächtern, dabei wäre das etwas unbedingt Erwähnenswertes gewesen. Außerdem, wenn es diese Bitte tatsächlich gegeben hätte und Pilatus den Leichnam hätte entfernen lassen, hätte er ja absurderweise die These der Auferstehung gestützt. Auch das wird durch Johannes' Erzählung bestätigt. Die Möglichkeit, dass jemand an eine Auferstehung glauben könnte, scheint Pontius Pilatus nicht im Mindesten in den Sinn gekommen zu sein.«

Rinaldo atmete tief durch, er wirkte mitgenommen.

Umberto fragte weiter: »Und wenn er trotzdem auferstanden ist? Wenn auch das zweite Grab leer war?«

Rinaldo antwortete nicht. Er studierte lange den Inhalt des Pergaments. Dann rief er: »Das ist verrückt, Pilatus! Angenommen, er hat das wirklich geschrieben, dann berichtet er nicht nur von einem zweiten Grab, er gibt uns auch weitere erstaunliche Informationen. Hier steht, dass es nicht die Judäer waren, die Jesus tot sehen wollten, sondern nur die Römer. Kajaphas hat ihn sogar verteidigt, zumindest zu Anfang, und er wird verdächtigt, ihn benutzen zu wollen. Die Anklage des Gottesmordes, unter der dieses Volk seit Jahrhunderten stand, wäre somit falsch. Noch vor dreißig Jahren hatte das Laterankonzil diese Anklage unterstützt, verbunden mit der Verpflichtung der Juden, sich einen gelben Ring auf die Kleidung zu nähen.«

Rinaldo stand auf, ging im Zimmer auf und ab und sprach weiter: »Markus, Matthäus und Lukas beschreiben den Prozess vor dem Hohen Rat. Bei genauer Betrachtung scheint das eine weitere Bestätigung für Johannes zu sein, der wusste, dass die Geschichten sich unterschieden. Er schreibt, dass Jesus von einer *speira*, einer römischen Kohorte, festgenommen wurde, zusammen mit einem Zenturio Primus Pilus, der auch in diesem Text erwähnt wird, und den Wächtern des Tempels. Außerdem spricht er nicht von irgendeinem Prozess vor dem Hohen Rat, sondern nur von einer merkwürdigen nächtlichen Befragung, die der alte Hohepriester Hannas, der Schwiegervater von Kajaphas, geführt hatte und bei dem es um die Lehren Jesu und seiner Jünger ging. Johannes dagegen zitiert Kajaphas mit einem auf den ersten Blick unerklärlichen Satz, der jetzt in einem ganz anderen Licht erscheint: ›Es ist besser, dass ein einziger Mensch für das Volk stirbt.‹«

»Als ob Jesus ein Opfer wäre, um die Juden vor weiterem Kummer zu retten?«

»Genau. Vielleicht haben Hannas und Kajaphas Jesus in dieser Nacht befragt … Vielleicht wollten sie ihn sogar retten und ihm sagen, was er am nächsten Morgen dem römischen Präfekten antworten sollte. Unglaublich.«

»Ihn sogar retten wollten?«

»Ihr werdet sicher bemerkt haben, dass es in diesem Text keinen Hinweis auf Pilatus' Forderung gegenüber dem Volk gibt, es möge sich zwischen Jesus und Barabbas entscheiden, von der auch Johannes erzählt, sondern von einem Prozess *in camera*, bei dem kein Publikum zugelassen ist.«

»Noch etwas, das die Juden entlastet.«

»Ganz genau. Und wir verfolgen sie seit mehr als tausend Jahren.« Rinaldo war jetzt nicht mehr zu halten. Mit starrem Blick auf die Terrakottafliesen auf dem Boden fuhr er fort: »Hier wird präzise der Ort der Kreuzigung beschrieben, und es ist nicht der, wo heute die Grabeskirche in Jerusalem steht, sondern der Ölberg. Die Bestattung unseres Herrn im Grab des Josef von Arimathäa hätte dann auf dem Friedhof am Ölberg stattgefunden. Und dort befand und befindet sich noch heute der größte Friedhof der Juden, nach dem Propheten Sacharja wird dort Gott ankommen. Möglich ist das. Ein Mitglied des Hohen Rates dürfte das eigene Grab an keinem anderen Ort vorgesehen haben. Und dann ... wartet einen Augenblick.«

Er stand auf, ging auf das Bücherregal zu und ließ den Blick über einige Bücher schweifen. Er musste nicht lange suchen.

»Ah, da ist es.«

Er nahm eine Leiter, lehnte sie ans Regal und stieg hinauf. Er versuchte, einen großen staubigen Band herauszuziehen. Er war so schwer, dass er fast das Gleichgewicht verlor.

»Helft mir«, wandte er sich an Umberto, »worauf wartet Ihr noch?«

Umberto ging zu ihm. Rinaldo reichte ihm den Kodex und deutete auf ein Lesepult.

»Legt ihn dorthin.«

Der Mönch stieg die Leiter wieder hinunter und begann das Buch durchzublättern. Ohne den Blick von den Seiten zu heben, erklärte er: »Das ist eine Kopie der *Demonstratio evangelica* von Eusebius, dem Bischof von Caesarea. Er war einer der ersten Historiker der Christenheit. Er lebte in der Epoche im Heiligen Land, in der Helena, die Mutter des Imperators Constantinus, das Grabmal Jesu unter dem Venustempel der Aelia Capitolina gefunden hat, wie die Römer Jerusalem nach einer der unzähligen Aufstände der Judäer genannt haben. Wie es aussieht, wurde sie von den Träumen ihres Sohnes in Rom geleitet.«

»Wenn ich mich nicht irre, hat Helena Kreuze gefunden.«

»Sie fand drei Kreuze, und ein Judäer zeigte ihr, wo sie

graben lassen musste. Ein gewisser Judas, der danach Christ und sogar ein Heiliger wurde, Sankt Cyriacus. Eusebius hegte tatsächlich gewisse Zweifel an dieser unglaublichen Geschichte, da die christliche Gemeinschaft in Jerusalem sich nicht daran erinnert, dass die Kreuzigung an diesem Ort stattgefunden haben soll. Außerdem vergruben die Römer die Kreuze nicht, es wäre völlig sinnlos gewesen. Aber die Mutter des Kaisers hat sie genau dort gefunden, wo der Sohn sie im Traum gesehen hat und wo die Grabeskirche erbaut wurde. Ah, hier ist die Passage, die ich gesucht habe.«

Er fuhr mit dem Finger unter den Zeilen entlang und las laut vor: »Es heißt, dass sich dieser Ölberg vor Jerusalem befindet, da er von Gott geschaffen wurde, auf den Resten des zerstörten antiken Jerusalem, wo man ihn verehrt hatte ... Auch der Prophet Hesekiel berichtet von diesem Ereignis, da er es dank des Heiligen Geistes gesehen hat. Er sagt: Aus der Mitte der Stadt erhebt sich der Ruhm Gottes und bleibt dann auf dem Berg vor der Stadt stehen. Bis zum heutigen Tage kann man den Sinn dieses Ganges sehen, wenn alle gläubigen Christen sich überall auf der Erde versammeln ... um den Ölberg vor Jerusalem zu bewundern, wo der Ruhm Gottes ruht, Gott, der die Stadt zuvor verlassen hatte ... sie bleiben vor den Füßen des Herrn und Retters stehen, am gleichen *Logos* Gottes, dank des menschlichen Gewands, das er auf dem Ölberg getragen hat. Es geschah nahe der Grotte, die sich dort gezeigt hat, als er betete und seinen Jüngern auf dem Ölberg die Geheimnisse dieser Geschichte enthüllt hat. Außerdem stieg er in den

Himmel auf, wie Lukas in der Geschichte der Apostel erzählt.«

Er schaute zu Umberto, der kaum etwas verstanden hatte, und fragte: »Was bedeutet das?«

»Das bedeutet, dass sich Eusebius auf den Ölberg konzentriert. Es gibt keinen Verweis auf einen anderen Ort. Er ist nicht nur der Ort der Auferstehung, denn hier steht ›außerdem‹ ist er in den Himmel aufgestiegen. Der Berg ist der Ort der Herrlichkeit und der Anbetung.«

»Und es könnte daher auch der Ort der Kreuzigung sein.«

»Schon zu Zeiten von Eusebius gab es dort eine Grotte, die man den Gläubigen zeigte. Warum eine Höhle?«

»Das Grab?«

»Ich weiß nicht. Ich weiß nicht mehr, was ich denken soll.«

»Der Sekretär des *qadi* von al-Quds sagt, dass der Imam des Felsendoms von einem Vorhang nach Osten gesprochen hat.«

»Ein Vorhang nach Osten?«

»Ja. Was mag das wohl heißen?«

Der Franziskaner dachte nach, dann sagte er: »Das Markusevangelium … Als Jesus starb, zerriss der Vorhang des Tempels in zwei Stücke, von oben bis unten. Deshalb sagte der Zenturio, der ihm gegenüberstand und sah, dass er so verschied: ›Wahrlich, dieser Mensch ist Gottes Sohn gewesen.‹ Der antike Tempel in Jerusalem stand genau auf dem Platz, auf dem heute die Moscheen zu finden sind, die al-Aqsa und der Felsendom. Das *sancta sanctorum* – das

Allerheiligste – war mit einem Vorhang nach Osten verschlossen. Um zu sagen, dass Christus tatsächlich Gottes Sohn ist, musste schon etwas Außergewöhnliches passiert sein, sicher nicht nur der Tod eines Gekreuzigten, das dürfte für ihn normal gewesen sein. Er hatte gesehen, wie sich der Vorhang des Tempels von selbst auseinanderriss, genau wie Markus es berichtet. Dann muss er sich aber auch östlich des Tempels befunden haben, das heißt auf dem Ölberg. Er kann sonst nirgends gewesen sein, und sicher nicht dort, wo heute die Grabeskirche steht, im Westen des Tempels, also genau auf der gegenüberliegenden Seite. Als das Markusevangelium geschrieben wurde, gab es jedenfalls noch direkte Zeugen der Kreuzigung, deshalb konnte jemand gesehen haben, wie der Vorhang zerrissen ist.«

»Der Imam hatte das erkannt.«

»Genau. Ibrahim al-Nasri war ein gebildeter Mann, intelligent und neugierig. Er kannte das Evangelium gut, und wie ich dir bereits gesagt habe, hatte er auch die Werke von Flavius Josephus gelesen. Besonders im Buch über den Jüdischen Krieg wird der Tempel des Herodes genau beschrieben. Als ich ihn das letzte Mal in Jerusalem getroffen habe, hat er lange über ein Thema gesprochen, das mir heute fast prophetisch vorkommt. Ihm zufolge könnte ein berühmtes Kapitel aus dem Werk von Flavius Josephus, in dem die Geschichte des Jüdischen Krieges beschrieben wird, von den Christen bei ihrer Abschrift geändert worden sein. Es handelt sich um das *Testimonium Flavianum*, das einzige nicht christliche Zeugnis, das wir von unserem Herrn haben. Seit der Antike wird es zitiert, unter anderem auch von Eusebius von Caesarea. Jesus wird explizit erwähnt, man nennt ihn Christus. Es wird beschrieben, dass Pilatus ihn kreuzigen ließ, ›angeklagt von denen unter uns, die uns führen‹, – für Josef natürlich gleichbedeutend mit den jüdischen Anführern. Es wird auch beschrieben, dass er am dritten Tag wieder lebendig unter denen auftaucht, die ihn geliebt haben und weiterhin lieben. Nun, Ibrahim sagte mir, dass er einen historischen Text gefunden habe, verfasst in arabischer Sprache vom christlichen Bischof Agapios von Hierapolis, den er Aghabiyus, den *Kitab al-'Unvan* oder *Weltgeschichte* genannt hat. Dort wird das, was Josef beschrieben hat, anders erzählt. Vor allem wird Jesus nicht als Christus bezeichnet, und es gibt keinerlei Hinweis auf die judäischen Anführer und ihre Anklage. Es wird dort nur berichtet, dass Pilatus ihn zum Tode am Kreuz verurteilte. Der Rest ist ungefähr gleich: Die Jünger behaupteten, dass er ihnen am dritten Tag nach der Kreuzigung leibhaftig erschienen sei und vielleicht der Messias sein könnte, von dem die Propheten Wunderbares berichtet hatten. Ibrahim erzählte stattdessen, dass Jesus, wie es auch der Koran sagt, nur von den Römern angeklagt und getötet wurde, die Juden wurden nicht erwähnt. Derselbe *titulus crucis*, also der auf dem Kreuz Jesu angegebene Grund für die Kreuzigung, der auch im Johannesevangelium genannt wird, *Iesus Nazarenus Rex Iudaeorum* – Jesus der Nazarenerkönig der Juden, würde ohne Zweifel ein *crimen laesae maiestatis,* eine Majestätsbeleidigung, darstellen und für alle Nichtrömer mit der Kreuzigung bestraft werden. Seiner Meinung nach haben die Christen, die Flavius Josephus'

Text kopieren mussten, entschieden, dass er so, wie er war, nicht bleiben konnte, und haben ihn verändert, während Agapios die Originalversion kopiert haben dürfte, wie sie in Ostbyzanz aufbewahrt wurde. Ich erinnere mich, dass ich ihm geantwortet habe, dass das nicht zwangsläufig heißt, dass die Christen die Veränderung vorgenommen und Agapios dagegen das Original kopiert haben. Aber dieses Pergament gibt ihm zumindest teilweise recht, weil Kajaphas bezüglich der Verhaftung mit Pilatus zusammengearbeitet haben dürfte. Apropos Ibrahim, habt Ihr noch etwas anderes gefunden?«

»Ihr habt gesagt, er hätte einen Brief an den Sultan geschrieben.«

»Er war nicht im Elfenbeinkästchen. Die Templer haben ihn. Vielleicht steht dort alles, was Ihr mir erzählt habt.«

»Ich weiß es nicht. Ich glaube nicht, dass das etwas ist, was einen Mann wie Ayyub interessieren könnte, auch wenn es Ibrahim an Bescheidenheit mangelt und er gerne seine Bildung zur Schau stellt. Er könnte es natürlich getan haben und …«

Umberto schlug sich die Hand auf die Stirn und sagte: »Der Zettel! In der Tasche des *qadi*, die sein Sekretär an sich genommen hat, befand sich neben den Goldmünzen auch eine Notiz von as-Salih, die für ihn ebenso wertvoll war wie das Gold: ›Dreihundert Schritte von der kleinen Kirche nach Osten‹ stand darauf.«

»Welche kleine Kirche?«

»Ich weiß es nicht. Gibt es auf dem Ölberg keine Kirchen?«

»Es gibt mehrere, und alle sind klein. Die Himmel-
fahrtskirche, die Paternosterkirche, die Kirche ... vielleicht ...«

Rinaldo hielt inne, riss die Augen auf und starrte an die
Wand. Umberto beendete den Satz, der ihm im Hals ste-
cken geblieben war. »Vielleicht hat der Imam das zweite
Grab gefunden.«

Rinaldo atmete tief durch. Dann nickte er kaum merk-
lich.

»Vielleicht. Und vielleicht suchen die Templer danach.
Wir müssen sofort nach Jerusalem, Umberto.«

»Ich werde gehen.«

Rinaldo packte ihn an der Kutte.

»Aber ich kann hier nicht bleiben. Ich muss Euch begleiten!«

Umberto löste freundlich, aber entschlossen die Hände
des Mönches von seiner Kutte und wechselte dann ins Du:
»Du kannst mich nicht begleiten, Rinaldo. Das ist keine
Pilgerreise, und das weißt du. Du suchst das ewige Leben,
mich begleitet nur der Tod.«

»Wie kannst du das Grab ohne mich finden?«

»Ich muss kein Grab finden, sondern einen Menschen ...«

König Louis hatte sich gerade ins Schlafzimmer zurückgezogen, als Yves ins Vorzimmer trat. Seignelay hatte eben die
erste Wache übernommen und saß auf einer Bank. Als er
den Inquisitor hereinkommen sah, stand er auf. Yves sagte:
»Ich muss den König sprechen.«

Sein Tonfall ließ keinen Widerspruch zu. Seignelay verbeugte sich und klopfte an die Tür des Königs. Eine schwache Stimme fragte aus dem Inneren: »Was ist los?«

»Es ist Bruder Yves, Sire.«

»Er soll hereinkommen.«

Der Baron öffnete die Tür. Louis war bereits im Schlafgewand, hatte sich aber noch nicht hingelegt.

»Guten Abend, Magister. Was ist passiert?«

»Guten Abend, Sire. Entschuldigt die späte Stunde, aber ich habe ernste Neuigkeiten. Ich habe herausgefunden, dass Hugues de Jouy, der Marschall der Templer, nach dem wir suchen, mit den Ungläubigen in Damaskus unter einer Decke stecken könnte. Morgen früh werden einige Templer versuchen, ihn zu treffen. Ich möchte ihm folgen, um ihn zu verhaften, aber dazu brauche ich eine starke Eskorte, denn er wird von einer Reiterschwadron begleitet und könnte Widerstand leisten.«

Der König schien betroffen, aber nicht erstaunt.

»Das ist ein altes Laster der Templer. Ihre Intrigen mit den Syrern haben die Katastrophe in La Forbie verursacht. Ich habe Guillaume de Sonnac und danach Renaud de Vichiers gebeten, sich von ihnen fernzuhalten, aber offensichtlich wurde meine Bitte ignoriert. Wie seid Ihr darauf gekommen?«

Die Antwort war sibyllinisch: »Der Herr hat es so gewollt und uns, durch mich, um Hilfe gebeten.«

Yves wusste, dass Louis eine solche Bitte niemals abschlagen würde.

»Ich habe nur noch hundert Reiter. Ich kann Akkon

nicht ohne Bewachung lassen, aber ich werde Hugues de Revel bitten, Euch eine Eskorte Johanniter zur Seite zu stellen.«

»Wir haben keine Zeit, Sire. Wir müssen morgen früh bei Sonnenaufgang losreiten, und ich möchte nicht, dass zu viele davon wissen.«

»Aber meine Männer kennen die Gegend nicht.«

»Wir müssen Revel nur um ein paar Männer bitten, die morgen früh zur Erkundung vorausreiten, ohne ihnen mehr zu erklären. Ich werde bei unserer Rückkehr mit ihm sprechen.«

Louis schwieg, dann rief er: »Seignelay!«

Der Baron betrat sofort das Zimmer.

»Hier bin ich, Sire.«

»Lasst Sargines kommen. Fünfzig Reiter sollen sich bereit machen, morgen mit ihm und Bruder Yves aufzubrechen.«

Kapitel 28

Blanche

Akkon, Festung der Templer, in der Nacht des 30. Mai 1250

Hugues! Hugues!« Es war tatsächlich ihre Stimme, die aus einer vom Meereswind über den Himmel getriebenen Wolke erklang. Doch er konnte sie nicht sehen.

»Blanche!«

Renaud de Vichiers schreckte aus dem Schlaf hoch. Er war nass geschwitzt. Ein Traum, nur ein verdammter Traum. Er stieg aus dem Bett, nahm einen Schluck Wasser aus dem Krug und hoffte, dass der Morgen bald anbrechen würde.

An einem einzigen Tag hatte sich alles verändert. Pontius Pilatus' Brief war gestohlen worden. Die Inquisition und das Imperium suchten nach Hugues. Außerdem war die *Templum Domini* noch nicht zurück. Aber noch war nichts verloren. Natürlich hatte er eine Kopie des Briefes anfertigen lassen und auch das Schreiben von Ibrahim al-Nasri, das noch wichtiger war, sicher an einem anderen Ort verwahrt. Hugues hatte eine Kopie bei sich gehabt. Lege niemals alle Eier in einen Korb, besagte ein altes Sprichwort aus seiner Heimat. Ohne den Brief des Imam, selbst wenn er dem Schiff der Templer entkommen würde, konnte der Botschafter des Kaisers nur wie ein Hund mit eingezogenem Schwanz zu seinem Herrn zurückkehren, denn er hatte lediglich einen Knochen zwischen den Zähnen. Und der war unverdaulich, besonders für Friedrich. Die päpstliche Propaganda, die ihn schon jetzt als eine Bestie aus der Hölle brandmarkte, verkündete außerdem, dass er die Begründer der drei großen Religionen – Moses, Jesus und Mohammed – als Betrüger dargestellt hätte. Auf Sizilien zirkulierte sogar ein Traktat mit dem Titel *De tribus impostoribus* – »Über die drei Betrüger«. Was das Pergament von Pilatus anging, würden es alle für eine weitere blasphemische Provokation des Herrschers halten. Und um den Dominikanermönch würde sich Ismael kümmern. Er hatte ihn noch nie enttäuscht, letzte Nacht einmal ausgenommen.

Der Orden der Tempelritter würde der einzige Hüter des Geheimnisses aller Geheimnisse bleiben. Er war davon überzeugt, dass Gott die Gründung des Ordens nur aus diesem Grund vorgesehen hatte. Die Kräfte des Bösen und der Zerstörung hatten sich jedoch als heimtückischer herausgestellt als erwartet, und der Großmeister konnte eine gewisse Nervosität nicht abschütteln. Vielleicht lag es auch an seinem Traum. Wenn der Morgen graute, wäre Guillaume de Beaujeu schon nach Safed unterwegs, um Hugues seine versiegelte Nachricht zu überbringen.

Der Gedanke an die Festung in Galiläa konnte seine finsteren Gedanken vertreiben. Er hatte damals in Gesellschaft des noch jungen Hugues den Wiederaufbau beaufsichtigt. Die schönste Zeit, die er im Tempel verbracht hatte, nach jenem Tag vor neunundzwanzig Jahren.

Es war der Sonntag nach der Weihe der presbyterianischen Kapelle, in der Kathedrale von Reims, die seit mehr als zehn Jahren im Bau war. Die schmale Gasse war voller Menschen, und die beiden jungen Leute kamen aus unterschiedlichen Richtungen. Er trug das weiße Ordensgewand, sie ein leichtes himmelblaues Kleid mit goldenen Stickereien, ihre blonden Locken waren von einem Schleier bedeckt, sie wurde von einer Magd begleitet. Fast wären sie zusammengestoßen.

»Guten Tag, Baronesse.« Die Stimme des Ritters zitterte. Die junge Frau hingegen schien nur erfreut über das Treffen und lächelte ihn an.

»Guten Tag, Bruder Renaud. Welch eine Überraschung, Euch hier zu sehen!«

»Auch für mich. Ich war schon einige Zeit nicht mehr in Jouy, aber ich habe mir das Versprechen gegeben, den Baron zu besuchen. Seit der Beerdigung seines Vaters habe ich ihn nicht mehr gesehen.«

»Ja, seitdem sind vier Jahre vergangen, aber Ihr habt euch nicht verändert.«

»Genau wie Ihr, Fräulein. Wie geht es Eurem Gemahl?«

»Gut, wir waren bei der Einweihung der Kapelle. Jetzt trifft er sich mit den Vasallen des Grafen der Champagne, und ich gehe zur Beichte.«

»Ich kann Euch die kleine Kirche Saint-Jean empfehlen, sie ist ganz in der Nähe und sehr schön.«

»Gewiss, ich weiß, wo sie ist.«

»Meine Hochachtung.«

Während der Tempelritter weiterging, wandte sich Blanche an ihre Magd.

»Marie, ich gehe in die Kirche, und du kannst im Geschäft nahe der Straße nach Troyes schauen, ob es dort Stoffe gibt, wie wir sie letztes Jahr gekauft haben. Ich warte vor der Kathedrale auf dich.«

»Ja, Madame.«

Die Frau verbeugte sich und ging. Blanche lief raschen Schrittes zu der kleinen Kirche. Die Tür schien verschlossen, ließ sich dann aber leicht aufdrücken. Ein Schiff, eine runde Apsis, es roch nach Staub. Sie musste einige Zeit verschlossen gewesen sein, vielleicht hatte man sie renovieren müssen. Im Inneren stand regungslos Renaud.

Blanche rannte ihm entgegen, ihr Herz schlug wie wild. Sie warf sich in seine Arme und hielt ihn fest. Dann küssten sie sich lange.

Der Templer dachte, dass Gott stärker war als der Wille des Menschen.

Die junge Frau, die Tochter des Barons von Choisy, war als Kind Gilbert versprochen gewesen, dem Erstgeborenen des Barons von Jouy. Doch die Wege des Herrn waren unergründlich, und so hatte sich Blanche in Renaud verliebt, einen Neffen des alten Barons, der nach dem Tod der Eltern nach Jouy gekommen war. Der junge Mann hatte keinen Titel geerbt, und die Gefühle der beiden zählten nicht. Blanche hatte mit sechzehn den achtzehnjährigen Gilbert geheiratet, und der alte Baron, entweder aus Zuneigung oder weil er etwas geahnt hatte, hatte dafür gesorgt, dass der junge Renaud in den Templerorden eintrat und aus ihrem Dunstkreis verschwand.

Als sie sich voneinander lösten, ging der Templer zur Tür und verschloss sie von innen.

»Der Tempel hat diese Kirche vor Kurzem übernommen. Wir müssen sie wieder in Ordnung bringen, aber im Moment ist sie geschlossen. Niemand wird uns stören.«

Er streichelte ihr übers Gesicht. Die junge Frau schloss die Augen, in denen Tränen standen. Sie war noch schöner, als er sie in Erinnerung gehabt hatte. Die goldblonden Haare, die langen Wimpern, die zitternden Lippen aus seinen Träumen, aber sie hatte auch etwas an sich, was er nicht kannte. Etwas Weiches, Reifes und Volleres.

»Renaud, ich habe jeden Tag an dich gedacht und Gott unzählige Male befragt, warum das alles passiert ist.«

»Auch ich habe ihn oft gefragt, warum er meine Gebete nicht erhört hat. Erst heute habe ich es verstanden, als ich auf dich in der Stille dieser Kirche gewartet habe. Unsere Liebe ist ein Spiegel der Liebe Gottes für uns. Er hat sie erblühen und fortleben lassen und uns jetzt eine Möglichkeit gegeben, uns in seinem Angesicht zu sehen. Er hat uns hierhergeführt. Allein.«

»Aber mir reicht diese Möglichkeit nicht. Ich will mein Leben mit dir verbringen und nicht mit dem, der mich draußen erwartet. Ich habe auch einen Sohn bekommen, Renaud. Er ist jetzt zwei Jahre alt. Sein Name ist Mathieu. Ich liebe ihn sehr, aber ich wünschte, er wäre von dir und nicht von ihm.«

»Meine Kleine … komm her.«

Er griff nach ihrer Hand und zog sie in eine Ecke zu einer kleinen steinernen Wendeltreppe. Sie stiegen hinauf in das Zimmer, in dem sonst die Glocke hing. Renaud schloss die Tür hinter ihnen. Als er sich umwandte, schlang Blanche die Arme um ihn. So blieben sie einige Zeit schweigend stehen. Schließlich flüsterte sie: »Ich habe nicht viel Zeit, Marie macht sich sonst Sorgen.«

Sanft legte er ihr einen Finger auf die Lippen, nahm ihr Gesicht zwischen seine Hände und küsste sie noch einmal auf den Mund, dann wanderten seine Lippen nach unten, bis zu ihren Brüsten. Er war wie betäubt von ihrem Duft und ihrer weichen Haut. Seufzend löste sie das Mieder und schob seinen Mund noch tiefer bis zu ihren Brustwarzen. Sie vergaß alles um sich herum, die Grenzen zwischen Realität und Traum verschwammen, als Renaud den weißen Umhang mit dem roten Kreuz auf dem Boden ausbreitete und sie nach unten zog.

Sie liebten sich in dem verzweifelten Wissen, dass es kein weiteres Mal geben würde.

Hugues würde die Frucht ihrer Liebe werden.

Er hatte es sofort gewusst, als er ihn in Provins gesehen hatte. Er hatte wirklich rein gar nichts von Gilbert. Der Baron de Jouy war dunkelhaarig, hatte große dunkle Augen. Der Junge aber war blond wie Blanche, aber sie hatte grüne Augen, während seine, genau wie Renauds, blau waren.

Er hatte sich gefragt, ob Gilbert jemals irgendwelche Zweifel gekommen waren. Vielleicht war die Tatsache, dass er in Provins nicht auf ihn gewartet hatte, nicht allein dem Wunsch geschuldet, Hugues allein zu lassen.

Blanche hatte ihn ihm anvertraut, und jetzt musste er ihn retten.

Im Palast des Konstablers war im Morgengrauen alles bereit. Yves und Nicolas waren nicht ins Kloster zurückgekehrt, sondern hatten dort die Nacht verbracht. Gerade kamen sie in den Hof, in dem die Reiter zu Pferd sie schon erwarteten.

Geoffroy de Sargines trug das Panzerhemd mit den französischen Lilien. Er war kampfbereit.

»Eure Pferde stehen bereit, Magister, die Templer sind schon unterwegs, und unsere Kundschafter verfolgen sie in einiger Entfernung mit einem Johanniter.«

Der Inquisitor schüttelte den Kopf. »Entschuldigt, Messire, aber unsere Regel verbietet es, auf Pferden zu reiten. Wir brauchen zwei Maulesel.«

»Aber, Magister, wenn wir Reiter verfolgen, sind Maulesel nicht schnell genug.«

»Ich bin sicher, dass derjenige, den wir verfolgen, es nicht eilig hat.«

»Sie ist nur eine Hure, eine große Hure, die von den Männern der *Bahriyya* tagsüber manipuliert und nachts gevögelt wird.«

Diya al-Din, der Kommandant der *Qaymariyya* von Dimashq, liebte klare Worte. Hugues de Jouy, der auf einem Teppich vor ihm saß, schwieg. Sie hatten die Pferde und sich selbst nicht geschont und waren in nur drei Tagen nach Damaskus geritten.

Nun saßen sie in einem der Säle der Zitadelle, in dem der große Salah al-Din gestorben war, am nordwestlichen Rand der Stadt nahe dem Fluss Barada, der als Wassergraben des mächtigen, von zwölf Türmen flankierten Gebäudes fungierte.

Seine weiße Tunika hatte er bei seinen Mitbrüdern gelassen, die eine Meile vor der Stadt ihr Lager aufgeschlagen hatten, und war kurz vor Sonnenuntergang allein durch das Tor von Bab al-Hadid in die Zitadelle gekommen. Er hatte seinen Namen genannt und dann direkt nach Diya al-Din gefragt. Kurz darauf hatte ein Emir ihn zum Meister von Damaskus begleitet, einem etwa vierzigjährigen Mann, groß gewachsen und muskulös. Alles an ihm verriet, dass er ein Soldat und kein Politiker war. Aber er war bis zur Katastrophe von La Forbie auch stets ein Freund und der Tempel ihm gegenüber immer sehr großzügig gewesen.

Nach der Begrüßung kam Hugues sogleich zum Thema: »Auch Ihr werdet wissen, dass die ägyptische Kavallerie in

Bilad al-Sham eingeritten ist. Aybak ist der Sieg gegen König Louis zu Kopf gestiegen, und er will seine Rechnung mit euch begleichen.«

»Wir haben schon viele dieser Verräter getötet, er soll nur kommen. Wir sind bereit, sie zu empfangen.«

»Im Moment sind es nur Kundschafter, und das wisst Ihr besser als ich. Es werden noch viele andere kommen, Diya. Ich war auch in Ägypten und habe gegen ihre Soldaten gekämpft. Das Heer ist groß und schlagkräftig. Wenn Ihr siegen wollt, müsst Ihr Euch mit Aleppo verbünden und als Erster angreifen. Nach Ayyubs Tod hat es wenig Sinn, einen Bruderkrieg weiterzuführen.«

»An-Nasir Yusuf möchte Sultan werden und beruft sich dabei auf seine Verwandtschaft mit Ayyub.«

»Aber er ist nicht dumm. Er weiß genau, dass er Aybak allein nicht schlagen kann, und Ihr dient ihm genauso gut wie er Euch. Er wird seine Macht nicht missbrauchen.«

»Habt Ihr schon mit ihm gesprochen? Ist er zur Zusammenarbeit bereit?«

»Einer meiner Mitbrüder ist in Aleppo. Wir vertrauen darauf, dass wir ihn überzeugen können.«

»Gut. Wir werden auf seine Antwort warten und dann entscheiden. Und Ihr, werdet Ihr uns helfen?«

»Leider können wir im Augenblick nicht weiterziehen. Der König möchte die vielen Christen befreien, die in ägyptischer Gefangenschaft sind. Er wird nichts gegen Aybak unternehmen und weiß nicht mal, dass ich hier bin.«

Hugues verschwieg, dass er mit den wenigen verbliebenen Soldaten auch nichts hätte ausrichten können, selbst wenn er gewollt hätte. Er wollte bei seinem Gegenüber keine Begehrlichkeiten wecken, außerdem dürfte er ohnehin bereits über alles Bescheid wissen.

Diya al-Din hatte noch eine Frage: »Werdet Ihr hier auf die Nachricht aus Aleppo warten?«

»Nein, ich werde direkt nach Safed reisen, aber Euch an-Nasir Yusufs Antwort sofort weiterleiten, sodass Ihr euch direkt verständigen könnt. Mit Eurer Erlaubnis würde ich gerne nach Süden bis nach Jerusalem reisen, um zu sehen, ob auch dort schon ägyptische Invasoren eingetroffen sind. Wenn ich auf sie treffe, würde ich gerne die Auseinandersetzung weiterführen, die ich in al-Mansura unterbrochen habe. Ich habe eine Schwadron Reiter bei mir. Der König wird mich nicht zu Gesicht bekommen.«

Der syrische Kommandant lächelte.

»Ich werde sofort Brieftauben zu den Garnisonen ausschicken, damit sie Euch jede Unterstützung gewähren. Möge Allah mit Euch sein.«

Kurz darauf ritt Hugues nach Süden. Es war alles gut gegangen. Der Magister würde stolz auf ihn sein.

Kapitel 29

Die Festung von Akbara

*Küste in Outremer, am Morgen des 2. Juni 1250
(29 safar 648)*

Das Meer war ruhig, nur am Ufer erhoben sich einige kleine Wellen. Das Schiff war nicht mehr als vierhundert Schritte vom Ufer vor Anker gegangen, und die Schaluppe mit zwei Ruderern kam rasch näher. Umberto und Mohamed erkannten die kräftige Gestalt von Filippo di Traetto am Heck. Die Nacht hatten sie in den Ruinen eines verfallenen Turmes verbracht, den Umberto auf seiner Reise von Alexandria nach Akkon entdeckt hatte: Zeugnis eines weiteren Krieges, in einem Gebiet, das schon seit Langem keinen Frieden mehr kannte. Er hatte Filippo nach dem Namen gefragt, aber keine Antwort erhalten. Als er in Akkon von Bord gegangen war, hatte er ihm befohlen, sich drei Tage später wieder dort in den Ruinen einzufinden.

Nachdem er das Kloster der Franziskaner verlassen und wieder die Kleider eines italienischen Kaufmanns angelegt hatte, war es nicht schwer gewesen, ein paar schnelle arabische Pferde zu kaufen. Sie hatten bis zum Treffpunkt zwischen Caesarea und Arsuf, einer christlichen Küstenstadt, nur zwei Tage gebraucht.

Das Boot erreichte das Ufer, und Filippo ging an Land und machte sich auf den Weg Richtung Turm. Sie warteten schon zwischen den Büschen auf ihn. Erstaunlich flink stieg der Schiffskommandant die Düne hinauf und begrüßte sie lächelnd: »Messire! Mohamed! Ich freue mich, Euch zu sehen!«

Umberto antwortete: »Ich auch, Filippo. Wir wissen, dass dich eine Galeere der Templer verfolgt hat.«

»Jetzt liegt sie auf dem Meeresgrund. Südlich von Chastel Pelerin hatten sie uns fast erreicht, aber offensichtlich nicht erwartet, dass die Seeleute auf meinem Schiff bis an die Zähne bewaffnet waren. Noch dazu hatten wir dreißig Bogenschützen an Bord, die Osman angeführt hat. Er hat gekämpft wie ein Löwe, ein würdiger Vertreter Mohameds.«

Er verbeugte sich vor Mohamed, was der Emir ihm gleichtat. Dann fügte er hinzu: »Wir haben sie näher kommen lassen und sie dann überrascht. Zuerst haben wir sie niedergerungen, dann das Schiff geentert. Sie haben noch verzweifelt versucht, sich von unserem Schiff zu lösen, indem sie die Enterhaken und die Seile durchgeschnitten haben. Am Ende aber war keiner mehr am Leben, und wir haben ihr Schiff versenkt. Leider haben wir auch auf unserer Seite acht Tote zu beklagen, drei meiner Männer und fünf Bogenschützen. Es gibt auch sechs Verletzte, zwei davon schwer.«

»Und die ägyptische Galeere?«

»Die konnte man vergessen! Sie kamen erst, als alles vorbei war. Wenn wir auf sie gewartet hätten, würden wir jetzt wahrscheinlich auf dem Grund des Meeres liegen. Der Emir, der sie anführte, dachte, Ihr wärt an Bord, und hat mir eine Nachricht für Euch übermittelt. Oman hat sie für mich übersetzt. Ich habe sie auswendig gelernt: ›Der Armbrustschütze erwartet Euch auf dem Hügel eine Meile südlich des Ortes, den Ihr allein besuchen wolltet, nach Sonnenuntergang am dritten *Rabi al Awwal.*‹ Das ist der 5. Juni, ich habe Osman gefragt.«

Umberto nickte, das waren noch drei Tage. Filippo fragte: »Das heißt, wir fahren nicht weiter?«

»Genau. Vorerst nicht. Wir sehen uns hier in zehn Tagen wieder, am 12. Juni. Sollten wir da sein, fahrt Ihr nach Trani zurück.«

Safed, Festung der Templer, am Abend des 2. Juni 1250

Hugues de Jouy nahm den mit dem roten Siegel des Großmeisters versehenen Brief entgegen und murmelte: »Danke, Guillaume.«

Sie waren allein in dem großen Kapitelsaal der Festung, der von Fackeln erleuchtet wurde.

Der Marschall war gerade eingetroffen und von seinem langen Ritt von Damaskus bis hierher noch ganz mit Staub bedeckt. Nach Safed zu kommen, das war für ihn wie eine Rückkehr nach Hause. Hier hatte er den Osten schätzen gelernt. Renaud de Vichiers hatte ihm das gezeigt. Ein starker, strenger Mann, dessen Glauben unerschütterlich war. Seit ihrer Rückkehr nach Frankreich waren sieben Jahre vergangen, und jetzt kehrte er als Marschall des Tempels nach Safed zurück. Als er die imposante Festung, die den ganzen Hügel einnahm, im roten Licht des Sonnenuntergangs wiedergesehen hatte, die doppelte Festungsmauer, die sieben großen Außentürme und den majestätischen Donjon, hatte er mit Stolz an die Erbauung zurückdenken müssen, an die harte Arbeit der sarazenischen Gefangenen, die langen Ausritte in die Umgebung. Safed war die größte Festung von Outremer, und ebenjene Größe war auch ihre Schwäche. Um sie mit genug Personal auszustatten, hätte es mindestens tausend Männer gebraucht, aber die hatte der Orden nicht mehr. Unter normalen Umständen waren sechzig Tempelritter in der Festung, aber im Moment waren weniger als zehn übrig, während die *servientes* auf etwa hundert zusammengeschrumpft waren. Er würde mit dem Magister sprechen müssen. Sie brauchten dringend neue Kräfte aus dem Westen, wo man allerdings in vielen *commanderies* lieber ans Essen, Trinken und Geldscheffeln dachte.

Der Kastellan von Safed war ein älterer Mitbruder, der aus Altersgründen nicht an der *expeditio crucis* teilgenommen hatte. Offensichtlich hatte er sich beeilt, ihn zu empfangen, aber Hugues, der todmüde war, hatte ihn nach wenigen Minuten weggeschickt, nicht ohne ihn zu fragen, ob Guillaume schon eingetroffen sei. Als der Kastellan das bejaht hatte, hatte er ihn gebeten, ihn sofort zu ihm zu schicken.

Er brach das Siegel und las den Brief, dabei sagte er: »Du kannst schlafen gehen. Ich werde dich, falls nötig, später rufen lassen.«

»Ja, Hugues. Friede sei mit dir.«

Der junge Mann verließ den Saal, während der Marschall des Tempels mit wachsender Bestürzung Renaud de Vichiers' Zeilen las. Dann starrte er in die brennende Fackel und hielt den Brief in die Flamme, der sofort Feuer fing. Die Reste ließ er zu Boden fallen und dachte dabei an die Worte des Magisters: »Der Teufel versucht alles, um uns aufzuhalten.« So schien es tatsächlich zu sein. Sein erster Impuls war, sofort wieder abzureisen. Im Stall standen frische Pferde, aber seine Männer waren müde. Er beschloss, sie einige Stunden schlafen zu lassen und den Sonnenaufgang in der großen vieleckigen Kapelle oben im Donjon abzuwarten. Er spürte das dringende Bedürfnis zu beten.

Akkon, Festung der Tempelritter, in der Nacht des 2. Juni 1250

Ismail zeigte niemals seine Gefühle, aber Renaud musste ihm nur in die Augen schauen, um zu wissen, dass er keine guten Nachrichten brachte.

»Also?«

»Der Mönch hat Akkon verlassen. Er ist schon seit einigen Tagen mit einer königlichen Reiterschwadron und den Johannitern unterwegs. Man hat ihn durch das Tor San Nicolas nach Osten reiten sehen.«

»Er hat die Stadt verlassen? Wann?«

»Vor drei Tagen, am siebenundzwanzigsten *Safar*. In Eurer Zeitrechnung am Dienstag, dem 31. Mai.«

»Zu welcher Uhrzeit?«

»Kurz nach Sonnenaufgang.«

Renaud verschlug es den Atem. Sie folgten Guillaume, der sie nach Safed bringen würde. Zu Hugues.

»Wie viele waren es?«

»Einige, mindestens fünfzig.«

Doppelt so viele Ritter, wie sein Sohn sie zur Verfügung hatte. Soldaten des Königs und Johanniter. Er dachte an seinen Traum zurück. Blanche hatte ihn warnen wollen. Er musste los, alle Männer zusammenziehen, die sie noch hatten, und abreisen, bevor es zu spät war. Und wenn er ihn in Safed nicht erwischen würde, würde er dort weitere Soldaten sammeln.

*In der Nähe von Akbara, südlich von Safed, am Morgen des
3. Juni 1250*

Das sieht nach Ärger aus, dachte Hugues.

Bruder Richard de Vigny kehrte im Galopp zurück, er gab seinerseits dem Pferd die Sporen und ritt ihm entgegen. Sie waren bei Morgengrauen aufgebrochen, in ihren grauen Panzerhemden und mit Turbanen statt Helmen auf dem Kopf. Die Satteldecken mit dem roten Kreuz hatten sie abgenommen und die schwarz-weißen Schilde gegen die runden der Sarazenen getauscht, die noch als Kriegsbeute in der Festung verblieben waren. Von Weitem hätte man sie für eine ayyubidische Bande halten können. Sie waren von der Festung bergab geritten, hatten am Fuß der Bergkette den Weg nach Süden eingeschlagen und die Strecke neben dem Tiberiassee, auch See von Genezareth genannt, vermieden. Auf beiden konnten sie in einen Hinterhalt geraten. Der Weg neben dem See führte durch die Ebene, war aber gut einsehbar und sehr belebt, der Weg nahe den Bergen war besser geschützt, hatte aber einige steile Felsen, die ihn sehr eng werden ließen. Hugues hatte deshalb zwei Kundschafter vorausgeschickt, einer von ihnen war Richard.

Der Templer brachte sein Pferd zum Stehen, das laut schnaubte.

»Hugues, französische Reiter!«

Im gleichen Augenblick tauchten in der Kurve hinter einem Felsen einige Reiter in Kampfausrüstung auf. Sie trugen die Farben Frankreichs, aber auch einige Johanniter und zwei Mönche waren unter ihnen. Hugues erkannte den Inquisitor und dachte an die Worte des Magisters zurück: »der kluge Schüler eines unerbittlichen Meisters«. Er fragte sich, wie er sie hatte finden können. Es gab nur eine Antwort: Sie waren Guillaume nach Akkon gefolgt.

Sie mussten nach Safed zurück. Die Festung war nicht weit, und die Pferde waren noch frisch.

Er wandte sich um, doch was er in der Ferne sah, ließ ihm das Blut in den Adern gefrieren. Hinter ihnen tauchten noch mehr Reiter auf. Die Farben schienen die gleichen zu sein. Sie saßen in der Falle. Es blieb ihnen nur eine

Wahl: die vor ihnen anzugreifen und ein für alle Mal die Rechnung mit dem Prediger zu begleichen, bevor die zweite Gruppe zu nahe war. Danach würden sie in die Ebene reiten und an Nazareth vorbei die Festung der Tempelritter La Fève erreichen. Sie mussten an ihnen vorbeikommen. Er drehte sich zu seinen Männern um.

»Brüder, der Teufel hat vom Geist dieses Bruders Besitz ergriffen, er will den wahren Glauben und den Tempel zerstören. Wir müssen an ihm vorbei! *Non nobis Domine!*«

Alle schrien: »*Non nobis Domine, sed nomini tuo da gloriam!*«

Geoffroy de Sargines rief: »Sie wollen kämpfen, Magister.«

»Das sehe ich«, antwortete Yves.

Der Ritter zog sein Schwert und wandte sich an seine Männer: »Nicolas, Gerard. Ihr bleibt hier und beschützt den Magister.«

Dann schrie er: »Diese Banditen wagen es, uns anzugreifen. *Montjoie!*«

»*Montjoie!*«

In dieser engen Schlucht konnten sie sich nicht frontal gegenüberstehen, deshalb trafen sie in einer Reihe aufeinander. Sie waren etwa gleich viele, da die französischen Kräfte sich in zwei Gruppen aufgeteilt hatten. Yves und Nicolas stiegen von den Mulis und blieben auf dem Weg.

Der Zusammenstoß war grausam und warf alle vorderen Reiter aus dem Sattel, darunter auch Hugues und Geoffroy. Zwanzig Duelle begannen.

Hugues erhob sich mit dem Schwert in der Hand, ohne Turban und verwirrt vom Sturz. Der Lanzenhieb hatte sein Pferd getroffen, das ihn zu Boden geworfen und ein Stück mitgeschleift hatte. Er brauchte seine Tasche, aber die lag unter dem Pferd. Ein Franzose mit einer Streitaxt setzte zum Angriff an. Er wehrte den Hieb ab und traf mit seinem Schwert das Bein des Gegners. Der Mann schrie auf. Die Panzerung hatte gehalten, aber er blutete stark. Hugues stach weiter wütend auf ihn ein, erst auf den rechten Arm, dann auf den Helm, um ihn schließlich vom Pferd zu stoßen. Mit einem Schrei bohrte er das Schwert in den Augenschlitz des Angreifers. Dann stieg er in den Sattel, griff nach den Zügeln und sah sich um. Die Zahl der Duellanten um ihn herum hatte sich verringert, die zweite feindliche Gruppe kam näher. *»Brüder!«*, schrie er, »kommt mit mir!«

Er gab dem Pferd die Sporen und überrannte einen Gegner, der sich ihm zu Fuß entgegenzustellen versuchte. Er drehte sich um. Keiner folgte ihm. Alle waren sie im Kampf verwickelt oder bereits tot. Vor ihm sah er die Mönche, die von zwei Rittern geschützt wurden. Gott, so dachte er, wollte ihm augenscheinlich die Möglichkeit geben, die Bestie zu besiegen.

Ein Reiter ohne Helm kam aus dem Getümmel und galoppierte auf sie zu. Er ritt auf einem Pferd, dessen Satteldecke die Farben der Franzosen trug. Einer der Ritter rief dem Inquisitor warnend zu: »Geht in Deckung, Magister.«

Yves antwortete nicht. Er hatte von Anfang an nach diesem Reiter Ausschau gehalten. Auf den ersten Blick sah er aus wie Renaud de Vichiers, aber dann war ihm klar, dass es sich um Hugues de Jouy handelte. Nicolas suchte unterdessen Schutz hinter dem Maultier.

Die beiden Franzosen brachten ihre Waffen in Position. Der Reiter war nur mit einem Schwert bewaffnet, gegen Lanzen und Schilde. Aber er wich den Lanzen aus, indem er sich akrobatisch wegduckte. Als er zwischen den Gegnern hindurchritt, traf er einen am Kopf und warf ihn aus dem Sattel. Der andere machte kehrt, um ihm zu folgen, während Hugues auf Yves zuritt – mit erhobenem Schwert und einem von Hass verzerrten Gesicht. Nicolas schrie: »Magister, bringt Euch in Sicherheit!«

Der Inquisitor durchlebte noch einmal seinen Albtraum. Er blieb unbeweglich stehen und starrte wie hypnotisiert auf den Reiter. Aber nur einen Augenblick, dann schüttelte er sich. Dies war kein Traum, und er hatte nur eine Chance. Wenn er sich zu früh bewegte, würde er sterben. Das Schwert fuhr zischend durch die Luft. Der Templer ritt noch kurz weiter, blieb stehen und wandte sich um. In diesem Moment war der zweite Franzose bei ihm, aber er war vorbereitet. Mit einem Schwerthieb wehrte er die Lanze ab, schlug dem Gegner auf den Helm und hebelte ihn aus dem Sattel. Er zögerte einen Augenblick und schaute zu Yves hinüber, der aufgestanden war und ihn herausfordernd erwartete. Unterdessen kamen andere Franzosen angeritten. Hugues beschloss, dass es genug war: Er machte kehrt, ritt nach Süden und verschwand hinter dem Felsen. Kurz darauf tauchten zwei Reiter vor Yves auf.

Geoffroy de Sargines, völlig verdreckt und blutverschmiert, hatte nach dem Sturz vom Pferd noch immer Schmerzen. Der Boden um ihn herum war mit Toten übersät. Die Ankunft der zweiten Formation hatte der Auseinandersetzung rasch ein Ende gesetzt, alle Templer waren gefallen – bis auf einen, den man gefangen genommen hatte. Doch der Sieg war teuer erkauft: zwölf Tote und zehn Verletzte aus den Reihen der Franzosen. Auch zwei der sechs Johanniter waren tot. Aus der ersten Gruppe war keiner unbeschadet davongekommen.

Yves und Nicolas kamen auf Geoffroy zu.

»Wie geht es Euch, Monsieur?«

»Es ging mir schon schlechter, Magister. Ein wenig Rückenschmerzen. Und Euch? Ich habe dieses Schwein gesehen, das Euch angegriffen hat. Ich dachte nicht, dass Ihr so flink seid.«

»Das habe ich tatsächlich auch nicht gedacht, aber der Herr hat mir geholfen. Wir müssen ihn fassen. Das war sicher Hugues de Jouy.«

»Weit wird er nicht kommen, meine Männer werden ihn finden. Ich habe noch vier weitere hinterhergeschickt.«

»Habt Ihr einen lebend gefasst?«

»Nur einen. Er hat einen Schlag auf den Kopf bekommen, aber es geht ihm gut.« Er deutete auf einen Gefangenen am Boden. Dunkle Haare, etwa fünfundzwanzig Jahre alt, die Hände gefesselt. Das Gesicht war blutig, die Stirn mit einem rotfleckigen Lappen umwickelt.

Yves ging auf ihn zu, gefolgt von Nicolas.

Der Templer zitterte trotz der Junihitze und schaute verwirrt zu den Leichnamen seiner Mitbrüder. Yves fragte ihn: »Wie heißt du?«

»Raymond ... Bruder Raymond de Fronsac, *Miles Templi*.«

»Warum habt ihr uns angegriffen? Habt ihr unsere Fahnen nicht gesehen?«

»Es war Bruder Hugues, der den Angriff befohlen hat. Vielleicht hat er euch nicht erkannt.«

»Wage es nicht, Gottes Gerechtigkeit mit Lügen zu behindern, dazu haben wir keine Zeit. Und zwing mich nicht, dich zu foltern. Du weißt, dass ich das tun würde.«

Raymond de Fronsac zögerte. Noch einmal schaute er auf die Körper seiner Mitbrüder und sagte leise, als ob es keiner hören sollte: »Hugues sagte uns, der Teufel wolle unseren Glauben und den Tempel zerstören und dass er sich Eures Verstandes bemächtigt habe.«

»Meines Verstandes?«

»Ja, das hat er gesagt.«

»Wohin wart ihr unterwegs? Warum habt ihr euch als Sarazenen verkleidet?«

»Ich weiß es nicht. Vielleicht weil wir in ihrem Territorium unterwegs sind. Nur Hugues wusste das.«

»Hugues ist geflohen, richtig?«

»Ich habe ihn fliehen sehen, hatte aber kein Pferd und konnte ihm nicht folgen.«

»Kennst du sein Pferd?«

»Ein grauer Hengst.«

Yves schaute sich um.

»Der da?«, er deutete auf einen grauen Pferdekörper.

»Ja, könnte sein.«

Der Inquisitor sagte zu Nicolas: »Durchsuche die Sattel-taschen.«

Der junge Mann rannte auf den Kadaver zu. Yves sah ihm zu, wie er versuchte, etwas unter dem Körper hervor-zuziehen, ohne Erfolg. Fünf Reiter eilten ihm zu Hilfe. Der Inquisitor fragte unterdessen weiter: »Wo wart ihr, nach-dem ihr Akkon verlassen habt?«

»In Damaskus. Aber wir sind nicht in die Stadt gerit-ten, sondern haben draußen gewartet. Hugues ist allein ge-gangen.«

»Mit wem hat er sich getroffen?«

»Ich weiß es nicht, aber …«

»Magister!«

Nicolas kam mit einer Ledertasche in der Hand auf ihn zu.

»Das ist sie!«

Der Mönch öffnete die Tasche. Darin befand sich eine vom Gewicht des Pferdes zusammengedrückte Papyrus-rolle. Er rollte sie vorsichtig auf, um sie nicht zu zerstören. Die Nachricht war auf Arabisch verfasst. Ein langer Brief von Ibrahim al-Nasri, dem Imam des Felsendoms, an den Sultan von Ägypten.

Yves entfernte sich von den anderen und setzte sich al-lein auf einen Stein im Schatten.

Kapitel 30

Ibrahim al-Nasri

Im Namen Allahs, des Gnadenvollen und Barmherzigen, hat Ibrahim al-Nasri, Imam der Qubbat as-Sachra, *die Ehre, sich an die Säule des Glaubens,* al-Malik, as-Salih Ayyub *zu wenden. Ich schreibe Euch auf Bitten des* qadi *Yussuf as-Salih, um die Bedeutung der Entdeckung unter der Moschee zu erklären. Ich muss dabei auf das in einem ganzen Leben angesammelte Wissen zurückgreifen und bitte Euch um Verzeihung, wenn meine Ausführungen und Ideen wirr klingen sollten. Wie wir wissen, haben Islam, Christentum und Judentum eine gemeinsame Basis, und zwar das Alte und das Neue Testament, die auch für uns heilige Texte sind. Wir alle erkennen an, dass Gott der Einzige ist und dass er die Erde als eine Geste der Liebe geschaffen hat. Gott ist gut und barmherzig, er liebt und vergibt. Er lässt den Menschen niemals im Stich, und Erlösung gibt es nur für den, der seinen Worten folgt. Wir alle glauben an das Paradies und die Hölle, an die Engel, den Teufel und die Auferstehung. Wir wissen trotzdem, dass Gott unerreichbar und unsichtbar ist. Er weiß, was gewesen ist und was sein wird, und dies zeigt sich in den Worten seines Propheten,*

seines letzten und einzigen Botschafters. Für die Christen
ist Gott durch seinen Sohn Jesus auf die Erde gekommen,
der daher selbst Gott sein soll. Aus dieser Perspektive ist
Gott also direkt mit der Erde verbunden. Das erklärt
zum Beispiel den christlichen Glauben an Wunder, die
es in unserem Glauben nicht gibt. Jesus als Gottes Sohn
und Gott selbst dürfte deshalb auch physisch auferstan-
den sein, wie es verkündet wurde, und fährt so in den
Himmel auf. Eure Apostel sollen das gesehen haben, als
sie das leere Grab entdeckt und ihn nach der Auferste-
hung gesehen und berührt haben. Jesus Christus und die
Jungfrau Maria werden in hundert Versen des Korans er-
wähnt, Mekka wird wesentlich seltener erwähnt. Gott
sandte der Jungfrau Maria seinen Geist in Form eines
vollkommenen Menschen, des Erzengels Gabriel, um ihr
einen reinen Sohn zu schenken. Jesus Christus ist also ei-
ner der Propheten Gottes, geboren ohne Vater, dafür
dank seines gnädigen Eingreifens durch den Geist. Des-
wegen ist er die perfekte Wahrheit, die uns vom Prophe-
ten enthüllt wird, Teil der Kette der Propheten von
Abraham bis Mohamed, die über allen Kreaturen mit-
einander verbunden sind, aber er ist nicht Gottes Sohn.
Wie sagt der Prophet: »O Volk der Schrift! Übertreibt
nicht in eurer Religion! Sagt über Allah nichts anderes
als die Wahrheit. Der Messias Jesus ist der Sohn der Ma-
ria und nur Allahs Gesandter und Sein Wort. (Der Hei-
lige Geist) gab ihn Maria, und er ist ein Geist von ihm
(dem Heiligen Geist). Also glaubt an Allah und an Seine
Gesandten! Und sagt nicht ›Es sind drei‹ (sagt nicht, dass

es drei Götter gibt, Vater Gott, Sohn Gott und den Hei-
ligen Geist), lasst es sein, das ist besser für euch. Allah ist
nur ein Gott. Haltet Ihn fern davon, ›Kind zu besitzen‹.
Alles, was in den Himmeln und auf Erden ist, gehört
Ihm. Und Allah genügt als Fürsprecher.«

Der Prophet hat auch geschrieben, dass der Sohn von
Maria nicht gekreuzigt wurde und man an seiner Stelle
einen anderen getötet hat, der ihm ähnlich sah. Die
Christen glauben stattdessen, er sei am Kreuz gestorben
und auferstanden. Und das ist das Herz ihres Glaubens.

Der Fund, den man kürzlich in al-Quds gemacht hat,
bildet einen weiteren Beweis für die Wahrheit des Wortes,
sowohl was den Inhalt als auch was den Fundort angeht.
Vor etwa einem Monat ist ein Stück des Wandelgangs der
Moschee eingestürzt. Ich und der Verwalter haben die so-
fort eingeleiteten Befestigungsarbeiten überwacht, bei
denen ein unterirdischer Hohlraum entdeckt wurde. Im
Gegensatz zum ursprünglichen Glauben stehen die as-
Sachra und die al-Aqsa nicht auf den Resten des Salo-
montempels, sondern auf den Ruinen der Stadt Aelia
Capitolina, wie die Römer al-Quds genannt haben,
nachdem sie zur Zeit Hadrians die Juden von dort ver-
trieben hatten. Sie wurde ihrerseits auf den Überbleib-
seln des Herodianischen Tempels erbaut, der während des
großen Jüdischen Krieges unter der Herrschaft Neros und
Vespasians zerstört worden war. Der Hohlraum war sehr
groß, mit Marmorböden und -säulen. Es muss sich um
die Halle eines römischen Tempels gehandelt haben. Im
Boden befand sich ein Loch, das in ein halb eingestürztes

Höhlensystem führte. Wahrscheinlich gehörte es zu einem der unterirdischen Geheimgänge, von denen der Historiker Yusifus spricht und die die Festung Antonia, die damals am nördlichen Rand der Ebene lag, mit dem Palast des Herodes, dem Tempel und den anderen Orten der alten Stadt verbanden. Als ich einen Teil der Höhle erforscht habe, bin ich auf das Skelett eines Mannes gestoßen, der von einem Erdstoß verschüttet worden war. Nachdem ich die Steine entfernt hatte, erkannte ich, dass er eine römische Militäruniform trug und eine kleine Ledertasche bei sich hatte, in der einige Goldmünzen mit dem eingeprägten Konterfei von Nero lagen. Der Mann musste groß und kräftig gewesen sein, er hatte noch alle Zähne, dürfte also noch jung gewesen sein. Eine Fibel mit dem Symbol eines Stieres und einigen Buchstaben verriet, dass er zur sechsten Legion gehört haben muss. Ein junger römischer Soldat, der wegen eines Erdrutsches seit tausend Jahren im Gang lag. Er hatte auch eine kleine versiegelte Amphore bei sich. In ihrem Inneren befand sich ein eingerolltes Pergament, das ich morgen dem qadi übergeben werde, damit er es sich ansieht. Es handelt sich um eine Nachricht, die der Präfekt von Judäa, Pontius Pilatus, nach dem Prozess und der Kreuzigung des vermeintlichen Jesu an den Herrscher Tiberius geschickt hat. Nur Allah weiß, warum der Römer es bei sich hatte. Ich nehme an, er hat es in der Festung Antonia gefunden, die einmal eine römische Garnison war und vielleicht ein Archiv beherbergte. Aus dieser Botschaft ergibt sich, dass der Mann, den die Römer für den

Propheten Allahs, Jesus, Marias Sohn, hielten, von ihnen vor Gericht gestellt und verurteilt wurde. Die Kreuzigung fand auf dem Ölberg statt. Man bestattete ihn mit allen Ehren in einem Grab eines Mitglieds des jüdischen Hohen Rates, aber Pilatus beschreibt, dass er befohlen habe, den Leichnam heimlich in ein zweites Grab zu bringen. Dem vermeintlichen Jesus wurde von Römern der Prozess gemacht, und er wurde von Römern verurteilt. Pilatus bestätigt, dass der oberste judäische Priester Kajapha zugestimmt habe, bei der Verhaftung zu helfen, von einem Prozess der Juden an Jesus aber ist nicht die Rede, so wie es in einigen Texten des Neuen Testaments beschrieben wird. Er könnte natürlich bewusst auf eine Erwähnung verzichtet haben, damit seine Autorität nicht geschmälert würde, aber es könnte diesen Prozess auch nie gegeben haben. Im letzteren Fall könnten die immer wiederkehrenden Verweise im Neuen Testament mit der Notwendigkeit erklärt werden, dass nicht nur die Römer allein für Jesu Tod verantwortlich gemacht werden sollten, da sich das Christentum eben just im Römischen Reich ausbreitete. Außerdem haben meine Studien ergeben, dass ein Prozess des Hohen Rates nicht mit den prozessualen Regeln der Juden übereinstimmen kann, die im Alten Testament festgelegt sind. Ein Prozess einen Tag vor einem Feiertag – wie der Vorabend des Pessachfests – wäre nicht zulässig gewesen. Aber auch eine Verurteilung wegen Blasphemie, die sich allein auf das Geständnis eines Angeklagten stützt, ohne dass der Vorwurf von mindestens zwei Zeugen bestätigt wird, ist

nicht zulässig. Noch dazu hat nicht einmal eine Blasphe-
mie stattgefunden, die darin bestanden hätte, den un-
aussprechlichen Namen Gottes, nämlich Jahwe, auszu-
sprechen, was der Sohn der Maria aber gar nicht getan
hat. Stattdessen erklären sie, sie hätten den Menschen-
sohn zur Rechten der Macht sitzen sehen, was an einen
Psalm aus dem Alten Testament erinnert. Schließlich er-
wähnt nicht mal Yusifus eine Beteiligung der Juden am
Tod Jesu. Um der Heiligen Schrift zumindest etwas Sinn
zu geben, ist es natürlich nicht ausgeschlossen, dass einige
Mitglieder des Hohen Rates den vermeintlichen Jesus
nach der Verhaftung verhört haben. Jedenfalls drückt
sich Kajapha nicht eindeutig aus. Der Prophet benennt
außerdem die Heiden und die Juden als die schlimmsten
Feinde der Gläubigen, noch mehr als die Christen, unter
denen sich dem Frieden sehr ergebene Mönche finden
können, was auch ich bereits erlebt habe.

Pilatus nennt den Ölberg als Ort der Kreuzigungen,
was dem aufmerksamen Leser der Schriften nicht ver-
borgen geblieben sein sollte. Der Ölberg überragt den
Tempel, und im Evangelium des Markus glaubt der
Zenturio, der vor dem vermeintlichen Jesus am Kreuz
steht, erst, dass er der Sohn Gottes ist, als der Vorhang
im Tempel von oben bis unten zerreißt. Im Licht der of-
fenbarten Worte des Propheten muss sich der Zenturio
irren, aber die Passage im Neuen Testament impliziert,
dass man vom Ort der Kreuzigung aus den Vorhang des
Tempels sehen konnte, der nach Osten zeigte. Der Vor-
hang konnte demzufolge nicht von dem Ort aus zu sehen

gewesen sein, auf dem die Christen danach die Grabeskirche errichtet haben, im Westen des Tempels. Darüber
hinaus beschreibt der Evangelist Johannes in seinem Text
den Tempel mit dem griechischen Wort topos, Ort, und
schreibt, dass die Kreuzigung nah beim topos der Stadt
stattgefunden hat, also am Tempel. Außerdem ist bemer-
kenswert, dass alle vier Evangelisten den Ort der Kreuzigung Golgatha nennen, was im Aramäischen Kopf
oder Schädel bedeutet. Matthäus spricht vom Berg Golgatha und benutzt das hebräische Wort har. Die Begrün-
dung, warum die Christen ihr Mausoleum im Westen
des Tempels gebaut haben, geht auf Helena, die Mutter
des Herrschers Konstantin, zurück, die von einem Juden
in die Irre geführt wurde. Vielleicht wollten die Juden,
die schon seit einigen Jahrzehnten aus der Stadt vertrieben worden waren, nicht, dass der Ölberg, der für sie
heilig war, zu einem heiligen Ort für die Christen
wurde.

Tatsächlich bezeichnet Samuel im Alten Testament
den Gipfel des Ölbergs mit dem hebräischen Wort Rosh,
was Kopf bedeutet, ein Synonym des hebräischen Begriffs
Golgolet. Rosh, Golgolet oder Golgatha bezeichnen somit alle dasselbe und verweisen auf denselben Ort. Auf
diesem Berg, etwas abgelegen und außerhalb des Osttors
der Stadt, befand sich der Altar namens Miphkad, der
sogenannte Altar der Zahlen. Dort wurden beim Zensus
die Bewohner gezählt. Dort fand das Opfer der roten
Färse statt, und es wurden die Kadaver der im Tempel
geopferten Tiere verbrannt. Dort müsste es also unzählige

Tierschädel geben. Der Mann, der das Christentum zur Religion gemacht hat, Paulus von Tarsus, erinnert gerade in seinem Brief an die Hebräer daran, dass die Kadaver der Opfertiere »außerhalb des Lagers« verbrannt wurden und dass Jesus auf gleiche Weise »außerhalb des Tores« der Stadt gebracht wurde. Das kann kein Zufall sein. Der Ort musste damals für alle ein Begriff gewesen sein.

Ich habe das wichtigste Thema, das Pilatus mit dem zweiten Begräbnis des vermeintlichen Jesu eröffnet hat, für den Schluss aufgespart. Da ich mich dort gut auskenne, kann ich darüber Vermutungen anstellen. Wenn Golgatha tatsächlich der Rosh ist, der Gipfel des Berges, auf dem sich der Altar Miphkad befunden hat, könnte die Kreuzigung am höchsten Punkt stattgefunden haben, von wo aus der Sohn Marias in den Himmel aufgefahren ist und wo die Christen eine Kirche errichtet haben, die später durch al-Malik *Salah al-Din in die Himmelfahrtsmoschee umgewandelt wurde, Allah sei ihm gnädig. Der Weg zum Gipfel dürfte der sein, den der Evangelist Lukas beschrieben hat, als Jesus aus Bethanien gekommen ist. Das erste Grab gehörte einem reichen Mann, genau wie das in der Höhle unter der kleinen christlichen Paternosterkirche im Süden der Himmelfahrtsmoschee. Der Bericht besagt, dass das zweite Grabmal dort in der Nähe gelegen haben muss, was plausibel erscheint. Die Römer hätten den Körper nicht verbrennen können, weil sie sonst Aufmerksamkeit erregt hätten. Wir wissen, wie lange es dauert, bis ein Leichnam vollständig zu Asche geworden ist. Weiter unten, am west-*

lichen Hügelrand, liegt ein großer, sehr alter jüdischer
Friedhof mit Tausenden von Gräbern, aber ich glaube
nicht, dass er dort liegt. Pilatus sagt, dass zu dieser Zeit
viele Leute in der Stadt gewesen wären, jemand hätte sie
sehen können, und das wollte man vermeiden. Sie dürf-
ten ihn in eine andere Felsenhöhle gelegt haben, von de-
nen es dort viele gibt.

Meiner Meinung nach müsste man aufmerksam das
Gebiet rund um die Paternosterkirche untersuchen.
Nach über tausend Jahren wird man kaum noch etwas
finden, aber unmöglich ist es nicht. Ich selbst habe zwei
Felsbrocken gefunden, mit denen das Felsengrab ver-
schlossen gewesen sein könnte, etwa dreihundert Schritte
von der kleinen Kirche nach Osten. Der Körper des
Mannes, den man an Jesu Stelle gekreuzigt hat, könnte
noch dort sein. Sobald ich mit Allahs Hilfe über die Un-
gläubigen gesiegt habe, wäre es mir eine Freude, Euch bei
der Suche zu begleiten. Möge Allah Euch für immer mit
seinem Schutz und seiner Führung erleuchten.

Nahe Akbara, am Morgen des 3. Juni 1250

Yves le Breton ließ das Pergament sinken. Er war aufgeregt
und verwirrt. Der Teufel persönlich musste diese Obszöni-
tät verfasst haben, dachte er. Ihm kamen die Worte Amaury
de Troyes' wieder in den Sinn: Das Siegel des Teufels wurde
gebrochen, die Bestie steigt aus den Untiefen auf. Er hatte
geglaubt, er sei im Delirium, aber dem war nicht so.

Die Bestie, die nach vielen Tausend Jahren aus dem Abgrund gekrochen war, weilte tatsächlich unter ihnen, und nur er, ein Novize und eine Handvoll Ritter konnten sie aufhalten. Bestürzung stieg in ihm auf, aber er sagte sich, dass es Gottes Wille war. Wenn Gott ihn auserwählt hatte, dem abgrundtief Bösen entgegenzutreten, dann musste das einen Grund haben. Er vertraute ihm. Er würde also überlegt vorgehen wie immer, sich nicht von Satan verwirren lassen und den Ratschlägen seines Meisters folgen. Er begann leise zu beten. »*In principio erat Verbum et Verbum erat apud Deum et Deus erat Verbum …*«

Der Prolog des Johannesevangeliums war immer seine Lieblingspassage gewesen. Gott, der die Dunkelheit durchbricht, der Fleisch wird und seine absolute Perfektion durch Sterblichkeit und Vergänglichkeit ersetzt. Er kommt, um mitten unter uns zu sein. Das war die höchste Essenz des Christentums, ein schwindelerregendes Geheimnis, wie der heilige Augustinus sagte. Er würde nicht wanken.

»Entschuldigt, Magister.«

Sargines kam auf ihn zu und massierte sich den Rücken. Yves schaute abwesend auf und wurde erst jetzt Nicolas gewahr, der nicht weit entfernt stand und ihn besorgt anblickte.

»Was gibt es?«

»Die beiden Reiter, die ich zur Verfolgung des Flüchtigen losgeschickt habe, sind tot. Einer wurde mit einem Armbrustpfeil getötet. Hier muss noch ein weiterer Tempelritter in der Nähe sein. Wahrscheinlich ein Kundschafter. Sie haben sich die Pferde unserer Männer genommen, können die Tiere also wechseln. Ich glaube nicht, dass wir sie fassen werden.«

»Es tut mir leid um die Reiter, wir werden für sie beten, aber kümmere dich nicht um die Flüchtenden. Ich weiß, wohin ihr Weg sie führt.«

Kapitel 31

Jerusalem

Nördlich der Templerfestung La Fève, in der Nacht zwischen dem 3. und 4. Juni 1250

Hugues de Jouy drehte sich zu Bruder Jean de Alençon, der neben ihm ritt.

»Nur Mut, die Festung ist nicht mehr weit.«

Die beiden hatten nur eine kurze Pause eingelegt, um die Pferde zu wechseln, und waren auch nach Sonnenuntergang noch weitergeritten. In der Dunkelheit zu reiten, noch dazu ohne Mondlicht, war riskant, aber Hugues wusste, dass er keine andere Wahl hatte. Die Verfolger waren ihnen sicher auf den Fersen, voller Wut über das, was den anderen beiden geschehen war. Er war überzeugt davon, dass er es auch allein geschafft hätte, aber trotzdem war Jeans Eingreifen hilfreich gewesen, die Ritter des Königs hatten keine Chance gehabt. Aber in Wahrheit war alles schiefgegangen. Seine Mitbrüder waren tot, der Mönch war weiterhin am Leben, und vor allem lag Ibrahim al-Nasris Brief immer noch unter dem Pferd. Er hoffte, dass niemand auf die Idee kam, den schweren Kadaver hochzuheben, aber verlassen konnte er sich darauf nicht. Wahrscheinlicher war, dass der Inquisitor den Brief bereits gelesen hatte und auf dem Weg in Richtung Ölberg war. Er durfte seinen Vorsprung auf keinen Fall einbüßen.

In La Fève würde er nur lange genug bleiben, um Großmeister Renaud eine Nachricht zu schicken, die Pferde zu wechseln und sich eine neue Eskorte zu besorgen. Die Festung war nicht so groß wie Safed, aber von dort kontrollierten die Templer das fruchtbare Tal von Esdraelon in Galiläa, etwa fünfzig Männer waren dort stationiert. Wenn er sich recht erinnerte, waren dort nur noch drei oder vier Mitbrüder verblieben. Der Magister hatte ihn angewiesen, dass er keine *servientes* oder Türken an der Mission beteiligen sollte, aber um solche Details konnte er sich jetzt nicht kümmern.

Nur ein Kerzenstummel auf dem Tisch spendete etwas Licht. Yves schrieb im Kapitelsaal des Jakobinerklosters in Paris das Protokoll der Befragung nieder. Aus der Dunkelheit des riesigen Saales tauchten zwei Gestalten auf. Ein Mann war hochgewachsen und weiß gekleidet, er hatte einen schwarzen Bart, dunkle Augen und lange Haare. Vor ihm stand Mathieu de Bourbon. Die Stimme des alten Inquisitors kam Yves noch heiserer vor als sonst.

»Du bist ihm ähnlich, weißt du? Oder besser, du erinnerst mich an die Vorstellung, die ich von ihm habe. Aber natürlich bist du nicht er. Du kannst es nicht sein. Er ist gegangen und kommt nicht zurück.«

Yves spürte, dass sein Meister nervös war. Er sprach normalerweise nicht so viel und vor allem nicht mit einem, der auf dem Scheiterhaufen verbrannt werden sollte. Normalerweise waren es die Angeklagten, die sich rechtfertigten, ihre Unschuld beteuerten oder irgendetwas gestanden, um der Folter zu entgehen. Dieser nicht. Er hatte nichts gesagt und schaute den Magister ruhig und gefasst an.

Der Mönch fuhr fort: »Man klagt dich an, dich Gottes Sohn genannt zu haben, der nach mehr als tausend Jahren zurückgekehrt sein soll. Du hast auch gegen die Kirche gepredigt. Was hast du dazu zu sagen?«

Schweigen.

»Leugnest du? Viele haben dich gesehen und gehört.«

Schweigen.

»Redest du nicht mit mir? Weißt du nicht, dass ich Macht habe, dich loszugeben, und Macht habe, dich zu kreuzigen?«

Dieses Mal antwortete der Mann. Eine tiefe, warme Stimme, ohne Akzent.

»Du hättest keine Macht über mich, wenn es dir nicht von oben gegeben wäre.«

»Na bitte! Damit hast du gestanden. Du bist einer dieser Aufwiegler, der die Worte unseres Herrn benutzt, um Chaos zu verbreiten, indem du die Regeln, die er uns hinterlassen hat, brichst, zuvorderst den Gehorsam gegenüber dem Stuhl Petri.«

»Kefa hätte das niemals gutgeheißen.«

Der Magister verstummte bestürzt. Der Mann fuhr fort: »Er hat mich verleugnet. Es ist menschlich, dass er es getan hat, und es ist geschehen, aber er selbst wird sich das niemals verzeihen. Er hat es auch nur dreimal getan. Es gibt niemanden, der es weniger oft getan hat. Du tust es schon dein ganzes Leben lang.«

»Du fluchst.«

»Ganz im Gegenteil. Ich kenne Kefas Charakter und kann mir gut vorstellen, was er seinem sechzehnten Nachfolger sagen würde, der Menschen wie dich ausschickt ...«

Der Alte schien zu wanken. Der andere fuhr fort: »Ich bin nicht zurückgekommen, um dich zu verurteilen, Mathieu de Bourbon, sondern um dich zu retten. Du bist überzeugt, im Namen Gottes zu handeln, und das ist deine schlimmste Sünde. Der Orden, dem du angehörst, ist nicht Gott. Gott ist Liebe. Die Herrlichkeit Gottes ist die Liebe, und sie zeigt sich in deinem Nächsten. Etwas anderes gibt es nicht. Das sind die Worte der Erlösung, die der Vater den Menschen gesandt hat. Liebe Gott und deinen Nächsten wie dich selbst. Nach mir haben Kefa und die anderen versucht, die Botschaft zu verbreiten, aber ihr habt sie an euch gerissen und behauptet, ihr könntet sie als Einzige interpretieren. Ihr habt sie verzerrt und zu einem Instrument der Macht gemacht. Ihr habt die Herrlichkeit der Menschen, nicht die Herrlichkeit Gottes gewählt.«

Der Inquisitor krallte die Finger in seine Dominikanerkutte, als suchte er Kraft in diesem Symbol. Dann antwortete er: »Unser Glaube besteht auch in den Regeln, den Riten, der Ordnung. Keine Ordnung würde das Ende bedeuten. Es gäbe keine Regeln mehr. Es gäbe keine Gottesfurcht mehr. Es gäbe keinen Gott mehr.«

»Gott ist der Vater, er kann keine Angst haben, und er will den Menschen keine Angst einflößen. Die Angst lässt sie hassen und entfernt sie von ihm. In Wahrheit bist du es, der Angst hat. Du hast Angst vor mir. Du hast Angst vor denen, die nicht so sind wie du, und verfolgst sie.«

Die Antwort des Inquisitors war ein Flüstern: »Der Teufel hat dich geschickt … Ich werde dich morgen früh auf dem Scheiterhaufen brennen lassen.«

»Du wirst niemanden mehr töten!«

»Magister, Magister!«

Wie gerne hätte Yves weitergeträumt. Er versuchte es, doch die Stimme von Geoffroy de Sargines war durch die Dunkelheit gedrungen. Er öffnete die Augen. Der Himmel wurde im Osten heller, die Hügel Niedergaliläas hoben sich dagegen ab.

Yves hatte im Morgengrauen eine kurze Messe für die Toten gehalten, die mit Steinen bedeckt worden waren. Danach waren sie aufgebrochen. Der Inquisitor war das Reiten nicht gewohnt und versuchte, mit Beten seine Schmerzen erträglicher zu machen. Die Johanniter schätzten, dass sie mit nur wenigen Pausen bei Sonnenuntergang des folgenden Tages, dem 5. Juni, ihr Ziel erreichen würden.

Als der Mönch ihr neues Ziel genannt hatte, hatte Sargines seine Verwunderung nicht verhehlen können. »Vielleicht sollten wir lieber nach Akkon zurückkehren, Meister. Wir haben einige Verletzte und nur noch etwa dreißig kampffähige Männer. Jerusalem ist sarazenisches Gebiet, und wir könnten jederzeit angegriffen werden. Und nicht nur von den Ayyubiden. In den jüngsten Berichten aus Akkon heißt es, dass auch die ägyptische Kavallerie im Süden der Stadt sei.«

Yves hatte ihn mit flammendem Blick angesehen.

»Monsieur de Sargines, der König hat Euch befohlen, mich zu begleiten, wo auch immer ich hingehe. Wenn die Sache Gottes es nötig macht, in die Hölle hinabzusteigen, dann werden wir auch in die Hölle hinabsteigen.«

Sein Ton hatte keinerlei Widerspruch erlaubt, und Geoffroy hatte geschwiegen. Die Verletzten waren mit dem gefangen genommenen Templer und sechs Rittern als Eskorte nach Akkon gebracht worden, die anderen waren nach Süden weitergeritten.

Nicolas lenkte sein Maultier neben das von Yves.

»Verzeiht mir, Meister, aber ich verstehe nicht mehr, was vor sich geht. Wenn man mal davon ausgeht, dass ich vorher etwas verstanden habe.«

»Du hast recht, Nicolas. Ich bin auch erst dabei, es richtig zu verstehen.«

»Wohin reiten wir?«

»Auf den Ölberg.«

»Auf den Ölberg? Aber warum, Meister? Was ist dort?«

»Nichts. Absolut nichts, da bin ich mir sicher, aber genau deshalb müssen wir dorthin …«

Der junge Mann nickte, tat so, als hätte er verstanden, und schwieg. Yves dachte, dass dieser Junge wusste, was Glauben bedeutete. Allein die Sicherheit, die er ihm vorgegaukelt hatte, hatte ihm Kraft geschenkt.

Er betrachtete die kargen Hügel, die so ganz anders waren als die in Frankreich, und dáchte an den weiß gekleideten Mann. Es war nur ein Traum gewesen, aber war es wirklich der Herr gewesen, den er gesehen hatte? Das wäre eine Bestätigung seines Glaubens, der auch von den Blasphemien, von denen er gelesen hatte, nicht erschüttert worden war. Was hatten dann die Bestürzung und die Angst in Mathieu de Bourbons Gesicht zu bedeuten? Sie konnten nur die Frucht seiner Seele sein. Der in Weiß gekleidete Mann hatte mit ihm gesprochen. Die schlimmste Sünde war zu glauben, im Namen Gottes zu handeln. Liebe deinen Nächsten wie dich selbst. Sicher, so stand es geschrieben. Aber kurz davor stand geschrieben: »Du sollst den Herrn, deinen Gott, lieben von ganzem Herzen, von ganzer Seele und von ganzem Gemüt. Dies ist das höchste und erste Gebot.« Sein *officium* bezog er genau daraus. Aus der absoluten Liebe zu Gott. Jede Liebe braucht Treue, aber die absolute Liebe braucht absolute Treue, um sie vor jedem Unbill zu schützen und zu bewahren. Die Häretiker dagegen waren wie die kleinen Füchse, die die Weinberge des Herrn verderben. Es war deshalb nötig, die Häresie auszurotten, sodass alle Menschen, auch die einfachsten, Gott lieben und ihm treu sein können. Eine schwierige und bedeutsame Mission, bei der ihn die Worte Jesu getröstet hatten: »Wenn ihr alles getan habt, was euch befohlen ist, so sprecht: Wir sind unnütze Knechte; wir haben getan, was wir zu tun schuldig waren.«

Aber war es möglich, dass man, obwohl man überzeugt war, Gutes zu tun, etwas Böses tun konnte? Hugues de Jouy hatte gesagt, dass der Teufel sich seines Geistes bemächtigt hatte, um den wahren Glauben und den Tempel zu zerstören. Was, wenn er recht gehabt hatte? Und wenn der Teufel auch ihn fehlgeleitet und er es nicht bemerkt hatte? Was wollten die Templer eigentlich? Offensichtlich schenkten sie diesen blasphemischen Worten wirklich Glauben und waren sich sicher, die sterblichen Überreste Jesu zu finden. Aber warum suchten sie überhaupt danach? Um ihn zur Schau zu stellen und damit ihr Ende zu riskieren oder um ihn zu verstecken? Und welche Rolle spielte er dabei? War es möglich, dass er eine schlimmere Sünde begangen hatte und zum Instrument des Bösen geworden war?

Akbara, am späten Vormittag des 4. Juni 1250

Renaud hatte sie sofort erkannt. Geier. Zu Dutzenden flogen sie über dem Weg vor ihnen auf. Seine Kundschafter mussten ihren Festschmaus gestört haben. Er wusste, dass er zu spät gekommen war. Am Vortag war er im Morgengrauen aus der Festung von Armand de Villiers in Akkon fortgeritten, mit etwa fünfzig *servientes* und Türken. Sie hatten sich nicht geschont. Entlang des Weges hatten sie Guillaume getroffen. Der junge Mann hatte ihm bestätigt, dass Hugues am selben Morgen losgeritten war. Auf die Frage des Großmeisters, ob ihm Verfolger aufgefallen wären, hatte er erstaunt die Augen aufgerissen. In Safed hatte Renaud weitere fünfzig Männer aus der Garnison geholt, darunter acht Mitbrüder des Ordens.

Tatsächlich waren es seine Kundschafter gewesen, die

die Aasfresser aufgescheucht hatten. Zwei *servientes* standen zwischen den Kadavern der Pferde. Neben ihnen waren Steine aufgehäuft: improvisierte Gräber. Die von den Schnäbeln der Raubvögel zerfetzten Satteldecken ließen keinen Zweifel daran, dass Hugues auf die Ritter des Königs und der Johanniter gestoßen war. Die Leichname unter den Steinen würden verraten, wer als Sieger hervorgegangen war. Er betete zu Gott, dass sein Sohn sich hatte retten können.

»Räumt die Steine zur Seite! Ich möchte wissen, wer darunter liegt. Sebastien, versuche anhand der Spuren herauszufinden, was passiert ist.«

Der Soldat sprang zu Boden und ging zu Fuß zwischen den Kadavern hindurch. Er schaute aufmerksam zu Boden. Sebastien galt als bester Spurensucher des Tempels. In der Zwischenzeit räumten die Männer die Steine beiseite.

Renaud beobachtete voller Unruhe ihre Arbeit. Unter jedem der Haufen lagen vier oder fünf Leichen, und der Anblick jeder einzelnen war für ihn eine Erleichterung. Bald war das Bild schärfer gezeichnet: Hugues' Schwadron war nahezu ausgelöscht worden, aber der Sieg war teuer erkauft gewesen. Der Marschall der Templer war nicht unter den Gefallenen. Auch Jean de Alençon und Raymond de Fronsac hatten es geschafft. Vielleicht waren sie geflohen, vielleicht gefangen genommen worden.

Die Antwort kam von Sebastien.

»Weiter vorn ist noch ein Steinhaufen mit zwei Rittern des Königs darunter. Die Spuren sind verwirrend, da sie sich mit einer zweiten Gruppe vermischen, aber ich würde

sagen, dass zwei der Unseren mit vier Pferden fliehen konnten ... nach Süden, in Richtung La Fève.«

»Zwei und nicht drei?«

»Die Spuren sagen, dass nur zwei Pferde einen Reiter im
Sattel hatten.«

»Verstanden.«

Einer seiner Männer war gefangen genommen worden.
Der Soldat fuhr fort: »Es gibt auch Spuren einer Gruppe,
die nach Westen geritten ist, mit einigen Pferden, die Tragen hinter sich herziehen. Die meisten jedoch sind nach
Süden geritten, ohne unsere Männer zu verfolgen.«

Renaud hatte genug Hinweise, um zu schlussfolgern,
dass Yves le Breton nicht die Flüchtenden verfolgte, sondern nach Süden ritt, nachdem er die Verletzten nach Akkon geschickt hatte.

Die einzig mögliche Erklärung dafür war, dass er den
Brief des Imam gelesen hatte. Das wiederum könnte bedeuten, dass Hugues der Gefangene war. Vielleicht hatten
sie ihn gefoltert und zum Sprechen gebracht, vielleicht hatten sie auch einfach nur den Brief bei ihm gefunden. Er
musste herausfinden, ob er verletzt war und vor allem ob
der Mönch mit ihm unterwegs war oder ihn mit den anderen Verwundeten nach Akkon geschickt hatte.

»Wie viele sind nach Süden unterwegs?«, fragte er.

»Etwa zwanzig, Meister, vielleicht ein paar mehr«, antwortete der Soldat.

»Und die anderen?«

»Es waren etwa zwanzig Pferde, einige mit Tragen, wie
viele Verletzte es gab, kann ich jedoch nicht sagen.«

Der Großmeister dachte an Ismails Worte zurück. Sie waren von Akkon mit etwa fünfzig Reitern aufgebrochen, wenn man die Toten abzog, dann musste die Rechnung stimmen. Er wandte sich an Bruder Henri de Turenne, den Pfarrer des Kastellans von Safed.

»Henri, nimm dir dreißig Mann und kümmere dich um die Gruppe, die nach Akkon zurückkehrt. Durch die Tragen kommen sie nur langsam voran, du solltest sie vor dem Abend einholen. Vielleicht haben sie einen von uns dabei. Ich werde die anderen verfolgen. Sorge dafür, dass diejenigen, die unsere Brüder umgebracht haben, für ihre Sünden zahlen ...«

Den Rest des Satzes behielt er für sich: »... und niemandem von dem berichten können, was hier vorgefallen ist.«

Al-Quds, bei Sonnenuntergang des gleichen Tages

Nach dem Abendgebet lief der Mann über die Steinterrasse, auf der sich der Felsendom erhob, und betrat die Madrasa der Qubbat al-Nahawiyya, unweit der Zwillingstürme der Bab al-Silsila und der Bab al-Sakina, die östlichen Eingänge des Platzes der Moschee.

Die Madrasa war von ayyubidischen Sultanen erbaut worden, um dort die sieben Lesarten des Korans zu lehren. Sie hatte zwei Stockwerke. Im Erdgeschoss den Eingang und zwei kleinere Räume, im ersten Stock fünf große Säle, die beiden äußeren mit jeweils einer Kuppel. In dem nach Osten ausgerichteten Saal, der für den Imam vorgesehen war, befand sich im Moment nur Omar al-Idrisi, der alte und ergebene Diener von Ibrahim al-Nasri, dem der Verwalter des Doms zugesichert hatte, so lange bleiben zu dürfen, bis ein neuer Imam bestimmt worden war. Als junger Mann war Omar Soldat gewesen, er hatte unter al-Kamil in Dimyat gegen die Ungläubigen gekämpft, dann war er der Schatten des weisen Ibrahim geworden, erst in der großen Moschee von al-Aqsa, dann in der Qubbat as-Sachra, der heiligsten Moschee des Islam nach Mekka und Medina.

Omar betrat den Raum und schloss die Tür hinter sich, als eine Stimme ihn zusammenzucken ließ.

»*Marhaba*, Omar.«

Im gleichen Moment spürte er, wie sich etwas Spitzes in seinen Rücken bohrte.

Die Stimme fuhr leise fort: »Ganz ruhig. Ich will nur mit dir reden.«

Omar ließ sich nach vorn fallen, um der spitzen Waffe auszuweichen, wurde aber durch einen Tritt zu Fall gebracht. Er drehte sich um, und einen Augenblick später drückte ihn ein Fuß auf der Brust zu Boden.

Umberto setzte den Krummsäbel an die Kehle des Mannes am Boden. Es war nicht schwer gewesen, Informationen über den Diener von Ibrahim al-Nasri einzuholen, sich im Felsendom unter die Gläubigen zu mischen und in die Madrasa zu schleichen, um ihn nach dem Gebet dort zu erwarten. Mohamed war draußen bei den Pferden geblieben, bereit, jederzeit zu Baibars zurückzureiten, der im Süden der Stadt auf ihn wartete.

»Versuch es nicht noch mal.«

»Wer seid Ihr? Was wollt Ihr von mir?«

»Wissen, warum du das getan hast.«

»Was getan?«

»Den Imam getötet.«

Der Gesichtsausdruck des Mannes verriet, dass er recht hatte. Seine Antwort kam mechanisch: »Ich habe niemanden getötet.«

Der Druck der Waffe gegen den Hals wurde stärker, Blut begann zu fließen. »Stopp!«, beeilte sich Omar zu sagen. »Ich wollte es nicht, es war seine Schuld.«

»Wessen Schuld?«

»Des Imam.«

»Wie meinst du das?«

»In letzter Zeit hatte er den Verstand verloren. Seitdem wir dieses Skelett gefunden haben, war er nicht mehr er selbst. Er hat heidnische Bücher gelesen und nach Gräbern gesucht ...«

»Welches Skelett?«

»In einem eingestürzten Gang unter der al-Qubbat as-Sachra. Wir haben es gefunden, als wir nach dem Einsturz eines Wandelgangs diesen Bereich untersucht haben.«

»Lagen in seiner Nähe auch Goldmünzen und eine Pergamentrolle?«

Omar sah ihn überrascht an.

»Hat der *qadi* Euch das erzählt? Schickt er Euch? Aber ich bin sein Freund, ich habe nur das getan, was er von mir verlangt hat. Ihr könnt ihm sagen, dass ich mit niemandem darüber gesprochen habe und es auch niemals tun würde.«

»Du tust es gerade. Er hat den Mord in Auftrag gegeben, oder?«

»Ja, das war er, aber nur weil der Imam vom Teufel besessen war. Der edle Mohamed as-Salih sagte mir, Ibrahim hätte der Säule des Glaubens geschrieben, Allah sei ihm gnädig ...«

»Hast du den Brief gelesen?«

»Ich kann nicht lesen, aber ich habe es selbst herausgefunden, als ich mit ihm nach Gräbern gesucht habe.«

»Und dann hast du mit dem *qadi* gesprochen.«

»Es war meine Pflicht.«

»Wo hast du mit ihm nach Gräbern gesucht?«

»Auf dem *Jebel ez-Zeitun.*«

»Steh auf. Vor der Stadt warten einige Freunde auf uns. Sie kommen aus al-Qahira, genau wie du. Wir werden einen Spaziergang machen, und du wirst uns die Gräber zeigen.«

Kapitel 32

Der Ölberg

Ölberg, am Abend des 5. Juni 1250

Es war das Zentrum der Welt. Hugues de Jouy hatte die Stadt noch nie gesehen.

Vor dem noch hellen Horizont, von unzähligen Lichtern beleuchtet, war Jerusalem noch viel schöner, als er es sich vorgestellt hatte. Die goldene Kuppel schien zum Greifen nah. Ein halbes Jahrhundert war sie im Besitz seines Ordens gewesen und in eine Kirche verwandelt worden, nach der Katastrophe von Hattin und der Rückeroberung der Stadt durch Saladin war sie zur Moschee geworden. Die Kirchen dagegen, die nicht dasselbe Schicksal ereilt hatte, waren verfallen, genau wie die, vor der er jetzt stand, an der Stelle, wo Jesus seinen Jüngern das Vaterunser beigebracht hatte.

Die arabischen Hirten, die in den umliegenden Hütten wohnten, hatten sich beim Anblick der bewaffneten Männer in ihren Häusern verbarrikadiert. Hugues und Jean de Alençon wurden von sechzehn *servientes* aus der Garnison La Fève begleitet. Vier waren am Fuße des Berges bei den Pferden geblieben.

Jean näherte sich mit einer Fackel in der Hand, die aber noch nicht brannte.

»Und jetzt?«

»Hier entlang.«

Hugues ging nach Osten, dabei zählte er laut seine Schritte. Jean ging ihm verwundert hinterher. Die anderen folgten ihnen über holprigen Boden, zwischen Steinen und Olivenbäumen hindurch. Man hörte die Grillen singen. Erst ging es bergauf, dann wieder leicht nach unten. Als er bei dreihundert angekommen war, blieb Hugues stehen. Es war dunkel geworden, der Mond nur noch eine Sichel. Man konnte nichts mehr sehen.

»Bring uns Licht, Jean.«

Mit einem Feuerstein entzündete der Templer die Fackel und beleuchtete kurz darauf eine Brombeerhecke zu ihrer Linken. Hugues streckte die Hand aus.

»Gib sie mir.«

Er nahm die Fackel, ging zu der Hecke und versuchte zu sehen, was dahinter lag. Das, was er sah, ließ ihn sagen: »Entfernt die Hecke!«

Drei *servientes* zogen ihre Schwerter und begannen das Gestrüpp zu entfernen. Dahinter tauchte ein etwas hellerer Stein in einer Felswand auf: eine Gesteinsformation oder der Eingang zu einer Höhle. Bei dem Gedanken, dass sich eine jahrhundertealte Mission der Templer gerade erfüllte, zuckte der Marschall zusammen und bekreuzigte sich. Niemand verstand, warum.

»Schiebt den Stein zur Seite.«

Die *servientes*, die die Dornenhecke entfernt hatten,

steckten die Schwerter in die Scheiden zurück und versuchten, den Stein zu bewegen, vergeblich.

»Grabt an den Rändern.«

Inzwischen war es tiefe Nacht geworden. Als sie schließlich den Felsen beiseiteschieben konnten, entdeckten sie dahinter einen Hohlraum. Ein Eingang. Hugues hielt die Fackel hinein. Es roch abgestanden, aber das Licht flackerte nicht. Es gab also keinen weiteren Eingang. Jetzt war er gefordert.

»Jean, warte hier auf mich.«

Er musste sich klein machen, um in den niedrigen Gang zu gelangen, der im weiteren Verlauf aber so hoch wurde, dass er aufrecht gehen konnte. Er leuchtete auf den Boden und ging Stein um Stein weiter. Keine Anzeichen einer Grabstätte oder von Knochen. Nur Steine. Er bemerkte einen weiteren Hohlraum, der sich nach unten hin öffnete. Als er darauf zuging, hörte er von draußen Schreie. Schnell kehrte er zurück zum Eingang und zog sein Schwert.

Kaum hatte er die Höhle verlassen, war er von drei französischen Armbrustschützen umzingelt, die ihre Waffen auf ihn angelegt hatten. Jean lag mit weit aufgerissenen Augen leblos am Boden. Aus seiner Brust ragte ein Pfeil inmitten einer großen Blutlache. Auch drei *servientes* lagen dort mit verdrehten Gliedmaßen. Die anderen saßen entwaffnet auf dem Boden und wurden von den Franzosen in Schach gehalten. Diese Feiglinge hatten sich ergeben. Aber nicht alle. In der Nähe war das Kreuzen von Klingen zu hören. Hugues hob ebenfalls das Schwert, als er eine Stimme hörte.

»*In nomine Domini,* Hugues de Jouy, lass die Waffe fallen und mach keine Dummheiten.« Der Templer wandte sich um. Vor ihm tauchte im Licht einer Fackel die Silhouette von Yves le Breton auf. Der Inquisitor, dessen Gesicht im Halbdunkel lag, fuhr fort: »Es sind bereits zu viele Menschen durch deine Besessenheit gestorben, und du siehst die Gerechtigkeit Gottes vor dir. Keinen Feind.«

»Du bist die Inkarnation des Teufels.«

»Wenn ich das wäre, wärst du bereits tot.«

Der strenge Ton des Mönches und das Bewusstsein, dass er allein war und nun sterben könnte wie Jean, ließ ihn das Schwert zur Seite werfen. »*Brüder!* Schluss damit!«

Der Lärm verebbte. Yves gab den Rittern ein Zeichen, die Armbrüste sinken zu lassen. Geoffroy de Sargines tauchte auf, er schob einen verletzten Templer vor sich her.

»Andere gibt es nicht, Magister.«

Yves näherte sich dem Marschall des Tempels. Er flüsterte: »Was ist dort?«

»Nichts.«

»Anders hätte es auch nicht sein können. Unser Herr ist gestorben und am dritten Tage auferstanden. Wir stehen vor einem schrecklichen Komplott, das sich nur der Teufel zusammen mit den Ungläubigen ausgedacht haben kann.«

Hugues schaute ihn erstaunt an. Der Mönch sprach weiter: »Der Hochmut des Ordens hat es gewagt, Gott herauszufordern. Als ihr die Nachricht von dem gefälschten Bericht von Pontius Pilatus bekommen habt, hättet ihr mir, dem Inquisitor des Papstes, davon berichten müssen und nicht auf eigene Faust handeln und der teuflischen Nachricht glauben dürfen. Ihr hättet sie sofort verbrennen sollen. Du bist hier, weil du an der Auferstehung Jesu und der Gerechtigkeit Gottes gezweifelt hast, das sind Todsünden. Außerdem hat dein schrecklicher Angriff vor einigen Tagen mehreren stolzen Rittern des Königs das Leben gekostet. Genau wie die anderen, die es gewagt haben, die Waffen gegen uns zu erheben.«

Er deutete auf Jean und fügte hinzu: »Auch das war eine Todsünde. Ich habe jedoch entschieden, unseren guten König im Augenblick nicht damit zu behelligen, was du getan hast. Ich werde ihm nur von deinen Verhandlungen mit den Ayyubiden in Damaskus berichten. Ich werde natürlich auch mit Renaud de Vichiers sprechen müssen, der davon sicher nichts wusste, da er unserem König treu ergeben ist. Und jetzt sammle deine Männer und bring sie fort.«

Der Templer schwieg. Er wusste nicht, was er sagen sollte. Das Letzte, was er von diesem Mann erwartet hätte, war die Nachsicht, mit der er ihn behandelte. Um die Gründe dafür zu erfassen, bräuchte es Meister Renaud. Er schien allerdings nicht der Einzige zu sein, der die Sünde des Zweifels auf sich geladen hatte, denn der Inquisitor war ja ebenfalls hier. Er fragte sich, was wohl in der Höhle sein mochte, die er nicht erforschen konnte. Wahrscheinlich nichts, und wenn doch, dann gäbe es nach dem Besuch des Mönches nichts mehr darin zu sehen. Er begriff, dass der König und die Templer das gleiche Ziel gehabt hatten.

Ihm wurde auch klar, dass er Jean und viele andere Brüder in den Tod geführt hatte. Er gab seinen Männern ein Zeichen und machte sich auf den Rückweg zu den Pferden. Die anderen folgten ihm. Sie trugen die Körper der Toten.

Yves dankte Gott, dass er ihn erleuchtet hatte. Die Templer hatten das zweite Grab finden und eventuelle Reste verschwinden lassen wollen, um alles zu verschleiern. Aus ihrem Blickwinkel war die Botschaft von Pontius Pilatus nicht nur eine Gefahr für das Christentum, sondern auch für den Orden der Tempelritter selbst. Sie wollten das höchste Gut schützen, das sogar noch über die Gestalt Jesu Christi hinausging. So stand es schon im *De laude novae militiae* von Bernard de Clairvaux, das er mit steigendem Unbehagen gelesen hatte. Unter dem Schutz eines Ordens gläubiger Kriegermönche hatte der heilige Abt eine Sekte geschaffen, die die Welt beherrschen sollte. Bereit zu töten. *In morte pagani christianus gloriatur, quia Christus glorificatur* – der Christ rühmt sich des Todes der Heiden, weil er Christus verherrlicht. Er hatte auch verstanden, warum Renaud de Vichiers so eng mit Hugues de Jouy verbunden war. Sie mussten nahe Verwandte sein, so ähnlich, wie sie sich sahen. Ein Neffe, vielleicht sogar noch enger. Er wandte sich an Sargines. »Monsieur, folgt ihnen und stellt sicher, dass sie auch wirklich gehen.«

Geoffroy verschwand in Begleitung von zehn Reitern, der Inquisitor sah zu Nicolas.

»Gib mir die Fackel und warte hier auf mich.«

Nicolas gab sie ihm, er sah verängstigt aus. Obwohl der Inquisitor und der Templer ganz leise miteinander gesprochen hatten, hatte er die Worte »Teufel« und »Komplott« sehr wohl verstanden.

Yves atmete tief durch. Der Moment der Wahrheit war gekommen.

Innerlich sprach er das *Exsurge Domine*, betrat die Höhle und ging durch das Gewirr der Gänge bis zum Ende. Rasch wurde ihm klar, dass Hugues nicht gelogen hatte. Sie war leer. Er leuchtete in den Schacht. Auch dort: nichts. Nur Steine.

Aber noch war es nicht vorbei. Ibrahim hatte von zwei Felsbrocken gesprochen, die vor den Gräbern lagen. Er musste das zweite Grab finden. Oder sollte er einfach gehen? Plötzlich wurde ihm kalt. Langsam ging er zurück zum Ausgang, dabei achtete er auf jeden seiner Schritte.

Nicolas fragte: »Alles in Ordnung, Magister?«

»Ja, alles in Ordnung. Hier ist nichts.«

»Was hat der Templer denn gesucht?«

Er beschloss, es ihm zu sagen, obwohl er sicher war, dass Mathieu de Bourbon es nicht getan hätte.

»Er suchte nach den Überresten von Jesus, die nach einem vermeintlichen Dokument von Pontius Pilatus, das von einem Imam in Jerusalem gefunden wurde, hier liegen sollen.«

Nicolas war tief erschüttert, wurde kreidebleich und sank ohnmächtig zu Boden.

Yves schüttelte den Kopf und murmelte: »Auch dieses Mal habt Ihr recht behalten, Magister.«

Er kniete sich nieder und gab dem jungen Mann eine Ohrfeige, während ein Ritter herbeieilte.

Nicolas schlug die Augen auf.

»Magister, was war mit mir?«

»Nichts, Nicolas. Nichts.«

Er wandte sich an den Ritter: »Bringt ihm Wasser und wartet hier auf mich.«

Er machte sich allein auf den Weg, ging etwa hundert Meter leicht bergab, da sah er etwas zwischen den Olivenbäumen. An einer Felswand war etwas auffällig, es sah nach einem Höhleneingang aus, ganz ähnlich dem, den er gerade untersucht hatte. Die Brombeerranken waren bereits entfernt worden. Vielleicht von Ibrahim al-Nasri?

Er ging näher, um besser sehen zu können, und gerade als er den Stein berührte, ließ ein Geräusch ihn zusammenzucken. Er fuhr herum.

Der Mann vor ihm war wie ein Beduine gekleidet, mit einem hellen Kaftan und einem Stück Stoff gleicher Farbe um den Kopf gewickelt, das mit einer Kordel befestigt war. Die kalten dunklen Augen erkannte Yves sofort. In der rechten Hand hielt er ein kurzes Krummschwert, das er aber nicht erhoben hatte. Ganz ruhig sagte er auf Latein: »Ich rate dir, nicht zu schreien, Yves le Breton. Dann würden deine Männer sterben.«

Der Mönch sah sich um, zwischen den Büschen und Bäumen tauchten mehrere Schatten auf.

»So sehen wir uns wieder, Ritter ...«

»Stimmt. So wie es scheint, sind wir gemeinsam darauf gekommen.«

»Du verkleidest dich noch immer, ser Berto. Wer bist du wirklich?«

Umberto lächelte.

»Ich werde sein, der ich sein werde.«

»Sei nicht blasphemisch. Auch für dich wird der Tag des Jüngsten Gerichts kommen.«

»Wer weiß das schon. Du vielleicht?«

»Sicher, ich bin der Stellvertreter der Gerechtigkeit Gottes.«

»Du stehst für die Macht. Gottes Gerechtigkeit sollte etwas anderes sein als *quaestiones* und Scheiterhaufen.«

»Du solltest besser nicht von Folter sprechen, Ritter. Du weißt, wovon ich spreche. Dein System ist noch schlimmer, weil es Gott beleidigt.«

»Bruder, ich habe genug gesehen, um zu dem Schluss zu kommen, dass es hier nicht um Gott geht. Es sei denn, Gott will Böses.«

»Gott ist ein guter Vater, er will nichts Böses. Es ist der Teufel, der den Menschen zum Bösen verleitet, wie er es jetzt gerade auch mit dir tut.« Yves deutete auf die Schatten zwischen den Bäumen. »Das sind Sarazenen, nicht wahr? Sicher bist du getauft, und aus der Art, wie du dich ausdrückst, entnehme ich, dass du eine außergewöhnlich gute Erziehung genossen hast. Warum willst du Komplize der Ungläubigen sein, die unseren Glauben zerstören möchten? Sie wollen nicht nur Päpste, Templer oder auch Priester vernichten, sondern den wahren, ursprünglichen Glauben von Millionen von Menschen. Sie gründen ihr oft nur kurzes und schmerzenreiches Leben inmitten der

Brutalität von Mensch und Natur auf der von Gott verheißenen Hoffnung der Auferstehung. Und du, Christ, der mir seinen Namen nicht nennen will, wirst du ihnen dabei helfen?«

»Ich heiße Umberto, Umberto di Fondi, Sohn des Riccardo, Baron von Acquaviva, und von Angela, Gräfin von Ceccano, die vor meinen Augen von Ruggero d'Aquila getötet wurden, einem treuen Christen und Diener des Papstes. Dieser Mörder hat sich im Kloster Fossanova in einer Mönchskutte beerdigen lassen. Im Namen Gottes habe ich Morde, Vergewaltigungen und Folterungen gesehen. Gerade du solltest das wissen, Bruder. Wenn Gott ein guter Vater ist, wessen Sohn bist du dann?«

Yves dachte an seinen Magister, der für ihn wie ein Vater gewesen war. Wenn er ihn sich vor Jesus vorstellte, überzeugt, ein Richter zu sein, in Wahrheit aber ein Angeklagter war, nackt in der Zelle von Roxanne. Es gelang ihm, den Gedanken beiseitezuschieben. Dies war nicht die Zeit, um zu wanken. Früher oder später, dachte er sich, wurde ein jeder aufgerufen, seinen Glauben zu beweisen, und für ihn würde es keinen besseren geben. »*Exsurge Domine*«, murmelte er. Dann sagte er rasch, wie zu sich selbst: »Der Herr hat mir die schwere Aufgabe gegeben, den Glauben zu verteidigen, um die Ankunft des Antichristen zu verhindern, die einfachen Seelen vor den Versuchungen des Teufels zu schützen wie auch Ketzerei und Chaos niederzuschlagen.«

»Deshalb suchst du nach den Überresten Jesu?«

»Ich versuche nur, einen teuflischen Plan zu vereiteln, an

dem du als Komplize beteiligt bist, indem du deine Taufe verrätst.«

Er hielt inne. Er spürte, wie die Kraft des Glaubens ihn wieder durchströmte. Dann fügte er hinzu: »Hier gibt es keine Überreste Jesu. Unser Herr wurde gekreuzigt und ist in den Himmel aufgefahren. Nach dem Tod gibt es die Wiederauferstehung und das ewige Leben. Und das, was du hier zu finden glaubst, wird an dieser Wahrheit nichts ändern.«

Er schlug mit der flachen Hand gegen den Fels.

Umberto murmelte leise: »Verschwinde.«

Der Mönch schien zu zögern, dann drehte er sich um und ging zu dem Lagerfeuer, das die französischen Ritter angezündet hatten.

Umberto sah dem Dominikaner nach, der durch die Dunkelheit entschwand. In seinem Kopf tauchten die Geister auf, die er selbst gerufen hatte: Acquaviva, seine Eltern, seine Schwester. Und die letzten Worte, die sein Vater geschrien hatte, als Lehre oder Mahnung: *Post fata resurgo.* So hatte er noch nie zuvor empfunden.

Baibars tauchte neben ihm auf.

»Was hast du ihm gesagt?«

Umberto konnte seine Gefühle nicht verbergen.

»Ich habe gesagt, sie sollen verschwinden … Wenn sie bleiben, würden sie vielleicht alle sterben.«

»Hat er es verstanden?«

»Ich denke schon.«

»Meine Männer werden kontrollieren, ob sie auch wirklich gehen. Wenn er hier war, dann heißt das, dass sie in der anderen Höhle nichts gefunden haben. Soll ich den Felsen beiseiterollen lassen?«

Umberto zögerte, dann sagte er knapp: »Nein.«

»Wie, nein?«

»Weißt du, Armbrustschütze, wenn dort das Skelett eines Mannes liegt, dann gründet sich das Christentum auf einem Irrtum. Aber wenn dort nichts ist, wäre Jesus als Gottes Sohn auferstanden, und der Islam würde auf einem Irrtum gründen. Willst du diesen Felsen wirklich beiseiterollen?«

Baibars schwieg, dann sagte er: »Sie werden sich auch in tausend Jahren noch umbringen, ser Berto.«

»Stimmt ... Aber glaubst du wirklich, dass wir sie heute davon abhalten können?«

Nach kurzem Schweigen schlug ihm Baibars so kräftig auf die Schulter, dass er fast zu Boden gegangen wäre. Im schwachen Mondlicht meinte Umberto, das Weiß seiner Zähne aufblitzen zu sehen. Lachte er? Das wäre das erste Mal, seitdem sie sich kannten.

Doch in Baibars' Stimme lag nichts Heiteres, als er fragte: »Was machen wir mit Omar?«

»Er hat Ibrahim verraten und ermordet, einen guten und weisen Mann, den ich zu schätzen gelernt habe.«

Ihm war klar, dass er damit ein Todesurteil gesprochen hatte. Niemand, so dachte er, konnte seinem Schicksal entfliehen, und sein Schicksal war immer schon dies gewesen: das Töten.

Kapitel 33

Der Abgrund

Akkon, 10. Juni 1250

In der Bibliothek des Franziskanerklosters hatte Umberto gerade über das Geschehen in der Madrasa in Jerusalem und auf dem Ölberg erzählt und dabei nichts ausgelassen. Nicht einmal die Entscheidung, die zweite Höhle nicht zu öffnen.

Sein Mitbruder Rinaldo di Parma hatte ihm schweigend und mit Tränen in den Augen zugehört. Er sagte nur einen einzigen, ganz leisen Satz: »Du hättest das zweite Grab öffnen sollen. Du hättest dort nichts gefunden, und doch hatte der Dominikaner recht. Unser Glaube geht über das hinaus, was man darin hätte finden können.«

Umberto antwortete nicht. Sie wussten beide, dass dieses Konzept dem Volk nur schwer zu erklären war. Er holte das Elfenbeinkästchen von Fachr ad-Din aus der Tasche, legte es auf den Tisch und das Kreuz des Franziskus obenauf.

»Ich möchte, dass Ihr das bei Euch behaltet.«

»Warum? Haben nicht Elias und der Kaiser dir diese Mission anvertraut?«

»Dem Kaiser und Elias diese Nachricht zu überbringen würde für mich ein Ende wie das von Ibrahim al-Nasri bedeuten. Keiner von beiden ist bereit, sich mit so etwas auseinanderzusetzen, aber sie wären auch nicht bereit zu akzeptieren, dass ich davon weiß. Der Kaiser glaubt nicht an Gott, geht aber gegen die Häretiker nach dem gleichen Schema vor wie die Inquisitoren. Der Häretiker ist immer ein Aufrührer, und Aufrührer gefallen niemandem, der an der Macht ist, ob es der Papst oder Friedrich der Staufer ist. Die Auferstehung des Fleisches in Zweifel zu ziehen stellt die Idee eines christlichen Reiches und eines Herrschers *Rex Regum*, der sich durch den Willen Gottes legitimiert, selbst infrage. Friedrich wäre ein Nichts. Ich werde ihm sagen, dass ich gescheitert bin, zu seinem eigenen Besten.«

Rinaldo war skeptisch.

»Ich bin sicher, dass das nicht allein der Grund ist.«

Umberto zögerte.

»Vielleicht. Aber darüber sprechen wir ein anderes Mal. Jetzt muss ich gehen. Adieu, Padre.«

»Es wird kein anderes Mal geben. Und das weißt du. Adieu, Umberto di Fondi. Gott sei mit dir und vergebe dir deine Sünden.«

Die Bestie stierte ihn aus dem Abgrund mit einem gelben Auge an, in dem die Iris rot leuchtete. Das Untier war schwarz mit goldenen Streifen, spitzen Zähnen und Hörnern. Es strahlte wilde Aggressivität aus. Der Abgrund war rot wie der Tempel in Jerusalem mit der Bundeslade, den die Bestie gerade angreifen wollte.

Yves war in den Anblick der Miniatur versunken, die die letzte Vision von Amaury de Troyes zeigte. Er hatte es im *scriptorium* des Franziskanerklosters in Akkon in einer Abschrift des Kommentars zur Apokalypse von Beatus von Liébana gefunden. Ein Buch von unvergleichlicher Ausdruckskraft, vor mehreren Jahrhunderten von einem spanischen, der Häresie verdächtigten Abt verfasst, der kurz davor stand, in *partibus infidelium*, also wieder heidnisch gewordenen Gebieten, zu enden.

Er hatte das Gefühl, dass alles endlich einen Sinn bekam. Die Bestie war der Zweifel und der Abgrund, aus dem sie gekrochen kam, nichts anderes als die menschliche Seele. Pilatus' Bericht war nach tausend Jahren wieder aufgetaucht, um das Heilige Grab zu zerstören, aber was auch immer sich hinter dem Felsen auf dem Ölberg verbarg, würde dem wahren Glauben nichts anhaben können.

Nicolas betrat das Zimmer und riss ihn aus seinen Gedanken.

»Magister! Renaud de Vichiers ist hier. Er möchte Euch sprechen.«

»Ich dachte es mir. Bring ihn her.«

»Aber ist das vernünftig?«

Nicolas hatte noch immer den Angriff der Templer vor Augen.

»Sei beruhigt. Er soll kommen, und dann lass uns allein.«

Kurz darauf betrat der Großmeister der Tempelritter das *scriptorium*.

Yves stand auf.

»*Pax vobiscum.*«

»*Et cum spiritu vestro.*«

Keiner der beiden hielt sich gerne mit Höflichkeiten auf. Renaud kam sofort zum Punkt: »Bruder Hugues de Jouy hat mir von Eurem Zusammentreffen erzählt.«

»Tatsächlich waren es zwei. Hat er Euch das nicht gesagt?«

»Doch, ich weiß alles. Euch anzugreifen war ein schwerer Fehler.«

»Stimmt, so kann man es nennen, einen schweren Fehler. Man könnte auch deutlichere Worte finden. Unter anderem wurden die verletzten Ritter, die nach Akkon unterwegs waren, überfallen und umgebracht, aber das wisst Ihr sicher. Könnte das ein weiterer Fehler gewesen sein?«

»Ausgeschlossen. Das müssen Sarazenen gewesen sein. Die Situation zwischen den Ayyubiden und den Mamelucken ist kompliziert, und wir stehen zwischen den Fronten. In unseren Städten sind feindliche Gruppen unterwegs, die Straßen sind nicht mehr sicher.«

»Einer Eurer Mitbrüder war unter ihnen, Raymond de Fronsac. Er ist spurlos verschwunden. Ich habe mit ihm sprechen können, ein sehr verlässlicher junger Mann, verlässlicher als der Marschall. Übrigens, Bruder Hugues sieht Euch sehr ähnlich. Ist er mit Euch verwandt?«

Renaud unterbrach ihn: »Was wollt Ihr?«

»Einen Namen.«

»Einen Namen?«

»Wer ist Euer Spion in Ägypten? Wer hat Euch über das Elfenbeinkästchen und seinen Inhalt informiert?«

»Warum wollt Ihr das wissen?«

»Nicht ich will das wissen.«

»Und wenn ich ihn Euch nicht nenne?«

»Dann wäre ich gezwungen, unserem guten König alles zu berichten, was vorgefallen ist. Nicht nur von der Mission in Damaskus und dem schweren Fehler Eures … Sohnes, nicht wahr?«

»Ich könnte Euch jetzt auf der Stelle töten.«

Yves nickte.

»Sicher, das könntet Ihr, aber wenn mir etwas passieren sollte, wird dem König sofort ein Brief überbracht, in dem ich die ganze traurige Geschichte berichte.«

Renaud sah ihn hasserfüllt an. Der Dominikaner fuhr fort: »Ich glaube, dass niemand mehr an meiner Gesundheit interessiert ist als Ihr. Ihr könntet mir sogar eine Eskorte der Templer an die Seite stellen. Und jetzt nennt mir diesen Namen.«

Zwei Wochen später

Es war der Tag des Johannisfests. Nach der Sonntagsmesse hatten sich alle im Saal des Palastes des Konstablers versammelt, um die Entscheidung des Königs zu hören. Im Saal saßen seine Brüder, der Kardinal von Châteauroux, der Patriarch von Jerusalem, Bischöfe, die französischen Adligen, die Barone von Outremer, die Meister der Orden und Yves le Breton. Einige der Anwesenden hatten dem König die Rückkehr nach Frankreich angeraten, andere, in Outremer zu bleiben, damit es nicht endgültig in die Hände der Ungläubigen fallen würde.

Louis schlug über seinem Mund ein Kreuz und begann zu sprechen: »Meine Herren, mein Wunsch ist es, all denen zu danken, die mir vorgeschlagen haben, nach Frankreich zurückzukehren, wie auch denen, die mir geraten haben zu bleiben. Durch mein Bleiben, so mein Gedanke, würde ich mein Königreich nicht gefährden, da meine Mutter, die Königin, fähige Männer um sich hat, die es zu verteidigen vermögen. Ich habe auch lange darüber nachgedacht, was mir die Barone von Outremer gesagt haben, dass nämlich das Königreich Jerusalem verloren sein würde, wenn ich nach Hause führe. Denn ohne mich würde niemand bleiben wollen. Auf keinen Fall werde ich zulassen, dass das Reich, das ich zu schützen und zurückzuerobern gekommen bin, verloren geht. Deshalb habe ich mich entschieden zu bleiben. Ich wünsche mir von allen noblen Männern, die hier versammelt sind, und den anderen Rittern, die mit mir bleiben wollen, dass sie offen sprechen. Wenn sie – trotz meiner Unterstützung – nicht bleiben wollen, dann liegt das nicht an mir, sondern an ihnen.«

Einige waren von diesen Worten tief getroffen, manche begannen sogar zu weinen.

Yves le Breton bewahrte eine würdevolle Haltung, wie es dem Werkzeug der Gerechtigkeit Gottes zukam. Er kannte die Entscheidung des Königs natürlich schon und wusste auch, dass die Grafen von Anjou und Poitiers bald nach Frankreich zurückkehren würden. Offiziell, um das Reich gegen die Angriffe der Engländer zu verteidigen. In Wirklichkeit aber, um in geheimem Auftrag zum Papst nach Lyon zu reisen und ihn zu bitten, den Kaiser zu entlasten – der Einzige, der Outremer jetzt noch retten konnte. Würde sich der Pontifex weigern, sollten sie ihm sogar mit der Verbannung vom königlichen Reichsgebiet drohen.

Der Inquisitor war sich bewusst, dass er gesündigt hatte, als er den König gebeten hatte, seinen Brüdern diesen Befehl zu erteilen, aber Gott kannte seine Gründe und würde ihm verzeihen. Er war fest davon überzeugt: Zu diesem Zeitpunkt würde nicht mal Friedrich Pontius Pilatus' Nachricht zu nutzen wagen, die Umberto di Fondi ihm sicher überbringen würde. Er selbst hingegen würde als Botschafter des Königs nach Ägypten reisen, um dort die Freilassung der anderen Gefangenen zu erreichen.

Die Versammlung war noch nicht zu Ende. Der König blickte zu Renaud de Vichiers.

»Habt Ihr mir etwas zu sagen, Meister?«

»Sire, Hugues de Jouy hat einen schweren Fehler begangen, indem er auf eigene Faust nach Damaskus gereist ist, um einen Vertrag mit den Sarazenen über die Aufteilung eines Gebiets zu schließen, das lange von unserem Orden beansprucht wurde. Er hat gegen Euren Befehl, nicht mit den Syrern zu verhandeln, verstoßen, bittet um Verzeihung und vertraut sich Eurer Gnade an.«

Louis machte eine Geste, und der Saaleingang wurde freigegeben. Auf der Schwelle erschien Hugues, barfuß, nur mit einem Jutesack bekleidet. Mit gesenktem Haupt ging er auf Louis zu und kniete sich schweigend nieder.

Der König wandte sich an Renaud: »Meister, Ihr werdet einen Botschafter nach Damaskus entsenden, um den Sarazenen mitzuteilen, dass es Euch belastet, einen Vertrag ohne meine Zustimmung geschlossen zu haben. Deshalb seht Ihr Euch von allen Verpflichtungen ihnen gegenüber als erlöst, auch sie haben keinerlei Verpflichtungen Euch gegenüber. Außerdem wird Bruder Hugues de Jouy für immer aus dem Königreich Jerusalem verbannt.«

Renaud verneigte sich vor dem König und dachte an Blanche: Ich habe es geschafft. Ich habe das Leben unseres Sohnes gerettet.

Die Geschichte des Vertrags über die Teilung des strittigen Gebiets war nur ein Vorwand gewesen, den er mit Yves le Breton abgestimmt hatte, damit dieser den Vorwurf der Häresie fallen ließ. Am Ende bezahlte Hugues nur für den Angriff in Akbara, ein sehr niedriger Preis.

In Spanien kämpfte man gegen die Mauren, Hugues würde dort zu Ruhm und Ehre kommen. Er selbst würde ihn begleiten und König Ferdinand von Kastilien vorstellen. Aber zuerst würden sie nach Jouy reisen, um Blanche wiederzusehen.

Auch der Dominikanermönch war zufrieden. Es war nicht schwer gewesen, dem König zu erklären, dass es sich um ein Missverständnis gehandelt hatte und kein vom Teufel verfasster Brief existierte. Louis, der nichts anderes hatte hören wollen, hatte dementsprechend keine weiteren Fragen gestellt.

Unangenehm war es allerdings gewesen, Geoffroy de Sargines erklären zu müssen, dass der Marschall der Tempelritter sie angegriffen hatte, weil er durch einen Sonnenstich verwirrt gewesen war. Der Ritter war jedoch ein kluger Mann und hatte versichert, dass er der Mission, die Gott dem Inquisitor aufgetragen hatte, nicht im Wege stehen würde.

Al-Qahira, 24 rabi'ath-thani 648 (26. Juli 1250)

Selbst am Abend war die Hitze noch drückend. Yves le Breton hatte seinen Umhang abgenommen, musste die Kutte aber anbehalten. Er beneidete sein Gegenüber in der leichten blau-goldenen Seidentunika der *Bahriyya*. Wie schon am Tag der Kapitulation war er fasziniert von dem weißen Fleck in seinem blauen Auge. Er war unentschlossen, ob dies ein göttliches oder teuflisches Zeichen war. Sie saßen auf Teppichen in einem der Säle in der Zitadelle Saladins.

Die *Montjoie* und drei Transportschiffe waren vor zwei Tagen in Alexandria vor Anker gegangen. Yves und Nicolas, begleitet von Seignelay, waren in einem ägyptischen Schiff den Nil hinauf bis in die Hauptstadt gefahren. Sie kamen in einem Moment der Veränderung. Die Feindseligkeit der syrischen Ayyubiden und dem Kalifen von Bagdad gegenüber den Mamelucken hatte sich in einen offenen Krieg gewandelt, und die Gegner der neuen Regierung behaupteten, dass nach den Regeln des Islam eine Regierung nicht von einer Frau angeführt werden konnte.

Deshalb hatte Aybak entschieden, Shajar al-Durr zu heiraten. Kurz vor der Ankunft der beiden Dominikaner hatte man die Hochzeit zwischen dem alten *atabak* und der jungen Sultanin gefeiert. Der neue Herrscher trug den Titel *al-Malik* al-Muizz und war seit fünf Tagen an der Macht.

Gerade als Yves und Nicolas an der rechten Uferseite anlegten, hatte Aybak verkündet, dass er sich allein als Kalif von Bagdad betrachtete, und einen sechsjährigen Jungen als Sultan eingesetzt. Sharaf Muzafer al-Din Musa war Ayyubide und der Neffe von an-Nasir Yusuf von Aleppo. Aybak hatte auch eine Totenfeier für Ayyub angekündigt, wenn er in seinem Grabmal in al-Qahira seine endgültige Ruhestätte finden würde.

Das Ziel des Manövers war offensichtlich. Die Mamelucken wollten den Herrschern in Damaskus und Bagdad keine Streitpunkte mehr liefern, und es war klar, dass Aybak an der Macht bleiben und Ägypten bald angegriffen werden würde.

In dieser komplizierten Situation wurden die beiden Dominikaner als Abgesandte des Königs mit großer Hochachtung empfangen. Ein Emir des Hofes hatte sie über die aktuellen Entwicklungen in Kenntnis gesetzt und sie zur Zitadelle eskortiert, wo eine lange, heiße Wartezeit begonnen hatte.

Am Abend war Baibars erschienen. Er war genau der Mann, den Yves treffen wollte.

Er begrüßte die Mönche auf Arabisch: *»Salam alaikum.«*

»Alaikum salam, amir.«

»Ich hoffe, man hat Euch ein kaltes Getränk angeboten.«

»Ja, sicher, danke. An diese Hitze sind wir nicht gewöhnt.«

»Stimmt, im Frühling war es angenehmer.«

Yves tat so, als ob er den Hinweis auf ihre Gefangenschaft nicht bemerkt hätte. Der Emir fuhr fort: »Euer Mitbruder kann bei meinen Männern warten.«

Eine unnötige Vorsichtsmaßnahme. Nicolas sprach kein Arabisch, aber Yves nickte dem jungen Mann zu, der daraufhin den Saal verließ. Der Inquisitor nahm auf einem der Kissen Platz.

»Wie geht es dem König?«, fragte ihn der Mameluck. »Ist er in seine Besitzungen in Outremer zurückgekehrt?«

»Noch nicht. Seine Gedanken sind bei den Gefangenen in Euren Gefängnissen. Er kann nicht abreisen, solange sie nicht befreit sind.«

»Dann seid Ihr deshalb hier?«

»Ja.«

»Wie viele Byzantinermünzen habt Ihr dabei?«

»Nicht einen.«

Der Armbrustschütze schaute ihn verwundert an.

»Was habt Ihr mir dann zu bieten?«

»Zweierlei. Das Erste ist die Neutralität des Königs und des Königreichs Jerusalem im bevorstehenden Krieg zwischen Euch und den Syrern.«

Baibars schüttelte den Kopf. »Mit den verbliebenen Soldaten könntet Ihr ohnehin nicht viel ausrichten. Und Ihr solltet auch bedenken, dass Eure Allianz mit den Syrern vor sechs Jahren zu einem Desaster geführt hat. Hören wir also das zweite Angebot.«

»Der Name des Spions der Templer, der Fachr ad-Din verraten hat. Ihr wisst, worauf ich hinauswill.«

Yves begriff, dass er sein Gegenüber damit getroffen hatte. Er schwieg eine Weile. Dann fragte er: »Wie viele Gefangene?«

»Alle Ritter, die Priester, die Mönche und eine junge Frau namens Isabelle. Ich habe schon mit al-Sabih, dem *ustadar* des Turan Schah, über sie gesprochen. Sie sollte mit uns freigelassen werden, war aber nicht auf dem Schiff nach Damiette.«

»Wir werden sie finden. Betrachtet sie als frei, genau wie die Mönche. Wir werden hundert Ritter freilassen. Ich möchte nicht, dass Euer König sich entscheidet, sie gegen uns einzusetzen.«

»Mindestens zweihundert. Unser König hält sich an seine Vereinbarungen, und das wisst Ihr.«

Baibars nickte: »Zweihundert Ritter.«

»Ihr werdet mir die Frau persönlich übergeben. Das, was schon einmal geschehen ist, soll sich nicht wiederholen, und sie wird nicht mit den anderen reisen.«

»Auch ich halte mein Wort.«

Es war mitten in der Nacht, als die junge Frau über den weiß gefliesten Hof eilte und wie schon viele Male zuvor ein Zimmer im Erdgeschoss betrat. Baibars empfing sie mit merkwürdig leuchtenden Augen. Leise fragte er sie: »Warum hast du das getan?«

Shajar al-Durr antwortete mit einer Gegenfrage, obwohl sie ihn sehr wohl verstanden hatte: »Was getan?«

»Warum hast du dich an die Tempelritter verkauft? Du hast ihnen verraten, dass Fachr ad-Din nach Ayyubs Tod den Brief, den man in al-Quds gefunden hatte, an sich genommen und in das Elfenbeinkästchen gelegt hatte. Nur Allah weiß, wie viele andere Geheimnisse du noch preisgeben hast. Du bist eine Verräterin.«

Und ich ein Dummkopf, fügte er in Gedanken hinzu. Für ihn war der Name, den der Mönch ausgesprochen hatte, nur eine Bestätigung. Er hatte immer gewusst, dass es nicht anders sein konnte, auch wenn er es sich mit ganzer Seele gewünscht hatte.

Die junge Frau hielt seinem Blick stand.

»Nenn mich nicht Verräterin. Ich habe niemanden verraten. Verrat heißt, dass man jemand anders Treue geschworen hat, und das habe ich nicht. Sie haben mich entführt, als ich noch ein Kind war, meine Familie umgebracht, mich vergewaltigt und nur am Leben gelassen, um mich zu verkaufen. Dasselbe muss dir passiert sein, Armbrustschütze. Vielleicht hast du das vergessen, ich aber nicht. Ich habe auch meinen Gott nicht vergessen, der nicht Allah, sondern der Gott meines Volkes ist, der wiederauferstandene Christus. Seitdem habe ich nur für meine Rache gelebt, und dafür habe ich immer mehr Macht über sie erlangt, um zu sehen, wie sie vor meinen Füßen gekniet sind. Das Gold der Templer hat mir ein besseres Leben ermöglicht und mir geholfen, mich von einigen Rivalinnen aus dem Harem zu befreien. Sonst nichts. Ich habe nichts für die Information über den Brief verlangt. Ich musste verhindern, dass der wahre Glaube beschädigt würde, wie es Ayyub und Fachr ad-Din versucht haben, indem sie Friedrich den Staufer benutzt haben. Ich hoffe, er ist inzwischen nur noch Asche. Ich habe niemals etwas verraten, weil ich nicht auf ihrer Seite stehe, ich bin nur auf meiner, auf unserer Seite ...«

»Ich bin nicht auf deiner Seite.«

»O doch, das bist du. Und das wirst du sein. Du willst es nur nicht zugeben. Du weißt genau, dass du keine andere Wahl hast. Bringst du mich jetzt um? Dann müsstest du alle töten, die in diesem Haus sind, und dazu alle, die von uns wissen. Selbst wenn es dir gelingen würde, wer sagt dir denn, dass sie dir nicht trotzdem den Kopf abschlagen? Oder willst du mich bei Aybak anklagen? Dann kannst du schon mal überlegen, wie du ihm unsere Beziehung erklärst. Nein, Armbrustschütze, du hast nur zwei Optionen: Entweder du gehst aus dieser Tür und verschwindest aus meinem Leben, oder du vergisst den Krieg, die Templer und Aybak, bleibst hier und schläfst mit mir.«

Isabelle war verängstigt. Man hatte sie mitten in der Nacht in den Sultanspalast gebracht, in einen schwarzen Umhang gewickelt, trotz der Hitze. Jetzt war sie allein in einem Saal, auf dessen Boden Teppiche und Kissen lagen und der von vier silbernen Leuchtern erhellt wurde. Sie zog den Umhang vom Kopf und schaute sich vorsichtig um.

Kurz zuvor hatte eine Gruppe Mamelucken sie mit gezückten Krummsäbeln aus dem Haus geholt, in dem sie seit mehr als drei Monaten lebte. Ihr Herr hatte mit unbeweglichem Gesichtsausdruck dabei zugesehen. Er war einer der Ihren, ein Emir der *Bahriyya*. Seinem Verhalten zufolge war der jungen Frau klar, dass sie jemand geschickt hatte, der noch mächtiger war als er, und dass man ihn vielleicht nicht am Leben lassen würde.

Der Mann hatte sie zwischen den französischen Gefangenen, die nach dem Tod von Turan Schah freigelassen werden sollten, entdeckt, und keiner der Ritter hatte es gewagt, etwas zu sagen, als sie unter Tränen und Geschrei weggeführt wurde. Sie war eine Sklavin in diesem Haus gewesen, Dienerin am Tag, Geliebte in der Nacht. Inzwischen hatte sie sich daran gewöhnt. Schließlich waren alle Männer gleich, außer ihrem Vater und dem armen Joceran. Die schwere Holztür öffnete sich, und ein Mönch betrat den Raum. Isabelle erkannte ihn sofort.

Yves hatte den ganzen Abend gebetet, während Nicolas im Raum nebenan lag und schlief. Am Nachmittag hatte ein Mameluck dem Inquisitor mitgeteilt, dass die junge Frau bald bei ihm sein würde. Er hatte Psalmen gebetet, um Ruhe zu bewahren. Als er sie dann sah, begann sein Herz wie wild zu klopfen. Einen Moment lang kam er sich dumm vor und bedauerte, dass es so weit gekommen war, aber dieser Gedanke verflüchtigte sich schnell wieder. Obwohl er nicht an eine solche Situation gewöhnt war, lächelte er und versuchte, sie zu beruhigen.

»Guten Abend, Isabelle.«

»Guten Abend, Vater.«

»Erinnerst du dich an mich?«

»Sicher, Ihr habt den König begleitet.«

»Ich bin hier, um dich abzuholen. Du bist frei. Du wirst morgen mit Baron de Seignelay nach Alexandria reisen und von dort aus nach Frankreich zurückkehren. Ein Schiff erwartet dich.«

Er griff nach einem schweren Beutel und reichte ihn ihr.

»Hier, es sind dreihundert Livres.«

Ein kleines Vermögen. Die junge Frau hatte in ihrem ganzen Leben noch nie so viel Geld gesehen. Der Mönch konnte als Gegenleistung nur eines erwarten. Alle wollten das. Sie streifte den Umhang ab, unter dem sie nur ein leichtes weißes Leinengewand trug.

Yves seufzte. »Lass das. Das ist nicht nötig.«

Isabelle schaute ihn erstaunt an.

»Warum nicht? Habt Ihr es Euch noch einmal überlegt?«

»Ich habe nie daran gedacht.«

»Und warum tut Ihr das dann für mich?«

»Weil die Vergangenheit uns niemals loslässt und manchmal etwas von uns verlangt.«

»Das verstehe ich nicht.«

»Das macht nichts, Isabelle. Das ist nicht wichtig. Geh mit Gott.«

Die dreihundert Livres hatte der König ihm als Lösegeld für die junge Frau übergeben. Er war froh gewesen, etwas zur Freilassung Isabelles beitragen zu können. Anfangs hatte Louis verlangt, man möge sie sofort nach Akkon bringen, aber ein strenger Blick des Inquisitors hatte ihn dazu gebracht, sie in Begleitung von Seignelay nach Frankreich bringen zu lassen.

Als er sie entschwinden sah, eingehüllt in den schwarzen Umhang, der an den Umhang seines Ordens erinnerte, fragte sich Yves, ob sie jetzt auch aus seinen Albträumen verschwinden würde.

Fiorentino, Apulien, 13. Dezember 1250

Der Kaiser lag im Sterben. Am 25. November, während einer Treibjagd mit dem Falken im Norden von Lucera, in den einsamen Hügeln, zwischen denen sich die kleine Bischofsstadt unweit von Florenz erhob, hatte er sich nicht gut gefühlt. Sie hatten ihn in einen kleinen Palazzo im Westen der Stadt gebracht. Das hohe Fieber, der Durchfall und das fortgeschrittene Alter des Herrschers hatten sofort an das Schlimmste denken lassen. Umberto war in der Nacht mit Giovanni da Procida, dem Leibarzt des Kaisers, aus Foggia gekommen. Als er eine frische Binde auf der Stirn spürte, hatte der Kranke die Augen aufgeschlagen und leise gefragt: »Wo sind wir?«

Umberto und der Arzt hatten sich angeschaut, unentschlossen, was sie antworten sollten. »In Fiorentino«, hatte Giovanni ihm geantwortet.

Auf das Gesicht des Kaisers war ein entsetzter Ausdruck getreten.

In seiner Jugend hatte eine alte Hexe ihm vorhergesagt, dass er nahe einem eisernen Tor sterben würde, an einem

Ort mit dem Namen einer Blume. In der Folge hatte Friedrich alle Orte gemieden, die solche Namen trugen, wie etwa Florenz. Er hatte sich an Umberto gewandt und die linke Hand gehoben: »Das Bett steht an einer zugemauerten Tür. Was ist dahinter? Eine eiserne Tür?«

Umberto hatte sich der Wand genähert und sie mit dem Griff seines Krummsäbels abgeklopft. Sie war dünn, und schon beim dritten Schlag erklang ein metallisches Geräusch.

Der Kaiser hatte gemurmelt: »Dann ist das der Ort meines Todes.«

Sodann hatte er begonnen, sein Testament zu diktieren und die letzten Anweisungen für sein Reich zu erlassen.

Am 12. Dezember, nach einer kurzen Erholungsphase, hatte sich sein Zustand wieder verschlechtert. Er spürte einen intensiven Schmerz im Unterbauch. Seine letzte Mahlzeit waren im Ofen gegarte süße Birnen gewesen, die der *Regimen sanitatis,* die »Gesundheitsregeln« der medizinischen Schule von Salerno, gegen Unterleibsschmerzen vorsah.

In der letzten Nacht von Friedrich dem Staufer waren nur der Erzbischof Berardo de Castanea, sein Freund aus Kindertagen, und Umberto bei ihm.

Friedrich flüsterte: »Ich möchte das Gewand der Zisterzienser tragen.«

Berardo verließ den Raum, um es zu holen. Umberto blieb mit dem Kaiser allein. Er kannte ihn gut, vielleicht besser als jeder andere, schließlich hatte er ihn in den letzten zehn Jahren beschützt. Der Mann hatte panische Angst vor seiner Begegnung mit dem Tod und klammerte sich jetzt hoffnungsvoll an die Existenz eines Gottes, an den er nie geglaubt hatte. Eines Winterabends vor langer Zeit, in Acquaviva, hatte Umberto von seiner Mutter die Geschichte der Büchse der Pandora erzählt bekommen. Sie hatte alle Übel der Welt enthalten, und als Letztes hatte die Hoffnung aus ihr entweichen wollen, war aber darin verschlossen geblieben. Er hatte sie immer zu den schlimmsten Übeln gezählt, war sich jetzt aber nicht mehr so gewiss.

Friedrich winkte ihn zu sich. Er flüsterte: *»Post mortem, nihil?«*

»Wir werden uns wiedersehen«, tröstete ihn Umberto.

Der Kaiser lächelte. Vielleicht aber verzog er auch nur das Gesicht vor Schmerz.

Epilog

Akkon, 18. Mai 1291

Auf dem Dach des Dominikanerklosters war ein dumpfer Knall zu hören. Die Projektile der ägyptischen Kriegsmaschinen regneten auf die Stadt nieder.

Der Alte drehte sich seinen fast neunzig Jahren entsprechend langsam um.

»Ach, du bist es ...«

Auf der Schwelle seiner Zelle stand der Patriarch von Jerusalem, Nicolas de Hannapes, im Gewand der Dominikaner. Er deutete auf ein Elfenbeinkästchen.

»Du hattest es.«

Rinaldo di Parma nickte. »Umberto di Fondi hat es mir gegeben, der Botschafter des Kaisers.«

»Ich weiß, wer das war. Darf ich es lesen?«

Rinaldo öffnete das Kästchen, zog ein Pergament heraus und reichte es Nicolas.

Der Patriarch las es schweigend. Dann hob er den Blick. »Wer weiß, was der Magister dafür gegeben hätte, diese Zeilen zu lesen.«

»Stimmt.«

»Hat Umberto dir erzählt, was sich in der zweiten Höhle befand?«

»Er wurde auf den Ölberg von Baibars begleitet, der danach Sultan von Ägypten wurde … Sie haben beschlossen, sie nicht zu öffnen, alles so zu lassen, wie es war, um den Lauf der Geschichte nicht zu verändern. Warum fragst du das?«

Wieder ein Knall vom Dach, dieses Mal lauter, gefolgt vom Lärm herunterfallender Ziegel.

»Der Magister. Wer weiß, warum, aber er ist überzeugt davon, dass man sie nicht geöffnet hat. Wie haben sie sie gefunden? Lag in dem Kästchen auch der Originalbrief von Ibrahim al-Nasri?«

»Nein. Sie haben zwar den Diener ausfindig gemacht, der Ibrahim bei seinen Expeditionen begleitet hat, ihn aber umgebracht. Er war es, der sie auf den Ölberg geführt hat, aber ich fürchte, das hat sein Leben nicht gerettet. Umberto hat nur widerwillig über diese Dinge mit mir gesprochen. Ich habe seit diesem Tag immer gehofft, dass sich der Widerwille in Bedauern verwandeln würde. Merkwürdig, dass er sich mit Yves le Breton nicht verstanden hat, in bestimmten Dingen waren sie sich sehr ähnlich …«

Nicolas antwortete: »Wer weiß? Vielleicht haben sie sich auf ihre Weise verstanden, auch wenn es vor uns keiner der beiden zugegeben hätte. Der Magister war wirklich kein schlechter Mensch.«

»Ich bin sicher, dass er sich nicht als schlechter Mensch empfunden hat, aber er hat im Namen Gottes getötet und gefoltert. Und das ist Blasphemie.«

»Du darfst ihn nicht verurteilen. Du bist ein Leben lang in Akkon geblieben, für dich war es leicht. Du musstest dir nie die Hände schmutzig machen und Satan in den Schrecken der Welt erkennen. Der Magister hat nur versucht, sich dem Bösen entgegenzustellen.«

»Ein Mensch sollte sein Leben nicht damit verbringen, den Satan zu suchen. Am Ende riskiert er, ihn in sich selbst zu finden.«

Wieder ein Einschlag auf dem Dach, als ob der Knall die Worte des Alten bestätigen wollte.

Nicolas schwieg. Er hatte nicht unrecht, das war ihm erst mit dem Alter bewusst geworden. Die *quaestiones* und die Scheiterhaufen halfen nicht, um die Häresie auszurotten, sie bedienten sich des Terrors, um die Ordnung zu erhalten. Deshalb mussten auch Unschuldige sterben. Sein Magister hatte das sicher gewusst. Er war deshalb immer ein zögerlicher Inquisitor gewesen, gequält vom Gegensatz zwischen seiner Intelligenz und der Treue zu seiner Mission, die ihm Mathieu de Bourbon aufgetragen hatte. Aber trotz allem ein Inquisitor. Soweit Nicolas wusste, war er nie zurückgewichen und hatte es akzeptiert, mit seinen Albträumen zu leben, ein Ausdruck des Scheiterns, der ihn immer begleitet hatte. Wer weiß, ob Gott ihm verziehen hatte.

Er gab dem Alten das Pergament zurück. Er hatte noch mehr Fragen.

»Was denkst du darüber?«

»Warum fragst du das?«

»Weil du vierzig Jahre lang Zeit hattest, darüber nachzudenken.«

Rinaldo zögerte. Dann sprach er mit fester Stimme, die

für Nicolas nicht so recht zu seinem zerbrechlichen Körper passen wollte: »Ich glaube nicht, dass Pilatus' Nachricht falsch ist. Zu viele Details erscheinen glaubwürdig. Aber das spielt keine Rolle. Die Frage ist, ob wir glauben, dass Christus auferstanden ist, natürlich in einer anderen Dimension als der unseren. Ich glaube daran. Ob ein Grab leer ist oder ein Skelett darin liegt, kann unseren Glauben nicht verändern. Das hat auch dein Meister zu Umberto di Fondi auf dem Ölberg gesagt. Wie es geschrieben steht, ist der Glaube die Grundlage für das, was man sich erhofft, und der Beweis für das, was man nicht sieht. Außerdem hätte das zweite Grab durchaus leer sein können.«

»Ich war damals dort, auch wenn ich von dem, was dort passiert ist, nicht viel verstanden habe. Ich war kaum mehr als ein Novize und bin vor lauter Aufregung in Ohnmacht gefallen. Der Magister hat mir alles erst danach erzählt, bevor er mit dem König nach Frankreich zurückgekehrt ist. Er hat mir Ibrahim al-Nasris Brief übersetzt, den ich in der Satteltasche von Hugues de Jouy gefunden habe.«

»Und was ist aus dem Meister geworden?«

»Er ist schon lange tot. Ich bete oft für ihn. Er hat unter anderem Charles d'Anjou nach Italien und dann Louis auf die *expeditio crucis* nach Tunesien begleitet.«

»Merkwürdig … Vor vielen Jahren kam ein Mitbruder aus Apulien mich besuchen und erzählte mir, er habe Umberto di Fondi getroffen, der mit König Manfred gegen die Franzosen unter Charles d'Anjou gekämpft hat. Wer weiß, vielleicht haben sie sich noch einmal getroffen.«

Nicolas kannte die Antwort, sagte aber lieber nichts,

und der Alte fuhr fort: »Du dagegen bist in Akkon geblieben, wegen Guillaume, oder?«

»Ich dachte nicht, dass du das weißt ...«

»Es gibt wenig, was unter Franziskanern verborgen bleibt, Nicolas. Ihr habt beide Karriere gemacht: du als Patriarch von Jerusalem, er als Großmeister des Tempels. Ich habe ihn erst kürzlich gesehen. Du weißt, dass er sterben wird.«

»Ich habe ihn nicht aufhalten können. Er hat gesagt: ›Wenn man schon sterben muss, dann ist es besser, für die Sache Gottes zu kämpfen, als in seiner eigenen Pisse zu liegen.‹«

Rinaldo nickte. Dann fragte er: »Und was wirst du tun?«

»Ich bin kein Krieger. Aber das muss nicht das Ende von allem sein. Ich werde meine Pflicht als Patriarch tun. Ich werde zum Papst reisen, zu Philipp von Frankreich und zu allen Herrschern der Christenheit. Ich werde sie darum bitten, eine neue *expeditio crucis* auszurüsten, um das Heilige Land zurückzuerobern.«

»Das werden sie nicht tun. Sie haben anderes im Sinn.«

»Ich muss es versuchen. Willst du mir das Pergament überlassen?«

»Warum?«

»Um zu verhindern, dass es den Mamelucken in die Hände fällt.«

»Mach dir darüber keine Sorgen.«

Sie wurden von einem jungen Dominikaner unterbrochen, der atemlos auf der Schwelle stand und sich an den Patriarchen wandte: »Magister, die Sarazenen sind in der Stadt, und in den Straßen wird gekämpft. Ihr müsst gehen.«

Nicolas ignorierte ihn. Er fragte Rinaldo noch einmal: »Was wirst du tun?«

»Das, was man schon vor mehr als tausend Jahren hätte tun sollen.«

Der Alte streckte die zitternden Finger in Richtung der brennenden Kerze aus.

Glossar

❧

Acinaces: zweischneidiges gerades Kurzschwert der Skythen, das sowohl zum Stich als auch zum Hieb verwendet werden konnte

Aelia Capitolina: römische Kolonie

Akkon: auch St. Jean d'Acre genannt, nach der gleichnamigen Hospitaliterkirche. Nach dem Frieden von Jaffa zwischen Kaiser Friedrich und dem ayyubidischen Sultan al-Kamil 1229 stand die Stadt unter der Verwaltung des Johanniterordens.

Al-Malik: Sultan

Apollo: römischer Gott des Lichts

Arsania: Assyrisch für Murat

Asakir: Soldat

Asssassinen: Hashishin, Sekte, gegründet von Hasan-i-Sabbah

Atabak al-asakir: Titel, Heeresführer, Kommandant der Armee

Aventin: einer der sieben Hügel Roms

Bahriyya: Mameluckengarde von Sultan Ayyub

Barbakane: Schwimmbrücke

Bernicles: Beinschrauben

Bogomilen: asketische christliche Glaubensgemeinschaft

Castortempel: Die Aedes Castoris, deutsch Castortempel oder

Dioskurentempel, ist ein Tempel am Forum Romanum in Rom, der den Dioskuren Castor und Pollux, den Zwillingssöhnen des Gottes Zeus und der Leda, geweiht war.

Castra praetoria: befestigtes Lager für die Prätorianergarde in Rom

Contubernia: Das Contubernium, mit in der Regel acht Mann, war die kleinste organisatorische Einheit in der antiken römischen Armee.

Cubiculum: Ruheraum

De Laude novae militiae, Liber ad milites templi de laude novae militiae: dt. *Lobrede auf die neue Ritterschaft*

Dirham: arabische Währungseinheit

Domitius: Abkömmling der Domitier, einer plebejischen Familie, zu der bis zu seiner Adoption auch Nero gehörte

Domus transitoria: Palast am Palatin in Rom, den der römische Kaiser Nero im 1. Jahrhundert errichten ließ

Donjon: Wohn- und Wehrturm einer mittelalterlichen Burg des französischen Kulturraums

Fauces: Die Fauces sind ein Bestandteil des Atriumhauses, eines Wohnhauses des italischen Typs. Es handelt sich bei den Fauces um den Korridor, der von der Haustür zum Atrium führte.

Ceres: römische Göttin des Ackerbaus und der Fruchtbarkeit

Crurifragium: Hinrichtungsart, bei der ein Verurteilter an einen aufrechten Pfahl, mit oder ohne Querbalken, gefesselt oder genagelt wurde. Sie entwickelte sich aus dem Hängen, sollte aber anders als dieses die Todesqual möglichst verlängern.

Feluke: kleines ein- oder zweimastiges Küstenfahrzeug des Mittelmeers

Flamines: Opferpriester einer bestimmten Gottheit, Aufgabe der *flamines* war die Ehrung des ihnen zugeordneten Gottes bzw. der zugeordneten Göttin durch formalisierte Kulthandlungen wie die Durchführung von Trankopfern.

Franziskaner: Minderbrüder

Gladius: römisches Schwert

Griechisches Feuer: militärische Brandwaffe, brennende Flüssigkeit auf Erdölbasis wurde auf das Ziel gespritzt und war mit Wasser kaum zu löschen.

Halqa: Wache

Hedschra: auch Hidschra, Auswanderung des Propheten Mohammed von Mekka nach Medina

Hisn Kayfa: antike Stadtfestung am Tigris, heute türkische Stadt Hasankeyf

Horti Sallustiani: Parkanlage in Rom, die Sallust gehörte

Idistaviso: Schlacht auf dem Idistavisischen Feld, 16 n. Chr.

Jandariyya: mameluckische Infanterieeinheit

Jugurtha: König der numidischen Massylier

Kalenden: der erste Tag eines Monats

Katharer: radikale, heterodoxe Strömung des mittelalterlichen Christentums, vornehmlich in Frankreich und Spanien

Kefa: Simon Petrus, griechisch Kephas, Stein, Fels

Kilikien: antike Landschaft im Südosten Kleinasiens. Sie entspricht etwa dem östlichen Teil der heutigen türkischen Mittelmeerregion.

Kithara: großes Saiteninstrument der griechischen Antike mit 5 bis 12 Saiten

Kohorte: etwa 480 schwer bewaffnete Fußsoldaten sowie 120 weitere Personen, insgesamt also 600 Mann

Konstabler: gehobener Dienstrang, etwa dem Unteroffizier entsprechend

Krak: Krak des Chevaliers: noch erhaltene Festung des Johanniterordens in Syrien, Weltkulturerbe

Khutba: Freitagsgebet, das im Namen des Sultans gesprochen wird

Kurie: Gebäude für Senatsversammlungen in Rom

Laticlavius: mit einem breiten Purpurstreifen versehene Tunika, der von den Senatoren als Zeichen ihres Amtes getragen wurde

Laudes: Morgenandacht um 6 Uhr

Leuge: etwa eine Meile, eine Leuge entspricht etwa 4 km

Liburne: leichtes Ruderboot

Logothetes: ein Sekretär innerhalb der Bürokratie, für verschiedene Aufgaben in Abhängigkeit von der genauen Beschreibung zuständig. Die *Logothetai* waren unter den wichtigsten Bürokraten.

Lorica: Panzerung antiker Soldaten

Madrasa: religiöse Schule der Islamwissenschaft

Mamelucken: waren ursprünglich Militärsklaven in einigen muslimischen Herrschaftsgebieten, aus denen sich später eine Herrschaftsdynastie entwickelte

Manichäer: Offenbarungsreligion der späten Antike und des frühen Mittelalters

Manipulus: Manipel (von lateinisch *manipulus*, von *manus*,

»Hand(voll), Schar« war die Bezeichnung eines Truppen-körpers in der taktischen Zusammensetzung einer römischen Legion.

Mauclerc: Pierre de Dreux, Herzog der Bretagne. Gab seine Karriere im Klerus auf, deshalb der Spitzname Mauclerc, »schlechter Kleriker«.

Messere: Herr

Mithra: römische Gottheit und als Göttergestalt eine mythologische Personifizierung der Sonne

Mont Huimeri: Name des Berges Mont Aimé in der Champagne um 1220

Nymphäum: den Nymphen geweihtes Brunnenhaus, geweihte Brunnenanlage der Antike

Officium: das heilige Amt der Inquisition

Palatin: einer der sieben Hügel Roms

Patibulum: Disziplinarinstrument, ein gerades, quer über die Schulter gelegtes Stück Holz, an dem die Hände des Gefangenen festgebunden wurden

Peristylium: Das Peristyl ist in der antiken Architektur ein rechteckiger Hof, der auf allen Seiten von durchgehenden Säulenhallen umgeben ist. Das griechische Wort setzt sich aus περί peri, deutsch »um herum«, und στῦλος stylos, deutsch »Säule«, zusammen und bedeutet eigentlich »das von Säulen Umgebene«.

Pessach: gehört zu den wichtigsten Festen des Judentums. Das Fest erinnert an den Auszug aus Ägypten (Exodus), also die Befreiung der Israeliten aus der Sklaverei.

Portikus: Säulengang

Potestas proconsulare: Machtbefugnisse des Prokonsuls / Statthalters

Pronaos: Vorhalle bei griechischen Tempeln, durch die man in den eigentlichen Kultraum, den Naos, gelangte

Proszenium: Im griechischen Theater war das Proszenion der fassadenartige Vorbau vor der skene, der auch als Kulisse genutzt wurde und wo auch die Schauspieler auftraten.

Prätor: höchster Justizbeamter im antiken Rom

Prätorianerpräfekt: Befehlshaber der Prätorianer, der Elitetruppe und Garde des römischen Kaisers

Prätorium: Sitz des Statthalters

Präzeptor: Klostervorsteher

Prud'hommes: ritterliches Ideal des »klugen Mannes«

Quinquereme: Ruderkriegsschiff, (lateinisch quinqueremis [navis], von quinque »fünf« und remus »Riemen«), Fünfruderer

Schlacht bei Hattin: In dieser Schlacht wurden die Kreuzfahrer von Saladin entscheidend geschlagen.

Servientes: Knechte, Fußsoldaten

Sextilis: Lateinisch *sextus* (= »der sechste«) war zunächst der sechste Monat des altrömischen Kalenders und hatte eine Länge von 29 Tagen. Er ist der Vorläufer des julianischen Monats Augustus und damit auch des heutigen Augusts.

Tablinum: Hauptraum des römischen Hauses

Tullianum: Staatsgefängnis im antiken Rom

Turma: im antiken Rom die kleinste taktische Einheit der Reiterei

Ulama: Religionsgelehrter des Islam

Vallettus imperatoris: Diener des Herrschers

Vercingetorix: Fürst der gallisch-keltischen Arverner

Vicus: römische Siedlung

Vierungsturm: Unter Vierung wird der Raum bezeichnet, der beim Zusammentreffen des Haupt- und Querschiffs einer Kirche entsteht.

Vigilien: Nachtgebet

Vologaeses I.: parthischer König von 51–76/80 n. Chr.

Vulcanus: römischer Gott des Feuers

Yves le Breton iudex a domino papa contra haereticos in regno Franciae delegatus: Richter im Namen des Papstes gegen die Häretiker und Gesandter des französischen Königreichs

Zeichen von Saint-Denis: königliches Banner des 6. Kreuzzuges mit Oriflamme/Goldfeuer

Zeloten: (von altgriechisch ζηλωτής *zelotes*, »Eiferer«) religiöse jüdische Eiferer

Zenturio: Offizier des Römischen Reiches

Dank

Die Veröffentlichung dieses Romans, der auf einer Geschichte basiert, die ich mir als Junge ausgedacht habe, verdanke ich der großen Professionalität von Marco Garavaglia, dem ich von Herzen dankbar bin. Außerdem danke ich Luca Conte, Raniero De Filippis, Antonio Mazzone und Francesca Stefanelli für die aufmerksame Lektüre.

Mein Dank geht auch an Massimo Turchetta, der als Erster an meine Trilogie geglaubt hat, und an das gesamte Team von Rizzoli, angefangen bei Federica Magro, die mich auf dem Weg zur Veröffentlichung mit Enthusiasmus und Kompetenz begleitet hat.

Autor

Luigi Panella ist hauptberuflich Rechtsanwalt für Straf-
recht und praktiziert in Rom. Die Trilogie um Yves le
Breton, dem Inquisitor Ludwigs IX., ist sein erfolgreiches
Debüt im Bereich des historischen Romans.

Luigi Panella im Goldmann Verlag

Der siebte Kreuzzug. Historischer Roman
Das Werk des Teufels. Historischer Roman (6/23)
Der Auftrag des Papstes. Historischer Roman (8/23)

(Alle auch als E-Book)